LA STRATÉGIE DU CHAOS

Kate Conger
Ryan Mac

LA STRATÉGIE DU CHAOS

Enquête sur le système Elon Musk

Traduit de l'anglais (États-Unis)
par Diniz Galhos

Éditions de l'Observatoire

Cet ouvrage a paru aux éditions de l'Observatoire en 2024, sous le titre :
Plainte contre X. Comment Elon Musk a cassé twitter.

TITRE ORIGINAL
Character Limit
How Elon Musk Destroyed Twitter

ÉDITEUR ORIGINAL
Penguin Press
Penguin Random House LLC, 2024

Publié en accord avec The Cheney Agency

ISBN 979-10-414-2376-7

Pour Kim Mac et Marie Aro

The Golden Sir

@screaminbutcalm

Moi qui sème : Haha putain mais ouais ! Ouais !

Moi qui récolte : Bah merde alors. C'est quoi ce bordel.

2:14 PM Mar 12, 2019

220K 48K 139K

Note sur le travail d'investigation

Ce livre se fonde sur plus de cent cinquante heures de conversations et d'interviews avec près de cent personnes. Parmi elles, on trouve des employés de Twitter, X, Tesla et SpaceX, renvoyés, démissionnaires ou encore en poste ; des avocats, des banquiers et des associés de deux camps qui s'opposèrent durant les négociations d'achat de Twitter ; mais aussi des amis et connaissances de Musk, de Jack Dorsey et d'autres cadres de Twitter. Certaines de ces interviews ont été réalisées alors que nous couvrions Twitter, Musk et son achat de l'entreprise en 2022, pour le *New York Times*. Nous nous sommes aussi appuyés sur des dossiers judiciaires, des vidéos, des enregistrements audio, des messages internes à la compagnie et des messages directs entre personnes clefs. Bien entendu, nous avons également consulté un nombre incalculable de tweets.

Les extraits de ces messages internes et de ces documents ont été reproduits mot pour mot, de même que les extraits des réunions générales de Twitter. Dans les dialogues, les propos attribués à certaines personnes ont été recréés à partir des souvenirs de celles ou ceux qui y ont participé, de notes prises à l'époque sur ces conversations, parfois même d'enregistrements de ces échanges.

Pour la première partie de l'histoire de Twitter, nous nous sommes en partie appuyés sur *Hatching Twitter : A True Story of Money, Power, Friendship, and Betrayal,* de Nick Bilton, un récit incroyable des débuts de la compagnie. Afin de mieux comprendre Musk, deux ouvrages nous ont été d'une grande utilité : *Elon Musk : Tesla, SpaceX and the Quest for a Fantastic Future* d'Ashlee Vance, et *Elon Musk*, la biographie autorisée de Walter Isaacson. Isaacson a suivi Musk comme une ombre pendant deux ans, et son récit nous a éclairés sur ses faits et gestes durant les négociations. Nous avons aussi tiré profit des indications de @ElonJet, le compte Twitter, supprimé depuis, qui suivait scrupuleusement les déplacements du jet privé de Musk.

Tous les noms figurant dans ce livre sont authentiques. Beaucoup de personnes ont accepté de parler sous couvert d'anonymat parce qu'elles redoutaient les représailles de Musk ou de l'une de ses compagnies, qu'il s'agisse de poursuites judiciaires ou de harcèlement en ligne. Durant notre travail d'investigation, nous avons cherché à contacter les principaux protagonistes identifiés dans ce livre pour leur proposer de nous livrer leur version des faits. Musk n'a répondu à aucune de nos demandes d'interview.

Introduction

11 novembre 2022

Le data scientist senior était de plus en plus nerveux. Il n'avait pas prévu d'aller au bureau aujourd'hui. C'était la Journée des anciens combattants*, et la plupart de ses collègues de chez Twitter s'étaient déconnectés. De son côté, il faisait les cent pas depuis près de quatre heures devant la porte d'une salle de conférence au neuvième étage du quartier général de la compagnie, à San Francisco, attendant d'être reçu par le nouveau propriétaire de Twitter.

Elon Musk était dans son élément. Le milliardaire de cinquante et un ans adorait mettre son endurance à l'épreuve : il ne manquait jamais une occasion de prouver sa robustesse, en dormant par exemple sur le canapé d'une salle de réunion de l'usine Tesla, ou en passant une nuit blanche à peaufiner les tout derniers préparatifs d'un lancement de fusée SpaceX prévu à l'aube. Et, à présent, il s'attaquait à Twitter. Après avoir déboursé 44 milliards de dollars pour son acquisition, il entendait tester les limites du réseau social. Pour lui, la question était de savoir combien de temps il lui faudrait pour faire plier l'entreprise tout entière.

* Veterans Day, jour férié commémoratif de l'armistice de la Première Guerre mondiale. (Note du traducteur.)

Le data scientist, un homme longiligne aux cheveux auburn en bataille et aux yeux d'un bleu acéré, était entré chez Twitter à peine un an auparavant. Ses collègues n'avaient pas tardé à voir en lui quelqu'un de très réfléchi, et de particulièrement sensible aux bienfaits (ainsi qu'aux dangers) de la création de communautés en ligne. Durant les cinq ans qu'il avait passés chez Facebook, il avait appris à synthétiser le vaste paysage des réseaux sociaux en phrases claires et succinctes, et à traiter des quantités astronomiques de données utilisateurs afin d'étudier des sujets aussi délicats que les discours de haine et la propagation de fausses informations, phénomènes qui avaient joué un rôle considérable dans les émeutes du 6 janvier au Capitole[1]. Fidèle à sa formation universitaire, il relevait souvent les manquements de ses supérieurs avec une franchise peu habituelle pour un employé.

En avril, quand Musk s'était proposé de racheter Twitter, le salarié avait accueilli la nouvelle avec optimisme. Cet entrepreneur avait révolutionné deux industries, en ouvrant le marché des voitures électriques au grand public et en investissant dans la privatisation de l'exploration spatiale. Peut-être ce visionnaire était-il le seul capable de redonner à Twitter un sérieux coup de fouet.

Mais au cours des deux dernières semaines, Musk avait congédié la moitié de ses collègues, sans raison apparente, et en n'expliquant que vaguement sa vision. Il s'était mis les annonceurs à dos, minant ainsi les fondements mêmes du modèle économique de l'entreprise. Et il avait pris pour argent comptant une grossière théorie du complot, twittant une fake news au sujet de l'époux de la présidente de la Chambre des représentants des États-Unis, Nancy Pelosi : ce dernier aurait eu une relation avec l'homme psychologiquement instable qui l'avait agressé chez lui. C'était le genre d'absurdités que seul un esprit perverti par des heures de vase clos dans sa petite bulle algorithmique était capable de croire. Le data scientist était tout bonnement horrifié. Manifestement, Musk faisait partie de ces conspirationnistes si faciles à duper qu'il avait étudiés.

Malgré tous les changements qu'il avait déjà apportés à la plateforme, Musk avait clairement fait comprendre qu'il ne se reposerait pas ce vendredi. De très bonne heure ce jour-là, il avait envoyé un e-mail à ses employés dans lequel il saluait ceux qui étaient restés la veille à ses côtés.

« Je serai au bureau aujourd'hui aussi, écrivait Musk. N'hésitez pas à passer au neuvième étage si vous souhaitez parler des moyens d'emmener Twitter à l'étape supérieure. Priorité aux actions à court terme. »

Le data scientist avait décidé de se jeter à l'eau. Il avait bravé le brouillard hivernal de la Baie, remontant Market Street jusqu'à l'imposant siège Art déco de Twitter. Peu après 10 heures, il s'était installé à un bureau dans une salle de conférence avec une vue imprenable sur l'hôtel de ville de San Francisco. Ses parois de verre permettaient aux employés de jeter un coup d'œil en passant aux cadres dirigeants qui y discutaient, comme s'il s'agissait de lions dans leur cage. Musk était évidemment l'attraction principale, et les employés qui attendaient d'être reçus parlaient à voix basse de ce qu'ils avaient bon espoir de dire à leur nouveau patron. Tout en pianotant énergiquement sur son ordinateur portable, apportant les dernières finitions à deux mémos qu'il entendait communiquer à Musk, le data scientist tendait l'oreille. Quelques-uns de ses collègues murmuraient leurs inquiétudes quant au faible nombre d'utilisateurs ayant souscrit la nouvelle formule d'abonnement proposée par Twitter.

Behnam Rezaei, un homme chaleureux qui portait des lunettes rondes en écaille et dirigeait des équipes d'ingénieurs au sein de Twitter depuis plus de cinq ans, l'aborda. Rezaei était parvenu à s'attirer les bonnes grâces de Musk et à éviter le couperet des licenciements dont ses collègues managers avaient fait les frais, s'élevant même au statut de vice-président*. Il tenait le data scientist en très haute estime et avait mis à profit sa nouvelle influence pour lui assurer une entrevue avec Musk.

« Elon ne veut entendre que des choses positives, lui déclara Rezaei. Ne lui parle pas des obstacles que pourrait rencontrer sa politique disruptive – il n'a qu'un désir, le bien de l'humanité. »

Cependant, Rezaei ignorait que le data scientist avait d'ores et déjà décidé de démissionner : l'e-mail de Musk ce vendredi matin n'avait fait que reporter d'un jour son départ. Il croyait encore en Twitter et dans le pouvoir des plus gros réseaux sociaux, et voulait espérer que le grand patron l'écoute. Peut-être que la cohorte de courtisans qui avaient rejoint la plateforme dans son sillage n'avaient pas osé lui dire à quel point il s'y prenait mal.

Il avait préparé deux documents dans la perspective de cette rencontre. Le premier était une liste d'idées pour diriger plus efficacement Twitter. Le second, bien plus audacieux, détaillait en quoi la stratégie de Musk consistant à générer des revenus grâce aux abonnements et à abandonner l'ancienne politique de modération des contenus ne fonctionnerait pas, et en quoi sa paranoïa et son instabilité lésaient les intérêts de l'entreprise.

Au fil des heures qu'il meublait par des grignotages compulsifs, son cœur s'emballait alors qu'il répétait intérieurement les phrases qu'il projetait d'adresser à Musk. Enfin, un peu après 14 heures, une assistante aux yeux de biche vint lui dire que le directeur était très occupé, et qu'il n'aurait que cinq minutes à lui accorder.

* Équivalent hiérarchique du directeur de département, en France. (N.d.T.)

Le data scientist entra dans la salle de conférence d'un pas décidé. Musk était assis à l'autre bout d'une vaste table de chêne, sa silhouette imposante engoncée dans un fauteuil Herman Miller. L'employé se présenta et entra aussitôt dans le vif du sujet. Musk écouta attentivement ses idées sur la croissance, la vérification des utilisateurs et les moyens de motiver les employés. Le data scientist lui exposa en quoi les modèles d'abonnement aux réseaux sociaux étaient économiquement épouvantables, avant d'esquisser une stratégie de modération par un tiers, hors de l'influence directe de l'entreprise, et qui serait seul responsable des décisions portant sur les propos tenus en ligne.

« Les quotidiens et les magazines jouissent d'une indépendance éditoriale absolue, ce qui signifie que leurs propriétaires n'ont jamais le dernier mot sur ce qui est publié et ce qui ne l'est pas, déclara le data scientist. Les réseaux sociaux devraient suivre le même modèle. »

Cela n'impressionna guère Musk. « Ou pas », marmonna-t-il.

L'assistante passa la tête dans l'entrebâillement de la porte pour l'informer que le rendez-vous suivant était arrivé :

« Avez-vous fini ?

– Une toute dernière chose », répondit l'intéressé. Il inspira profondément :

« Je vais présenter aujourd'hui ma démission. Votre arrivée à la tête de Twitter m'avait réjoui, mais votre tweet sur Paul Pelosi m'a beaucoup déçu. Il était évident qu'il s'agissait d'une campagne de désinformation partisane, et pour cette raison même je m'inquiète de vos vues personnelles et du genre d'amis de qui vous tenez vos informations. Seuls 10 % de la population adulte sont assez crédules pour gober ce genre de choses. »

Musk, déjà pâle au naturel, blêmit encore plus. Il se pencha en avant. Personne ne lui parlait jamais de la sorte. Et personne, encore moins quelqu'un qui travaillait pour lui, n'aurait osé remettre en question son intelligence, ni le contenu de ses tweets. Un bref instant, il darda son regard sur son interlocuteur.

« Allez vous faire foutre ! » grogna Musk.

Cela ne fit qu'enhardir son employé. Il n'était prompt ni aux disputes ni aux insultes, mais la réaction du milliardaire ne faisait que renforcer sa conviction qu'il était l'une des personnes les moins indiquées pour diriger une entreprise représentant une part si importante du discours en ligne.

« J'espère que vous déposerez très vite le bilan et que quelqu'un d'autre dirigera cette boîte.

– Démission acceptée », répliqua sèchement Musk.

Le data scientist se dirigea vers la porte de la salle de conférence.

« Je vais reprendre votre ordinateur portable », dit piteusement l'assistante. Il le lui tendit et s'en alla. En démissionnant de son propre chef, il renonçait à toute indemnité de départ.

En allant chercher ses effets personnels du côté des bureaux, il entendit deux agents de sécurité presser le pas dans son dos pour le rattraper. Il se demanda s'ils avaient l'intention de le chahuter, voire de l'intimider physiquement, mais ils se contentèrent de le regarder réunir ses affaires, avant de l'escorter jusqu'aux ascenseurs. Ils entrèrent tous trois dans une cabine, et alors qu'ils descendaient, l'un des vigiles se tourna vers lui dans un sourire.

« Vous lui avez dit quoi ? demanda-t-il.

– Des choses qui ne lui ont pas plu, répondit le data scientist.

– Ça a dû pas mal vous soulager.

– Ouaip », fit-il en sortant de la cabine d'ascenseur. Il leur remit son badge avant de quitter pour la toute dernière fois le quartier général de Twitter.

« Pour être tout à fait franc, continua-t-il, je n'ai fait que lui soumettre ce que tout le monde raconte dans son dos sans jamais oser le lui dire en face. »

* * *

Quand Elon Musk arriva à la tête de Twitter, il apparut comme un héros aux yeux de beaucoup, à commencer par lui-même. Entouré d'une phalange de fidèles qui l'avaient encouragé à réaliser diverses manœuvres téméraires – à commencer par l'achat même –, il était ovationné en ligne par des millions de partisans qui likaient et retweetaient chacune de ces décisions. En acquérant l'un des plus gros réseaux sociaux au monde contre une somme vertigineuse, Musk se hissait loin au-dessus de tous les autres patrons de la tech : il devenait le plus riche, le plus influent, le plus reconnu des hommes. Il était intouchable.

Mais le départ théâtral du data scientist et autres incidents du même acabit n'étaient pas sans le blesser. Qu'il en ait eu conscience ou non à l'époque, Musk avait engagé sa réputation et plusieurs milliards de dollars pour faire main basse sur ce joujou qu'il convoitait tant. Il avait entraîné à sa suite des investisseurs qui lui faisaient toute confiance pour prendre le contrôle de cet éminent espace politico-culturel, et tenter de le soumettre à sa volonté.

Cette acquisition avait été très mal accueillie par plusieurs cadres dirigeants de l'entreprise et de nombreux utilisateurs, mais des années de mauvaise gestion avaient logiquement placé Twitter à l'encan. Avant même de renoncer à ses responsabilités de directeur général, son fondateur, Jack Dorsey, avait négligé l'aspect purement financier de sa propre création. Au fil du temps, Dorsey en était venu à croire que Twitter ne devait pas être une affaire lucrative, et cette incurie à l'égard des marges de profit avait poussé les investisseurs à serrer les cordons de la bourse. Lorsqu'il avait quitté son poste, en 2021, l'entreprise s'était lancée dans une campagne de dégraissage précipitée.

Mais personne ne s'était attendu à la reprise hyper-agressive de Musk, et personne ne fut en mesure de l'arrêter. Musk considérait Twitter non seulement comme un business, mais aussi comme un outil idéologique, une arme dont les gauchistes de San Francisco se servaient pour réduire au silence des opinions qu'il partageait. La politique de Twitter quant aux limites de la liberté d'expression donnait le ton aux autres réseaux sociaux, et Musk souhaitait introduire de nouveaux éléments au débat.

La quantité d'argent à sa disposition, proprement extraordinaire, était une illustration aussi aberrante qu'historique du capitalisme financier du XXIe siècle. Au début du mois d'avril 2022, la fortune de Musk s'élevait à 270 milliards de dollars. Quand les actions de Tesla (source principale de sa richesse personnelle) atteignirent des cotes jamais égalées jusque-là, lui conférant un pouvoir d'achat phénoménal, Musk décida d'investir massivement dans sa véritable passion. Là où d'autres milliardaires de la tech se seraient acheté d'énormes yachts, des équipes sportives, des journaux ou des îles lointaines, Musk ne rêvait que d'un mégaphone, un espace où sa parole pourrait être diffusée directement à des centaines de millions de personnes. C'était Twitter qu'il voulait.

L'acquisition éclair de Musk n'a aucun précédent. Jusque-là, ce genre de transactions n'avait jamais été à la portée d'un simple individu. Une entreprise de cette taille ne pouvait être achetée que par une autre société, ou par un fonds d'investissement privé. Mais Musk avait atteint un niveau de richesse dont seule une poignée de magnats s'était approchée, et qui l'affranchissait des règles traditionnelles.

Par sa simplicité, la passion que Musk vouait à Twitter parlait à beaucoup, et le rendait même plus humain. Il avait l'habitude de passer plusieurs heures par jour à scroller sur l'appli, lisant toutes sortes de tweets, riant à divers mèmes, publiant ses réflexions sans le moindre filtre, comme la plupart des autres utilisateurs. La puissance et la quantité des interactions inhérentes à la plateforme le grisaient et, à l'instar des tweetos les plus inconditionnels, il développa une dépendance à ce médium. Dans cette quête constante du shot d'adrénaline propre à Twitter, la grande différence entre lui et ses semblables était qu'il avait les moyens de s'acheter la source de son addiction et de la remodeler à sa propre image.

* * *

Le 14 avril 2022 au matin, nous, Kate Conger et Ryan Mac, reporters au *New York Times*, nous réveillâmes en lisant un tweet de quatre mots à peine, l'aboutissement ahurissant mais inéluctable de deux sujets que nous traitions depuis dix ans en tant que journalistes spécialistes de la Silicon Valley : « *I made an offer* » (« J'ai fait une offre »).

Il nous fallut digérer instantanément cette stupéfiante information pour nous mettre au travail. L'entrepreneur le plus influent de la Silicon Valley s'apprêtait à racheter l'une des entreprises les plus emblématiques du secteur pour en faire son joujou. Comment tout cela allait-il tourner ?

Nous avions largement traité des guerres sur la modération des contenus des réseaux sociaux, des défaillances du modèle économique de Twitter et du manque d'engagement de son directeur général. Nous avions également étudié les entreprises de Musk et sa propension à repousser constamment toutes les limites qui lui étaient imposées. Subitement, ces deux sujets n'en formaient plus

qu'un, et le tout était bien plus grand que la somme de ses parties.

Musk semblait avoir décidé de cet achat sur un coup de tête. Il s'imaginait sans doute que Twitter ne représentait qu'un embrouillamini de problèmes techniques qu'un esprit aussi brillant que le sien n'aurait aucun mal à résoudre pour donner une toute nouvelle dimension à la liberté d'expression en ligne. Mais le réseau était intrinsèquement rongé par des dilemmes d'ordres social et politique, pas uniquement technologique. Ses dirigeants étaient sans cesse confrontés à la question de savoir ce qu'il était permis de dire et ce qui ne l'était pas, et s'attiraient l'inimitié constante d'États, de militants, de célébrités, et même d'une bonne partie de leurs employés. Ces problématiques étaient loin d'être simples. Depuis la création d'Internet, elles se trouvaient au cœur des débats, et les réponses apportées n'étaient jamais gravées dans le marbre. Ce n'est pas pour rien que les utilisateurs les plus fidèles de Twitter l'ont qualifié de « *hellsite* », « site de l'enfer », un coin d'Internet où il y a toujours quelque chose, voire quelqu'un en train de brûler dans les flammes des commentaires. L'utilisateur lambda mettait fin à des heures de consultation de timelines en proie à la colère, à la frustration et au dégoût, et pourtant, il ou elle ne tardait jamais à s'y replonger. L'entreprise avait besoin d'un dirigeant jouissant d'une compréhension profonde de la psychologie humaine, de la politique, de l'histoire et des interconnexions constantes, instantanées et souvent peu reluisantes des usagers du net. Au lieu de ça, elle se retrouvait entre les mains d'un homme qui se faisait un point d'honneur à ce que son offre d'achat (54,20 dollars l'action) fasse référence à une blague sur le cannabis*.

* « 4/20 » (« *four twenty* »), expression nord-américaine en rapport avec la consommation de cannabis. (N.d.T.)

Ses ambitions don-quichottesques furent vite contrariées lorsqu'il entreprit de gouverner Twitter, et chaque jour qui passait le convainquait un peu plus de la mutinerie à venir de ses employés. Selon lui, ils auraient plutôt dû le remercier : lui seul avait eu le courage de mettre 44 milliards de dollars sur la table pour renflouer ce réseau social qu'il adorait. Pourquoi refusaient-ils de voir en lui un authentique sauveur de l'humanité ? Il confia à certains de ses laquais le soin de débusquer les voix discordantes pour qu'il puisse les limoger. Il instaura un gel du code empêchant toute modification de l'appli et du site Twitter, redoutant qu'un employé rebelle le sabote. Ses gardes du corps le suivaient jusque dans les toilettes du siège, afin de limiter le nombre d'employés qui oseraient lui voler quelques minutes de son temps si précieux.

Sa paranoïa prit de telles proportions que ses collaborateurs les plus proches en vinrent à s'interroger sur sa santé mentale. La nature chaotique de la plateforme et les répercussions de ses actes devaient exposer les limites de son pouvoir. Plus Musk essayait d'imposer sa volonté, plus Twitter échappait à son contrôle, et plus son obsession grandissait, révélant les failles de cet entrepreneur que beaucoup considéraient comme l'un des plus grands chefs d'entreprise de toute l'histoire de l'humanité.

* * *

À l'heure où nous écrivons, la conquête de Twitter par Musk n'est toujours pas terminée. Il se pourrait qu'elle se solde par un échec fracassant, qu'elle meure dans une faible plainte, voire qu'elle soit couronnée par une improbable victoire. Une chose est certaine : Musk a d'ores et déjà détruit cette plateforme. Ce qui se trouve en sa possession n'a plus rien en commun avec Twitter, ni le nom, ni l'essence, ni même l'esprit. Loin sont déjà celles et ceux qui l'ont créé, à une époque où l'on n'avait guère de mal à croire aux promesses utopiques de la Silicon Valley, et la culture interne de l'entreprise, fondée sur le débat, l'égalité et l'idéalisme, n'est plus qu'un vieux souvenir. Il est encore trop tôt pour prendre la pleine mesure des conséquences de ce cataclysme dans un monde où l'existence des médias, de même que celle d'un bon nombre de démocraties, semble menacée par un péril de tous les instants. Mais les signes avant-coureurs sont loin d'être enthousiasmants.

Sur les ruines de Twitter, Musk est en train de bâtir X, une entreprise bien plus agressive et cynique, axée sur une dérégulation totale de la parole en ligne et une gouvernance soumise aux lubies d'un seul homme. Reste à savoir si, à long terme, cela suffira pour renflouer les caisses.

ACTE 1

1

De retour sur twttr

L'heure avait enfin sonné pour Jack Dorsey. Dans la cafétéria du siège de Twitter en ce 11 juin 2015, il observait Dick Costolo, un entrepreneur engagé quatre ans auparavant pour tirer la société du pétrin, et qui adressait à présent un discours inattendu à des centaines d'employés à l'occasion de l'habituelle réunion générale. Costolo renonçait à son poste de directeur général. Depuis le début de l'année, il avait fait part à ses amis de ses incertitudes quant à son rôle au sein de Twitter, et de son désir de plus en plus vif de tirer sa révérence. La personne qui le remplacerait, du moins à titre transitoire, était l'homme qui se tenait à côté de lui, et qui avait contribué à lancer l'entreprise : Jack Dorsey ou, ainsi que le désignait son pseudo Twitter, @Jack.

Cela faisait cinq ans que Dorsey remontait la pente en se calquant sur la trajectoire professionnelle de Steve Jobs. Il avait été démis sans cérémonie de son poste de directeur général en 2008, et n'avait cessé depuis d'œuvrer à son retour au sommet de la hiérarchie, s'alliant avec des membres du conseil d'administration, et échafaudant un récit médiatique qui le présentait comme le seul et unique visionnaire à l'origine de ce réseau social. Ce serait une revanche triomphale, le grand retour de la force créatrice responsable des premiers succès de Twitter, comparable au retour de Jobs à la tête d'Apple.

Aux yeux des autres employés, Dorsey semblait revenir d'une longue traversée du désert. Il se tenait devant eux nanti d'un tout nouveau poste de cadre dirigeant et d'une épaisse barbe châtaine qui lui tombait sur le col et mettait en valeur son visage anguleux et ses yeux bleu glacier. Même si tout le monde savait qu'il était l'un des cofondateurs de l'entreprise, qu'il en avait été président du conseil d'administration durant de longues années, rares étaient ceux qui l'avaient déjà vu en chair et en os. Toutes et tous scrutaient à présent l'ancien mannequin et grand amateur de méditation et, non sans une certaine inquiétude, l'écoutaient leur parler de l'ère de changements qui s'ouvrait pour l'entreprise, de son ton monocorde si caractéristique.

Twitter se devait de changer, et vite, en effet la compagnie était au fond du gouffre. Les innovations produit étaient minimes, la croissance du nombre d'utilisateurs (facteur de dynamisme par excellence pour tout réseau social) était au point mort et la conviction d'un échec inéluctable s'imposait un peu plus chaque jour. Le long historique de dysfonctionnements et de trahisons parmi les fondateurs de l'entreprise ainsi que le jeu de chaises musicales au sommet de l'organigramme contribuaient au sentiment général que Twitter était un cul-de-sac. Dorsey lui-même avait fait plusieurs faux pas en son temps, et on s'accordait à considérer le chaos comme une partie intégrante de la culture de cette entreprise. Non sans raison, les employés se demandaient : *Jack est-il vraiment la solution à nos problèmes ? Saura-t-il redresser la boîte ? Ou fera-t-il de nouveau long feu ?*

Né en 1976, Dorsey grandit à Saint Louis, élevé avec ses deux frères cadets par une mère de gauche et un père conservateur. Adolescent, il s'intéressa au fonctionnement du routage de dispatching, premier signe de son intérêt pour la conception de systèmes complexes de transport d'information. Il suivit un cursus universitaire dans le Missouri et à New York, mais quitta la fac avant d'obtenir son diplôme de fin d'année. Dorsey s'installa dans la baie de San Francisco en 1999[1], à la veille de l'éclatement de la bulle Internet.

Dans la tech, l'ambiance était alors grisante. Les visionnaires et les pionniers d'Internet et de la micro-informatique s'étaient laissé guider par une éthique ouverte et collaborative fondée sur une culture du consensus quasi anarchiste et une expertise technologique hors du commun. Ce fonctionnement démocratique plaisait énormément à Dorsey, amateur de punk qui s'était jadis teint les cheveux en bleu. Il trouva sans mal sa place dans cette structure horizontale et informelle. Il emménagea dans la Sunshine Biscuit Factory, une ancienne usine au fin fond de l'est d'Oakland, quartier déconsidéré où vivaient nombre d'artistes et où les concerts underground foisonnaient. Dorsey quant à lui bricolait des programmes en ligne visant à répartir taxis, coursiers à vélo et services d'urgence.

Contrairement à la foule de codeurs hirsutes qui s'étaient rués dans la Silicon Valley en quête de très gros chèques, Dorsey s'intéressait à l'esthétique : la sienne, mais aussi celle des produits. Il avait brièvement travaillé dans le mannequinat, et envisageait parfois d'abandonner tout à fait la tech pour devenir créateur de mode. Il aimait changer d'apparence, notamment en se faisant percer le nez ou en se lavant les cheveux avec du savon de Castille pour se faire des dreadlocks. Bien après ces années de formation, il devait rester fidèle à cette versatilité, tant dans son look que dans ses centres d'intérêt personnel, qui aux yeux de certains relevait d'une quête sans fin d'acceptation par les autres.

En 2005, après avoir enchaîné plusieurs contrats comme codeur freelance dans la baie de San Francisco, notamment à la conception du dispatching des ferries touristiques pour l'île d'Alcatraz[2], Dorsey eut connaissance d'Odeo, une start-up de podcasting lancée par l'entrepreneur du web Ev Williams. Ce dernier avait fait fortune deux ans auparavant en revendant à Google Blogger, sa plateforme de publication, et Odeo était son tout nouveau projet. Avec Blogger, Williams s'était enorgueilli de donner à tout un chacun les moyens de s'autopublier, permettant aux utilisateurs de mettre en ligne le contenu qu'ils désiraient, le tout en un seul clic. Il faisait totalement l'impasse sur la modération, qu'il considérait comme une tâche impossible à accomplir, et conservait l'immense majorité des posts sur sa plateforme.

Dorsey, alors âgé de vingt-huit ans, envoya son CV à Williams, qui lui proposa un contrat freelance pour Odeo[3]. Là-bas, il se découvrit de nombreux points communs avec les autres employés. Mais même au sein de cette équipe constituée de profils atypiques, Dorsey se distinguait. Il était très peu loquace, préférant les SMS et les chats aux conversations de vive voix. Il se fondait toujours dans le décor lors des travaux de groupe ou quand tous sortaient boire un verre. Et bien qu'il travaillât pour le fameux fondateur de Blogger, Dorsey tenait son propre blog sur une plateforme concurrente, LiveJournal.

Dès le tout début du web social, Dorsey fut un blogueur prolifique. Ses publications sur LiveJournal lui permettaient de mieux exprimer sa véritable personnalité, mais cela ne lui paraissait pas suffisant. Les deux plateformes requéraient un certain engagement de leurs utilisateurs, qui se devaient de rédiger et corriger leurs posts avant publication, voire retoucher des photos prises sur leur appareil numérique. Il fallait trouver quelque chose de plus rapide et de plus spontané qui permettrait de publier et de partager instantanément, sans le moindre effort, et sans y réfléchir à deux fois.

« En direct, dans l'instant, sur le terrain », tels étaient les maîtres mots de Dorsey. Son projet imiterait les statuts du service de messagerie instantanée d'AOL, dont les utilisateurs pouvaient publier des posts sur ce qu'ils étaient en train de faire, ce à quoi ils pensaient, ou partager des paroles de chanson sibyllines pour illustrer leur état d'esprit.

En juillet 2000, Dorsey réalisa dans un carnet de notes, au stylo à bille bleu, un croquis encadré d'arabesques du projet qu'il baptisa My. Stat. Us.[4]. Sur ce croquis, Dorsey se disait « en pleine lecture », mais d'autres choix de statut étaient possibles : « Au lit », « En route pour le parc »...

Cette idée ne l'avait pas quitté quand Odeo capota. La start-up avait beaucoup de mal à trouver des utilisateurs, et l'ajout de podcasts sur iTunes en 2005 signa son arrêt de mort. Dorsey y vit une occasion et présenta son concept de statut à Williams et aux autres dirigeants d'Odeo. L'un d'eux, Noah Glass, remarqua que le signal sonore indiquant un changement de statut évoquait un spasme, *twitch* en anglais. Dans un dictionnaire, il consulta les mots commençant par « tw »[5] et tomba sur *twitter*, verbe qui désigne le gazouillement excité produit par les oiseaux. Le mot *twitter* avait quelque chose d'intrigant, d'entraînant. Les dirigeants d'Odeo le raccourcirent en un Twttr fidèle à l'élimination des voyelles à la mode dans les noms de start-up du début des années 2000, et compatible avec la brièveté des SMS. (Le mot *tweet* fut utilisé pour la première fois en 2007 par des développeurs indépendants très enthousiastes.)

En mars 2006, une première version de ce service était déjà sur pied. « En train de configurer mon twttr », écrivit Dorsey. Ce fut le premier tweet de tous les temps.

Beaucoup étaient sceptiques quant au potentiel de ce service. Mais Dorsey donnait lui-même l'exemple, publiant de courts messages sur ses voyages, le champagne qu'il buvait et les plats qu'il dégustait. Son calme et sa discrétion inspiraient la loyauté, et il donnait plutôt l'impression d'écouter ses collègues et de s'en remettre à eux que de vouloir les dominer et les commander.

« Je suis heureux que cette idée ait germé. J'espère qu'elle prospérera », écrivit plus tard Dorsey en se rappelant le croquis qu'il avait griffonné dans son carnet. « Certaines choses méritent qu'on fasse preuve de patience. »

Et Twitter prospéra bel et bien. Ses utilisateurs étaient limités à 140 caractères par tweet, format qui évoquait le laconisme de Dorsey, et qui surtout permettait d'envoyer des tweets par SMS, une nécessité à cette époque pré-smartphone. Dorsey se débarrassa de son piercing à la narine et fut nommé directeur général de la compagnie, tandis que Williams, qui avait presque entièrement financé l'entreprise à ses débuts et était à présent son principal actionnaire, devenait le président du conseil d'administration. Williams garda 70 % des parts de l'entreprise et en céda 20 % à Dorsey[6]. Ils finirent par abandonner Odeo pour se concentrer à temps plein sur Twitter, qui connut un premier boum après avoir été nommé meilleure start-up en 2007 lors de la conférence South by Southwest, à Austin, au Texas.

Sa croissance était telle qu'elle mettait à mal l'infrastructure que Dorsey, Williams et une petite équipe d'anciens collaborateurs d'Odeo avaient mise en place avec ce qui dans le domaine numérique s'apparentait à de simples bouts de ficelle. Quand le site plantait (et c'était de moins en moins rare), une baleine hissée dans les airs par des oiseaux persévérants s'affichait à l'écran – l'image de la *fail whale* (« la baleine de l'échec ») s'imposerait bientôt à tous.

Mais la plupart du temps, quand le site fonctionnait correctement, il était gouverné par un principe des plus simples : le flux de tweets ne devait jamais cesser.

Certains étaient tout bonnement pornographiques. D'autres contenaient des menaces à l'endroit d'autres utilisateurs. Twitter suivait à la lettre la mên sophie que le Blogger de Williams : on n'avai temps à consacrer à la modération, et quand bien cela aurait été le cas aucun membre de l'équipe n'aurait eu la patience de passer en revue les tweets problématiques.

Dorsey soutenait cette politique du laisser-faire mais évitait soigneusement d'en informer le public. Il laissait cette tâche à l'un des cofondateurs, Biz Stone, ainsi qu'à d'autres employés de la première heure qui avaient travaillé sur Blogger. En outre, Dorsey était débordé par les innombrables responsabilités qui lui incombaient en tant que directeur général, n'ayant jamais exercé ces fonctions, et se débattait comme il pouvait pour manager ses employés, établir des budgets et superviser l'infrastructure fragile du site. Sans la moindre hésitation, il laissait à d'autres le soin de s'occuper de l'épineuse question de la modération de contenu, préférant se pencher sur l'interface et la technologie de Twitter. Il avait à cœur de convaincre les gens que son projet chéri était en mesure de transformer leur conversation, et à terme leur vie même.

En 2008, les sempiternels plantages et l'augmentation des coûts dépassèrent la limite du supportable. Twitter comptait plus d'un million d'utilisateurs, mais très souvent les créations de nouveaux profils échouaient, les tweets n'étaient pas toujours publiés, et le fait de rester en ligne relevait parfois de l'exploit. Ces problèmes devaient être résolus une bonne fois pour toutes (en fait, cette nécessité ne datait pas d'hier) et la réaction de Dorsey tardait à venir. Au mois d'octobre, Williams et le conseil d'administration de Twitter (constitué de deux investisseurs en capital-risque) démirent Dorsey. En guise de lot de consolation, ils lui donnèrent un siège au conseil, mais sans le droit de vote qui lui était normalement associé. Williams fut nommé nouveau directeur général.

Alors que Dorsey se retrouvait sur la touche, la popularité du site qu'il avait contribué à créer ne cessait de croître. En 2009, un grand nombre d'Iraniens affluèrent pour protester contre l'élection présidentielle dans leur pays, consolidant la réputation de bastion de la liberté d'expression que Twitter avait acquise. Cette même année, Twitter fut le site qui se développa le plus rapidement, passant de 1,2 million à 18,2 millions de visiteurs entre mai 2008 et mai 2009.

Williams, Stone et les autres dirigeants de Twitter poursuivirent sur leur lignée permissive, et le site joua un rôle prépondérant dans le mouvement des printemps arabes, offrant aux insurgés du Moyen-Orient et d'Afrique du Nord une plateforme d'opposition à leurs gouvernements et d'organisation politique pour renverser les dictateurs.

De temps à autre, la compagnie supprimait des contenus illégaux, tels que des images et des propos pédopornographiques. Mais la plupart du temps, Twitter s'en tenait à sa définition jusqu'au-boutiste de la liberté d'expression. Les cadres de la start-up la surnommaient « l'aile "liberté d'expression" du parti de la liberté d'expression », doigt d'honneur éhonté à toute personne osant critiquer leur refus de supprimer des tweets.

En coulisses, Dorsey commença à œuvrer en vue de son grand retour. Quand il n'était pas occupé à fixer Williams d'un air glacial durant les réunions du conseil d'administration, il planchait sur le problème des paiements par carte bancaire auquel étaient confrontés les petits commerçants. Dorsey mit au point un système de traitement des paiements numériques, mettant à profit son expérience et ses connaissances dans le domaine du routage et du dispatching, et développa un élégant lecteur de cartes de crédit dont le design rappelait les produits Apple, et qui pouvait être branché sur la prise jack d'un iPhone. Il donna à ce nouveau projet un nom très simple : Square.

Dès sa création en 2009, la solution fut adoptée par les petites entreprises. Mais malgré ce succès Dorsey ne parvenait pas à oublier Twitter. Son amertume envers Williams était intacte, et il rêvait de revenir au sommet de la hiérarchie. Square lui permettait de donner libre cours à son savoir-faire, mais il ne jouissait pas du même impact culturel que Twitter. Son logo ne s'étalait pas en bandeau sur toutes les chaînes d'information nationales. Les candidats aux présidentielles, les acteurs de renommée nationale et les musiciens préférés de Dorsey ne s'en remettaient pas à sa nouvelle création. Et même si Twitter était le fruit d'efforts communs, c'était son idée à lui, sa vision à lui, esquissée dans son carnet de notes.

La première étape pour s'asseoir à nouveau sur le trône consistait à se débarrasser de Williams. Dorsey se lança dans une discrète campagne de discrédit, en murmurant à des membres du conseil administratif et à plusieurs cadres de Twitter qu'Evan Williams n'avait pas les épaules pour diriger cette entreprise. Et effectivement, celui-ci était à la peine. Twitter grandissait par brusques à-coups imprévisibles, et Williams, qui n'était pas du genre à s'impliquer directement dans le management des équipes, avait le plus grand mal à déléguer des tâches et à engager de nouvelles recrues.

« On s'accrochait du bout des ongles à une fusée en plein décollage », devait commenter plus tard l'intéressé[7].

En 2010, les efforts de Dorsey portèrent leurs fruits. Le conseil d'administration démit Williams de son poste de directeur général et le remplaça par Costolo. Une véritable revanche pour Dorsey, écarté par Williams deux ans auparavant. Dorsey succéda par la suite à Williams en tant que président exécutif du conseil, ce qui lui redonna un certain pouvoir décisionnel dans l'entreprise, tandis que le fondateur de Blogger se voyait relégué à des tâches de supervision.

Il ne s'agissait plus à présent pour Dorsey que de passer de la salle du conseil au bureau du directeur général de l'entreprise. En 2013, Twitter entra en Bourse, valorisée à hauteur de 18 milliards de dollars. Le nombre d'investisseurs s'étant multiplié au fil des années, la part de Dorsey se réduisait alors à 5 %, et celle de Williams à 12 %[8].

Mais Twitter n'était toujours pas bénéficiaire. L'entreprise se vantait de ses 218 millions d'utilisateurs actifs mensuels, mais dans les six mois qui avaient précédé son entrée en Bourse, elle avait connu des pertes de près de 70 millions de dollars.

Cependant, Costolo avait trouvé un moyen d'inclure des publicités dans les timelines, et les analystes s'accordaient à croire que Twitter avait de fortes chances de l'emporter sur Facebook. Dorsey, rasé de près, vêtu d'une chemise d'un blanc immaculé et d'un costume noir, ne cacha pas sa joie quand des célébrités utilisatrices de Twitter, dont l'acteur Patrick Stewart, firent sonner la cloche de Wall Street afin de signifier l'introduction en Bourse de la compagnie.

2

#StayWoke

En ce matin étouffant du 9 août 2014, à Ferguson, dans le Missouri, deux jeunes garçons marchaient au milieu d'une rue qui traversait le cœur d'un lotissement de maisons de plain-pied. Les bâtiments aux façades ternes et aux porches en bois flanquaient la route sans offrir la moindre ombre. Une voiture de patrouille passa à côté d'eux, et le policier qui se trouvait à bord ordonna aux jeunes gens de quitter la chaussée pour marcher sur le trottoir.

Quelques minutes à peine s'écoulèrent avant que l'un des deux jeunes hommes, Michael Brown Jr., trouve la mort, abattu en pleine rue par le policier. Des vidéos et des photos du corps de Brown ne tardèrent pas à circuler sur Twitter. Dès le lendemain, des manifestants investirent les rues de Ferguson, à quelques kilomètres à peine de la ville de Saint Louis, où Dorsey avait grandi.

Une semaine plus tard, le 16 août 2014, un amoureux éconduit publia en ligne un pavé visant directement une développeuse de jeux vidéo du nom de Zoë Quinn. Il l'accusait à tort d'avoir couché avec un journaliste en échange d'un article positif sur un jeu de sa création. Cette calomnie avait beau provenir d'un ex revanchard, elle fut très vite relayée par les communautés en ligne de gamers, dont beaucoup prirent prétexte de ce message diffamatoire pour menacer Quinn de viol et de mort. Quand d'autres femmes prirent la défense de la développeuse, elles devinrent les cibles des mêmes menaces.

Ces deux événements eurent de lourdes répercussions, devenant un sujet de débat politique de grande importance, et écopant d'un hashtag à part entière : #Ferguson et #Gamergate.

Dorsey suivit attentivement les manifestations près de sa ville natale, qui débutèrent le jour de la mort de Brown et se poursuivirent durant le reste de ce mois d'août caniculaire de 2014. Quelques jours après le décès du jeune Afro-Américain, Dorsey retourna dans le Missouri, chargeant au maximum son téléphone avant de se mêler aux manifestants pour live-tweeter tout ce qu'il pouvait voir. Il avait troqué sa tenue professionnelle pour un simple T-shirt blanc et une casquette de l'équipe des St. Louis Cardinals, offrant des roses rouges aux personnes réunies tandis qu'elles défilaient dans Florissant Road, à deux pas de l'endroit où Brown avait été abattu[1].

Dorsey s'agaçait de l'iniquité des forces de l'ordre et des médias. « Atroce : viens de voir la police du comté de St. Louis se ruer sur une femme, la jeter par terre & l'arrêter. Pour être restée immobile », tweeta Dorsey dans la nuit du 19 août.

Ferguson fut le berceau d'un mouvement de contestation plus vaste encore nommé Black Lives Matter et qui se développa dans les années qui suivirent la tragédie. Mais cette ville eut également un impact incroyable sur Twitter, et sur Dorsey lui-même. Ses live-tweets conféraient une légitimité aux manifestants et aux journalistes-citoyens qui eux aussi rapportaient les événements en direct du terrain, et les plus grands journaux s'empressèrent de parler de ce milliardaire blanc de la tech qui était revenu dans son État natal pour braquer un projecteur sur la communauté noire américaine qui exigeait que justice soit faite. Twitter, et par association Dorsey, se trouvait soudain sous les feux de la rampe.

De retour à San Francisco, Dorsey conserva sa tenue de manifestant, jeans, T-shirt et hoodie, sans oublier sa barbe. Il garda aussi contact avec quelques influents tweetos dont il avait fait la connaissance à Ferguson et les invita à venir visiter le siège de la compagnie à la fin de l'année 2014. Il abordait les questions de justice ethnique sur son compte Twitter personnel et fit produire au nom de l'entreprise divers goodies estampillés du hashtag #Staywoke (#Restezwoke) et de l'oiseau bleu emblématique.

À peu près au même moment, la campagne #Gamergate se propagea comme un feu de broussaille. Si Ferguson était l'exemple même du pouvoir que Twitter était capable d'engendrer en plaçant les outils de communication directement entre les mains des principaux intéressés, le Gamergate illustrait parfaitement les abus possibles de ce même pouvoir. Des milliers d'utilisateurs de Twitter – souvent via des comptes anonymes – lancèrent des attaques féroces contre des femmes influentes, révélant publiquement des informations privées les concernant, et alimentant ainsi le déferlement de haine et de menaces de mort qu'elles essuyaient. Un mois à peine après la publication du post de blog concernant Quinn, le hashtag #Gamergate avait été partagé plus d'un million de fois sur Twitter.

Les manifestations de Ferguson accaparaient Dorsey. Les plaintes des militants des droits de l'homme furent donc traitées par la responsable juridique de Twitter, anciennement avocate en droit des affaires, Vijaya Gadde.

L'expérience dans le monde du droit des sociétés de Gadde avait aiguisé la réflexion mais également la méfiance de cette femme, dont les tenues sobres et la chevelure ondulée, toujours impeccable, étaient parfaitement adaptées aux prétoires. Elle détonnait au milieu des autres employés vêtus de hoodies, et considérait que la politique du flux incessant n'était pas la plus avisée pour guider les échanges en ligne. Si les usagers passaient leur temps à se crier dessus, certains finiraient par se lasser et quitteraient tout bonnement la plateforme. Et selon toute vraisemblance, ce serait les personnes les plus vulnérables qui s'en iraient en premier.

Gadde trouva un alter ego en la personne de Del Harvey, spécialiste de la protection des mineurs et vingt-cinquième employée de Twitter, qui connaissait au plus près les aspects les plus sinistres du réseau social. Ses grands yeux bleus et sa voix aiguë et flûtée avaient été des atouts cruciaux dans son précédent emploi : elle avait servi de leurre humain en se faisant passer auprès de plusieurs hommes tantôt pour un adolescent, tantôt pour une adolescente dans l'émission de téléréalité qui traquait les pédophiles d'Internet *To Catch a Predator*. Chez Twitter, Harvey était devenue *de facto* responsable des ordures, traquant toute forme d'exploitation sexuelle visant les enfants et luttant contre les spammeurs en général.

Là où Harvey pouvait se montrer véhémente, Gadde incarnait la voix de la raison et du droit. Leur binôme était des plus efficaces et, ensemble, elles mirent au point une nouvelle approche pour s'assurer que les voix les plus fortes ne dominent pas les échanges sur Twitter. Elles engagèrent des dizaines de modérateurs de contenu, ajoutèrent de nouveaux outils afin de bloquer les utilisateurs en tort ou de masquer des conversations, et elles lancèrent la conception d'autres fonctionnalités permettant de détecter tout abus avant qu'il ne soit massivement relayé sur la plateforme.

« On ne peut se targuer d'avoir la liberté d'expression comme principe premier si on continue de permettre à certains de réduire au silence des personnes qui auraient trop peur de s'exprimer, assura Gadde en 2015 dans une tribune libre du *Washington Post*. Nous nous devons de combattre plus efficacement encore les abus de toutes sortes sans bâillonner les utilisateurs[1]. »

La responsable juridique de Twitter promettait leurs de préserver la neutralité du réseau social n'avons pas vocation à nous présenter comme un arbitre du débat mondial. Cependant, nous veillerons plus activement à ce que les différentes opinions ne dépassent pas la ligne du harcèlement. » De son côté, Costolo approuvait ce changement de point de vue de l'entreprise concernant la liberté d'expression. « Nous sommes vraiment nuls dans la gestion des abus et des trolls, et cela ne date pas d'hier », écrivit-il dans un e-mail interne adressé aux employés de Twitter dans le sillage du Gamergate.

Mais Costolo se retrouva débordé par le dilemme de cette problématique. Il fut écarté de la direction durant l'été 2015, miné par la haine et les campagnes de harcèlement en groupe dont Twitter était si fréquemment le théâtre, et dont l'impact sur la croissance du nombre d'utilisateurs était particulièrement négatif. Fin 2014, le réseau social stagnait à environ 300 millions d'utilisateurs actifs par mois, et bien qu'il eût dépassé le milliard de chiffre d'affaires pour la toute première fois, ses pertes s'élevaient à 578 millions de dollars. À titre comparatif, pour la même période, Facebook comptait 1,39 milliard d'utilisateurs actifs par mois, pour un chiffre d'affaires de 12,5 milliards de dollars et un bénéfice de 2,94 milliards. Victime de sa limitation à 140 caractères par message, Twitter semblait incapable de proposer de nouvelles fonctionnalités attractives, ce qui dissuadait beaucoup d'utilisateurs de continuer à fréquenter le site. En 2015, son acquisition prématurée de Periscope, start-up de live-streaming, avant même son lancement, n'enthousiasma presque personne.

En juillet, quand Dorsey remplaça officiellement Costolo, l'incertitude régnait. Dorsey redevint glabre – cédant peut-être à la pression de sa propre mère, qui avait tweeté : « Pas fan de la barbe. @jack a un très beau visage. Dommage qu'il le cache. » – et opta pour un nouvel uniforme qui incluait un T-shirt gris « #StayWoke », soucieux de se présenter comme un pilier. Après une petite série de mises à pied en octobre, Twitter parut s'acheminer vers un bilan annuel bénéficiaire, une première depuis sa création. Cependant, l'année 2015 s'acheva sur une perte de 521 millions de dollars, alors que sa valorisation était estimée à environ 15 milliards de dollars. Dorsey avait exprimé sa volonté de rendre Twitter universel, en faisant en sorte que son utilisation devienne aussi naturelle que de « regarder par sa fenêtre »[2], mais en réalité, il s'agissait d'une application addictive destinée à une petite catégorie de personnalités et d'organisations influentes, intimidante et difficile d'emploi pour le commun des mortels.

Les problématiques liées aux contenus toxiques et à la désinformation étaient toujours d'actualité. L'entreprise n'avait jamais pris véritablement en compte l'influence qu'elle pouvait avoir sur la politique, et les façons malhonnêtes dont le site pouvait être utilisé. Des agents du renseignement russe créèrent des comptes fantoches pour publier des tweets clivants sur des questions politiques épineuses, telles que le mouvement Black Lives Matter, dans le but de diviser l'opinion publique américaine durant la campagne présidentielle de 2016. La plateforme joua un rôle essentiel dans la carrière politique de Donald Trump, qui se servit de sa *persona* grandiloquente sur Twitter pour s'assurer l'attention constante des médias, passant ainsi du statut de star de la téléréalité à celui de candidat du Parti républicain, pour finalement être élu président.

« Une soirée merveilleuse et unique ! » tweeta triomphalement Trump le 9 novembre 2016 après sa victoire. « Les grands oubliés ne seront plus jamais oubliés. Nous serons unis comme jamais auparavant. »

Le retour de bâton fut immédiat. Les démocrates accusèrent la compagnie d'avoir permis l'ascension de Trump en tirant profit de ses déclarations incendiaires, tandis que Trump déclarait que c'était Twitter qui l'avait porté jusqu'à la Maison-Blanche[3].

Alors que l'entreprise se trouvait aux prises avec ces controverses, Dorsey s'inquiétait de plus en plus pour sa santé, se convertissant à divers régimes alimentaires à la mode, au yoga et à la méditation, s'efforçant de trouver son équilibre personnel malgré les responsabilités liées à la direction conjointe de Twitter et de Square. Il commençait chaque journée en buvant ce que les employés de Twitter surnommèrent malicieusement son « jus de sel », mélange d'eau, de citron et de sel rose de l'Himalaya. En hommage à son fondateur excentrique, la compagnie se mit à servir du jus de sel dans les cafétérias de plusieurs sièges à travers le monde, et l'obsession de Dorsey pour son bien-être ne tarda pas à influencer son travail. À la suite du Gamergate et des ingérences étrangères dans la campagne présidentielle de 2016, il se fixa pour mission d'encourager la communauté des tweetos à entretenir des « échanges sains ».

« Twitter s'engage à contribuer au bien-être collectif, à l'ouverture d'esprit et à la civilité dans les conversations publiques, et à assumer sa pleine part de responsabilité dans ce processus, écrivit-il en mars 2018. Nous ne sommes fiers ni de la façon dont certains ont profité de notre service ni de notre incapacité à avoir traité ce problème avec la rapidité qui convenait. »

Les sentiments et opinions de Dorsey demeuraient une énigme. Il était indéchiffrable, nimbé de son aura de philosophe de la Silicon Valley. Il ne parlait pas beaucoup, mais quand il s'exprimait on l'écoutait. Un culte de la personnalité se développait autour de lui. Les employés de Twitter recherchaient son approbation et sa reconnaissance. Parfois, et en particulier dans ses interactions en tête à tête, il pouvait se montrer très empathique, parfaitement en phase avec les problèmes que rencontraient la compagnie et ses salariés. À d'autres occasions, il semblait distant et déconnecté, comme lorsqu'il partit dix jours en voyage de méditation au Myanmar où, peu de temps auparavant, en novembre 2018, la minorité rohingya avait été victime d'un génocide en partie couvert par divers médias.

À son retour à San Francisco, en décembre, son assistante organisa pour lui une fête d'anniversaire surprise au siège de Twitter en s'inspirant d'une plaisanterie qui circulait dans la compagnie. Quelques mois auparavant, à l'occasion d'un voyage en Inde, Dorsey, son assistante et plusieurs cadres s'étaient passionnés pour les singes locaux, des macaques rhésus qui abondaient autour du siège de Twitter à Delhi. L'assistante avait engagé un éleveur qui s'était présenté au bureau avec deux primates.

« Ne touchez pas aux singes ! » s'exclama le spécialiste lorsque Dorsey et d'autres entrèrent dans la salle de conférence, s'approchant des animaux.

Après une brève hilarité générale, le dirigeant de Twitter partit honorer d'autres engagements professionnels, laissant les singes où ils étaient afin que le reste des employés puisse les contempler. Plus tard, quelqu'un porta plainte auprès de la direction des ressources humaines.

Dorsey avait pris le contrôle de Twitter, mais l'entreprise était devenue une vraie ménagerie, et il n'avait rien d'un gardien de zoo.

3

« Là, c'est vraiment moi »

Le 15 juillet 2018, Elon Reeve Musk, alors âgé de quarante-sept ans, se réveillait chez lui, à Los Angeles, encore en proie au décalage horaire après un voyage en Thaïlande et à Shanghai. Sa petite amie de trente ans, Claire Elise Boucher, chanteuse de pop éthérée plus connue sous le nom de scène de Grimes, dormait à côté de lui.

Il était encore tôt ce dimanche matin et, par réflexe, Musk fit ce qu'il faisait toujours dans les moments de calme : il se saisit de son téléphone. Il avait l'habitude de jouer à des jeux de stratégie ou de consulter sa boîte e-mail, qui débordait de comptes-rendus de ses employés et d'alertes Google à son nom, qu'il avait lui-même configurées pour rester informé de toute mention de sa personne. Bien qu'il encourageât la couverture médiatique de ses frasques d'entrepreneur, Musk était très susceptible et tenait absolument à savoir ce que le public pensait de lui et de ses compagnies, Tesla Motors, Space Exploration Technologies, Neuralink et The Boring Company. Ce matin, il se focalisa sur sa principale addiction : Twitter.

Musk avait amassé plus de vingt millions de followers sur ce réseau social et avait publié plus de cinq mille tweets, dans lesquels il livrait son opinion sur les avancées de ses diverses entreprises, faisait des blagues ou s'en prenait à celles et ceux qui le critiquaient.

Après quelques moments passés à scroller, Musk tomba sur le lien d'une vidéo de la chaîne CNN. Il cliqua et se retrouva confronté à un visage qui ne lui disait rien. Assis dans une luxuriante forêt thaïlandaise, Vernon Unsworth, un Britannique à l'air sérieux et en T-shirt blanc, répondait aux questions qui lui étaient posées en plissant le front. Musk ne mit pas longtemps à comprendre qu'il était en train de parler de lui.

« À votre avis, quelle idée Elon Musk avait derrière la tête ? » demanda un filet de voix hors champ.

Unsworth afficha un sourire pincé, comme s'il hésitait à soumettre le fond de sa pensée. « Il peut vraiment se le garder, son fichu sous-marin. Il était évident que ça ne marcherait pas », répondit-il.

Et il ajouta : « Ce n'était rien d'autre que de la com. »

Musk était furieux. Il revisionna l'interview. Une deuxième, puis une troisième fois. Son voyage en coup de vent en Thaïlande avait été motivé par ce qu'Unsworth était justement en train de fustiger. Une équipe de foot composée d'ados s'était retrouvée prise au piège dans une grotte : cette histoire taillée pour les retweets était vite devenue virale, et Musk avait envoyé en Thaïlande une cohorte d'ingénieurs de SpaceX et un sous-marin de poche dans le but de sauver les jeunes garçons et leur entraîneur, coincés depuis dix-huit jours dans une grotte en partie submergée du nord du pays. Cependant, comme l'expliquait très bien Unsworth dans l'interview, les galeries étaient si sinueuses que le sous-marin n'aurait pas pu parcourir plus de cinquante mètres.

Pour Musk, ces insultes ne pouvaient rester impunies. Il googla « Vernon Unsworth » et trouva des articles concernant cet expatrié britannique qui habitait dans les alentours de Chiang Rai, en Thaïlande, avec sa compagne quadragénaire, patronne d'un salon de manucure. Unsworth, qui s'était passionné pour la spéléologie dès son adolescence et avait participé à plusieurs missions de sauvetage au Royaume-Uni, s'était installé dans ce pays d'Asie du Sud-Est afin d'explorer ses réseaux souterrains.

On l'avait associé à cette mission car il connaissait très bien les cavernes où l'équipe de foot était prisonnière.

« Ce type n'a pas l'air franc du collier », songea Musk à mesure qu'il s'enfonçait dans les méandres de ses recherches. Il googla « Chiang Rai » et tomba sur un article qui présentait cette grande ville du nord de la Thaïlande comme la capitale mondiale de la traite pédophile.

Après une heure de recherches sur Google, Musk rouvrit Twitter. Deux jours auparavant, *Bloomberg Businessweek* avait publié une interview du milliardaire où il reconnaissait l'impulsivité dont il faisait fréquemment preuve sur le réseau social. « Je partais du principe erroné (et j'entends m'améliorer à ce titre) que toute personne qui m'attaquait sur Twitter acceptait tacitement de se retrouver dans ma ligne de mire, avait-il déclaré au magazine. Ç'a été une erreur de ma part. Je m'efforcerai de ne plus la commettre. »

Mais cette bonne résolution pouvait encore attendre. Il se devait de répondre à Unsworth.

Dès 6 h 56, heure de Los Angeles, il commença à pilonner le spéléologue de fausses accusations. « Jamais croisé cet expat britannique résidant en Thaïlande (c'est louche) quand on s'est rendus dans ces grottes », tweeta-t-il avant de déclarer dans le message suivant que son équipe réaliserait une vidéo du sous-marin progressant dans le réseau souterrain où l'équipe de foot s'était retrouvée enfermée. Sans préciser toutefois que quand son sous-marin était enfin arrivé en Thaïlande, la mission de sauvetage était déjà bien avancée, huit des douze garçons ayant été sauvés.

« Désolé, Mister Pedo, tu l'as bien cherché », tweeta Musk.

Cette insulte fut vite relayée aux quatre coins d'Internet. La pédophilie était au cœur d'un grand nombre de théories conspirationnistes parmi les plus extravagantes. En 2016, des rumeurs circulant sur la Toile à propos d'un réseau pédophile ayant pour centre névralgique une pizzeria de Washington (théorie du complot qui passerait à la postérité sous le nom de « Pizzagate ») poussèrent un homme armé d'un fusil d'assaut à ouvrir le feu dans ce restaurant. L'année suivante, un mouvement halluciné du nom de QAnon se forma autour d'une supposée cabale de représentants et fonctionnaires gouvernementaux pédophiles complotant contre le président Donald Trump.

Musk invoquait une armée de conspirationnistes pour harceler un illustre anonyme qui par ses compétences avait contribué à sauver la vie d'une dizaine d'enfants. Mais les fanatiques de Musk avaient en lui une foi aveugle : après tout, il s'était taillé une solide réputation d'homme d'affaires soucieux d'offrir à l'humanité une Terre plus propre et la faculté de voyager dans l'espace. Musk était aux yeux de beaucoup l'une des personnes les plus intelligentes au monde : il était évident qu'il savait des choses sur Unsworth que le commun des mortels ignorait.

« Je vous parie un billet de 1 dollar dédicacé que c'est vrai », tweeta-t-il plus tard dans la journée, poursuivant sa diatribe anti-Unsworth.

Trois jours plus tard, il présenta des excuses publiques sur Twitter : « J'ai écrit ces paroles sous le coup de la colère. » Mais il refusait de laisser cette affaire derrière lui, et continua à disséminer diverses rumeurs sur Unsworth, des mois après sa première offensive. En septembre 2018, Musk accusa à nouveau Unsworth de pédophilie, dans des tweets et des e-mails adressés à un reporter de *BuzzFeed News**, où il déclarait que le Britannique était un « violeur

* En l'occurrence, l'un des auteurs de ce livre, Ryan Mac, qui était alors reporter senior chez *BuzzFeed News*. Elon Musk lui adressa plusieurs e-mails qu'il qualifiait unilatéralement de « off », terme journalistique signifiant que l'information soumise ne doit pas être rendue publique. Mac n'ayant pas accepté ces clauses, *BuzzFeed News* décida de publier dans leur intégralité ces échanges que la rédaction considéra comme dignes d'intérêt, en ce qu'ils étaient

d'enfants » qui avait pris « pour épouse une âgée d'une douzaine d'années ».

Quelques semaines plus tard, Unsworth procès pour diffamation à Musk.

* * *

Le 3 décembre 2019, Musk se repencha sur ses tweets visant Unsworth. Mais cette fois, il était à la barre d'une salle d'audience du tribunal de Los Angeles. Le regard fixe, les lèvres pincées, Musk écoutait les questions de l'avocat d'Unsworth. Puis il observait un silence, seuls ses yeux bougeaient, et il soumettait des réponses laconiques à mille lieues du personnage plein d'assurance qu'il incarnait sur Twitter.

Les journalistes, les fans et les détracteurs qui se pressaient en ces lieux dans l'espoir d'apercevoir le célèbre milliardaire ne savaient pas trop quoi penser. Il était là, recroquevillé sur lui-même dans son costume noir, avec sa chemise blanche et sa cravate bleu-gris. Était-ce l'homme à l'origine de la plus grande firme d'automobiles électriques au monde, celui-là même qui avait déclaré qu'il mourrait sur Mars ? Musk était à présent tout sauf intimidant.

Traditionnellement, aux États-Unis, il est très difficile d'obtenir gain de cause quand on traîne quelqu'un au tribunal pour diffamation, mais le dossier d'Unsworth contre Musk semblait plus que solide. Musk ne nia pas avoir tweeté ces fausses informations sur le plaignant et, bien qu'il ait présenté ses excuses, il continuait de

---

révélateurs de l'état d'esprit de Musk et de l'image qu'il se faisait d'Unsworth sans le moindre fondement. Dans une déposition préliminaire au procès, Musk déclara que ces e-mails adressés à Mac représentaient « l'une des plus grosses bêtises » qu'il ait jamais commises.

proférer des allégations de pédophilie à son égard. Musk s'était tellement convaincu de l'ignominie d'Unsworth qu'il avait même engagé un homme se présentant fallacieusement comme un détective privé pour enquêter sur le spéléologue britannique.

Confronté à une affaire aussi simple, n'importe quel magnat aurait réglé les choses à l'amiable, en versant une somme à cinq ou six zéros pour ne plus jamais en entendre parler. Après tout, quel problème y avait-il à se séparer d'une poignée de millions de dollars quand on en avait vingt milliards ? Pourquoi Musk s'embarrassait-il de cette exposition publique, de ces dépositions, d'un procès en bonne et due forme alors qu'il devait diriger des compagnies parmi les plus importantes au monde ?

Le représentant d'Unsworth, L. Lin Wood, un avocat états-unien très réputé, spécialisé dans les affaires de diffamation, le fusillait de questions sur ses habitudes en ligne. Il demanda à Musk ce dont les gens parlaient dans leurs tweets.

« Ils peuvent avancer diverses choses, vraies ou fausses, tout ce qui leur passe par la tête, répondit Musk.

– Je crois que vous m'avez dit que c'était un site où, dans le cadre de conversations, les gens exposaient des faits, donnaient leur opinion, voire insultaient d'autres personnes. C'est bien cela ? demanda Wood.

– Oui, enfin, c'est un vrai bazar où l'on trouve de tout, vous comprenez, des choses qui en somme ne sont pas vraies, qui sont fausses, à moitié vraies, où dans les faits les gens se lancent dans des guerres verbales, dit Musk. On trouve vraiment tout et son contraire sur Twitter. »

C'était là la ligne de défense de Musk. De son point de vue, le plaignant n'était rien d'autre qu'un « vieux blanc aux airs louches habitant en Thaïlande », pour reprendre ses mots, et il n'avait pas voulu dire qu'Unsworth était vraiment un pédophile. L'avocat de Musk, Alex Spiro, ancien agent de la CIA, beau parleur à présent avocat des stars, misait tout sur cette stratégie. Son client plaisantait, rien de plus. Même si dans le même temps il avait chargé l'un de ses collaborateurs les plus fidèles, Jared Birchall, d'engager un détective privé pour enquêter sur Unsworth et débusquer le moindre squelette dans le placard, dans une quête absurde d'éléments visant à étayer ses calomnies.

Si l'on essayait d'imaginer le contraire absolu de Musk, l'un des premiers visages qui viendraient à l'esprit serait celui de Birchall. Cet ancien gestionnaire de fortunes privées était un homme qui aimait travailler dans les coulisses, à l'ombre de ses charismatiques employeurs, veillant scrupuleusement sur leur argent et leurs intérêts. Il ne tweetait jamais, et les très anciens posts sur sa page Facebook désaffectée n'étaient que des remerciements adressés à des gens qui lui avaient souhaité un joyeux anniversaire, des vidéos exprimant l'amour qu'il vouait à Dieu, et des photos de son épouse et de leurs cinq enfants.

Grand, les épaules larges, le nez droit et le menton fendu d'une fossette, Birchall était guidé par sa piété. Membre fervent de l'Église des saints des derniers jours, il ne consommait jamais d'alcool ni de caféine et avait grandi au sein d'une famille qui, sous son nom de groupe des Birchall Family Singers, avait un bon nombre de tournées à son actif[1]. Birchall avait obtenu son diplôme de fin d'études en 1999 à la Brigham Young University et, quasiment dix ans plus tard, en 2008, il avait appuyé financièrement les opposants à une motion visant à légaliser le mariage des homosexuels en Californie.

Il rencontra Musk pour la première fois chez Morgan Stanley, où, limogé de Merrill Lynch après dix ans de service en tant que gestionnaire de fortune, il entra en 2010. Le milliardaire le poussa à quitter cette banque en 2016 pour le nommer à la tête d'Excession LLC, son propre bureau de gestion de patrimoine, nommé d'après un roman de science-fiction de Iain M. Banks. Birchall veilla dès lors à satisfaire le moindre besoin financier de Musk, se rangeant constamment derrière ses opinions, et gagnant ainsi comme personne avant lui la confiance totale du milliardaire.

Birchall versa 52 000 dollars à celui qu'il croyait être un détective privé. Mais l'homme en question, derrière ses fausses références et ses faux documents, était en réalité un ancien détenu, et il communiqua à Birchall et Musk des informations tout aussi fausses sur Unsworth[2].

Durant les quatre jours du procès, Spiro domina très rapidement son confrère. Wood avait de la peine à expliquer les mécanismes fondamentaux de Twitter, et ne parvenait pas à pousser Musk dans ses retranchements pour lui faire avouer clairement sa faute. En outre, son accent du sud-est des États-Unis (il venait de l'État de Géorgie) et ses airs exagérément charmeurs braquaient le jury.

Spiro quant à lui s'exprimait comme un grand frère débonnaire venu fêter Thanksgiving en famille. Il n'avait pas encore quarante ans, et il était déjà l'élément le plus prometteur de Quinn Emanuel, l'un des principaux cabinets d'avocats du pays. Ses manières chaleureuses et son très haut débit de paroles lui valaient de se mettre souvent les jurys dans la poche, et de compter parmi ses clients des sommités telles que Robert Kraft, propriétaire de l'équipe de football américain des New England Patriots, et Jay-Z, géant de l'industrie musicale. Grand et mince, avec un nez de boxeur, il se déplaçait dans la salle d'audience avec la souplesse et la prestance d'un athlète, malgré les cliquetis bruyants de sa botte orthopédique : il s'était fracturé le pied durant une partie de basket-ball. Ce diplômé de Harvard qui avait grandi à Boston ne pouvait réfuter les tweets de Musk. Mais il pouvait leur donner un éclairage différent. Il fit valoir que son client avait publié des milliers de tweets au fil des ans sur cette plateforme qui devait une grande partie de sa notoriété au fait que beaucoup s'y connectaient pour débattre, s'insulter et se bagarrer. Twitter était un vrai champ de bataille.

« Ces tweets ne sont pas des allégations, expliqua Spiro au jury d'un ton pontifiant. Ce sont des plaisanteries, des railleries dans une joute verbale entre deux hommes. »

Ces mots parurent faire mouche. Unsworth déclara sous serment qu'il s'était senti « humilié, rabaissé, sali » par les accusations de Musk, et ajouta : « Pour moi à présent, il y a des jours avec, et des jours sans. » Toutes les personnes présentes dans la salle éprouvaient de la compassion à son égard, mais estimer le coût de ces « jours sans », cela relevait presque de l'impossible. Et c'est précisément là que Wood commit une erreur irréparable. Dans sa plaidoirie finale, il exposa le montant des dommages auxquels, selon lui, son client avait droit : 190 millions de dollars.

Ce chiffre suscita un ricanement dans la salle. Les journalistes relevèrent les yeux de leur carnet de notes et de leur ordinateur, stupéfaits. À l'inverse, des jurés baissèrent le regard, comme si la somme proférée relevait du tabou. Si elle était approuvée par le jury, ce serait le plus gros montant remporté par une personne physique dans un procès pour diffamation.

L'après-midi du 6 décembre, le délibéré du jury dura moins d'une heure, et déboucha sur des décisions très claires : Musk ne s'était pas rendu coupable de diffamation. En entendant ce verdict, une marée de producteurs télé et de journalistes passa les doubles battants de la salle d'audience, pianotant furieusement des pouces sur leurs téléphones. Spiro se leva, comme en transe. Il avait gagné, et son client avec lui. À partir de cet instant, l'avocat bénéficierait d'une place de choix dans le premier cercle de l'entrepreneur, et travaillerait main dans la main avec Birchall pour que le moindre vœu de Musk se réalise.

« J'ai de nouveau foi en l'humanité », dit le milliardaire aux journalistes en quittant les lieux. Tous ceux qui tentèrent de l'approcher se virent repoussés par une phalange de robustes gardes du corps. Musk s'engouffra dans une cabine d'ascenseur, passa par une porte dérobée, et disparut à bord de la Tesla Model S qui l'attendait dehors.

* * *

Si Musk se voyait ainsi poursuivi par une armée de reporters et de photographes à la sortie du tribunal, tel une véritable rock star, il n'avait pas toujours joui d'une pareille attention médiatique. Fils aîné d'une famille désunie d'Afrique du Sud comptant trois enfants, il était arrivé aux États-Unis après un passage au Canada, décrochant son diplôme de fin d'études à l'université de Pennsylvanie. Il avait été accepté par l'université Stanford pour y passer un doctorat de science des matériaux, qu'il avait abandonné pour s'intéresser à une toute nouvelle technologie grand public du nom d'« Internet ».

En 1995, Musk et son frère Kimbal créèrent Zip2, société de guides touristiques en ligne, grâce à un chèque de 28 000 dollars signé par leur père, Errol Musk, qu'Elon devait qualifier rétrospectivement de personnage très intimidant mais abusif. À vingt-trois ans, le jeune entrepreneur travaillait d'arrache-pied, dormant dans ses bureaux, s'alimentant quasi exclusivement de burgers Jack in the Box et de céréales Cocoa Puffs, et prenant ses douches dans une auberge de jeunesse toute proche, à Palo Alto, en Californie[3]. Dans ses premières interviews, Musk ne ratait presque jamais l'occasion de conter aux journalistes cette légende vendeuse.

« Je crois qu'Internet est la super-fusion de tous les médias existants, déclarait à CBS un Musk dégingandé et à la calvitie naissante, en 1998. C'est l'alpha et l'oméga des médias. On verra bientôt la presse, probablement la télévision, la radio – en fait tous les médias – réunis en un seul, l'Internet. »

Déjà à cette époque, Musk connaissait parfaitement la valeur d'une bonne histoire. Au fond de lui, c'était un commerçant de génie capable de créer des récits autour de son éthique professionnelle et de ses visions de l'avenir qui le porteraient au cours des décennies à venir. Il ne s'éloignait jamais du moindre micro ni de la moindre caméra susceptibles de lui offrir ne serait-ce qu'une minute d'antenne. Il faisait également très attention à son image, ce qui le poussa plus tard à traiter sa calvitie.

En 1999, après quatre ans d'efforts acharnés au sein de Zip2, il céda la société à Compaq contre 305 millions de dollars. À titre personnel, il empocha 22 millions de dollars à l'issue de ce qui fut alors la plus grosse transaction en argent comptant pour une société d'Internet[4], et la même année il fonda X.com. Partant du principe qu'Internet allait révolutionner toutes les industries, lors des entretiens d'embauche qu'il faisait passer, Musk exposait sa vision de l'avenir radieux de X.com, qui transformerait profondément le secteur bancaire et supplanterait des noms plus que solidement établis, comme Visa et Mastercard. Aux yeux des trente employés qu'il installa dans un bureau de la fameuse University Avenue de Palo Alto, Musk était un fondateur charismatique, dont les armes principales étaient son argumentaire plus que convaincant pour cette banque en ligne pionnière, et ses états de service. Du haut de ses vingt-huit ans, il était en ce tout début de l'ère Internet l'une des rares personnes à avoir déjà vendu sa première compagnie. Il fallait être fou pour ne pas miser sur ce crack.

Mais avant que X.com puisse se mesurer aux plus grosses sociétés mondiales de cartes de crédit, Musk dut affronter une start-up concurrente, Confinity. Ses fondateurs, trois anciens élèves de Stanford, Peter Thiel, Max Levchin et Luke Nosek, avaient développé un produit du nom de PayPal qui permettait de s'envoyer de l'argent par e-mail. Pendant un moment, le siège de Confinity se trouva dans le même bâtiment que X.com, ce qui poussa certains employés de Confinity à croire que X avait copié leur produit.

La bulle Internet creva en 2000, et dès le mois de mars X.com et Confinity se trouvèrent confrontés à une toute nouvelle réalité économique. Aucune des deux sociétés ne pouvant espérer l'emporter sur l'autre, elles fusionnèrent sous le nom de X.com. Musk fut nommé chef de la direction technologique avant de devenir directeur général, mais déplut d'emblée à l'ancienne équipe de Confinity. Obsédé par X.com après avoir supposément dépensé une petite fortune pour acquérir ce nom de domaine[5], il fit pression pour rebaptiser PayPal « X », alors que PayPal était déjà reconnu en tant que marque. C'était une grosse erreur stratégique de point de vue des anciens de Confinity, y compris Levchin, Thiel et Sacks, qui avait fait son droit aux côtés de ce dernier et était responsable du développement produit de la société. Pour eux, Musk était un chef obstiné qui préférait sa gloriole personnelle à l'essor de ses sociétés.

Musk n'eut cependant pas l'occasion d'imposer son choix. Au mois de septembre, sa femme, Justine, et lui partirent passer leur lune de miel de deux semaines en Australie. Musk avait en outre pris rendez-vous avec plusieurs investisseurs potentiels à même de renflouer la trésorerie de la compagnie. En son absence, l'ancienne équipe de Confinity ourdit un plan pour l'écarter. Sacks rédigea un mémo adressé au conseil d'administration où il exprimait ses réserves quant au leadership de Musk et militait pour la nomination de Thiel au poste de directeur général.

Dans les médias, Musk tira avantage de ce coup de force, en expliquant que cette décision allait dans le sens de ses talents d'entrepreneur. « Il faut toujours avoir conscience de ses points forts », déclara Musk au site d'information de la tech CNET en septembre 2000, après son éviction : « Pour moi, c'est toujours plus intéressant dans les toutes premières phases d'une compagnie, quand l'accent est mis sur le développement du produit. » Mais cette mutinerie le faisait enrager. Non seulement Thiel lui avait piqué son poste, mais en plus il avait renommé la société « PayPal », effaçant toute trace de son X adoré.

Incroyable clairvoyance ou pure chance, le coup de poker de Thiel et Sacks s'avéra vite payant. Sept mois plus tard, en 2002, eBay annonça son projet d'acquérir PayPal en achetant pour 1,5 milliard de dollars d'actions. Cette reprise propulserait Musk à un tout nouveau niveau de richesse, en lui permettant d'empocher plus de 175 millions de dollars. Malgré toutes ses erreurs de management, il avait revendu deux sociétés d'Internet et était devenu l'un des entrepreneurs les plus en vue du web 1.0, ère durant laquelle de nombreuses compagnies atteignirent des sommets insoupçonnés avant de brûler dans les flammes des fausses bonnes idées entrepreneuriales.

Avant même qu'eBay ait achevé son acquisition, Musk créa Space Exploration Technologies Corp., ou « SpaceX », en mai 2002. Il misa sur l'espace 100 millions de dollars de sa manne PayPal, en se fixant pour but d'aller sur Mars et de faire de l'humanité une espèce multiplanétaire, l'une de ses obsessions depuis son enfance bercée de romans de science-fiction.

Musk n'était pas le seul entrepreneur qui tentait de redéfinir la notion de voyage. En 2003, deux ingénieurs du nom de Martin Eberhard et Marc Tarpenning créèrent une start-up spécialisée dans les voitures électriques : Tesla Motors. Leur activité attira l'attention de Musk qui y investit 5,6 millions de dollars l'année suivante, devenant ainsi le principal actionnaire de Tesla, et le président de son conseil d'administration. SpaceX accaparait quasiment toutes les réflexions de Musk, mais il lui arrivait de se mêler des affaires de Tesla, notamment le design de la toute première voiture de la compagnie, le Roadster.

En amont du lancement du modèle en juillet 2006, l'ego de Musk fit des siennes. Assoiffé de reconnaissance, il adressa un e-mail à l'agence de relations publiques engagée par Tesla pour l'occasion, dans lequel il disait vouloir « s'entretenir avec tous les plus gros médias ».

« La façon dont mon rôle a été dépeint jusqu'ici, à savoir cette étiquette de simple "premier investisseur", est scandaleuse, écrivit-il. Nous devons joindre tous nos efforts pour corriger cette inexactitude. »

Après la publication d'un article dans le *New York Times* concernant le lancement du Roadster, article où il n'était pas mentionné une seule fois, Musk déversa toute sa colère par messagerie électronique, déclarant qu'il prenait comme « une insulte personnelle et un rabaissement » le fait qu'Eberhard ait été présenté par erreur comme le directeur du conseil d'administration. Il menaçait même de mettre un terme à la collaboration de Tesla avec l'agence de communication.

L'année suivante, Musk jouit de l'attention médiatique à laquelle il aspirait tant. La production du Roadster prenant toujours plus de retard, il licencia Eberhard et assuma lui-même le rôle de directeur général. La compagnie mit alors les bouchées doubles pour concevoir une berline de luxe, perdant ainsi plusieurs millions de dollars par an. SpaceX aussi connaissait des difficultés, et se trouvait au bord de la faillite après trois lancements qui avaient échoué. En 2008, la fusée Falcon 1 parvint à sortir de l'atmosphère terrestre, ce qui valut à l'entreprise de remporter un contrat de 1,6 milliard de dollars avec la NASA dans le courant de la même année. Mais pour Musk, cette embellie fut de courte de durée : sa vie personnelle fut chamboulée par son divorce d'avec sa première épouse, Justine, avec qui il avait eu cinq enfants, des jumeaux puis des triplés.

Début 2010, Tesla annonça son intention d'entrer en Bourse. Ne disposant pas d'un budget publicitaire, le constructeur automobile ne pouvait s'en remettre qu'à la couverture médiatique pour susciter l'engouement des investisseurs et des consommateurs. Musk tâcha de contrôler l'exposition médiatique de la compagnie en se servant du blog de Tesla pour réfuter les rumeurs infondées et même traiter de « gros débile » un reporter du *New York Times* qui avait suggéré que ses véhicules n'étaient destinés qu'aux plus riches. Quand l'agence de presse Associated Press relaya l'enregistrement imminent de l'introduction en Bourse de Tesla, il appela l'un des membres de la com et passa ses nerfs sur lui en criant que leur incapacité à gérer les médias était en train de détruire la compagnie.

Bien qu'il eût fait la couverture du magazine *Wired* avec le prototype du deuxième modèle de Tesla, la Model S, à la suite de l'entrée en Bourse, Musk nourrissait toujours une profonde méfiance à l'égard des journalistes, convaincu qu'un seul papier négatif pouvait réduire les perspectives de sa société à néant. Les news étaient pour lui des menaces existentielles. Quand Musk tombait sur un article qui lui paraissait incorrect – que ce fût dans le *New York Times* ou sur un certain blog financier obscur tenu par un Néerlandais –, il mettait la pression sur l'équipe chargée des relations publiques, lui envoyant parfois des e-mails bien après minuit afin qu'elle redresse le tir. Les journalistes qui remettaient systématiquement en question ses décisions ou se montraient trop critiques envers Tesla ou SpaceX rejoignaient automatiquement la liste noire de Musk.

Ce profond besoin de garder le contrôle sur son image et les récits associés à ses entreprises le mena tout naturellement à Twitter. À l'époque, ce réseau social était encore au début de son essor, poussé par une croissance explosive. Des célébrités telles qu'Oprah Winfrey et Ashton Kutcher avaient rejoint ce site de microblogging limité à 140 caractères et comptant près de 58 millions d'utilisateurs, et des anonymes faisaient main basse sur les handles disponibles (ces noms d'utilisateurs uniques précédés d'un « @ »), comme certains préemptaient naguère les noms de domaine.

Début 2009, un compte du nom de @ElonMusk commença à parodier l'entrepreneur ambitieux et paranoïaque. Avec en photo de profil un homme au visage dissimulé par le large bord d'un chapeau, posant à côté d'un âne, le compte se vantait d'être « l'authentique Elon Musk ». En mars, un de ses tweets annonça qu'il était en train de « comploter pour devenir maître du monde ». L'utilisateur ne posta que quelques tweets en tout, se moquant à l'occasion du directeur général de Tesla et SpaceX, sans jamais attirer l'attention d'un large public. Quelle que fût son identité, la personne qui se trouvait derrière ce compte cessa son activité, et tous ses posts furent effacés. Un nouvel utilisateur lui succéda l'été venu et s'abonna à divers comptes, parmi lesquels ceux du skater Tony Hawk, de l'acteur LeVar Burton, et d'une organisation spécialisée dans les scoops. Aucun tweet ne fut publié, et au bout d'un peu plus d'un an, Musk se dévoila.

« Merci d'ignorer les précédents tweets, postés par quelqu'un qui se faisait passer pour moi :) Là c'est vraiment moi », écrivit @ElonMusk le 4 juin 2010[6].

Il fallut attendre une année supplémentaire pour que le tweet suivant soit publié – la photo d'un panneau indiquant l'emplacement d'une patinoire de Californie du Sud où Musk s'était rendu avec ses enfants en décembre 2011. S'ensuivit alors un flot quasi ininterrompu de tweets : considérations philosophiques, commentaires sur des ouvrages qu'il avait lus, et à l'occasion petits accès de vantardise (« Ai été appelé de façon inattendue par Kanye West aujourd'hui et ai reçu un *download* de ses réflexions sur tout, des chaussures à Moïse. S'est montré poli, mais obscur. ») Ses premiers tweets étaient sincères, quoique décousus, et même si certains faisaient état des dernières nouvelles concernant Tesla et SpaceX, la plupart étaient surtout dignes d'un père de famille qui s'ennuyait.

« Pas sûr de pouvoir me contenter de missives à 140 carac. », lui arriva-t-il de tweeter, frustré par le nombre maximum de caractères par tweet.

Il persista pourtant, publiant à toute heure de la journée ses pensées comme elles lui venaient, oscillant entre blagues ringardes, articles journalistiques et photos de ses soirées. Ces tweets étaient autant de fenêtres ouvertes sur son esprit : il s'exprimait sans le vernis terne et professionnel typique des dirigeants d'entreprise dont les messages étaient calibrés sur mesure par des spécialistes de la com.

Ses tweets au sujet de Tesla et SpaceX étaient très naturels. « Fév = gros mois. Sortie mondiale du Model X et inaugu de notre studio design à LA le 9 », écrivit Musk en janvier 2012, avant d'enchaîner avec un commentaire sur le cours de l'action Tesla, les améliorations sur le design d'une fusée, et la photo d'un test de mise à feu d'un moteur SpaceX. Twitter était un moyen pour Musk le visionnaire de devenir Musk le commercial, en tenant au courant des avancées de ses entreprises toute personne qui s'y intéressait. Sur le podium que lui offrait ce site, il était en pleine possession de son discours, et pouvait à l'envi exposer ses projets pour ces deux sociétés, en toute transparence. Aux yeux de ceux qui travaillaient avec lui, c'était là l'un de ses plus grands superpouvoirs : sa capacité à ne jamais se détourner de son message, malgré les critiques et les incertitudes.

« Maîtrise de l'atterrissage d'un fusée grande échelle = cruciale dans la conception d'un transport 100 % réutilisable à destination de Mars », tweeta-t-il cette année, en poursuivant : « … ce qui constitue l'avancée absolument nécessaire pour que la vie devienne multiplanétaire. »

Mais Twitter exacerbait également un aspect moins reluisant de sa personnalité. S'étant toujours considéré comme un outsider, Musk n'hésitait pas à s'en prendre frontalement à des journalistes et des experts de l'industrie qui avaient le malheur de considérer que Tesla et SpaceX finiraient par échouer. D'un ton acerbe, il s'attaquait aux articles qui critiquaient la courte espérance de vie des batteries d'un véhicule Tesla, ou démentait les informations faisant état des boissons qu'il prenait au petit déjeuner. Il qualifiait toutes ces histoires de « fakes ». On n'avait jamais vu jusque-là ce style de communication : un directeur général connecté de manière pathologique qui était prêt à monter au créneau à la moindre déclaration perçue comme une injustice.

Les professionnels de la communication engagés par Musk n'avaient pas leur mot à dire sur ses tweets débridés, mais devaient cependant gérer les retombées de ses annonces sauvages. Ils consultaient fréquemment sa page et avaient activé les notifications pour ses tweets, essayant de limiter le plus possible la casse avant que les reporters se mettent à les harceler de questions.

En janvier 2012, en pleine nuit, Musk fit comprendre qu'il se séparait de sa deuxième épouse, l'actrice britannique Talulah Riley. « @rileytalulah ces quatre ans furent magnifiques. Je t'aimerai toujours. Tu feras un jour le bonheur de quelqu'un. » Lisant ce tweet, un reporter de *Forbes* contacta Musk, qui expliqua qu'il divorçait d'avec Riley. Au réveil de l'équipe de com de Musk, basée sur la côte Ouest, il était déjà trop tard. L'article était déjà en cours de rédaction.

« J'ai commis une erreur », déclara Musk à l'un de ses collaborateurs.

Il commençait à prendre conscience de l'efficacité avec laquelle ses tweets pouvaient présenter au public sa version des faits comme la seule vérité. Le dossier juridique révéla plus tard que c'était Riley, et non Musk, qui était à l'origine de la procédure de divorce. (Plus tard, Musk épouserait à nouveau Riley, pour divorcer une deuxième fois en 2016).

* * *

À mesure qu'il s'enrichissait et que la valeur de ses en-
prises augmentait, Musk aiguisait la curiosité des médias, ce qui ne faisait qu'alimenter sa paranoïa naturelle. Il suggéra que les principaux acteurs économiques (des constructeurs auto en place aux plus grosses pointures de l'industrie pétrolière, en passant par les spéculateurs de Wall Street spécialisés dans la vente à découvert) travaillaient main dans la main avec les plus gros médias pour faire couler Tesla. En 2013, quand plusieurs voix émirent des doutes quant à la Model S, dont les batteries entraient spontanément en combustion, Musk s'en prit aux médias. « Pourquoi un incendie de Tesla sans victime fait plus de unes que les cent mille incendies de thermiques qui font des centaines de morts [par] an ? » publia-t-il.

Les tweets de Musk nourrissaient sa légende. Tesla devait déclarer plus tard dans un rapport financier que les tweets de son directeur général étaient capables d'« assurer une couverture médiatique significative à [leur] compagnie et à [leurs] véhicules ». Le compte Twitter de Musk devint le principal support des annonces imprévues relatives à ses deux sociétés. Il fixait publiquement un objectif pour l'une des deux entreprises, et ses employés devaient ensuite travailler d'arrache-pied à atteindre ce but.

En 2015, à peu près au moment où fut déployé le Model X, tout nouveau SUV Tesla, il mit un terme à la politique de gratuité des céréales jusque-là en cours dans toutes les antennes de la société. Cette tactique de motivation ne permit d'économiser qu'une poignée de milliers de dollars par an, mais elle envoya un message clair : les employés de Musk devaient être prêts à faire des sacrifices.

* * *

En septembre 2016, SpaceX s'apprêta à envoyer en orbite l'une de ses cargaisons les plus importantes. Facebook avait signé un contrat avec la compagnie de Musk à hauteur de 200 millions de dollars pour lancer un satellite, *Amos-6*, conçu pour garantir une couverture de téléphonie mobile à plusieurs régions de l'Afrique subsaharienne. Mark Zuckerberg, fondateur et directeur général de Facebook, planifiait depuis des années ce gros coup, partie intégrante de son plus vaste projet visant à bâtir un véritable empire des réseaux sociaux.

En bons maîtres de l'univers autoproclamés, Musk et Zuckerberg se connaissaient, et il leur arrivait de se rencontrer pour aborder des sujets très généraux, tels que l'intelligence artificielle. Le patron de Facebook invitait parfois Musk à se promener avec lui sur le vaste terrain de son quartier général, à Menlo Park, en Californie. Musk s'inquiétait de la possibilité pour des firmes comme Facebook de se servir de leurs ressources technologiques et de la somme colossale de données à leur disposition pour donner naissance à une IA qui détruirait l'humanité. En 2014, au cours d'un dîner dans sa villa de Palo Alto, Zuckerberg tenta de persuader Musk de ne plus s'insurger publiquement contre les dangers potentiels de l'IA, que ce soit durant des conférences, devant des journalistes ou sur Twitter. Zuckerberg était convaincu que ses craintes étaient absurdes. Musk, furieux, s'y refusa tout net.

Malgré ce désaccord entre les deux hommes, SpaceX ne déclina pas l'offre de Facebook. L'entreprise avait besoin d'argent et de publicité. Elle chargea le satellite Facebook dans une fusée Falcon 9 à Cap Canaveral, en Floride, et se prépara à ce lancement historique.

Le satellite n'atteignit jamais l'espace. Deux jours avant la date prévue, l'équipe de SpaceX procédait à des tests sur les moteurs de la fusée quand celle-ci explosa soudainement, annihilant l'investissement de Facebook. Les premières déclarations de SpaceX furent laconiques, et ses employés s'acharnaient encore à tenter de découvrir ce qui était arrivé quand Zuckerberg publia ce message sur sa page Facebook : « En ce moment même en Afrique, c'est avec une immense déception que j'apprends que l'échec du lancement de SpaceX a détruit notre satellite, qui aurait offert une connectivité hors du commun à tant d'entrepreneurs et de particuliers à travers tout le continent. » Le directeur général de Facebook désignait la société de Musk comme unique responsable du fiasco. Zuckerberg était fou de rage. Durant les réunions stratégiques sur les conséquences de l'accident, il se demanda à haute voix si Musk n'avait pas saboté son projet.

Quand il lut le post de Zuckerberg, le premier réflexe de Musk fut de chercher un moyen de contre-attaquer. À ses yeux, le fondateur de Facebook était un imposteur, un homme qui ne s'intéressait qu'à concevoir des applications gentillettes tandis que Musk, lui, s'attachait à la résolution de problèmes ardus, comme la conception de fusées spatiales et de voitures électriques. Pourtant, à l'instar de Zuckerberg, il avait le pressentiment que cette explosion avait été provoquée par des forces extérieures, et il s'abstint de riposter.

* * *

À Tesla comme à SpaceX, Musk faisait la sourde oreille à tout conseil concernant ses tweets, et quand un cadre osa souligner le fait que les deadlines qu'il dévoilait publiquement compliquaient considérablement la vie de ses employés, il exigea que plus personne ne lui parle jamais de son activité sur le réseau social. Auprès d'autres collaborateurs, lors de conversations privées, le patron expliquait que ses tweets étaient pour lui un moyen de battre en brèche les critiques et de tirer profit des médias.

Fin 2016, à son bureau de SpaceX, il déclara à un cadre qu'à ses yeux les journalistes étaient dans leur globalité « des imbéciles ».

« Ils ont toujours besoin qu'on leur donne la becquée ! » dit-il en imitant un bébé à qui on donnerait à manger de la purée de petit pois. Quand on lui demanda de quelle manière il souhaitait formuler certaines annonces imminentes concernant SpaceX, il haussa les épaules et se contenta de répondre qu'il le ferait via Twitter.

« Avec Twitter, nous pouvons parler directement aux gens, ajouta-t-il. À quoi bon passer par des journalistes ? »

En 2017, son utilisation de ce réseau social avait déjà tourné à l'addiction. Cette année-là, il publia 1 162 tweets, soit en moyenne plus de trois tweets par jour, ce qui représentait une augmentation de près de 60 % par rapport aux douze mois précédents. La plupart des gens, même ceux qui utilisaient Twitter quotidiennement, se contentaient de lire des tweets sans tweeter en retour, mais Musk, lui, tweetait compulsivement, sans filtre, qu'il s'agisse de blagues d'ado attardé ou d'audacieuses promesses impliquant ses entreprises.

Elon Musk
@elonmusk
J'adore Twitter
9:50 AM Dec 21, 2017
5.8K 34K 168K

@redletterdave
Tu n'as qu'à l'acheter, alors
9:51 AM Dec 21, 2017
139K 1.5K 8.4K

Elon Musk
@elonmusk
Combien ça coûte ?
9:52 AM Dec 21, 2017
1.2K 6.1K 31K

* * *

En mai 2018, le ressentiment de Musk à l'égard des médias atteignit un point de non-retour. Le milliardaire en avait plus qu'assez de ce qu'il nommait « l'hypocrisie suffisante des grands médias » et proposa une solution. De son point de vue, les médias les plus importants étaient aux mains d'individus très puissants dont les décisions étaient dictées par des intérêts particuliers. Il suggérait que certains avaient recours à des bots (des comptes automatisés) pour manipuler l'opinion publique sur des réseaux sociaux tels que Twitter. Il était convaincu que ses entreprises et lui-même étaient des cibles fréquentes de ces méfaits.

« Vais créer site où noter tout article et consulter le score de crédibilité de tout journaliste/rédac chef/publication. Nom pressenti : Pravda », tweeta-t-il, faisant référence au journal officiel du Parti communiste de l'Union soviétique.

Cela faisait un certain temps que cette idée lui trottait dans la tête, et Birchall avait déjà enregistré une entreprise sous le nom de « Pravda Corp », l'année précédente. Pravda serait une « organisation médiatique », selon la description faite par Birchall lui-même dans les documents officiels qui le présentaient en outre comme son directeur. En vérité, il n'était que le prête-nom de Musk. Quand le besoin s'en faisait sentir, Birchall assumait toutes sortes de titres à la place de Musk, que ce soit pour la fondation caritative du milliardaire, sa start-up d'interface neurotechnologique Neuralink ou The Boring Company. (Sous la pseudo-direction de Birchall, l'activité de Pravda fut quasi nulle.)

Au printemps, Tesla peinant à produire le nombre d'automobiles correspondant aux objectifs de son directeur, Musk passa plus de temps enfermé dans l'usine de

la compagnie, et son compte Twitter devint alors l'un de ses rares liens avec le monde extérieur. En mai, il s'investit pleinement dans sa relation parasociale avec ses followers, et le nombre de ses tweets quadrupla par rapport à ceux d'avril. Twitter comptait un bon nombre de fandoms – groupes de fans partageant leur amour d'équipes de foot britanniques de la Premier League comme de boys bands de K-pop ou de Donald J. Trump – et les supporters de Musk étaient bien évidemment du nombre. Des fans créaient des comptes qui glorifiaient ses compagnies, attaquaient ses détracteurs et interagissaient directement avec le principal intéressé qui, contrairement à tant de célébrités, likait ou répondait aux tweets adressés à lui.

Bob Lutz, longtemps dirigeant dans l'industrie automobile, qui avait travaillé pour Ford, Chrysler et General Motors, qualifia les disciples de Musk de « membres d'une secte religieuse ». « Elon Musk est vénéré comme l'était jadis Steve Jobs au sein d'Apple », déclara-t-il en 2016 lors d'une interview, ajoutant que le patron de Tesla « [était] vu comme un nouveau prophète qui [promettait] à tous un avenir fantasmagorique, une utopie de profitabilité et d'abondance ».

* * *

En août 2018, alors que Tesla se trouvait en plein « enfer de la production » (selon Musk), son directeur général publia un tweet qui le poursuivrait de longues années pour des raisons légales.

Elon Musk
@elonmusk
« J'envisage d'introduire Tesla à 420 $ / action. Financement déjà assuré. »
9:48 AM Aug 7, 2018
5.6K 20K 79K

Voilà ce qu'il écrivit, proposant une prime d'acquisition de 20 % sur le prix des actions de Tesla qui ne devait son estimation qu'au nombre « 4/20 », allusion à une blague récurente chez les fumeurs de joints aux États-Unis.

C'était du jamais-vu. Les sociétés cotées en Bourse prenaient d'infinies précautions quand il s'agissait de faire des annonces publiques susceptibles d'influencer la valeur de leurs actions, et agissaient avec l'accord de la Securities and Exchange Commission (SEC, organisme de contrôle et de réglementation des marchés financiers aux États-Unis), en particulier lorsqu'il était question de fusions, d'acquisitions ou de possibles changements dans la direction. Musk avait fait fi de tout cela. Le cours de l'action Tesla grimpa soudainement de 11 %.

Musk devait déclarer plus tard qu'il avait eu l'accord du Fonds public d'investissement d'Arabie saoudite pour privatiser la compagnie. Mais il n'existait aucun accord officiel, et le financement était loin d'être « assuré », comme Musk l'avait proclamé. Plusieurs membres du conseil d'administration de Tesla (parmi lesquels certains, lassés de ses tweets intempestifs, lui demandaient de se concentrer sur la production de leurs automobiles) n'avaient pas même été informés de ces négociations[7].

Dans une interview au *New York Times* moins de deux semaines après ce tweet, Musk sanglota en admettant être soumis à un stress considérable et affronta les rumeurs qui couraient à propos de sa dépendance supposée à certaines substances. Il nia consommer du cannabis – même si les membres du conseil d'administration de Tesla étaient au fait de son usage récréatif d'autres drogues –, mais il avoua qu'il prenait de l'Ambien pour mieux dormir[8]. Le mois suivant, il participa au podcast du célèbre commentateur de MMA Joe Rogan avec qui il partagea un blunt, un cigare dont le tabac a été remplacé par du cannabis, soulevant une nouvelle vague de spéculations quant aux origines de son comportement erratique.

Fin septembre, la SEC annonça qu'elle poursuivait Tesla et son directeur général pour déclaration publique fallacieuse. Selon eux, le dirigeant de Tesla « savait ou a commis l'imprudence de ne pas savoir » que ses déclarations étaient fausses ou trompeuses. Deux jours plus tard, Tesla et Musk aboutissaient à un accord avec la Securities and Exchange Commission. La compagnie et son directeur général s'acquitteraient d'une amende de 20 millions de dollars, et Musk devrait abandonner son siège de président du conseil d'administration. L'accord stipulait de surcroît que Musk devait engager un « Twitter-sitter », un juriste chargé de viser les tweets contenant des informations relatives à Tesla avant que ceux-ci soient publiés. En contrepartie, rien ne contraignait Musk à admettre une quelconque inconduite, mais il ne pouvait pas non plus nier avoir induit en erreur les investisseurs. Du point de vue de la Securities and Exchange Commission, cette dernière clause empêcherait le milliardaire de se déclarer publiquement innocent.

Mais Musk ne tira aucune leçon de cette mésaventure. L'amende de 20 millions de dollars qu'il régla sur ses propres deniers représentait moins de 0,1 % de sa fortune personnelle d'alors, et il nomma pour lui succéder à la tête de Tesla une loyale collaboratrice, Robyn Denholm, membre du conseil d'administration depuis bien longtemps.

Et Musk continua de tweeter sans répit. Nul ne savait si ces messages étaient approuvés ou non par qui que ce soit au siège de Tesla, et la SEC devait ouvrir par la suite de nouvelles enquêtes sur un tweet faisant état de chiffres de production erronés, ainsi que sur un sondage Twitter où le milliardaire se proposait de revendre 10 % de ses avoirs. Les suites de ces enquêtes furent minimes. Musk échappait à tout contrôle, qu'il vienne des investisseurs, de son propre conseil d'administration, ou même de l'État fédéral américain.

La victoire qu'il remporta en 2019 au terme du procès qui lui avait été intenté pour diffamation ne fit que l'encourager à tweeter comme bon lui chantait. En juillet 2020, plus riche et influent que jamais, Musk fit part de ses sentiments en adressant l'équivalent d'un gigantesque doigt d'honneur à la SEC. Il se savait parfaitement intouchable :

« SEC, abréviation à trois mots, "Elon's" au milieu », tweeta-t-il*. Ce n'était pas sa première blague graveleuse, et ce ne serait pas la dernière.

* Comprendre : « *Suck Elon's Cock* », « sucez la queue d'Elon ». (N.d.T.)

4

OneTeam

Dorsey était en retard. Son téléphone s'illumina : son assistante lui avait envoyé une rafale de messages.

Où es-tu ?

Par cette douce soirée de janvier 2020, à Houston, le directeur général de Twitter était censé se trouver à une fête organisée au quartier général de la NASA. Mais les réjouissances avaient commencé sans lui. Plutôt que de s'intéresser à son téléphone, Dorsey s'absorbait dans la contemplation d'un bol de queso posé devant lui, dans lequel il trempait des tortillas sous le regard attentif d'une poignée de cadres de son entreprise qui, dans ce bar huppé de l'hôtel Four Seasons, en plein centre-ville, savouraient ce précieux moment : le directeur général mangeait.

Si le fait de s'alimenter peut paraître banal pour la plupart d'entre nous, pour Dorsey, c'était tout le contraire. Toutes ces années d'attention médiatique avaient fait de lui un autre homme. Jonglant avec ses responsabilités au sein de Twitter et de Square, il était beaucoup plus excentrique, et quasiment inaccessible. Cet encas était sa première prise de nourriture de la journée. Il avait l'habitude de sauter les repas pour répondre aux exigences d'une forme de jeûne intermittent qui faisait fureur parmi les ingénieurs de la Silicon Valley. L'alcool commençait en outre à lui monter à la tête. Assis dans le bar de l'hôtel (canapés clubs en cuir, feu de cheminée crépitant et lumière tamisée), Dorsey et son entourage de vice-présidents et de cadres dirigeants de Twitter buvaient de la tequila de premier choix.

Plus ou moins repu et un peu pompette, il finit par s'enquérir des messages de son assistante, à qui il répondit qu'il était en route en s'arrachant douloureusement de son fauteuil. Ses employés s'empressèrent de le suivre dehors pour tous se serrer dans le SUV noir qui les attendait.

« C'est un Uber ? » demanda l'un des collaborateurs. Mais le chauffeur connaissait Dorsey, qu'il salua d'un léger hochement de tête. Les cadres comprirent alors qu'il s'agissait du véhicule du directeur général de Twitter, conduit et escorté par son équipe personnelle de gardes du corps. Derrière les vitres à l'épreuve des balles, ils quittèrent les lumières du centre-ville de Houston pour parcourir la quarantaine de kilomètres au sud-est qui les séparaient du centre spatial Johnson de la NASA.

Dorsey, qui devrait bientôt socialiser avec des membres éminents de l'agence spatiale américaine tandis que ses employés boiraient et arpenteraient le caverneux musée, tâcha de remettre de l'ordre dans ses idées. Mais la bande de collaborateurs éméchés ne l'entendait pas de cette oreille. Ils le taquinèrent sur ses habitudes alimentaires et ses choix vestimentaires, qui incluaient parfois une paire de sandales de course. Ils en vinrent à parler de sa nouvelle conquête de vingt-trois ans, mannequin de maillots de bain pour le magazine *Sports Illustrated*, le charriant parce qu'il lui avait offert une maison deux ans auparavant. Elle avait vingt ans de moins que le cofondateur de Twitter.

« Il faut les prendre à trente-cinq ans minimum », lança l'un des cadres financiers assis à l'arrière. Les autres éclatèrent de rire.

Pour n'importe quel autre directeur général, cette plaisanterie aurait été plus que déplacée. Mais Dorsey acceptait volontiers cette forme d'insubordination. C'était là sa garde rapprochée, les fidèles soldats qui l'avaient épaulé dans les tranchées de Twitter, cette compagnie d'une valeur de plusieurs milliards de dollars qu'il avait contribué à bâtir, et qui était à présent l'un des plus gros forums planétaires. Avec son équipe, Dorsey avait surmonté des années de doutes, de critiques et de difficultés financières. Ces quelques jours à Houston étaient l'occasion de revenir sur cette période tumultueuse et de prendre conscience qu'ils en étaient sortis plus forts que jamais.

Et c'était bien là le sentiment d'un grand nombre d'employés réunis à cette fête baptisée OneTeam. C'était le deuxième événement de ce type, une sorte de sommet d'autocongratulation qui par ses excès et son opulence typiques de la Silicon Valley, avait pour objectif premier de convaincre toutes les personnes présentes qu'elles appartenaient à l'une des entreprises les plus bienveillantes de ce coupe-gorge qu'était la tech. Ces employés étaient venus de tous les coins du monde pour trois jours de conférences, d'endoctrinement professionnel et de consommation immodérée d'alcool. Twitter avait jeté son dévolu sur la ville de Houston, victime en 2017 de Harvey, ouragan de catégorie 4, en partie pour rendre hommage à ses habitants. Les travailleurs des secours d'urgence, les organisations gouvernementales et les simples citoyens s'étaient servis de la plateforme pour coordonner leurs actions et communiquer toute information sensible lors du passage de l'ouragan, démontrant comme jamais la puissance de Twitter.

En plus de la gestion des intervenants, des événements et des fêtes, tout le reste (hôtels, restauration, sorties dans des bars) était couvert par l'entreprise. Certains cadres dirigeants avaient même accès à un jet privé afin de rentrer chez eux, dans la baie de San Francisco, s'ils décidaient de ne pas passer la nuit au Texas. En tout et pour tout, Twitter dépensa des dizaines de millions de dollars, frais que la hiérarchie estima justifiés car ils permettraient de tisser de nouveaux liens collaboratifs et de remotiver les employés de cette entreprise relativement stagnante. Et au centre de cette débauche de complaisance corporatiste se trouvait Dorsey.

* * *

Le bilan du second règne de l'ex-mannequin aux yeux bleus en tant que directeur général était mitigé. En 2019, la valeur de l'action était à peine supérieure à ce qu'elle avait été trois ans et demi auparavant, lorsqu'il avait remplacé Dick Costolo. Wall Street se désintéressait de son réseau social : ce n'était plus l'entreprise disruptive à l'essor foudroyant de jadis. Twitter était devenu une simple société de taille moyenne dénuée d'idées révolutionnaires, de nouveaux produits et de vigueur. Sa valeur boursière tournait autour des 25 milliards de dollars.

Twitter croissait, mais modestement. En février, la compagnie annonça que pour la toute première fois, elle affichait un bénéfice annuel, à hauteur de 1,2 milliard de dollars, ce qui pour Dorsey était la « preuve que [leur] stratégie à long terme fonctionn[ait] ». Elle révéla également qu'elle comptait 126 millions d'utilisateurs actifs par jour, soit 9 % de plus qu'à la même période un an auparavant.

Mais comparé aux autres géants du secteur, cela n'avait rien d'impressionnant. D'autres acteurs tels que Snapchat et une application vidéo encore balbutiante du nom de TikTok gagnaient chaque jour un peu plus de terrain. Investisseurs et analystes n'avaient de cesse de demander à Dorsey s'il se croyait capable d'entretenir l'attractivité de Twitter, alors qu'il devait dans le même temps diriger Square. Ce problème était particulièrement sensible pour les projets « produit » de Twitter, qui stagnaient déjà avant que Dorsey endosse à nouveau le rôle de directeur général. Le retour du cerveau à l'origine même de l'idée produit de l'entreprise était censé inaugurer une nouvelle ère créative, et Dorsey avait procédé à des modifications d'ordre cosmétique (notamment l'extension de la limitation de 140 à 280 caractères), mais rien de révolutionnaire n'était dans les tuyaux.

Sa ferme volonté de promouvoir des « échanges sains » aiguillonna la plateforme vers plus de contenu éditorial et moins de discours de haine, grâce à une politique de suspensions de comptes et de bannissements d'utilisateurs, ainsi qu'à une modification de l'algorithme entraînant une diminution de la visibilité de certains tweets. Cependant, quand des crises éclataient, certains usagers se montraient toujours aussi féroces. En mars, un suprémaciste blanc avait commis un vrai carnage, tuant cinquante et une personnes dans deux mosquées de Christchurch, en Nouvelle-Zélande, en retransmettant tout en direct sur Facebook. Les partisans du forcené s'étaient ensuite servis de Twitter pour archiver ces images et s'assurer qu'elles restent librement consultables. Une fois de plus, les individus les plus toxiques semblaient bénéficier d'une longueur d'avance sur les mastodontes de la Silicon Valley.

De son côté, le président Trump était toujours aussi actif sur le réseau social. Refusant de sanctionner l'un des plus grands chefs d'État au monde, la compagnie le laissait inonder la plateforme de son flot intarissable de fanfaronnades, ce qui contribuait en partie à la fréquentation du site, mais qui n'était pas sans susciter un malaise certain au sein de la direction. En 2019, Trump s'était adressé sur son compte à des représentantes démocrates issues des minorités, en leur disant de « retourner d'où elles [venaient] afin de remettre sur pied les ruines ravagées par le crime qu'elles [avaient] quittées », soulevant dans son sillage un raz-de-marée d'insultes racistes. Avant sa première procédure de destitution, il tweeta cent quinze fois en une seule journée.

« Nous avons été confrontés aux abus, au harcèlement, à la manipulation, à l'automatisation, aux campagnes concertées, à la désinformation », déclara Dorsey au printemps, sur la scène d'une conférence TED, réunion annuelle des plus grosses pointures du monde des affaires : « Autant de dynamiques que nous ne pouvions prévoir il y a treize ans de cela. »

Aux yeux de Dorsey, Twitter était une place publique, à l'exemple de Washington Square, ce parc de quatre hectares situé au cœur de Greenwich Village, à Manhattan, où malgré son statut de milliardaire et dirigeant de deux multinationales, il lui arrivait encore de s'asseoir sur un banc pour des entretiens téléphoniques professionnels, ou simplement pour regarder les touristes, les étudiants et les musiciens de rue qui allaient et venaient autour de lui[1].

Dans les faits, cependant, trouver l'équilibre parfait entre liberté d'expression et sécurité devint le principal problème de Twitter. D'une part, les utilisateurs qui étaient la cible d'agressions reprochaient à la compagnie de ne pas assez faire le ménage. Et d'autre part, les utilisateurs dont les comptes étaient suspendus criaient à la censure. Dorsey avait beau aborder ouvertement les difficultés de Twitter, il le faisait souvent d'un ton trop philosophique. Il reconnaissait que l'agressivité posait problème et que son entreprise pouvait mieux faire, mais il disait tout cela d'un ton si morne et distant que ses détracteurs se demandaient s'il saisissait vraiment la pleine mesure des enjeux.

Et les interactions régulières de Dorsey avec des utilisateurs notoirement d'extrême droite étaient loin de simplifier les choses. Il avait toujours eu à cœur d'entendre le plus grand spectre d'opinions possibles, mais dans le paysage polarisé instauré par la présidence de Trump, sa volonté d'échanger avec ces personnalités particulièrement clivantes n'engendrait que de la consternation, jusque dans les rangs de ses propres collaborateurs. En mars 2019, il participa au podcast de Joe Rogan, accompagné de Gadde, la responsable juridique de Twitter. Un autre invité, un blogueur d'extrême droite du nom de Tim Pool, leur reprocha vivement de viser sciemment les utilisateurs de droite. Le mois suivant, Dorsey rencontra dans le Bureau ovale le président Donald Trump, qui accusait Twitter de désavantager les sympathisants des républicains et d'avoir supprimé des milliers de comptes qui le suivaient. Le directeur général de Twitter était également en contact avec des personnalités telles qu'Ali Alexander, un conspirationniste d'extrême droite, et Candace Owens, une agitatrice de droite qui s'était fait un nom en dirigeant un site Internet spécialisé dans la divulgation de données personnelles, le « doxing ».

Dans le but de convaincre le monde entier que leur patron n'était pas complètement à la masse, les responsables de la com organisèrent pour Dorsey une tournée des bureaux de Twitter dans le monde entier, qu'ils baptisèrent le Tweep Tour, reprenant le nom que se donnaient les employés entre eux.

Dorsey fut particulièrement touché par une visite en Afrique, au mois de novembre, qui inclut des étapes en Éthiopie, au Ghana, au Nigeria et en Afrique du Sud. Durant trois semaines, il rencontra des dignitaires, des ingénieurs et des entrepreneurs, se passionnant de plus en plus pour la part que pourrait prendre le bitcoin dans les marchés africains en plein développement. « Triste de quitter le continent… momentanément », écrivit-il à la fin de son séjour. « L'Afrique c'est l'avenir (surtout pour le bitcoin !). Je ne sais pas encore où, mais je viendrai vivre ici 3 ou 6 mois, courant 2020. Heureux d'avoir pu en découvrir une petite partie. »

Les cadres et le conseil d'administration de Twitter eurent vent de sa décision en lisant ce tweet. À aucun moment ils n'avaient abordé la possibilité et les modalités d'un long séjour du directeur général en Afrique.

Déjà assaillie de questions de la part d'investisseurs et d'analystes qui trouvaient que Dorsey s'occupait plus de Square que de Twitter, l'équipe de direction ignorait comment elle justifierait le fait que Dorsey dirige la compagnie à des milliers de kilomètres de son siège. À la suite de ce simple tweet, le cours de l'action chuta de 1,3 %.

* * *

À aucun moment durant l'événement OneTeam de 2020 il ne fut question d'un quelconque désintérêt de Dorsey pour ses responsabilités. Ces trois jours furent conçus comme une célébration du cofondateur de Twitter, et Leslie Berland, la directrice marketing qui orchestrait la plupart des apparitions publiques de Dorsey, le plaça constamment sur le devant de la scène avec le double objectif de le remotiver et de montrer aux milliers d'employés de la compagnie que leur chef, en dépit de toutes ses bizarreries, était un être humain comme les autres.

Berland, qui avait rejoint Twitter en 2016, était l'une des responsables préférées de l'entreprise. Avec son sourire éclatant et ses pommettes hautes, cette cadre basée à New York avait été l'une des recrues-phares de Dorsey lors du remaniement de la direction qui avait suivi son retour à la tête de Twitter.

Cela avait été pour elle un gros pari sur l'avenir. Berland était alors sur le point de devenir l'une des plus jeunes cadres dirigeantes d'American Express, mais elle avait préféré tenter sa chance avec Dorsey et une compagnie dysfonctionnelle dont tout le monde pensait qu'elle ne s'était jamais élevée au-dessus de son statut initial de start-up. Durant les années qu'elle passa à Twitter, elle assuma un grand nombre de responsabilités, pour finalement porter la casquette des ressources humaines en plus de celle du marketing, et être connue de tous comme la « *Jack whisperer* », la femme qui murmurait à l'oreille de Jack. Du point de vue des employés, Berland était une figure maternelle qui modérait les plus grandes réunions de l'entreprise. Son caractère chaleureux remportait tous les suffrages, et semblait même faire ressortir ce qu'il y avait de meilleur en Dorsey.

Durant l'évènement OneTeam, Berland n'essaya pas de cacher l'étrangeté de son directeur général. Elle fit venir une chorale tout droit de Los Angeles pour une reprise du titre *Africa*, de Toto. Cette gentille plaisanterie en référence au souhait de Dorsey d'aller vivre sur ce continent ne fut cependant pas du goût de certains employés, qui se demandaient si les coûts de déplacement et d'hébergement de la chorale n'étaient pas totalement superflus.

Dorsey quant à lui réagit positivement aux efforts de ses plus proches collaborateurs pour le présenter comme l'élément-moteur de OneTeam. Pour le lancement de l'événement, le 14 janvier, il monta sur la scène du palais des congrès George-R.-Brown, dans le centre-ville de Houston, avec un casque de cosmonaute, des moon boots blanches, un pantalon argenté et un trench-coat blanc portant le logo de la conférence. Puis il dirigea une séance de méditation de quinze minutes. Dans le public, Marcia, la mère de Dorsey, le contemplait avec admiration, tandis qu'il guidait toutes les personnes présentes à travers les différentes étapes de cet exercice de libération de l'esprit digne d'une secte.

Après ces frasques, Dorsey parut conquis. Toujours dans ses moon boots, il soumit une présentation exhaustive de la vision qu'il avait de l'avenir de la compagnie. En suivant le discours qu'il avait en partie écrit en émojis sur son iPhone, il présenta des slides illustrées de photos de personnages historiques, comme Martin Luther King Jr., avec pour légende : « Tout le monde peut réussir, parce que tout le monde peut servir. » Il revint sur son désir de travailler en Afrique et sur ses projets de décentralisation des effectifs de l'entreprise afin que travailler dans un bureau ne soit plus une obligation.

Il prédit également qu'il adviendrait bientôt un événement mondial qui forcerait les gens à rester chez eux et à communiquer essentiellement via une plateforme Internet. Il imaginait un monde où Twitter – déjà très important avec ses 152 millions d'utilisateurs par jour – aurait une influence plus vaste encore. On aurait dit le genre de séminaires dans lesquels des gens en situation de burn-out dépensent des milliers de dollars pour entendre un gourou leur révéler les secrets de l'existence. Dorsey vendait Twitter à ses propres employés et, plus important encore, il se vendait lui-même.

D'autres dirigeants montèrent sur scène pour y faire leur speech, dont les principaux lieutenants de Dorsey : Kayvon Beykpour, petit génie du secteur produits ; Bruce Falck, un cadre exigeant qui supervisait les produits auprès des annonceurs ; et Parag Agrawal, discret expert en apprentissage artificiel qui dirigeait les équipes technologiques de Twitter. Ces trois hommes chargés d'appliquer les idées de Dorsey sur la plateforme se joignirent à un panel de cadres dirigeants pour débattre des projets de leur entreprise. Tandis que Beikpour et Falck faisaient leur numéro, Agrawal restait silencieux, les épaules affaissées malgré son imposante stature. Cette attitude effacée ne reflétait en rien la place de choix qu'il occupait dans l'entourage de Dorsey, qui le considérait comme un alter ego doué d'une profonde compréhension de la mission et du futur de Twitter.

Entre les interventions de célébrités telles que la championne olympique Simone Biles et la superstar du football américain J. J. Watt, les employés profitaient à fond des bars et restaurants de Houston, aux frais de leur entreprise. Un soir, comme pour faire étalage de sa largesse, Twitter loua le Minute Maid Park, stade des Astros, l'équipe de baseball de Houston, pour un spectacle pyrotechnique qui n'avait rien à envier aux célébrations de la fête nationale.

Peu enclin à exprimer ses émotions, Dorsey ne cacha cependant pas sa joie. Durant une fête en pleine rue, la deuxième nuit de OneTeam, il se balada en compagnie de Biz Stone, échangeant avec plusieurs employés et s'arrêtant pour admirer une fresque à l'effigie de Kendrick Lamar. En 2017, Stone était revenu chez Twitter pour y assumer un rôle exécutif, même si ses responsabilités y semblaient assez limitées. Mais lui et Dorsey se complétaient à merveille ; il était notamment son pendant humain et compatissant lors des réunions d'entreprise. Cette nuit-là, les deux collaborateurs se mêlèrent même à la file d'attente des employés au pied de la grande roue aux couleurs de l'arc-en-ciel. Ils montèrent ensemble dans une cabine pour s'élever et redescendre dans le ciel nocturne du Texas, un peu avant la fermeture de l'attraction.

* * *

La programmation du troisième et dernier jour de séminaire, le 16 janvier, fut plus légère. On compta parmi les intervenants Chrissy Teigen, mannequin et célébrité du petit écran dont le compte était l'un des plus populaires de Twitter. Quand les employés avaient voté pour déterminer qui ils souhaitaient inviter à OneTeam, elle était arrivée en deuxième place, derrière une personnalité dont l'identité était restée secrète… jusqu'à son appel vidéo. On avait déjà envisagé de faire venir cet invité mystère au tout premier OneTeam, en 2018, mais cela n'avait pu se concrétiser à cause d'un empêchement professionnel de l'intéressé et de quelques controverses au sujet de son compte Twitter. Mais après force cajoleries de la part de Dorsey, l'une des célébrités les plus suivies (et les plus clivantes) de Twitter était sur le point de faire son apparition.

« Je ne sais pas du tout si ça va marcher », dit Dorsey en traversant la scène du palais des congrès, pianotant maladroitement sur un iPad, devant un écran géant qui présentait l'interface au public. Pendant quelques secondes, la tonalité fit trembler les haut-parleurs. Puis, dans un sourire et un geste de la main, Elon Musk apparut.

Il fut accueilli par des vivats et des applaudissements. « On t'aime ! » s'écria l'un des employés. D'autres sortirent aussitôt leurs téléphones pour photographier et filmer l'image démesurée de Musk, vêtu d'un bomber noir ouvert sur un T-shirt où l'on pouvait lire « OCCUPY MARS ». Dorsey avait par le passé présenté le directeur de Tesla et de SpaceX comme la personne la plus enthousiasmante et la plus influente de la plateforme, capable de « partager librement le contenu de ses réflexions » tout en tâchant de résoudre des « problèmes existentiels ». Pourtant, certains membres du public se demandaient si Musk pouvait être présenté comme un utilisateur modèle, étant donné son comportement outrancier et les problèmes d'ordre légal qu'avait engendrés son activité sur Twitter. Cela ne faisait que quelques semaines qu'il était sorti blanchi du procès intenté par celui qu'il avait traité de pédophile.

Durant cet appel vidéo, Musk, assis à son bureau dans le quartier général de SpaceX, ne ressemblait en rien à son personnage en ligne. Il était réservé, parfois à peine audible, dénué du mordant et de l'humour juvéniles qui imprégnaient habituellement ses tweets. Dorsey tenta de le décoincer en l'interrogeant sur son projet de colonisation de la planète Mars. « À votre avis, quand lirons-nous le premier tweet envoyé de Mars ? » demanda le directeur général de Twitter.

Musk buta sur ses mots, observant de longues pauses avant de reprendre. Puis il s'interrompit au beau milieu d'une phrase, son débit ne parvenant apparemment pas à suivre sa pensée, pour finir par se plaindre des bots et des trolls.

« Je suis sûr que vous voyez ça constamment, des gens qui essayent de manipuler le système, dit Musk. Ils veulent influencer l'opinion publique et parfois il est très difficile de saisir ce qui relève de la véritable opinion publique et ce qui ne l'est pas, ce que les gens veulent vraiment, ce qui met vraiment les gens en colère versus la manipulation du système par divers groupes d'intérêts. »

Puis sans transition, il parla du Mars Exploration Rover. Selon Musk, les tweets interplanétaires afflueraient dans les neuf ans à venir.

C'est alors que Dorsey lui demanda son feedback : « En quoi ne sommes-nous pas très bons, qu'est-ce qu'on pourrait améliorer, et quels sont vos espoirs concernant le potentiel de notre service ?! » lança le directeur général de Twitter.

Puis : « Si vous étiez à la tête de Twitter – tiens, au fait, projetez-vous de diriger un jour Twitter ? »

Les employés réunis éclatèrent de rire à l'idée que Dorsey puisse céder sa place à Musk. Les deux interlocuteurs observèrent une pause. Les rires finirent par se taire.

« Que feriez-vous ? » demanda Dorsey.

5

Invasion

L'envahisseur arriva à pas de loup. À la mi-février 2020, le conseil d'administration de Twitter eut vent de rumeurs concernant un achat massif d'actions par un acteur qui dissimulait son identité derrière des dérivés à règlement en numéraire, instruments financiers qui ne répondaient pas aux exigences de la SEC en matière de divulgation publique. La valeur des achats ne cessa de grimper, passant de plusieurs milliers à plusieurs millions de dollars, jusqu'à atteindre fin février la barre du milliard.

L'acheteur n'était autre que Jesse Cohn, l'un des principaux partenaires d'Elliott Management, le fonds d'investissement gérant 71 milliards de dollars fondé par Paul Singer, bien connu pour secouer (ou ravager, selon certains) les conseils d'administration du monde entier.

Sa part de capital assurée, Cohn envoya un message à Omid Kordestani, président du conseil d'administration de Twitter, pour lui demander un entretien téléphonique. Il s'agissait là d'un moment de bascule dans la campagne qu'il menait secrètement depuis des semaines pour évincer Dorsey de son siège de directeur général, pour la seconde fois dans l'histoire de la compagnie. Affable responsable des ventes d'origine iranienne qui avait dirigé le développement commercial de Google au tournant du millénaire, Kordestani sut à l'instant où le nom de Cohn apparut sur son téléphone que les nouvelles seraient mauvaises : sa réputation le précédait. Durant leur échange,

Cohn confirma ses craintes. Elliott Management possédait à présent 4 % des actions Twitter.

Cohn fut bref et brutal. Il informa Kordestani qu'il recevrait bientôt un courrier détaillant les parts qu'il avait accumulées, et les exigences qu'il entendait imposer. Selon Cohn, il était irresponsable de laisser Twitter entre les mains de Dorsey qui s'éparpillait trop avec Square.

Le 21 février, quelques heures après cette conversation téléphonique, Cohn envoya le courrier au conseil d'administration de Twitter. Il n'était pas explicitement question de la nécessité de virer Dorsey, mais les inquiétudes portant sur son leadership à mi-temps étaient clairement exposées. Le conseil d'administration fut pris de panique.

Twitter ne ressemblait ni à Facebook ni à Snapchat, dont la participation au capital avait été spécialement structurée pour protéger leurs dirigeants de ce genre de putsch de la part d'un actionnaire activiste. Ces entreprises possédaient des actions à droit de vote double (*dual-class shares*) qui conféraient à leurs fondateurs un pouvoir décisionnel sur leur compagnie, même après leur introduction en Bourse. Dorsey, lui, ne possédait qu'une faible part de Twitter, à peine 2 %, soit l'équivalent de 531 millions de dollars[1]. Ni lui ni les autres cofondateurs ne possédaient d'actions à droit de vote double, conformément aux tout premiers statuts de Twitter, quand Williams avait avancé la somme nécessaire à son lancement. Dorsey était vulnérable.

Cohn avait attendu la toute dernière minute pour annoncer sa position, à peine deux jours avant le 23 février, date limite pour la nomination de nouveaux membres du conseil d'administration. Quelques sièges restaient à pourvoir, que Twitter entendait céder à des cadres indépendants afin d'élargir encore le prestige et l'influence du conseil. Mais ce processus s'était avéré extrêmement lent. Dorsey avait même envisagé un moment d'accueillir Musk à la table du conseil.

Cohn insista pour rejoindre immédiatement le conseil d'administration de Twitter avec trois autres fidèles collaborateurs. Il ne restait que trois sièges libres, et Cohn entendait les accaparer tout en se positionnant pour un quatrième si l'un des administrateurs actuels décidait de se retirer. Ces sièges lui permettraient d'entrer de plain-pied dans la compagnie et d'y asseoir sa domination. Le conseil se réunit la dernière semaine de février en l'absence de Dorsey afin de déterminer ce qu'il convenait de faire.

Fin 2019, le cours de l'action Twitter avait perdu plus de 20 % de sa valeur : la compagnie n'avait pas été à la hauteur des attentes de Wall Street et avait même révélé que son service publicitaire, truffé de bugs, plantait très régulièrement, empêchant les annonceurs d'atteindre leurs cibles. Quand on considérait les chiffres de la société, on n'avait pas l'impression que Twitter avait atteint son pic de performance, ni que Dorsey était le directeur général le plus engagé de l'économie du numérique.

Mais ses employés croyaient toujours en lui, et il pouvait encore se reposer sur une équipe de cadres soudés et loyaux, dont certains l'auraient suivi même s'il avait été limogé.

L'ingérence d'Elliott Management estomaqua Dorsey. Il n'avait aucune envie que ses victoires et ses manquements se retrouvent au centre de l'attention médiatique, surtout pas après s'être fait renvoyer une première fois de ce poste qu'il était parvenu à reconquérir, et encore moins dans l'ambiance qui régnait depuis l'élection de Donald Trump. L'idée que des gars de la haute finance en chemise nonchalamment déboutonnée puissent se mêler de l'organisation et de la vision de son produit le mettait hors de lui, et il voulait à tout prix éviter de batailler contre eux.

Dorsey signifia au conseil d'administration qu'il préférerait encore démissionner que de se faire évincer comme il l'avait été par le passé. Son message était des plus simples : « C'est lui ou moi. » Si l'on ouvrait les portes de la compagnie à Cohn, il se retirerait avant même qu'elles se soient refermées.

* * *

Par un vendredi matin maussade, le jet de Cohn atterrit à l'aéroport international de San Francisco. Quand les roues touchèrent la piste, l'Attila des conseils d'administration était en pleine préparation à l'épreuve de force qui l'attendait. À trente-neuf ans, cet homme originaire de Long Island avait déjà mené une centaine de campagnes d'actionnaires activistes contre des compagnies telles qu'eBay et AT&T, et avait gagné assez d'argent pour se payer, entre autres, un penthouse d'une valeur de 30 millions de dollars dans le quartier de Wall Street.

Cohn avait coutume de s'attaquer à des entreprises peu performantes en accumulant discrètement les parts. Quand il finissait par bénéficier d'une puissance financière suffisante, il écartait les dirigeants en place ou cherchait à obtenir des concessions visant à améliorer les résultats financiers immédiats. À mesure que les profits de l'entreprise ciblée augmentaient, le cours de ses actions grimpait. Cohn revendait alors sa part pour s'enrichir davantage encore, laissant dans son sillage des dizaines, voire des centaines de carrières brisées.

Cohn n'avait aucun nom particulier en tête pour remplacer Dorsey au poste de directeur général : mieux valait quelqu'un capable de travailler à plein temps pour Twitter, selon lui. Le mi-temps du leader actuel de l'entreprise était l'une des causes principales de son apathie, et Dorsey ne ferait jamais de cette compagnie sa priorité, puisque la majeure partie de sa fortune provenait de ses parts dans Square. Pire encore, le conseil d'administration avait tant et si bien chaperonné Dorsey que celui-ci était incapable de voir les conséquences de son manque d'implication.

Deux de ces membres trop indulgents aux yeux de Cohn s'apprêtaient à le rencontrer, justement. Dans la voiture qui roulait au-dessus des eaux couleur acier de la baie de San Francisco, Kordestani et Patrick Pichette, investisseur en capital-risque grisonnant jadis directeur administratif de Google, peaufinaient leur contre-attaque. Tous deux étaient d'accord : Dorsey resterait où il était.

Cohn les attendait dans une salle de conférence privée du terminal de l'aéroport, spécialement réservée pour l'occasion. Quand les membres du conseil d'administration furent réunis, Cohn sortit son iPhone et tendit le bras, tantôt à droite, tantôt à gauche, afin de faire un selfie avec les deux cadres légendaires de la Silicon Valley.

Pichette et Kordestani étaient scandalisés mais s'efforcèrent de ne rien laisser paraître. Cohn était sur le point de faire main basse sur l'un des réseaux sociaux les plus importants au monde, l'un des plus gros forums politiques de la planète qui à coup sûr allait jouer un rôle déterminant dans l'élection présidentielle à venir, et il ne paraissait pas prendre la chose très au sérieux.

Satisfait de sa photo, Cohn rempocha son téléphone. La bataille au sujet de l'avenir de Dorsey pouvait débuter.

Contre toute attente, Cohn respectait manifestement les deux hommes. Il se montra calme et poli, à l'opposé de sa réputation d'impitoyable bourreau des directoires d'entreprise. Au costume-cravate classique, l'uniforme de Wall Street, il avait préféré une tenue décontractée, et n'était accompagné que de Marc Steinberg, un gestionnaire de portefeuille chez Elliott Management, et non d'une armée d'avocats.

Mais malgré son approche détendue, il se montra ferme : le cours de l'action Twitter était en deçà des attentes, et seul le manque d'attention de Dorsey était responsable de cet état de fait. Il fallait soit qu'il quitte

Twitter, soit qu'il abandonne Square. Mener de front ces deux activités était intenable.

Pichette présenta ses arguments à Cohn en se reposant grandement sur son expérience chez Google et notamment sur le cas de Sundar Pichai. Sur le papier, Pichai n'était le leader que d'une compagnie, Alphabet. Mais sous ce titre, il était responsable du moteur de recherche Google, du service vidéo YouTube, de la plateforme d'hébergement Google Cloud, ainsi que de projets novateurs tels que le développement de véhicules autonomes. Et Pichai chapeautait tout cela sans que Wall Street s'inquiète d'un quelconque éparpillement. Pourquoi alors ne pas laisser Dorsey diriger deux entreprises ? Ce qui importait, ce n'était pas le nombre de sociétés, mais le fait de réunir les meilleures équipes possibles autour d'un chef visionnaire afin que tout reste sur les rails. Pichette insista pour que Cohn rencontre Dorsey : c'était la seule façon pour qu'il comprenne ce qui le rendait exceptionnel.

Cohn trouva Pichette et Kordestani beaucoup trop sur la défensive et, avec l'aide de Steinberg, il s'efforça de les amadouer par une approche amicale et informelle. Les hommes d'Elliott Management avaient apporté une quantité impressionnante de documents afin d'étayer leur position. Selon Cohn, les investisseurs méritaient mieux et plus de Twitter, étant donné le rôle joué par la plateforme dans le débat public international. Peu importait le nombre de compagnies que Pichai était théoriquement capable de diriger : avoir un directeur général sans cesse tiraillé dans une multitude de directions ne relevait tout simplement pas d'une bonne gouvernance. Le fait qu'un conducteur en état d'ivresse soit capable de rentrer chez lui sans accident ne légitimait pas le fait de prendre le volant après une soirée accoudé au comptoir. Twitter avait besoin d'un chef exclusivement engagé dans la résolution de ses problèmes de performance, un chef prêt à vouer tout son temps à la compagnie.

Dès la semaine suivante, aux environs du 29 février, la rumeur de l'intervention d'Elliott Management se propagea. Les employés de Twitter s'offusquèrent qu'on puisse envisager d'expulser de la sorte ce patron qu'ils adoraient malgré ses excentricités. Beaucoup considéraient Dorsey comme le créateur de cette culture propre à Twitter, où l'opinion des gens et la liberté d'expression étaient supérieures aux notions de profit et d'immédiateté. Ils apportèrent leur soutien à Dorsey sous le hashtag #WeBackJack (#NousSoutenonsJack), en donnant des exemples personnels de sa façon de diriger l'entreprise, et en priant pour qu'il reste à son poste.

Il y eut même d'autres leaders de la tech pour prendre sa défense. « Je tiens juste à dire que je soutiens @Jack en tant que directeur de Twitter », twitta Elon Musk.

* * *

Plusieurs employés de Twitter revinrent passablement malades de l'événement OneTeam à Houston. Leurs douleurs et leurs frissons n'étaient peut-être dus qu'à ces trois jours passés à boire et à faire la fête, mais le fait est que des dizaines d'employés développèrent des symptômes grippaux et durent se faire porter pâles durant les semaines qui suivirent. Sur le ton de la plaisanterie, ils déclaraient avoir attrapé le « OneVirus ».

Fin janvier, Twitter relaya des dépêches faisant état d'un mystérieux virus en pleine dissémination dans toute la Chine. Détecté pour la première fois à Wuhan, capitale de la province du Hubei, au cœur du pays, un virus, le Sars-CoV 2, fit son apparition officielle près de Seattle le 20 janvier 2020. Les employés de Twitter commencèrent alors à douter que le virus qu'ils avaient contracté durant le OneTeam ait été celui d'une simple grippe.

Après avoir rassemblé ses employés autour de sa personne, Dorsey les repoussait. Dès le 2 mars, la compagnie encouragea tout un chacun à travailler de chez soi. Twitter fut l'une des premières grosses sociétés américaines à s'engager sur cette voie, et cela n'avait rien d'étonnant dans la mesure où son directeur général militait depuis déjà un certain temps en faveur du travail à distance. Les équipes de Twitter ainsi dispersées ne furent pas directement informées des manœuvres d'Elliott Management.

Dorsey ne décolérait pas. Il se voyait contraint de rester à l'écart des tractations du conseil d'administration concernant d'éventuels changements, et vivait très mal cette ostracisation. De l'extérieur, il semblait qu'aucun membre du conseil ne le soutenait, et il en voulut bientôt non seulement à Cohn, mais à l'ensemble de son propre directoire.

De leur côté, les banquiers de Twitter chez Goldman Sachs mettaient sur pied leur plan de défense. Selon eux, le seul espoir pour Dorsey consistait à combattre le feu par le feu, ou plutôt l'argent par l'argent : il devait trouver un chevalier blanc pour le sauver. Dorsey mentionna aussitôt Laurene Powell Jobs, la veuve du fondateur d'Apple, Steve Jobs. À la tête du trust de feu son époux qui pesait plusieurs milliards de dollars, elle était l'une des rares personnes au monde à disposer des moyens financiers nécessaires pour venir en aide à Dorsey. Celui-ci avait un profond et sincère respect pour Steve Jobs : en outre, il savait que Laurene soutenait par principe les fondateurs de société, et qu'elle l'appréciait. Elle avait tendance à investir plus volontiers dans les médias, les projets liés au climat et toute entreprise d'intérêt public : a priori, Twitter répondait à ce cahier des charges.

Dorsey aiguilla le conseil d'administration vers Powell Jobs, qui rencontra ses membres afin de discuter d'une possible intervention de sa part. Mais malgré sa richesse et l'amitié qui la liait à Dorsey, elle refusa finalement de le soutenir financièrement dans cette bataille qui l'opposait à Elliott Management. Pour diverses raisons, cet investissement ne correspondait pas à son portefeuille, notamment parce que la brutalité de ce genre de conflit aurait terni son image très policée.

Dorsey désespérait de trouver une issue, quand il reçut un appel téléphonique inopiné la première semaine de mars. Il s'agissait d'Egon Durban, codirecteur de Silver Lake, société d'investissement spécialisée dans la technologie et le divertissement. Contrairement à Cohn, ce Texan de naissance qui devait son légendaire bronzage à ses parties de golf et ses sessions de surf aux quatre coins du monde, était lié depuis toujours à la Silicon Valley et comprenait ce que Dorsey essayait de réaliser à la tête de Twitter. Il s'était fait un nom en négociant la vente de Skype à Microsoft pour 8,5 milliards de dollars en 2011. Même s'il était aussi d'avis que Twitter était en sous-régime (il avait d'ailleurs envisagé de s'emparer de la compagnie quelques années auparavant), c'était davantage un allié qu'un adversaire, et il avait en outre acquis une bonne connaissance du fonctionnement de Twitter lorsqu'il s'y était intéressé.

Ayant pris connaissance de l'offensive d'Elliott Management, il appelait pour soumettre à son tour une offre. Cohn avait forcé les portes de Twitter avec un bélier d'un milliard de dollars. Afin de contrecarrer ses plans, il en avancerait autant. Cette somme suffirait à imposer une trêve que Dorsey, toujours aux commandes, pourrait mettre à profit pour faire monter le cours des actions de son entreprise. S'engagerait alors un bras de fer aux enjeux colossaux, mais Dorsey n'avait pas d'alternative.

Il accepta l'offre et chargea Pichette et Kordestani de fignoler les détails de l'opération avec Cohn. Les membres du conseil administratif passèrent la première semaine de mars en contact direct avec Dorsey, Durban et Cohn afin de garantir l'effectivité du cessez-le-feu. Mais cette épreuve avait grandement marqué Dorsey, qui ne cessait de déplorer l'absence d'actions à droits de vote multiples.

Pichette s'acharnait toujours à convaincre Cohn de rencontrer Dorsey en personne. C'est expressément dans ce but qu'il traversa l'aéroport déserté par les voyageurs inquiets de la montée du virus, et se rendit à New York. Goldman Sachs mit à leur disposition une salle de conférence, où Pichette insista pour que Cohn apprenne directement de Dorsey ce qu'il avait à offrir à l'entreprise.

Cohn consentit à cette rencontre, ainsi que Dorsey, qui était bien conscient qu'il lui fallait absolument charmer l'investisseur pour conserver son poste. Cohn rejoignit la côte Ouest, et Durban accueillit l'investisseur activiste et Dorsey au quartier général de Silver Lake, à Menlo Park, une enfilade de bâtiments anonymes en béton sur Sand Hill Road, la fameuse artère où les gros requins de la finance avaient établi leurs comptoirs afin de recevoir les fondateurs des start-up les plus prometteuses.

Si Pichette et Kordestani étaient convaincus que Cohn ne pourrait que reconnaître le génie de Dorsey s'il le rencontrait en chair et en os, Cohn quant à lui croyait déjà tout savoir de cette espèce de directeurs généraux reclus à laquelle il appartenait, ces jeunes hommes qui, portés par la conviction de pouvoir changer le monde grâce à leur technologie, enchaînaient les rendez-vous avec de potentiels investisseurs. Mais là où les financiers de Sand Hill Road étaient d'avis que la seule condition du succès était de dénicher un visionnaire équipé d'un ordinateur portable, Cohn se montrait bien plus traditionnel : structure et discipline étaient les seules fondations viables d'une entreprise.

Dorsey considérait Cohn d'un œil suspicieux tout en tâchant de se montrer amical. De son ton habituel, posé et réfléchi, il lui expliqua l'importance de Twitter, mais l'actionnaire activiste était bien résolu à prendre le taureau par les cornes.

« Comment pouvez-vous diriger deux compagnies à la fois ? » demanda carrément Cohn.

Dorsey répondit qu'il avait un processus de management bien à lui, dans le cadre duquel il se reposait sur Agrawal, Beykpour et Falck, les collaborateurs qui l'avaient rejoint sur la scène de OneTeam, pour toute prise de décision liée à leur domaine d'expertise. Il en allait de même pour Square : des gens de confiance tenaient les rênes pour lui. Quand il fallait trancher, ils savaient où le trouver.

Ce que Dorsey lui dit durant cette réunion fut loin de plaire à Cohn, qui redoutait que le directeur général de Twitter se soit entouré de courtisans qui opinaient à tout ce qu'il pouvait leur dire. Beaucoup de ses collaborateurs les plus proches, y compris Agrawal, que Cohn rencontrerait bientôt, n'avaient jamais travaillé que pour lui, et ignoraient tout du fonctionnement normal d'une entreprise. Rien ne pouvait remplacer l'échange direct avec un supérieur, et les tweeps* de Dorsey ne le voyaient que trop rarement.

À la fin de cette entrevue, les doutes de Cohn ne furent que renforcés. Steinberg partageait son avis : Dorsey posait réellement problème. Mais la priorité absolue d'Elliott Management était de faire fructifier leur investissement. Twitter était prêt à se battre pour garder Dorsey, et les liquidités injectées par Durban le protégeaient, à court terme en tout cas.

Cohn s'attacha donc à aboutir à un accord qui lui conviendrait. Il tenait toujours autant à ce que Twitter se fixe des objectifs forts en matière de croissance des

* Le terme désigne à la fois les utilisateurs de la plateforme (aussi nommés « tweetos » ou « twittos ») et les employés de Twitter. C'est cette deuxième acception qui est retenue ici. (N.d.T.)

revenus et du nombre de nouveaux usagers et, afin de dompter cette entreprise perpétuellement en roue libre, il fit pression sur le conseil d'administration pour que celui-ci crée une nouvelle commission dédiée à sa gouvernance. Avec leurs milliards respectifs, Cohn et Durban eurent leur place au conseil de Twitter. Dans le cadre de l'accord, Cohn renonça à sa demande de sièges supplémentaires.

La semaine n'était pas encore tout à fait achevée, et Dorsey était déjà sauvé. « Nous sommes extrêmement fiers de tout ce que nous avons accompli et persuadés d'être sur la bonne voie, guidés par Jack et l'équipe de direction, annonça Pichette le 9 mars dans une déclaration instaurant la trêve. Notre structure de gouvernance est unique, au même titre que Jack et cette entreprise. »

Il y eut quelques remaniements. Pour Cohn, il était évident que Kordestani n'avait pas sa place à la tête du conseil d'administration. Il ne faisait rien pour contenir les élucubrations de Dorsey et, qui plus est, leur relation n'était plus au beau fixe. Pichette, Canadien aux airs de hibou qui affectionnait particulièrement les pull-overs Patagonia, avait une plus grande expérience du management, et un aplomb qui l'aiderait sûrement à brider Dorsey. Il fut donc nommé directeur du conseil d'administration.

On le chargea également de piloter la commission sur la gouvernance. Conformément à l'accord passé entre Cohn d'une part et Silver Lake et Twitter d'autre part, sa première tâche fut d'évaluer l'efficience du leadership de Dorsey, « puisque le directeur général de la compagnie occup[ait] un autre poste de directeur général ».

L'accord était très clair sur un autre point : Elliott Management aurait le droit de s'immiscer dans la gouvernance de l'entreprise et de tenter de ligoter Dorsey à son siège de directeur général exclusif de Twitter, mais il lui serait interdit de se mêler des décisions relatives au produit et à la stratégie interne. Cet arrangement était censé conférer à Dorsey une marge de manœuvre suffisante pour poursuivre ses nobles objectifs.

* * *

À peine plus d'une semaine après la déclaration officielle de la trêve, le 19 mars 2020, l'État de Californie instaura son premier confinement, interdisant à ses habitants de quitter leur foyer pour des motifs non essentiels. Alors que la pandémie atteignait son premier paroxysme, le quartier général de Twitter n'était déjà plus qu'une coquille vide.

Au début, Dorsey se réfugia dans ses villas de Big Sur et du quartier de Sea Cliff, à San Francisco. Mais il prit très vite le large, pour Hawaï, le Costa Rica ou encore la Polynésie française. Ses plus proches collaborateurs se plaignaient parfois d'entendre des coqs chanter au loin lors de leurs visioconférences, détail qui leur rappelait que tandis qu'ils étaient prisonniers dans leurs propres appartements, lui se trouvait sur quelque île paradisiaque. En mai, Twitter fut la première entreprise de la tech à annoncer que ses employés ne travailleraient plus qu'à distance, et ce jusqu'à nouvel ordre, décision en grande partie motivée par le désir qu'avait Dorsey de rester aussi loin que possible de son bureau.

En été, il cessa carrément de participer aux réunions de travail. Il avait déjà pris l'habitude de couper caméra et micro, et ses employés se demandaient constamment s'il était à proximité de son ordinateur, ou s'il était parti surfer.

À mesure que le directeur général de Twitter se faisait plus discret, Cohn et les autres membres de la direction tombèrent d'accord sur un plan visant à doubler les revenus de l'entreprise à l'horizon 2023, et à augmenter sa fréquentation quotidienne d'au moins 64 %, pour atteindre le nombre de 315 millions d'utilisateurs par jour. Cohn tenait à pousser encore plus haut ces objectifs, mais les cadres s'y opposèrent, par peur d'être dans l'incapacité de les atteindre. S'ils y avaient consenti, le cours de l'action aurait forcément bondi : Cohn aurait saisi l'occasion pour revendre ses parts au prix fort, et c'est l'équipe dirigeante de Twitter qui, seule, aurait payé les pots cassés.

Entre fin octobre et début novembre 2020, Dorsey, passablement amaigri, accorda plusieurs visioconférences au Sénat américain sur le thème de la modération de contenu. Caché derrière une barbe poivre et sel inégale qui descendait jusqu'à sa poitrine, le directeur général de Twitter répondit patiemment aux questions des sénateurs concernant les choix faits par sa compagnie d'effacer certains tweets et d'en garder d'autres. Il leur détailla son tout nouveau projet de décentralisation des réseaux sociaux : inspiré par la technologie Bitcoin, il croyait que les réseaux sociaux pouvaient fonctionner à partir d'un code open source géré par des gens ordinaires plutôt que par des entreprises. Il déclara vouloir conférer un pouvoir accru aux utilisateurs, leur donner les moyens de choisir eux-mêmes les algorithmes qui régiraient les contenus consultés, soulageant ainsi Twitter de ses responsabilités de modération. Avec insistance, il prophétisa que ce serait cette voie que tous les réseaux sociaux finiraient par suivre, tôt ou tard.

Cette fois-ci Dorsey s'était donné la peine d'activer la vidéo, un simple mur blanc en arrière-plan, et certains de ses employés ayant participé à ses récentes visioconférences reconnurent instantanément les lieux : il se trouvait sur une propriété locative à Hawaï.

Elliott avait beau marteler que Twitter courait à sa perte avec un directeur général à temps partiel, Dorsey était plus libre que jamais. Rien ni personne ne pouvait le confiner dans tel domicile ou tel bureau, pas même pour une séance publique avec le Sénat américain. Quelques jours après ces auditions, des paparazzis le surprirent en pleine promenade sur une plage hawaïenne privée, aux côtés de Sean Penn et de Jay-Z.

6

Vacances polynésiennes

Le 25 mars 2021, Dorsey, ainsi que Mark Zuckerberg et Sundar Pichai, respectivement directeurs généraux de Facebook et de Google, se connectèrent afin de répondre aux questions de la commission sur l'énergie et le commerce de la Chambre des représentants des États-Unis, dans le cadre d'une audition portant sur la lutte contre la désinformation et l'extrémisme en ligne. C'était la cinquième convocation du chef de Twitter face au Congrès, et il en avait plus qu'assez. Ces échanges étaient terriblement théâtraux, avec tous ces sénateurs et représentants qui rivalisaient d'effets de manche sur le thème éculé des guerres culturelles américaines.

Dorsey se prêta au jeu de mauvaise grâce, en distanciel à cause des craintes qui subsistaient quant au Covid, dans la cuisine de sa propriété de Sea Cliff, par le truchement d'un iPad posé au sommet d'une pile de livres. Derrière sa tête presque rasée à blanc et sa barbe grisonnante, on pouvait apercevoir un vaisselier contenant ses assiettes, ses verres et une horloge blockchain.

Il tâcha d'expliquer de son mieux ce qui avait motivé les choix de modération de Twitter, en s'efforçant de dévoiler le plus clairement possible aux législateurs chaque étape du processus. Mais les représentants ne cessaient de l'interrompre, en lui imposant de ne répondre que par des oui et des non, laissant peu de place à la nuance.

Agacé, Dorsey tweeta un sondage : « ? », écrivit-il avant de demander à ses followers de voter oui ou non.

Les membres de la chambre basse qui l'interrogeaient eurent vite vent de ce tweet.

« Monsieur Dorsey, lequel est en tête dans le sondage de votre fil Twitter, le oui ou le non ? » demanda Kathleen Rice, une démocrate de New York, qui dans un haussement de sourcils derrière ses lunettes à épaisse monture d'écaille, n'entendait pas laisser passer cette preuve de désinvolture de la part du directeur de Twitter.

« Le oui, répondit Dorsey en réprimant un sourire, la commissure de ses lèvres à peine relevée.

– Hum, votre capacité à être multitâche est très impressionnante », répliqua-t-elle.

Mais Dorsey en avait désormais assez d'être multitâche.

* * *

Ces très longues séances de passage sur le gril n'aboutirent jamais à la moindre loi. La presse clouait systématiquement Dorsey et Twitter au pilori, quoi qu'il puisse dire. Et la majorité des législateurs se cantonnaient à des questions très spécifiques sur les choix de modération des contenus : « Pourquoi avoir supprimé ceci ? Pourquoi avoir gardé cela ? Pourquoi avoir shadowban* mon compte ? » Ils semblaient se moquer éperdument de l'avenir de la tech et des éventuelles solutions aux problèmes dont ils se plaignaient.

Dorsey tenait fermement à ce que les leaders mondiaux ne soient pas soumis aux mêmes règles que les autres utilisateurs de Twitter et s'opposait à la suspension de leur compte lorsqu'ils publiaient des menaces qui auraient

* « Bannissement furtif » ou « fantôme » : blocage d'un compte à l'insu de son utilisateur. (N.d.T.)

entraîné un bannissement définitif si elles avaient été formulées par le commun des mortels. En outre, il défendait farouchement Alex Jones, podcaster conspirationniste d'extrême droite, à la suite de son éviction de Facebook, de YouTube et des podcasts d'Apple, en arguant que Jones n'avait violé aucune des règles de Twitter. Mais la pression ne cessa de monter, et quand Jones se servit de Twitter pour appeler ses partisans à sortir leurs « fusils d'assaut » contre les médias grand public et à harceler une journaliste, Dorsey ne put que consentir au bannissement d'Alex Jones et de sa plateforme InfoWars.

Gadde quant à elle se montrait beaucoup plus ferme sur ces questions. Elle avait rejoint Twitter en 2011, alors que Dorsey essayait encore de revenir aux affaires. Lorsqu'il réintégra son poste de directeur général en 2015, le harcèlement s'était déjà généralisé sur le réseau social. Ensemble, ils avaient mis au point le règlement de Twitter, Gadde et son équipe se chargeant de trouver les règles et Dorsey de les approuver. Aux yeux des autres cadres, Gadde, au même titre que Berland, était l'une des rares personnes de confiance à comprendre le langage de Dorsey. Elle était capable de le convaincre de suivre ses suggestions, et de traduire ses désirs à l'attention des juristes et des investisseurs qui autrement n'y auraient rien compris.

Née en Inde, Gadde avait émigré aux États-Unis avec sa famille alors qu'elle n'avait que trois ans. Elle avait grandi à Beaumont, une petite ville du Texas où son père avait dû demander la permission des chefs locaux du Ku Klux Klan avant de pouvoir faire du porte-à-porte pour vendre des assurances. Après le lycée, Gadde avait fait son droit à l'université de New York. Elle avait travaillé une dizaine d'années chez Wilson Sonsini Goodrich and Rosati, grand cabinet d'avocats de la Silicon Valley où elle s'était principalement occupée des acquisitions complexes et des questions de gouvernance d'entreprise. Au sein de Twitter, elle évitait de se retrouver sous le feu des projecteurs, et quand elle était contrainte de s'exprimer publiquement, sa voix se brisait fréquemment. Elle veillait jalousement à préserver le lien privilégié qui l'unissait à Dorsey, et certains collègues se plaignaient qu'elle ne leur en dévoilât pas plus sur les décisions et les opinions de leur chef.

En mars 2020, Gadde prit conscience que Twitter devait se doter de nouvelles règles afin de lutter contre la désinformation sur le Covid, en supprimant les tweets qui faisaient la promotion de traitements inefficaces tels que l'ivermectine, ou répandaient des théories conspirationnistes comme celle qui voulait que la technologie de la 5G soit à l'origine du virus. Seul problème : Twitter ne disposait ni de la structure nécessaire à cette lutte contre la désinformation, ni d'une équipe chargée de cette tâche, ni de solutions rapides pour mettre tout cela sur pied.

Contrairement à ce qui se passait dans les autres compagnies spécialisées dans les réseaux sociaux (où l'on supprimait simplement les publications sans explication, avant de justifier a posteriori ce genre de décisions), chez Twitter il fallait d'abord qu'il y ait une règle, et que cette règle soit rendue publique. Twitter publiait parfois des versions préliminaires de nouvelles règles et passait des mois (parfois même des années) à recueillir les avis et critiques les concernant, avant de les finaliser, et enfin de les appliquer. C'était cette approche toute bureaucratique qui avait permis à Alex Jones de rester bien plus longtemps sur Twitter que sur les autres réseaux sociaux. Il avait fallu attendre que Jones brise un nombre critique de règles pour le bannir du site.

Mais le Covid changea tout. Gadde fit appel à Yoel Roth, l'un des collaborateurs qui avaient contribué à identifier et éliminer les comptes de désinformation russes après l'élection présidentielle de 2016.

Roth, jeune homme sérieux au visage poupin, n'avait quasiment travaillé que pour Twitter. Il avait rejoint la compagnie en 2015, peu de temps après avoir décroché un doctorat portant sur la communication et les communautés en ligne, et était l'auteur de ce qui s'approchait le plus d'un vademecum anti-désinformation sur Twitter, avant le début de la pandémie. Ces nouvelles règles interdisaient aux utilisateurs de partager des photos et des vidéos modifiées par intelligence artificielle. Grâce à un procédé connu sous le nom de « deepfake », on pouvait voir des politiciens émettre de fausses déclarations ou être confronté à de la pornographie fictionnelle consistant à copier-coller la tête de quelqu'un à qui on veut porter atteinte sur le corps d'un autre dans une position suggestive. Son usage se banalisait à mesure que les logiciels de retouche photo et vidéo par intelligence artificielle devenaient plus abordables, tant financièrement que dans leur utilisation. Après consultation de son équipe, Roth décida que toute personne partageant des deepfakes dans une volonté flagrante de tromperie sur Twitter se verrait automatiquement bannie. Quand cette technologie était utilisée à des fins parodiques, Twitter se contenterait d'associer des libellés contextuels aux tweets concernés pour informer les utilisateurs qu'il contenait des images sciemment altérées.

Les autres cadres de Twitter furent conquis par l'idée des libellés, à commencer par Dorsey, qui en avait plus qu'assez d'être harcelé par le Congrès et le public au sujet de la désinformation. Son entreprise n'avait pas vocation à devenir l'arbitre de la vérité, et se trouvait prise entre deux feux dans le climat politique d'alors, particulièrement polarisé, où la notion même de vérité était contestée. Les libellés et les changements apportés à l'algorithme épargneraient à Twitter d'avoir à bâillonner ses utilisateurs.

En somme, le fait de libeller les tweets tendancieux permettait à la plateforme de préserver sa réputation (l'entreprise agissait bel et bien contre la désinformation) sans avoir à fact-checker chaque publication suspecte ou pire encore – du point de vue de Dorsey –, à censurer des contenus non vérifiés.

Même ainsi, la tâche était titanesque. Les confinements imposés dans le monde entier entraînèrent une hausse spectaculaire de la fréquentation des réseaux sociaux, les utilisateurs se retrouvant scotchés à leur ordinateur, reliés au monde extérieur par leur smartphone, et Twitter devint très vite un centre névralgique où des médecins publiaient diverses astuces pour échapper au virus, où des scientifiques résumaient sur de longs fils les dernières avancées de la recherche, et où une armée d'experts de salon s'échangeaient toutes sortes de théories sur l'origine du Covid 19, débattaient de l'efficacité des masques, ou encore soumettaient leurs prédictions quant à la durée et la sévérité de la pandémie.

Parmi ces partisans du « faites vos propres recherches » se trouvait Musk. Le 6 mars, il tweeta : « La panique autour du coronavirus est débile. » Deux semaines plus tard, alors que le nombre de cas de contamination connus aux États-Unis s'élevait à deux mille, il déclara sur Twitter que le pays compterait « environ zéro nouveau cas » d'ici à la fin du mois d'avril, et que les enfants étaient « quasiment immunisés » contre la maladie (les enfants n'étaient évidemment pas immunisés et, fin avril, les États-Unis dénombraient en moyenne vingt mille nouveaux cas par jour). Musk semblait ne disposer que d'informations glanées sur sa timeline ou au gré des liens qui lui passaient sous les yeux, mais cela ne l'empêchait pas de débattre avec des virologues et des docteurs sur Twitter, ni de mettre en question les taux de positivité du virus, ni encore de militer en faveur de l'hydroxy-chloroquine, médicament antipaludéen dénué d'impact vérifiable sur la maladie.

En un sens, Musk abordait la pandémie comme il avait abordé la fuséologie ou la conception automobile, domaines qui lui étaient quasiment inconnus avant qu'il s'y intéresse. Au vu et au su de tous, il consommait les informations disponibles, portait des jugements hâtifs et, comme toujours, en partie par provocation, partait du principe qu'il en savait plus que les experts. En ce qui concernait les fusées et les voitures, ses succès semblaient lui donner raison. Alors pourquoi n'en aurait-il pas été de même pour le Covid ?

Musk avait également des raisons financières de douter de la dangerosité du virus. Une pandémie déstabiliserait l'économie tout entière et, plus important encore, les projets de Tesla et SpaceX. Les personnes affectées aux chaînes de fabrication se verraient contraintes de rester chez elles. Les confinements iraient à l'encontre d'une des règles de management de Musk, qui avait toujours tenu à ce que ses employés soient physiquement présents au travail. Le 13 mars, Musk envoya un e-mail à l'ensemble des employés de SpaceX dans lequel il les encourageait à continuer de travailler en présentiel : il avait consulté des données qui d'après lui confirmaient que la maladie « ne fait *pas* partie du classement des cent plus gros risques sanitaires aux États-Unis »[1].

« À titre de comparaison, les risques de mourir du C19 sont *largement* inférieurs aux risques de mourir au volant de votre voiture en rentrant chez vous, écrivit-il. On dénombre trente-six mille morts sur la route [par an aux États-Unis], et 36 du C19 depuis le début de l'année. »

SpaceX n'eut pas à baisser le rideau (l'entreprise fut classée « essentielle » du fait des contrats qui la liaient à l'État américain), mais Tesla dut se soumettre à l'obligation de confinement édictée en Californie, ce qui rendit Musk fou de rage : ses ouvriers ne pouvaient plus se rendre à l'usine. Excédé, il tweeta le 28 avril à 23 h 14 : « LIBÉREZ TOUT DE SUITE L'AMÉRIQUE ». Puis il répondit à un militant d'extrême droite qui avait déclaré que le plus terrifiant dans la pandémie était la facilité avec laquelle les Américains « courb[aient] l'échine & abandonn[aient] leur liberté conquise dans le sang aux politiciens corrompus ». Musk qualifia l'assertion de « vraie ».

Le milliardaire déroula le même thème dès le lendemain, à la faveur d'une visioconférence où il expliqua que la compagnie s'inquiétait de ne pouvoir relancer à court terme la production de voitures à Fremont, en Californie. « La mise en place du confinement, que franchement j'aurais plutôt tendance à appeler "emprisonnement forcé des gens chez eux au mépris de leurs droits constitutionnels", en tout cas c'est mon opinion, et la destruction des libertés personnelles d'une façon vraiment horrible et répréhensible et qui ne correspond pas à ce qui a poussé des gens à venir en Amérique et à bâtir ce pays, déclara-t-il. Non mais sans déconner ? Veuillez m'excuser. Un scandale. C'est un véritable scandale. »

« Si certains souhaitent rester chez eux, génial, poursuivit Musk. Ils devraient avoir toute liberté de rester chez eux, sans que personne puisse les obliger à sortir. Mais dire que toute personne qui sortira de chez elle se fera arrêter par la police, c'est du fascisme. Ce n'est pas ça, la démocratie. Ce n'est pas ça, la liberté. Rendez aux gens leur foutue liberté. »

* * *

Le tsunami de tweets sur la pandémie dépassait tout ce que Gadde et son équipe avaient affronté jusque-là. Chaque jour voyait affluer une nouvelle fournée de précisions relatives au virus, et n'importe quel tweet pouvait relever dès le lendemain de la désinformation. La compagnie supprima des milliers de tweets conformément à la règle qui visait « les contenus incontestablement faux ou potentiellement fallacieux » représentant « le plus haut risque de nuisance », mais elle en laissa des milliers d'autres, y compris ceux de Musk où il remettait en question la réaction gouvernementale à la pandémie, sans pour autant tomber dans la désinformation caractérisée.

Face à cette catastrophe dont on ne voyait pas la fin, Dorsey décida de renforcer encore la stratégie des libellés. À l'approche de l'élection présidentielle américaine de 2020, la compagnie se voyait pressée de toutes parts de statuer sur le torrent de tweets déchaînés du président Trump. Depuis toujours, Twitter avait pour politique de ne pas pénaliser les leaders mondiaux qui enfreignaient ses règles, en arguant que l'intérêt public primait tout préjudice potentiel. Mais peut-être n'était-il pas nécessaire d'effacer les messages de Trump. Peut-être Dorsey et Gadde pouvaient-ils se contenter de les libeller.

Trump avait déjà commencé à pester contre le processus électoral, s'inquiétant de résultats frauduleux et visant tout particulièrement les votes par correspondance, qui selon toutes les projections favoriseraient son adversaire, Joe Biden.

Donald J. Trump
@realDonaldTrump
AUCUNE CHANCE (ZÉRO !) que les votes par correspondance soient autre chose que frauduleux par nature. Vols de boîtes aux lettres, bulletins faux voire illégalement imprimés & frauduleusement signés. Le gouverneur de Californie envoie des bulletins à des millions de personnes, tout individu…
8:17 AM May 26, 2020
34K 30K 82K

Donald J. Trump
@realDonaldTrump
… qui y réside, quels que soient son identité & les raisons de sa présence, en recevra un. Viendront ensuite des professionnels

qui diront à tous ces gens, dont beaucoup n'ont jamais eu ne serait-ce que l'idée de voter, comment voter, et pour qui. Ce sera une Élection truquée. Ça ne va pas !
12K 11K 47K

L'intervention de Twitter fut minime, tout juste un lien sous le tweet de Trump qui invitait les utilisateurs à « tout savoir sur le vote par correspondance » en lisant un article de la CNN. La réaction, en revanche, fut considérable.

Les républicains crièrent à la « censure » et Trump fit pleuvoir une nouvelle rafale de tweets, plus tard dans la journée. La compagnie était en train d'« interférer » avec l'élection et d'« étouffer totalement la LIBERTÉ D'EXPRESSION ». Dorsey était la cible principale des attaques, mais les partisans de Trump visèrent également certains de ses employés. Kellyanne Conway, l'une des principales conseillères du président, dirigea son courroux sur Yoel Roth, le spécialiste de la désinformation, tandis que certains fouillaient ses anciens tweets à la recherche de la moindre preuve de partialité gauchiste.

Ils ne mirent pas longtemps à trouver leur bonheur. « Je dis juste que ce n'est pas pour rien qu'on survole ces États qui ont voté pour une clémentine raciste », avait tweeté Roth en novembre 2016, alors qu'il n'était encore qu'une toute jeune recrue. Dans un autre tweet daté de 2017, il déclarait qu'il y avait « D'AUTHENTIQUES NAZIS À LA MAISON-BLANCHE ». Ces publications firent l'objet de captures d'écran relayées à foison sur Twitter, faisant de Roth, l'un des éléments les plus actifs dans la lutte contre les campagnes de harcèlement sur Twitter, la cible directe d'une attaque groupée. Au cours d'interviews, Conway dépeignit Roth comme un affreux censeur, et Trump renchérit en posant sur des photos où il tenait un exemplaire du *New York Post* avec en une un article traitant de Roth et de sa supposée censure.

Bien évidemment, ce n'était pas la première campagne de harcèlement sur Twitter mais, à l'exception de Dorsey, rares étaient les employés de la compagnie à avoir essuyé une offensive d'une telle ampleur : Roth se retrouvait soudainement à la place de la fourmi visée par le faisceau d'une loupe en plein soleil. Pendant que Twitter essayait de limiter les dégâts, Roth s'astreignit au silence radio. La direction chargea un agent de sécurité de monter la garde devant chez lui, les menaces de mort se succédant sans discontinuer en ligne. Dorsey s'en mêla même personnellement. « Il y a bien quelqu'un d'éminemment responsable de nos décisions en tant que compagnie, et ce quelqu'un c'est moi. Merci de laisser nos employés en dehors de tout ça », tweeta-t-il le 27 mai.

Ses commentaires n'arrêtèrent pas Trump. Le lendemain, le président signa un décret visant à rogner les protections juridiques dont jouissaient Twitter et d'autres réseaux sociaux en vertu de la section 230 du Communication Decency Act. Édictée en 1996, cette loi qui établissait qu'aucune plateforme Internet ne pouvait être tenue responsable des actes et des publications de ses utilisateurs avait constitué l'un des piliers de l'Internet moderne, autorisant les sites à se développer en hébergeant du contenu sans crainte d'être minés par les procès. Les conservateurs avançaient que si des compagnies telles que Twitter entendaient intervenir sur les contenus comme le faisaient les éditeurs traditionnels, elles ne pouvaient plus bénéficier des protections assurées par la section 230.

Les libellés encouragèrent Trump à tweeter davantage, ce qui conduisit Gadde et son équipe à concevoir un processus spécial de traitement des publications du président. Au début, seules deux personnes avaient le pouvoir d'associer un libellé à l'un de ses tweets : Gadde elle-même ou Del Harvey. Quand les modérateurs repéraient un tweet de Trump qui semblait enfreindre les règles de Twitter, Harvey recevait aussitôt une notification urgente. Si elle ne répondait pas, Gadde en recevait une à son tour.

Toutes deux habitaient dans la baie de San Francisco, non loin du siège de Twitter, et prirent l'habitude d'être réveillées avant l'aube par des messages problématiques de Trump, qui consacrait les toutes premières heures du matin à tweeter dans sa chambre, au sein même de la Maison-Blanche, avant de commencer sa journée à proprement parler. Mais très vite cette habitude se vit dépouillée du sentiment d'extrême gravité des tout débuts (une employée de Twitter décidant d'entraver les déclarations du dirigeant le plus puissant de tout l'Occident !) pour ne plus être qu'une petite corvée agaçante, expédiée entre la sonnerie du réveil, le premier café de la journée et le départ des enfants à l'école. À l'approche du jour de l'élection, la gestion des libellés de Trump s'élargit à Roth (qui avait refait surface, mais continuait à faire profil bas) et Sean Edgett, conseiller juridique général de Twitter. Délibérément, on laissa Dorsey hors de la boucle. Ses voyages internationaux et son absentéisme chronique le rendaient difficile à joindre.

Cependant, Gadde tâchait de ne prendre aucune décision concernant le compte de Trump sans en référer au préalable à Dorsey. « Il faut que je parle de ça à Jack, et on aura sa réponse quand on aura sa réponse », disait-elle à son équipe. Très souvent, les actions visant les tweets incendiaires du président restaient au point mort.

Aux yeux de certains de ses employés, Dorsey semblait traverser un désenchantement croissant à l'égard de Twitter et de ses foires d'empoigne quotidiennes sur la liberté d'expression. Il en venait à se demander si Gadde n'allait pas trop loin avec les libellés, et si cette stratégie n'exacerbait pas la problématique Trump. Dorsey avait aussi une sainte horreur de toutes ces demandes émanant d'appareils étatiques, y compris le FBI et la

Maison-Blanche, appelant à la suppression de tweets. Twitter paraissait obéir aux injonctions d'un trop grand nombre de groupes extérieurs, et s'écarter de plus en plus de sa mission de forum planétaire.

Les dissensions entre Dorsey et sa principale collaboratrice éclatèrent au grand jour en octobre, quelques semaines seulement avant l'élection présidentielle américaine. À plusieurs reprises, le FBI avait exhorté Twitter et d'autres entreprises de la Silicon Valley à se préparer à des campagnes de piratage similaires à celles menées en 2016, quand les e-mails de Hillary Clinton avaient été partiellement publiés sur Twitter par un hacker.

À mesure que les mises en garde du FBI se multipliaient, l'équipe de Gadde se convainquit de l'imminence d'une opération de cette espèce. Deux ans auparavant, après avoir dressé le bilan de l'ingérence russe sur la plateforme, la direction de Twitter avait institué une nouvelle règle interdisant aux utilisateurs de partager des informations obtenues par le piratage. Si cela devait se reproduire, Twitter empêcherait les documents mal acquis d'être publiés sur le site, et gèlerait tous les comptes ayant cherché à les relayer.

Bien vite, l'occasion se présenta de mettre à l'épreuve cette nouvelle stratégie. Le 14 octobre 2020, le *New York Post* publia un article explosif où étaient révélés des e-mails extraits d'un ordinateur portable appartenant à Hunter Biden, le fils de Joe Biden, candidat à la présidence. Ces messages prouvaient que Hunter Biden avait arrangé un rendez-vous entre son père et un cadre ukrainien avec qui il travaillait, contrairement aux déclarations de Joe Biden, selon lesquelles il ne s'était jamais mêlé des affaires de son fils.

La provenance des e-mails était douteuse. Le *New York Post* déclara que l'ordinateur de Hunter Biden provenait d'une boutique de réparation, et qu'il contenait en outre des photos où on le voyait consommer des drogues.

Aux yeux des cadres dirigeants de Twitter, cette histoire réunissait tous les éléments propres à une affaire de piratage politique : des e-mails embarrassants communiqués par une source anonyme, juste à temps pour faire pencher la balance électorale. Gadde décida rapidement de bloquer le lien vers l'article afin qu'il ne soit pas partagé sur Twitter. Elle donna également son feu vert à la suspension du compte officiel du *New York Post* : le tabloïd ne pourrait plus publier tant qu'il n'aurait pas supprimé ce tweet au sujet de Hunter Biden.

Le retour de bâton fut immédiat, et d'une très grande vigueur. Les législateurs républicains et les responsables de la campagne de Trump accusèrent de nouveau Twitter d'imposer sa censure, et il y eut même des démocrates pour se demander publiquement si Twitter n'avait pas outrepassé ses pouvoirs en réduisant au silence un journal ayant une telle audience. Dorsey lui-même intervint dans ce sens. « Notre communication sur nos choix concernant l'article du @nypost n'a pas été géniale, écrivit-il. Et bloquer le partage d'URL via tweet ou MP sans aucune explication : inacceptable. »

La formulation de son tweet était déroutante. Qui critiquait-il ? Après tout, en tant que directeur général, il était le premier responsable des choix de son entreprise. Mais en interne, tout le monde savait parfaitement qui ce message visait. Alors qu'il avait jadis tout fait pour que ses cadres les plus puissants puissent prendre seuls des décisions importantes, il admonestait à présent Gadde. Celle-ci le vécut très mal, d'autant qu'il se montrait bien plus direct et bien plus dur sur la place publique que lorsqu'il lui avait fait part de ses réserves en privé, ainsi qu'elle le confia à des proches.

Le 16 octobre, Twitter décida de restreindre la règle relative aux contenus piratés de sorte que seuls soient visés les responsables du piratage et de la tentative de publication, et d'ajouter aux autres tweets concernant les e-mails de Hunter Biden des libellés de contextualisation indiquant qu'ils provenaient d'une source inconnue. Le *New York Post* put de nouveau partager ses liens, mais la controverse ne s'apaisa que des semaines plus tard.

* * *

Le 3 novembre, jour de l'élection, une équipe fut constituée pour veiller vingt-quatre heures sur vingt-quatre les résultats publiés, à l'affût de toute tentative de désinformation. Alors que la victoire de Biden se confirmait d'heure en heure, les tweets visant à miner la confiance des citoyens envers le processus électoral se multiplièrent, et l'équipe de veille émit quelque trois cent mille libellés en deux semaines[2]. Dans les quatre jours suivant l'élection, près de 40 % des tweets de Trump portant sur ce sujet reçurent des libellés avertissant qu'ils pourraient contenir « des informations trompeuses sur une élection ou un autre processus civique ».

Dorsey avait accepté les libellés et les suppressions d'informations fallacieuses sur le Covid dès les tout débuts de la pandémie, mais quand de grosses compagnies pharmaceutiques comme Johnson & Johnson et Pfizer avaient lancé la production de tout nouveaux vaccins, il avait rechigné à prendre des mesures contre des tweets remettant en question l'efficacité des injections. Alors qu'auparavant il avait laissé toute latitude à Gadde, il se mit dès le printemps à s'investir personnellement dans le processus de modération sur les contenus liés aux vaccins et à la pandémie.

Il exigea d'être intégré à une boucle e-mail dont se servaient les modérateurs pour envoyer des messages automatiques lorsqu'un tweet était effacé à la suite d'une violation de la politique anti-désinformation Covid, et commença à transmettre certains de ces messages à Gadde pour contredire les décisions des modérateurs. Plus tard, le directeur général de Twitter s'opposa à des libellés associés au compte d'Alex Berenson, ancien reporter du *New York Times* qui s'opposait à présent farouchement aux vaccins, et il mit souvent en question les suppressions de tweets concernant la vaccination, en ergotant à qui mieux mieux pour savoir s'ils enfreignaient vraiment les règles anti-désinformation. Les e-mails de Dorsey, qui se résumaient la plupart du temps à une poignée de mots, atterrissaient en moyenne une fois par semaine dans la boîte de Gadde, et étaient autant de coups de canif portés à leur relation professionnelle privilégiée.

Gadde était loin d'être la seule à s'interroger sur cette soudaine implication de Dorsey. Certains employés se demandaient même s'il n'était pas opposé aux vaccins. Avec le temps, ses plus proches collaborateurs soupçonnèrent qu'il n'était pas vacciné, même si, les bureaux de Twitter demeurant fermés et Dorsey brillant toujours autant par son absence, il leur était impossible d'avoir la moindre certitude à ce sujet.

* * *

Le 7 janvier 2021 en fin de matinée, au beau milieu du Pacifique sud, Dorsey reçut un appel de Gadde qui lui recommandait de mettre momentanément hors jeu le président des États-Unis. Dorsey se trouvait à Tetiaroa, atoll paradisiaque de la Polynésie française, plus précisément dans un complexe hôtelier de luxe, le Brando. C'était de là, sur ces terres volcaniques, perdu au milieu du plus grand océan de la planète et barricadé derrière une fortification de corail, que Dorsey avait décidé de diriger ses deux entreprises tandis que le reste du monde se trouvait à l'arrêt à cause de la pandémie.

La plupart des employés ignoraient totalement où se trouvait Dorsey et certains cadres veillaient à ce que cette information demeure secrète. Le moral de l'entreprise en aurait pris un sacré coup si la main-d'œuvre de Twitter (dont beaucoup, cloîtrés chez eux, travaillaient sur leur lit ou leur canapé) apprenait que le chef suprême était sur une île qui proposait trente-trois villas privées, des balades en kayak et un énorme spa avec des massages et des soins personnalisés. Quelques mois auparavant, Kim Kardashian avait dépensé un million de dollars pour privatiser l'ensemble du complexe à l'occasion de son quarantième anniversaire, en pleine pandémie, s'attirant la réprobation générale.

Le directeur général de Twitter rejoignait une visioconférence réunissant tous les cadres dirigeants, avec pour ordre du jour les objectifs de l'année, au moment où les responsables de l'entreprise reçurent les premières alertes au sujet d'un nombre très important de trumpistes commençant à converger sur Washington. C'était le président lui-même qui les avait attirés là, avec la promesse d'une manifestation historique : Trump avait tweeté à plusieurs reprises que son vice-président, Mike Pence, serait en mesure de renverser les résultats des votes.

Cela faisait plus de quatre ans que Dorsey s'opposait à l'éviction de Trump, campant un peu plus sur sa position à chaque nouvelle critique. La direction de Twitter décida d'aller jusqu'au bout de la réunion, même si certains cadres gardaient un œil sur leur téléphone où s'affichaient les tweets relatant la marche des partisans de Trump en direction du Capitole, siège du Congrès américain.

Aux yeux de l'équipe chargée de l'irréprochabilité et de la sécurité du réseau social, la situation apparut d'emblée explosive. Depuis des mois, des collaborateurs de Gadde avaient averti que Trump se servirait de son compte pour semer le trouble, et avaient tenté de convaincre la direction de le bannir de la plateforme. Quelques semaines après le scrutin, Roth avait rédigé une version préliminaire d'un document intitulé

« Manifestations et Appels à la violence post-élection » qui anticipait les réactions à la défaite de Trump et la façon dont Twitter devrait y répondre.

Les tweets appelant à manifester sur la base d'éléments fallacieux (élection truquée, manipulation des votes) écoperaient d'un libellé. Les appels à la violence explicites émanant de groupes extrémistes seraient supprimés. Roth écrivit en outre un code permettant de dénicher sur toute la plateforme les phrases clefs utilisées par Trump pour galvaniser ses troupes, comme « *locked and loaded* » (« chargé(s) et prêt(s) à tirer ») : les tweets reprenant cette formule seraient traités par l'équipe de modération dans les trente minutes suivant leur publication, une réponse extrêmement rapide pour vérifier qu'ils ne contiennent aucune menace liée à l'élection.

Cependant, alors que l'émeute gagnait en ampleur, Roth dut bien se rendre compte qu'il ne pouvait quasiment rien y faire. Sa télévision allumée, le son coupé, il regardait avec horreur la foule envahir le Capitole, tout en s'efforçant de se concentrer sur Twitter. Mais rares étaient les participants à partager leurs exploits en direct. La plupart des tweets relatifs aux événements venaient de journalistes, de médias d'information et d'observateurs en ligne totalement terrifiés.

Roth surveillait également @realDonaldTrump. Après un discours adressé à ses partisans non loin de la Maison-Blanche, le président se retira dans ce qui était encore sa résidence pour quelques heures afin de continuer à motiver ses troupes. « Mike Pence n'a pas eu le courage de faire ce qui s'imposait », tweeta-t-il, furieux que son second n'ait pas interrompu le processus de certification du scrutin et que l'élection lui ait été supposément volée[3]. Sa « victoire écrasante et sacrée » avait été « sauvagement et sans ménagement laminée », selon ses termes. Tandis que ses supporters saccageaient le Capitole, Trump publia une vidéo sur Twitter où il répétait qu'on l'avait dépouillé de sa victoire par la ruse. Chacun de ses tweets semblait se traduire par un regain de violence dans le monde réel. Et tant qu'il jouissait de sa caisse de résonance préférée, rien ne paraissait pouvoir l'arrêter.

Roth et Del Harvey étaient d'avis qu'il était temps de suspendre Trump. Les centaines de libellés associés à ses tweets ne parvenaient pas à le réfréner. Roth et Harvey rédigèrent le brouillon d'une longue lettre exposant leur raisonnement et le soumirent à Gadde, qui, si elle l'approuvait, la communiquerait à Dorsey pour avoir son feu vert.

Mais l'idée de priver un président en exercice de ce mégaphone médiatique était trop périlleuse pour Gadde, qui rechigna. Pour les utilisateurs lambda, tout bannissement se faisait au terme d'un processus graduel. Ils recevaient d'abord des avertissements, puis on leur interdisait de tweeter durant un délai « de réflexion » et, si rien de tout cela ne suffisait, leur compte était suspendu. « Nous n'avons pas lancé ce processus, avança Gadde lors d'une visioconférence avec Roth et Harvey. Nous ne l'avons pas encore mis en pause. »

Quand Gadde se déconnecta, les deux autres restèrent longtemps à se regarder sans un mot. Il n'y avait rien à dire.

Roth et Harvey reformulèrent leur demande à l'attention de Gadde, préconisant cette fois un blocage temporaire du compte de Trump. « Toute nouvelle enfreinte aux règles entraînera une suspension », écrivit Roth. Il fixa ces mots sur son écran, puis les mit en gras, en italique et les souligna afin d'enfoncer le clou.

« ***Toute nouvelle enfreinte aux règles entraînera une suspension.*** »

Les principaux cadres de Twitter relurent le document avant de le soumettre à Dorsey. Beykpour remarqua bien évidemment cette phrase. « Ça veut dire qu'on pourrait le suspendre pour n'importe quelle autre violation ? demanda-t-il. Tant mieux. »

« C'est la seule chose sensée à faire », commenta en haut du document Matt Derella, directeur du service client.

De sa villa, Dorsey suivait les événements sur Twitter, se joignant à plusieurs appels d'urgence visant à contenir cette folie générale. Gadde l'appela pour le mettre au courant. L'incessante rengaine de fausses vérités (et la violence qu'elle engendrait) avait dépassé les limites du tolérable. Gadde informa Dorsey qu'elle avait décidé de bloquer le compte de Trump durant douze heures. À l'autre bout du monde, Dorsey donna son assentiment.

Puis il adressa à l'ensemble de ses employés un e-mail dans lequel il soulignait l'importance pour Twitter de respecter ses propres règles et de permettre à n'importe quel utilisateur, y compris Trump, de revenir sur la plateforme après une suspension temporaire.

Roth, sous le choc, se confia à Gadde : « J'ai l'impression d'avoir du sang sur les mains.

– Je crois que tu le prends trop personnellement, répondit Gadde. Tu n'es pas le seul à décider, et il n'y a pas de sang sur tes mains. Nous prenons ces décisions tous ensemble. »

Les employés n'en revenaient pas. Leurs dirigeants n'en faisaient pas assez. Beaucoup croyaient depuis longtemps que Trump n'avait pas sa place sur Twitter. Et alors que d'autres réseaux sociaux, comme Facebook, n'avaient pas hésité à renvoyer le président, eux s'apprêtaient à le faire revenir après tout juste une nuit de sommeil.

Plus de trois cents employés signèrent une lettre adressée à Dorsey et aux autres cadres de l'entreprise. « En dépit de nos efforts pour servir le débat public, nous avons contribué, en servant de mégaphone à Trump, aux événements meurtriers du 6 janvier », lisait-on dans cette lettre qui fut communiquée aux responsables le 8 janvier au matin : « Nous devons apprendre de nos erreurs afin de ne plus causer aucun mal à l'avenir. Nous jouons un rôle inédit dans la société civile et le monde entier nous regarde. Les décisions que nous prendrons cette semaine consolideront notre place dans l'histoire, pour le meilleur ou pour le pire[4]. »

La lettre appelait à la suspension immédiate de Trump. Mais certains ingénieurs seniors de la compagnie allaient encore plus loin. Ils discutèrent de la marche à suivre si Dorsey refusait, et décidèrent d'arrêter leur travail fin janvier si Trump n'était pas évincé de la plateforme, soit en faisant grève, soit en démissionnant en masse.

Après ses douze heures de suspension, Trump fit son grand retour sans le moindre remords. Il déclara qu'il n'assisterait pas à l'investiture de Biden, ce que de nombreux employés de Twitter interprétèrent comme une invitation à plonger la cérémonie dans le chaos. Dans un autre tweet daté du 8 janvier, il qualifia ses partisans de « grands patriotes américains » dont les voix résonneraient longtemps dans l'histoire. « Ils refusent de se laisser mépriser ou traiter injustement, de quelque façon que ce soit !!! » écrivit-il.

Harvey considérait que ces tweets constituaient de nouveaux appels à la violence, et Roth partageait son avis. Gadde et Edgett, le conseiller juridique général de l'entreprise, n'étaient pas convaincus : d'une certaine façon, ces messages étaient codés, et pouvaient être interprétés comme d'inoffensives déclarations par un certain nombre d'usagers.

Cet après-midi, Harvey et Roth rédigèrent une nouvelle recommandation : Trump devait être évincé. Tout en la peaufinant, ils défendirent leur position au téléphone auprès de Gadde, qui finit par céder. Alors qu'ils apportaient les dernières corrections, Gadde raccrocha pour en référer à Dorsey et au conseil d'administration.

Ce dernier partageait l'avis de Gadde, mais Dorsey imposa une condition : si Trump était exclu, Twitter devait communiquer publiquement les raisons qui l'avaient poussé à le suspendre, afin que le monde entier puisse en prendre connaissance.

Au détour d'une simple phrase, le document que Harvey et Roth étaient en train de finaliser acquérait le statut d'explication officielle de cette décision historique consistant à réduire au silence le président des États-Unis en le coupant de ses 88 millions de followers.

Ils s'empressèrent de peaufiner leur document en vue de sa publication. Ils écrivirent que les leaders mondiaux « ne sont pas entièrement au-dessus [des] règles [de la plateforme] et ne peuvent se servir de Twitter pour promouvoir la violence ». Les derniers tweets de Trump étaient « susceptibles d'inciter autrui à commettre des violences semblables à celles du 6 janvier 2021, et de nombreux éléments indiqu[aient] que certains les lis[aient] et les compren[aient] comme des encouragements à agir de la sorte ».

Bien qu'il lui fût difficile de réfléchir posément aux tenants et aux aboutissants de cette décision, Harvey s'inquiéta très vite des conséquences qu'elle aurait sur la structure même de la plateforme. Le retrait d'un compte tel que celui de Trump, qui occupait une grosse part du schéma social de Twitter (le réseau des liens d'abonnement entre les utilisateurs), pourrait faire crasher tout le système. Le fait de geler le compte n'était qu'une partie d'un processus plus large : il fallait aussi le retirer du schéma social – c'est-à-dire des listes d'abonnés et d'abonnements des autres usagers – ainsi que des milliers de listes de blocage de personnes qui en avaient déjà eu assez de voir Trump apparaître sur leurs fils. Harvey contacta un ingénieur qui s'occupait spécialement du schéma social pour l'avertir que Trump était sur le point d'être banni, et que son départ pourrait faire s'effondrer le site tout entier.

Ayant déjà essuyé le courroux des partisans de Trump auparavant, Roth s'inquiétait pour sa sécurité et celle de ses collègues. Il déplaça le document qu'Harvey et lui avaient écrit sur un compte temporaire et supprima les noms de tous les employés qui avaient travaillé dessus, ou l'avaient simplement commenté. S'il faisait l'objet d'une fuite, toutes les personnes impliquées dans cette décision demeureraient anonymes.

À 15 heures, le moment fut venu d'agir.

Sur le tableau de bord interne qui gouvernait tous les comptes Twitter se trouvait un gros bouton rouge intitulé « PERM-SUSPEND » (« suspension permanente »). En cliquant dessus, on mettait un terme définitif au compte ciblé, et on lançait le processus d'effacement du schéma social qui lui était associé. Harvey décida qu'il lui incomberait de cliquer sur ce bouton.

Roth se leva de son bureau et monta au premier étage, dans son salon, où son mari regardait une chaîne d'informations. « Il va se passer quelque chose », déclara Roth. Quelques instants plus tard, la nouvelle fut relayée : @RealDonaldTrump avait été expulsé de Twitter.

Toutes ces journées de consultation n'empêchèrent pas Dorsey, une fois de plus, de revenir publiquement sur le choix de Gadde et de son équipe. Bien qu'il fût directeur général de Twitter, Dorsey adoptait une attitude fuyante, présentant cette décision comme ne relevant pas de sa responsabilité, et précisant qu'il n'avait pas vraiment à cœur de la défendre. « Je pense que cette décision était la bonne pour Twitter. Des circonstances extraordinaires et inacceptables nous ont obligés à recentrer nos actions sur la sécurité du public, tweeta-t-il de sa retraite insulaire, le 13 janvier. Cela dit, la suppression d'un compte a des ramifications lourdes de sens. Bien qu'il existe des exceptions évidentes, j'ai le sentiment qu'un ban représente pour nous un échec à promouvoir un débat sain. »

Selon certains de ses proches, l'éviction de Trump lui fut très douloureuse. C'était la ligne rouge que depuis près de cinq ans il s'était juré de ne jamais franchir. Finalement, Twitter n'était pas une place publique idyllique où régnait la liberté. « C'était comme s'il se retrouvait dans la peau d'un gamin qui avait construit un robot, et que ce robot détruisait le monde », commenta un ancien cadre de Twitter.

7

Plan de ressources humaines

Le 25 février 2021, Twitter organisa le très couru Analyst Day, autrement dit la présentation aux investisseurs des nouveaux objectifs fixés en collaboration avec Cohn : doubler les revenus annuels pour aboutir au chiffre de 7,5 milliards de dollars d'ici à la fin 2023, et attirer quotidiennement 315 millions d'utilisateurs actifs avant la même date[1].

Beykpour, chef produit grand public, et Falck, qui dirigeait l'équipe produit chargée de la publicité, étaient en grande partie responsables de ces projections, et étaient assez sûrs de leur capacité à en faire une réalité en l'espace de trois ans. Beykpour attirerait des millions de nouveaux utilisateurs grâce à des fonctionnalités innovantes, et Falck ferait grimper les revenus avec un ciblage publicitaire de plus en plus précis et efficace.

Mais pour d'autres cadres, les objectifs de Falck semblaient ne relever que de la méthode Coué. Initialement, il avait proclamé qu'il serait en mesure de générer 10 milliards de dollars de revenus dans le délai fixé. Segal avait analysé ses chiffres et, craignant que le montant de Falck soit totalement déraisonnable, l'avait abaissé avant que Dorsey le présente aux investisseurs.

C'étaient là des promesses extravagantes, dignes d'un joueur de la NBA abonné au banc de touche qui aurait juré de mettre trente points par match en moyenne et de hisser son équipe jusqu'au match All-Star en tout juste trois ans. Il faudrait à Twitter doubler ses revenus de 2020 (3,7 milliards de dollars) et augmenter phénoménalement le nombre de ses utilisateurs, qui s'élevait en l'état à 192 millions de comptes actifs par jour.

Ces objectifs mettaient mal à l'aise beaucoup de hauts responsables de l'entreprise. « Pour certains, on s'est juste échangé des regards, sachant pertinemment qu'il nous serait impossible d'atteindre ces objectifs », déclara l'un d'entre eux.

Pourtant, Dorsey était convaincu que Falck et Beykpour y parviendraient. Pour les aider, il demanda au conseil d'administration de soutenir ce qu'il appela le « plan de ressources humaines », en l'occurrence, une véritable folie dépensière. Comme la plupart des compagnies de la tech, Twitter sortit du plus fort de la pandémie en bien meilleur état que ne l'avaient escompté ses dirigeants. Les gens s'étaient retrouvés scotchés à leurs téléphones à cause des confinements, ce qui avait entraîné d'énormes pics de fréquentation. Dorsey voulait mettre à profit les bénéfices engrangés par Twitter pour échapper enfin au contrôle d'Elliott Management.

Son plan consistait à embaucher et passer contrat avec autant de personnes que possible. Ces nouvelles recrues – ainsi que plusieurs start-up au rôle clef que Twitter raflerait au passage – concevraient de nouveaux produits et apporteraient quantité d'innovations, qui à leur tour attireraient de nouveaux utilisateurs, et dans leur sillage de nouveaux annonceurs. Dorsey pensait que cela produirait une hausse massive des revenus. Le conseil d'administration entérina le plan du directeur général, lui donnant toute liberté pour dépenser comme bon lui semblerait.

Pour l'Analyst Day, il portait une longue barbe grisonnante et une queue-de-cheval qui avait considérablement poussé depuis le début de la pandémie. Étonnamment, il aborda les faiblesses de Twitter avec une très grande franchise.

« Nous sommes lents, nous ne sommes pas innovants, et on ne nous fait pas confiance », concéda-t-il pour assurer Wall Street que tout cela était sur le point de changer. C'était une véritable victoire pour Cohn, qui n'avait cessé de faire pression sur Dorsey pour qu'il se concentre sur les revenus de l'entreprise. L'autre obsession de Cohn était toujours aussi vive qu'au premier jour : il restait persuadé que Dorsey s'éparpillait trop pour diriger convenablement Twitter, et qu'il devait se retirer. Mais tous deux étaient dans une impasse : Dorsey refusait de partir tant que Cohn siégerait au conseil d'administration, et Cohn refusait de céder sa place tant qu'il n'aurait pas l'assurance que Dorsey partirait.

Quand la commission de gouvernance accepta que Dorsey demeure au poste de directeur général, Cohn insista auprès du conseil d'administration pour qu'il mette au point un plan de succession, et ils dressèrent une liste de cadres capables de prendre la suite de Dorsey lorsque l'heure serait venue. La commission voyait un énorme potentiel chez Agrawal, brillant ingénieur qui dirigeait les équipes technologiques, et possédait une intensité de caractère qui faisait défaut à Dorsey.

Bien qu'il eût tendance à ne pas attirer l'attention, Agrawal avait sagement cultivé des relations privilégiées avec d'éminents membres du conseil d'administration, notamment en téléphonant fréquemment à Patrick Pichette pour lui demander directement conseil. Il ne ratait jamais une réunion du conseil, et consacrait parfois plusieurs heures à des présentations où il détaillait à ses supérieurs la logistique de l'infrastructure de Twitter. Son importance était indéniable également du point de vue de Cohn : Agrawal avait toute la confiance de Dorsey et de plusieurs spécialistes de la technologie chez Twitter. Ce successeur ferait à coup sûr l'unanimité.

Dorsey se fit plus distant tandis que Cohn ne relâchait pas ses efforts. Durant une réunion de l'ensemble de la compagnie, il essaya de faire une apparition, mais sa connexion Internet l'en empêcha. À l'occasion d'une autre, il se connecta d'un coin de paradis au Costa Rica pour donner un cours magistral sur la puissance du bitcoin, la caméra de son iPad le filmant en contre-plongée, un angle particulièrement peu flatteur. Des employés se trémoussèrent sur leur siège, mal à l'aise. *On ne travaille pas vraiment avec du bitcoin, chez nous*, songèrent certains. Après cette réunion, des membres de Twitter s'amusèrent à miser sur la date à laquelle Dorsey quitterait la compagnie.

* * *

Fin mars 2021, Dorsey en avait définitivement assez de Cohn. Un mois auparavant, il s'était présenté face à une caméra pour s'engager à atteindre les objectifs que celui-ci avait imposés. Il était temps que Cohn parte, déclara Dorsey à son conseil d'administration. Le conseil entra en pourparlers avec l'intéressé. La conversation fut délicate : Cohn et Dorsey entendaient passer pour le vainqueur indiscuté de ce long affrontement et plaidaient leur cause aussi ardemment l'un que l'autre.

Le conseil avança l'idée d'un départ en beauté de Cohn. Le cours de l'action Twitter dépassait les plus folles attentes, s'élevant à 70 dollars, soit 95 % plus haut que lorsque Cohn avait pris place au conseil, un an auparavant. Et le plan de succession de Dorsey avait été bien établi. Le 31 mars, Cohn consentit à quitter le conseil de Twitter dès que la compagnie en aurait trouvé le nouveau directeur. En deux mois, on tomba d'accord sur un nom, et la transition s'effectua comme convenu.

Le 9 juin, Cohn fut remplacé par Mimi Alemayehou, occupant un poste élevé chez Mastercard, spécialisée dans le développement et la finance en Afrique. Dans une déclaration lapidaire, Dorsey salua brièvement le rôle de Cohn dans la redéfinition des objectifs de l'entreprise. « Nous continuons à consolider nos points forts et nous sommes fiers de nos progrès. Nous remercions Jesse pour sa participation et son soutien durant cette année si importante pour nous », déclara Dorsey.

Après s'être débarrassé d'Elliott Management, Dorsey poursuivit ses voyages aux quatre coins du monde, les divers sièges de Twitter étant toujours fermés. En août, avec un ami proche, le producteur musical Rick Rubin, il se rendit à Boca Chica Village, une petite ville texane du golfe du Mexique, afin d'admirer Starbase, site de production et de lancement des fusées de SpaceX. Dorsey photographia une énorme fusée d'essai tout en acier inoxydable pour renforcer encore sa bromance* avec son hôte. « Mille mercis à @elonmusk & @SpaceX ❤ », tweeta-t-il.

Mis à part ses distractions de grand baroudeur et la frustration que lui avait value l'offensive d'Elliott Management, Dorsey tenait encore énormément à Twitter. En septembre, Esther Crawford, directrice management produit qui avait rejoint la compagnie après l'acquisition de sa start-up, rencontra pour la première fois le chef de Twitter. Elle s'était préparée à lui expliquer sa vision, la possibilité pour les créateurs de contenu de gagner de l'argent sur la plateforme, ce qui représenterait une nouvelle source de revenus pour Twitter qui souhaitait se développer en se libérant de sa dépendance à la publicité. Si les créateurs acceptaient les versements en cryptomonnaie, sa stratégie permettrait en

* Mot-valise américain formé de *bro* (« frérot ») et *romance* (« histoire d'amour ») et décrivant une très forte amitié entre deux hommes, souvent parmi les moins enclins à l'expression de leurs sentiments envers le même sexe. (N.d.T.)

outre à Dorsey de faire entrer le bitcoin de plain-pied dans Twitter.

« Nous ne voulons pas faire de Twitter un casino », déclara Dorsey. Il donnait l'impression d'être un parent hyperprotecteur veillant de très près sur sa progéniture. Puis il enchaîna soudain sur une critique du capitalisme : « L'entreprise est plus grande que l'individu et l'entreprise ne cherche qu'à faire de l'argent à tout prix, enchaîna-t-il. Même avec les meilleures intentions, le pouvoir de l'entreprise corrompt. Nous pouvons tous nous faire corrompre. Je peux me faire corrompre. »

Dorsey avait beau devoir sa fortune de plusieurs milliards de dollars à Twitter, il redoutait que son produit, une plateforme de communication conçue pour relier les gens, ne doive sa survie et son développement qu'au simple fait d'être une entreprise commerciale. Peut-être était-ce là le défaut dans la cuirasse de Twitter : le fait d'essayer de rapporter de l'argent avant tout. Il continua à discuter avec Crawford de la question éthique posée par la rémunération des créateurs.

« Il y a des mères en Afrique qui préfèrent littéralement dépenser de l'argent dans Twitter plutôt que de le donner à leurs enfants », dit Dorsey.

Ledit service destiné aux créateurs de Twitter, permettant aux souscripteurs d'accéder à du contenu premium, fut lancé quelques semaines plus tard. Mais @Jack n'aurait le temps que d'assister à ses débuts.

8

Parag

Le matin de la fête de Thanksgiving, en 2021, l'un des membres du conseil d'administration de Twitter publia un curieux tweet.

Martha Lane Fox, femme d'affaires britannique qui siégeait au conseil depuis 2016, souhaita un joyeux Thanksgiving « à toutes les personnes avec qui [elle avait eu] l'énorme chance de travailler aux États-Unis ».

Entrepreneuse de l'ère de la bulle Internet, philanthrope et membre de la Chambre des lords en sa qualité de baronne, Lane Fox ajoutait une légère saveur internationale à l'équipe dirigeante de Twitter. Même si elle ne fêtait pas elle-même Thanksgiving, elle publia une liste de collaborateurs américains avec qui elle avait eu grand plaisir à travailler : Leslie Berland, Sean Edgett, Vijaya Gadde, les directrices des ressources humaines Jen Christie et Dalana Brand, et Ned Segal.

Un nom brillait cependant par son absence : Jack Dorsey.

Pour les employés qui suivaient de près la vie du conseil, c'était le signe évident que quelque chose n'allait pas avec le directeur général. Certains se demandèrent aussitôt ce qu'il avait encore bien pu faire.

Quatre jours plus tard, le 29 novembre, Dorsey quittait le plus haut poste de Twitter. La nouvelle fit l'objet d'une fuite dans la presse avant que l'intéressé ait pu lui-même l'annoncer en interne, et les employés de Twitter se réveillèrent pour trouver leur timeline submergée d'articles sur le départ de leur patron. Ils se ruèrent sur la messagerie de leur lieu de travail, Slack, et sur les groupes de discussion à la recherche du moindre élément corroborant cette annonce.

Mais Lane Fox, quelques autres membres du conseil d'administration qui avaient participé de près ou de loin aux discussions sur la succession du directeur général, ainsi qu'une poignée de cadres de Twitter à qui Dorsey s'était confié attendaient depuis un moment cette nouvelle. Au début du mois, Dorsey avait annoncé d'un air sombre, lors de la réunion trimestrielle du conseil, qu'il avait pour projet de quitter son poste de directeur général. Plusieurs membres, qui n'avaient pas connaissance des projets de la commission sur la gouvernance, furent passablement ébranlés par cette déclaration.

La première surprise passée, la logique de cette décision s'imposa. Dorsey se montrait de plus en plus désenchanté. Quand il se donnait la peine de participer aux réunions, il était maussade et taciturne. Il n'avait qu'une ultime exigence, une seule : que son successeur soit Parag Agrawal.

Au début, certains regimbèrent. Pour eux, Agrawal n'était qu'un ingénieur discret de trente-sept ans qui trimait dans les coulisses pour rénover l'infrastructure en décomposition de la plateforme, tandis que les chefs produit, les directeurs financiers et les responsables de la politique faisaient les gros titres. Bien sûr, il avait été inclus dans le plan de succession de Twitter en tant que régent si Dorsey quittait inopinément son poste, mais certains considéraient qu'Agrawal devait acquérir plus d'expérience avant de devenir le patron de l'entreprise. La plupart des grosses compagnies définissaient des plans d'urgence où figuraient le nom des remplaçants des principaux leaders. Mais c'était une chose de permettre à un directeur inexpérimenté de tenir les rênes le temps d'une transition, et une tout autre de lui offrir ce poste à titre permanent. Certains membres du conseil étaient d'avis qu'il fallait mener une recherche en bonne et due forme pour trouver qui remplacerait Dorsey.

Mais ce dernier était inflexible, et le conseil manquait de temps pour envisager d'autres moyens de s'y prendre. En décidant de partir quasiment séance tenante, Dorsey leur forçait la main : ils pouvaient soit accepter Agrawal, soit se retrouver sans directeur général permanent. La direction passerait alors pour bien mal informée, et le cours de l'action risquerait de chuter.

Le conseil d'administration, qui avait appuyé Dorsey mainte et mainte fois, décida d'accéder à son exigence, en partie du moins. On ne ferait pas appel à une société spécialisée dans le recrutement, aucune recherche formelle de successeur ne serait menée, il n'y aurait pas d'entretiens avec des candidats, mais les membres du conseil soumettraient le nom des cadres qu'ils croyaient les mieux indiqués pour ce poste, et tous y réfléchiraient. David Rosenblatt, ancien membre du conseil qui avait dirigé la plateforme publicitaire DoubleClick avant que Google la rachète 3,1 milliards de dollars en 2008, avait œuvré pour le retour de Dorsey chez Twitter en 2017. Il proposa de sonder les leaders d'autres entreprises de réseau social. Certains administrateurs suggérèrent de hisser Agrawal au poste de directeur général à titre temporaire, afin de pouvoir chercher avec plus de soin un leader permanent.

Mais les onze membres furent incapables de se mettre d'accord sur aucun des candidats pressentis. Le conseil, à l'instar de la compagnie qu'il gouvernait, avait beaucoup de mal avec les prises de décisions rapides et le consensus.

Mis au pied du mur, les membres nommèrent Agrawal à la tête de Twitter. Une lettre de proposition fut rapidement rédigée et remise à l'introverti technologue, le

29 novembre, le lundi suivant Thanksgiving. « Le conseil pense que votre contribution en tant que directeur général de la compagnie sera considérable », écrivit dans cette lettre Bret Taylor, président du CA[1]. Le langage employé était assez convenu, mais le message détaillait sa rémunération qui, ainsi qu'il était d'usage pour les emplois les plus prestigieux de la Silicon Valley, représentait une somme plus que rondelette.

Il bénéficierait d'un salaire d'un million de dollars, ainsi que de 12,5 millions de dollars en actions qu'il toucherait au fil du temps. En outre, son contrat le protégerait en cas de limogeage soudain : ses actions lui seraient rachetées à un rythme accéléré et il recevrait également des indemnités de départ.

Taylor entendait aussi par cette lettre faire taire les doutes sur la capacité d'Agrawal à assumer ses nouvelles fonctions : « Le conseil tient à exprimer une fois de plus son enthousiasme dans la perspective de votre acceptation de ce nouveau rôle de leadership », écrivit-il.

Les rumeurs concernant le départ de Dorsey avaient déjà fait le tour d'Internet, notamment des pages d'accueil des principaux sites d'information nord-américains, quand le principal intéressé se décida enfin à s'exprimer. « Pas sûr que tout le monde soit au courant, mais j'ai démissionné de Twitter », tweeta-t-il d'un ton sarcastique. Il publia également l'e-mail qu'il avait envoyé à ses employés quelques instants auparavant, dans lequel il annonçait son départ et la nomination d'Agrawal, avec pour objet « Fly » (« vole »).

« Parag a commencé à travailler ici en tant qu'ingénieur, il a toujours été profondément soucieux de ce que nous réalisions, et il est à présent notre directeur général (j'ai eu un parcours similaire… mais il a fait encore mieux !) », écrivait Dorsey. Tout comme Taylor, il voulait implanter l'idée qu'Agrawal avait le soutien inconditionnel du conseil d'administration.

« Le conseil a suivi un rigoureux processus afin de prendre en compte tous les choix disponibles et a désigné Parag à l'unanimité, expliquait Dorsey à ses employés. Il est mon premier choix depuis un certain temps déjà, parce qu'il a une compréhension profonde du fonctionnement de la compagnie et de ses besoins. Parag a participé aux décisions les plus importantes qui ont permis de redresser la compagnie. Il est curieux, acharné, rationnel, créatif, exigeant, réfléchi et humble. »

Ces louanges parurent sincères à tous ceux qui connaissaient bien les deux hommes, mais le « rigoureux processus » du conseil évoqué par Dorsey était une invention. Tout s'était fait dans la précipitation, précisément comme il l'entendait.

Les employés se sentirent eux aussi pris de court. Le départ de Dorsey, annoncé juste après Thanksgiving, leur paraissait abrupt et inopportun. Est-ce qu'un nouvel investisseur activiste avait acquis comme Elliott Management auparavant une part importante des actions de la société, poussant précocement Dorsey vers la sortie ? Le gros des troupes de Twitter ignorait à quel point Dorsey avait été absent des décisions et des stratégies de l'entreprise durant l'année qui venait de s'écouler.

Et le personnel de Twitter était encore plus surpris de voir Agrawal lui succéder. En tant que chef d'équipe, il jouissait de très peu de visibilité en interne et, s'ils avaient su que Dorsey projetait de se retirer, beaucoup d'employés auraient plutôt misé sur Beykpour, Segal ou Gadde. Beykpour connaissait parfaitement le produit, Gadde en tant que bras droit de Dorsey avait géré les problèmes politiques les plus épineux, et Segal semblait plus qu'à même de diriger la compagnie, après l'avoir maintenue à flot en plein tumulte pandémique.

La majorité des employés connaissaient à peine Agrawal, voire pas du tout. Et même si Dorsey le présentait comme le sauveur de Twitter, rares étaient ceux qui distinguaient sa patte dans le fonctionnement de l'entreprise.

Agrawal avait bien l'intention de changer cet état de fait. À la mi-novembre, peu après avoir reçu la proposition du conseil, mais avant son annonce officielle, il avait appelé un loyal conseiller et l'avait informé que Dorsey allait se retirer. Agrawal était sur le point de devenir le nouveau directeur général de Twitter, et il voulait discuter des tout premiers licenciements.

Il souhaitait restructurer et rationaliser la compagnie tout en se débarrassant de plusieurs chefs d'équipes. Certains parmi eux étaient à la fois des amis très proches et des employés dévoués de longue date, mais Agrawal n'était pas un sentimental. Il se croyait investi de la mission de prendre les meilleures décisions pour Twitter, et seuls des changements radicaux pourraient redynamiser l'entreprise.

« J'ai besoin que tu m'aides », dit Agrawal à son ami. Il avait besoin de conseils, et quand il s'agissait de faire des choix délicats il aimait discuter du pour et du contre avec un adjoint de confiance, réfléchir aux contre-arguments soulevés par ses propres opinions, et en l'occurrence il souhaitait plus précisément parler des alliés et des ennemis qu'il lui faudrait renvoyer. De son point de vue, personne, pas même lui, n'était plus important que Twitter.

Il lui fallait également déterminer ce qu'il convenait de faire de sa propre petite équipe. Bien qu'il eût été directeur technique de la compagnie, Agrawal n'avait eu jusqu'à présent sous ses ordres directs qu'une vingtaine de collaborateurs. Il était assez inhabituel pour ce genre de poste d'avoir aussi peu de responsabilités managériales, et c'était ce qui poussait ses détracteurs à l'accuser de travailler dans une tour d'ivoire, totalement coupé du gros des employés. Dans quelques jours à peine, Agrawal, qui n'avait jamais aimé manager, aurait sous sa responsabilité sept mille collaborateurs, et quelqu'un d'autre devrait diriger son ancienne équipe.

Alors qu'il passait en revue toutes les permutations et remplacements possibles, il lui vint une idée particulièrement audacieuse : pourquoi ne pas restructurer l'ensemble de la compagnie ? La reconstruction totale du leadership de Twitter pourrait faire sauter les obstacles contre lesquels avait buté Dorsey lors de son deuxième mandat de directeur général, et garantir à l'entreprise une plus grande rapidité décisionnelle. Twitter souffrait d'avoir trois hommes responsables de plusieurs aspects du même produit : Beykpour, qui s'attachait à l'aspect de la plateforme visible par ses utilisateurs, Falck qui s'occupait des produits destinés aux annonceurs, et Agrawal lui-même qui veillait sur l'infrastructure. Tous trois en référaient à Dorsey, jouaient des coudes pour avoir son attention et ne ménageaient pas leurs efforts pour que celui-ci avalise leurs décisions, alors même qu'il se détachait de plus en plus de Twitter. L'équipe des ingénieurs, dirigée par Mike Montano, un tweep de la première heure, et l'équipe design, qui avait pour chef un ex-cadre de Facebook du nom de Dantley Davis, allaient et venaient de l'un à l'autre tout en en référant directement à Dorsey, et leurs membres étaient dispatchés sur divers points du produit. À cause de cette structure alambiquée, la hiérarchie de la compagnie était devenue un véritable capharnaüm. Pour Agrawal, c'était un monstre à cinq têtes.

Agrawal n'était nullement tenu de ménager les egos en distribuant des postes de direction, et n'avait aucune envie de perdre son temps à déterminer qui faisait les mauvais choix. Il voulait un nombre limité de lieutenants efficaces, et une chaîne de responsabilité claire et précise en cas de fiasco. Il proposa de dégraisser la direction pour ne plus avoir que trois cadres aux manettes, dont lui.

La personne avec qui il s'entretint de tout cela au téléphone était abasourdie. Le calendrier des remaniements prévu par Agrawal, incluant des licenciements de cadres, était très agressif. Agrawal souhaitait faire beaucoup en très peu de temps, et il avait hâte de commencer le chantier.

* * *

Cela faisait plus de dix ans qu'Agrawal se préparait à endosser ce rôle. Il avait grandi dans le nord de l'Inde, élevé par une universitaire qui enseignait l'économie, et un scientifique du département indien de l'énergie nucléaire. Il avait commencé par suivre la même voie que son père en entrant à l'Atomic Energy Junior College, à Bombay, mais s'était vite intéressé à l'informatique. Il était sorti major de sa promotion de l'Indian Institute of Technology, dans la même ville, et avait émigré aux États-Unis en 2005 pour suivre un programme de doctorat à l'université Stanford. Les instituts de technologie indiens faisaient l'admiration de la Silicon Valley à cause des ingénieurs d'exception qu'ils formaient, et Agrawal, étudiant jouissant d'une assurance et d'un calme impressionnants, fut chaleureusement accueilli à Stanford. Il hésita entre plusieurs directeurs de thèse avant de rejoindre une équipe de recherche spécialisée dans la gestion de données, dirigée par Jennifer Widom.

Au cours de la troisième année d'études d'Agrawal, Widom prit un congé sabbatique pour voyager. Elle partit une année entière, coupée de ses étudiants par la distance et les piètres connexions Internet des lieux reculés qu'elle visitait. Certains souffrirent de ce manque de supervision, mais Agrawal, selon Widom elle-même, « s'épanouit dans cette exploration de ses capacités en toute indépendance ».

Avant d'avoir achevé la rédaction de sa thèse, il se vit proposer de partir plus au nord, à San Francisco, pour occuper un poste chez Twitter, toute nouvelle entreprise de réseau social fondée un an après son arrivée sur le sol américain. Ce n'était pas un de ces géants de la tech qui avaient pour habitude d'embaucher des diplômés de Stanford, dont beaucoup se laissaient attirer par les salaires autrement plus importants de Google ou Facebook, mais cette société lui proposait le genre de travail sur les banques de données qui l'avait particulièrement intéressé lors de ses études.

« Oh, ne vous en faites pas, je vais bientôt finir ma thèse », promit-il à Widom. Mais en octobre 2011, il ne fut plus question que de son travail chez Twitter. L'année suivante, il retourna quelques mois à Stanford pour en achever la rédaction, et quand Widom approuva la version définitive, durant l'été 2012, Agrawal fêta l'événement par l'un de ses rares tweets : « Enfin », écrivit-il en légende d'une photo de la thèse signée par sa directrice.

Sur le papier, la politique de Twitter, qui valorisait la combativité, la rapidité et un regard décalé, ne lui correspondait en rien. Il préférait l'expérience proposée par Instagram, plateforme aux visuels très léchés sur laquelle il publiait fréquemment des photos de voyage et de courts posts sur sa relation amoureuse avec Vineeta, une camarade de Stanford avec qui il devait par la suite se marier. Quand il tweetait, et ce n'était pas souvent, c'était en règle générale pour partager ses photos Instagram ou pour saluer les grands moments de Twitter, comme la gigantesque panne de courant de 2013, en plein Super Bowl, à la faveur de laquelle un raz-de-marée d'utilisateurs submergea le site pour parler de l'événement. Il lui arrivait aussi de s'extasier publiquement sur Elon Musk, retweetant ses messages concernant le lancement de fusée ou les nouveaux modèles Tesla. En septembre 2015, il partagea une photo publiée à l'occasion du lancement du Model X, où l'on voyait le directeur général de Tesla au premier plan, plein centre, en train de présenter son tout nouveau SUV électrique. Pour une sous-catégorie d'ingénieurs de la Silicon Valley à laquelle Agrawal appartenait, Musk représentait le leader idéal : un technocrate visionnaire guidé par la science et l'ingénierie, et qui n'écoutait surtout que son instinct.

En 2018, Twitter convia l'ensemble de ses employés à San Francisco pour le tout premier OneTeam. La compagnie privatisa le Moscone Center, le plus grand complexe de conférences de la ville, qu'elle décora d'énormes panneaux aux couleurs de son oiseau bleu emblématique, de coussins brodés de hashtags et d'ensembles textiles monumentaux et multicolores en forme d'arobase.

Dorsey monta sur scène sous les acclamations délirantes de ses employés. Il était en pleine phase gourou, obsédé par la méditation, les méthodes de purification et les rituels de développement personnel. « Éclatons-nous », annonça-t-il avant d'appuyer sur une petite télécommande qu'il dissimulait dans son poing, faisant soudain jaillir des feux d'artifice.

« Il nous a donné le feu ! » hurla un employé tout au fond de la salle, soudain prise d'une hilarité générale. Plus tard lors de sa présentation, Dorsey parla de sa nouvelle habitude consistant à boire chaque matin son jus de sel pour une hydratation optimale. Puis il invita ses employés à regarder sous leur siège.

Toutes et tous y trouvèrent des sacs cadeaux renfermant une bouteille d'eau, une capsule de jus de citron et un petit sachet de sel. Agrawal, assis dans les premiers rangs, s'empressa de verser la totalité du jus de citron et du sel dans la bouteille pour boire une grosse gorgée de la boisson phare de Dorsey, avant même que celui-ci ait fini d'expliquer la marche à suivre. « Juste une pincée de sel », conseilla Dorsey. Mais Agrawal avait déjà vidé sa bouteille.

* * *

Dorsey voyait en Agrawal une sorte d'alter-ego, quelqu'un qui avait la même vision pour Twitter, qui maîtrisait le code à la perfection et se montrait toujours très soucieux des détails. Tous deux commencèrent à se voir durant les week-ends, notamment pour parler de l'avenir de la plateforme jusqu'à des heures indues. Dorsey semblait apprécier le franc-parler d'Agrawal, qui ne craignait jamais d'être en désaccord avec le père de Twitter, et ne se laissait nullement intimider par son statut de célébrité, contrairement à tant d'employés dont la seule effronterie consistait à demander à leur patron s'ils pouvaient prendre un selfie à ses côtés. Alors que les autres cadres marchaient toujours sur des œufs lors de leurs échanges, Dorsey pouvait compter sur la franchise d'Agrawal.

Mais Agrawal se comportait ainsi avec tout le monde, et sa détermination naturelle était loin de plaire à certains ingénieurs qui travaillaient sous sa direction. Il se montrait parfois intraitable, et quand les membres de son équipe ne partageaient pas son avis, il lui arrivait de faire comme bon lui semblait dans leur dos. Très vite, il milita pour que Twitter cesse de fonctionner via ses propres serveurs et transfère toutes ses données sur un service cloud tel que Google Cloud ou Amazon Web Services.

Google et Amazon offraient la flexibilité, en permettant aux compagnies de se développer rapidement sans avoir à acheter toujours plus d'espace serveur. Qu'il s'agisse d'une start-up ou d'une des cinq cents plus grosses entreprises américaines, chaque compagnie gagnait ainsi en agilité sans devoir s'inquiéter de son infrastructure. C'était dans ce monde-là qu'Agrawal entendait agir. Chez Twitter, les projets étaient constamment retardés par la recherche d'espace serveur, et cette lenteur le mettait hors de lui.

Ce plan n'avait qu'un défaut : son coût. La méthode de Twitter qui consistait à rapiécer et bricoler son infrastructure dans ses propres data centers n'engendrait qu'une fraction des frais que Google ou Amazon exigeraient. Pourtant, cela ne dissuada en rien Agrawal. Sans rien dire à personne, il consacra des semaines à échafauder un plan de collaboration avec Amazon. Un autre manager eut vent des sommes en jeu et mit aussitôt un terme au projet. Des années plus tard, lorsqu'il devint chef des équipes technologiques, Agrawal mit enfin son plan à exécution, signant des contrats à hauteur de plusieurs centaines de millions de dollars avec Google et Amazon, alors même que Twitter continuait d'utiliser ses propres data centers. Aux yeux de beaucoup, c'était aussi inutile que dispendieux, mais Agrawal eut gain de cause.

Rares étaient ceux chez Twitter qui fréquentaient un tant soit peu le technologue solitaire, et à OneTeam, lors d'une table ronde visant à mettre en avant la direction de la compagnie, certains employés se demandèrent même de qui il pouvait s'agir. Mais en privé, Agrawal et Dorsey avaient bâti une solide amitié. Tous deux s'intéressaient au bitcoin et cherchaient un moyen d'incorporer la technologie blockchain, sur laquelle était fondée la cryptomonnaie, à leur service de réseau social. Ils considéraient aussi tous les deux que Twitter devait cesser de modérer les contenus de façon artisanale, en déterminant au coup par coup quels tweets enfreignaient ses règles. La totalité des tweets devaient demeurer librement consultables sur la plateforme, et les algorithmes se chargeraient de choisir lesquels devaient être largement diffusés, ou non.

Ils avaient en outre l'ambition de rendre Twitter plus transparent et de faire comprendre son fonctionnement à ses utilisateurs. Lors de réunions de fin de semaine avec un groupe sans cesse changeant d'ingénieurs partageant leur foi en une technologie décentralisée, ils concoctèrent des plans visant à construire une nouvelle version du réseau social sur la base d'un code open source. Plutôt que de dissimuler ses secrets de fabrication, Twitter montrerait à tout un chacun comment il fonctionnait. Le nouveau Twitter serait un protocole, en d'autres termes un service Internet auquel n'importe qui pourrait contribuer, semblable au protocole qui servait de colonne vertébrale à l'ensemble des services e-mail, et permettait à un compte e-mail Google de communiquer avec un compte Yahoo.

C'était un plan particulièrement audacieux. Si Dorsey et Agrawal arrivaient à leurs fins, ce serait la fin des empires des réseaux sociaux. Fini les jardins clos contrôlés par Mark Zuckerberg et ses homologues, propriétaires de fait de l'identité en ligne des usagers d'Internet. Les utilisateurs pourraient aisément passer de Twitter à Instagram ou à TikTok, postant comme bon leur semblait sur la plateforme de leur choix sous une seule et même identité. Ce projet pourrait peut-être un jour débarrasser Twitter de ses ennuis récurrents, ces questions irritantes de membres du Congrès sur le maintien ou la suppression de tel ou tel tweet, la dépendance du site à l'égard des annonceurs, ou encore la pression exercée par les banquiers de Wall Street pour générer toujours plus de revenus. L'essence même du nouveau Twitter correspondrait à sa raison d'être, celle d'une place publique animée par l'échange et le débat.

Ils appelèrent ce projet Bluesky (« Ciel bleu »), firmament infini où l'oiseau pourrait un jour prendre son envol.

« Nous sommes confrontés à de tout nouveaux défis auxquels les solutions centralisées ont du mal à répondre. Par exemple, une politique mondiale centralisée de lutte contre les violences et les informations mensongères a peu de chance de se développer à long terme sans charger les usagers d'un fardeau bien trop lourd à porter », tweeta Dorsey en décembre 2019 lorsqu'il révéla publiquement ce projet : « La valeur des réseaux sociaux s'écarte de plus en plus de l'hébergement et de la suppression de contenu, au profit d'algorithmes de recommandation permettant de canaliser l'attention de chacun. »

9

Bluesky

Le 21 janvier 2020, Agrawal s'enfonça dans la brume du quartier de Richmond, à San Francisco. Il venait de rentrer des festivités OneTeam, à Houston, et le sweat-shirt gris et fin qu'il portait ne le protégeait pas du vent et du froid. Luttant contre la température ambiante, il gravit les marches de marbre de l'Internet Archive, une bibliothèque numérique fondée en 1996 qui occupait une ancienne église de la Science chrétienne, un bâtiment aux colonnes imposantes donnant sur un petit parc.

Agrawal trouva une place sur l'un des bancs de bois. Dans cette église de la connaissance d'Internet où il allait assister à un cycle de tables rondes sur les réseaux sociaux décentralisés, Agrawal était bien plus à sa place qu'au milieu des fêtes clinquantes de OneTeam.

Jay Graber, élégante développeuse, monta sur scène pour soumettre rapidement sa présentation PowerPoint sur la décentralisation des réseaux sociaux. Elle étudiait l'écosystème depuis plusieurs années déjà, et considérait que la technologie décentralisée avait beaucoup de potentiel, ainsi que de sérieux défauts : selon elle, aucune des offres disponibles n'aurait pu répondre aux attentes les plus fondamentales des utilisateurs lambda.

En fin de soirée, on invita Agrawal à prendre le micro. Derrière ses lunettes à la monture de bois, Agrawal parut troublé. Malgré sa taille (1,83 mètre), il semblait rapetisser à vue d'œil, la tête dans les épaules, telle une tortue sortant de sa carapace pour jeter un coup d'œil alentour. Il déclara que Twitter n'abordait pas efficacement les questions de la désinformation et du harcèlement, et que la tâche de la compagnie était à présent moins d'héberger du contenu que de diriger l'attention des utilisateurs, comme il l'avait fait jadis en contribuant à la création du tout premier algorithme de recommandation de Twitter. « Ce que nous constatons, c'est que la controverse et l'indignation attirent plus l'attention qu'une conversation saine », avoua-t-il[1].

Le fait de tout reprendre à zéro avec Bluesky permettrait peut-être de résoudre les problèmes de Twitter. « La décentralisation n'est pas un but, mais un moyen », ajouta-t-il. Sa principale mission consistait à trouver les bonnes recrues pour cette nouvelle équipe, et à nommer à sa tête la personne la plus indiquée.

Dans le public, Graber l'écoutait attentivement. Bluesky représentait tout ce qu'elle avait toujours voulu construire : une plateforme élégante et décentralisée qui offrirait une nouvelle technologie radicale aux utilisateurs sans leur demander d'apprendre tout ce qu'il y avait à savoir sur le système blockchain, ni de renoncer à la facilité d'emploi de services grand public tels qu'Instagram ou Twitter. Quand la dernière table ronde de la journée s'acheva, elle aborda Agrawal.

Celui-ci était bien plus détendu que sur scène, à tel point qu'on aurait dit une tout autre personne, chaleureuse et abordable, à l'opposé de l'image de l'ingénieur à la tête pleine de code.

En conversant dans l'église reconvertie, Agrawal et Graber se jaugeaient. Elle voulait savoir ce qui le motivait pour créer Bluesky, et il était curieux de connaître son approche de la tech décentralisée. Était-elle tout comme lui une nerd ? Était-elle une cryptofanatique, ou une adoratrice du protocole ?

« Personne ne détient le droit naturel de s'adresser à des millions de personnes », dit Agrawal à Graber. Il lui dévoila que Dorsey et lui avaient récemment trouvé la devise « *freedom of speech, not freedom of reach* » (« La liberté d'expression, pas la liberté de diffusion ») pour résumer leur projet Bluesky. Ce serait un lieu où n'importe qui pourrait dire n'importe quoi, mais où tout le monde ne serait pas en mesure de profiter du potentiel viral de Twitter.

Tout cela plut énormément à Graber. Agrawal lui proposa de rejoindre une chat-room consacrée à ce projet. S'y retrouvaient une douzaine de développeurs qui avaient répondu à l'appel de Dorsey et souhaitaient apporter leur pierre à Bluesky. Le groupe tenait des visioconférences toutes les deux ou trois semaines afin de plancher sur l'avenir qui les attendait. Agrawal y participait à l'occasion, pour intervenir ou pour évaluer ses membres, en quête de la personne la plus à même de diriger l'équipe. Dorsey faisait de même, mais il était plus discret.

Agrawal se convainquit très vite que Graber était celle qu'il lui fallait. Il l'invita à venir visiter le siège de Twitter. Tout semblait s'aligner pour qu'elle devienne la directrice de Bluesky, mais deux coups de massue se succédèrent alors : l'offensive d'Elliott Management, et la pandémie de Covid. Tout ce chaos remit en question l'existence même de Bluesky. Agrawal avait porté ce projet, mais sans Dorsey, seul capable de trouver les fonds nécessaires, c'est toute leur vision qui menaçait de s'évanouir. Qui plus est, à mesure que la pandémie prenait de l'ampleur, Agrawal et d'autres employés de Twitter furent de plus en plus accaparés par les exigences du travail en distanciel et le combat qu'il leur fallait livrer contre les incendies de désinformation qui ne cessaient de se déclarer sur la plateforme.

Une chose était claire aux yeux de Graber : pour avoir une chance d'aboutir, Bluesky devrait être totalement indépendant de Twitter. Elle ne pouvait se reposer sur un directeur général controversé et si facile à escamoter pour ce qui était du financement et de la protection du projet. Et elle ne voulait pas non plus s'appuyer sur les équipes de Twitter. Bluesky devrait disposer de ses propres fonds et de ses propres ingénieurs. En outre, même si le feedback de Twitter serait le bienvenu, Bluesky devrait être en mesure de se couper entièrement de sa maison mère. Parmi les employés de Twitter et les contributeurs de Bluesky, la rumeur courut que le projet pourrait mourir dans l'œuf à cause d'une nouvelle manœuvre d'Elliot Management, aussi brutale que la précédente. Même après que Dorsey eut été sauvé par Silver Lake, Graber doutait qu'il soit en mesure de protéger éternellement Bluesky.

Dorsey consentit à ce que Bluesky soit dès sa création une compagnie pleinement indépendante, fin 2021. Il n'aspirait qu'à une chose, l'existence d'un réseau social échappant à toute subornation et à toute récupération, qu'elles soient le fait d'annonceurs, de pillards de Wall Street, de politiciens ou encore d'actionnaires. Un mois après que les avocats eurent signé toute la paperasse relative à la plateforme, Dorsey remit Twitter entre les mains d'Agrawal.

Twitter traversait une mauvaise passe : la compagnie dépensait plus que de raison et ne présentait pas assez de mises à jour, tout en voyant le cours de ses actions se tasser à cause de la défection d'annonceurs durant la pandémie. Autant de raisons supplémentaires pour Agrawal de réaliser les grands changements que Dorsey avait sans cesse remis à plus tard, et de le faire au plus vite. Il assura les autres cadres de sa parfaite lucidité : il avait bien conscience que Twitter avait passé le plus clair de la dernière décennie à sous-performer, et que tout investisseur, tout utilisateur et tout employé, même sans boire du jus de sel, ne pouvait voir là qu'un immense gâchis.

* * *

Dans le premier message qu'il adressa en tant que directeur général à ses employés, le 29 novembre 2021 au matin, Agrawal remerciait Dorsey en le présentant comme un mentor, et soulignait le besoin absolu de performance. Puis il s'adressa directement aux quelque sept mille personnes qui travaillaient à présent sous sa direction : « J'ai rejoint cette compagnie il y a dix ans, quand elle ne comptait pas plus de mille employés. Bien que cela remonte à une décennie, j'ai l'impression que c'était hier. J'ai été à votre place, j'ai assisté aux hauts et aux bas, j'ai vu les défis et les obstacles, les victoires et les erreurs. »

Il était temps pour l'ensemble des employés de Twitter d'appuyer de tout leur poids sur la pédale d'accélérateur.

« Le monde entier nous regarde, plus que jamais, écrivit-il. À nous de lui montrer le plein potentiel de Twitter ! »

Agrawal pensait que la résolution des problèmes de modération était l'un des principaux moyens de libérer ce potentiel. Sa conviction profonde, affermie par ses conversations avec Dorsey, était que Twitter était allé trop loin dans la supervision des échanges en ligne : il voulait ouvrir un peu plus la plateforme. Le seul instrument dont s'était dotée la compagnie pour traiter les tweets controversés était la suspension du compte de l'utilisateur qui les avait publiés. C'était une véritable guillotine, qu'Agrawal entendait remplacer par une pince chirurgicale.

Fort de sa longue expérience dans le domaine de l'intelligence artificielle, il voulait se servir de cette technologie pour résoudre d'un seul coup de maître l'ensemble des problèmes de Twitter : les harcèlements chaque jour plus nombreux, les craintes limitant la liberté d'expression, la stagnation de la croissance. Peu après sa nomination, Agrawal chargea Jay Sullivan, l'un de ses chefs produit, de l'aider à donner corps à ce projet.

Il le convoqua au bureau en fin de semaine, début 2022. Ils s'installèrent dans une salle de conférence et Agrawal lui exposa sa vision. Il voulait que Twitter cesse de dépendre des évaluations humaines pour laisser aux algorithmes le soin d'agir sur les contenus qui enfreignaient ses règles, avec la rapidité d'exécution propre aux machines. Agrawal prévoyait de ne plus supprimer le moindre tweet, à l'exception des plus inacceptables.

Fidèle à sa méthode consistant à réfléchir avec ses collaborateurs sur chaque aspect d'un débat important, Agrawal demanda à Sullivan de définir la notion de « liberté d'expression ». Il trouvait que cette formule était trop galvaudée, et souhaitait que Sullivan discute avec lui de ce qu'elle englobait ou non.

Tous deux avaient les yeux rivés au tableau blanc immaculé. « Comment pouvons-nous favoriser la liberté d'expression ? » demanda Agrawal.

Sullivan avait travaillé chez Facebook avant de rejoindre Twitter, et avait traité des problèmes de modération les plus délicats sur la plateforme de Mark Zuckerberg, comme par exemple les abus sur mineurs. Il avait également défendu le cryptage des messages directs de Facebook, ce que les législateurs voyaient d'un mauvais œil car une telle mesure permettait aux criminels de protéger leurs messages des *subpoena**. Il avait pleinement connaissance des compromis qu'une grosse compagnie de réseau social se devait de faire dans son arbitrage constant entre protection des données personnelles, sécurité et liberté d'expression.

Le chef produit avait le sentiment que Twitter avait vu juste sur un bon nombre de points. Il répondit à Agrawal

* Dans le droit américain, injonction à produire un témoignage ou un document. (N.d.T.)

que la plateforme devait conserver les règles qui permettaient de prévenir tout dommage sociétal en supprimant les tweets qui faisaient la promotion du terrorisme, qui comportaient des menaces de violence ou qui sexualisaient des enfants.

Agrawal ne put qu'acquiescer, mais c'était surtout les zones grises qui l'inquiétaient, tous ces autres tweets qui transformaient Twitter en cloaque toxique sous couvert de liberté d'expression. « Comment rendre Twitter plus amusant et plus vivant, comment donner envie d'y aller ? » songea le directeur général à voix haute.

Les deux hommes discutèrent des espaces de Twitter qu'il convenait de rendre inaccessibles aux fameuses armées de trolls sévissant sur la plateforme. Les profils qui partageaient des contenus ignobles mais légaux ne devraient pas être promus par les algorithmes de Twitter, ni bénéficier de la monétisation de leur compte. Cette mesure permettrait à la compagnie de prendre ses distances vis-à-vis des pires usagers. Il faudrait aussi défendre les annonceurs, bien évidemment. Les plus grosses marques qui alimentaient Twitter renâclaient souvent quand elles avaient vent de vagues de harcèlement ou de discours haineux sur la plateforme, et des campagnes de plusieurs millions de dollars étaient mises entre parenthèses le temps que le scandale de la semaine finisse par se tasser.

Agrawal et Sullivan se mirent à noter leurs idées sur le tableau blanc. Plutôt que de jouer au chat et à la souris avec les tweets nocifs, on attribuerait à chaque compte une note allant de 1 à 5 dépendant du genre de contenu qu'il produisait. Si un compte publiait régulièrement des tweets qui allaient à l'encontre du règlement de Twitter, il serait rabaissé à la note de 5, perdant ainsi toute chance d'être mis en avant par les algorithmes de la compagnie, et toute possibilité de diffuser ses messages. Si un compte était authentifié, s'il postait du contenu de qualité et s'il respectait les règles de Twitter, il décrocherait la note de 1, synonyme d'une portée maximale.

Agrawal dit à Sullivan que le système devrait être transparent et tenir tout un chacun informé de la situation de son compte sur ce spectre, et de ce qu'il convenait de faire pour améliorer sa note. Ces modifications amoindriraient les théories conspirationnistes qui hantaient depuis toujours la plateforme, accusée par des personnes de tous bords de censure et de shadowbanning.

Les notes sur le tableau blanc ressemblaient à une série de cercles concentriques, les comptes notés 0 formant le centre de gravité de Twitter. Les confins représentaient les réprouvés, dont le contenu ne serait visible que par des gens qui choisiraient sciemment de les suivre.

Sullivan était passablement intrigué. Il recopia la vision d'Agrawal sur un carnet et lui demanda : « Et ça s'appelle comment, ce truc ? »

Agrawal n'en savait trop rien. Son unique certitude, c'était que Twitter devait impérativement changer.

Sullivan fixa le croquis sur le tableau blanc. Twitter au centre et tous ses utilisateurs en orbite – le dessin avait des airs de planète. « Et pourquoi pas "Saturn" ? » proposa Sullivan.

10

Twitter en danger

Agrawal s'inquiétait pour la santé financière de Twitter. Début février 2022, Segal et lui avaient assuré à leurs investisseurs que la compagnie atteindrait ses ambitieux objectifs de croissance, fixés en réponse à l'intrusion d'Elliott Management dans son capital : 7,5 milliards de revenu et 315 millions d'utilisateurs actifs par jour à la fin 2023.

Malgré ces promesses, Twitter afficha en 2021 un déficit de 220 millions de dollars qui laissait présager une année 2022 difficile. La société devrait fonctionner sans le moindre accroc pour garder en vue ces chiffres, et Agrawal, directeur général pour la première fois de sa carrière, ne disposait que d'une infime marge d'erreur. En outre, son manque de popularité ne jouait pas en sa faveur. Sa nomination n'avait arraché qu'un vague bâillement au marché, et la grande question qu'une écrasante majorité d'acteurs se posaient s'afficha même en gros titre du *New York Times* : « Qui est Parag Agrawal ? »

Quatre jours après sa prise de pouvoir, le 3 novembre, il lança la profonde restructuration promise. Il renvoya Montano, le chef de l'ingénierie, et Davis, le directeur du design, afin d'obtenir « un processus de prise de décision clair, une chaîne de responsabilité solide, et une exécution plus rapide », écrivit-il dans un e-mail interne[1].

Si Davis avait été à l'origine de diverses querelles internes, Montano, lui, était considéré comme un fidèle soldat qui à l'instar d'Agrawal avait passé dix ans à gravir les échelons de la hiérarchie des ingénieurs de Twitter. Son licenciement fut perçu comme l'un des premiers exemples de la dureté managériale du nouveau directeur général. Agrawal ne craignait pas de virer ses employés, pas même parmi ses plus proches amis.

En privé, il redoutait que Twitter n'ait pas assez changé depuis l'offensive d'Elliot Management et qu'un autre fonds d'investissement se penche en détail sur les chiffres de son entreprise et se rende compte qu'elle constituait une cible toute choisie. Silver Lake avait accepté de sauver la mise à Dorsey mais Agrawal ne bénéficiait pas de l'aura mystique de son prédécesseur, et rien ne garantissait qu'un investisseur au portefeuille aussi bien garni que Durban ait la capacité financière de mettre autant d'argent sur la table.

Agrawal tira un trait sur ses projets d'embauche pour 2022 et se mit à chercher de nouvelles façons de dégraisser Twitter. Les équipes produit et ingénierie, à qui l'on avait demandé de présenter des plans de croissance pour l'année à venir, furent prises de court. Les embauches qu'on leur avait promises n'auraient pas lieu, et les projets qu'elles avaient présentés avant la fin de l'année finiraient à la poubelle.

Pour prouver qu'ils étaient encore convaincus des progrès à venir, Agrawal et Segal annoncèrent un programme d'achat d'actions début février, à hauteur de 4 milliards de dollars. « C'est la marque de notre confiance en notre stratégie et son exécution, déclara Segal. Au-delà des paroles, il y a les actes. »

Alors que les achats d'actions occasionnent généralement une hausse de leur valeur, le cours de Twitter bougea à peine la semaine suivante. Qui plus est, la nouvelle annonce passée peu de temps après avait probablement également fait son effet.

Le 16 février, Twitter déclara que son tout nouveau directeur général prendrait « quelques semaines » de congé parental afin que son épouse, Vineeta, et lui puissent accueillir leur deuxième enfant. Cette décision progressiste s'inscrivait parfaitement dans l'identité de Twitter qui valorisait l'équité et l'équilibre personnel, en vertu de laquelle ses employés, quel que soit leur genre, bénéficiaient d'un congé parental de vingt semaines à la naissance d'un bébé. Néanmoins, dans la sous-culture de la Silicon Valley, hautement compétitive et dominée par les hommes, cela restait très cavalier de la part d'un directeur général, d'autant qu'Agrawal était en place depuis moins de trois mois.

Certains leaders de la tech partageaient l'opinion de Musk qui déclara au *New York Times*, en 2020, qu'il n'avait jamais jugé nécessaire de consacrer beaucoup de temps à ses nouveau-nés, y compris le tout dernier, fils de la musicienne Grimes.

« Les bébés ne sont que des machines à manger et à déféquer, pas vrai ? dit-il. Je ne suis pas utile à grand-chose, pour l'instant. Le rôle de Grimes est bien plus important que le mien, à l'heure qu'il est. Quand le gamin sera plus grand, j'aurai plus ma part à jouer. »

Les cadres de Twitter tentèrent de couper court aux critiques : Agrawal resterait « en contact » avec son équipe de cadres, et de nombreuses déclarations évoquaient le fait que chaque parent devait jouer un rôle dans le développement de leur enfant dès son plus jeune âge. « Merci @paraga de donner l'exemple en prenant un congé paternité, tweeta Segal. J'aurais aimé que les leaders montrent ainsi la voie quand au début de ma carrière je m'apprêtais à devenir père. »

Mais le marché était impitoyable. Fin février, le cours de l'action Twitter avait perdu 54 % de sa valeur par rapport à l'année précédente. Agrawal échouait sur toute la ligne.

* * *

L'année 2022 débuta en revanche sur les chapeaux de roue pour Musk. Avec ses 219 milliards de dollars, il accéda à la première place du classement *Forbes* des milliardaires, porté par les performances boursières de Tesla et la hausse constante de la valeur de SpaceX. Musk avait craint que la pandémie et la paralysie économique qu'elle avait entraînée brisent net l'élan de Tesla, qui venait à peine de sortir d'un passage à vide en 2018, mais le constructeur automobile prospérait, livrant toujours plus de véhicules, uniquement limité par sa capacité à répondre à la demande forcenée de sa clientèle mondiale.

La compagnie avait sextuplé ses bénéfices qui s'élevaient à présent à 5,5 milliards de dollars, pour une valorisation dépassant les 1 200 milliards en novembre 2021. Quand Musk avait proposé de la racheter, trois ans auparavant, elle dépassait à peine les 60 milliards de dollars. Il avait fallu quarante-deux ans à Apple, fondée en 1976, pour devenir la première entreprise américaine introduite en Bourse à dépasser le cap des 1 000 milliards de dollars. Tesla n'avait mis que dix-huit ans.

Mais beaucoup s'inquiétaient d'une surévaluation, y compris Musk lui-même. La cote des actions Tesla semblait s'être dissociée de toute réalité financière et de toute évolution normale. L'apparition d'applications de trading pour smartphone telles que Robinhood permettait à une nouvelle clientèle issue des générations Y et Z de vendre et d'acheter des actions le plus facilement du monde, et Tesla, avec son dirigeant bravache constamment en ligne, s'était vite imposé comme l'une de leurs sociétés de prédilection.

À plusieurs reprises, Musk s'était irrité de la valorisation déraisonnable de Tesla. Début mai 2020, constatant que la cote des actions avait triplé en l'espace de douze mois, il tweeta : « Valeur des actions Tesla trop haute à mon avis. » La cote chuta de plus de 12 % en trente minutes, même si elle retrouva son niveau initial en quelques jours pour atteindre rapidement de nouveaux sommets, boostée par un public de fanatiques comme on n'en avait jamais vu sur les marchés financiers.

Pareillement, en novembre 2021, lorsque la cote de Tesla s'approcha d'un record absolu, Musk demanda à ses followers via un sondage Twitter s'ils soutenaient son idée de « vendre 10 % de [s]es actions Tesla » à la suite d'accusations de « fraude fiscale » contre lui. Le geste pouvait paraître magnanime, mais Musk savait déjà qu'il devrait s'acquitter d'une facture fiscale considérable (près de 11 milliards de dollars) à cause d'un régime de primes d'actionnariat qui lui conférait 24 milliards de dollars d'actions Tesla. Fin décembre, il vendit 15,7 millions d'actions Tesla pour honorer ses obligations fiscales, et fit don de 5,7 milliards de dollars en actions à sa propre fondation afin de thésauriser.

Début 2022, Musk se sentait de nouveau gêné par sa fortune sans cesse croissante. Il désirait en dépenser une partie.

* * *

Moins de deux semaines après qu'Agrawal eut prévenu ses employés qu'il prendrait un congé parental, le 24 février, la Russie envahit l'Ukraine, faisant éclater un conflit qui figea d'horreur le monde entier, tandis que des images de bombardements et de cadavres inondaient Internet, dont bien sûr Twitter. Le conflit poussa les annonceurs à geler leur budget réseaux sociaux : des marques telles que Ford ou Visa ne voulaient pas voir leurs publicités s'étaler à côté de champs de bataille sanglants. La guerre ne fit que compliquer une conjoncture économique mondiale déjà assez morose, marquée par l'inflation et l'augmentation des taux d'intérêt.

Au bout d'un mois seulement, il ne fut plus possible de se cacher la sinistre réalité. Les revenus publicitaires de Twitter avaient drastiquement chuté, et Agrawal comprit que l'entreprise ne pourrait pas atteindre ses objectifs. Il ne se concentra dès lors plus sur le succès, mais sur la simple survie.

Il rechercha d'autres secteurs où il lui serait possible de réduire la voilure. Ayant travaillé en distanciel à Hawaï durant la pandémie, des cadres de Twitter proposèrent d'organiser le prochain OneTeam dans l'archipel. Prenant conscience de la somme que devrait engager la compagnie pour réunir tous ses employés à Hawaï durant deux ou trois jours, ils se rabattirent sur Disneyland et la Californie du Sud. Le budget de ce somptueux séjour, qui réunirait tout Twitter pour la première fois depuis janvier 2020, avant la pandémie, s'élèverait à 37 millions de dollars.

Pour Agrawal, cela représentait une dépense abominable. L'entreprise avait déjà versé des acomptes pour des hôtels et des salles de conférence lorsqu'il décida que leur grand raout devait être annulé. Il lui suffisait de fermer les yeux pour s'imaginer les photos d'employés de Twitter en plein spectacle pyrotechnique atterrir sur les timelines des usagers, à côté d'images d'Ukrainiens assassinés.

Agrawal plancha sur une nouvelle vague de licenciements. Conséquence d'une surembauche durant la pandémie qui avait occasionné un pic d'activité de tous les services en ligne, ce serait le premier licenciement collectif depuis le retour de Dorsey, en 2015. Agrawal espérait réduire les effectifs de 20 à 25 %, cesser de collaborer avec nombre de sous-traitants et consultants, et fermer définitivement des bureaux envahis de toiles d'araignée depuis la pandémie. Il donna à ces mesures de réduction des coûts le nom de code de projet Prism afin que les cadres puissent en parler au bureau sans alerter les employés.

Compte tenu des habitudes de Twitter, il s'agissait là d'un plan d'austérité presque inconcevable. À eux seuls, les licenciements permettraient une économie de 750 millions de dollars, et en sabrant franchement dans les fêtes, les voyages, les budgets marketing et les contrats d'hébergement dans le cloud qu'il avait lui-même mis au point, Agrawal espérait économiser plus d'un milliard de dollars. Pour l'entreprise, l'ère des dépenses en roue libre et de la supervision laxiste était définitivement révolue.

11

La folie dépensière de Musk

Si les affaires de Musk étaient au beau fixe, il en allait tout autrement de sa vie personnelle. De plus en plus instable, il carburait à l'Ambien, aux boissons énergisantes et se droguait à Twitter jusqu'au milieu de la nuit. Début 2022, son frère Kimbal s'inquiétait tant pour sa santé mentale qu'il contacta plusieurs membres de leur famille afin d'aborder collectivement cette question. Une personne qui suivit de près ses échanges déclara que le milliardaire avait éludé toute tentative d'ingérence de sa famille dans sa vie privée.

Le débit du fil Twitter de Musk devenait chaque jour plus tumultueux, bruyant et décomplexé. Fin 2021, Musk publiait en moyenne 250 tweets mensuels, qui témoignaient tous d'un net tournant vers la droite de l'échiquier politique. Il s'était longtemps présenté comme un libertarien aux tendances de gauche, un homme d'affaires qui avait soutenu Barack Obama et avait daigné conseiller l'administration Trump, sans manquer toutefois de se pincer le nez. La pandémie le changea profondément.

Jusque-là, il s'était très rarement mêlé de politique, mais ses diatribes anti-confinement et sa croisade contre la fermeture des usines Tesla lui avaient valu de croiser le fer plus d'une fois en ligne sur un terrain clairement idéologique. Il se convainquit que ses critiques avaient contracté « le virus woke » qui cherchait à détruire les États-Unis et freiner le progrès en focalisant l'opinion publique sur des sujets polémiques tels que le racisme et la justice sociale. Il méprisait les mouvements sociaux qui avaient fleuri dans tout le pays en 2020 à la suite du meurtre de George Floyd par un policier, et avait une sainte horreur des politiques de diversité, d'équité et d'inclusion qui s'étaient imposées par la suite dans presque tous les conseils d'administration américains.

Comme tant d'autres directeurs généraux de la tech, blancs et hétérosexuels, il considérait ses propres entreprises comme de pures méritocraties, où seuls l'acharnement et l'intelligence permettaient de gravir les échelons. De son point de vue, les initiatives visant la promotion de la diversité s'opposaient à la notion même de succès, elles délayaient la valeur de la main-d'œuvre en y injectant des employés sous-qualifiés de genre féminin et/ou issus de minorités ethniques, établissant de fait une discrimination dirigée contre les hommes blancs.

Vent debout contre les infamies gauchistes, il s'opposa fortement aux tentatives de syndicalisation des employés des usines Tesla. En 2021, un tribunal fédéral reconnut qu'un homme noir, ancien employé à l'usine Fremont, avait été victime de propos racistes sur son lieu de travail, et lui accorda 137 millions de dollars de dommages et intérêts. Bien qu'un juge réduisît cette somme en appel, cette décision judiciaire ouvrit les vannes d'une ribambelle de procès pour discrimination intentés contre le fabricant automobile.

« traceroute woke_mind_virus », tweeta Musk en décembre 2021, faisant référence à une commande de diagnostic informatique qui permettait aux ingénieurs de remonter la piste d'une donnée à travers Internet afin d'en connaître l'origine et le mode de propagation.

Musk était désormais absolument « anti-woke ». Sur Twitter, il échangeait régulièrement avec des influenceurs de droite, éreintait les politiciens du Parti démocrate lorsqu'ils envisageaient de taxer les riches, et dénigrait les personnes transgenres qui exigeaient qu'on respecte leur choix de pronoms, ce qu'il considérait comme une enfreinte à la liberté d'expression. Musk était totalement désinhibé, et la plateforme était pour lui un véritable défouloir.

Mais il s'en servait aussi pour draguer. C'est sur cette plateforme qu'il fit la connaissance de Boucher, la musicienne connue sous le pseudonyme de Grimes, avant d'apparaître pour la première fois en public à ses côtés au Met Gala de 2018. Elle avait dix-sept ans de moins que lui, mais la chanteuse aux allures d'elfe, connue pour son style futuriste et ses provocations diverses, avait beaucoup en commun avec lui. Elle aussi rêvait de rendre son dernier soupir sur Mars et la possibilité d'un avenir techno-utopiste gouverné par l'intelligence artificielle la fascinait.

Dans sa vie sentimentale, Musk n'avait jamais vraiment aspiré à la paix et au calme. La relation qu'il avait jadis entretenue avec l'actrice Amber Heard n'avait cessé d'osciller entre passion et colère. Leurs disputes homériques, dont seule une petite partie fit la une de la presse à scandales, marquèrent profondément la famille et les plus proches collaborateurs de Musk.

Son histoire d'amour avec Boucher n'était pas des plus stables non plus. En 2020, peu après que cette dernière eut annoncé qu'elle attendait un enfant de Musk, celui-ci se désabonna de son compte Twitter, comme il l'avait déjà fait auparavant, durant une période difficile. Mais dans le fond ce genre de drames adolescents semblait ne pas le déranger outre mesure. Après tout, il avait lui-même annoncé son divorce d'avec sa deuxième femme sur Twitter.

Il arrivait aussi à Musk d'avoir de sérieux différends avec Kimbal, à qui il faisait subir la même punition, celle du désabonnement Twitter. Face aux efforts déployés par son frère pour lui faire remettre les pieds sur terre, Musk balaya ses inquiétudes d'un revers de main et ordonna à ses gardes du corps de lui épargner tout contact direct avec son frère. Ils finirent par se réconcilier, mais cet épisode permit à certains membres de sa famille de constater qu'il pouvait être sujet à de graves crises émotionnelles.

* * *

C'est dans ces circonstances qu'il décida d'agir, apparemment sur un coup de tête. Alors qu'Agrawal était occupé à dégraisser Twitter, Musk dépensait sans compter. Bien qu'elle ait un peu baissé depuis ses records de la fin de l'année précédente, début janvier 2022, la cote de l'action Tesla correspondait tout de même à une valorisation de 1 000 milliards de dollars.

Contrairement à l'actionnaire lambda, Musk n'était pas obligé de vendre ses actions pour obtenir des liquidités. Il avait bien revendu une partie de ses actifs Tesla en fin d'année pour des raisons fiscales, mais il préférait préserver le plus possible sa part de capital afin d'accroître son influence sur les prises de décision de l'entreprise. Pour disposer d'espèces, Musk se servait de ses actions Tesla en contractant des prêts. Tesla divulgua dans ses rapports financiers que fin 2021, l'entrepreneur avait nanti plus de 92 millions de parts sociales, soit près de 40 % de sa participation au capital, « à titre de garantie de créance personnelle »[1]. À l'époque, ce nantissement représentait plus de 32 milliards de dollars.

Cette formidable fortune gonflait Musk à bloc. Tesla était de toute évidence une entreprise plus que florissante, de même que SpaceX qui en tant que leader du marché spatial privé avait réalisé trente et un lancements en 2021. La valorisation de cette entreprise atteignant les 100 milliards de dollars en fin d'année, Musk s'autorisa à songer au prochain problème à résoudre pour le bien de l'humanité. « Je me suis donc demandé quel produit me plaisait, et la réponse s'est aussitôt imposée, confierait Musk à son biographe, Walter Isaacson : Twitter[2]. »

Musk passait chaque jour plusieurs heures sur Twitter, et son basculement à droite ainsi que la petite bulle algorithmique dans laquelle il évoluait le sensibilisaient particulièrement aux prétendues restrictions de liberté d'expression imputées à la plateforme. De son point de vue, il était le seul homme capable d'enrayer la dérive gauchiste de l'entreprise. Fin janvier, il chargea Birchall d'acheter discrètement des lots d'actions Twitter.

À son tour, Birchall délégua cette tâche à son ancienne compagnie, Morgan Stanley, qui s'y attela dès le 31 janvier, où à l'ouverture de la Bourse de New York, l'action s'échangeait à 35,43 dollars. Les instructions étaient simples : acheter autant que possible aussi vite que possible.

Dans leur hâte, les traders dépassèrent la date limite fixée par la SEC, qui exigeait de toute société ayant accumulé plus de 5 % d'une entreprise cotée en Bourse qu'elle déclare sa part de capital. Le conseil d'administration de Twitter ne fut donc pas informé de ces transactions.

Au 14 mars, Musk avait accumulé 9,2 % des actions Twitter. Cette part qui correspondait à près de 3 milliards de dollars faisait de lui le plus gros actionnaire de la compagnie, dépassant aussi bien la société de fonds de placement Vanguard que Dorsey lui-même, qui ne détenait que 2,3 % de Twitter[3]. En dehors de son cercle le plus intime, rares furent ceux mis au fait de la combine. La loi requérait qu'il déclare ce qu'il possédait avant le 24 mars, mais Musk ne révéla publiquement ses achats que le 4 avril, en remettant les documents idoines à la SEC.

Jusqu'à ce moment, Musk se comporta plutôt normalement en ligne, tout du moins au vu de ses habitudes personnelles. Il tweeta à propos des initiatives corporatives relatives à l'environnement, au social et à la gouvernance (ESG), qu'il considérait comme « le diable incarné », ainsi que sur les médias grand public (vecteurs de « pensée unique ») et se mêla même de la grande crise de cette période, l'invasion de l'Ukraine par la Russie.

Au début, il fit preuve d'un soutien exemplaire à l'Ukraine, et alla même jusqu'à jouer au héros en déclarant que Starlink, le fournisseur d'accès Internet par satellite de SpaceX, serait disponible dans le pays envahi. « Tiens Bon Ukraine », tweeta-t-il dans les premières semaines du conflit, avec six émojis de drapeaux ukrainiens. Plus tard, dans un mélange de russe et d'anglais, il défia Vladimir Poutine en « combat singulier ».

Cependant, Musk revint vite sur sa position. Début mars, il tweeta qu'il avait éconduit des États étrangers qui lui demandaient de bloquer les médias propagandistes russes.

« Désolé d'être un absolutiste de la liberté d'expression », écrivit-il, provoquant la colère des partisans de l'Ukraine qui virent en cette décision une adhésion tacite et active à la guerre psychologique menée par le Kremlin. Ces critiques le piquèrent au vif, et il ne tarda pas à voir dans le soutien explicite à l'Ukraine une position orthodoxe adoptée par ces « woke » de gauche qu'il avait appris à détester.

Dix jours après ses encouragements adressés au peuple ukrainien, il adopta une tout autre ligne, qu'il exprima par le partage de deux mèmes sur Twitter. Le premier était le dessin d'un PNJ (un personnage non joueur, c'est-à-dire un personnage, dans un jeu vidéo, dont les actions sont programmées par les développeurs du jeu), terme péjoratif désignant les personnes incapables de se faire leur propre opinion. Avec en arrière-plan les couleurs LGBTQ+, le PNJ tenait un drapeau ukrainien, et tout autour, en médaillon, on pouvait lire « *I support the current thing* » (« Je soutiens le truc actuel »). L'autre mème, extrait de la série Netflix *Narcos*, montrait un homme regardant au loin, avec pour légende : « Netflix attendant la fin de la guerre pour réaliser un film sur un Ukrainien noir qui tombe amoureux d'un soldat russe transgenre ».

La position de Musk se durcit encore quand il échangea avec ses plus proches associés. « J'ai vu ton tweet sur la liberté d'expression, lui dit dans un message Antonio Gracias, investisseur spécialisé dans les technologies, ancien membre du conseil d'administration de Tesla et ami proche : Pu*** mais qu'est-ce qui se passe Elon[4]... »

Lorsque l'Union européenne vota l'interdiction de diffusion de Russia Today, et que, selon le chef de SpaceX, les fournisseurs d'accès tels que Starlink reçurent la consigne de refuser tout accès à leur site, Musk déclara : « En fait, je trouve leurs infos plutôt divertissantes. Beaucoup de conneries, mais quelques points intéressants aussi. »

« La liberté d'expression est encore plus importante quand quelqu'un que vous haïssez se met à balancer des choses qui à vos yeux sont des conneries », ajouta Musk, toujours pour défendre Russia Today.

« Je suis à 100 % avec toi Elon, répondit Gracias. Sans peur et sans reproche, putain, quoi qu'il advienne... c'est un principe que nous devons défendre au putain de péril de nos vies sans quoi nous serons plongés dans les ténèbres. »

Ses conversations avec Gracias et d'autres amis le confortaient dans sa vision des choses. Sa campagne d'acquisition d'actions Twitter était déjà bien avancée, et il trouvait là une nouvelle raison de mettre la main sur cette entreprise qu'il convoitait tant. Si l'on ne pouvait pas se fier aux gauchistes, à leurs médias et à leurs complices de la tech pour défendre la liberté d'expression, peut-être devait-il s'en charger en personne. Après tout, Twitter était basé dans l'une des villes les plus à gauche de tous les États-Unis : la compagnie était forcément vérolée. « Je m'inquiète que la partialité de facto de “l’algorithme Twitter” ait de graves répercussions dans le débat public », tweeta Musk le 24 mars.

Le même jour, il reçut plusieurs messages de son ex-épouse Talulah Riley. Contrairement à la première femme de Musk, Riley était restée en contact avec lui, et Musk partageait à l’occasion dans ses tweets les doux souvenirs qu’il gardait de leur relation. Ce jour-là, l’actrice était révoltée par la récente suspension du compte Twitter de Babylon Bee, un site satirique de droite que Musk et Riley trouvaient amusant. Par le passé, Twitter avait adressé plusieurs mises en garde à cette publication et avait fini par suspendre le compte après enfreinte à la règle interdisant le mégenrage : Babylon Bee avait en effet nommé Rachel Levine, membre de l’administration Biden et femme trans, « homme de l’année ».

« Tu peux acheter Twitter et le supprimer, s’il te plaît ?! bisous », disait un message de Riley.

« Ou bien achète Twitter pour que le site devienne radicalement pro-liberté d’expression ? », écrivit-elle quelques instants plus tard, saupoudrant ses messages d’autres « bisous ». « Tellement de stupidité sur Twitter bisou ». Musk lika son message en y accolant un pouce levé, mais n’y répondit pas.

Il se lança alors dans l’une de ces utilisations excessives et maladives de Twitter du milieu de la nuit dont il avait le secret. « La liberté d’expression est essentielle au bon fonctionnement d’une démocratie. Pensez-vous que Twitter adhère rigoureusement à ce principe ? » demanda-t-il à ses followers à la faveur d’un sondage. « Merci de voter en conscience », prévint-il.

Le 26 mars, le sondage comptabilisait plus de 2 millions de votes. Plus de 70 % des followers de Musk avaient une vision absolument négative de la plateforme et de sa gestion du débat public. « Étant donné que Twitter remplit de facto les fonctions de place publique, la non-adhésion aux principes de la liberté d’expression mine profondément la démocratie, tweeta Musk. Que faut-il faire ? Avons-nous besoin d'une nouvelle plateforme ? »

Un nouveau torrent de réponses inonda son volet de notifications, le félicitant et le poussant à aller encore plus loin. Twitter était un lieu de censure, un cloaque, un fléau qui attaquait la notion même de débat. « Achetez Twitter, lui dit Mike Cernovich, un influenceur d'extrême droite qui avait soutenu la thèse conspirationniste du Pizzagate. Il ajoutait que Twitter ne respectait que les « gauchistes qui menacent de mort des conservateurs ».

« Ça ne m'a pas l'air très équitable en effet », répondit Musk.

Le milliardaire reçut également des messages d'encouragement de ses proches et de ses connaissances, parmi lesquels Larry Ellison, fondateur d'Oracle, qui était aussi d'avis qu'il fallait créer un nouveau Twitter ; Mathias Döpfner, homme d'affaires allemand qui suppliait Musk d'acheter Twitter et de le nommer ensuite directeur général ; et Sam Bankman-Fried, fondateur et dirigeant de FTX, plateforme d'échange de cryptomonnaies, qui désirait investir. Bankman-Fried, qui serait plus tard reconnu coupable de sept chefs d'inculpation pour fraude criminelle, s'entretint au téléphone avec Musk début avril pour discuter de l'avenir de la plateforme.

Mais un message en particulier retint l'attention de Musk. Son expéditeur était un homme d'habitude très discret dont le directeur de Tesla avait enregistré le numéro sous le nom de « jack jack »[5].

« Oui, il faut une nouvelle plateforme, disait Dorsey dans son message. Une plateforme qui ne serait pas une entreprise. C'est pour ça que je suis parti. »

Bien qu'il ait quitté son poste de directeur général plusieurs mois auparavant, le cofondateur de Twitter n'avait pas encore coupé tous les liens qui le rattachaient au réseau social, et siégeait encore au conseil d'administration. Pourtant, malgré ce statut et les obligations qui en découlaient, entre autres celles de protéger Twitter, Dorsey encourageait Musk à créer un concurrent.

« OK, répondit Musk. À quoi devrait-elle ressembler ? »

Dorsey n'hésita pas à lui soumettre la vision qu'il avait exposée à Agrawal et aux autres cadres avant de démissionner. « Je crois qu'il devrait s'agir d'un protocole open source, financé par une sorte de fondation qui ne serait pas propriétaire du protocole, et aurait pour unique tâche de veiller à son développement, répondit Dorsey. Elle ne doit pas avoir de modèle publicitaire. Sans quoi les gouvernements et les annonceurs disposeront d'une surface influençable et contrôlable. »

« Super intéressant, comme idée », répondit Musk.

Ravi de ce commentaire positif, Dorsey poursuivit son développement en s'efforçant d'amadouer Musk. Selon lui, Twitter était trop compromis pour être sauvé.

« Je quitterai le conseil de Twitter à la mi-mai, et plus rien ne me rattachera alors à la compagnie. J'ai la ferme intention de faire en sorte que ça marche, de réparer nos erreurs. Twitter était à l'origine un protocole. Il n'aurait jamais dû devenir une compagnie. Ç'a été le péché originel de cette entreprise, écrivit Dorsey. Je voulais t'en parler quand tout est devenu clair, parce que ce n'est pas rien pour toi, tu comprends l'importance de tout cela, et tu pourrais carrément aider, de façon spectaculaire. Quand l'activiste s'est invité à la table, j'ai fait tout mon possible pour que tu rejoignes le conseil, qui a refusé. C'est à peu près à ce moment-là que j'ai décidé de préparer ma sortie, même si ça me coûtait énormément. »

Les deux milliardaires se faisaient mutuellement la cour. Mais tous deux gardaient certains secrets pour eux. Musk ne révéla pas qu'il avait acquis trois fois plus d'actions Twitter que Dorsey en possédait. À un certain moment dans leur échange, Dorsey se plaignit de n'avoir que 3 % de la compagnie, un nombre évidemment trop modeste pour prendre unilatéralement les décisions nécessaires à un changement de paradigme, et partant, à la résurrection du réseau social.

De son côté, Dorsey ne précisa pas qu'il planchait sur le protocole de Bluesky depuis maintenant plusieurs années, ni que le conseil de Twitter était monté au créneau pour le sauver des griffes d'Elliott Management. Il ne révéla pas non plus que sa double casquette de membre des conseils d'administration de Twitter et de Bluesky constituait un conflit d'intérêt et une violation de ses devoirs. Et il omit également de préciser qu'il avait lui-même imposé Agrawal comme son successeur, quand bien même il le dénigrait à présent.

Mais ce que Dorsey n'oublia pas de dire suffit à fouetter le sang de Musk. Comme pour Tesla et SpaceX, les moyens d'améliorer Twitter devinrent son obsession. Durant ces dernières semaines, il s'était servi de son compte pour critiquer Twitter sur sa mise en avant de services liés aux cryptomonnaies, sa mauvaise gestion des bots et son algorithme secret. Il avait également plaisanté sur le mal que lui faisait cette plateforme, malgré les heures qu'il consacrait jour après jour à créer et consommer du contenu. Il était à présent actionnaire de cette société, le plus important, même. Peut-être serait-il enfin en mesure de secouer un peu les choses ?

Une heure après cet échange avec Dorsey, Musk envoya un message à Durban. Il avait travaillé avec lui sur son projet de reprise totale de Tesla qui s'était soldé par un fiasco en 2018. Silver Lake avait accepté de soutenir Musk, mais la transaction était tombée à l'eau quand le financement saoudien s'était avéré tout sauf garanti, contrairement aux déclarations du milliardaire. Leur relation, autrefois au beau fixe, s'était considérablement étiolée à la suite de cet échec.

« C'est Elon. Merci de me rappeler quand tu auras un instant. C'est à propos du conseil d'administration de Twitter. »

Dans sa conversation avec Durban, Musk se montra plus direct qu'avec Dorsey. Il lui révéla qu'ayant acquis plus de 5 % des parts de Twitter, il était à présent son plus gros actionnaire, et qu'il entendait jouir de cette position de force pour pousser la compagnie au changement, peut-être en rejoignant le conseil d'administration, comme l'avait fait Durban.

À la direction de Twitter, personne n'avait entendu la moindre rumeur concernant une quelconque OPA. Les contacts de Birchall chez Morgan Stanley étaient parvenus à ne pas se faire remarquer par Twitter tandis qu'ils amassaient les actions pour le compte de Musk, jusqu'à détenir une part trois fois supérieure à celle qu'Elliott Management avait jadis acquise.

Durban ne mit pas longtemps à contacter Martha Lane Fox, qui supervisait les décisions de gouvernance du conseil, Bret Taylor, directeur du conseil d'administration, et Agrawal. Il leur dit que Twitter avait un problème. Ils acceptèrent tous de se montrer aussi positifs que possible dans leurs interactions avec Musk : mieux valait l'avoir pour allié que pour ennemi.

* * *

Durban mit Musk en relation avec Lane Fox, Taylor et Agrawal afin qu'ils conviennent d'une réunion en présentiel. Musk, qui tweetait souvent des blagues sur les poitrines féminines et ne nommait qu'une infime minorité de femmes aux postes de direction de ses compagnies, enregistra les numéros des deux hommes sous leur nom complet, mais enregistra celui de Lane Fox sous le nom de « Martha Twitter NomGov ».

Agrawal aurait pu voir cette offensive comme la concrétisation de son pire cauchemar, mais il n'en fut rien. Il avait redouté qu'à cause de sa vulnérabilité Twitter soit la victime d'un fonds d'investissement qui se serait invité à la table du conseil et aurait pressé l'entreprise comme un citron pendant des mois avant de s'en aller. Mais Agrawal était un fan de Tesla, et la participation de Musk à OneTeam l'avait plus qu'enthousiasmé.

Où qu'il aille, Musk semait le chaos. Mais si cela garantissait à Agrawal, directeur général inexpérimenté, l'appui d'un des hommes les plus brillants de l'industrie, cela ne pourrait que profiter à Twitter. Taylor et lui eurent un bref échange téléphonique avec Musk la nuit du 27 mars, à la fin d'une réunion du chef de Tesla avec l'équipe d'ingénieurs responsables du développement de l'Autopilot.

Agrawal se trouvait beaucoup de points communs avec Musk. Tous deux pensaient que Twitter était allé trop loin dans la restriction de la liberté d'expression et entendaient limiter l'influence de la compagnie sur la modération de contenu. Ils étaient farouchement résolus à faire bouger les lignes, et se considéraient comme des ingénieurs de premier ordre, capables de résoudre les problèmes complexes de Twitter contre lesquels avaient buté ses précédents dirigeants.

Durant leur conversation en distanciel, Musk abattit une carte inattendue qui déstabilisa les dirigeants de Twitter : il accepterait bien volontiers de siéger au conseil d'administration, mais fort de sa part de capital, il envisageait également d'autres possibilités, y compris l'acquisition totale de la compagnie, ou la création d'un tout nouveau réseau social qui entrerait en concurrence avec Twitter. Durban les avait prévenus de son imprévisibilité, et Musk lui donnait raison dès leur premier échange. Il était tout aussi bien susceptible de collaborer avec eux que de bouleverser leur existence.

Ils se rencontrèrent pour la première fois le dernier jour du mois de mars. Les assistants louèrent un Airbnb près de l'aéroport de San Jose, en Californie, afin que leur entrevue reste confidentielle.

Taylor, sorte de prince William qui aurait troqué ses années à Eton contre des formations intensives en codage, avait un CV de vétéran de la Silicon Valley. Il avait contribué au développement de Google Maps et avait lancé une start-up qu'il avait ensuite vendue à Facebook, où il avait gravi les échelons jusqu'à devenir directeur du département technologique. Mais il ne s'était jamais trouvé dans pareille position.

D'un esprit calme et analytique, il était le protégé de Marc Benioff, directeur général milliardaire de Salesforce, qui le préparait à prendre sa suite à la tête de sa compagnie éditrice de logiciels relations client. Benioff le hissa au statut de codirecteur général la semaine même de sa nomination en tant que directeur du conseil d'administration de Twitter, au moment où Dorsey passait les rênes à Agrawal. Taylor était une étoile montante doublée d'une recrue sûre et inoffensive. Il tweetait rarement, principalement à propos de ses équipes sportives favorites, les San Francisco 49ers et les Golden State Warriors.

Il préférait travailler en présentiel et passait une grande partie de son temps à parcourir le globe pour traiter directement avec les clients de Salesforce. Tout respectueux qu'il était de la politique de Twitter sur le travail à distance (il se pliait de bonne grâce à la coutume de l'entreprise qui voulait que la majorité des réunions du conseil se fassent en visioconférence), Taylor n'entendait pas passer à côté de cette occasion de rencontrer Musk en personne. Sachant d'expérience que ses déplacements enchantaient très souvent ses clients, il était convaincu que cela lui permettrait de se mettre dans les petits papiers de Musk.

Taylor fut le premier à arriver dans l'Airbnb de San Jose. « Cet endroit arrive tout en haut du classement des lieux les plus bizarres où j'ai participé à une réunion ces derniers temps. Je crois qu'ils cherchaient un Airbnb près de l'aéroport, c'est plein d'ânes et de tracteurs », déclara-t-il dans un message adressé au groupe.

Taylor, Agrawal et Musk partagèrent un repas en conversant, interrompus de temps à autre par les bruyants hélicoptères de la police qui survolaient la maison. Agrawal et Taylor, qui s'étaient mis d'accord pour aborder cette réunion comme un entretien d'embauche, demandèrent à Musk ce qu'il pensait pouvoir amener au conseil d'administration, sondant l'opinion qu'il avait de Twitter, et l'interrogeant sur ses méthodes de management dans ses compagnies.

Musk répéta que le fait de siéger au conseil l'intéressait, mais qu'il pourrait aussi bien décider de racheter complètement la compagnie, ou de créer un nouveau réseau social. Cet angle d'attaque était très étrange. S'il avait vraiment l'intention d'entrer en concurrence avec Twitter, pourquoi avait-il accumulé une si grosse part de son capital ? Et pourquoi les avertir de ses projets potentiels ? Il aurait été plus logique de consacrer tous ces milliards à sa nouvelle entreprise. Aux yeux de Taylor et d'Agrawal, Musk n'avait que deux options réalistes : soit lancer une OPA hostile, soit rejoindre le conseil d'administration. Et la tâche leur incombait à tous deux de convaincre Musk de choisir la seconde.

« Super dîner :), écrivit Musk dans le chat du groupe. À classer direct dans l'album-souvenirs haha. »

* * *

Musk n'avait pas l'intention de s'attarder dans ce singulier Airbnb, ni à San Jose : un week-end de débauche l'attendait à Berlin, et il partit pour la capitale allemande dès qu'il eut fini de dîner avec Agrawal et Taylor. Le vendredi soir, on l'aperçut au Kitkatclub, légendaire discothèque fondée par un producteur de films pornographiques autrichien dans les années 1990 et jadis réputée pour ses *latex parties* et la promotion des relations sexuelles en public. Le samedi, il y eut une escale dans un autre club, le Sisyphos, pour la fête d'anniversaire d'un bon ami et ancien camarade de chambre de Musk, Adeo Ressi. Musk enfila un masque de Zorro avant que son groupe et lui partent pour le Berghain, paradis de la techno considéré comme le club le plus célèbre et le plus sélectif de tout Berlin.

Situé dans une centrale thermique désaffectée d'après guerre, sur l'ancienne ligne de démarcation entre Berlin-Est et Berlin-Ouest, ce club intimide souvent les non-habitués, qui du reste sont tout sauf les bienvenus. La file d'attente, surveillée par des videurs bourrus et tatoués, peut rester statique pendant des heures, le long de murs couverts de graffitis et de clôtures grillagées. Celles et ceux qu'on laisse entrer connaissent les règles tacites. Tenue discrète exigée, noire de préférence. On ne parle pas, et quand on y est contraint, ce doit être en allemand.

Le dimanche avait succédé au samedi depuis quelques heures à peine quand Musk se présenta à l'entrée, sans respecter la moindre coutume propre au lieu. Refusant d'attendre ne serait-ce qu'une minute, il alla droit vers les physionomistes, leur révéla son identité, et demanda à entrer. Ils le toisèrent et secouèrent la tête. « Pas aujourd'hui[6]. » Peu habitué à essuyer un refus, Musk sortit son téléphone et ouvrit son appli Twitter dans un état second. « Il y a écrit PEACE sur le mur du Berghain ! J'ai refusé d'entrer », tweeta-t-il à 4 h 53.

Plus tard ce dimanche 3 avril, alors que Musk s'effondrait après un week-end entier passé à faire la fête, le conseil d'administration de Twitter se réunit en visioconférence pour parler justement de l'homme le plus riche au monde. La majorité des membres étaient sur leurs gardes. L'arrivée d'un élément aussi bruyant et remuant changerait l'alchimie de leur groupe et pourrait même parasiter les conseils qu'ils tâchaient de dispenser à leur directeur général novice, qui participait aussi à la présente réunion. En outre, certains employés de Twitter verraient d'un mauvais œil le parachutage de cet homme qui s'était servi de la plateforme pour propager des contre-vérités sur le Covid et nourrir la rhétorique transphobe.

Lane Fox avança qu'accueillir Musk parmi eux simplifierait considérablement les choses. Les deux autres possibilités (l'OPA hostile et la création d'un concurrent) déstabiliseraient Twitter. Le faire siéger au conseil, c'était la façon la plus simple de le neutraliser : il se verrait contraint d'agir uniquement dans l'intérêt financier de la compagnie.

Contrairement à ses habitudes, Dorsey se fendit d'un commentaire : « Je le considère comme un ami », déclara-t-il avant d'ajouter que ses prouesses techniques seraient un atout pour Twitter.

Les membres du conseil finirent par s'accorder sur la nécessité d'accueillir Musk dans leurs rangs. Ils convinrent également que la meilleure façon de le maintenir sur les rails était de fixer sa part maximale à 15 %, et d'exiger qu'il signe un accord de coopération qui dicterait sa conduite.

Dorsey fit part de la décision du conseil à l'intéressé : « J'ai entendu dire que tout était en bonne voie », disait le message qu'il envoya à Musk.

Alors que celui-ci s'apprêtait à quitter Berlin, Lane Fox se démenait pour que toute la paperasse soit prête à son arrivée. Plus vite il signerait, mieux ce serait. Musk la mit en relation avec Birchall et demanda au directeur de son bureau de gestion de patrimoine de s'occuper des « documents importants » qui garantiraient son entrée au conseil de Twitter.

Cependant, à la réception desdits documents, Musk n'éprouva qu'une grande contrariété. L'accord que Lane Fox lui avait communiqué limitait la quantité d'actions qu'il pouvait acheter et lui interdisait d'émettre publiquement la moindre critique à l'égard de la compagnie et de ses dirigeants. C'était presque un document type, quasiment identique à celui que le conseil avait fait signer à Jesse Cohn lorsque ce dernier avait consenti à baisser les armes deux ans auparavant.

L'écrasante majorité des leaders de la tech n'auraient pas même tiqué face à cette interdiction de rabaisser publiquement la compagnie. Mais Musk n'était pas fait du même bois, et il avait horreur qu'on essaye de le museler. En son nom, Birchall refusa l'accord[7].

Le lundi 4 avril au matin, le conseil de Twitter était dans l'impasse. Musk avait fini par soumettre à la SEC la déclaration de sa part du capital de la compagnie. Cette information, à présent publique, fut largement reprise par les médias. L'absence de communication de Twitter à ce sujet ne permettait pas de savoir s'il s'agissait d'une opération hostile ou amicale, et cette incertitude créait des turbulences dont Taylor et les autres dirigeants se seraient bien passés, eux qui s'efforçaient de convaincre le milliardaire, pas entièrement remis de son week-end, de signer leur accord. Lane Fox lui communiqua une version relue et corrigée, « encore plus épurée »[8].

Mais elle ne fut pas non plus du goût de Musk, qui était en position de force. Guidé par la conviction qu'il fallait encourager les propos irrévérencieux sur la plateforme, Musk ne pouvait se résoudre au silence. Qu'il l'ait su ou non, la direction de Twitter tenait à tout prix à ce qu'il rejoigne le conseil, afin de le garder près d'eux, prisonnier de ses obligations. Ils devaient à tout prix lui faire signer cet accord. Sans cela nul ne pouvait prédire les actions du fantasque milliardaire. Mais Musk continuait à faire le difficile. Cela se passerait selon ses termes, ou cela ne se passerait pas du tout.

« Merci de me proposer de siéger au conseil d'administration de Twitter mais, après mûre réflexion, mon agenda actuel ne me permettrait pas d'être un élément efficace, écrivit-il sur un fil de discussion auquel participait également Birchall, Taylor et Lane Fox. Il se pourrait que je sois plus disponible à l'avenir. »

À peine eurent-ils fini de lire ces mots que Taylor, Lane Fox et Agrawal se téléphonèrent. Il fallait soit donner à Musk ce qu'il voulait, soit courir le risque d'une bataille similaire à celle qui les avait opposés à Elliott Management. Le directeur général de Twitter, en poste depuis à peine quatre mois, était partisan de l'apaisement, et finit par obtenir gain de cause. Un nouvel accord fut communiqué à Musk. La part maximale y figurait toujours, mais plus aucune clause ne l'empêchait de dire ce qui lui chantait au sujet de Twitter[9].

> « La compagnie et le conseil d'administration prendront toutes les mesures nécessaires pour que M. Musk soit nommé au conseil. »

Lundi soir, Musk accepta formellement l'accord. Agrawal, soulagé, soumit à Musk le brouillon du tweet qu'il publierait pour annoncer la nouvelle. Jamais Musk n'aurait fait une chose pareille – demander la permission à qui que ce soit de poster un tweet –, mais il joua le jeu.

« J'ai l'immense joie de faire savoir que nous accueillons @elonmusk au sein de notre conseil ! tweeta Agrawal le lendemain matin. Au fil de nos conversations de ces dernières semaines, il m'est apparu clairement qu'il serait d'un apport précieux pour notre conseil. Pourquoi ? Par-dessus tout parce qu'il est à la fois un fervent défenseur et un critique acerbe de notre service, exactement ce dont nous avons besoin pour Twitter et au conseil, afin de devenir plus forts sur le long terme. Bienvenue Elon ! »

Les messages de félicitations affluèrent, mais quasiment personne ne se montra aussi enthousiaste que Dorsey, que la confirmation de la nomination de Musk toucha profondément. « Merci de rejoindre Twitter ! » écrivit-il. « Parag est un ingénieur incroyable. Le conseil est excellent. Toujours là pour parler avec toi, sur n'importe quel sujet. »

Dorsey avait jusque-là gardé le silence, se contentant de lire les e-mails frénétiques des membres du conseil qui cherchaient à déterminer la meilleure stratégie pour gérer la situation Musk. Il leur avait fait part de l'amitié qui les liait, mais nul n'aurait pu imaginer que Dorsey encourageait Musk à aller jusqu'au bout de sa manœuvre dans les messages privés qu'ils échangeaient.

Après des années à espérer en vain, Dorsey voyait enfin son tweetos préféré – l'entrepreneur qui connaissait les plus gros succès commerciaux au monde – rejoindre le conseil d'administration de la compagnie qu'il avait contribué à créer. Ce conseil qui l'avait protégé durant la crise Elliott Management, qui avait acquiescé au moindre de ses désirs, Dorsey le détestait. Avec Musk dans la bergerie, peut-être serait-il possible de leur couper l'herbe sous le pied et de réaliser les changements radicaux que, selon lui, ce même conseil l'avait empêché d'opérer au nom de bénéfices immédiats. Musk était sa chance.

« Quel est le meilleur moment pour parler confidentiellement ? » lui demanda Musk par messagerie.

Dorsey répondit en quatorze secondes : « n'importe quand ».

Musk ne tarda pas à l'appeler.

12

Une offre

Depuis sa nomination, en novembre 2021, Parag Agrawal ne s'était accordé que de très rares pauses entre le remaniement interne, ses tentatives pour ressusciter la cote de l'action Twitter et le tango du leadership qu'il avait dansé avec Musk. Même son retentissant congé paternité, censé lui accorder un peu de temps avec son nouveau-né début 2022, avait été écourté par la guerre en Ukraine. Au bout de la première semaine d'avril, néanmoins, le vent parut tourner. Il venait de présenter publiquement Musk comme un nouvel allié, et pour fêter cela, partit à Hawaï avec sa famille dans l'espoir de récupérer un peu.

Le directeur général de Twitter ne fut pas le seul à prendre des congés au début du mois d'avril 2022. Profitant de l'assouplissement des mesures anti-Covid dans le monde entier, les employés partirent en voyage après plus de deux ans de restrictions. Hawaï était une des destinations privilégiées, et certains cadres de l'équipe financière se rendirent dans l'archipel de Maui. À l'instar d'Agrawal, tous ces braves gens se trouvaient loin de leur quartier général de San Francisco quand Musk fit une déclaration fracassante : il ne rejoindrait pas le conseil d'administration de Twitter.

Au lieu de ça, il se proposait d'acheter la compagnie.

* * *

Quand les employés avaient appris que Musk siégerait au conseil, leurs réactions avaient été mitigées. Le milliardaire s'était taillé une réputation de troll particulièrement virulent sur Twitter, et ses employés étaient bien placés pour savoir quelle influence avait son personnage en ligne. Cette réputation lui avait d'ailleurs valu de réunir une armée de followers (parmi lesquels figurait Dorsey) pour qui son approche de Twitter (« on publie d'abord et on pose les questions après ») brisait la monotonie des échanges et inspirait l'émulation. À leurs yeux, Musk était un bâtisseur que rien ni personne ne pouvait dompter, et dont les aspérités de caractère pouvaient et devaient être excusées au regard de tout ce qu'il avait accompli.

Cependant, au fil des années, les tweets et les aspérités de Musk lui avaient valu de s'aliéner beaucoup de gens. Les employés de Twitter avaient eu connaissance de son entrée au conseil d'administration en même temps que le reste du monde (par le tweet d'Agrawal), et aussitôt de réelles inquiétudes quant aux canaux Slack de la compagnie avaient fait surface. Après tout, la plateforme avait érigé en valeur suprême le fait de « communiquer sans peur afin d'instaurer la confiance ». Dorsey avait toujours encouragé ses collaborateurs à dire la vérité, quitte à laisser les salariés partager leurs inquiétudes dans leurs tweets, à prendre librement la parole dans les réunions, et à remettre en question les décisions de la direction dans les chatrooms internes. Lorsqu'on ouvrit les portes du conseil à Musk, ils firent comme ils avaient toujours fait.

Leurs craintes se fondaient entre autres sur la façon dont il traitait les employés de Tesla, et les procès intentés par des ouvriers contre leur entreprise pour discrimination raciale. Ils rappelèrent comment il avait participé aux vagues de désinformation durant les premiers mois de la pandémie, et les fausses accusations pour pédophilie qu'il avait proférées sur leur plateforme même. Beaucoup savaient que leurs protestations resteraient lettre morte (après tout, la décision avait d'ores et déjà été prise), mais ils se sentaient l'obligation de dire quelque chose.

« Nous savons qu'il a porté préjudice aux travailleurs, à la communauté trans, aux femmes et à d'autres encore parmi les plus vulnérables, écrivit un tweep sur Slack[1]. Comment comptons-nous concilier cette décision et nos valeurs ? L'innovation l'emporte-t-elle sur l'humain ? »

Un autre employé souligna que si lui ou n'importe lequel de ses collègues publiaient certaines des choses qu'avait tweetées Musk, ils n'auraient pas échappé à une enquête des ressources humaines. « Les membres du conseil sont-ils tenus à la même pondération ? » demandait-il[2].

Mais d'autres encore au sein de la compagnie ne partageaient pas cet avis. Pour ceux-là, Musk était un entrepreneur hors du commun, et la possibilité d'apprendre d'un homme qui devait ses milliards à des entreprises très diversifiées était plus qu'attrayante. Et puis à présent qu'il siégerait au conseil, il ne serait plus en mesure de dire du mal de la compagnie. Agrawal, qui ne ratait pas une ligne de ces débats sur Slack, se rangeait définitivement à cette opinion. Après la réorganisation interne qu'il avait effectuée, le fait d'accueillir Musk au sein du conseil était l'une de ses décisions les plus importantes. Il était prêt à la défendre, même s'il la voyait déjà s'effriter.

* * *

Les réserves de Musk quant à son entrée au conseil de Twitter étaient nées bien avant le tweet triomphal d'Agrawal. En tant qu'administrateur, il ne représenterait qu'une voix sur dix. Il ne jouirait d'aucun contrôle opérationnel. Durant toute sa carrière, Musk avait remporté des succès en qualité de principal décisionnaire.

Il s'en remettait à son instinct, libre de toute structure d'entreprise et de tout avis contraire au sien. Son style de leadership était totalement anti-démocratique. Par exemple, le conseil d'administration exclusivement masculin de SpaceX était constitué de cinq membres : son frère Kimbal, trois amis qui étaient soit des investisseurs soit d'anciens collaborateurs, et un cadre de Google, seule voix extérieure à la compagnie.

Quelques heures à peine après avoir remis à la SEC sa déclaration faisant état de la part de Twitter qu'il détenait, le 4 avril 2022, des amis et des connaissances lui rappelèrent sans le vouloir les limites de son pouvoir en lui envoyant leurs félicitations : Ken Griffin, fondateur milliardaire d'un fonds spéculatif, se fendit d'un « J'adore ! », Döpfner d'un « Exécution rapide 😍 », et l'investisseur en capital-risque libertarien Joe Lonsdale d'un « J'espère que tu seras en mesure d'influencer [le conseil] ». Certains pestaient contre ce qu'ils considéraient être une dérive démente du gauchisme, une glue progressiste qui s'était répandue dans tous les rouages de la direction de la compagnie, affectant l'ensemble des décisions sur la modération et le développement produit.

« Allez-vous libérer Twitter des fanatiques de la censure ? » demanda le célèbre podcaster Joe Rogan.

« Je prodiguerai des conseils, qu'ils choisiront ou non de suivre », répondit Musk.

Son incapacité à mener la danse le rongeait. Il déclara à un membre du conseil d'administration de Tesla qu'il n'avait pas vraiment envie de rejoindre celui de Twitter, mais qu'il avait fini par céder face à l'insistance de la compagnie. Et quand d'autres lui demandèrent des faveurs – comme Kyle Mann, rédacteur en chef de Babylon Bee, dont le compte avait été suspendu pour violation des règles relatives au harcèlement –, il dut bien avouer qu'il n'était pas en position d'accéder à leurs demandes.

« Ça veut dire que vous allez pouvoir nous faire sortir de la prison de Twitter maintenant mdr », écrivit Mann.

« Je ne suis pas en capacité de le faire », répondit laconiquement Musk.

Dans une réponse adressée à Gayle King, présentatrice de la chaîne CBS qui lui demandait d'ajouter un bouton « modifier » à Twitter, il écrivit : « Posséder ≈ 9 % ce n'est pas tout à fait contrôler. »

Le 7 avril, Musk se prépara à un gros événement Tesla, à Austin, sans cesser pour autant de penser à Twitter. Baptisé « Cyber Rodeo » par Omead Afshar, l'un des plus fidèles associés de Musk, il s'agissait du gala d'inauguration de la toute nouvelle usine texane de la compagnie, dont la conception avait été supervisée par Afshar. Depuis que Tesla et SpaceX s'étaient un peu plus implantés dans cet État, Musk en venait à considérer le Texas comme son chez-lui, ou du moins comme ce qui s'en approchait le plus pour le jetsetteur milliardaire qu'il était. Mais en quittant Colorado Springs, où il avait rencontré des cadets de l'Air Force Academy, il était bien plus obnubilé par Twitter que par le discours qu'il prononcerait à la fête de Tesla. « J'ai tout un tas d'idées, mais dites-moi si j'abuse. Je ne veux qu'une chose, que Twitter soit incroyable au max », dit Musk à Agrawal dans un message. Il rappela au directeur général qu'il avait « écrit du gros logiciel pendant vingt ans » et qu'il tenait toujours à jeter un coup d'œil au code base de Twitter.

Agrawal était ravi que l'une des idoles de la Silicon Valley veuille aller à ce point au fond des choses. « Dans notre prochain échange, parlez-moi comme à un ingénieur et pas un directeur général, on verra où ça nous mènera », répondit-il. Il mentionna son expérience en ingénierie et l'informa qu'il avait passé de longues heures à travailler sur le code base en tant que chef des équipes technologiques. Il dit en outre à Musk de ne pas s'inquiéter des fuites dans la presse qui suggéraient que les employés ne voyaient pas d'un bon œil son entrée au conseil d'administration : il lui jura que « la majorité silencieuse » le soutenait.

Musk fut accueilli à la Gigafactory par un spectacle de drones lumineux : les drones bardés de LED formaient le logo de la compagnie et divers modèles de véhicules Tesla dans le ciel nocturne, tout près du bâtiment de près d'un million de mètres carrés au sol. À l'intérieur, des milliers de fans en extase attendaient l'arrivée de leur « techno-roi », qui monta sur scène à bord d'un Tesla Roadster noir, au beau milieu du décor inspiré par le film *Blade Runner*. Il y eut des acclamations, des téléphones brandis à bout de bras, des cris, « Tu es mon héros ! », « Je t'aime ! » Musk descendit de voiture, arborant un chapeau de cow-boy noir, des lunettes de soleil Aviator, et un T-shirt « Cyber Rodeo » un peu trop moulant. Le fait qu'il ait du retard ne faisait que renforcer son statut de rock star. « Nous cherchions un lieu où nous pourrions être aussi énormes que possible, déclara le chef de Tesla à propos de l'usine. Et pour ça, rien de tel que le Texas ! »

Plus de vingt-cinq minutes après, il interrompit brièvement son discours hésitant, à moitié improvisé, pour laisser résonner les hurlements débridés, qui redoublèrent d'intensité quand un prototype du Cybertruck – que Musk décrivait comme le *magnum opus* de Tesla – s'avança sur la scène. « Ici chez Tesla, on croit aux méga-grosses bamboches, alors que la fête commence ! » s'exclama-t-il avant de passer derrière le volant alors que des feux d'artifice incendiaient un ciel d'encre.

Pourtant, malgré toutes ces marques d'adulation, l'esprit de Musk tournait en boucle. Où qu'il aille dans son propre Cyber Rodeo, ou durant l'after, il semblait que la seule chose dont on voulait lui parler était l'autre entreprise, celle qui ne lui appartenait pas. Bien sûr, une nouvelle usine Tesla, c'était important, mais Twitter et son implication dans le réseau social suscitaient beaucoup plus d'enthousiasme et d'expectative. Tout le monde voulait savoir ce qu'il allait faire, et même les personnes qui lui étaient le plus proches n'en avaient aucune idée précise.

Musk non plus.

* * *

Le lendemain, le vendredi 8 avril, le directeur général de Tesla s'envola pour Lanai, île hawaïenne qui était la propriété de Larry Ellison. Ce séjour devait être consacré au repos et à la relaxation en compagnie de sa nouvelle conquête amoureuse, Natasha Bassett, une actrice australienne de trente et un ans, mais Musk ruminait toujours à propos de Twitter[3]. Il eut un échange téléphonique avec Agrawal afin de discuter des processus d'ingénierie de la compagnie[4], et il en profita pour se plaindre des faux profils et du spam qui grouillaient dans les réponses à ses tweets. Agrawal l'écoutait, tâchant d'apaiser le tout nouvel administrateur en abondant dans son sens. Musk lui envoya une capture d'écran d'un bot sur lequel il était tombé sur Twitter après leur conversation, et dans l'heure, Agrawal lui répondit : « Nous devrions nous occuper de ce genre de choses. »

Les premières heures de Musk sur la petite île du Pacifique furent tout sauf reposantes. Il passa une bonne partie de la nuit à parcourir Twitter et à 2 h 35 (heure locale), il retweeta un tableau sur lequel des courbes illustraient le niveau de confiance dont bénéficiaient divers médias d'information. Puis il porta son attention sur d'autres statistiques. Un compte intitulé @stats_feed tweeta le classement des dix comptes les plus suivis qui le plaçait à la huitième place, avec 81 millions de followers. Devant lui se trouvaient entre autres @BarackObama (131,4 millions de followers), le footballeur @cristianoronaldo (98,8 millions) et la chanteuse @LadyGaga

(84,5 millions). Aucun de ces comptes ne postait autant que lui (certains n'avaient rien publié depuis des jours), et il voulait savoir pourquoi.

« La plupart des "meilleurs" comptes tweetent rarement et ne publient que très peu de contenu, tweeta-t-il lui-même à une heure indue. Twitter est-il en train de mourir ? »

Une telle observation n'aurait pas prêté à conséquence si elle était venue d'un tout nouvel utilisateur. Rien de plus logique en vérité à ce que les plus grandes célébrités publient peu. Elles avaient des équipes d'experts des réseaux sociaux qui proposaient, corrigeaient et validaient ce qu'elles pouvaient ou ne pouvaient pas dire et, pour une écrasante majorité, les tweets n'avaient d'autre fonction que l'autopromotion et la mise en avant de produits. Musk faisait partie de la minorité des célébrités qui contrôlaient seules leur compte et tweetaient en toute insouciance. Il ne comprenait pas ce que son profil de célébrité aux millions d'abonnés qui shitpostait, répondait à ses fans et se bagarrait sur le terrain idéologique avait de profondément atypique. Il remarqua que Taylor Swift n'avait rien publié depuis trois mois et que Justin Bieber n'avait tweeté qu'une fois en 2022 : une véritable mascarade pour cet homme qui ne pouvait passer plus de quelques heures sans blablater en ligne.

Mais venant d'un membre du conseil d'administration de Twitter, ce message était une attaque contre la compagnie. Par leur statut, les administrateurs avaient une obligation morale envers les actionnaires, et demander publiquement si Twitter n'était pas en train de s'écrouler n'était pas la meilleure façon de soutenir la plateforme.

Il incombait à Agrawal de limiter autant que possible la casse. Dès leurs premières conversations, Musk et lui étaient convenus d'être tout à fait francs l'un envers l'autre, et Agrawal n'hésita pas une seconde à remonter les bretelles à Musk. Sans trop y réfléchir, il lui envoya un long message truffé de coquilles, sans même se donner la peine d'en référer au conseil d'administration. Après tout, il était le directeur général de l'entreprise, et il tenait à faire preuve de fermeté.

« Libre à vous de tweeter "Twitter est-il en train de mourir ?" ou quoi que ce soit d'autre à propos de Twitter, mais il y va de ma responsabilité de vous dire que ça ne m'aide pas à améliorer Twitter étant donné le contexte actuel, écrivit-il à Musk, une heure et demie après la publication de son tweet. La prochaine fois que nous nous parlerons, j'aimerais vous soumettre quelques éclaircissements sur le niveau de dispersion interne actuelle et l'impact que cela a sur notre travail. »

Quarante-neuf secondes plus tard, Musk répondit :

« Qu'est-ce que vous avez fait aboutir cette semaine ? »

Ces quelques mots se plantèrent profondément dans le cœur d'Agrawal. Dans le fond, peu importait qu'il ait passé l'essentiel de ces sept derniers jours à canaliser Musk, à lui expliquer le fonctionnement de Twitter, à répondre à ses questions, pour finalement annoncer son entrée au sein du conseil d'administration : avoir affaire à Musk, c'était quasiment un boulot à plein temps. Mais là, le milliardaire s'en prenait à l'éthique professionnelle d'Agrawal. Il eut tout juste le temps de digérer ce message quand, quarante secondes plus tard, une autre bombe explosa.

« Je ne rejoindrai pas le conseil d'administration. Ce serait une perte de temps. »

Quinze autres secondes s'écoulèrent.

« Je ferai une offre de reprise de Twitter. »

Le conseil d'administration, c'était de la pure bureaucratie, et il était hors de question que quiconque lui dise quoi faire et comment. Surtout pas un type qui n'était directeur général que depuis quatre mois.

Par ailleurs, Musk n'avait pas complètement écarté l'idée de créer son propre réseau social. Plus tôt ce jour-là, il avait échangé par messages avec son frère Kimbal au sujet d'une plateforme à la Twitter reposant sur du blockchain. Ses utilisateurs dépenseraient de minuscules montants pour publier des messages, ce qui éliminerait les bots. Tout en tirant à boulets rouges sur Agrawal, Musk relançait son frère à ce sujet : « Je crois qu'il y a un réel besoin d'une nouvelle compagnie de réseau social basé sur le blockchain et monétisé », lui écrivit-il.

Il n'en demeurait pas moins qu'à ses yeux, Twitter était unique. C'était là qu'il s'était acquis une solide base partisane, devenant l'une des voix les plus marquantes de la plateforme. D'autres que lui, y compris Donald Trump, avaient essayé de créer leur propre réseau social, et tous avaient échoué. Devenir propriétaire de Twitter était plus qu'attirant, et vu les sommets qu'atteignait la cote de Tesla, Musk en avait tout à fait les moyens.

Agrawal était sous le choc. Il relut cet enchaînement de coups, et se concentra sur le dernier, celui qui l'avait mis KO.

« On peut se parler ? » envoya Agrawal.

Silence de Musk.

Dans l'attente d'une réponse qui ne viendrait jamais, le directeur général de Twitter appela Taylor, le directeur du conseil d'administration. Il lui exposa rapidement ce qui venait de se passer et lui confia qu'il ne s'attendait pas à ce que Musk parte au quart de tour pour un message aussi anodin que celui qu'il lui avait envoyé. Taylor lut les captures d'écran de l'échange que lui transmit Agrawal, et sa surprise fut aussi grande que celle du dirigeant de Twitter. Jusque-là, il avait eu le sentiment que la relation nouée entre Musk et Twitter (par son entremise et celle d'Agrawal) était excellente. Depuis leur entrevue dans l'Airbnb de San Jose, ils s'étaient engagés dans un processus de collaboration positive qui avait abouti à l'entrée de Musk au conseil, et l'annonce publique de cette grande nouvelle. Quelques jours plus tôt, Taylor avait même envoyé au chef de Tesla le lien d'une photo de Musk tirée de son passage dans l'émission humoristique *Saturday Night Live* où il s'était déguisé en personnage de la franchise *Super Mario*, assis à une table de conférence entouré de jeunes cadres en costume – le tweet légendait : « La prochaine réunion du CA de Twitter ». Musk avait réagi par un « Ahah ».

Taylor se demandait pourquoi cet homme qu'il avait chaleureusement accueilli dans sa maison lui braquait à présent un pistolet sur la tempe. « Je viens d'avoir Parag qui m'a parlé de votre échange de messages, écrivit Taylor à 6 h 10, heure d'Hawaï. Peut-on se parler ? »

Entre deux messages adressés à son frère, Musk envoya sa réponse, toujours sur le même ton : « Vous ferai bientôt une offre de reprise, merci. »

« J'ai lu l'échange, répliqua Taylor, pianotant à toute vitesse sur l'écran de son iPhone. Auriez-vous cinq minutes à m'accorder afin que je saisisse le contexte ? Ce n'est pas le cas à présent. »

Il reçu alors quatre messages de Musk en l'espace de deux minutes.

« Ce n'est pas en bavardant avec Parag qu'on réparera twitter. »

« Des choix drastiques s'imposent. »

« Difficile à faire en tant que compagnie cotée en Bourse, car l'élimination des faux comptes fera horriblement chuter les chiffres, c'est pourquoi la restructuration doit être effectuée en tant que société privée. »

« C'est aussi l'avis de Jack. »

Taylor comprenait les inquiétudes de Musk au sujet des bots – il en avait parlé lors de leur réunion de San Jose, ainsi qu'à Agrawal –, mais pourquoi pensait-il que Twitter devait redevenir une entreprise privée pour régler ce problème ? Son commentaire sur Dorsey était encore plus sibyllin. Taylor savait que le cofondateur de Twitter avait été très affecté par l'offensive d'Elliott Management, mais Dorsey ne lui avait jamais rien dit de tel. Cependant, Taylor savait que toute argutie ne ferait qu'échauffer encore plus le milliardaire. Il redescendit donc d'un cran.

« Pouvez-vous prendre 10 minutes pour parler de tout ça avec moi ? lui écrivit-il quelques minutes plus tard. Cela fait environ 24 heures que vous faites partie du conseil d'administration. Je comprends votre point de vue, mais je tiens juste à comprendre ce soudain revirement et être tout à fait sûr que je comprends vraiment votre perspective et la voie que vous vous proposez d'emprunter. »

« Je vais y aller, mais je pourrai parler demain », répondit Musk, ne se rendant peut-être pas pleinement compte qu'il était déjà 7 h 11 à Hawaï.

Le milliardaire passa le reste de la journée à faire du Musk sur Twitter, en tweetant à propos de tout un éventail d'adversaires, les médias, le sénateur du Vermont Bernie Sanders et ceux qui misaient sur la baisse de la cote de Tesla en vendant des actions à découvert. Plus tard, Musk décocha des flèches en direction de ceux qu'il considérait comme ses nouveaux ennemis, les membres de la gouvernance de Twitter. Il commença par un sondage où il demandait à ses followers s'il devait « reconvertir le QG de Twitter à SF en refuge pour SDF vu que de toute façon personne ne s'y rend[ait] »[5].

Ses partisans eurent l'impression que Musk, tout récemment entré au conseil d'administration, se mettait au boulot. Ils étaient habitués à ses méthodes de troll, et ce tweet qui visait à la fois la supposée paresse des employés de Twitter et les problèmes socio-économiques de San Francisco était pour eux une vraie friandise. Aux yeux de Taylor et d'Agrawal en revanche, c'était la preuve que Musk ne prenait pas au sérieux son rôle d'administrateur. Le temps qu'ils lui avaient laissé pour retrouver son calme n'avait entamé en rien son hostilité. Ils se devaient d'agir.

« Dites, on peut se parler ce soir ? écrivit Taylor à Musk. Je viens de lire vos tweets et il faut de toute urgence que je comprenne quelle voie vous entendez suivre. »

Musk ne répondit pas, mais quelques heures plus tard, il publia un autre sondage : « Effacer le *w* de twitter ? » Cette suppression du « w » pour transformer Twitter en « Titter » n'était qu'une blague gratuite sur l'anatomie féminine, *tit* signifiant en anglais « nichon ». Un bonbon de plus pour bon nombre de ses followers.

Par ailleurs, Musk avançait déjà ses pions. Il avait informé Birchall de son projet de quitter le conseil d'administration pour racheter la compagnie. Birchall contacta d'anciens collègues de chez Morgan Stanley, qui se chargèrent d'échafauder un plan pour le patron[6].

13

Pilule empoisonnée

Comme ils l'avaient fait durant la crise Elliott Management, les administrateurs de Twitter chargèrent Goldman Sachs de mettre au point leur défense. Si Musk avait réellement l'intention de prendre le contrôle de la compagnie, deux façons se présentaient à lui. Il pouvait proposer une offre d'achat au conseil d'administration, qui serait libre d'accepter ou de refuser selon que la somme lui conviendrait ou non. Ou alors il pouvait faire une *tender offer* en invitant les actionnaires de Twitter à lui vendre leurs parts à un prix par action défini par lui-même. Cette deuxième option était plus risquée, tant pour Musk que pour le conseil. Une *tender offer* pourrait bousculer la cote de l'action, dont la valeur risquerait de fluctuer dangereusement au gré des prévisions optimistes ou pessimistes du marché concernant la clôture de la transaction. Musk devrait communiquer de nouvelles informations à la SEC, qui chapeauterait le processus : en somme, il devrait laisser ses pires ennemis passer ses opérations au crible. Pour le conseil d'administration, cela reviendrait à se voir dessaisir de tout contrôle. Musk serait en mesure de fixer le prix qui lui chanterait, et pourrait dénigrer la compagnie autant qu'il le voudrait, en semant le chaos tous azimuts.

Popularisées dans les années 1960 dans un contexte de marché haussier, les *tender offers* devinrent l'arme de choix des acteurs financiers désireux de lancer une

OPA hostile sur une compagnie vulnérable. L'acquéreur déclarait ses intentions par une annonce (surnommée « *tombstone* », « pierre tombale ») dans un quotidien, incluant le prix (généralement plus élevé que la cote en cours) qu'il était prêt à payer à tout actionnaire qui accepterait de lui céder ses parts. Une offre d'achat était également adressée par courrier aux actionnaires de l'entreprise. Ce procédé allait à l'encontre de l'intérêt du conseil d'administration, mais les actionnaires y voyaient souvent un moyen de se faire de l'argent rapidement, et mordaient à l'hameçon.

En revanche, une proposition de rachat direct était plus séduisante à la fois pour Musk et pour le conseil d'administration. Cela réduirait les obligations administratives pour le milliardaire, et les administrateurs seraient en mesure de négocier afin de limiter la prise de contrôle de Musk jusqu'à ce qu'un accord soit trouvé.

Des négociations prolongées permettraient en effet au conseil de rechercher des investisseurs plus amicaux et d'envisager une revente à un acheteur plus stable, comme cela avait été le cas à l'occasion de l'OPA d'Elliott Management. Mais afin de proposer Twitter à la vente, ils devaient déterminer la valeur de la compagnie.

Dès le lendemain, Taylor voulut tourner définitivement la page de la proposition faite à Musk de siéger au conseil. Le milliardaire était un emmerdeur professionnel, et il aurait été absurde de garder en tant qu'administrateur quelqu'un qui n'avait aucune envie de l'être. De surcroît, Agrawal et Taylor disposaient d'informations par définition cruciales concernant les parts de Twitter et de ses actionnaires. Si Musk se retirait, ils devraient le signifier formellement à la SEC, et l'informer de sa volonté affichée de racheter la compagnie.

« Je prends acte de votre message adressé hier à Parag dans lequel vous faites part de votre refus de rejoindre le conseil d'administration. Cela sera mentionné dans notre 8-K dès demain. J'ai demandé à notre équipe d'en transmettre aujourd'hui une version préliminaire à votre bureau de gestion », écrivit Taylor à Musk, se référant au document financier public que Twitter avait l'obligation de communiquer à la SEC à chaque grand changement dans l'organisation de la compagnie : « Dans l'attente de pouvoir m'entretenir au plus vite avec vous. »

Il fallut près de deux heures au milliardaire pour lui répondre : « Ça me paraît bien. Il est préférable, à mon sens, de privatiser Twitter, et restructurer l'entreprise avant de la réintroduire en Bourse. Jack était du même avis lorsque je lui en ai parlé. »

De nouveau, Taylor était désagréablement interloqué par ces conversations d'un membre du conseil d'administration avec l'un des critiques les plus virulents de leur compagnie, qu'il désirait à présent racheter. Musk n'avait de cesse de mentionner ces échanges privés avec Dorsey comme pour justifier son OPA. Pourquoi Dorsey l'encourageait-il ?

Taylor croyait que le conseil aurait le temps de trouver d'autres acheteurs potentiels et de faire monter les enchères. Mais Musk agit avec la vitesse qui le caractérisait, et une discrétion tout à fait inaccoutumée. Pendant trois jours, il resta aussi silencieux que possible, laissant Agrawal, Taylor et les autres administrateurs tâcher de deviner ses prochains coups. Son compte Twitter, qui était en temps normal un excellent baromètre de son humeur et de ses réflexions, fut quasiment inactif. Il ne publia qu'un tweet, dimanche soir : il s'agissait d'un petit émoji rougissant, une main sur la bouche[1]. Cet homme qui avait l'habitude d'écrire tout ce qui lui passait par la tête saisissait parfaitement l'importance de ne rien dire à ce moment des négociations. Ce tweet fut effacé par la suite.

Le mercredi 13 avril, Musk quitta Hawaï pour Vancouver où se tenait la conférence TED – colloque annuel où des personnalités présentaient des exposés stimulants et mobilisateurs à un parterre de gens riches[2]. Il quitta sa petite amie, Bassett, pour une autre, Boucher, qui le rejoignit au Canada avec leur fils nommé X. Puis Musk s'enferma avec Birchall dans la chambre 1001 de l'hôtel cinq étoiles Shangri-La afin d'élaborer une offre.

Musk n'avait pas l'habitude de ce genre de transactions. Ni lui ni ses compagnies n'étaient réputés pour leurs grosses dépenses. SpaceX ne faisait d'acquisitions que rarement, et Tesla n'avait passé qu'une douzaine de marchés de toute son existence, le plus notable étant l'acquisition en 2016 de SolarCity, entreprise spécialisée dans l'énergie solaire, à hauteur de 2,6 milliards de dollars. Du reste, cette transaction avait paru très suspecte : Musk était en effet directeur du conseil d'administration de SolarCity, et l'entreprise avait été fondée par ses deux cousins Peter et Lyndon Rive. La notion même d'acquisition semblait entrer en conflit avec les méthodes de Musk. Il cherchait toujours à ce que ses entreprises soient le plus efficaces et le moins coûteuses possible, poussant d'ordinaire Tesla et SpaceX à trouver des solutions internes plutôt que de racheter d'autres boîtes.

Ce qu'il se proposait de faire avec Twitter n'avait rien à voir avec la poignée d'acquisitions qu'il avait orchestrées chez Tesla et SpaceX. Il ne souhaitait pas acheter le réseau social pour le rattacher à une autre entreprise sous son contrôle. La plateforme en elle-même l'intéressait. L'unique précédent encore bien présent à l'esprit de tous était le rachat du *Washington Post* en 2013 par Jeff Bezos, contre 250 millions de dollars, décision qu'on avait considérée comme une BA visant à sauver l'une des plus grandes institutions du journalisme américain. L'achat de Twitter par Musk était autrement considérable, et lui donnerait le contrôle d'un des sites les plus utilisés et les plus influents d'Internet.

Le mercredi après-midi, Musk brisa son silence monastique pour envoyer un message à Taylor. Musk était le spécialiste des décisions impulsives, quitte à foncer droit dans le mur, mais cette fois-ci il choisit méticuleusement ses mots. Son message paraissait avoir été relu et approuvé par ses conseillers, tant son ton était bizarrement formel. Taylor comprit immédiatement que Musk avait bel et bien l'intention de lancer une OPA hostile.

« Après plusieurs jours de délibération – le sujet est bien évidemment des plus graves –, j'ai décidé d'aller de l'avant en rachetant Twitter, écrivit Musk. Je vous enverrai une offre ce soir, et la lettre sera rendue publique demain matin. Je serais ravi de vous mettre en contact avec mon équipe si vous avez la moindre question. Merci. Elon. »

Taylor et Musk eurent une conversation tendue après ce message. Le milliardaire se montra froid et brusque. Il avertit Taylor qu'il ne tolérerait aucune forme de négociation.

« Je refuse de jouer au petit jeu des va-et-vient, déclara-t-il. Je suis passé directement à la fin des négos. » Ce serait sa première et sa dernière offre, précisa-t-il.

Il dit également que si cela ne marchait pas, il envisagerait de se défaire de sa part de Twitter, ce qui pourrait faire décrocher le cours de l'action. « Cela n'est pas une menace », prévint-il. Simplement, il n'avait aucune confiance en Agrawal, et cet investissement ne vaudrait plus rien à ses yeux s'il n'était pas en mesure de faire lui-même les choix et les changements qui lui paraissaient appropriés.

Taylor, lui, joua la décontraction. « Nous attendons votre offre », dit-il à Musk. Twitter se pencherait très sérieusement dessus, avant de revenir vers lui. C'était tout ce à quoi Taylor pouvait s'engager, refusant de se faire happer par un débat stérile. Ils mirent fin à l'appel, et Musk chargea Birchall de répondre à toute question ultérieure.

Musk s'était appuyé sur le réseau de Birchall au sein de Morgan Stanley, et les banquiers s'étaient empressés de plancher sur cette offre. Pour une transaction si complexe, la lettre que Musk envoya ce soir-là était d'une brièveté presque scandaleuse : cent quarante-cinq mots à peine. Elle allait à l'opposé de la déclaration officielle qu'il avait faite auprès de la SEC où il annonçait son investissement, en précisant qu'il resterait passif en tant qu'actionnaire, sans chercher à se servir de la part qu'il détenait pour influencer la compagnie.

Bret Taylor
Directeur du Conseil,

J'ai investi dans Twitter car je crois en son potentiel en tant que plateforme de la liberté d'expression dans le monde entier, et je crois que la liberté d'expression est un impératif sociétal pour toute démocratie viable.
Néanmoins, depuis que j'ai réalisé cet investissement, j'ai pris conscience que la compagnie ne saurait ni prospérer ni servir cet impératif sociétal sous sa forme actuelle. Twitter doit être transformé en tant que société privée.
Par conséquent, je propose de racheter Twitter à 100 % pour 54,20 dollars par part en numéraire, soit une prime de 54 % par rapport à sa cote le jour où j'ai commencé à investir dans Twitter, et de 38 % par rapport à sa cote la veille de l'annonce publique de mon investissement. Il s'agit de ma meilleure et de ma dernière offre et si elle n'est pas acceptée, je devrai réexaminer mon statut d'actionnaire.
Twitter a un potentiel extraordinaire. Je souhaite le révéler.

La lettre était des plus sérieuses, mais elle s'inscrivait également dans une tradition purement muskienne : la valeur fixée, 54,20 dollars, était une énième blague du milliardaire sur le cannabis, et rappelait celle de 2018, lorsqu'il avait voulu racheter Tesla. Ce prix valoriserait Twitter à hauteur de 44 milliards de dollars. Musk rigola une dernière fois de cette stupéfiante référence avec Birchall, avant d'aller passer la nuit en compagnie de Boucher.

À 4 h 23, alors qu'il se trouvait dans sa chambre d'hôtel à Vancouver, il tweeta un lien vers le document soumis à la SEC.

« J'ai fait une offre », commenta Musk.

* * *

Taylor convoqua une réunion d'urgence du conseil d'administration le jeudi 14 avril au matin. Tous les participants étaient atterrés. Musk était brusquement passé des menaces aussi vagues qu'extravagantes à ce qui semblait être, malgré la blague que représentait le prix, une véritable proposition d'achat de Twitter.

Taylor déclara qu'il leur fallait réfléchir très sérieusement à l'offre de Musk. Ils le devaient aux actionnaires, d'autant que le prix proposé était supérieur à la cote actuelle de l'action. Mais les administrateurs ne parvenaient pas à déterminer si Musk était réellement prêt à s'engager, ou s'il projetait à terme de les laisser en plan.

Le conseil conclut que Twitter devait lui opposer une certaine résistance, au moins dans l'immédiat. Il fallait prospecter d'autres acheteurs, voir si quelqu'un était en mesure de renchérir. Et même si Musk avait clairement dit qu'il ne négocierait pas, il n'en demeurait pas moins l'homme le plus riche au monde : peut-être était-il possible de lui soutirer une somme plus grosse encore.

Les administrateurs décidèrent également que Taylor, Lane Fox et Pichette formeraient une commission spéciale dédiée aux pourparlers avec Musk. En tant qu'administrateurs extérieurs, ils n'étaient pas liés à la compagnie comme l'était Agrawal, et leur point de vue était plus impartial. Et aucun d'entre eux n'avait travaillé avec Musk, contrairement à Durban, qui avait collaboré avec lui à l'occasion de la reprise ratée de Tesla en 2018.

Le conseil d'administration déclara publiquement qu'il étudierait attentivement la proposition de Musk. Mais en privé ses membres convinrent d'appliquer le régime de droit des actionnaires, un dispositif de défense financière plus communément appelée « pilule empoisonnée » (« *poison pill* »), développée dans les années 1980 par plusieurs conseils d'administration afin de se protéger des prédateurs d'entreprises. La manœuvre consistait à inonder le marché de nouvelles actions que les actionnaires actuels seraient en mesure d'acheter à prix cassé. Selon toute probabilité, cette pilule empoisonnée léserait la cote de Twitter en augmentant le nombre de parts proposées à la vente, et Musk devrait débourser une somme bien plus importante pour conserver sa position dominante d'actionnaire majoritaire.

Le prix proposé par Musk était nettement supérieur à la cote actuelle qui, après plusieurs semaines de récupération, avoisinait les 45 dollars. Cependant, beaucoup d'analystes de Wall Street étaient d'avis que Twitter valait bien plus : après tout, un an auparavant, la valeur de l'action avait dépassé la barre des 70 dollars. Certains spécialistes étaient convaincus que la compagnie pourrait de nouveau atteindre de tels sommets.

Tandis que les administrateurs se consultaient par visioconférence ce jeudi matin, Musk monta sur la scène de la conférence TED, vêtu d'une chemise blanche, d'un pardessus noir et de bottes de motard. Pour la première fois, il s'exprima publiquement sur sa proposition de reprise, face à un auditoire captivé.

« Je crois vraiment que ce sera douloureux, et en vérité je ne suis pas du tout sûr de parvenir à acquérir cette entreprise », dit-il à son intervieweur.

Dans ses conversations avec Agrawal à propos de son entrée au conseil d'administration, Musk avait fait état de ses inquiétudes concernant la liberté d'expression, la modération de contenu et la supposée influence gauchiste sur les prises de décision en interne. Durant la conférence, il poussa son raisonnement encore plus loin, se positionnant comme le sauveur de Twitter. L'argent en l'occurrence n'avait pas la moindre importance à ses yeux. Ce qui le poussait à agir, c'était la nécessité de libérer cette place publique en ligne du joug de ses censeurs.

« J'ai la conviction profonde que le fait de disposer d'une plateforme publique à la fois parfaitement fiable et largement inclusive est extrêmement important pour le futur de notre civilisation, déclara-t-il. Je me fiche complètement de l'aspect économique. »

À peine descendu de scène, Musk passa à la vitesse supérieure en publiant un tweet qui mettait encore plus la pression au conseil d'administration : « La décision d'achat de Twitter à 54,20 dollars devrait revenir aux actionnaires, pas au CA », écrivit-il, laissant entendre qu'il opterait finalement pour une *tender offer*.

* * *

Au sein de Twitter, de nombreux employés n'en revenaient pas. Musk était-il vraiment en mesure de racheter la compagnie ? Et quels changements effectuerait-il s'il y parvenait ?

D'autres en revanche s'enthousiasmaient. Musk avait des fans dans toute la Silicon Valley, et Twitter ne faisait pas exception. Ceux qui se plaignaient depuis un certain temps de la lenteur du processus décisionnel collectif étaient ravis d'accueillir un leader énergique et déterminé. D'autres encore croyaient que Twitter s'était soumis trop facilement aux idées de gauche et s'était écarté de sa mission première : rendre possibles tous les débats.

Se sachant en minorité, les supporters de Musk en interne s'écartèrent des discussions effrénées des canaux Slack de la compagnie pour former leur propre groupe, baptisé #I-Dissent (« #Je-Conteste). Leur canal se transforma très vite en champ de bataille : les salariés s'y écharpaient en se lançant au visage les avantages et les inconvénients de l'achat de la compagnie par Musk.

La peur et la colère installèrent un climat toxique qui poussa Agrawal à s'adresser à ses troupes. Le 13 avril (le jour où Musk décolla d'Hawaï), Agrawal quitta l'île par un vol de nuit pour arriver le lendemain matin dans la baie de San Francisco. Il convoqua immédiatement le conseil d'administration, puis organisa une réunion générale avec tous ses employés, spectateurs impuissants d'une avalanche de tweets frénétiques.

Aux yeux de beaucoup de tweeps, Musk était l'antithèse incarnée de la culture de cette entreprise qu'ils avaient choisie, fondée sur l'empathie et l'humanisme. Un document largement diffusé en interne énumérait la vingtaine de « raisons de ne pas travailler avec Elon Musk », à commencer par sa minimisation du Covid au début de la pandémie, son indécente richesse et ses habitudes de harceleur en ligne.

La plupart des employés s'accrochaient à l'espoir de trouver d'autres acquéreurs. Certains suppliaient leurs dirigeants de refuser l'offre de Musk tandis que d'autres s'absorbaient dans l'étude des nouvelles subtilités économiques. En quoi consistait une pilule empoisonnée et quels seraient ses effets ? Cela changerait-il la valeur des actions qu'eux-mêmes possédaient ? À 14 h 05, heure de San Francisco, la visioconférence débuta, suivie par la quasi-totalité des employés dispatchés partout sur la planète.

Agrawal s'efforça de les remotiver en se disant convaincu que tout finirait par rentrer dans l'ordre. Les salariés le pressèrent de leur en dire plus sur les négociations, et lui demandèrent pourquoi il n'avait pas fait preuve de plus de transparence quand Musk avait commencé à acheter des actions.

« Nous sommes tous confrontés à une impression d'égarement, de perte de contrôle, dit Agrawal à tous ceux qui l'écoutaient. À titre personnel, je ne vais me concentrer que sur les choses que je suis en mesure de maîtriser, et je crois que c'est cela qui fera la différence. »

Un employé déclara que Musk les avait tous pris en otage en mettant la direction au pied du mur.

« Je n'ai pas l'impression que nous ayons été pris en otage », répliqua Agrawal.

Cette réponse ne satisfit pas le personnel de Twitter, qui voulait un chef. Certains se demandaient pourquoi Agrawal ne se servait pas de son compte pour répondre aux attaques de Musk, qui ne cessait de les rabaisser. Dorsey, lui, n'aurait pas hésité à rendre coup pour coup. En tâchant d'appeler ses troupes au calme, Agrawal se montrait trop froid, ses réponses semblaient préparées à l'avance, comme s'il les lisait sur un prompteur.

« Je crois que la valeur de Twitter ne se limite pas à un être humain, moi ou n'importe qui d'autre, et à ses valeurs personnelles. La valeur de Twitter, c'est celle du débat ouvert et public, déclara Agrawal. Ce qui la définit le mieux, c'est l'usage qu'en font l'ensemble de ses utilisateurs. »

Les employés s'échangèrent des messages frénétiques. Ils n'en revenaient pas. Agrawal paraissait s'être déjà résigné à l'issue de la bataille. Leur directeur général allait-il vraiment opter pour la politique de l'autruche alors que l'homme le plus riche au monde les vilipendait sur leur propre plateforme ?

Beaucoup de salariés sortirent déçus de cette réunion générale. En dépit de tous ses défauts, Dorsey projetait une aura de stabilité, et il savait jouer de son influence sur Twitter pour défendre ses employés. Agrawal, lui, s'était montré maladroit, et absolument impréparé à la bataille qui s'engageait.

ACTE 2

14

« Mener le bétail »

Ce 14 avril, dès la publication du tweet où Musk révélait qu'il avait fait une offre d'achat de Twitter, tous les usagers de la plateforme choisirent leur camp. Un contingent de trumpistes, de droitards et de libertariens, pour qui la compagnie avait injustement censuré des comptes dont ils partageaient les opinions politiques, applaudit le coup d'éclat du milliardaire. Musk était leur sauveur, le seul prêt à sacrifier noblement sa richesse personnelle pour venir en aide à la société tout entière.

« Elon Musk est prêt à faire ce qu'il est le seul à pouvoir faire », écrivit Dinesh D'Souza, commentateur politique de droite connu pour avoir nourri les théories conspirationnistes sur la non-citoyenneté américaine du président Barack Obama, et pour avoir réfuté le résultat de l'élection de 2020 : « Il met en jeu une partie non négligeable de son immense fortune pour sauver la liberté d'expression en Amérique. »

D'autres voyaient d'un œil plus critique le fait qu'un individu puisse prendre le contrôle d'un des plus importants lopins du territoire numérique. Fred Wilson, qui avait été l'un des premiers à investir dans Twitter et avait déjà siégé à son conseil d'administration, déclara que la plateforme était « trop importante pour qu'une seule personne la possède ou la contrôle ».

« C'est l'inverse qui devrait se passer, écrivit-il. Twitter devrait être décentralisé sous forme de protocole et alimenter tout un écosystème de produits et de services de communication. »

Mais contrairement aux e-mails, Twitter n'était pas un protocole. C'était une entreprise, cotée en Bourse de surcroît, et à ce titre n'importe quel individu déterminé à la tête de la plus grosse fortune à la surface du globe était en droit d'essayer de la racheter.

* * *

Après l'annonce de son offre, les messages affluèrent sur le téléphone de Musk. Gayle King, la célèbre présentatrice télé, qualifia son coup de « gangsta » et dit au milliardaire qu'il n'avait rien de commun « avec les autres gamins de la classe »[1]. Marc Merrill, cofondateur du studio de jeux vidéo Riot Games, décrivit Musk comme « le héros dont Gotham a besoin », et Adeo Ressi lui adressa un émoji mains en prière, plein d'espoir quant aux chances de son ami de fac de remettre en état la plateforme. Musk était habitué à être traité en héros (lui-même se présentait souvent comme le grand solutionneur des problèmes mondiaux), et ces témoignages renforçaient sa détermination. Il avait fait le bon choix.

Il reçut également des félicitations de son cercle intime, constitué d'amis très proches et de ses lieutenants, des hommes sur lesquels il pouvait toujours s'appuyer, même lorsque la tâche semblait impossible. En bons courtisans, ils se pressèrent de faire la queue pour embrasser la main de leur roi.

« Merci pour tout ce que tu fais », lui envoya Omead Afshar, qui derrière le titre officiel de directeur de projet du cabinet du directeur général était de facto le chef de Tesla à Austin. Ancien professeur de ski et ingénieur d'une compagnie de dispositifs médicaux, il avait gravi les échelons de Tesla et s'était attiré les bonnes grâces de Musk en devenant son « Yes Man » attitré. Parmi les équipes du constructeur automobile, il était celui qui réussissait à ménager les attentes de Musk et à l'informer des mauvaises nouvelles sans jamais le braquer. Ce savoir-faire lui valut d'être nommé responsable de gros projets tels que le développement et la construction de la Gigafactory.

« Nous t'aimons tous et nous serons toujours derrière toi, écrivit Afshar. Disposer d'une plateforme mondiale qui ne serait pas véritablement libre, c'est un danger pour tout le monde. »

Steve Davis, directeur de The Boring Company, une société de creusement de tunnels, se manifesta également. Tout comme Afshar, il idolâtrait l'entrepreneur, et si l'on en croit plusieurs personnes qui l'ont bien connu, sa dévotion dépassait même celle du lieutenant de Tesla. Davis considérait Musk comme son guide suprême, et sa grande mission sur Terre était d'aider Musk à atteindre son objectif. « Si Elon demandait à Steve de sauter par la fenêtre, il le ferait », dira Birchall à son propos.

Tôt le matin, Musk avait transmis au chef de The Boring Company le tweet où il révélait vouloir acquérir Twitter, accompagné d'idées pour un éventuel « plan B », en l'espèce « une version blockchain de Twitter ».

« Incroyable ! lui répondit Davis au saut du lit. Je ne sais pas trop pour quel plan je dois le plus croiser les doigts. Si le B l'emporte, merci de me dire s'il faut des ingénieurs blockchain. »

Pourtant, ni Afshar ni Davis n'égalèrent dans leur enthousiasme celui de Jason Calacanis. Ancien entrepreneur des médias qui en pleine bulle Internet avait lancé une revue dédiée aux start-up new-yorkaises, il s'était progressivement tourné vers l'investissement. L'une de ses entreprises avait bénéficié d'un financement partiel de Musk, et au fil des ans, Calacanis était devenu l'un des plus farouches défenseurs de Tesla et de son chef. Il confiait à qui voulait l'entendre qu'il possédait la toute première Model S jamais construite.

Durant les trente et une heures qui suivirent l'annonce de Musk sur Twitter, l'investisseur lui envoya huit messages avant de recevoir une réponse. Calacanis lui disait que le fait de débarrasser Twitter de ses bots et de ses spams serait autrement plus simple que de résoudre les problèmes d'ingénierie auxquels était confrontée l'équipe de Tesla qui planchait sur l'Autopilot. Il avançait que le système d'authentification des badges bleus de Twitter ne devrait pas se limiter aux journalistes et aux célébrités. Et après avoir reçu la première réponse de Musk, il lui suggéra de lancer immédiatement une première vague de licenciements afin de réduire les coûts de la compagnie.

« Aiguisez vos lames, les gars 🗡️ », écrivit-il. Puis il lui adressa plusieurs de ses tweets dans lesquels il exposait des idées produit.

En réponse, Musk cancana. Il croyait qu'Agrawal, qui ce jeudi matin était déjà arrivé sur le sol américain, était encore en vacances. Il critiquait le manque de professionnalisme du chef de Twitter, en se gardant bien de révéler à Calacanis que lui-même se trouvait encore très récemment à Lanai.

Elon Musk : Au fait, Parag n'est toujours pas revenu de ses dix jours de vacances à Hawaï

Jason Calacanis : Aucune raison de les écourter... quand on est directeur général pour la toute première fois

JC : (!!!)

JC : Il ne devrait pas plutôt être en conseil de guerre en ce moment même ?!?

EM : Un Zoom de temps en temps en sirotant des cocktails de jus de fruits au Four Seasons ça compte ?

JC : 🤔

* * *

Un des membres du premier cercle de Musk ne laissait, quant à lui, aucune trace de leurs échanges : Birchall lui-même. Sans doute marqué par le procès d'Unsworth (le supposé « pédo ») qui avait publiquement exposé des échanges gênants avec son patron, il ne communiquait avec celui-ci sur les sujets importants que par conversation téléphonique ou sur Signal, application cryptée qu'on pouvait configurer de façon que l'historique des messages soit automatiquement effacé.

Birchall ne vouait pas une vénération absolue à son employeur, même s'il voyait en lui le leader de toute une génération capable de faire entrer l'humanité dans une nouvelle ère de progrès qui ferait la part belle aux voitures électriques et aux fusées spatiales. En 2020, à l'époque où Musk s'était dressé contre la politique anti-Covid de la Californie, Birchall avait quitté cet État pour s'installer au Texas avec sa famille, dans une grande maison aux abords d'Austin, afin d'être géographiquement plus proche de son supérieur.

« Elon vit constamment à deux doigts du déraillement, disait parfois Birchall à ses collaborateurs directs. Notre boulot, c'est qu'il reste toujours sur les rails. »

C'était Birchall qui avait coordonné l'achat des actions Twitter au nom de Musk, c'était également lui qui avait géré la paperasse du tango du conseil d'administration, et c'était encore lui qui s'était empressé de dresser un plan d'attaque quand Musk avait brusquement changé d'avis, préférant finalement jeter son dévolu sur toute la compagnie, plutôt que sur un simple poste d'administrateur. Alors que son patron exposait sa vision sur la scène de la conférence TED à Vancouver, le financier était déjà à la recherche d'investisseurs susceptibles de miser sur un Twitter dirigé par Musk. Une fois l'homme le plus riche du monde aux commandes, il honorerait l'accord sur ses propres deniers et ses engagements de créance, mais Birchall souhaitait alléger la note en attirant des partenaires qui deviendraient minoritaires.

Il débuta en douceur par les amis proches de Musk, avant même que celui-ci ait publiquement exposé ses plans. Parmi les personnes contactées dans cette toute première phase se trouvait Michael Kives, agent d'Hollywood qui avait représenté entre autres célébrités Katy Perry, Bruce Willis et Arnold Schwarzenegger pour créer ensuite K5 Global, une société de conseil en investissement. Quand il était de passage à Los Angeles, Musk séjournait parfois dans la somptueuse demeure de Kives à Beverly Hills, et il lui arrivait de dîner avec les amis riches et célèbres de l'ancien agent[2]. Le 13 avril, deux jours avant l'annonce de Musk, Kives lui adressa un message dans lequel il lui recommandait de rencontrer un autre financeur qui avait « deux ou trois idées pour Twitter », le leader de FTX, Sam Bankman-Fried. (Kives serait la principale porte d'entrée de Bankman-Fried à Hollywood, empochant à titre personnel 125 millions de dollars sur un investissement de K5 à hauteur de 700 millions de dollars, simplement pour avoir mis en relation FTX et les stars qu'il connaissait[3].)

Birchall enquêta pendant une semaine sur Bankman-Fried avant de le mettre en contact avec Musk, tout en continuant de suivre de près les autres pistes de financement. Il poursuivit également sa campagne de prospection téléphonique en n'excluant aucun partenaire potentiel de la Silicon Valley, et engagea ses anciens amis banquiers de Morgan Stanley pour la transaction.

Trouver des gens désireux de travailler avec Musk était chose simple. Redresser une entreprise en pleine stagnation comme Twitter ne ressemblait en rien à ce que le milliardaire avait accompli jusque-là, mais sa renommée était telle que de nombreux investisseurs étaient prêts à courir ce risque uniquement pour s'attirer ses faveurs. De leur point de vue, Musk était le génie technologique de sa génération, et son intervention à la conférence TED avait été un cri de ralliement signifiant à qui voulait l'entendre qu'il était ouvert à toute collaboration. La confiance absolue que Musk avait en lui-même était la raison suprême de ses succès chez Tesla et SpaceX, et c'était précisément sur ce point que reposait l'argumentaire de vente de Morgan Stanley dans sa recherche d'alliés.

En effet, la banque conçut une présentation du Twitter 2.0 de Musk pour la soumettre à tout potentiel investisseur[4]. Selon ce document, les revenus de Twitter s'élèveraient à 26,4 milliards de dollars en 2028, soit une augmentation considérable par rapport aux 5 milliards engrangés en 2021. Ce chiffre hallucinant était bien plus optimiste que les plus belles projections d'Agrawal à sa prise de fonction en tant que directeur général, et il semblait complètement improbable que Musk parvienne à multiplier par cinq les revenus de Twitter en si peu de temps.

Les banquiers expliquèrent aux investisseurs que pour atteindre cet objectif, Musk devrait réduire la dépendance de la compagnie à l'égard de la publicité, qui représentait 90 % de ses revenus. Dans les six ans à venir, Twitter tirerait 12 milliards de dollars de la publicité, 1,3 milliard d'une nouvelle société de paiement, et une dizaine de milliards de frais d'abonnement à Twitter Blue, qui existait déjà et proposait aux fanatiques du site diverses fonctionnalités exclusives, ainsi qu'un mystérieux produit du nom de X. Les banquiers eux-mêmes ne savaient pas vraiment ce que serait X, ce qui ne les empêcha pas de répéter la prophétie de Musk, selon laquelle ce mystérieux service compterait 104 millions d'abonnés d'ici à 2028. En tout et pour tout, toujours selon la présentation des banquiers, Twitter comptabiliserait 931 millions d'utilisateurs, soit plus du triple qu'à la fin de l'année 2021, où le réseau social en dénombrait 217 millions.

La couleur dominante de ce tableau du futur Twitter était celle de l'efficience. La compagnie deviendrait une machine parfaitement huilée qui générerait 3,2 milliards de dollars en numéraire d'ici à 2025, et 9,4 milliards d'ici à 2028.

Chez Twitter justement, ces chiffres interloquèrent Segal et son équipe financière. Leur boulot consistait précisément à réaliser ce genre de modèles financiers, et à moins que Musk sorte Dieu sait quel lapin de son chapeau, ces projections étaient tout bonnement absurdes, surtout à la lumière d'une conjoncture économique mondiale qui ne faisait qu'empirer. Les cadres commerciaux de l'entreprise étaient du même avis. Tous s'étonnaient que Musk semble ignorer que la compagnie reposait essentiellement sur ses revenus publicitaires et que les produits par abonnement n'avaient que peu d'impact sur ses recettes. Certains se demandaient même si ces chiffres n'étaient pas de pures et simples inventions.

Cependant, plusieurs investisseurs (y compris certains parmi les plus prudents de toute la Silicon Valley) étaient prêts à s'en remettre entièrement à Musk. Il rêvait d'une autre réalité où les humains coloniseraient des planètes lointaines, se feraient implanter des puces informatiques dans le cerveau et emprunteraient des tunnels pour éviter les embouteillages. L'attractivité de ses projets dépassait toute notion de logique, mais les financiers étaient convaincus que Musk trouverait un moyen d'atteindre ses objectifs.

* * *

Le 15 avril au matin (le vendredi saint !), le conseil d'administration de Twitter se réunit afin de décider de la meilleure façon de s'occuper de son nouvel ennemi. La veille, sur la scène de la conférence TED, Musk en avait plus révélé sur ses projets concernant Twitter que durant ses conversations avec Agrawal, pendant lesquelles il avait joué les idiots innocents, se présentant comme un conseiller qui malgré toute sa bonne volonté se retrouverait nécessairement un peu à côté de la plaque du fait de son inexpérience entrepreneuriale dans le secteur des réseaux sociaux.

Durant la conférence TED, Musk avait révélé vouloir mettre en open source l'algorithme de recommandation de Twitter, rendant ainsi accessible à chacun le code qui hissait certains tweets au sommet des timelines, et vouloir lutter efficacement contre les armées de bots qui sévissaient sur le site. Il avait également insisté sur le fait que la plupart des règles de modération de contenu passeraient à la trappe.

Le tweet où il envisageait d'adresser son offre directement aux actionnaires inquiétait tout autant la direction de Twitter. Elle devait agir au plus vite pour contrecarrer ses plans. Taylor proposa de voter pour l'activation immédiate de la pilule empoisonnée, afin de gagner du temps. Les administrateurs acceptèrent à l'unanimité[5].

Si Musk continuait à acheter des actions et accumulait plus de 15 % des parts de Twitter, l'opération pilule se déclencherait, rendant beaucoup plus onéreuse la poursuite de son OPA. Cette tactique laisserait un peu plus de temps pour contacter d'autres financeurs et déterminer si l'un d'eux était en mesure de renchérir sur la « meilleure et dernière offre » de Musk. Mais rares étaient les organisations, a fortiori les individus, disposant des fonds nécessaires pour ce faire.

L'un des tout premiers candidats envisagés fut bien entendu Silver Lake. Egon Durban, codirecteur de la société, siégeait déjà au conseil d'administration, et n'avait pas hésité à mettre sur la table une somme considérable, deux ans auparavant, pour sauver la mise à Dorsey. Peut-être pourrait-il de nouveau protéger Twitter grâce aux ressources de son entreprise. Silver Lake possédant déjà une part importante de Twitter, elle aurait beaucoup moins à débourser qu'un acquéreur extérieur.

Mais le statut d'administrateur de Durban rendait la manœuvre délicate. Quand il avait rejoint le conseil en 2020, Silver Lake avait signé un accord stipulant qu'elle ne pourrait acquérir à l'avenir plus de 5 % de Twitter : c'était l'une des conditions de la trêve avec Elliott Management. Le conseil d'administration serait contraint de relever ce plafond, ce que Musk ne manquerait pas de dénoncer juridiquement comme du favoritisme.

Un autre nom se détacha : celui de Thoma Bravo. Basée à Chicago, c'était l'une des plus grosses sociétés d'investissement privé, qui avait déjà fait l'acquisition de plusieurs gros éditeurs de logiciels : à ce titre, Twitter avait une chance de piquer son intérêt. Mais malgré son statut de géant du secteur, Thoma Bravo gérait des fonds d'une valeur cumulée à peine supérieure à 100 milliards de dollars. La surenchère dépasserait les 40 milliards, et serait susceptible à elle seule de mettre en danger la société si l'investissement tournait court.

Bien évidemment, les grosses compagnies de la tech comme Google et Salesforce et les géants des médias tels que Disney étaient aussi des candidats potentiels. Mais tous avaient déjà mis leur nez dans les comptes de Twitter par le passé, et l'odeur ne leur avait pas plu. Le président Trump s'était totalement désintéressé du respect des lois antitrust, mais l'administration Biden s'était fixé comme priorité d'enquêter sur les fusions et de sanctionner les grosses entreprises qui avaient avalé leurs plus petits concurrents. Toute compagnie de la tech se proposant de racheter Twitter se serait retrouvée dans le collimateur du ministère de la Justice et de la Commission fédérale du commerce.

* * *

Au panthéon des plus grosses transactions américaines, cette acquisition à hauteur de 44 milliards de dollars ne se hisserait pas même dans les dix premières places. Pour son plus grand malheur, America Online avait acheté Time Warner 182 milliards de dollars au tournant du millénaire, l'équivalent de 309 milliards de dollars de 2023 en prenant en compte l'inflation. En 2015, Dow Chemical acquit DuPont pour 130 milliards de dollars, incroyable fusion de deux géants de l'industrie chimique. En 2018, Disney fit main basse sur la 21st Century Fox contre 71,3 milliards de dollars, et en 2019, United Technologies déboursa 121 milliards de dollars pour l'entreprise de défense et d'aéronautique Raytheon.

Il n'empêchait que 44 milliards de dollars représentaient une sacrée somme, la plus grosse qui ait été versée pour une compagnie de réseau social, plus de deux fois supérieure aux 19 milliards engagés par Facebook pour l'acquisition de WhatsApp en 2014. C'était l'équivalent du PIB du Paraguay, supérieur à ceux de l'Islande, de la Jamaïque ou du Sénégal. En avril 2022, cela représentait environ 20 % de la fortune de Musk.

Le fait qu'un homme puisse accumuler une telle fortune, et a fortiori en consacrer une partie à l'achat d'une compagnie pour des raisons purement idéologiques ou personnelles, en disait long sur le creusement des inégalités économiques. Traditionnellement, ce n'était pas ainsi que les élites dépensaient leur argent. Ils faisaient des dons à des organisations caritatives contre la faim dans le monde, estampillaient des ailes d'hôpitaux de leurs noms ou s'achetaient des yachts géants. Mais on n'avait jamais vu un milliardaire acheter et diriger une entreprise pour son seul plaisir. Musk cassait les codes des super-riches.

Mais même pour l'un des hommes les plus riches au monde, cela représentait un coût considérable. L'écrasante majorité de sa fortune était tributaire de ses parts de Tesla, et afin de réunir les numéraires nécessaires, il se verrait dans l'obligation de vendre.

Cependant, écouler 44 milliards de dollars en actions Tesla était inconcevable. Si le marché interprétait cette vente massive comme une preuve de défiance vis-à-vis du constructeur automobile, la cote connaîtrait une chute vertigineuse qui ne laisserait pas indemnes les investisseurs les plus loyaux de Musk. En outre, cela réduirait son contrôle sur la compagnie. Certains grands fondateurs de la tech, comme Mark Zuckerberg, avaient réussi à garder le contrôle de leur entreprise grâce à des actions à droit de vote double qui leur assuraient une mainmise sur le conseil d'administration, mais ce n'était pas le cas de Musk. À l'instar de Dorsey avant lui, il était susceptible de perdre le contrôle de sa compagnie si le conseil de Tesla se retournait contre lui (pour improbable que cela puisse paraître), ce qui le poussait à conserver autant d'actions que possible. Il lui faudrait trouver un autre moyen de réunir cette somme.

* * *

Durant la conférence TED, Musk avait avoué en toute franchise que le conseil d'administration de Twitter était susceptible de rejeter son offre. Il n'aborda pas dans le détail la façon dont il s'y prendrait pour tenter de parvenir à ses fins, mais présenter la même proposition à l'ensemble des actionnaires par le biais d'une *tender offer* représenterait alors son dernier recours.

Bien entendu, Musk ne put garder très longtemps son secret. Le samedi 16 avril, alors que les employés et les administrateurs de Twitter tâchaient d'oublier un peu leurs téléphones pour profiter de Pâques ou de Pessah en famille, Musk leur remit la pression. « Love Me Tender », tweeta-t-il dans l'après-midi, encadrant le titre du tube d'Elvis Presley d'émojis notes musicales.

La référence plutôt téléphonée signifiait très clairement aux cadres et aux administrateurs de Twitter qu'il avait l'intention de faire une tender offer. Plutôt que d'attendre que le conseil accepte son offre, Musk pouvait proposer directement aux actionnaires de leur racheter leurs parts à hauteur de 54,20 dollars, l'occasion pour eux de les revendre quasiment 10 dollars plus cher que leur cours actuel. La tender offer ne permettrait cependant pas à Musk d'éviter la pilule empoisonnée : le conseil d'administration de Twitter pouvait toujours décider d'inonder le marché d'actions au rabais.

Mais si la proposition de Musk remportait l'adhésion des actionnaires, ceux-ci pourraient réclamer que le conseil annule l'opération pilule empoisonnée pour les laisser vendre au plus haut prix. À plusieurs reprises dans le passé, Musk avait bénéficié de l'appui inconditionnel de ses fans. Grâce à de simples tweets, il avait réussi à augmenter la valeur d'une cryptomonnaie du nom de Dogecoin. Il en irait de même pour l'affaire Twitter. Pour lui, ce n'était qu'une simple partie de bras de fer à 44 milliards de dollars.

Ce week-end-là à Austin, des amis de Musk lui demandèrent s'il n'avait pas peur d'en faire un peu trop[6]. Il essayait déjà de produire un maximum de voitures électriques et d'envoyer des êtres humains sur Mars : à quoi bon perdre son temps avec Twitter ? Musk répondit qu'il lui faudrait cinq ans pour redresser Twitter. Et puis diriger une compagnie de réseau social, ce n'était tout de même pas comme lancer des fusées ou construire des véhicules.

À ses yeux, Twitter n'était qu'un site sur lequel les gens publiaient ce qu'ils voulaient. Quelle difficulté pouvait-il y avoir à diriger un truc pareil ?

* * *

Voyant poindre à l'horizon la menace d'une tender offer, Agrawal devait savoir combien de ses investisseurs institutionnels seraient susceptibles de mordre à l'hameçon de Musk. Plusieurs administrateurs y tenaient également : s'ils s'avisaient de voter contre Musk sans le soutien des investisseurs, ils ne tarderaient pas à se retrouver dans une situation encore plus désagréable.

Lane Fox, qui connaissait bien certains gros investisseurs, se proposa de coordonner la prise de contact. Elle lança le processus de prise de rendez-vous de Taylor et Pichette avec de grosses sociétés, y compris le Vanguard Group, les conseillers en investissement américains qui détenaient 9,2 % de la compagnie[7], et le gestionnaire d'actifs BlackRock qui en possédait 6,8 %, afin de sonder leur avis : vendraient-ils si Musk leur faisait cette offre ?

Chaque séance de visioconférence semblait accueillir des visages supplémentaires. Les banquiers de Goldman Sachs et JPMorgan y assistaient, ainsi qu'une troupe d'avocats de deux cabinets extrêmement réputés : Wilson Sonsini, où Gadde avait jadis travaillé, et Simpson Thacher & Bartlett LLP, spécialistes du contentieux. Twitter était représenté par ces deux cabinets.

Les discussions avaient de quoi donner le tournis, mais une chose parut très claire aux yeux d'Agrawal : après à peine plus de quatre mois d'exercice, son leadership était remis en cause. S'il entendait repousser Musk, il lui faudrait présenter un dossier en béton armé prouvant par A+B qu'il serait en mesure de faire grimper le cours de l'action plus haut que l'offre de Musk, et appliquer immédiatement ce plan révolutionnaire.

Si la majorité du conseil se concentrait exclusivement sur le sauvetage de Twitter, l'un de ses membres semblait encourager Musk du fond du cœur. Ce week-end, Dorsey tweeta : « En tant que compagnie cotée en Bourse, twitter a toujours été "à vendre" », et il ajouta que le conseil d'administration avait toujours été « l'élément défectueux de la compagnie ». Cette pique publique contre ses collègues survint alors même qu'ils se démenaient pour l'entreprise, et réussit à mettre tout le monde en rogne. Taylor appela Dorsey pour lui demander d'arrêter de critiquer ouvertement la compagnie. Dorsey obéit, maussade. Après cet échange, un tweetos le relança sur la critique qu'il avait adressée au conseil, en relevant que Dorsey y avait siégé durant des années sans jamais essayer de redresser la barre. Dorsey répondit : « Tant de choses à dire… et rien qui puisse l'être. »

Agrawal s'efforçait de ne pas prêter attention aux subtweets de son ancien mentor. Il savait que Twitter se trouvait dans une position catastrophique. Les probabilités d'atteindre les objectifs fixés pour 2023 tant sur les revenus que sur le nombre d'utilisateurs étaient passées du niveau « pari risqué » à celui d'impossibilité absolue. Pour bénéficier du soutien des investisseurs, il devrait les convaincre qu'il serait en mesure de diriger un Twitter totalement dégraissé, ce qui impliquait d'accélérer la cadence des licenciements qu'il envisageait depuis les premiers instants de sa prise de fonction.

Les coupes devraient être bien plus drastiques que ce qu'il avait initialement prévu. Les annonces de licenciement étaient presque toujours suivies d'une hausse de la cote, le délestage d'employés entraînant mécaniquement un allègement des coûts de l'entreprise. Et plus grosses étaient les coupes, plus fort était le rebond. Agrawal se fixa pour objectif 25 % de la masse salariale, une réduction radicale qui ferait voler en éclats la culture d'entreprise bienveillante de Twitter et ferait de lui l'ennemi juré des salariés, mais qui, peut-être, et peut-être seulement, parviendrait à sauver la compagnie des griffes de Musk.

L'exécution serait aussi d'une importance absolue. Agrawal ne pourrait pas se contenter de se débarrasser d'un grand nombre d'employés. Il faudrait également aiguillonner ceux qui resteraient pour qu'ils inventent et lancent de nouveaux produits, aussi vite que possible. Il s'était déjà positionné en faveur d'une réforme du processus d'évaluation annuelle et de distribution des primes, qui sous le règne de Dorsey, dans les faits, avait empêché les directeurs d'équipe de noter et d'encourager financièrement leurs subalternes. Le rythme décontracté de Twitter, les jours de repos mensuels, la gouvernance par le consensus : tout cela devrait disparaître.

La réduction de personnel, le fameux projet Prism, était l'atout qu'Agrawal gardait dans sa manche. Si le conseil et lui arrivaient à séduire les investisseurs avec son plan en leur montrant qu'ils avaient les moyens de générer plus de valeur actionnariale que ce que proposait Musk, ils pourraient rejeter l'offre de 44 milliards de dollars.

« Personne ne trouve Elon crédible… pour l'instant », écrivit Duran à Segal le dimanche de Pâques en guise d'encouragement alors qu'Agrawal et lui planchaient sur les coupes. À son insu, l'investisseur lui tenait un langage similaire aux échanges privés de Musk et Calacanis. Les deux camps misaient essentiellement sur les réductions de budget pour redresser la compagnie : à leurs yeux à tous, les salariés n'étaient que de la chair à canon.

« Parag et toi allez mener le bétail », ajouta grossièrement Durban.

Segal répondit en promettant 1 milliard de dollars de coupes sur l'année à venir, dont 700 millions d'économies dues à la réduction d'effectifs. « Voilà un vrai langage de winner », se réjouit Durban.

Le codirecteur de Silver Lake se montra très optimiste. « On a tiré trois cartes de même valeur et on a une chance de faire un full, dit-il. Pour l'instant, Elon n'a qu'une paire. » Si les chiffres correspondaient aux attentes, Twitter remporterait la mise.

Mais réussir à convaincre le reste du conseil (ainsi que les principaux actionnaires de Twitter) serait une autre paire de manches, prévint Durban. Le plan de licenciement et la stratégie pour générer plus de revenus devaient être solides comme un roc.

« Twitter va se transformer en grande entreprise à l'ancienne », écrivit Durban.

« Je suis encore en phase d'apprentissage, répondit Segal. Parag a été génial. J'ai déjà fait ce genre de choses, mais jamais à cette cadence et sous la pression. »

« Vous allez devenir de vrais tueurs, tous les deux, le rassura Durban. Les restructurations, c'est ce qui forge une carrière. »

C'était des compagnies sous pression que naissaient les grands leaders, poursuivit-il. Toutes ces épreuves seraient bénéfiques à Segal. Le fer aiguise le fer. L'offensive de Musk ferait de Segal un cadre plus fort et plus efficient.

« Vous avez peur de vous faire virer, tous les deux », remarqua Durban.

« C'est positif, la peur ! rétorqua Segal avant de corriger son interlocuteur : Mais peur de perdre, pas de se faire jeter. »

« C'est la même chose », écrivit Durban.

Cet après-midi-là, Durban contacta avec un peu de retard les banquiers et les avocats de Twitter, retenu par une autre conversation téléphonique avec le directeur général de Morgan Stanley, James Gorman. La banque travaillait pour Musk, et Durban voulait savoir comment elle s'y prenait pour orchestrer les négociations sous les ordres de l'imprévisible leader de Tesla.

* * *

Pendant le plus clair de son week-end de Pâques, Musk poursuivit ses activités de troll. Il rentra samedi à Austin dans son jet Gulfstream[8], retrouvant sa famille et son chien, un shiba nommé Floki. L'animal était un nouveau venu dans l'entourage du milliardaire, qui s'en servait pour amener les investisseurs en ligne à soutenir le Dogecoin. Le dimanche, il déguisa Floki en lapin de Pâques et le fit poser à côté d'un panier rempli d'œufs dorés estampillés du logo du Dogecoin. Du petit-lait pour les cryptobros*.

Entre la promotion sauvage du Dogecoin et son allusion à sa *tender offer*, Musk se servit de son compte pour attaquer le conseil d'administration de Twitter. Il déclara ainsi que mis à part Dorsey, ils ne possédaient à eux tous qu'une très faible part du capital de l'entreprise, défaut qui selon lui faisait que leurs intérêts financiers ne correspondaient pas à ceux des actionnaires. Il les accusa également de gagner des salaires compris entre 250 000 et 300 000 dollars pour ce qui n'était tout au plus qu'un mi-temps. S'il rachetait la compagnie, Twitter ferait d'incroyables économies, ne serait-ce que parce qu'il ne serait plus nécessaire de rémunérer un conseil d'administration.

Les administrateurs décidèrent qu'il était temps de recontacter Musk. Ils craignaient que leur silence radio ait raison de la patience toute relative du milliardaire, et qu'il mette à exécution sa menace de tender offer s'il en venait à croire que le conseil ne le prenait pas au sérieux.

Taylor lui adressa un message poli et professionnel. « Elon, juste un petit mot pour vous répéter que le conseil est toujours en train d'étudier très sérieusement votre proposition. Nous rédigeons aussi vite que nous le pouvons une réponse en bonne et due forme dans le respect de

* De *crypto* et *bros* (frérots) : fans de cryptomonnaie masculins guidés par les concepts de matérialisme et de virilité. (N.d.T.)

notre devoir de représentation des actionnaires. N'hésitez pas à nous contacter à tout moment. »

Musk ignora ce message, bien plus intéressé par un autre membre du conseil d'administration.

Il avait en effet appris que Durban, avec qui il avait jadis travaillé, lui avait cassé du sucre sur le dos durant un échange avec Gorman, de chez Morgan Stanley, notamment en lui disant à quel point il pouvait être chiant en affaires. Le plan de reprise de Tesla sur lequel avait travaillé Durban en 2018 pour le compte de Musk s'était soldé par une catastrophe monumentale, et le contentieux avait valu aux puissants alliés et banquiers de Musk des années de dépositions et d'enquêtes légales. Ce fiasco qui n'en finissait pas laissait deviner les difficultés qu'il y avait à élaborer avec Musk la plus grosse reprise de toute l'histoire de la Silicon Valley.

Ce travail de sape rendait Musk fou de rage. Il avait horreur d'être critiqué, surtout par quelqu'un qui avait jadis gravité dans son orbite proche. Il ne put s'empêcher d'envoyer un message à Durban : « Tu as appelé Morgan Stanley pour dire du mal de moi… »

Durban ne répondit pas.

15

Le baroud d'honneur de Parag

Le vendredi 15 avril au matin, au siège de San Francisco, Agrawal finalisait en compagnie de Gadde le projet de pilule empoisonnée qui empêcherait Musk d'acquérir des actions supplémentaires et laisserait un peu de temps au conseil d'administration pour sauver l'entreprise. Mais il n'avait pas complètement la tête à cela. Il finit par prendre à part Gadde dans une salle de conférence et lui exposa l'idée qu'il avait eue avec Sullivan pour transformer Twitter en une plateforme plus permissive et plus libre : le projet Saturn.

Ce concept était l'aboutissement d'une longue réflexion. Durant la dizaine d'années qu'il avait passées chez Twitter, Agrawal avait entendu tous les arguments et contre-arguments du grand débat sur la prise de parole en ligne. C'était un domaine dans lequel il était convaincu de pouvoir laisser sa marque en tant que directeur général, en changeant radicalement non seulement la façon dont la compagnie gérait le contenu qui circulait sur la plateforme, mais plus généralement son traitement dans l'ensemble de l'industrie des réseaux sociaux.

Le problème était que Twitter s'en remettait essentiellement aux humains pour vérifier les tweets, un par un, processus ultra-subjectif qui ne cadrait pas avec la cadence effrénée des timelines, et qui poussait chacun à critiquer la moindre décision de la compagnie. Agrawal souhaitait se servir de la technologie pour trouver une solution aussi efficace qu'élégante.

Twitter engageait des sommes considérables pour que des prestataires examinent des signalements liés au harcèlement, à la violence et aux abus sur mineurs. Ces prestataires devaient se pencher sur des messages écrits par des utilisateurs mécontents dans plus d'une dizaine de langues, pour tâcher de discerner dans ce flot sans fin quelles plaintes étaient réellement fondées. Les cas particulièrement épineux, comme les informations de dernière minute sur une fusillade ou la façon de gérer un compte tel que @LibsofTikTok, qui menait des campagnes de harcèlement contre des personnes LGBTQ+, remontaient jusqu'au sommet de la hiérarchie pour finir généralement sur le bureau de Yoel Roth, directeur adjoint de la politique générale et bras droit de Gadde. Les problématiques liées aux leaders mondiaux et aux personnalités politiques devaient être examinées par Gadde en personne avant toute prise de décision. Et ce processus essentiellement humain pouvait être d'une très grande lenteur.

Pendant qu'un tweet prêtant à controverse suivait ce processus de modération, il restait consultable par ceux qui l'avaient signalé. Des membres du Congrès criaient à l'ingérence électorale, des communautés pointaient du doigt les discriminations et les discours haineux, et la désinformation se propageait à l'ensemble de la plateforme avant que la compagnie ait le temps de l'endiguer. Il y avait toujours un tweet condamnable à supprimer sur-le-champ, et il y avait toujours d'excellentes raisons de demander des comptes sur la suppression d'un autre tweet, parfaitement juste et raisonnable. Il arrivait même que des employés prennent parti.

L'objectif de Twitter était de se développer, mais même si Agrawal parvenait à attirer un grand nombre de nouveaux utilisateurs, le problème de la modération ne ferait que croître à proportion. Twitter n'avait jamais vraiment su comment aborder le problème du harcèlement, et dans divers sondages lancés par la compagnie les usagers ne cessaient de répéter qu'ils se connectaient moins souvent à Twitter qu'à d'autres réseaux sociaux parce qu'ils y avaient fait l'objet d'abus de toute sorte, ou craignaient tout simplement que cela leur arrive. La réputation toxique de Twitter nuisait à sa croissance.

Depuis sa séance de travail avec Sullivan face au tableau blanc, des mois auparavant, le projet Saturn était entré dans la très longue to-do-list d'Agrawal. Il espérait dévoiler sa nouvelle idée durant l'été, dans un article de blog qui ferait sensation. Saturn serait ensuite introduit progressivement sur la plateforme, et Agrawal veillerait à ce que les ajustements adéquats soient apportés au système pendant que tout Twitter testerait la version bêta en temps réel.

Mais l'offre surprise de Musk avait bousculé les plans du directeur général. Il ne pouvait plus être question d'un lancement graduel : le projet Saturn devait voir le jour à la vitesse de la lumière. Agrawal avait une confiance absolue en son idée, et il voulait l'imposer avant qu'il soit trop tard.

Bien assez affairée avec la horde d'avocats appelés à la rescousse pour gérer la situation Musk, Gadde appela Roth à la rescousse le samedi 16 avril, arrachant son adjoint aux festivités de Pessah qu'il passait en famille.

« J'ai bien réfléchi à tout ça, déclara Agrawal. J'avais prévu qu'on en parle plus tard dans l'année, mais on va devoir s'y coller maintenant à cause d'Elon. »

Depuis qu'il avait travaillé sous les ordres de Dorsey en tant que directeur des équipes technologiques, Agrawal n'avait cessé de rêver d'un moyen de tirer la compagnie du bourbier de la modération. Et à présent que Musk s'apprêtait à faire main basse sur l'entreprise en clamant que Twitter ne défendait pas la liberté d'expression, Agrawal avait à cœur de lancer son projet au plus vite pour prouver au milliardaire qu'il avait tort.

« Le rôle de Twitter, c'est de s'attacher à ce qui attire l'attention, pas à ce qui est hébergé, dit Agrawal aux deux cadres. C'est nous qui définissons l'économie de l'attention sur les réseaux sociaux. La liberté d'expression et sa gratuité sont acquises de fait sur Internet, mais aucunement la diffusion de la parole, et cela ne doit pas changer. »

Agrawal souhaitait que seuls les tweets des comptes issus du plus petit cercle de son schéma, s'étant vu attribuer la note de 1, soient mis en valeur par l'algorithme de Twitter. Ils représenteraient ce que la plateforme avait de mieux à offrir. Les tweets de comptes affublés de notes plus élevées seraient moins promus, et les utilisateurs devraient les chercher délibérément s'ils tenaient à les lire.

Agrawal prit comme exemple le compte de Trump afin d'être tout à fait clair. L'ex-président avait reçu un nombre incalculable de mises en garde, ce qui ne l'avait pas empêché de continuer à enfreindre les règles de Twitter. Dans le système Saturn, ses tweets lui auraient valu d'être relégué à un cercle extérieur, le 3 ou le 4, et son public aurait mécaniquement diminué. Mais Trump n'aurait pas été expulsé du site, et à plus ou moins long terme, selon son comportement, il aurait été en mesure de rejoindre les cercles intérieurs.

Roth et Gadde avaient énormément de questions. Le projet d'Agrawal impliquait de refondre totalement le règlement qu'ils avaient passé l'essentiel de leurs carrières respectives à concevoir, et il leur faudrait inventer de toutes nouvelles modalités de sanctions en cas d'inconduite sur le site.

Agrawal pressa Roth d'agir aussi vite que possible. Il souhaitait annoncer le projet Saturn dans une semaine : Roth devait d'ici là en déterminer les règles et lancer le développement du produit. Agrawal l'autorisa à former une petite équipe spéciale composée tout au plus de douze ingénieurs, designers et spécialistes des politiques afin de faire avancer les choses plus rapidement.

Ces paroles suscitèrent l'intérêt de Roth, mais le firent aussi un peu paniquer. Une semaine, c'était trop peu pour un tel chantier, et les nouvelles concernant la tentative d'achat de Twitter par Musk étaient une source constante d'inquiétude. Roth avait l'impression que les déclarations fracassantes du milliardaire sur l'incapacité de la plateforme à protéger la liberté d'expression avaient plongé le leadership de la compagnie dans une fébrilité chaotique.

Mais c'était pour Roth l'occasion exceptionnelle d'améliorer comme jamais le système de modération de contenu avec lequel il n'avait cessé de se débattre depuis ces dix ans passés chez Twitter. Le règlement du site n'était qu'un patchwork confus, et les outils dont il disposait pour le faire respecter n'étaient pas à la mesure de la tâche. Durant la pandémie et les derniers jours de la présidence Trump, Roth avait acquis la conviction qu'une approche plus sensée de la modération s'imposait, et bien qu'il se fût efforcé de prendre les meilleures décisions, cela ne lui avait valu que de voir sa boîte de réception submergée de menaces de mort.

* * *

Ayant chargé Roth de définir les règles du projet Saturn, Agrawal se tourna vers Segal pour travailler sur Prism, son plan de restriction budgétaire.

Le dispositif de la pilule empoisonnée en place, il ne restait plus que trois scénarios possibles. Dans le premier, Agrawal continuerait de diriger Twitter qui resterait cotée en Bourse, avec l'appui d'investisseurs institutionnels qui le protégeraient de la *tender offer* de Musk. Dans le deuxième, Twitter trouverait un autre acheteur, dans l'idéal un particulier ou un organisme partageant les valeurs de la compagnie et engendrant moins de chaos. Dans le troisième enfin, le conseil d'administration accepterait l'offre de Musk et lui remettrait les clefs de la boîte.

Le lundi 18 avril, Taylor et Pichette entamèrent leur opération de séduction auprès des actionnaires[1]. Tandis qu'Agrawal et Segal ourdissaient leurs plans de coupe, les deux administrateurs enchaînèrent les réunions avec les principaux actionnaires institutionnels de Twitter, les sondant prudemment sur l'aide qu'ils apporteraient à la compagnie face au milliardaire fantasque si elle rejetait son offre.

En moins de vingt-quatre heures, les retours furent si inquiétants qu'ils convoquèrent une réunion avec Lane Fox et les autres administrateurs de la commission spéciale sur la transaction afin de discuter des choix limités qu'il leur restait. Agrawal, Segal, Gadde et les représentants extérieurs de Twitter y assistèrent par visioconférence, et les banquiers de Goldman Sachs et JPMorgan se joignirent à l'assemblée pour y exposer les stratégies qu'ils avaient envisagées. Personne n'avait de bonnes nouvelles à annoncer.

Taylor et Pichette expliquèrent que les gestionnaires de fonds et les sociétés d'investissement telles que Vanguard et BlackRock commençaient à se désolidariser, estimant que Twitter n'avait pas réalisé son plein potentiel. Les prédécesseurs d'Agrawal, Dorsey et Costello, avaient fait preuve d'une lenteur et d'un manque de rigueur qui avaient coûté à l'entreprise un trop grand nombre de possibilités.

Peut-être tout cela changerait-il sous la férule d'Agrawal, avaient concédé les investisseurs, mais à Wall Street c'était un quasi-inconnu. Pouvait-on compter sur lui pour opérer ce virage à cent quatre-vingts degrés dont Twitter avait si désespérément besoin, ou traînerait-il les pieds comme Dorsey avant lui ? Quel était le plan d'Agrawal pour sauver Twitter ? Les investisseurs avaient besoin d'une réponse claire. Certains étaient disposés à l'épauler s'il concevait une stratégie solide pour que cette entreprise s'épanouisse enfin.

D'autres en revanche n'avaient quasiment d'yeux que pour la proposition de Musk. « Prenez cette offre au sérieux », dirent-ils à Taylor et Pichette. Les 54,20 dollars par action représentaient un gain considérable. Selon eux, il se pourrait que la cote de Twitter s'envole grâce au leadership d'Agrawal, mais rien ne garantissait son futur succès.

De leur côté, les banquiers n'avaient pas trouvé de chevalier blanc. Thoma Bravo et d'autres sociétés d'investissement les avaient contactés pour les interroger sur une possible acquisition de Twitter. Mais aucun d'entre eux ne leur avait soumis de proposition concrète ou sérieuse.

* * *

Particulièrement tendu au sortir de cette réunion, Agrawal passa le mardi après-midi à étudier divers modèles financiers avec Segal et à inciter les directeurs de service à finaliser au plus vite leur liste de personnes à licencier. Musk continuait de pérorer sur Twitter : il n'y avait plus une seconde à perdre. Agrawal devait présenter au conseil son projet de redressement de Twitter, afin que les administrateurs puissent juger si l'entreprise avait une chance de s'en sortir en restant cotée en Bourse.

Après l'intervention d'Elliott Management, la philosophie de Dorsey avait consisté à inventer des produits attractifs en partant du principe que les utilisateurs et les bénéfices suivraient naturellement. Dorsey avait engagé encore plus d'ingénieurs, avait donné le feu vert à toujours plus de produits, mais la fusée n'avait jamais décollé.

Agrawal avait l'intention de changer totalement de stratégie, en donnant la priorité absolue aux finances. Il promettrait au conseil d'atteindre 35 % de bénéfices ajustés en 2023, soit un taux très au-dessus des meilleures années de l'entreprise, où ils avoisinaient les 20 %.

En outre, des coupes drastiques seraient réalisées. La vague de licenciements occasionnerait une économie de plusieurs centaines de millions de dollars, mais cela ne suffirait pas. Agrawal projetait également de fermer plusieurs sièges à travers le monde ainsi que des étages du quartier général de San Francisco, afin de réduire le parc immobilier de Twitter. L'opulent budget marketing se verrait aussi considérablement réduit.

Selon les projections de Segal, les licenciements représenteraient une économie de 257 millions de dollars en 2022, et plus encore en 2023 pour atteindre en tout et pour tout 1 milliard de dollars, chiffre dont Segal et Agrawal étaient convenus avec Durban. Les fermetures de bureaux permettraient d'économiser environ 19 millions de dollars, et la réduction du budget marketing environ 85 millions supplémentaires.

Le lendemain, le conseil d'administration accepta d'entendre le plan d'Agrawal. C'était le moment ou jamais de sauver sa peau et son poste. Depuis le jour où Dorsey lui avait laissé entrevoir cette possibilité, Agrawal avait rêvé de diriger cette entreprise, sans se douter un seul instant qu'il le ferait sous la menace directe de Musk. Il s'éclaircit la gorge et fixa sa webcam.

« Ces derniers mois, j'ai beaucoup parlé des défis et des problèmes que nous nous devons d'affronter en tant que compagnie, des problèmes qui n'ont cessé de s'accumuler au fil des années », lut Agrawal. Avec diplomatie, il omit sciemment de citer Dorsey (qui participait à la réunion) comme le responsable de cette montagne de problèmes non résolus.

« Les récents événements sont un symptôme, pas la cause de ces problèmes qui nous affligent. Nous devons affronter et traiter les racines du mal de toute urgence », poursuivit Agrawal. Selon lui, le mal originel était le fait que Twitter s'était développé au petit bonheur la chance, augmentant sa masse salariale et ses frais sans que cet investissement porte de fruits dignes de ce nom.

« Nous devons changer de mode d'action en tant que compagnie, déclara-t-il. Nous devons prendre des décisions difficiles, éludées depuis toujours, adopter une approche descendante, et tout cela sans attendre une minute de plus. »

À mesure qu'il présentait son plan, Agrawal gagnait en assurance. Il se savait capable de transformer Twitter, à condition qu'on lui laisse un tout petit peu de temps. Il s'obligea à sourire, s'efforçant de communiquer son optimisme aux administrateurs. En à peine cinq mois, il avait déjà considérablement restructuré la compagnie, et il sentait que la cadence accélérait. Il fallait absolument qu'eux aussi le perçoivent.

« Ce plan nous changera et nous redéfinira, dit Agrawal. Notre avenir et ce que nous réaliserons au profit de nos actionnaires sont entre nos mains, et notre victoire ou notre échec dépendront de notre détermination et de notre leadership dans cette période de transition, ainsi que de ce que nous faisons aujourd'hui même. Nous pouvons y arriver. »

Et à quel moment le conseil saura-t-il que Twitter est sur la pente ascendante ?

« Quand nous arrêterons de penser comme un outsider, et endosserons pleinement notre rôle de service le plus important au monde », déclara Agrawal. Twitter ne serait plus l'éternel prétendant de taille moyenne dans l'arène des réseaux sociaux : Twitter dominerait l'ensemble du débat public en ligne.

C'était ce que Durban voulait entendre, et il accompagna le plaidoyer enflammé d'Agrawal de hochements de tête. Mais d'autres administrateurs, comme David Rosenblatt, semblèrent décrocher très vite. Rosenblatt, qui dirigeait le site d'e-commerce 1stDibs, était un fin observateur des marchés financiers, et il savait que la somme que proposait Musk était extraordinaire. Il fallait évidemment que le conseil prenne connaissance de la vision d'Agrawal afin de déterminer la valeur de Twitter, et s'assurer que l'offre de Musk était aussi généreuse qu'elle semblait l'être. Mais certains administrateurs étaient d'avis que selon toute vraisemblance, on finirait par accepter la proposition du milliardaire ; et lorsque cette décision serait entérinée, le plan d'Agrawal n'aurait plus la moindre espèce d'importance.

Segal prit alors le relais pour soumettre aux administrateurs les perspectives financières de Twitter pour le restant de l'année 2022, et ce qu'ils pourraient attendre de 2023. La guerre en Ukraine avait fait fuir un grand nombre d'annonceurs, et Twitter accusait un retard de 61,5 millions de dollars sur son objectif de revenus pour le premier trimestre de l'année.

La guerre n'était pas le seul vent contraire, souligna Segal. Le conflit continuerait à leur coûter de l'argent mais, plus généralement, l'économie s'essoufflait. L'inflation grimpait dangereusement, avec une hausse de plus de 8 % par rapport à son taux un an plus tôt, la Réserve fédérale avait prévenu qu'elle pourrait relever les taux d'intérêt pour la troisième fois cette année, et les analystes mettaient en garde contre une possible récession.

Twitter était à la traîne. La compagnie était en voie d'engranger fin 2023 des revenus annuels inférieurs de 2 milliards de dollars à l'objectif fixé de 7,5 milliards, et tout portait à croire qu'à la même date elle comptabiliserait une cinquantaine de millions d'utilisateurs de moins que sa cible de 315 millions d'usagers par jour. Si l'économie continuait à ralentir, la situation s'aggraverait encore, expliqua Segal. Il savait du reste que si Twitter restait en Bourse, il lui faudrait annoncer tout cela aux investisseurs à l'occasion de la conférence téléphonique fixée au 28 avril, ce qui serait susceptible de faire chuter encore plus le cours de l'action.

Agrawal attendit une réaction du conseil d'administration, espérant que cette démonstration avait suffi. Mais les administrateurs hésitaient encore. Ils lui demandèrent de soumettre ce plan aux banquiers de Goldman Sachs et JPMorgan afin qu'ils le confrontent à la proposition de Musk.

Les banquiers en déduiraient la valeur de Twitter pour la comparer à la somme offerte par le milliardaire. Pour voter en faveur d'Agrawal, les membres du conseil devaient avoir la certitude que sa vision ne relevait pas de la pensée magique.

Le conseil décida d'une nouvelle réunion quatre jours plus tard, le dimanche, afin d'arrêter définitivement leur choix.

* * *

Un jour après le baroud d'honneur d'Agrawal, le 20 avril, Musk surprit à nouveau le conseil d'administration en annonçant son plan de reprise de façon cohérente et détaillée dans les documents qu'il soumit à la SEC. Morgan Stanley et un groupe de créanciers avanceraient un prêt de 13 milliards, et 12,5 milliards supplémentaires garantis par ses actions Tesla[2]. Pour la première fois, la proposition de Musk ne se résumait pas aux quelques lignes d'un tweet. Il dévoilait clairement qu'il avait les moyens financiers de couvrir les 44 milliards de dollars pour l'achat, ainsi que 2,5 milliards en sus pour les frais de clôture.

Tandis que Musk mettait ses milliards sur la table, Twitter continuait à perdre de l'argent. Ce jeudi soir-là, le conseil d'administration reçut un message de Segal. Le directeur financier leur écrivait qu'en vingt-quatre heures à peine les perspectives de revenus de l'entreprise s'étaient encore amoindries.

Segal avait consulté son équipe quelques heures avant la réunion du conseil le mercredi, et ses collaborateurs l'avaient informé que les revenus de Twitter étaient une dizaine de millions de dollars en deçà des objectifs pour le trimestre. Le chaos engendré par l'offre de Musk avait fait hésiter certains annonceurs, et avait perturbé les employés censés se focaliser sur les ventes. Selon toute probabilité, l'écart entre les revenus et les objectifs se creuserait de 10 millions supplémentaires à la fin de la semaine à venir, et pourrait se chiffrer à hauteur de 100 millions de dollars de moins que les revenus annuels promis par Agrawal au conseil.

« Nous comprenons que le fait de signaler ces problèmes un jour à peine après la réunion de mercredi puisse susciter des questionnements supplémentaires. L'environnement économique est extrêmement volatile », écrivit Segal.

En pleine connaissance de cette problématique, le conseil décida de poursuivre le plan de licenciements d'Agrawal tout en continuant de réfléchir à l'offre de Musk. Le vote se déroula par e-mail. Même Dorsey approuva ces coupes, répondant à la discussion d'un simple émoji pouce en l'air. Malgré cette épée de Damoclès, les administrateurs avaient encore besoin de temps pour évaluer les choix qui s'offraient à eux. Twitter suivrait le plan d'Agrawal au moins pendant les soixante-douze heures à venir.

Vendredi 22 avril, Taylor et Pichette informèrent le conseil des dernières avancées de leurs échanges avec les actionnaires institutionnels. La plupart étaient intéressés par l'offre de Musk, et tout portait à croire que Twitter ne pourrait compter sur leur appui si le milliardaire décidait de lancer une tender offer.

Le vent tournait en sa faveur, faisant pencher le conseil doucement mais sûrement vers l'irrésistible promesse des 54,20 dollars par action. Si les actionnaires étaient si fortement intéressés par cette perspective, les administrateurs ne pourraient s'opposer à leur décision. L'heure était venue d'étudier scrupuleusement le financement de l'opération de Musk afin de s'assurer qu'il serait en mesure de payer.

Goldman Sachs et JPMorgan, qui représentaient Twitter, devaient désormais rencontrer l'équipe de Musk chez Morgan Stanley pour juger du sérieux de son offre.

16

« Dites oui »

Le financement de Musk faisait entrer de nouveaux noms dans cette joute, dont celui de Michael Grimes. Directeur de la division des investissements de haute technologie à l'international chez Morgan Stanley, il était l'un de ses éléments moteurs : il ne reculait devant rien pour impressionner son monde, que ce soit en frappant littéralement à la porte de ses clients potentiels, ou en espionnant les navigations de sa fille sur Internet afin de comprendre les habitudes en ligne des adolescents. Il avait même travaillé en tant que chauffeur Uber pour gagner la confiance de l'entreprise avant son introduction en Bourse cornaquée par Morgan Stanley, en 2019. La réputation de Michael Grimes était cependant contrastée, notamment à cause de la désastreuse introduction de Facebook qu'il avait supervisée en 2012, quand la valorisation de l'entreprise avait brusquement chuté de plusieurs milliards de dollars à cause d'échanges extrêmement volatiles. À cinquante-cinq ans, la seule chose qu'il n'avait pas vécue dans la Silicon Valley, c'était une étroite collaboration avec son plus riche acteur. C'était l'occasion ou jamais.

À l'insistance de ses banquiers, Musk engagea également des avocats spécialisés en fusions et acquisitions du cabinet Skadden, Arps, Slate, Meagher & Flom, plutôt que de se reposer sur Birchall et Spiro, son avocat attitré. Fondé en 1948, Skadden était un cabinet relativement jeune comparé à ses illustres compétiteurs dont la création remontait souvent au XIXe siècle.

Dans les années 1980 (période d'excès à Wall Street, durant laquelle sévirent les plus gros requins de la finance), Skadden s'était taillé une réputation de cabinet international spécialiste des OPA hostiles. Là où d'autres répugnaient à racheter des entreprises sans leur consentement, Skadden considérait les batailles par procuration et les guerres de conseils d'administration comme des chances exceptionnelles. Le cabinet avait supervisé des accords historiques au nom du milliardaire Ronald Perelman lors de son rachat de Revlon à hauteur de 2,7 milliards dollars, et avait représenté le groupe des médias Capital Cities quand celui-ci avait acheté le réseau ABC 3,5 milliards de dollars.

Cependant, dans les années 2010, Skadden était presque devenu allergique aux OPA hostiles qui avaient fait son succès. Le cabinet, qui autrefois n'hésitait jamais à ravager les conseils d'administration et à imposer des accords agressifs au nom des fonds d'investissement qu'il représentait, s'était depuis assagi, travaillant principalement pour les entreprises établies contre lesquelles il avait jadis joyeusement bataillé. Skadden figurait dans les cinq premiers cabinets du pays en matière de revenus, avec des chiffres d'affaires annuels de plus de 3 milliards de dollars. Pourtant, malgré toutes ses victoires, aucune grosse compagnie de la tech grand public ne figurait au tableau de chasse du cabinet. Ce rachat inédit était la plus belle façon de se positionner dans ce secteur. Même si Musk était un client compliqué, connu pour ses exigences contestables sur le plan du droit et son absence de pitié envers les avocats incapables d'anticiper ses caprices, Mike Ringler, un nouveau partenaire du cabinet, pesa de tout son poids pour le représenter dans cette affaire sans précédent.

Ringler avait tout récemment rejoint Skadden au sein de l'équipe fusions et acquisitions. Diplômé en droit de l'université de Georgetown, cet avocat d'affaires avait passé vingt-deux ans chez Wilson Sonsini, qui représentait Apple, LinkedIn et, bien entendu, Twitter. Au sein de ce cabinet, il avait travaillé aux côtés de certains des avocats qui représentaient Twitter dans ce dossier : ensemble, ils avaient remporté des victoires qui faisaient figure de jalons de l'histoire de l'industrie, tel que l'achat de Pixar par Disney en 2006 (8 milliards de dollars), celui de YouTube par Google la même année (1,7 milliard), et celui de Compaq par Hewlett-Packard en 2002 (25 milliards).

L'équipe de Wilson Sonsini chargée de la présente affaire était dirigée par Marty Korman, l'un des plus gros négociateurs de la Silicon Valley. Pour avoir œuvré aux côtés de Ringler durant près de deux décennies, il connaissait parfaitement l'homme qui lui faisait à présent face à la table des pourparlers. Large d'épaules, les cheveux toujours coupés très court, Korman savait en outre que son ancien collègue ne se trouvait pas dans la meilleure posture : il ne jouissait d'aucun véritable pouvoir, et était soumis aux coups de tête d'un homme particulièrement capricieux qui souvent passait outre les recommandations de ses avocats.

On ne savait même pas vraiment s'il bénéficiait d'une communication directe avec Musk. Durant les réunions entre les représentants des deux parties, Ringler reconnaissait parfois qu'il n'avait pas eu l'occasion de discuter de certains aspects de l'accord avec son client. Il traitait principalement avec Birchall et Spiro, et ne fit pas mystère que le mot d'ordre qu'il avait reçu de Musk consistait simplement à « boucler cette affaire ».

* * *

Le samedi 23 avril, dans l'après-midi, après deux semaines de silence, Musk recontacta Taylor. « Pourrait-on se parler ce week-end, vous et moi ? » disait son message.

« Très volontiers », répondit Taylor. Il lui proposa aussitôt une visioconférence avec Musk et Sam Britton, un banquier aux airs juvéniles qui gérait les dossiers tech de Goldman Sachs à San Francisco.

À 16 h 30, heure de San Francisco, Britton et Taylor appelèrent Musk sur son portable. Après les messages désobligeants qu'il avait adressés à Agrawal, où il mettait en question l'efficacité du directeur général de Twitter, sans parler de ses tweets blessants, Musk se montra étonnamment à l'écoute. Il déclara à Taylor et Britton qu'il resterait d'une fermeté absolue sur le prix qu'il avait proposé pour l'achat de la compagnie.

Taylor avait espéré pouvoir soutirer quelques dollars de plus au milliardaire. Une éventuelle surenchère aurait prouvé sa capacité à faire marcher au pas le milliardaire fantasque et aurait satisfait les investisseurs qui n'avaient pas oublié les grandes heures de l'action Twitter, en 2021, où la cote avait avoisiné les 70 dollars. À la fermeture de la Bourse de New York en fin de semaine, l'action s'était échangée à 48,93 dollars, boostée par l'enthousiasme des investisseurs qui s'attendaient à ce que l'accord soit conclu au prix fixé par Musk, voire au-dessus. Mais comme il venait de le dire à Taylor, Musk n'entendait pas modifier son offre. Si le conseil d'administration rejetait sa proposition, il la soumettrait directement aux actionnaires.

Informé de ses échanges avec les investisseurs institutionnels, Taylor savait qu'il ne pouvait courir ce risque.

Le directeur du conseil se coucha à une heure tardive de la nuit, avec la conviction à présent bien ancrée qu'il fallait vendre la compagnie à Musk.

Le dimanche 24 avril, à 11 heures du matin, heure de San Francisco, Taylor se joignit aux autres administrateurs pour la visioconférence qui entérinerait leur décision. Lane Fox se connecta de son domicile londonien, qu'elle n'avait quasiment pas quitté depuis le début du printemps à cause de problèmes de santé. Rosenblatt et Pichette se trouvaient sur la côte Est, et Taylor, Kordestani et Agrawal dans la baie de San Francisco.

Britton soumit les conclusions de Goldman Sachs : à la lumière de tout ce que la direction comptait réaliser, des performances passées de la compagnie et du cours actuel de l'action, l'offre de Musk représentait un bon prix. JPMorgan était du même avis.

Taylor relata posément la conversation qu'il avait eue la veille avec Musk. L'attitude du directeur du conseil évoquait celle d'un juge présidant un tribunal, et contrastait avec la fatigue extrême des avocats pris dans le tourbillon de ces folles négociations.

Taylor déclara que leur tourmenteur ne céderait pas sur le prix, et que toute tentative de marchandage sur ce point se solderait très probablement par une catastrophe. Musk était plus que prêt et déterminé à lancer une tender offer si l'on n'accédait pas à ses injonctions, et il se pourrait qu'il propose aux actionnaires de Twitter un prix inférieur aux 54,20 dollars actuellement sur la table. Il serait même capable de mettre un terme abrupt à cet achat, laissant en plan l'ensemble des actionnaires. Il fallait accepter.

D'autres administrateurs s'empressèrent d'acquiescer. Snapchat, société qui sur le marché s'apparentait le plus à Twitter, avait vu sa cote chuter de 20 % ce mois-ci, tandis que des géants de la tech (Apple, Amazon, Google, Meta, Microsoft et Netflix) avaient perdu à eux six plus de 2 000 milliards de dollars de valorisation depuis le début de l'année. L'économie américaine traversait une passe périlleuse, marquée par une inflation galopante, une hausse des taux d'intérêt, la guerre en Ukraine qui affectait le secteur de l'énergie, et les répercussions sociales de la pandémie. Les analystes qui quelques semaines auparavant avaient considéré que la proposition de Musk était plus que décevante revenaient eux aussi sur leur opinion initiale.

La plupart des membres du conseil étaient résignés, mais également déterminés : il fallait faire payer le prix fort à Musk. Conformément aux conseils des avocats, les administrateurs n'étaient plus guidés que par un seul objectif : sécuriser la vente au meilleur prix, quoi qu'il arrive par la suite.

Le débat s'attacha alors aux moyens à mettre en œuvre pour s'assurer que Musk ne se retirerait pas soudainement de la transaction. Il avait naguère accepté de siéger parmi les administrateurs, pour s'y refuser quelques heures plus tard. L'accord qu'ils passeraient avec lui devait être en béton armé.

Plusieurs administrateurs quittèrent la visioconférence, et Taylor se concerta avec Lane Fox, Pichette, la direction de Twitter et l'armée de banquiers et d'avocats, afin de tracer les grandes lignes de l'accord à venir. Les avocats ne pouvaient se reposer sur aucun modèle préexistant, et traitèrent d'emblée des moyens juridiques d'astreindre Musk.

Alors qu'ils planchaient sur cette question, Britton sentit son téléphone vibrer. Jetant un coup d'œil à la notification, le banquier de Goldman Sachs n'en crut pas ses yeux. Durant toutes ces années passées à superviser des accords extrêmement complexes, il n'avait jamais rien vu qui s'approchât de l'e-mail qu'il venait de recevoir. L'équipe de Musk avait rédigé la version préliminaire d'un accord favorable au vendeur, qu'ils soumettaient à présent à Twitter. Le milliardaire faisait totalement fi de la chorégraphie rituelle précédant les transactions de cette importance : habituellement, le vendeur déterminait les lignes de force de l'accord, l'acheteur les révisait dans un deuxième temps, et s'engageait alors entre les deux camps une partie de ping-pong qui pouvait durer des mois.

Musk n'avait aucune envie de s'infliger cela. Non seulement il avait mis sur pied son propre accord d'acquisition, mais il insistait qui plus est pour que celui-ci soit finalisé et signé dès le lendemain matin, ce lundi même, afin que la nouvelle soit rendue publique avant l'ouverture de Wall Street.

Cette version de travail s'accompagnait d'une lettre de Musk en personne. « 54,20 dollars est et demeure ma meilleure et ma dernière offre, point barre. C'est un choix binaire : soit ma proposition est acceptée, soit je la retire », menaçait-il.

À l'instar du conseil durant sa réunion, Musk avait remarqué que le marché ne cessait de décliner, ce qui rendait son offre d'autant plus alléchante.

« Avec votre coopération, nous pourrons convenir des points qui vous permettront d'annoncer publiquement la transaction avant l'ouverture du marché demain matin afin que les actionnaires puissent voter. Je respecterai totalement les résultats du vote si les actionnaires préfèrent le plan de la direction à mes 54,20 dollars, et mettrai un terme définitif à la transaction », ajoutait Musk.

Britton interrompit la réunion : il n'était plus question de savoir par quel type d'accord initier la dernière phase des négociations, mais des modifications à apporter à l'accord que le milliardaire leur proposait.

* * *

Gadde, responsable juridique de Twitter, était dans son élément. Avant de travailler pour la compagnie, elle avait passé dix ans chez Wilson Sonsini en tant qu'avocate spécialisée dans les questions de gouvernance d'entreprise, et avait acquis une très solide expérience des batailles par procuration et des tender offers. Aux côtés de Korman et Ringler, elle avait fait partie de l'équipe d'avocats chargés de défendre Genentech, géant de la biotechnologie, contre une offre spontanée de l'entreprise pharmaceutique suisse Roche, et qui avaient conseillé d'attendre une meilleure offre en pleine crise financière de 2008. L'année suivante, Roche avait fait l'acquisition de Genentech contre 46,8 milliards de dollars, soit 3 milliards de plus que leur première proposition.

Gadde savait que Twitter devait aboutir à un accord aussi contraignant pour Musk qu'une camisole de force, dont il lui serait impossible de se défaire après signature. Elle chargea de cette tâche Lorman, son ancien mentor, convaincue que Twitter obtiendrait gain de cause. Dès le début des négociations, elle informa tous les membres du département juridique que l'accord serait signé.

La vitesse à laquelle Musk entendait conclure l'affaire donnait au conseil d'administration de Twitter un incroyable avantage. Généralement, des acquisitions de cette importance et de cette complexité n'étaient finalisées qu'au bout de plusieurs mois, voire plus d'une année, période durant laquelle banquiers et avocats rivalisaient de ruse et de talents rédactionnels. Mais en l'occurrence, Musk voulait cette entreprise, et il la voulait tout de suite.

Son équipe passa donc à la vitesse supérieure. Toujours aussi déterminé à ne pas se laisser museler par le conseil d'administration, Musk refusa de signer tout accord de confidentialité qui lui aurait pourtant permis, ainsi qu'à ses représentants, d'avoir accès à des informations relatives aux opérations internes et aux finances de l'entreprise.

L'équipe de Twitter n'en revenait pas. Aucun acheteur digne de ce nom ne se serait lancé dans une transaction aussi onéreuse et compliquée sans jeter ne serait-ce qu'un coup d'œil sous le capot. Les NDA étaient monnaie courante dans les OPA : selon les mots d'une personne qui travailla sur cet accord, le fait de signer un NDA était aussi naturel dans ce genre de situation que d'« enfiler un pantalon pour descendre dans la rue ». Pourtant, jusqu'à la signature du contrat, Twitter ne transmit à Musk rien d'autre que des documents dont ses actionnaires avaient déjà connaissance. Musk lui-même avait fait en sorte de ne rien pouvoir recevoir de plus confidentiel.

S'il avait signé un NDA, ses banquiers et lui auraient pris connaissance des projections financières calamiteuses de l'entreprise. Il aurait également pu demander quelques chiffres afin de se faire une idée plus précise du nombre réel d'utilisateurs ou de la proportion exacte de faux comptes dont il prétendait s'inquiéter. S'il avait eu une vue d'ensemble, il aurait sans doute revu son prix à la baisse, ou peut-être se serait-il totalement désintéressé de la compagnie. Mais ses banquiers continuèrent de traiter à l'aveuglette. Suivant à la lettre les ordres de Musk, Ringler poursuivit son forcing pour conclure l'accord au plus vite.

De leur côté, les avocats de Twitter pensaient que Musk se montrait insistant afin de les obliger à freiner des quatre fers. La théorie se tenait : Musk donnait vraiment l'impression de vouloir pousser le conseil à la faute pour avoir une bonne raison de lancer sa tender offer.

C'est précisément ce qui amena Korman et Alan Klein, son homologue chez Simpson Thatcher, à formuler une nouvelle stratégie : dire oui à toutes les requêtes du milliardaire.

Wall Street était bien plus habitué à la défense inverse, technique qui avait vu le jour dans les années 1980 au sein des conseils d'administration pour tenter de contrer les requins de la finance. L'idée, toute simple, consistait à considérer qu'un conseil pouvait décourager une OPA hostile en rejetant toute proposition et en refusant tout net de négocier avec l'acheteur potentiel. En l'occurrence, les avocats de Twitter prirent le contrepied de cette approche. Parce qu'ils étaient convaincus que le camp de Musk voulait qu'ils temporisent ou refusent, ils conseillèrent aux administrateurs d'accepter les termes de Musk, ce qui l'obligeait à verser une somme surévaluée. « Ne le laissez pas s'imaginer un seul instant que Twitter désire autre chose qu'une vente rapide et facile », dirent-ils.

Korman et Klein avaient du mal à croire en leur veine. Sachant qu'ils avaient affaire à un personnage particulièrement retors, ils s'étaient fixé pour objectif de placer la totalité des risques juridiques sur ses épaules. Et c'était exactement ce que stipulait la version préliminaire de Musk. En poussant ses représentants à aboutir le plus vite possible à la signature de l'accord, Musk se tirait lui-même une balle dans le pied.

Tout en restant en contact par visioconférence, Klein, Korman, Ringler et les banquiers des deux parties passèrent la nuit à fignoler l'accord. Ringler insista sur le fait que Goldman Sachs et JPMorgan devaient cesser de faire l'article de la compagnie auprès d'acheteurs potentiels. Il n'avait aucune envie que le conseil d'administration se défausse au dernier moment pour recommander un nouvel acquéreur aux actionnaires. Korman et Klein avaient le sentiment qu'ils pourraient obtenir quelques concessions de plus, et apportèrent leurs corrections à la version de travail de l'accord.

Korman n'en démordait pas : Musk devrait y faire figurer son nom, et le signer de sa propre main. Dans le domaine des fusions et acquisitions, personne n'avait jamais osé un coup pareil, qui juridiquement plaçait Musk en toute première ligne. Klein et Korman insistèrent également pour que Musk s'engage personnellement à réunir la totalité de la somme, exception faite des prêts qu'il avait contractés auprès de ses banques, afin que la transaction soit finalisée. À leurs yeux, il ne pouvait en être autrement. S'ils consentaient à l'accord et que Musk revenait sur son choix au dernier instant, la réputation et la valeur boursière de la compagnie ne s'en remettraient pas.

Les deux camps tombèrent d'accord pour établir des frais de résiliation particulièrement salés, afin que ni l'un ni l'autre ne soient tentés de revenir sur sa parole : 1 milliard de dollars. Si le conseil d'administration de Twitter trouvait un nouvel acheteur, il devrait verser cette somme à Musk afin d'être libéré des clauses de l'accord. De son côté, Musk s'acquitterait du milliard si l'effondrement de ses 13 milliards garantis par actions l'empêchait d'honorer sa part du contrat. Il n'avait d'autre choix que d'accepter. Les avocats de Twitter inclurent une clause d'« exécution forcée », qui autorisait la compagnie à traîner Musk en justice pour l'obliger à aller au bout de la transaction si l'idée lui venait de se rétracter.

Skadden accepta tous les amendements sans rechigner. Le lundi à 10 heures du matin, heure de San Francisco, soit quelques heures à peine après la deadline imposée par Musk, les détails de l'accord sur la fusion avaient tous été visés. Le conseil d'administration convint d'une nouvelle visioconférence afin d'aborder les ultimes détails.

Cette réunion donna l'impression de funérailles en distanciel. Les onze administrateurs savaient qu'ils avaient rempli leur devoir, en obtenant le meilleur prix possible au nom des actionnaires. Durban, qui avait dans un premier temps encouragé Agrawal à mettre sur pied son plan visant à préserver l'indépendance de Twitter, s'était à présent fixé un nouveau but : faire cracher son ancien client au bassinet. La reprise avortée de Tesla l'avait amené à mépriser profondément Musk, et il avait à présent à cœur d'obliger le milliardaire à sortir son porte-monnaie.

Agrawal, comme tant d'autres, travaillait depuis plus de dix ans chez Twitter, dont il avait connu tous les hauts et tous les bas. Il en éprouvait une énorme fierté, et en même temps une angoisse à peine supportable. Jusqu'au bout il avait cru au potentiel de Twitter et en sa capacité personnelle à le faire fleurir : cet achat avait tout d'un aveu de défaite. Cela ne faisait que cent quarante-sept jours qu'il était directeur général, et il avait l'impression que l'essentiel de ce très court règne avait été voué à croiser le fer avec Musk et à courtiser investisseurs et administrateurs. Le reste de son mandat à la tête de

Twitter serait à présent consacré à la transition vers la nouvelle direction.

Lane Fox, elle aussi, siégeait depuis fort longtemps au sein du conseil de Twitter et prenait sa mission très au sérieux. Elle se demandait encore comment les autres administrateurs et elle s'étaient retrouvés au pied du mur, contraints de mettre un simple prix au-dessus de toute autre considération. La valeur de l'action était-elle vraiment la seule chose qui importait ? Et qu'en était-il de l'impact de cette décision sur la vie des employés de Twitter, qu'en était-il de la destruction plus que probable de cette plateforme telle qu'on la connaissait ?

Les avocats rappelèrent à toutes et tous que leur rôle était des plus simples : ils avaient été choisis pour représenter les intérêts des actionnaires. La seule chose qui comptait, c'était de savoir si les gens qui possédaient des parts de Twitter en tireraient le meilleur prix possible.

Assis dans son fauteuil, Dorsey demeurait silencieux. Ses collègues administrateurs l'interrogèrent (et ce n'était pas la première fois) sur sa relation avec Musk. Tous voulaient savoir dans quelle mesure les deux hommes avaient planifié tout cela en coulisse. À plusieurs reprises, Dorsey leur avait juré qu'il avait refusé d'aider Musk dans cette transaction. Alors que l'écrasante majorité des administrateurs ne possédaient que des parts infimes de Twitter, celle de Dorsey s'élevait à 2 %, ce qui lui ferait bientôt empocher près de 1 milliard de dollars.

Mais Dorsey ne serait pas obligé de vendre ses actions s'il ne le souhaitait pas. Musk lui laissait le choix de rester ou non dans le capital du nouveau Twitter, lui permettant si l'envie lui en prenait d'avoir encore sa place au sein dans l'entreprise après le départ de tous les autres administrateurs. Le conseil tenait à savoir si Dorsey avait envisagé avec Musk de rester dans l'organigramme de Twitter. Dorsey leur jura qu'il n'avait pas l'intention de faire cause commune avec Musk.

Personne ne savait s'il fallait le croire sur parole. Dorsey, qui avait toujours été une énigme vivante, était devenu encore plus mystérieux après avoir quitté son poste de directeur général, cinq mois auparavant. Même les cadres qui participaient à la réunion (Agrawal, Gadde et Segal), malgré toutes ces années à travailler à ses côtés, n'avaient quasiment plus le moindre contact avec lui.

Les administrateurs conclurent que son éventuel ralliement à Musk ne changerait rien à la situation. Après tout, qu'il décide ou non de s'impliquer franchement dans le nouveau Twitter, cela n'aurait aucune incidence sur la somme que verserait Musk aux actionnaires. Certains de ses collègues au sein du conseil en voulaient terriblement à Dorsey, et le considéraient comme un traître. Après avoir passé des années à le soutenir, ils avaient la sensation qu'il leur plantait poignard après poignard dans le dos. La confiance qu'ils avaient jadis vouée au technologue n'était plus qu'un lointain souvenir.

Sur ces considérations, le conseil vota à l'unanimité en faveur des termes de l'achat, et convint de recommander aux actionnaires de faire de même lorsque leur tour viendrait de ratifier l'accord.

Un peu avant 11 h 45, heure de San Francisco, les actions Twitter cessèrent de s'échanger à Wall Street. Employés et utilisateurs se préparaient à l'annonce qu'ils savaient maintenant imminente.

Cinq minutes plus tard, la compagnie publia un communiqué de presse.

> Twitter, Inc. (NYSE : TWTR) a annoncé aujourd'hui avoir accepté son acquisition par une société entièrement détenue par Elon Musk, contre 54,20 dollars par action en numéraire dans le cadre d'une transaction évaluée approximativement à 44 milliards de dollars. Une fois la transaction terminée, Twitter deviendra une société privée[1].

Le communiqué incluait également des déclarations de Taylor et Agrawal. Le président du conseil d'administration choisit de se concentrer sur « la meilleure voie à suivre pour les actionnaires de Twitter », tandis que le directeur général se déclarait « profondément fier » de ses salariés et de leur travail. Aucune de ces déclarations n'évoquait ce qui, selon l'un et l'autre, attendait la compagnie dans un futur plus ou moins proche. C'était à présent la prérogative du nouveau propriétaire.

« La liberté d'expression est le fondement d'une démocratie performante, et Twitter est la place publique numérique où des questions vitales pour l'avenir de l'humanité sont débattues, déclara Musk. Je veux également améliorer Twitter comme jamais en perfectionnant le produit grâce à de nouvelles fonctionnalités, en mettant en open source les algorithmes afin de générer la confiance, en venant à bout des bots et des spammers, et en authentifiant tous les utilisateurs humains. Twitter a un potentiel immense : je me réjouis de travailler avec la compagnie et la communauté des utilisateurs pour révéler ce potentiel. »

Dix minutes après la publication du communiqué de presse, Dorsey, qui était resté relativement discret durant les réunions du conseil alors que les dernières touches étaient apportées à l'accord, envoya un message à Musk : « Merci à toi », agrémenté d'un émoji cœur.

« En fait j'ai juste suivre ton conseil ! » rétorqua Musk, si empressé qu'il ne se relut même pas avant d'envoyer sa réponse.

« Je sais et je t'en suis reconnaissant, écrivit Dorsey. C'est la bonne voie, la seule. Je continuerai de tout faire pour que ça marche. »

* * *

Jusqu'à l'annonce de l'accord, les employés de Twitter étaient sur des charbons ardents. La majorité apprit la nouvelle en même temps que le reste de la population, en lisant le communiqué de presse ou en trouvant l'information au détour d'une discussion en ligne ou d'un simple tweet. La colère et la contrariété éclatèrent sur les canaux Slack.

« Mon dieu, quelle horreur ce serait si quelqu'un consultait mes messages Slack et découvrait que je pense qu'Elon Musk est un troll susceptible, mégalomane et égocentrique aux méthodes de management dictatoriales et jouissant d'une compréhension des problématiques liées aux réseaux sociaux à peine supérieure à celle d'un enfant de huit ans raisonnablement éveillé », écrivit une personne sur un canal Slack intitulé #social-watercooler, où des employés se retrouvaient pour rigoler et s'envoyer des vannes.

Il était extrêmement facile de trouver ces contestataires qui s'exprimaient sans filtre sur Slack, réactualisant les mêmes critiques qui avaient visé Musk quelques semaines auparavant lorsque son arrivée au sein du conseil d'administration avait été annoncée. Pourtant, de nombreux autres employés accueillirent cette nouvelle avec joie, ou tout du moins sans s'en indigner a priori.

Ces personnes avaient perdu toute illusion quant à la croissance et à l'innovation de leur entreprise, ou avaient vu leurs idées et leurs ambitions mises de côté quand Dorsey avait quitté son poste. De leur point de vue, le bilan de Musk à la tête de Tesla et SpaceX était la preuve indiscutable de sa capacité à redresser Twitter. Ce camp se retrouvait sur des canaux Slack tels que #I-Dissent, et leur réaction allait de l'optimisme prudent à l'enthousiasme résolu. Mieux valait tenter sa chance avec Musk que continuer à trimer dans le marasme hérité de Dorsey.

« Je me souviens du premier oneteam à SF où Elon avait été invité, tout le monde l'avait adoré, écrivit quelqu'un sur Blind, dans une conversation interne sur l'application de chat anonyme Blind : Et puis les moutons se sont rendu compte plus tard qu'Elon n'était pas d'accord avec eux sur plusieurs sujets et ça les a mis dans une colère noire, ils se sont mis à piquer leurs crises sur Slack et à le stigmatiser. »

Dorsey fit une apparition ce soir-là sur Twitter. Il décida d'exprimer ses sentiments sur l'achat de Twitter par un morceau de musique, en partageant assez peu subtilement un lien vers la chanson de Radiohead *Everything in Its Right Place* (« Chaque chose à sa place »).

Afin de bien s'assurer de la clarté de son message, Dorsey publia une série de tweets exaltant les qualités de Musk et exposant l'opinion tarabiscotée qu'il se faisait du monstre qu'il avait lui-même engendré.

Jack
@jack
J'adore Twitter. Twitter est ce qui se rapproche le plus d'une conscience collective.
10:03 PM Apr 25, 2022
1.1K 5.9K 27K

Jack
@jack
L'idée et le service sont tout ce qui importe à mes yeux, et je ferai tout ce qu'il faut pour protéger l'une et l'autre. Twitter en tant que compagnie a toujours été mon unique problème et mon plus gros remords. C'est devenu la propriété de Wall Street et du modèle publicitaire. L'arracher à Wall Street, c'est la première étape de la voie à suivre.
569 5K 31K

Jack
@jack
Par principe, je pense que personne ne devrait posséder ou diriger Twitter. Twitter aspire à être un service d'intérêt général sous forme de protocole, pas une compagnie.

Cependant pour résoudre le problème de son actuel statut de compagnie, Elon est la seule et unique solution qui a ma confiance pleine et entière. J'ai confiance en lui pour remplir cette mission, l'extension de la lumière de la conscience.
4.7K 17K 70K

De nombreux employés de Twitter ne purent s'empêcher de penser que Dorsey se cherchait un bouc émissaire. Il connaissait parfaitement les enjeux et les attentes liés au statut d'entreprise de Twitter quand il avait retrouvé son poste de directeur général en 2015, et bien qu'il fût très noble de croire que Twitter devait cesser d'être une société pour devenir un protocole, il avait fait le choix avec les autres cofondateurs de s'engager dans la direction opposée, des années auparavant. Les mêmes employés trouvaient particulièrement ironique que Dorsey veuille faire de Twitter un service d'intérêt général, et que dans le même temps il applaudisse l'achat de l'entreprise par l'homme le plus riche du monde. Dans les chatrooms, on se moquait allègrement de ses expressions « seule et unique solution » et « l'extension de la lumière de la conscience ».

Certains cadres, qui avaient eux aussi perdu toute illusion à l'égard de Dorsey à la fin de son mandat, s'interrogèrent sur leur ancien directeur général. Ils se demandaient si l'inventeur de Twitter avait parlé d'un éventuel achat de la compagnie avec Musk avant qu'il en soit question, et certains en vinrent à penser que c'était à l'occasion de sa visite de la Starbase de SpaceX en août 2021 que Dorsey avait entamé cette discussion avec le milliardaire. Ils ne purent cependant trouver aucune preuve corroborant cette théorie.

L'une des personnes les plus déstabilisées par le message de Dorsey fut sans doute Agrawal. Dorsey l'avait lui-même choisi comme son successeur à la tête de Twitter, et pourtant son rapprochement avec Musk minait son travail de directeur général. Quand l'acquisition fut rendue publique, Agrawal fut loin d'exprimer le même enthousiasme que Dorsey. Il envoya un e-mail laconique à ses cadres pour leur dire de suspendre la campagne de licenciement. « Au regard de l'annonce d'aujourd'hui, nous ne poursuivrons pas le projet Prism, écrivit-il. Nous continuerons à œuvrer pour que Twitter soit la meilleure version de lui-même et pour qu'il fonctionne de façon optimale, mais il ne convient plus de suivre la voie tracée par Prism. Merci de noter que vous êtes toujours tenus par l'accord de non-divulgation, et qu'à ce titre vous devez préserver la confidentialité absolue de ce projet. Merci infiniment pour tout le travail que vous avez fourni pour en arriver là, et pour votre leadership dans ce qui nous attend à présent. »

Les cadres ne reçurent pas d'autres directives de leur chef ce jour-là et, à l'instar de leurs subordonnés, durent se contenter des brèves et des articles concernant la reprise de Twitter. Pour la première fois, mais pas la dernière, la déclaration d'Agrawal en plein tumulte muskien laissa ses collaborateurs sur leur faim. Mais il ne trouvait rien à ajouter. Tout ce processus l'avait vidé. Lors d'une réunion générale de l'entreprise ce jour-là, ses propos furent particulièrement peu enthousiasmants. « Nous ignorons quelle direction prendra la compagnie lorsque la transaction sera conclue », déclara-t-il aux employés de Twitter[2].

Ainsi qu'Agrawal le confia plus tard à un proche, il n'avait jamais eu affaire à un individu tel que Musk. Le comportement du milliardaire ne se définissait que par son imprévisibilité et son inconstance. Agrawal parvenait habituellement à jauger les talents et les limites de ses collaborateurs, ce qui lui permettait de prédire plus ou moins leurs réactions.

« Elon, lui, est toujours susceptible de pousser le bouchon plus loin », dit-il. Il n'y avait pas de limites à ses coups de folie. Travailler avec lui relevait quasiment de l'impossible.

17

Golden, Golden

Vijaya Gadde avait à peine fermé l'œil de la semaine lorsque l'accord fut conclu. Les négociations avaient considérablement usé la directrice juridique de Twitter qui était restée en contact constant avec les avocats du conseil d'administration. Le plaisir de retravailler avec ses anciens collègues du cabinet Wilson Sonsini avait vite été éclipsé par les exigences de Musk, qui voulait que la vente d'un des principaux réseaux sociaux au monde soit finalisée en l'espace de vingt-quatre heures.

C'était la première fois qu'elle faisait les frais d'une des techniques préférées du chef d'entreprise : imposer une deadline impossible à tenir et voir à quelle vitesse ses subordonnés parvenaient à s'acquitter de leur tâche.

Le lundi 25 avril, dans l'après-midi, elle convoqua une visioconférence avec ses équipes. Gadde alla droit au fait malgré l'éraillement de sa voix, plus prononcé encore quand elle s'exprimait devant un auditoire conséquent. Twitter avait passé un accord en béton avec Musk. Cependant, il arriverait un moment où celui-ci deviendrait le seul maître à bord, et les changements qu'il imposerait seraient certainement drastiques.

Gadde avait la réputation de rester stoïque en toute circonstance. Mais en dressant la liste des victoires de ses équipes, elle ne put réprimer un sanglot. Elle leur dit qu'ils pouvaient être fiers du travail qu'ils avaient accompli, et les encouragea à poursuivre sur cette voie, quoi qu'il advienne à l'avenir. La valorisation de Twitter à hauteur de 44 milliards de dollars était la preuve de leur éclatante réussite.

Une fois l'accord signé, Dorsey passa à la vitesse supérieure. Dès le mardi, il engagea un dialogue soutenu avec Musk, en privé, en assurant au patron de Tesla qu'il l'aiderait à définir les priorités de la transition et à mettre la direction de Twitter au pas. Dans l'un de ses messages, il minimisa les qualités professionnelles d'Agrawal, qu'il avait pourtant nommé cinq mois auparavant comme son successeur idéal.

« Il est vraiment bon quand on le charge d'une tâche bien précise, écrivit Dorsey, faisant passer Agrawal pour un stagiaire qu'il fallait occuper : Faudrait-il qu'on convienne toi, moi et lui d'une visioconférence afin de parler des prochaines étapes et de clarifier les objectifs les plus impératifs ? Cela lui permettrait d'agir vite et proprement. »

Le trio convint d'une visioconférence à 17 heures, heure de San Francisco. Dorsey avait fixé un ordre du jour couvrant les plus gros problèmes de Twitter et esquissant les objectifs à court et long termes. Suivant les conseils de l'ancien directeur général, Musk se mit aussitôt à soumettre des directives à Agrawal, conformes à ce qu'il souhaitait faire de Twitter.

Agrawal tâcha de faire entendre son point de vue. Ce n'était pas sans raison que le fonctionnement de Twitter était si lent : certains obstacles particulièrement coriaces nécessitaient du temps. Dorsey s'adossa à son siège pour regarder son successeur et idole débattre.

Il était évident que la frustration de Musk ne cessait de croître. Soudain, il leva les yeux vers Agrawal : désormais, il fallait qu'il vire Gadde. À ses yeux, elle était l'architecte du régime de censure qui sévissait sur Twitter. « Je veux qu'elle dégage », déclara-t-il. Twitter devait devenir plus permissif, et Musk refusait d'attendre plus longtemps que son désir devienne réalité.

Agrawal était affligé. Musk paraissait ne pas comprendre que bien qu'il ait signé le contrat de vente de Twitter, il n'en était pas encore le propriétaire. Tant que l'argent n'aurait pas été transféré, Agrawal demeurait le directeur général, et en tant que tel, il était totalement libre d'engager ou de licencier qui il voulait. Il adressa un regard à Dorsey, qui durant des années avait travaillé en tandem avec Gadde, mais celui-ci demeura impassible.

Agrawal refusa tout net. Il déclara avec fermeté que Gadde resterait à son poste. Musk serait libre de faire ce que bon lui semblerait quand il serait effectivement à la tête de Twitter, mais en attendant Agrawal demeurait seul maître à bord.

Musk était furieux. Il avait l'impression qu'Agrawal cherchait les pires excuses pour justifier son inaction en tant que directeur général, par le passé comme dans un avenir proche. Conserver Gadde en tant que responsable en chef de la modération de contenu était à ses yeux une faute inexcusable.

« Nous sommes toi et moi totalement d'accord, écrivit Musk à Dorsey après que la réunion se fut achevée sur une impasse. Parag est bien trop lent à la détente, il tente à tout prix de faire plaisir à des gens qui ne s'estimeront jamais heureux, quoi qu'il puisse faire. »

Aussi facilement qu'il avait renoncé à défendre Gadde, Dorsey s'empressa de lâcher tout à fait Agrawal. « Au moins il est très clair que vous ne pouvez pas travailler ensemble », répondit-il à Musk.

Il fallut deux jours pour que la réunion de Gadde avec ses équipes finisse par fuiter dans les médias. Le mercredi 27 avril, le site *Politico* titra : « La responsable juridique de Twitter rassure ses collaborateurs, et fond en larmes en pleine réunion sur l'achat de Musk. » Saagar Enjeti, podcasteur conservateur, tweeta une capture d'écran du gros titre en lui donnant un éclairage partisan. « Vijaya Gadde, principale avocate de la censure sur Twitter, connue pour avoir gaslighté Joe Rogan et étouffé l'affaire Hunter Biden, est très vexée par la reprise de @ elonmusk », écrivit-il en légende, mentionnant dans son message le futur propriétaire du site.

En moins de deux heures, Musk répondit. Le fait qu'Agrawal se refuse à la renvoyer ne l'empêchait pas, lui, de faire monter la pression. « Suspendre le compte Twitter d'un important média pour avoir publié une histoire authentique, c'était de toute évidence particulièrement déplacé », tweeta-t-il.

La décision par Twitter de bloquer les liens renvoyant à l'article du *New York Post* concernant l'ordinateur portable d'Hunter Biden était d'autant plus facile à attaquer que la compagnie elle-même avait reconnu avoir mal réagi. Mais Musk avait besoin de se défouler : c'était sa façon à lui de jeter ses jouets hors de son berceau quand il n'obtenait pas tout de suite ce qu'il désirait.

Au fil des années, les décisions de Twitter concernant la modération de contenu avaient valu à Gadde d'essuyer un nombre incalculable d'injures. Elle avait reçu des menaces de mort après la suppression du compte de Trump à la suite des émeutes du 6 janvier au Capitole. Toutes ces désagréables expériences l'avaient immunisée contre les attaques que ne manquait pas de soulever tout choix politique courageux. Mais la phrase de Musk eut un retentissement sans précédent. Elle fut retweetée plus de 50 000 fois, notamment par une très grande proportion de sympathisants de droite. Certains d'entre eux y allèrent de leur commentaire raciste, en ordonnant à Gadde de rentrer chez elle, en Inde. Les torrents d'immondices gagnèrent vite en ampleur, poussant certains grands chefs d'entreprise, dont l'ancien directeur général de Twitter Dick Costolo, à conspuer Musk pour s'en être pris à l'une de ses futures employées.

Les avocats de Twitter avaient glissé dans l'accord d'acquisition une clause qui interdisait à Musk de dénigrer la compagnie et ses cadres dans ses tweets, mais Musk n'avait que peu d'égards pour ses obligations contractuelles. Il continuerait à dire ce qui lui chantait, envers et contre tout.

Certains salariés de Twitter s'efforcèrent de trouver un bon côté à toutes ces menaces de mort qui prenaient pour cible leur responsable juridique : si les tweets de Musk enfreignaient les termes de l'accord, Twitter pourrait peut-être s'en prévaloir pour échapper à la transaction.

Gadde, cependant, tâcha de les apaiser, lucide : « Laisser passer ce cycle et se concentrer sur notre travail quotidien, si important, c'est la meilleure voie à suivre », écrivit-elle sur Slack.

Mais le cycle ne passa pas, en tout cas pas de la façon attendue. En lisant les commentaires concernant la directrice juridique qui s'amoncelaient sous son tweet, Musk se braqua encore plus contre Gadde et l'injustice intolérable que selon lui elle avait fait subir au *New York Post*.

Agrawal tenta de gérer la situation du mieux qu'il put. Afin de ne pas nuire à l'accord d'achat, il publia un tweet plutôt vague quelques heures à peine après Musk, dans lequel il tâchait de défendre sa collègue sans attiser les flammes de la controverse. « J'ai accepté ce poste pour améliorer autant que possible Twitter, rectifier le tir là où cela s'impose, renforcer le service, écrivit-il. Fier de nos équipes qui continuent à bosser avec sérieux et diligence malgré tout ce bruit. »

Sur Twitter, ce message fut qualifié de lâche. Il ne mentionnait ni le nom de Gadde ni celui de Musk, et avait tout d'une déclaration insipide composée par une équipe de com. Sachant mieux que quiconque qu'il lui était interdit d'en dire plus, Agrawal encaissa les critiques pour se pencher sur des sujets plus pressants. Il autorisa cependant l'équipe de sécurité à surveiller vingt-quatre heures sur vingt-quatre le domicile de Gadde, à San Francisco.

Ayant appris à conserver de la distance vis-à-vis de la plateforme, Gadde se déconnecta de son compte. Cette nuit-là justement, afin de saluer la signature de l'accord, les dirigeants de Twitter avaient organisé une petite sortie : dans le cadre des séries éliminatoires de la NBA, les Golden State Warriors affrontaient les Denver Nuggets, et l'entreprise disposait des meilleures places.

La fête avait lieu dans l'une des « bunker suites » du Chase Center de San Francisco, sous les gradins, avec service traiteur et places tout près du terrain (abonnement moyennant environ 2 millions de dollars annuels). Cette vaste salle de réception souterraine était l'un des repaires préférés de Segal, qui avait consenti à cette importante dépense afin que les cadres et les responsables des ventes puissent y recevoir somptueusement leurs plus gros clients. Ce soir-là en revanche, le bunker et sa cave de grands crus, alcools de luxe et charcuterie fine ne profiteraient qu'aux membres de Twitter.

Gadde, grande supportrice des Warriors, se réjouissait d'assister au match, superbe récompense après ces quatre-vingt-seize heures particulièrement éreintantes. Elle était déterminée à ne pas se laisser affecter par les tweets de Musk. Cependant, l'équipe de com de Twitter ne voyait pas sa venue au match d'un très bon œil ; l'un de ses principaux cadres appela Gadde pour lui signifier qu'il serait maladroit d'y assister compte tenu de la situation. Qu'arriverait-il si une caméra la surprenait en train d'ovationner son équipe et que ces images étaient diffusées à l'échelle nationale ? Et que se passerait-il si Musk en avait vent ?

Gadde, qui avait gardé le silence malgré les provocations répétées de Musk, finit par s'irriter. Pendant que tous les autres cadres qui avaient contribué à l'accord virent les Warriors remporter une victoire qui les qualifia pour l'étape suivante des séries éliminatoires, elle dut regarder le match de chez elle.

* * *

Gadde tâcha d'oublier tout cela dans le travail. Agrawal convoqua une nouvelle réunion avec Roth et elle afin qu'ils s'entretiennent du projet Saturn. Il invita également Sullivan, directeur produit, pour envisager de quoi serait fait le futur de Twitter.

« Avec notre approche actuelle, on a l'impression de nager à contre-courant. Ce n'est pas viable », déclara Agrawal d'une voix marquée par la fatigue. Pendant ces deux dernières semaines, Musk n'avait cessé de le pousser à bout, et de toute sa carrière, il ne se souvenait pas avoir travaillé pendant un tel nombre d'heures consécutives sur une telle avalanche de problèmes.

« On aura beau se doter des meilleures politiques et des meilleurs outils pour les faire respecter, sans de profonds changements dans le produit, la transparence et le contrôle, nous ne parviendrons pas à convaincre nos clients à l'échelle mondiale qu'ils peuvent nous faire confiance, et qu'ils peuvent prendre la parole en toute sécurité sur notre plateforme », poursuivit-il.

Roth présenta alors son travail préparatoire sur le projet Saturn, qui ne trouva grâce aux yeux de personne.

Bien qu'Agrawal ait insisté sur le fait que les utilisateurs devaient savoir à quel cercle ils appartenaient, et quoi faire pour se rapprocher du centre, cette idée ne lui plaisait plus, à présent qu'elle était littéralement sous son nez. Ça ressemblait à du flicage pur et simple.

Gadde et Sullivan acquiescèrent. Le système de classement évoquait le score de crédit social, ce système de surveillance que la Chine imposait à un très grand nombre de ses citoyens pour évaluer leur valeur. Depuis qu'elle était entrée chez Twitter, Gadde avait mis sa réputation en jeu dans sa lutte contre la surveillance des individus et les abus de pouvoir de divers gouvernements mondiaux. Elle s'était battue contre des instances étatiques qui avaient voulu convaincre Twitter d'identifier ses utilisateurs anonymes, et elle avait refusé de supprimer bon nombre de tweets de dissidents. Elle avait interdit à la CIA l'accès direct à l'ensemble des tweets publiés quotidiennement, et s'était dressée contre des injonctions au silence émises par le ministère de la Justice, qui interdisait à Twitter de s'exprimer publiquement sur les requêtes de surveillance que l'entreprise recevait du gouvernement fédéral[1]. Gadde refusait que Twitter institue un système de modération qui s'apparenterait à un dispositif de surveillance généralisée.

Sullivan exprima la même idée avec plus de douceur : l'idée était bonne, mais son application n'allait pas.

« Avec des règles et des normes claires, consultables par tous, et une transparence totale sur les raisons du statut actuel de chaque utilisateur, toutes les conditions sont réunies pour instaurer l'équité et la confiance, intervint Sullivan. Dans un tel environnement, on reste libre de ne pas apprécier telle ou telle décision de la compagnie. »

Après cette semaine au pas de charge qui avait abouti à la vente de Twitter, Roth était aussi épuisé qu'insatisfait. Il lui fallait remettre sur le métier le projet Saturn.

Le responsable produit Keith Coleman lui vint en aide. Dès ses débuts chez Twitter, Coleman avait eu pour mission de redynamiser la faible croissance du nombre d'utilisateurs, et depuis quelques années il s'intéressait de près aux produits de modération de contenu.

Inspiré par Wikipédia, dont les utilisateurs anonymes pouvaient rédiger et corriger le corpus encyclopédique, Coleman rêvait d'un système similaire pour Twitter. Son projet, intitulé Birdwatch, permettrait aux usagers de Twitter de vérifier la véracité des tweets controversés et de les recontextualiser grâce à des notes qui serviraient à démonter les fausses informations et à corriger certains tweets à la lumière de nouveaux éléments. L'armée de contributeurs de Wikipédia constituait le puissant moteur du site, qui était souvent mis à jour quelques minutes à peine après l'annonce du décès d'une célébrité ou le déclenchement d'un conflit dans le monde.

Coleman était d'avis que Twitter pourrait faire de même, en laissant ses utilisateurs lutter eux-mêmes contre la désinformation, bien plus rapidement que les modérateurs. En janvier 2021, il commença à déployer Birdwatch, qui fut très positivement accueilli par le leadership de l'entreprise. Dans la droite ligne du récent investissement de Dorsey dans Bluesky, Birdwatch était la preuve que Twitter avait l'intention d'ouvrir ses portes à ses usagers, en leur conférant un pouvoir accru sur leur expérience du réseau social.

Le succès de Birdwatch avait fait de Coleman le chouchou de la direction : rien de plus naturel que de le voir épauler Roth dans le travail de redéfinition de la stratégie de modération sur Twitter.

Tandis que Roth et Coleman s'efforçaient d'imaginer à quoi Saturn pourrait ressembler, Agrawal et Sullivan mirent toute leur énergie à remotiver les troupes. Roth n'était pas le seul employé à se sentir exténué et frustré : de plus en plus de collaborateurs démissionnaient, et ceux qui restaient n'avaient plus vraiment le goût à travailler.

Le 4 mai, Agrawal convoqua une réunion générale afin de parler de l'acquisition de Musk à l'ensemble de ses salariés. Tandis qu'il attendait que les employés se connectent des quatre coins du monde, le tube *Golden*, de Jill Scott, retentit de façon tout à fait incongrue dans les bureaux, en parfaite opposition avec l'atmosphère sinistre qui y régnait. « *I'm living my life like it's golden, golden* », chantait Scott pendant que les employés maussades affluaient dans l'Aviary, espace événementiel du quartier général de Twitter où tous se retrouvaient pour ce genre de réunion.

Agrawal était chez lui, victime du Covid, mais il déclara à ses collaborateurs par visioconférence : « Nous sommes en train de nous recentrer sur notre travail. »

Le directeur général passa vite la parole à Sullivan, à la grande déception de certains employés, qui espéraient encore que leur chef leur parle de Musk en toute franchise. Sullivan fit de son mieux pour insuffler un peu d'entrain aux personnes réunies.

« Une des choses que j'entends ces derniers temps, c'est "À quoi bon ?" dit Sullivan. Nous avons une responsabilité vis-à-vis de centaines de millions de personnes chaque jour, dans le monde entier. Des gens qui utilisent nos produits pour communiquer et prendre part à des conversations sur les sujets les plus sensibles et les plus importants de la planète. »

« Nous ignorons ce que nous réserve l'avenir, mais il ne tient qu'à nous de tout donner pour les gens qui comptent sur nous, jour après jour. »

Sullivan passa alors en revue tout ce qu'il restait à faire, et présenta même la vision d'Agrawal qui sous-tendait le projet Saturn. Bien que l'heure ne soit pas encore venue de révéler ce remaniement du système de modération à l'ensemble des salariés, Sullivan en exposa les principes.

« Les réseaux sociaux traversent en ce moment une crise de confiance, expliqua-t-il. Grâce à notre avance sur nos homologues, nous pouvons faire la différence sur la mécanique du produit. Les personnes qui produisent du contenu positif pourront bénéficier d'une meilleure exposition, et les utilisateurs souhaitant voir du contenu moins consensuel auront également plus de marge de manœuvre. »

Ce discours de motivation en remonta certains à bloc, d'autres en revanche roulèrent les yeux. Mais personne ne lâchait du regard Agrawal, qui sur l'écran écoutait silencieusement ses seconds fixer les objectifs de l'entreprise qu'il dirigeait. Ils auraient préféré entendre tout cela de sa propre bouche.

* * *

Une fois l'accord signé, la recherche de financeurs passa à la vitesse supérieure. Les banquiers de Musk avaient déjà obtenu 13 milliards de dollars d'emprunt : il restait à trouver 33,5 milliards de dollars d'engagement pour couvrir les 44 milliards de l'achat à proprement parler, plus les 2,5 milliards de frais de clôture.

Le numéraire viendrait de différentes sources. Musk possédait déjà 9,6 % du capital de Twitter, ce qui représentait 4 milliards de dollars. Il pouvait toujours vendre ses actions Tesla ou SpaceX pour la levée de fonds, et il avait en outre contracté un emprunt personnel de 12,5 milliards avec ses parts de Tesla comme garantie[2].

Musk considérait cependant cet emprunt personnel comme une solution bouche-trou. Il était incroyablement dangereux de conditionner un prêt sur un actif aussi instable que le cours de Tesla, constamment sujet aux humeurs de Musk dont les décisions pouvaient tantôt ajouter tantôt retrancher des milliards de dollars à la valorisation de l'entreprise. Raison pour laquelle le milliardaire avait commencé à courtiser des investisseurs dès la mi-avril afin d'obtenir des financements extérieurs. Aux yeux des conseillers de Musk, une personne en particulier se détachait des autres en sa qualité de potentielle vache à lait.

Aux côtés de Birchall et Kives, Grimes, ancien agent d'Hollywood et ami de Musk, faisait tout son possible pour que Sam Bankman-Fried s'implique financièrement dans le processus. Séduit par l'hallucinante fortune du fondateur de la plateforme d'échange de cryptomonnaies FTX (à trente ans à peine, il avait supposément accumulé

22 milliards de dollars) et ses prestigieuses relations (du joueur de football américain Tom Brady à Bill Clinton, en passant par Tony Blair), Grimes informa Musk que le cryptomilliardaire était prêt à engager au minimum 3 milliards de dollars, et au maximum 10 milliards. Grimes qualifiait Bankman-Fried d'« ultra-génie et [de] bâtisseur dynamique » de la même trempe que Musk en personne.

« Est-ce que Sam dispose vraiment de 3 milliards en numéraire ? » demanda Musk au banquier, sans lui cacher son scepticisme, et sans cesser par la suite d'esquiver toute approche de Bankman-Fried[3].

« Pardon mais qui est-ce ? » répondit Musk à un message de Bankman-Fried le 5 mai, alors qu'il avait déjà été mis en relation à deux reprises avec le directeur de FTX par messagerie.

Bankman-Fried n'engagea finalement aucun des milliards qu'il avait promis à Grimes et à d'autres, mais Musk l'invita bel et bien à convertir ses actions Twitter (estimées à environ 100 millions de dollars) en parts de cette société sur le point d'être privatisée. (Musk prétendrait par la suite que le trentenaire n'en fit rien.) Six mois plus tard, FTX s'effondra et Bankman-Fried atterrit en prison pour avoir escroqué ses clients.

En privé, Musk se mit à parler de « sur-souscription », pour signifier qu'il y avait plus d'investisseurs que de parts disponibles. Les chiffres dont il discutait avec ses amis étaient vertigineux, à la seule portée de quelques rares propriétaires de yacht. Il envoya un message à Ellison le 17 avril pour recommander au fondateur d'Oracle d'investir au minimum 2 milliards de dollars, en lui vantant le « très haut potentiel » de sa compagnie.

« Si tu penses que je devrais mettre au moins 2 milliards… je mets 2 milliards 👍 », répondit Ellison sept jours plus tard, un jour seulement avant que Twitter annonce publiquement la signature de l'accord.

« Haha mercii :) », rétorqua Musk.

Musk ne courtisait que les plus grandes sommités de l'élite internationale. Par exemple Reid Hoffman, ancien associé de PayPal et cofondateur de LinkedIn, qui assura à Musk qu'il serait probablement en mesure d'investir 2 milliards tirés d'un de ses fonds de capital-risque. Il y avait aussi Satya Nadella, directeur général de Microsoft, qui connaissait Musk par Hoffman ; Sean Parker, cofondateur de Napster et premier président de Facebook ; ou encore John Elkann, héritier de la dynastie italienne des Agnelli. Musk échangeait des messages avec James Murdoch, fils du magnat des médias Rupert Murdoch et membre du conseil d'administration de Tesla, et son épouse, Kathryn, qui demanda à Musk s'il ferait revenir Dorsey au poste de directeur général de l'entreprise. « Jack ne veut pas revenir, répondit Musk. Il se concentre sur le bitcoin. »

Cependant, tous ceux que Musk et ses banquiers sollicitaient ne sortaient pas leur carnet de chèques. Founders Fund, le fonds de capital-risque créé par Peter Thiel, cofondateur de PayPal et meilleur ennemi de Musk, faisait partie des investisseurs que la perspective d'une telle collaboration n'enthousiasmait que très modérément.

Thiel n'était pas fan de Twitter. « On voulait des voitures volantes, et à la place on a 140 caractères », déclara-t-il un jour pour se moquer de la première proposition de valeur de Twitter. Sa société déclina quand Morgan Stanley la démarcha. Les banquiers de Musk prospectèrent également un groupe plus hétéroclite de partenaires potentiels, tels que le conglomérat d'investissement japonais SoftBank, l'ancien maire de New York Michael Bloomberg, et la holding de Joe Rogan.

Même certains de ses plus proches associés se refusèrent à lui apporter leur soutien financier. Son frère Kimbal passa son tour. Gracias, le financeur qui avait encouragé son vieil ami à défendre la liberté d'expression « sans peur et sans reproche, putain[4] », n'engagea pas un *cent* de son fonds d'investissement, ne réalisant d'investissement qu'à titre privé. Il en alla de même pour David Sacks, l'ancien collaborateur de PayPal qui avait contribué à évincer Musk vingt ans auparavant. Les deux hommes s'étaient réconciliés depuis, Sacks, brillant entrepreneur de son plein droit, succombant aux avantages qu'il y avait à être l'un des proches de Musk. Mais quand celui-ci lui demanda si son fonds, Craft Ventures, serait intéressé, Sacks barguigna.

« Je n'ai pas le véhicule pour ça (Craft c'est du capital-risque) », écrivit-il à Musk le 28 avril. Les fonds de capital-risque, qui procédaient à des levées de fonds auprès d'investisseurs extérieurs comme les fonds de pension et les grandes écoles, avaient pour habitude de convenir avec leurs bailleurs des domaines restreints et bien délimités dans lesquels investir. « À titre personnel, j'en suis », ajouta Sacks, en soulignant que son investissement personnel « ne sera que de la petite bière, proportionnellement ».

Un ami de Musk en revanche était particulièrement enthousiaste à l'idée de l'aider (ou plutôt de mettre « sa lame » à son service, pour reprendre un de ses tweets précédemment cités) : Jason Calacanis, business angel et podcasteur. N'ayant jamais participé à une transaction de rachat de ce type, il voulut convaincre le milliardaire de l'autoriser à créer un SPV (*special purpose vehicle*, véhicule de titrisation), sorte de société-écran dans laquelle des investisseurs pourraient mettre en commun leur argent. À l'opposé de la stratégie de Musk qui consistait à solliciter des investissements de plusieurs centaines de millions de dollars auprès d'institutions, un SPV permettait aux individus ou sociétés désireux d'engager quelques dizaines de millions de participer au rachat. Mais Musk aurait alors été moins libre de choisir qui le rejoindrait dans cette entreprise, et l'idée finit par l'agacer.

« Qu'est-ce qui te prend de marketer un SPV auprès de quidams ? écrivit Musk dans un message qu'il adressa à Calacanis le 12 mai. Pas d'accord du tout. »

Calacanis mit la queue entre les pattes comme un chiot grondé par son maître. Il expliqua à Musk que c'était ainsi qu'il avait l'habitude d'investir, et qu'il en était déjà à 100 millions de dollars de promesses d'investissement. En réponse, il eut le droit à une volée de messages de son suzerain.

« Morgan Stanley et Jared pensent que tu te sers de notre amitié à de mauvaises fins. »
« Ça donne l'impression que je suis aux abois. »
« Merci d'arrêter. »

Le bruyant appel de Calacanis aux micro-investisseurs laissait entendre que Musk ne parvenait pas à trouver d'hommes d'affaires de premier rang et de grandes sociétés disposés à l'aider à aller jusqu'au bout de cette reprise. Tendre la main pour un million par-ci, un million par-là, contredisait la « sur-souscription » dont se vantait Musk. Twitter passait moins pour l'affaire du siècle que pour une campagne de financement participatif.

Calacanis contacta Birchall pour calmer le jeu, avant de reprendre son échange de messages avec Musk. Afin de ménager l'ego du milliardaire, il lui dit que le monde entier se captivait pour cet achat.

« Et tu sais qu'avec moi c'est à la vie à la mort mon frère, je me jetterais sur une grande pour toi », écrivit Calacanis sans corriger la coquille à « grenade ». Musk en aurait-il fait autant pour son si fidèle ami ?

* * *

Au 5 mai, Musk avait réuni 7,1 milliards de dollars d'engagements de la part d'investisseurs extérieurs. Il soumit au SEC un document pour dévoiler cette somme et montrer qu'il était sérieux, même si, en coulisses, les choses n'étaient pas roses. Malgré la promesse de 2 milliards de dollars faite par Ellison quelques jours plus tôt, le document montrait qu'il n'avait apporté qu'un milliard.

De nouveaux investisseurs s'étaient cependant greffés à la levée de fonds. Le Qatar Investment Authority, fonds souverain qui gérait plus de 460 milliards de dollars d'actifs, engagea 375 millions, en imposant une condition à Musk : il devrait assister à la finale de la Coupe du monde de football, qui aurait lieu plus tard dans l'année dans l'émirat. Il y avait aussi Vy Capital, un fonds de capital-risque basé à Dubaï et fondé par d'anciens banquiers de Goldman. Cette société (où le fils de Birchall officiait en tant qu'analyste) avait déjà investi des centaines de millions de dollars dans The Boring Company et Neuralink, et accepta de contribuer à l'achat de Twitter à hauteur de 700 million de dollars.

Sequoia Capital, connu pour son soutien à Apple, s'engagea à amener 800 millions de dollars. Andreessen Horowitz avait décidé d'augmenter sa part : de 250 millions de dollars, on passa à 400 millions. Musk avait valu à plusieurs de ces sociétés de véritables fortunes, et elles s'en remettaient totalement aux victoires qu'il avait remportées par le passé.

Musk laissa également de la place aux cryptomonnaies. Même sans Bankman-Fried, il voyait beaucoup de potentiel chez les crypto-contemporains du chef de FTX. Morgan Stanley présenta l'accord à Brian Armstrong, directeur général de Coinbase, ainsi qu'à la Web3 Foundation, une organisation qui cherchait à développer d'autres devises numériques décentralisées que le bitcoin. Mais ce fut Binance, la plus grosse plateforme d'échange de cryptomonnaie au monde, qui se détacha le plus des autres. La compagnie, dirigée par un énigmatique fondateur né en Chine, Changpeng Zhao, était extrêmement puissante financièrement, avec ses 75 milliards de dollars d'échanges quotidiens sur l'Ethereum, le Dogecoin et bien d'autres cryptomonnaies. Binance engagea 500 millions de dollars en faveur de Musk, avec pour objectif d'introduire la technologie blockchain dans le réseau social.

* * *

Le 6 mai dans l'après-midi, Musk franchit les portes de verre du quartier général de Twitter, à San Francisco, pour la première fois depuis l'annonce publique de l'accord. Malgré son retard d'une trentaine de minutes, il traversa le lobby sans se presser.

Bien qu'il préférât s'entourer d'une garde rapprochée de collaborateurs en qui il avait toute confiance, Musk était cette fois accompagné par deux personnes qu'il connaissait à peine : Kristina Salen, cadre aux cheveux blonds décolorés qui avait récemment quitté son poste de responsable financière du World Wresting Entertainment (plus grande entreprise de promotion du catch au monde), et Pat O'Malley, un autre directeur financier qui avait des dizaines d'années d'expérience dans la tech.

Salen et O'Malley avaient été dépêchés par Grimes et son équipe de banquiers de Morgan Stanley, jugeant sûrement qu'il était périlleux de laisser le milliardaire remodeler Twitter selon son bon vouloir sans la surveillance d'adultes responsables. Grimes était d'avis que Salen et O'Malley étaient d'excellents candidats au poste de directeur financier du futur Twitter.

Très clairement, Musk ne comprenait pas les termes de l'achat qu'il avait tant désiré. La veille, il avait enfin signé un accord de non-divulgation qui lui donnerait accès aux informations privées relatives aux finances et à la technologie de Twitter. Il dit à James Murdoch qu'il était à San Francisco pour se pencher « avec rigueur » sur Twitter.

Mais il était trop tard pour faire preuve de cette « rigueur ». Musk aurait dû jeter un coup d'œil sous le capot avant de signer l'accord d'acquisition. À présent, en sa qualité d'acheteur, il bénéficiait d'un droit d'accès aux informations relatives à l'entreprise, mais rien de ce qu'il pourrait apprendre ne permettrait de revenir sur les termes du contrat.

Salen et O'Mally suivirent Musk jusqu'à une salle de conférence du premier étage qui ressemblait à un gigantesque aquarium, au beau milieu d'un ensemble de salles décorées de hashtags géants et de visuels à l'effigie du fameux oiseau bleu, où Twitter recevait habituellement hommes d'État, célébrités et principaux annonceurs.

Segal échangea une poignée de main avec Musk et l'invita à prendre place face à lui. La salle était remplie d'une vingtaine de banquiers, avocats et collaborateurs, mais une personne brillait par son absence : Agrawal. Encore aux prises avec le Covid, il apparut en visioconférence sur un écran en bout de table.

Le directeur financier de Twitter s'efforçait de minimiser la sensation de gêne qu'il éprouvait en présence de Salen et O'Malley, ses potentiels remplaçants. L'équipe de Twitter ne comprenait pas vraiment la raison de leur participation à cette réunion : étaient-ils là pour conseiller Musk, ou uniquement à titre de futurs cadres de l'entreprise ? Segal remit à Musk une feuille volante où figurait une synthèse globale des performances de Twitter au cours des dernières années. Il n'y avait au recto qu'une dizaine de lignes qui énuméraient les principales données financières telles que chiffre d'affaires, pertes, profits et nombre d'utilisateurs.

Musk se gaussa. « Je veux voir le tableur le plus détaillé que vous ayez », exigea-t-il.

Plusieurs membres de l'équipe de Segal ne purent dissimuler leur trouble. Le service financier se reposait sur des centaines de tableurs pour gérer les budgets, les chiffres des ventes et les projections sur les revenus. Le nombre d'utilisateurs actifs était calculé par des équipes d'ingénieurs qui ne se trouvaient pas sous la responsabilité directe de Segal, et ces employés fondaient leurs calculs sur des centaines de fichiers de données qu'ils ne partageaient pas nécessairement avec les autres services. Jamais personne n'avait eu l'idée saugrenue de créer un tableur qui agglomérerait toutes ces données brutes.

Segal essaya de redresser le tir. « Commençons plutôt par ça, afin de rester à la bonne altitude », suggéra-t-il.

Mais Musk insista. Il ne voulait pas d'une vue d'ensemble. Il désirait se plonger dans les données. Chez Tesla comme chez SpaceX, il était connu pour interroger sans relâche les ingénieurs sur les détails de divers composants automobiles ou la conception de moteurs de fusées, et il attendait de chacun de ses salariés de connaître les réponses à ses questions, ou de savoir les trouver le plus rapidement possible. À nouveau, il ordonna à Segal de lui soumettre les données détaillées.

En assistant à cette partie de ping-pong (Segal tâchant de recentrer l'attention de Musk sur la feuille volante, Musk insistant pour en voir plus), certains cadres eurent le sentiment de voir leur chef s'acheminer lentement mais sûrement vers son licenciement.

Musk finit néanmoins par céder. « Très bien, concéda-t-il. Nous ferons comme vous voulez. » Segal se redressa et se mit à énumérer les statistiques de Twitter, comme il l'avait fait des dizaines de fois à l'intention d'investisseurs durant les cinq années qu'il avait passées dans cette compagnie.

Salen et O'Malley intervenaient en soutien de Musk, interrogeant le directeur financier sur des détails et soulevant des problèmes abscons afin de faire montre de leurs qualités et de leur expérience. Avec politesse et obstination, Segal esquivait leurs coups, s'efforçant de maintenir la réunion sur les rails, sous l'œil d'un Agrawal mutique qui étouffait ses quintes de toux.

Musk aborda alors la question des bots. Il n'avait qu'à consulter les réponses à ses tweets pour se retrouver confronté à des messages qui à l'évidence n'émanaient pas de véritables utilisateurs. Il sortit son smartphone pour en faire la démonstration.

Musk, qui se laissait principalement guider par son expérience personnelle, était convaincu que Twitter était infesté d'un nombre de bots bien plus important que celui que la compagnie soumettait aux investisseurs. Dans chacun de ses bilans, l'entreprise prétendait que moins de 5 % de ses utilisateurs étaient des bots ou des comptes spam. Musk n'y croyait pas une seule seconde. Bien souvent, des escrocs ouvraient des comptes qui singeaient le sien afin de lancer des arnaques à la cryptomonnaie ou de refourguer des contrefaçons.

Agrawal mit fin à son silence pour décrire comment Twitter avait déterminé ce pourcentage. Tous les trimestres, la compagnie prélevait au hasard un échantillon de comptes et les analysait afin de voir combien de faux comptes avaient réussi à contourner les filtres mis en place. Agrawal ajouta qu'il travaillait sur l'amélioration des systèmes de détection automatisée afin qu'il soit encore plus compliqué de créer des comptes frauduleux. En outre, le compte de Musk était loin d'être représentatif de ce que vivaient les usagers lambda sur la plateforme : il avait des millions de followers, une formidable manne pour les magouilleurs spécialisés dans les crypto-arnaques.

Musk avait le sentiment qu'on se payait sa tête. L'équipe Twitter ne cessait de lui répéter « faites-nous confiance, on a notre système à nous, inutile de s'y intéresser de trop près », mais il tenait à se faire sa propre opinion sur la base des données brutes, et les cadres semblaient traîner sciemment les pieds pour le ralentir lui aussi, comme ils l'avaient fait auparavant avec leur pilule empoisonnée. La réunion dura plus de trois heures, empiétant sur le début de la soirée, Musk insistant sans relâche auprès des cadres pour obtenir toujours plus de détails. Il quitta le siège de Twitter grandement insatisfait.

Convaincu que la direction de Twitter mentait, il appela aussitôt Spiro pour lui ordonner d'obtenir toutes les informations dont il voulait disposer. Sur-le-champ.

Spiro, habitué à ces ordres urgents hors des horaires de travail, envoya la nuit même une requête aux avocats de Twitter. Comme tous ceux qui avaient travaillé aux côtés de Musk, il savait qu'il était inutile de discuter ou d'essayer de lui faire changer d'avis. Musk voulait voir les chiffres détaillés et se faire sa propre idée.

Dans la liste qu'il soumit, entre autres choses que Musk souhaitait étudier dans la perspective de sa reprise de Twitter, Spiro demanda de pouvoir consulter le *firehose* (« lance d'incendie ») de Twitter, un flux en temps réel de tous les tweets circulant sur la plateforme et des engagements associés, comme les likes et les retweets. Durant la réunion, Agrawal avait dit à Musk que Twitter puisait dans le firehose pour son estimation trimestrielle du taux de bots. Raison pour laquelle le milliardaire voulait y avoir accès lui aussi.

Le firehose était un outil technologique très particulier. Les informations brutes, non traitées, étaient publiques, du moins en théorie, mais aucun usager ne suivait la totalité des comptes Twitter (il aurait été impossible dans ces conditions d'utiliser la plateforme). Twitter autorisait l'accès des médias à une version limitée du firehose afin qu'ils puissent détecter des scoops avant tout le monde, et certains médias payaient même pour recevoir des alertes quand certains sujets sortaient du lot. Les chercheurs pouvaient aussi avoir accès au firehose pour étudier la plateforme et sa gestion des propos haineux, de la désinformation et d'autres sujets sensibles.

Mais en tant que propriétaire, la compagnie protégeait aussi le firehose, notamment en gardant secrètes certaines portions du flux de données. En 2016, après que Dorsey se fut mêlé aux manifestations soulevées par l'assassinat de Michael Brown Jr. par un policier, Twitter bloqua l'accès à la CIA et à d'autres agences de renseignement. La compagnie redoutait que ces données puissent être utilisées contre des militants et d'autres usagers, et considérait qu'il fallait absolument empêcher les agences de renseignement de se servir du firehose à ces fins.

Les critères flous qui amenaient à décider qui pouvait consulter ce flux et quelle quantité de données on y collectait faisaient du firehose la pomme de discorde par excellence entre Musk et Twitter. Le milliardaire n'avait pas la moindre once de respect pour la gouvernance délibérative et sinueuse de l'entreprise. Les cadres de Twitter, peut-être naïvement, pensaient que s'ils expliquaient clairement les années de réflexion sous-jacentes à leurs décisions le milliardaire comprendrait. Mais quand Musk se mettait quelque chose en tête, rares étaient ceux capables de l'en faire démordre.

18

💩

La réunion conflictuelle, la détérioration de l'économie mondiale et les craintes concernant la guerre en Ukraine poussèrent Musk à réfléchir, et à décider de mettre un gros coup de frein.

Le dimanche 8 mai, il envoya à Grimes un message lui exposant ses craintes. Le lendemain, le président russe, Vladimir Poutine, prononcerait une allocution sur la guerre en Ukraine, à l'occasion du jour commémoratif de la victoire de l'Union soviétique sur l'Allemagne nazie. Musk racontait à ses proches qu'il était en contact avec les autorités russes et ukrainiennes depuis le début du conflit, et qu'il était partisan d'une résolution pacifique qui céderait définitivement le territoire de la Crimée à la Russie. C'était tout à fait inacceptable pour la majorité des Ukrainiens, mais Musk visait avant tout à apaiser l'agresseur russe afin d'éviter une guerre atomique à l'échelle mondiale que, dans son fatalisme, il croyait imminente.

« Le discours de Poutine demain sera extrêmement important, écrivit-il à Grimes. Ça n'aurait aucun sens d'acheter Twitter si la troisième guerre mondiale éclatait[1]. »

Sacrée pirouette. Musk avait déjà signé le contrat d'acquisition de la compagnie, et il était en train de proposer à ses amis d'investir sous son égide. Pourquoi suggérait-il à présent qu'il pourrait ne pas aller au bout de la transaction ? Grimes lui répondit que la meilleure chose à faire était d'attendre la prise de parole de Poutine, et qu'on « aviserait après ».

Musk passa alors à un tout autre sujet : la réunion avec Segal et l'absence de réponses claires concernant les bots et les spams. Le milliardaire pensait que la direction de Twitter se jouait de lui, et que c'était une raison de plus de tout examiner en détail. Plus il repensait à ces échanges, plus il bouillonnait intérieurement, et il évoqua même auprès de membres de son cercle d'intimes la possibilité d'intenter un procès contre les cadres de Twitter[2].

« Un des points absolument fondamentaux sur lesquels on doit se pencher est de comprendre précisément comment Twitter peut affirmer que 95 % de ses utilisateurs actifs quotidiens sont de véritables personnes dotées d'un seul compte, écrivit-il à Grimes. Ils n'ont pas su répondre à cette question vendredi, ce qui en soi est complètement délirant. »

Le banquier ne répondit pas.

« Si le véritable chiffre approche plutôt des 50 %, ce qui correspondrait à mes observations sur mon flux, cela voudrait dire qu'ils ont présenté une valeur erronée de Twitter aux annonceurs et aux investisseurs », écrivit Musk treize minutes plus tard.

Toujours aucune réponse.

Une bonne heure plus tard, Musk eut une illumination. Si le nombre de bots qui infestaient Twitter était supérieur à ce qu'ils avançaient, il serait en mesure de renoncer à l'acquisition.

« Pour être super clair, le processus se poursuivra s'il passe l'épreuve d'un examen minutieux, mais s'interrompra si les zones d'ombre sont trop importantes », écrivit-il à Grimes.

* * *

Agrawal se battait sur plusieurs fronts à la fois, mais perdait du terrain dans sa campagne pour gagner la confiance de ses employés. Du point de vue de la piétaille de Twitter, Agrawal était une véritable boîte noire. Quand il avait été nommé à la tête de l'entreprise, certains ignoraient même qu'il travaillait chez Twitter. D'autres étaient allés glaner des miettes d'information sur Birdhouse, répertoire interne qui détaillait la hiérarchie de la compagnie et permettait aux employés d'ajouter des détails autobiographiques à leur profil. Celui d'Agrawal comportait un petit texte où il exprimait son intérêt pour l'intelligence artificielle.

Les cadres dirigeants et le conseil d'administration, qui travaillait en lien étroit avec lui, en étaient vite venus à l'apprécier. À l'instar de Dorsey, il pouvait se montrer taciturne et cérébral, mais ils le trouvaient très chaleureux en petit comité : il prenait alors le temps d'écouter les uns et les autres et d'expliquer des concepts d'ingénierie très complexes de sorte que tout le monde puisse les comprendre.

Néanmoins, il semblait changer complètement de personnalité lorsqu'il devait s'exprimer dans un cadre officiel. Les employés de Twitter avaient continué à travailler en distanciel après la pandémie, et la plupart d'entre eux n'avaient eu d'interaction avec Agrawal qu'à l'occasion de réunions générales en visioconférence. Il se comportait alors d'une façon rigide, robotique, détournant souvent le regard comme s'il lisait un texte écrit au préalable. De surcroît, il ne pouvait pas leur dire grand-chose sur l'accord passé avec Musk, et cela braquait d'autant plus les salariés qui craignaient pour leur emploi.

Tantôt il n'avait pas de réponses à fournir, tantôt il se trouvait empêché par diverses clauses de non-divulgation et autres points légaux portant sur les informations confidentielles propres à cette transaction particulièrement complexe. Le moindre faux pas pouvait remettre en question l'ensemble du processus, et face à un Musk à l'affût du premier prétexte pour tirer sa révérence, le directeur général novice péchait par excès de prudence en se reposant sur des réponses toutes faites et des platitudes vides de sens.

Le peu de soutien dont il jouissait encore en interne finit de s'évaporer le 12 mai. Le matin, il envoya aux employés de Twitter un e-mail les informant que toute nouvelle embauche serait refusée et que les dépenses seraient considérablement réduites. Mais plus important encore, il congédiait deux cadres clefs : Kayvon Beykpour, directeur produit grand public, et Bruce Falck, chef produit générateurs de revenus. Les employés n'en crurent pas leurs yeux.

Le limogeage de Beykpour était particulièrement violent. Jeune homme affable de trente-trois ans à la mâchoire carrée et au sourire facile, il avait débuté dans sa carrière en concevant des applications dans sa chambre du campus de Stanford, et avait fait partie des éléments prometteurs pressentis pour succéder à Dorsey. Il avait Twitter dans le sang, et avait épousé une autre cadre de l'entreprise. Mais il avait commis plusieurs impairs sur les produits, et certains employés ne virent dans la décision d'Agrawal qu'un acte bassement stratégique dans la perspective de l'imminente prise de pouvoir de Musk.

Pour expliquer ses choix, le directeur général n'y alla pas par quatre chemins. « Il est crucial de se doter des meilleurs leaders au bon moment », écrivit Agrawal[3]. Et il ajouta que Sullivan, qui avait rejoint Twitter six mois auparavant, en pleine phase de croissance, remplacerait Beykpour.

Du point de vue d'Agrawal, cette décision s'imposait. Au début de la pandémie, la compagnie avait pris le parti d'une croissance débridée, poussée en cela par l'ingérence d'Elliott Management. Beykpour et Falck avaient été chargés de la supervision de cette croissance, et leurs projections avaient étayé les objectifs à long terme qui avaient été présentés aux investisseurs. Mais les deux cadres n'avaient pas été à la hauteur de leurs ambitions, loin de là. « En tant que compagnie nous n'avons pas rempli les objectifs intermédiaires qui auraient laissé présager que les buts finaux étaient atteignables », poursuivait Agrawal. Faute de résultats, les deux hommes passaient donc à la trappe.

Le raisonnement se tenait dans un cadre entrepreneurial, mais l'insensibilité de ce choix nuisit à Agrawal. Quand il apprit son licenciement, Beykpour était en congé paternité à l'occasion de la naissance de son tout premier enfant. C'était une fin particulièrement brutale après sept ans de travail au sein de l'entreprise, et il le prit d'autant plus à cœur qu'il avait vu Agrawal se débattre face à Musk alors qu'il était lui-même en congé paternité, quelques mois seulement auparavant.

« La vérité, c'est que ce n'était ni de cette façon ni à ce moment que je m'étais imaginé mon départ de Twitter, qui n'est pas de mon fait, tweeta Beykpour ce jour-là. Parag m'a demandé de partir après m'avoir dit qu'il voulait que l'équipe prenne une autre direction. »

Du point de vue de certains employés, ces licenciements étaient insensés. C'était comme si on commençait à refaire la salle de bains d'une maison dont quelqu'un d'autre avait déjà signé l'acte de vente. Alors que l'ombre de Musk ne cessait de grandir, ils se demandaient pourquoi Agrawal avait choisi de faire encore plus de vagues en virant un lieutenant, qui plus est alors que celui-ci profitait des tout premiers jours de son nouveau-né. Twitter était censé être un lieu de travail fondé sur l'empathie, et certains tweeps étaient d'avis que l'entreprise devait continuer à suivre ces préceptes jusqu'au moment où l'on remettrait les clefs au nouveau propriétaire.

Sentant le vent tourner en sa défaveur, Agrawal se pencha sur son compte Twitter pour exposer les raisons de ses récentes décisions. Comme on le sait, contrairement à Musk ou Dorsey, le directeur général n'était pas très prolifique sur la plateforme. Il déroula son fil en assumant son image de canard boiteux à la tête de l'entreprise. Bien qu'il fût raisonnablement convaincu que l'acquisition serait bientôt finalisée, la compagnie devait « se préparer à tous les scénarios ». Il n'entendait pas se contenter de faire vivoter Twitter jusqu'à sa reprise effective.

« Notre industrie traverse une période extrêmement délicate – en ce moment même, tweeta-t-il. Je ne me cacherai pas derrière l'accord afin d'éviter de faire des choix importants pour le bien de la compagnie, et il en ira de même pour toute la direction. »

Une fois de plus, ses tweets ne visaient pas nommément le milliardaire qui avait chamboulé son mandat et fait de sa vie un véritable enfer. Mais on y trouvait une référence implicite à Musk lorsque Agrawal déclarait qu'il ne se perdrait pas en « petites phrases bruyantes »…

Le personnel de Twitter n'était pas convaincu : cela ressemblait en tous points aux fadaises de com dont on les gavait depuis le début du cirque Musk. Et même si Agrawal se disait convaincu que l'acquisition serait finalisée, sa volonté de préparer la compagnie « à tous les scénarios » amena les employés – ainsi que le grand public – à se demander une fois de plus si Musk prenait tout cela au sérieux. Une chose était sûre : celles et ceux qui souhaitaient entendre une voix réconfortante et motivante n'avaient rien à espérer de leur directeur général.

Lors de la première réunion avec l'équipe produit après l'annonce d'Agrawal, Sullivan sembla tout à fait abattu. « Je ne défends pas ce choix. Je ne sais même pas comment on pourrait le défendre », leur dit-il au sujet de ce licenciement soudain. La franchise de Sullivan réconforta malgré tout quelque peu les employés.

* * *

Les remous de l'économie mondiale n'épargnèrent aucune compagnie, pas même Tesla. Alors que le cours de ses actions (et par conséquent la fortune personnelle de Musk) avait atteint des sommets sans précédent début 2022, il se mit à chuter début avril, affecté par l'environnement macroéconomique et les agissements du chef de la compagnie. Le lendemain de l'annonce de Musk concernant la reprise de Twitter, la cote de Tesla baissa de plus de 12 %, les investisseurs redoutant qu'il revende une partie de ses actions pour financer son acquisition. Le 4 mai, la cote avait chuté de 17 % par rapport à sa valeur du mois précédent, clôturant à 317,54 dollars.

La valeur de Tesla était d'une importance quasi vitale pour Musk. Non seulement l'essentiel de sa fortune personnelle était directement lié aux quelque 20 % de sa part de capital, mais il avait en plus pris une partie de ces actions comme garantie, y compris dans son prêt personnel de 12,5 milliards de dollars pour l'achat de Twitter (ce prêt fut réduit à 6,25 milliards début mai, Musk ayant trouvé entretemps des investisseurs extérieurs).

Les actionnaires de Tesla craignaient également que Twitter l'écarte du constructeur automobile. Le fait d'ajouter le réseau social à sa constellation d'entreprises ne ferait que réduire encore le temps et l'attention qu'il portait à Tesla, et il fallait à tout prix continuer de concevoir des véhicules et des produits. En outre, les analystes, les actionnaires et jusqu'à la direction même de Tesla se méfiaient des répercussions financières de l'achat de Twitter. Dans ses états financiers de 2022, la compagnie avait déjà fait part de ses inquiétudes quant aux prêts personnels accordés à son directeur général, « partiellement garantis par un nantissement d'une partie des actions ordinaires de Tesla actuellement détenues par M. Musk[4] ».

« Si la valeur de nos actions ordinaires devait décliner de façon significative, M. Musk se verrait contraint par une ou plusieurs institutions bancaires de vendre des actions ordinaires Tesla afin de satisfaire à ses obligations de remboursement faute d'autres moyens pour ce faire, écrivit la compagnie. De telles ventes pourraient entraîner un déclin encore plus sévère de la valeur de nos actions ordinaires. »

En somme, les investisseurs et la compagnie elle-même redoutaient un effet domino. Si Musk se voyait dans l'impossibilité de rembourser ses prêts, il lui faudrait revendre ses actions Tesla. Et s'il le faisait, cela pouvait effrayer les investisseurs de l'entreprise et les pousser à faire de même. Cela ferait baisser plus encore le cours de l'action, obligeant Musk à en vendre davantage afin de générer les numéraires nécessaires au remboursement de ses prêts. Et ainsi de suite.

Dans ce climat de peur qui domina la semaine suivant le 4 mai, la cote de Tesla chuta de 23 % supplémentaires, faisant tomber la valorisation de l'entreprise à 226 milliards de dollars. L'un des plus grands talents de Musk était sa faculté à inspirer la confiance de ceux qui croyaient en lui, confiance qui se traduisait par l'achat de ses produits et de parts de ses entreprises. L'accord avec Twitter sema le doute, et ce doute gagna Musk lui-même. Encore une fois, il dit à certains de ses proches qu'il hésitait à aller au bout de cette acquisition[5].

Alors que la cote de Tesla était en chute libre, Musk en remit une couche sur le problème des bots, ses doutes quant aux spams et aux faux comptes culminant en une authentique théorie conspirationniste. Les cadres de Twitter lui cachaient forcément quelque chose, et Musk poussa ses avocats à redoubler d'efforts.

Le 9 mai, l'équipe du cabinet Skadden, dirigée par Spiro, avait déjà commencé à demander à Twitter un accès au firehose. Selon elle, ces quantités astronomiques de données lui permettraient de mener à bien ses recherches et possiblement d'étayer la théorie de son client sur les bots du réseau social[6].

Du côté de Twitter, ces requêtes paraissaient abracadabrantesques. La direction avait proposé aux conseillers de Musk d'assister à une démo en direct aux côtés d'ingénieurs du réseau social, afin que ces derniers puissent leur expliquer en détail leur méthode. Qui plus est, l'accès au firehose ne suffisait pas pour distinguer les vrais utilisateurs des faux : il fallait pour cela détenir des informations privées associées aux comptes qui étaient absentes du gigantesque flux de données. Pour déduire le taux de faux comptes, Twitter passait en outre au peigne fin des informations personnelles telles que la position géographique des utilisateurs, leur adresse e-mail, leur adresse IP, et d'autres données encore qu'il était tout simplement impossible de communiquer en vertu des lois internationales sur la confidentialité des données.

Sans compter que ces demandes défiaient la logique la plus élémentaire. Twitter avait proposé à Musk de consulter ses données financières et son nombre d'utilisateurs avant la signature de l'accord, et le milliardaire avait refusé, encourageant ses avocats à régler cette affaire au plus vite. Et Twitter s'était fait un plaisir de se plier à ses désirs.

Sans doute remonté par sa propre paranoïa ou furieux de se trouver dans pareille situation, Musk se défoula de la seule façon qu'il connaissait, c'est-à-dire en déversant un flot continu de critiques envers Twitter, sur Twitter. Il se plaignit des recommandations algorithmiques du site et, le 12 mai, déclara qu'à son avis « Trump devrait être réintégré à Twitter ». Puis, après une soirée à tweeter sur le spam, la guéguerre culturelle sur les pailles en carton, et la prétendue intox des médias, il balança un tweet qui prit tout le monde de court.

« Deal Twitter temporairement en pause dans l'attente d'éléments prouvant que les comptes faux/spam représentent effectivement moins de 5 % des utilisateurs », tweeta Musk à 4 h 44, heure d'Austin, le 13 mai.

Pour la première fois, il laissait entendre publiquement qu'il avait des doutes. Des journalistes cherchèrent aussitôt à savoir s'il lui était seulement possible de renoncer à l'acquisition à présent que le contrat était signé.

Dans le cercle rapproché de Musk, on vit là une tentative de sabotage. Même si Musk était convaincu de pouvoir s'affranchir de ses obligations contractuelles, quel était l'intérêt de révéler publiquement son jeu ? Une fois de plus, son addiction à Twitter le mettait au pied du mur. Spiro et Birchall s'empressèrent de contacter leur patron pour apaiser la situation[7].

Il leur fallut deux heures et six minutes pour convaincre Musk d'agir. « Toujours résolu à aller au bout de l'acquisition », tweeta-t-il à 6 h 50, au moment où la quasi-totalité de la presse financière américaine commençait à s'agiter. Face à cette succession de tweets contradictoires, il y avait de quoi y perdre son latin. Personne ne savait plus trop quoi penser. La cote de Twitter chuta de 10 %[8], celle de Tesla grimpa de 6 %. Musk s'abstint de tweeter treize heures d'affilée.

* * *

Le dimanche 15 mai en fin d'après-midi, Agrawal en eut assez des postures de Musk sur le prétendu problème de bots. À ses yeux comme à ceux de tout le conseil d'administration, le raisonnement de Musk semblait tout à fait illogique : la lutte contre les bots et les spams était précisément l'une des raisons qui avaient poussé le milliardaire à vouloir acquérir la compagnie.

« Si notre proposition d'achat de Twitter aboutit, nous terrasserons les spam bots ou nous nous ferons terrasser », avait tweeté Musk le 21 avril. Il avait répété cette formule quatre jours plus tard lors d'une conférence de presse où il avait annoncé l'achat effectif de la compagnie. Qu'était-il donc arrivé en trois semaines ?

Agrawal n'en pouvait plus. Toute la basse-cour de Twitter l'avait cloué au pilori pour avoir fait preuve de faiblesse quand Musk avait lancé la campagne de harcèlement visant Gadde, alors même qu'en privé Agrawal s'était opposé à l'ordre donné par le milliardaire de la virer. Il avait gardé le silence tandis que dans ses pianotages fébriles Musk se servait de la plateforme dont il avait la responsabilité pour exiger de devenir administrateur à la faveur de ce qui, de fait, était une OPA hostile. Le fait d'avoir expliqué sur Twitter quelques jours auparavant les licenciements de Beykpour et Falck avait redonné du courage au directeur général. Le chef de Tesla atteignait un nouveau stade de folie en s'en prenant à présent au travail des salariés de l'entreprise.

Cette nuit-là, Agrawal rédigea un fil de quinze tweets qu'il soumit à la commission spéciale sur la transaction et aux avocats de Twitter. Beaucoup de ceux qui le lurent lui déconseillèrent de le publier. Ces tweets braqueraient encore plus Musk, et il était inutile d'essayer de raisonner quelqu'un d'aussi imprévisible en se reposant sur les faits et la logique. En outre, Agrawal risquait de mettre l'accord en péril en fournissant au milliardaire des cartouches supplémentaires pour cribler le contrat qu'il avait signé.

Mais Agrawal était convaincu de la solidité de l'accord d'acquisition, et dans aucun de ses tweets il ne mentionnait le nom ou le handle Twitter du futur propriétaire du réseau social. Dans le jargon de la plateforme, il s'agissait de « subtweets », des messages qui s'attaquaient clairement à une personne bien précise sans jamais la nommer. Le lundi matin à 9 h 26, heure de San Francisco, il appuya sur le bouton « Tweeter » : « Parlons de spam. Et parlons-en à la lumière des données, des faits et du contexte… »

Agrawal expliquait dans son fil que le problème du spam était complexe et dynamique, sans cesse changeant, et qu'il amenait la compagnie à suspendre un demi-million de comptes par jour. Grâce à des techniques et des outils hyper-sophistiqués, Twitter estimait que les faux comptes représentaient 5 % de ses utilisateurs actifs quotidiens. Il était impossible à toute personne ou tout organisme extérieurs d'évaluer précisément l'étendue de ce problème parce que seuls certains membres du personnel de Twitter avaient accès à la somme titanesque des données du site.

Musk se fichait éperdument de toutes ces considérations. Sa première réponse prit la forme d'un émoji :

Elon Musk
@elonmusk
@paraga 💩
1:03 PM May 16, 2022
3.7K 8.7K 50K

Une parfaite réponse de troll qui lui valut 51 000 likes, soit trois fois plus que le premier tweet du fil d'Agrawal. Puéril mais efficace, comme si un élève de primaire remportait un débat contre un doctorant en lui lançant une insulte de cour d'école.

Quatorze minutes plus tard, Musk prit la peine de répondre par des mots.

« Alors comment les annonceurs peuvent savoir s'ils en ont pour leur argent ? C'est une question fondamentale pour la santé financière de Twitter. »

Peu importait que Twitter dévoile régulièrement ses chiffres dans des rapports financiers consultables publiquement. Peu importait que Musk se soit déjà engagé contractuellement à acheter la compagnie. Une fois de plus, il remportait la victoire sur le champ de bataille du réseau social. Agrawal garda le silence sur son compte une semaine durant.

19

Des bots et des chevaux

Jusqu'à ces publications d'Agrawal, Musk ne lui avait fait subir son courroux qu'en privé. Et lorsqu'ils parlaient ingénierie, il semblait même prendre plaisir à leurs échanges.

Avant de se déclarer intéressé par la reprise de Twitter, le milliardaire s'était gentiment moqué du directeur général en tweetant un même en décembre 2021, peu après qu'Agrawal eut succédé à Dorsey : on voyait le visage du nouveau patron photoshopé sur le corps de Joseph Staline, comme s'il venait d'exécuter Dorsey. Si durant les négociations de l'achat, Gadde, le conseil d'administration et plus généralement la compagnie tout entière avaient essuyé les foudres de Musk, Agrawal n'avait pas été directement ciblé. Mais ces tweets très fermes changèrent la donne. Quand on cherchait Musk, on le trouvait.

Pendant tout le mois de mai, le milliardaire ne cessa de s'en prendre à Agrawal au sujet des bots, en le citant dans des tweets relayant les témoignages d'utilisateurs mécontents, comme un patron redirigeant les plaintes de la clientèle vers un manager. Dans un de ses messages, Musk demandait pourquoi certaines personnes ne parvenaient pas à visualiser ses tweets : « Qu'est-ce qui se passe @paraga ? » Dans un autre, il mettait Agrawal au défi d'intervenir sur un tweet d'Hillary Clinton remontant à 2016 qu'il qualifiait de « campagne d'intox de Clinton », en insistant lourdement sur le fait que le message enfreignait les règles de Twitter sur la désinformation politique. Divers commentateurs soulignèrent que Musk ne faisait que relayer un élément de discours de Trump. Agrawal ne répondit pas.

Le commun des employés de Twitter considérait son absence de réaction publique comme un reflet de sa personnalité effacée – comme ils l'avaient constaté lors des grandes réunions de l'entreprise. Musk dénigrait ouvertement leur travail – ainsi que la plateforme qu'ils avaient bâtie – et leur chef ne disait rien. Et Musk avait beau tweeter comme un gamin de douze ans sous Ritaline qui aurait brutalement cessé son traitement, ce mode de communication semblait encore préférable au silence radio d'Agrawal.

Des employés se moquèrent bientôt de leur trop discret directeur général. Après avoir essuyé une malencontreuse série de piratages, Twitter décida de renforcer sa sécurité, notamment en obligeant ses cadres dirigeants à utiliser des YubiKeys, clefs USB qui généraient des mots de passe aléatoires afin de protéger leur empire numérique. Un jour, Agrawal fit une apparition surprise sur un canal Slack ouvert à tous les employés. Mais au lieu de leur délivrer un message rassurant, il aligna des suites de lettres et de chiffres sans queue ni tête apparemment issues de sa YubiKey. Plusieurs personnes le tournèrent en ridicule en écrivant à leur tour des mots de passe en charabia.

Alors que son capital-confiance s'érodait parmi ses subalternes, Agrawal perdit également l'un de ses premiers soutiens au sein du conseil d'administration. Le 25 mai, sans cérémonie, Dorsey quitta le conseil à la fin de sa mandature. Il ne faisait pas secret du mépris qu'il vouait aux autres administrateurs de Twitter, et ses conversations privées avec Musk avaient fait de lui un élément potentiellement dangereux lors des négociations. L'homme qui avait contribué à la création de Twitter, qui avait lutté de toutes ses forces pour en reprendre la direction n'était plus lié en rien à la compagnie, si ce n'est par sa part du capital qui se chiffrait en millions de dollars.

* * *

Le 27 mai, le jet privé de Musk décolla de Los Angeles pour se rendre à Saint-Tropez[1]. Il s'agissait d'un rapide aller-retour afin que Bassett et lui puissent assister au mariage du magnat hollywoodien Ari Emanuel. Dans la villa qui se dressait au sommet d'une colline, avec une vue imprenable sur la côte, se trouvait, parmi la pléthore d'invités prestigieux, Egon Durban.

Tout au long des négociations, ce dernier avait évité autant que possible d'interagir avec Musk. Tout en conseillant Agrawal et Segal (et en critiquant le milliardaire auprès de divers acteurs du monde financier), il veillait scrupuleusement à ne pas l'attaquer de front. Mais l'événement rendait leur face-à-face inévitable. Un peu à l'écart, Musk, vêtu d'un costume bleu sans cravate, se lança dans une joute verbale avec Durban tandis que les autres invités passaient devant eux sans se douter un instant qu'ils débattaient du plus gros contrat au monde[2]. Naturellement, aucun des deux hommes n'en ressortit gagnant, et deux jours à peine après son arrivée en France Musk rentra chez lui à bord de son jet.

* * *

Le 6 juin, Musk tâchait encore de mettre la main sur la totalité des données du firehose, et commençait à perdre patience face au refus que la compagnie lui opposait de les lui fournir sans garde-fous. Tout le monde se souvenait qu'il avait menacé de créer un réseau social concurrent, et personne n'avait envie de le laisser se servir à sa guise dans la somme de tweets qui constituaient Twitter.

Ce jour-là, Ringler adressa à Gadde une lettre virulente. « M. Musk a clairement fait comprendre qu'il considérait la méthodologie laxiste de la compagnie parfaitement inadéquate, et que partant il devait procéder lui-même à une analyse », déclarait-il. Si Twitter ne soumettait pas immédiatement les données demandées, Musk envisagerait de renoncer au marché conclu.

Ce fut le branle-bas général au sein du conseil d'administration. Au terme d'une valse savante, les administrateurs étaient parvenus à lui faire signer un contrat qu'ils considéraient comme inattaquable, mais cette menace n'en était pas moins inquiétante. Si Musk décidait de la mettre à exécution, cela provoquerait une puissante onde de choc parmi les employés et les investisseurs de l'entreprise, et Twitter devrait se lancer dans une procédure judiciaire potentiellement très dommageable (entre autres parce que les éléments du dossier seraient publics) afin d'obliger Musk à s'acquitter de son achat.

Le conseil d'administration et le directeur général de Twitter considéraient qu'il en allait de leur devoir absolu d'aller au bout de la vente. Les inquiétudes des salariés, leur amour-propre, et jusqu'à leur emploi, tout s'effaçait devant la nécessité de contraindre Musk à verser les 44 milliards de dollars convenus. Et avec la chute de l'ensemble des cours de la Bourse, ils savaient que la valorisation de Twitter continuerait de s'éloigner des 54,20 dollars par action.

Le conseil proposa un compromis au sujet du firehose. Musk bénéficierait d'un accès limité à l'un des flux de données remontant jusqu'à janvier 2021, ainsi qu'à trente jours d'historique tiré du firehose. Cela convaincrait le milliardaire que la compagnie ne faisait pas obstruction, sans lui remettre les clefs du royaume.

De son côté, Agrawal tenta également d'apaiser Musk en l'invitant à s'adresser directement aux employés de Twitter. Cela ne faisait pas longtemps qu'il occupait le poste de directeur général, et il savait que la finalisation de l'achat précéderait selon toute probabilité la fin de son court mandat. Sa marge de manœuvre était infime. Si l'acquisition capotait, il incomberait à Agrawal la tâche quasi impossible de reconstruire une compagnie dont la réputation serait définitivement ternie. Si la vente avait bien lieu, il empocherait plusieurs dizaines de millions de dollars (fruit de l'achat accéléré de ses actions et de ses indemnités de départ) pour moins d'un an de travail, et n'aurait plus qu'à se lancer dans une nouvelle aventure après être sorti victorieux de cette confrontation avec Musk.

En interne, les salariés de Twitter continuaient d'insister auprès de leur directeur général afin d'obtenir de plus amples informations sur le charivari en cours. Agrawal les leur dispensait au compte-gouttes, mais il voyait en Musk un moyen d'améliorer la communication avec les employés, en leur permettant par exemple de poser directement leurs questions au futur patron.

Le lundi 13 juin, Agrawal envoya un e-mail à l'ensemble de la compagnie dans lequel il annonçait que Musk se joindrait à eux à l'occasion de la réunion générale du jeudi. Ce ne serait cependant pas le directeur général qui se chargerait de modérer les échanges, mais Leslie Berland, la directrice marketing de Twitter.

* * *

N'ayant jamais eu affaire à Musk en personne, Berland convint avec lui de deux rendez-vous téléphoniques afin de préparer l'événement. Elle avait passé le plus clair de sa carrière entourée d'egos surdimensionnés d'hommes d'affaires, et avait appris non seulement à les gérer, mais également à s'en servir à son avantage ou à celui de l'entreprise. Après tout, sous le règne du précédent directeur général, elle avait été surnommée par certains « la femme qui murmure à l'oreille de Jack ». Musk n'était qu'une version boostée du même modèle masculin.

Pourtant, l'homme qu'elle eut au bout du fil n'avait rien de commun avec l'individu qui tourmentait à coups de tweets assassins le conseil d'administration et les cadres de Twitter. Musk était avenant, et parlait volontiers de sa petite famille. Il se montrait impliqué, demandait ce que les employés et la compagnie pensaient de son acquisition, et parsemait la conversation de petites plaisanteries dont il était le premier à rire. C'était là une constante qui se confirmerait au gré des échanges entre Musk et les cadres de Twitter durant les semaines et les mois suivants. Certains jours, il était très agréable, normal. D'autres, en revanche, il semblait assoiffé de sang. Tout dépendait de ce qui s'était passé dans la journée, de ce qu'il avait vu ou lu sur Twitter, et des personnes qui l'entouraient.

Berland était tombée sur un de ses bons jours. Après cette petite conversation informelle, elle le prépara aux questions que selon elle les employés lui poseraient, et Musk accepta de discuter avec elle du bien-fondé des réponses qui lui venaient naturellement. Elle lui dit de s'attendre à ce qu'on l'interroge sur les raisons qui l'avaient poussé à racheter la compagnie, et l'avertit qu'on lui demanderait aussi son avis sur le travail en distanciel, ainsi que sur les initiatives visant à la diversité et à l'inclusivité. La conversation partait un peu dans tous les sens malgré les efforts de la directrice marketing pour maintenir Musk sur les rails. Il lui parla de l'amour qu'il portait à cette plateforme qu'il considérait comme la place publique de la planète tout entière.

Pour avoir mené des dizaines de réunions de ce genre avec les employés de Twitter, Berland savait pertinemment qu'il n'y aurait pas que des questions faciles. La culture interne de la compagnie se fondait sur la notion de transparence, et les salariés profitaient souvent de ce genre d'occasions pour poser des questions délicates, voire carrément acerbes. Cette approche avait jadis été adoptée par Facebook et Google, afin que les cadres puissent déterminer de façon claire ce qui comptait vraiment aux yeux de leurs subalternes, et que les employés aient le sentiment, même ténu, de pouvoir mettre leurs chefs en face de leurs responsabilités. Le boulot de Berland consistait précisément à préparer Musk à tout cela.

Raison pour laquelle elle évoqua certaines des peaux de banane qui l'attendaient peut-être. Elle lui demanda comment il réagirait si on l'interrogeait sur une possible action collective en justice de plusieurs ouvriers noirs d'une des usines Tesla qui dénonçaient un racisme généralisé au sein de l'entreprise. Elle lui demanda comment il répondrait à des questions portant sur des licenciements. Enfin, elle aborda la question de ses tweets d'opinion, y compris ceux qui ciblaient les personnes trans.

En 2020, Musk avait tweeté « les pronoms ça pue », rejoignant les rangs toujours plus nombreux de celles et ceux qui ne reconnaissaient pas le droit d'autrui à décider de sa propre identité de genre. Des employés de Twitter redoutaient le sort qui serait réservé à leurs collègues trans quand Musk prendrait les rênes de l'entreprise.

Plus tard dans le même mois, Xavier, le premier enfant de Musk – l'un des jumeaux qu'il avait eus avec sa première femme –, changea de prénom pour devenir Vivian Jenna Wilson, abandonnant par la même occasion le patronyme de son père. Sur un document légal, Vivian Wilson imputait les raisons de son choix à son « identité de genre et le fait qu'[elle ne vive] plus avec [son] père biologique et ne souhaite plus lui être associée de quelque façon que ce soit ».

* * *

Le matin du jeudi 16 juin, jour de la réunion générale, Korman et Klein écrivirent à Ringler pour lui signifier que le conseil d'administration avait décidé de communiquer une partie des données du firehose. Ringler transmit le message à ses supérieurs tandis que de son côté, Musk s'apprêtait à prendre part à la réunion.

Certains avaient hâte d'entendre ce que Musk avait à leur dire. Un nombre très important d'employés s'étaient déjà fait une opinion sur leur futur patron, mais d'autres hésitaient encore. La dernière fois que Musk s'était adressé tout spécialement à eux remontait au OneTeam de 2020. Les circonstances étaient tout à fait différentes, et d'aucuns se demandaient s'il avait choisi ce moment pour révéler enfin la grande vision qu'il avait pour l'entreprise.

Musk se connecta avec du retard. Faute de réussir à lancer le logiciel de visioconférence de Google sur son ordinateur portable, il finit par rejoindre la réunion à partir de son iPhone[3]. Avant qu'il apparaisse à l'écran, l'avatar d'un compte Google s'afficha brièvement sur les écrans de certains employés : deux mains formant le nombre 69, à très forte connotation sexuelle.

Après une présentation brève mais hésitante d'Agrawal, certainement écrite au préalable, Berland prit le relais. Musk positionna son iPhone de façon à recadrer son visage, comme s'il s'agissait d'une conversation vidéo avec un ami. En arrière-plan, un inconnu pianotait sur un ordinateur portable. C'était un bien curieux début de réunion, et pour le moins décevant pour les salariés de Twitter.

« Pourquoi aimez-vous Twitter, et pourquoi avoir voulu acheter cette compagnie ? » demanda Berland pour commencer.

C'était une question facile, mais curieusement Musk parut pris de court. Il porta les mains à son menton d'un air pensif et regarda dans le vide pendant huit secondes, avant de fournir une réponse brute et décousue dans laquelle il décrivait le plaisir personnel qu'il tirait de la plateforme, son besoin de s'exprimer, son dédain pour les médias qui se méprenaient toujours sur ses propos, et la nécessité de disposer d'un espace où l'on pouvait communiquer en toute liberté. Puis il enchaîna sur le fait que Twitter devait s'inspirer de WeChat, l'application la plus populaire en Chine.

« Pourquoi est-ce que Twitter n'attire pas plus d'utilisateurs, et pourquoi les gens se déconnectent de Twitter ?! lança Musk. Regardez WeChat, en Chine, une super appli. Mais il n'existe aucun équivalent de WeChat hors de la Chine et je crois qu'il y a vraiment une occasion à saisir. En Chine on passe quasiment sa vie sur WeChat parce que c'est tellement pratique et tellement utile dans la vie de tous les jours. »

C'était une bien curieuse affirmation. Depuis des années, les leaders de la tech américaine, comme Zuckerberg et le directeur général de Snapchat, Evan Spiegel, rêvaient de lancer le WeChat occidental, une application universelle grâce à laquelle on pourrait discuter entre amis, appeler des taxis, commander des repas ou réaliser des paiements. Mais ce rêve tardait à se réaliser. Il était vrai que WeChat comptabilisait plus de 1,3 milliard d'utilisateurs, mais c'était uniquement parce que le gouvernement chinois surveillait de très près Internet, choisissant quelles applications et quelles entreprises pouvaient être utilisées par l'ensemble des citoyens. Et la Chine était bien connue pour bafouer la liberté d'expression.

Berland orienta l'échange vers des sujets qui concernaient plus directement les employés. Ceux-ci craignaient que Musk mette fin à la politique de travail en distanciel et de rémunération en actions de la compagnie. Les échos colportés par les médias leur faisaient redouter un plan de licenciements. Musk ne leur fournit aucune réponse définitive, mais indiqua qu'il préférait le présentiel au distanciel, car il contribuait selon lui à « l'esprit de corps » de l'entreprise. Puis il exposa ses principes, très simples au demeurant. « Si quelqu'un fait des trucs, alors génial, je l'adore, déclara-t-il. Et si ce n'est pas le cas, alors je l'aime pas. Je ne l'adore pas. »

« Toute personne qui contribue de façon significative ne devrait rien avoir à craindre, ajouta plus tard Musk. Je ne prends jamais de décision nuisible à l'entreprise que je dirige. »

La réunion dura environ quarante-cinq minutes au cours desquelles Musk se laissa aller à parler politique (« Mes opinions politiques sont, je crois, modérées », dit-il avant de préciser qu'il votait républicain), publicité (« J'aurai sans doute envie de m'adresser aux annonceurs pour leur dire "Hé, essayons de rendre les pubs aussi divertissantes que possible" ») et vie extraterrestre (« Pour être tout à fait franc, je n'ai encore jamais vu de véritable preuve de l'existence d'extraterrestres »). Malgré tout le battage de ces dernières semaines autour des bots, Musk n'avait pas grand-chose de nouveau à dire, et se contentait surtout de répéter qu'il voulait améliorer la plateforme en réduisant la prolifération des faux comptes et des spammeurs. Berland préféra par ailleurs ne pas aborder la question trans.

« Je veux que Twitter contribue à une meilleure civilisation, plus pérenne, où nous pourrons mieux comprendre la nature de la réalité », déclara Musk[4].

À la fin de la réunion, la majorité des employés ne voyaient toujours pas ce que Musk comptait faire lorsque l'entreprise lui appartiendrait définitivement. Ceux qui avaient appelé de leurs vœux quelque vaste plan de génie étaient dépités : Musk n'en avait pas. Mais, au moins, tous connaissaient à présent sa position sur la vie extraterrestre.

* * *

Parallèlement à cette réunion avec ses potentiels futurs employés, Musk était occupé à étouffer une petite mutinerie au sein de SpaceX. Le mois précédent, le site d'information *Business Insider* avait révélé un scoop fracassant : l'existence d'un accord entre la compagnie spatiale de Musk et une ancienne employée, une hôtesse de l'air qui accusait le milliardaire de lui avoir fait des avances sexuelles sur un vol à destination de Londres, en 2016[5]. À bord de sa flotte de jets privés, qui comptait un Gulfstream G650ER, Musk engageait souvent des hôtesses de l'air qui avaient également une formation de masseuses.

Durant le vol en question, il aurait caressé la cuisse de la victime sans son consentement et lui aurait montré son pénis. Sachant qu'elle était férue d'équitation, Musk lui aurait proposé de lui acheter un cheval si elle consentait à un acte sexuel avec lui, et elle aurait refusé.

La victime continua à travailler pour Musk pendant deux ans, avant de se convaincre que certaines possibilités lui étaient tacitement refusées parce qu'elle n'avait pas cédé à ses avances. Elle porta plainte contre SpaceX fin 2018, à peu près au moment où le milliardaire bataillait contre la SEC à propos du fiasco du « financement déjà assuré », et en novembre les deux parties convinrent d'un accord à hauteur de 250 000 dollars.

En réponse à cet article, Musk tweeta que ces accusations étaient « absolument fausses », en déclarant au média : « Si j'étais enclin au harcèlement sexuel, il serait hautement improbable que ce soit la première révélation à voir le jour en trente ans de carrière. » Certains salariés de Twitter, à la lumière de ce scoop du *Business Insider*, eurent brièvement l'espoir que l'accord de reprise n'y survive pas. Sur Slack, la nouvelle inspira le dégoût et des messages à l'humour acide, tournant Musk en ridicule à travers des blagues et des émojis équins. Chez

SpaceX, des employés voyaient dans cette histoire une énième preuve de la culture de la masculinité toxique qui régnait dans leur entreprise, dirigée par un chef qui publiait des tweets à connotation sexuelle et proposait la création d'une université technologique qui aurait pour nom l'acronyme TITS (« nichons »). Plusieurs femmes travaillant chez SpaceX s'étaient déjà exprimées publiquement sur des cas de harcèlement sexuel et de discrimination, et la compagnie avait balayé d'un revers de main leurs accusations. Musk continua de se défendre en avançant qu'il n'avait jamais recours aux services d'hôtesses de l'air, et en exigeant de son accusatrice qu'elle décrive des cicatrices ou des tatouages sur son corps qui ne seraient pas connus du grand public.

Pour certains salariés de SpaceX, ce fut la goutte d'eau qui fit déborder le vase. Ils avaient rejoint cette entreprise parce qu'ils étaient de farouches partisans de l'exploration spatiale, sans s'imaginer un seul instant que le superhéros qui la dirigeait était en réalité un super-méchant. Le 16 juin, alors que Musk était sur le point de s'adresser aux effectifs Twitter, des employés de SpaceX firent circuler en interne une lettre ouverte dans laquelle ils qualifiaient le comportement de leur directeur général de « source fréquente de distraction et de gêne pour [eux] ».

« Elon est perçu comme le visage de SpaceX : chaque tweet qu'il publie est en réalité une déclaration faite au nom de la compagnie », disait cette même lettre, signée par plus de quatre cents personnes dont la plupart avaient préféré garder l'anonymat[6] : « Il est de la première importance de signifier le plus clairement possible à nos équipes et à notre vivier de talents potentiels que ses messages ne reflètent ni notre travail, ni notre mission, ni nos valeurs. »

Dès le lendemain, cinq personnes ayant contribué à la rédaction et à la diffusion de cette lettre furent licenciées pour ce que la présidente et directrice de l'exploitation de

SpaceX, Gwynne Shotwell, décrivit comme du « militantisme exacerbé[7] ». D'autres furent convoquées par leurs supérieurs, qui manifestement avaient reçu pour consigne de les faire rentrer dans le rang. Durant l'une de ces entrevues, John Edwards, vice-président qui supervisait les lanceurs de la compagnie, qualifia la lettre d'acte extrémiste. Un employé répliqua en demandant si Musk avait le droit de harceler sexuellement ses subalternes sans avoir à en assumer les conséquences. Edwards répondit à côté, en fournissant ce qui parut une excuse aux agissements incriminés : « SpaceX, c'est Elon, et Elon, c'est SpaceX[8]. » En tout et pour tout, l'entreprise congédia neuf employés à cause de cette lettre.

Chez Twitter, certains voyaient dans ces licenciements la préfiguration de ce qui les attendait. Musk, supposément défenseur de « la liberté d'expression », ne tolérait ni les critiques ni les divergences d'opinion. Et quand des employés s'opposaient à lui, ou plus simplement faisaient état de leurs inquiétudes, il n'hésitait jamais à se servir de son compte Twitter pour nier les faits. Il avait à ses ordres une armée de cadres supérieurs très bien payés qui avaient lié leur sort au sien, et étaient déterminés à le protéger. Malgré la révélation de cet accord entre SpaceX et l'hôtesse de l'air, le conseil d'administration de Twitter resta concentré sur la finalisation de la vente de l'entreprise. Rien ne devait s'y opposer.

* * *

De leur côté, les avocats de Musk ne cessaient les tirs de barrage, et Twitter continuait de leur refuser le plein accès au firehose en ne leur donnant que des bouts de données lacunaires : Musk avait évoqué la possibilité du lancement d'un réseau social concurrent, et les cadres de l'entreprise craignaient qu'il ne siphonne ces informations au profit de son projet.

Les accusations de laxisme qu'il avait adressées aux ingénieurs de Twitter paraissaient tout à fait ridicules aux yeux des leaders de la compagnie, qui se demandaient de plus en plus si Musk avait l'intention d'utiliser les données à d'autres fins que celles qu'il avançait. Après une série d'échanges de lettres envenimées entre Ringler et Korman, l'avocat de chez Skadden envoya un coup de semonce particulièrement brutal : « M. Musk a clairement signifié que le refus obstiné de Twitter de lui communiquer les données et les informations demandées par lui depuis le 9 mai 2022 constitue une violation de l'accord d'achat passé avec Twitter, écrivit-il. Cette violation n'a toujours pas été résolue[9]. »

Malgré leur surprise, Korman et l'équipe juridique de Twitter prirent cette déclaration comme une énième tentative des conseillers de Musk pour lui trouver une raison de se retirer du projet. Ils répondirent trois jours plus tard par une lettre tout aussi virulente. « M. Musk a insisté pour aboutir rapidement à un accord d'achat, en présentant son offre comme à prendre ou à laisser », écrivirent-ils, et l'accord d'achat ne lui donnait aucun droit à « un accès illimité aux quantités considérables de données exclusives et particulièrement sensibles ».

Et ils enfoncèrent le clou : « Ce n'est qu'après la chute soudaine des marchés boursiers à la suite de la signature de l'accord d'achat que M. Musk a remis en question les déclarations faites par Twitter à la SEC, en arguant que Twitter violait les clauses de l'accord, dans le but apparent d'y adjoindre un caractère facultatif s'il venait à changer d'avis sur l'achat. »

Néanmoins, la compagnie acceptait d'accorder à Musk et à ses représentants un accès limité aux flux de données du firehose, et fournit à son équipe les éléments d'identification nécessaires à leur consultation. Les ingénieurs de Twitter inclurent les informations sur un outil technologique qui leur permettait de monitorer la façon dont les collaborateurs de Musk fouillaient les données. Très vite, ils s'aperçurent que l'équipe de Musk ne faisait pas grand-chose, et que ses recherches étaient assez peu pertinentes. De leur point de vue, cette demande d'accès au firehose n'avait été qu'une manière de se payer leur tête.

20

Sun Valley

Le 17 juin, Ringler envoya un autre courrier à Twitter pour exiger encore plus d'informations. Les tweets n'intéressaient plus les avocats de Musk : ils exigeaient cette fois d'avoir accès à tout échange entre le conseil d'administration et la direction de la compagnie concernant le calcul du nombre de comptes douteux, y compris les e-mails et messages personnels.

En outre, ils demandaient un relevé récent de l'état financier de Twitter : les budgets et projections actualisés de la compagnie pour l'année 2022, ainsi que les modèles financiers réalisés par Goldman Sachs lorsque ses banquiers avaient recommandé à Twitter d'accepter la proposition de Musk.

Segal tenta de tempérer les ardeurs de Musk en lui proposant de convenir d'un rendez-vous avec Agrawal, afin que celui-ci lui expose personnellement la méthodologie d'estimation des bots. Agrawal, qui était l'un des meilleurs ingénieurs et l'un des plus anciens de la compagnie, serait à même de montrer à Musk comment tout cela fonctionnait dans le moindre détail, assura Segal au téléphone.

Musk accepta une entrevue pour le 21 juin, puis se rétracta[1]. Pendant ce temps, son équipe manipulait à l'envi la quantité phénoménale de données mises à leur disposition. En l'espace de deux semaines, ils dépassèrent la limite imposée par Twitter de cent mille requêtes maximum par mois sur l'ensemble des données, et demandèrent une marge supérieure pour poursuivre leurs recherches. Twitter fixa la nouvelle limite à dix millions de requêtes.

Klein et Korman, les avocats qui avaient encouragé le conseil d'administration à accepter la transaction, commencèrent à s'inquiéter. La demande de communication des messages personnels était tout à fait déplacée, et suggérait que Musk n'avait aucune intention d'aller au bout de l'achat. Cela ressemblait bien plus à une demande de *discovery*, le genre d'investigation approfondie qu'on exigeait d'une compagnie dans le cadre d'un procès. Le soudain intérêt de Musk pour les finances de Twitter ne les rassurait pas non plus. Durant la conférence TED, le milliardaire avait fièrement déclaré que les aspects économiques de l'accord ne le concernaient pas : quelle était la raison de cette brusque volte-face ?

Ce mois-ci, les marchés connurent des chutes historiques. Le prix du pétrole décolla. La récession mondiale semblait inévitable. L'offre de Musk, généreuse en avril, paraissait délirante en juin. Le milliardaire se voyait contraint de verser une somme plus qu'astronomique pour acquérir Twitter.

* * *

Que la question des bots et du partage d'information l'ait rendu furieux ou non, Musk ne publia aucun tweet à ce sujet. Le 22 juin, le lendemain du rendez-vous annulé avec Agrawal, débuta pour lui un long silence de neuf jours. Certains cadres de Twitter qui surveillaient son compte plus assidûment que les prévisions météorologiques en vinrent à se demander s'il allait bien. Musk coupa également toute communication privée avec ses banquiers et ses avocats. Son équipe livrée à elle-même n'osa pas prendre de nouvelle décision en son absence.

En moins d'une semaine, les médias, qui en temps normal ne cessaient de relayer le moindre tweet du milliardaire, en étaient réduits à ne plus parler que de son absence de sa plateforme préférée.

Segal eut vent d'une singulière rumeur : Musk ne pouvait momentanément plus interférer avec l'accord d'achat parce qu'il venait d'avoir un enfant.

Lorsque Segal communiqua cette information à Twitter, certains cadres et administrateurs se demandèrent s'il ne s'agissait pas d'un piège. Une partie des informations relatives aux négociations houleuses avait fuité, et l'équipe de Musk se servait peut-être de cette fausse histoire de nouveau-né comme d'un ballon d'essai pour voir si elle se verrait relayée par la presse, jusqu'à la page six du *New York Post*, réservée aux cancans. La direction de Twitter décida de garder cette information pour elle, et envisagea même de lui faire parvenir un cadeau, avant de finalement abandonner cette idée.

Les administrateurs se demandèrent si Natasha Bassett, la dernière petite amie en date de Musk, était la mère de l'enfant. En réalité, le petit garçon du nom de Techno Mechanicus Musk, né de mère porteuse, était l'enfant de Musk et de Boucher. C'était leur troisième enfant : la deuxième était née quelques mois auparavant, en décembre. Ces deux naissances avaient été cachées aux médias : ce silence était pour le moins surprenant venant de Musk, désormais père de onze enfants. Avant ce silence radio, il avait passé une bonne partie de son mois de juin à tweeter à propos de sa peur du déclin démographique de la population mondiale et de la chute du taux de natalité dans l'ensemble des pays. « Ces deux dernières années ont été des désastres démographiques, tweeta-t-il à la mi-juin. Moi, je lutte à mon petit niveau, haha. »

Sur ce point précis, le complexe du super-héros de Musk ne connaissait pas de limite. Avec sa première épouse, Justine, il avait eu six enfants : le premier avait été victime de la mort subite du nourrisson alors qu'il n'était âgé que de dix semaines, ce qui avait profondément traumatisé les deux parents et conduit plus tard à leur divorce, en 2008.

Après deux mariages avec l'actrice Talulah Riley, sans nouvelle progéniture, le milliardaire avait eu avec Boucher un petit garçon nommé X Æ A-12 (à lire, « X Ash A 12 ») Musk en 2020. Deux ans plus tard, une deuxième enfant était née de mère porteuse, Exa Dark Sideræl Musk.

Exa n'était pas le prénom initialement prévu. Boucher voulait l'appeler Valkyrie, mais elle ignorait que Musk s'apprêtait alors à avoir des jumeaux de l'une de ses employées, Shivon Zilis. La Canadienne aux yeux bleus perçants, investisseuse en capital-risque, avait fait la connaissance de Musk alors qu'elle siégeait au conseil d'administration d'OpenAI, organisme à but non lucratif spécialisé en intelligence artificielle dont le milliardaire était l'un des fondateurs. En 2017, il l'engagea au sein de Tesla et Neuralink en tant que directrice des opérations et projets spéciaux.

En 2021, alors qu'elle était enceinte, elle révéla simplement avoir eu recours à une fécondation in vitro, sans dévoiler à aucun de ses collaborateurs l'identité du père des jumeaux. Au mois de novembre, elle donna naissance à Valkyrie Alice Zilis, une fille, et Strider Dax Silis, un garçon, et demanda l'année suivante à ce que tous deux portent le nom de famille de Musk, ainsi que le prouvent les documents juridiques obtenus par Julia Black, reportrice de *Business Insider*[2].

Boucher, dont la fille naquit quelques mois après les jumeaux de Zilis, sombra dans une colère noire en apprenant que Musk avait non seulement conçu d'autres enfants sensiblement à la même période, mais avait en plus prénommé l'une d'entre eux « Valkyrie ». Durant cette phase compliquée de leur relation qui par ailleurs semblait être une succession infinie de hauts et de bas, Boucher confia à ses proches que cette duplicité portait une grave atteinte aux efforts qu'elle faisait pour fonder une famille unie. Elle écrivit un poème intitulé *Lettre à S.* qui exprimait la douleur que lui avait causée la trahison de Musk et mentionnait le prénom Valkyrie. Quelques mois plus tard, elle le publia sur Twitter :

Mais il est une chose que je ne puis accepter :
*L'insulte faite à l'honneur de ma fille**.

Zilis et Musk prirent l'habitude d'appeler leur fille Azure, peut-être dans le but d'apaiser ces remous, mais ce fut peine perdue. Boucher ne cessait d'osciller entre passion et animosité envers Musk. Celui-ci la tint écartée des jumeaux, et à titre de représailles elle se battit pour avoir la garde de son fils X, que le milliardaire accaparait quasi constamment. À l'image de ses affaires, la vie privée de Musk était un chaos absolu.

* * *

Le 28 juin, Roth et sa petite équipe avaient déjà soumis à Agrawal un nouveau livre blanc pour le projet Saturn, décapé de ses aspects les plus retors avec, en prime, des maquettes du produit permettant de visualiser l'interface du point de vue des utilisateurs lorsque ceux-ci chercheraient à savoir à quel cercle ils appartenaient, et comment passer à un cercle plus populaire.

« Les débats les plus récents sur la modération de contenu et la liberté d'expression se trouvent polarisés. D'un côté, beaucoup de personnes utilisant Twitter veulent que nous modérions plus, et que nous prenions

* « *But one thing I cannot abide : / The insult to my daughter's pride.* »

des mesures plus fortes encore pour enrayer la propagation en ligne de contenus potentiellement nuisibles, écrivit Roth. De l'autre, nous entendons très distinctement les échos de personnes convaincues que nous modérons trop, ou trop injustement, et que nous ne laissons pas assez de place aux utilisateurs pour s'exprimer et entrer en contact avec les communautés qui les intéressent, en toute liberté. »

La nouvelle version plut à Agrawal qui insista pour que Twitter lance le produit aussi vite que possible, alors même que l'acquisition de Musk semblait plus incertaine que jamais. En guise de commentaire, il écrivit une suite de principes directeurs : « 1. Prendre ses responsabilités 2. Permettre aux gens d'avoir le contrôle 3. Pas de solution unique. »

Le projet Saturn était à deux doigts d'être lancé. Agrawal se réjouissait de montrer au monde que lui aussi était un visionnaire, du même niveau que Dorsey lorsqu'il s'agissait d'inventer de nouvelles technologies. Son approche novatrice de la modération de contenu était qui plus est en phase avec ce que Musk appelait de ses vœux, un Twitter acceptant quasiment tout type de discours, tout en respectant l'un des principes fondateurs de l'entreprise : que la conversation reste saine. Le reste de l'industrie des réseaux sociaux, en butte aux mêmes problématiques, ne pourrait que prendre acte de ce qu'avait accompli Twitter et lui emboîterait le pas.

Ce 28 juin, jour de son cinquante et unième anniversaire, Musk ne brisa pas son silence. Mais le travail de sape de l'accord était toujours d'actualité. Redoutant de plus en plus qu'il cherche à se soustraire à ses obligations contractuelles, les administrateurs de Twitter demandèrent à leurs avocats de contacter l'équipe du milliardaire le jour même afin de s'enquérir de l'avancée du processus de financement.

Klein et Korman rappelaient ainsi à Musk qu'il était tenu contractuellement d'acheter la compagnie et qu'il devait présenter son plan de financement au plus tôt. « Dans l'état actuel des choses, vous ne consacrez pas assez de votre temps et de votre attention à ces obligations », écrivirent-ils[3].

Cette demande officielle d'informations sur son argent parut fâcher Musk, qui accusa Segal et Agrawal de « semer le trouble » par l'entremise de leurs avocats.

« Cela doit cesser », leur dit-il dans un message, le lendemain[4].

Segal fit une ultime tentative pour apaiser Musk. Il l'appela directement le 30 juin et lui demanda ce que Twitter pouvait faire pour le rassurer au sujet des bots. Segal lui proposa à nouveau de passer un peu de temps avec Agrawal.

Plus tard, Segal confia à ses collègues qu'il avait tenté de le convaincre de jeter un nouveau coup d'œil au document que Twitter lui avait fait parvenir au mois de mai, et dans lequel était exposée la stratégie de l'entreprise pour comptabiliser les bots. D'un ton las, Musk admit qu'il ne l'avait même pas lu. Il n'en demeurait pas moins qu'à ses yeux Twitter dépensait trop, et il demanda à Segal si l'entreprise envisageait d'opérer des coupes dans le personnel. Il ajouta que l'un de ses plus fidèles confidents, Antonio Gracias, s'occuperait très prochainement des aspects financiers de l'accord.

Fils d'immigrés, Gracias avait grandi à Grand Rapids, dans le Michigan, et s'était fait un nom en s'attachant très vite au destin de Musk. Dans les années 1990, alors qu'il étudiait à l'université de Chicago, il avait été présenté au jeune entrepreneur par un ami qui faisait lui aussi son droit, et avait gardé contact avec Musk à l'époque où il créa sa compagnie Zip2.

Pendant que Musk enflammait la Silicon Valley, Gracias finit son droit, fit un passage par Goldman Sachs, et se lança dans une carrière dans le capital-investissement. Il fonda deux sociétés, et en 2001, il dirigeait Valor Equity Partners à Chicago. Il renoua avec Musk qui, à la tête de Tesla, avait grand besoin d'investissements. Gracias se fit un plaisir de lui venir en aide, nouant ainsi une solide amitié qui le porta jusqu'à lui accorder un prêt personnel de 1 million de dollars. Musk à son tour le récompensa en lui offrant le deuxième Roadster sorti des lignes de production, et des sièges aux conseils d'administration du constructeur automobile et de SpaceX. Il gagna en stature à mesure que Musk alignait les succès, et l'importance de son fonds de capital-investissement ne cessa de croître, comptant même parmi ses plus gros investisseurs l'Église des saints des derniers jours.

Musk dit à Segal d'attendre que Gracias le contacte. Mais durant les semaines qui suivirent, l'ancien de Goldman Sachs ne donna pas le moindre signe de vie.

* * *

Le lancement du projet Saturn avait beau être imminent, Gadde restait sceptique. En tant que première architecte de la politique de modération des contenus, elle savait d'expérience la somme de travail nécessaire à l'application d'un règlement cohérent. Chaque jour, les utilisateurs du site trouvaient de nouveaux moyens de mettre à l'épreuve les limites de leurs règles. Seuls le regard et le jugement d'un être humain pouvaient déterminer quels tweets devaient être modérés.

Non pas que la technologie ne fût d'aucune utilité : Gadde était même certaine que le projet d'Agrawal permettrait d'écrémer considérablement les tweets problématiques. Mais elle axait son approche du problème sur l'instrument qu'elle connaissait le mieux : le droit. Depuis des années, elle s'inquiétait du nombre croissant de demandes de censure venues d'Inde. La réaction aux publications critiques en ligne de Narendra Modi, pourtant Premier ministre d'une démocratie, était digne d'un autocrate. Twitter fut directement touché par son régime répressif. En 2021, alors qu'il s'efforçait de briser un soulèvement d'agriculteurs, le gouvernement de Modi fit passer de nouvelles lois relatives aux réseaux sociaux qui imposaient aux compagnies de supprimer toute publication le critiquant, et permettaient de frapper de sanctions pénales les employés qui s'y refusaient.

Gadde avait sous ses ordres directs plusieurs salariés vivant en Inde qui recevaient de fréquentes visites de représentants de l'État. Elle craignait qu'ils soient un jour arrêtés si Twitter continuait à rejeter les demandes du gouvernement d'effacer le contenu d'opposants politiques, de journalistes et d'organismes à but non lucratif. Le 5 juillet, elle enjoignit à Twitter d'intenter un procès contre le gouvernement indien en avançant que l'interprétation que Modi faisait de la loi était exagérée[5]. Du point de vue de Gadde, le meilleur champ de bataille pour défendre la liberté d'expression, c'était le tribunal.

* * *

Le vendredi 8 juillet, avant le lever du soleil, Ringler envoya à Gadde une lettre qui confirmait les craintes du conseil d'administration.

« M. Musk met un terme à l'accord d'acquisition du fait de la violation par Twitter de multiples clauses dudit accord », écrivit-il. Il prétendait que la compagnie n'avait pas respecté un certain nombre de ses obligations vis-à-vis de Musk et l'avait induit en erreur (ainsi que le public) dans ses rapports trimestriels, sur lesquels il s'était reposé pour approuver l'accord d'achat[6].

Les avocats de Musk stipulaient que le refus de fournir les données du firehose était en soi une raison suffisante pour abandonner définitivement l'accord. Musk mentionnait en outre la décision d'Agrawal de licencier Beykpour et Falck, ainsi que celle de Gadde de poursuivre en justice le gouvernement indien. Il était clairement dit dans l'accord que la direction devait gérer la compagnie comme à son habitude jusqu'à ce que l'accord soit définitivement appliqué : c'était une clause banale qui empêchait les vendeurs réticents ou rancuniers de lancer l'entreprise à plein régime durant des mois avant de la céder dans un état financier lamentable. Par le biais de ses avocats, Musk sous-entendait qu'en limogeant ces deux dirigeants, Agrawal avait dépassé le cadre des procédures normales et avait lésé Twitter.

Cette déclaration suscita un immense soulagement chez certains administrateurs. Cela faisait maintenant deux mois qu'ils marchaient sur des œufs tandis que Musk ne leur épargnait aucun de ses accès de colère. Ils s'étaient donné la peine de lui donner accès à une somme considérable de données, comme une mère offrant tout un assortiment de tétines à un bébé ronchon. Enfin, la guerre était déclarée.

L'un des administrateurs qui s'en réjouirent le plus fut sans doute Durban. « On va lui faire payer jusqu'au dernier putain de *cent* », déclara-t-il lors d'une réunion.

Taylor se montra plus circonspect. « Le conseil d'administration de Twitter entend aller au bout de la transaction selon le prix et les termes convenus avec M. Musk et envisage de lancer des poursuites judiciaires afin de s'assurer de l'application de l'accord d'achat, tweeta le directeur du conseil dans l'après-midi. Nous sommes convaincus d'obtenir gain de cause. » Ce fut là la seule déclaration publique de Taylor concernant la bataille qui l'opposait à Musk.

Korman, qui avait participé à la rédaction de l'accord au mois d'avril, avait eu très tôt la certitude que Musk tenterait de se défiler. C'était cette clairvoyance qui l'avait poussé à insister pour que Musk signe le document lui-même. Mais le fait que la suite des événements lui ait donné raison était une bien mince consolation.

Korman n'était pas le seul avocat qui avait vu clair dans le jeu de Musk. Les frasques de ce dernier avaient attiré l'attention de plusieurs membres de Wachtell, Lipton, Rosen & Katz, l'un des principaux cabinets d'affaires des États-Unis, qui dans les années 1980 avait mis au point la tactique de la pilule empoisonnée, employée tout récemment par Twitter. Ils étaient bien connus pour leur défense dans des cas de reprise, qui souvent parvenait à contrecarrer les OPA hostiles comme celles de Musk, et ils étaient spécialisés dans les audiences, contrairement aux cabinets respectifs de Korman et de Klein.

Quand début juin Musk commença à se plaindre des réticences de Twitter à lui soumettre ses données, Benjamin Roth, l'un des associés de Wachtell, s'empressa de saisir l'occasion. « Je suis avec une attention particulière les développements de votre transaction en cours avec Elon Musk, écrivit Roth dans un e-mail daté du 7 juin qu'il adressa à Gadde, Segal et Edgett, conseiller juridique général de Twitter : Si ce que j'ai lu dans la presse est avéré, il semble qu'il existe un risque non négligeable de contentieux dans l'application des clauses de votre accord d'acquisition. Nous serions très intéressés par la perspective de représenter Twitter dans la préparation de cette éventualité et dans le cas malheureux où elle adviendrait. »

Roth évoquait les puissants liens qui rattachaient son cabinet au tribunal du Delaware où serait immanquablement traité tout litige avec Musk. Bien que le quartier général de Twitter se trouve à San Francisco, la compagnie (à l'instar de la plupart des sociétés américaines) était domiciliée dans le Delaware, paradis des entreprises au régime fiscal particulièrement attractif et à la transparence assez limitée. Mais l'une de ses particularités les plus avantageuses était son système juridique spécialement dédié aux litiges opposant des entreprises. Si le tribunal statuait en faveur de l'acquisition, l'argent ne mettrait pas longtemps à passer d'une partie à l'autre.

Toujours dans son e-mail, Roth précisait que l'un des experts les plus fiables issus de cette cour unique au monde « se trouv[ait] à moins de huit mètres de [lui], au bout du couloir » : il faisait référence à Leo Strine, ancien vice-chancelier de la Court of Chancery, l'un des associés du cabinet Wachtell.

La compagnie commença sans attendre les négociations avec Wachtell. Tandis que Korman et Klein continuaient de gérer les échanges quotidiens avec l'équipe du milliardaire, Twitter se préparait en coulisses avec Bill Savitt, un associé chez Wachtell, à l'éventualité d'une action en justice contre Musk.

Savitt avait des traits anguleux et des sourcils naturellement arqués qui lui donnaient un air constamment perplexe, mais il ne perdait que très rarement son aplomb lors des bras de fer juridiques. Tout frais sorti de l'université, il avait passé la fin des années 1980 à New York, jouant de la guitare dans plusieurs groupes de rock et faisant bouillir la marmite en tant que chauffeur de taxi. Il joua plusieurs fois au CBGB, fameux club punk de Manhattan, mais finit par rentrer dans le rang en s'inscrivant en droit à Columbia. En 1998, il devint auxiliaire de Ruth Bader Ginsburg, juge assesseure de la Cour suprême des États-Unis, et deux ans plus tard, il rejoignit le cabinet Wachtell, où il afficha son passé de rocker en exposant une Fender Stratocaster bleu turquoise dans son bureau[7].

Le parcours original et la décontraction naturelle de Bill Savitt correspondaient tout à fait à Twitter : c'était un peu un Dorsey qui aurait préféré faire des études de droit plutôt que de s'intéresser au dispatching. Twitter accepta officiellement d'être représenté par Wachtell le 21 juin, alors que les échanges de lettres entre l'entreprise et Ringler gagnaient en acrimonie.

Savitt avait une autre qualité qui le rendait particulièrement intéressant aux yeux de ses nouveaux clients : quelques années auparavant, il avait eu une querelle avec Musk. Tesla avait eu recours aux services de Wachtell dans le cadre de poursuites intentées par des actionnaires à la suite de son acquisition de SolarCity en 2016, mais lorsque le cabinet avait été débouté de sa demande de rejet de plainte, Tesla avait renvoyé Savitt et son équipe qui avaient alors pris la pleine mesure de l'imprévisibilité de Musk.

Le constructeur automobile avait fini par remporter le procès, ce qui ne fit qu'accentuer l'amertume de Savitt. Et à présent, par un coup du sort, il s'apprêtait à affronter le milliardaire.

* * *

Un jour après que Musk eut exprimé son refus d'aller au bout de l'acquisition, le 9 juillet, Agrawal, Segal et Taylor se retrouvèrent dans le hall du Sun Valley Lodge, un complexe hôtelier grandiose, tout en bois, dans les montagnes du cœur de l'Idaho. L'hiver, ce lieu attirait les vacanciers les plus riches du pays et des champions olympiques en congés, qui affluaient pour skier sur les pistes les plus huppées des États-Unis. L'été, les amateurs de sports d'hiver laissaient place aux cavaliers et aux golfeurs relevant des mêmes tranches d'imposition. À travers les couloirs du complexe, ils marchaient dans les pas d'Ernest Hemingway qui y avait jadis réservé une suite afin d'achever son roman *Pour qui sonne le glas*.

Agrawal, accompagné de son épouse, Vineeta, était arrivé le mardi[8]. Les premiers jours de la conférence s'étaient écoulés relativement paisiblement, de rendez-vous d'affaires en rencontres.

Ce samedi matin était différent des autres jours. Du coin de l'œil, Agrawal devinait que des têtes se tournaient dans sa direction. Même après avoir été nommé directeur général grâce à l'intervention de Dorsey, il était resté relativement anonyme, se baladant à travers San Francisco sans être reconnu. Mais ici, dans l'Idaho, à la conférence annuelle de la banque d'investissement Allen & Company, sorte de bac à sable géant pour multimilliardaires, Agrawal était une célébrité, du fait de sa confrontation publique avec Musk. C'était la première fois qu'il participait à cet événement : si Taylor et Segal étaient des habitués, celui qui était à l'époque directeur des équipes technologiques de Twitter n'avait pas été jugé digne d'être invité jusque-là.

L'arrivée de Musk à Sun Valley très tard ce jeudi soir ne fit qu'ajouter au malaise. Les possibilités que se produise une rencontre inopportune sur les sentiers bordés d'arbres poussaient les autres personnes présentes à ne pas quitter l'équipe Twitter des yeux, par peur de rater une confrontation surprise.

Taylor, sans flancher, exposa le programme qui les attendait. Ensemble, ils assisteraient à l'interview que Musk donnerait plus tard dans la matinée. Ils resteraient calmes et posés, même si le milliardaire avait l'idée de leur envoyer des insultes à la figure. Après quoi ils se regrouperaient pour contacter leur équipe juridique.

Musk faisait partie du gratin de la tech et des médias invités cette semaine, aux côtés entre autres de Shari Redstone, présidente de Paramount Global, et Bob Iger, directeur général de Disney. Devant le complexe hôtelier, des scènes avaient été installées pour accueillir les tables rondes. Mais comme les lieux fourmillaient de journalistes et de badauds, plutôt que d'installer des enceintes, on donna au public des casques audio afin qu'ils puissent être les seuls à écouter les intervenants.

Les membres de Twitter sortirent et se trouvèrent des places, saluant les cadres des autres entreprises avant d'enfiler leurs casques. Musk apparut sur scène en affichant un large sourire, sachant pertinemment quelle question son public avait sur le bout de la langue.

Il se lança presque aussitôt dans une de ces tirades dont il avait le secret. Twitter était complètement submergé par les spams. Il s'adressa directement au public : « Est-ce que quelqu'un ici croit vraiment que la proportion de bots ne dépasse pas les 5 % ? »

Peut-être était-ce à cause des casques, mais le public ne s'attendait pas à participer. On ne savait pas trop s'il fallait répondre à voix haute ou en levant la main, ou simplement rester assis sans rien dire en écoutant les jérémiades de Musk. Milliardaires et multimillionnaires s'échangèrent des regards gênés.

Mais cela ne perturba pas Musk, qui poursuivit sur sa lancée comme si le public lui avait exprimé son soutien inconditionnel. « Vous voyez, c'est bien ce que je disais ! », lança-t-il. Taylor demeura impassible, les mains posées nonchalamment sur sa cuisse.

Musk se refusa à aborder les détails de l'accord, évoquant le procès que Twitter menaçait d'intenter. Mais il aborda ouvertement des révélations médiatiques en disant qu'une de ses employées, Zilis, avait récemment mis au monde des jumeaux dont il était le père. Musk informa son public que le monde traversait une grave crise de dépeuplement, et qu'il fallait faire plus d'enfants si l'on voulait établir un jour une colonie humaine sur Mars.

* * *

Le dimanche, Segal était assis sur l'un des bancs métalliques du petit aéroport tout proche du complexe hôtelier quand son téléphone sonna. C'était Sullivan, directeur produit de Twitter. Tous deux devaient s'entretenir de la plateforme développeur, un portail destiné aux codeurs indépendants désireux de concevoir de nouvelles fonctionnalités pour Twitter. Mais Sullivan avait la tête à tout autre chose. Il rongeait son frein depuis trop longtemps, et ne pouvait plus garder ses réflexions pour lui.

Sullivan supplia Segal de revenir sur sa décision d'intenter un procès. De toute évidence, Musk serait le pire propriétaire imaginable pour Twitter et, à présent que lui-même ne souhaitait plus acquérir l'entreprise, ne valait-il pas mieux le laisser suivre son chemin, loin d'eux ?

« Je n'ai aucune envie de travailler avec quelqu'un qui se comporte de cette façon », déclara-t-il avec force.

« Tâchons de garder l'esprit ouvert », suggéra Segal. Il rappela au directeur produit que le conseil d'administration considérait que la vente à Musk était le meilleur choix possible. Le prix convenait aux actionnaires, et leur devoir était de veiller à ce que l'accord soit respecté, même si cela impliquait des poursuites.

Sullivan était furieux. « C'est bon, je connais l'œuvre de Milton Friedman sur le bout des doigts, moi aussi ! » lança-t-il sèchement, citant le célèbre économiste adepte du libre marché. Il savait pertinemment que le conseil d'administration avait l'obligation fiduciaire de vendre la compagnie au plus offrant, et n'avait nul besoin que le directeur financier le lui rappelle : « Mais ce dont il est question ici est bien plus important ! »

Sullivan insista, demandant à Segal pourquoi il n'avait pas été convoqué par le conseil quand celui-ci réfléchissait à l'offre de Musk. En tant que directeur produit, il aurait dû être en mesure de présenter sa vision, et exposer en quoi, selon lui, Twitter pouvait se passer du milliardaire. Il était très difficile de se présenter comme le meilleur choix possible pour diriger l'un des réseaux sociaux les plus importants au monde, mais Sullivan tenait à plaider sa cause. Il ignorait qu'Agrawal l'avait devancé en dévoilant son projet Prism : le seul aspect de ce plan dont il avait été informé était la vague de licenciements prévue.

« Je tiens tellement à ce service », soupira Sullivan. Il savait qu'il était impossible de renoncer à l'accord, mais il voulait vider son sac, et tenait à ce que Segal, à tout le moins, reconnaisse la valeur de ses arguments.

Ce dernier tâcha de le rassurer en lui disant qu'Elon venait peut-être en paix. Tout le monde connaissait le personnage chaotique qui pérorait en public sur le déclin de la population, et était capable d'adresser sur Twitter des émojis scatologiques au directeur général de la plateforme. Mais Segal voulait encore croire que derrière tout ce cirque se trouvait un Musk plus raisonnable, un homme qui très sincèrement voulait faire les meilleurs choix possibles, et à qui il s'agissait tout simplement de montrer comment fonctionnait Twitter. Tout ce qui s'était passé jusqu'ici, y compris la décision d'intenter un procès, n'était sans doute que du cinéma. Et de toute façon, Segal avait les mains liées. Son avis personnel sur Musk n'avait aucune importance : il avait l'obligation de mener à bien la transaction.

21

La Court of Chancery

Le 10 juillet, Savitt se présenta aux avocats de Musk dans une lettre expéditive de trois paragraphes[1]. « L'accord est toujours en cours », écrivit-il à Ringler. Les raisons que Musk tâchait de se trouver n'étaient rien d'autre que des excuses. Dans le même temps, les ingénieurs de Twitter gardaient toujours un œil sur les données du firehose, surveillant les actions des avocats et des ingénieurs de Musk. Et ce qu'ils voyaient n'avait rien de rassurant.

Bien que Musk ait déclaré vouloir renoncer à l'accord, ses ingénieurs continuaient d'écumer les données, et redoublaient même d'efforts. Tout portait de plus en plus à croire que Musk avait l'intention de se servir de ces données pour créer son propre réseau social, menace qu'il avait évoquée en avril auprès d'Agrawal.

Les avocats de Twitter ne partageaient pas ces craintes. De leur point de vue, ces recherches étaient la preuve que malgré les déclarations fracassantes de Musk sur le péril bot, épouvantail qu'il secouait pour échapper à l'accord qu'il avait signé, son équipe n'avait toujours rien trouvé qui étaye son opinion. Il cherchait encore à justifier sa décision, signe que sa défense risquait d'être bien légère.

Savitt saisit la Court of Chancery du Delaware le 12 juillet. Le dossier était la somme des vexations et des frustrations accumulées par le conseil d'administration et la compagnie tout entière durant ces derniers mois.

« Musk refuse de remplir ses obligations envers Twitter et ses actionnaires parce que l'accord qu'il a signé ne sert plus ses intérêts personnels, était-il écrit dans l'accusation. Musk semble croire que contrairement à toute partie assujettie aux droits des contrats du Delaware, il est libre de changer d'avis, de traîner la compagnie dans la boue, de perturber son fonctionnement, de nuire à la valeur de ses actions, et de s'en aller[2]. »

Le document de soixante-deux pages exposait ce que le conseil d'administration de Twitter et ses avocats considéraient comme la véritable raison de ce revirement de Musk : les pertes financières dues à la chute du cours des actions Tesla.

Savitt descendait en flammes l'obsession de Musk pour les bots, en la qualifiant d'« hypocrisie éhontée ».

« Musk a déclaré qu'il fallait privatiser la compagnie parce qu'autrement, toujours selon lui, l'élimination du spam serait commercialement dommageable, écrivit-il. Mais quand le marché s'est replié et que le prix fixé par l'accord est devenu moins attractif, Musk a brusquement changé de point de vue, exigeant des preuves que le spam ne représentait *pas* un problème considérable sur la plateforme Twitter, et exprimant le désir impérieux d'effectuer des vérifications approfondies qu'il avait précédemment repoussées[3]. »

De son côté, Musk agissait comme si le fait d'être traîné au tribunal avait toujours été partie intégrante de son plan. Il tweeta un même le mettant en scène en train de rire. « Ils ont dit que je ne pouvais pas acheter Twitter. Puis ils ont refusé de communiquer les infos sur les bots, disait la légende. Maintenant ils veulent m'obliger à acheter Twitter au tribunal. Maintenant ils vont devoir révéler les infos sur les bots au tribunal. »

Ses fans étaient aux anges. Pour eux, c'était l'évidence même : leur héros se livrait à une partie d'échecs quadridimensionnelle, et avait poussé Twitter à le poursuivre en justice uniquement pour leur imposer une discovery, cette étape préalable aux procès où chaque partie peut demander à l'autre la communication de divers éléments. Mais Musk avait la ferme intention d'enterrer l'accord, et il considérait ce procès comme un acte de défiance des cadres de Twitter.

Musk se dessaisit de l'affaire en chargeant Spiro, son avocat spécialiste des contentieux, de mener ce combat à sa place. Mais les règles de la Court of Chancery étaient bien différentes de celles en vigueur dans les tribunaux fédéraux où Spiro avait remporté diverses victoires au nom de Musk. Et dans le Delaware, les procédures suivaient un tempo nettement plus soutenu.

Spiro se constitua sa propre équipe d'experts du Delaware. Il fit appel à Andrew Rossman, avocat de son cabinet qui avait déjà pratiqué le tribunal du Delaware, et Ed Micheletti, vétéran de la Court of Chancery au sein du cabinet Skadden qui avait travaillé sur d'autres cas similaires. Micheletti avait représenté Toys "R" Us dans des procès d'actionnaires à l'occasion de son achat avec effet de levier en 2005, face à Strine qui présidait les audiences en sa qualité de vice-chancelier.

La ligne de défense de Micheletti était simple : Twitter était dirigé par de parfaits imbéciles. Ils ne savaient pas comment s'y prendre pour comptabiliser correctement leurs utilisateurs, ce qui rendait leurs estimations du taux de bots sur la plateforme plus que douteuses. Et pire encore, ils étaient malintentionnés : ils savaient pertinemment que leurs chiffres étaient erronés et, plutôt que de régler ce problème, ils n'avaient pas ménagé leurs efforts pour le cacher à Musk.

« Musk est resté pantois en découvrant l'inconsistance du processus de Twitter », écrivit Micheletti le 15 juillet en réponse à l'accusation de Twitter : « Des examinateurs humains captaient au hasard cent comptes par jour (moins de 0,00005 % des utilisateurs quotidiens) et selon des critères inconnus, chaque trimestre durant près de trois ans, parvenaient à la conclusion que moins de 5 % des comptes Twitter étaient des faux ou des spams. C'est tout. Pas d'automatisation, pas d'intelligence artificielle, pas d'apprentissage artificiel. »

Micheletti présentait Twitter comme une société qui n'avait de tech que l'apparence. Selon lui, Twitter se contentait de prélever cent comptes au hasard chaque jour, un benêt les consultait à la va-vite en mâchant son chewing-gum, avant de leur accorder le statut de vrais comptes. L'absence de rigueur et de sophistication technique sapait le business plan de Musk, qui désirait se débarrasser des spammeurs en vérifiant l'identité des utilisateurs lorsqu'ils se connectaient, et leur vendre des abonnements afin de limiter la dépendance économique de Twitter à l'égard des annonceurs. Ce projet n'était viable que si les utilisateurs étaient de véritables individus, car par définition les bots ne payaient pas d'abonnement.

Les plaintes sempiternelles de Musk contre les cadres de Twitter ne nuisaient pas à la compagnie, avançait Micheletti, bien au contraire : elles ne visaient rien d'autre que les intérêts économiques de l'entreprise.

« Avec un sens de l'humour digne d'un bot, Twitter affirme que Musk porte préjudice à la compagnie. Twitter ignore que Musk est son deuxième plus gros actionnaire, à la tête d'une part bien plus importante que celle détenue par la totalité du conseil d'administration. »

En plus d'égratigner le conseil, Micheletti poursuivait un autre but. Il demandait au juge de repousser le procès au mois de février, ce qui laisserait à Musk assez de temps pour analyser à fond le problème des bots. Twitter désirait que le procès se tienne au plus vite, citant la date limite de finalisation de l'achat stipulée dans l'accord : le 24 octobre. Les deux parties savaient que Musk ne pourrait se soustraire à l'accord que si ses prêts étaient refusés, ce qui l'autoriserait à verser 1 milliard de dollars à titre de frais de résiliation. Or ces prêts expireraient en avril 2023 : en demandant de reporter l'audience à février, Musk jouait la montre.

Mais il apprendrait bien vite comment fonctionnait la Court of Chancery.

La chancelière Kathaleen McCormick attendait ce procès depuis un certain temps. Cette femme de quarante-trois ans aux cheveux châtain mi-longs avait suivi le traitement médiatique des dissensions entre Musk et la compagnie, et elle savait que cette guerre gagnerait tôt ou tard une salle d'audience. Elle avait même créé un compte Twitter anonyme afin de suivre le moindre développement du litige. Quand Twitter avait intenté son procès, sa secrétaire avait imprimé le dossier pour le déposer au sommet de la pile de documents que recevait le bureau de McCormick. « Et le voilà », dit simplement la secrétaire, sans qu'il lui soit nécessaire de préciser de quelle affaire il s'agissait.

McCormick, première femme à se trouver à la tête de la Court of Chancery depuis sa création, décida qu'elle présiderait les audiences, en vertu d'une tradition interne qui voulait que le chancelier ou la chancelière se charge des affaires les plus retentissantes, pour laisser aux six vice-chanceliers le soin de s'occuper des plaignants plus commodes. Cet été-là, le petit tribunal avait été submergé par une pléthore de nouveaux procès, mais le cas Twitter exigeait d'être traité de toute urgence. Le 17 juillet, bien qu'atteinte du Covid, McCormick s'empressa de convoquer une réunion virtuelle, et déclara que le procès s'ouvrirait en octobre.

Cette date devint alors l'horizon des événements pour toutes les personnes impliquées. Pour les avocats des deux camps, c'était la date butoir avant laquelle il fallait absolument débusquer les éléments les plus incriminants, et les subpoenas se mirent à pleuvoir sur tout individu ayant travaillé pour Twitter ou pour Musk. Pour les employés de Twitter, ce jour marquerait la fin de leurs souffrances : passé cette date, ils ne tarderaient pas à savoir de quoi leur sort serait fait.

Comme en avril, lorsque le conseil d'administration avait déclenché la pilule empoisonnée pour contrecarrer le processus d'acquisition, les salariés se tournèrent vers leur plateforme pour en apprendre plus sur les secrets rouages des procès de la Court of Chancery. Dans ce procès, il n'y aurait ni jury ni témoins : ce serait un combat de sumos entre deux équipes d'avocats, au terme duquel McCormick déciderait du sort de Twitter.

22

« Désolé de ne pas prendre votre “Special” »

Tout en laissant les avocats s’occuper des formalités juridiques, Agrawal s’impliqua personnellement dans la stratégie du procès. Il n’avait aucune expérience en la matière : le peu qu’il connaissait sur les fusions et acquisitions, il l’avait appris en supervisant des achats de start-up par Twitter. Les achats de compagnies cotées en Bourse lui étaient totalement étrangers, et les négociations agressives qui finissaient au tribunal relevaient quasiment d’une autre dimension.

Cela ne l’empêcha pas de creuser le sujet et d’en apprendre beaucoup. D’un caractère obsessionnel, il adorait étudier tous les scénarios potentiels et anticiper l’ensemble des coups possibles sur l’échiquier. Il consulta les jurisprudences de plusieurs OPA hostiles et assista à plusieurs réunions stratégiques entre les avocats de Twitter, au point qu’il confia à ses collaborateurs les plus proches qu’il en connaissait à présent plus sur ces sujets complexes que Spiro. Si ce devait être sa dernière chance de s’illustrer en tant que directeur général de Twitter, Agrawal entendait agir en décideur, et non en carpette étalée sous les semelles de l’homme le plus riche au monde.

S’il gagnait cependant en compétence dans le domaine légal, point crucial quand on dirigeait une telle entreprise, il péchait par son incapacité à communiquer les détails concernant l’avenir de Twitter que ses employés désespéraient de connaître. La crise de confiance entre le directeur général et ses troupes s'aggravait de jour en jour. Comme la plupart des salariés ne le voyaient et n'interagissaient avec lui qu'à l'occasion des visioconférences, son équipe décida d'organiser une tournée de plusieurs bureaux afin qu'il puisse faire connaissance en chair et en os avec le personnel.

La tournée débuta en juin dans les bureaux de Londres qui comportaient une cafétéria habituellement tenue par des baristas professionnels. Le service de com de Twitter eut l'idée de les remplacer une heure durant par Agrawal et d'autres cadres supérieurs, afin que ceux-ci discutent librement avec les employés tout en les servant. Dans leur tablier kaki, ils proposaient entre autres un « Parag Special » et des « cookies Ned » reprenant la recette personnelle du directeur financier : des cookies aux pépites de chocolat saupoudrés de sel.

Le directeur des ventes du Royaume-Uni tint une table ronde avec Agrawal avant de lui offrir un portrait encadré, le représentant sous les traits d'un émoji affublé des lunettes et de la barbe de trois jours qui le distinguaient. Il accepta timidement le cadeau, et poursuivit sa tournée qui l'amena la même semaine à Dublin.

Fin juillet, il visita les bureaux de New York, dans le quartier huppé de Chelsea, à Manhattan, où il salua et servit les salariés qui se présentaient au comptoir. Tout se passait pour le mieux quand un ingénieur junior voulut faire impression sur le grand patron avec une petite blague caustique.

« Je peux avoir un cappuccino tout simple ? demanda-t-il à Agrawal dans un sourire. Désolé de ne pas prendre votre “Special”. J'espère que vous n'allez pas me virer ! »

Le directeur de Twitter releva le regard de l'écran de commandes, l'air perplexe.

« Pourquoi est-ce que je vous virerais ? » bégaya Agrawal.

Il avait les yeux plantés dans ceux du jeune ingénieur qui se mit à paniquer en prenant conscience que le directeur général n'avait pas saisi son second degré. Agrawal devait pourtant savoir qu'on ne parlait plus que des rumeurs de licenciements en masse.

L'employé balbutia des justifications dans sa barbe et s'écarta rapidement de la file pour attendre son cappuccino.

* * *

Alors que Twitter livrait une bataille de paperasse dans le Delaware, tâchant d'enterrer l'équipe juridique de Musk sous des monceaux de documents légaux, le projet Saturn fut de fait relégué à l'arrière-plan. La plupart des éléments prometteurs qui travaillaient sur cette innovation durent en effet consacrer une grosse partie de leur temps à des briefings sans fin pour expliquer aux avocats de l'entreprise comment ils détectaient les bots sur la plateforme.

Ce n'était pas le seul projet révolutionnaire d'Agrawal qui piétinât. Jay Graber et sa petite équipe d'ingénieurs de Bluesky avaient patiemment attendu que le directeur général les informe des obstacles que pourrait occasionner l'achat de Musk dans la création d'un écosystème social décentralisé, censé devenir à terme la colonne vertébrale de Twitter, Facebook et toute autre plateforme émergente.

Agrawal lui avait assuré qu'elle n'avait rien à craindre : il s'assurerait que les chèques continuent de tomber et qu'elle ait toute latitude pour poursuivre son travail sur le protocole.

Les statuts de Bluesky réservaient un siège du conseil d'administration à un représentant de Twitter, afin que l'entreprise soit en mesure de superviser le travail de Graber et de veiller à la bonne incorporation de son protocole à la gigantesque plateforme. Après le départ de Dorsey, ce siège revenait à Agrawal. C'était d'autant plus naturel que Dorsey s'était toujours plus intéressé au « quoi » (la création d'un protocole décentralisé pour les réseaux sociaux), là où Agrawal se passionnait pour le « comment », et se réjouissait de plonger dans les modalités techniques avec Graber. Cependant, peut-être par respect pour son mentor, Agrawal céda sa place à Dorsey.

L'impatience de Graber ne cessait de croître. Ne parvenant pas à obtenir d'Agrawal une date plus ou moins précise à laquelle le travail pourrait reprendre, elle décida de concevoir avec sa petite équipe une application Bluesky. Elle se disait qu'ils pourraient toujours l'intégrer ultérieurement à Twitter, et que si des gens commençaient dès à présent à utiliser Bluesky, elle n'aurait plus à attendre la fin du procès contre Musk.

* * *

La guerre juridique battait son plein, et l'équipe de Twitter était de plus en plus convaincue qu'elle parviendrait à obliger son fantasque adversaire à acheter la compagnie. Le lundi 1er août, Agrawal déboula dans son bureau de San Francisco avec une détermination renouvelée. Il souhaitait relancer le projet Saturn, et laisser son empreinte avant de devoir céder la plateforme à Musk.

« Ce qui ne change pas : Twitter assume son impact sur le monde, écrivit-il à ses collègues qui travaillaient sur ce projet. Ce qui change : réduction du contrôle centralisé, développement de l'autonomie des utilisateurs et de la transparence. » Il informa Gadde et Sullivan que Saturn serait révélé au public en automne, et leur enjoignit de l'inclure dans leurs programmes.

Le directeur général prévint également le service de com. Il lui faudrait commencer à préparer des posts de blog et informer les journalistes d'un lancement imminent. Mais une attachée de presse renâcla. Elle avait travaillé des années durant sous les ordres de Gadde, avait essuyé à ses côtés les critiques des médias sur les décisions controversées de Twitter, et la simple idée de faire revenir Trump et d'autres bannis sur la plateforme la dégoûtait. C'était à ses yeux un terrible retour en arrière, et elle refusait d'y contribuer.

La grande vision d'Agrawal était ainsi susceptible de déplaire à de nombreuses personnes, mais cela n'arrêta pas pour autant le directeur général.

Agrawal informa également Savitt de ses projets, et l'avocat, lui aussi, se montra plus que circonspect. À chaque décision d'Agrawal visant à améliorer Twitter, les conseils de Musk leur adressaient un courrier qui leur signifiait que le directeur général apportait des changements considérables au modèle économique de Twitter, et chacune de ces lettres était un prétexte de plus pour que Musk renonce à son obligation d'achat de la compagnie.

« Cette décision s'inscrit-elle dans le cours normal des activités de Twitter ? » demanda Savitt. Un changement si profond de la politique de modération de contenu (l'un des buts affichés de Musk quand il avait proposé de racheter la compagnie) paraissait particulièrement périlleux. Agrawal avança qu'il avait commencé à plancher sur le projet Saturn avant que Musk signe l'accord de reprise : n'était-il pas plus normal de poursuivre sur cette voie comme si rien ne s'était passé ?

Savitt demanda que ses avocats puissent consulter tous les documents ayant trait à ce projet, mais finit par donner son feu vert.

Le 23 août, quelques heures avant l'aube, la sonnerie du téléphone d'Agrawal l'arracha brutalement de son sommeil. Il se saisit du smartphone et se mit à scroller. En parcourant les articles concernant un ancien cadre de Twitter du nom de Peiter Zatko, il sentit son ventre se nouer. Une fois de plus, Saturn devrait attendre.

23
Mudge

Engagé par Dorsey en novembre 2020 en tant que directeur de la sécurité, Peiter Zatko était plus connu sous son surnom de hacker : Mudge. Il devait sa renommée dans ce petit monde très soudé à ses recherches dans les années 1990 sur un type de faille de sécurité appelée « débordement de tampon » (*buffer overflow*). Alors que beaucoup de hackers partageaient le scepticisme et la méfiance de Dorsey envers l'État, Zatko avait pris conscience qu'il serait à même de promouvoir d'importantes réformes liées à la sécurité s'il travaillait avec les autorités fédérales, beaucoup plus que s'il se contentait de les attaquer en se terrant dans l'ombre. Il accepta un poste au département de la recherche du ministère de la Défense américain, le DARPA, et lutta contre les cyberattaques sous l'administration Clinton.

Seul problème lorsqu'il fut enrôlé par Dorsey : quelques semaines plus tôt, Twitter avait déjà embauché une cadre pour assumer sensiblement le même rôle. Bien que Rinki Sethi ne bénéficiât pas du même prestige professionnel que Zatko, elle avait une solide expérience dans la gestion de la sécurité informatique. Il fut convenu qu'elle se rapporterait à Zatko.

La lutte de pouvoir ne tarda pas à éclater. Tous deux furent chargés de procéder aux réajustements adéquats après un très sérieux piratage en juillet 2020, au cours duquel un groupe d'adolescents avaient pris le contrôle du site. Sethi se tailla assez vite une réputation de cheffe peu commode, suspicieuse envers ses subalternes et adepte du micromanagement. Elle dressa une liste de personnes qu'elle désirait congédier, dont plusieurs employés de longue date. Zatko jouissait d'une renommée certaine, mais ses collaborateurs en vinrent à penser qu'il avait commencé à se désintéresser de la sécurité informatique à l'époque où il se trouvait au summum de sa gloire, dans les années 1990, et qu'il ne saisissait pas vraiment le fonctionnement et les enjeux des systèmes modernes.

Zatko et Sethi se livrèrent une guerre territoriale, tentant de s'arroger autant de chasses gardées que possible. Il leur arrivait de donner des consignes contradictoires, et les employés ne savaient pas auquel des deux ils devaient obéir : le chouchou du directeur général, ou celle qui dans les faits dirigeait leur équipe. Certains spécialistes de la sécurité chez Twitter voyaient d'un très mauvais œil les liens solides de Zatko avec le gouvernement américain, considéré par une bonne partie du personnel comme un adversaire qu'il convenait d'empêcher d'espionner les utilisateurs du site. L'ancien membre du DARPA apparaissait en visioconférence avec en arrière-plan un drapeau américain et plusieurs distinctions militaires.

Le conflit qui les opposait était connu de tous, notamment la direction des ressources humaines qui recevait les plaintes que l'un et l'autre déposaient contre leur homologue. Au bout d'un an, il était évident que ce poste partagé était un échec.

Sentant sans doute que les choses tournaient en sa défaveur, Zatko proposa au tout nouveau directeur général de profiter de ses vacances sur la côte Est pour lui rendre visite chez lui, dans le New Jersey. Agrawal accepta dans un premier temps, pour finalement se décommander, prétextant un empêchement. Zatko tira parti de son accès aux systèmes de Twitter pour consulter l'emploi du temps des agents chargés de la sécurité d'Agrawal, et ne trouva aucune trace d'une modification de dernière minute. Cela suffit à le convaincre que le directeur général lui avait menti.

En janvier 2022, Agrawal trancha : l'une de ses premières décisions en tant que directeur général fut de remercier Zatko et Sethi, afin de repartir sur des bases plus saines.

Dans un ultime effort pour conserver son poste, Zatko informa le conseil d'administration qu'Agrawal l'avait empêché de les prévenir de l'étendue des problèmes de sécurité de Twitter. Des milliers d'employés bénéficiaient d'un accès quasi illimité à la plateforme : il suffisait de pirater l'un de ces comptes pour la faire planter dans son entièreté. Et une telle attaque était plus que probable, poursuivait Zatko, parce que les salariés ne procédaient pas régulièrement à des mises à jour de sécurité, seule mesure de protection efficace contre les tentatives de hacking. Zatko avançait que ces énormes brèches allaient à l'encontre de ce que Twitter déclarait depuis des années à la FTC (Federal Trade Commission, Commission fédérale du commerce), à savoir que la solidité de son système de sécurité garantissait la confidentialité des données personnelles de ses usagers.

« J'ai rejoint Twitter parce que je me sens attaché à la mission, écrivit Zatko dans un e-mail plaintif qu'il adressa à Pichette en février, plusieurs semaines après son licenciement. Contrairement à beaucoup d'autres. »

Ses avocats firent valoir que son limogeage était injustifié, et en juin, Zatko parvint à arracher une indemnité de 7 millions de dollars. Mais il n'en demeurait pas moins blessé, et c'est avec une attention toute particulière qu'il suivit les remous causés par Musk au sein de la compagnie. De son point de vue, Agrawal se jouait du milliardaire comme il s'était joué de lui. Bien qu'il n'ait jamais contribué au décompte des bots sur Twitter, Zatko avait interrogé plusieurs employés à ce sujet, et il en avait conclu qu'Agrawal n'était pas tout à fait honnête quant à l'ampleur du problème.

L'ancien responsable de la sécurité se signala auprès de Whistleblower Aid, une organisation d'aide juridique à but non lucratif, qui accepta de l'aider à déposer une plainte auprès du Congrès, de la FTC et de la SEC. Cette dernière agence attribuait des récompenses aux lanceurs d'alerte dont les révélations conduisaient à des mesures coercitives : en plus de ce que Twitter lui avait accordé, Zatko pouvait espérer remporter une jolie petite somme. Les représentants de Whistleblower Aid lui assurèrent qu'ils feraient tout pour que ses révélations soient largement relayées. Fidèle à sa parole, l'organisation coordonna l'opération médiatique et, le 23 août, le *Washington Post* et CNN s'en firent l'écho.

Selon Zatko, le programme de sécurité de Twitter était un désastre absolu. La compagnie avait toujours eu le plus grand mal à protéger les données de ses utilisateurs. Au début de son histoire, la plateforme avait grandi trop vite, et une partie de ses bases de données n'avait plus tenu que par des bouts de ficelle numériques. Les pirates, sensibles à la place que le site occupait dans les échanges mondiaux, l'avaient vite considérée comme une cible de choix. La FTC était intervenue en 2011 et, depuis, n'avait cessé de surveiller l'entreprise.

Les observations de cette agence donnaient raison à Zatko. Ces problèmes de sécurité impliquaient que Twitter continuait d'enfreindre l'accord passé en 2011 avec la FTC, dans lequel la compagnie s'engageait à mettre bon ordre à cet état de fait, toujours selon Zatko.

Ce fut une véritable aubaine pour Musk et ses avocats. Jusqu'ici, l'affaire se présentait plutôt mal pour le milliardaire : aucune des étapes de la discovery n'avait révélé la moindre preuve d'une quelconque adultération des chiffres relatifs au spam. Et soudain apparaissait cet ancien cadre, prêt à confirmer les théories de Musk.

Mieux encore : Twitter lui avait versé une somme rondelette en échange de sa signature au bas d'un accord de non-divulgation. Aux yeux de l'équipe de Musk, tout semblait indiquer que la compagnie était au courant du problème, et qu'elle cherchait à tout prix à l'étouffer.

Spiro promit aussitôt de soumettre une subpoena à Zatko. Agrawal quant à lui n'en revenait pas. De son point de vue, le spécialiste en cybersécurité était un énième problème hérité de Dorsey. Il s'était efforcé de le résoudre au plus vite et, comme à son habitude, le plus efficacement possible. Mais cela n'avait pas empêché Zatko de profiter d'une faille juridique pour contrevenir à son accord de non-divulgation et jouer au lanceur d'alerte aux quatre coins d'Internet.

Agrawal défendit vigoureusement la compagnie auprès de ses employés, dont beaucoup voulaient savoir si les allégations de Zatko étaient vraies. Le 24 août, dès le lendemain des révélations publiques, le directeur général de Twitter convoqua une réunion générale.

« Beaucoup de ces accusations ne reposent sur absolument rien », déclara Agrawal. On sentait la frustration dans le ton de sa voix, au point que pour la première fois certains se retrouvèrent enfin dans leur chef. « Très franchement, une bonne partie ne tient même pas debout. Le narratif qui a été créé de toutes pièces pour étayer ces allégations est faux. »

Agrawal céda ensuite la parole à Edgett, conseiller juridique général de Twitter. « Nous n'avons jamais présenté de fausses déclarations ni à la SEC, ni à notre conseil d'administration, ni à aucun d'entre vous, dit-il. Nous sommes en pleine conformité avec le décret de consentement de la FTC. »

Damien Kieran et Lea Kissner, hauts responsables de la sécurité et de la confidentialité, déboulonnèrent les accusations de Zatko les unes après les autres. Selon eux, Twitter avait encore beaucoup à faire pour sa sécurité, mais le tableau était loin d'être aussi sombre. À la fin de la réunion, la majorité des salariés avaient la conviction que l'ancien cadre était tout sauf crédible. Après tout, alors qu'il avait été engagé précisément pour régler les problèmes de sécurité de Twitter, il s'était contenté d'empocher des indemnités colossales avant de quitter le navire.

Mais Spiro et l'équipe juridique de Musk n'entendaient pas lâcher le morceau. Le 29 août, une semaine après que les déclarations de Zatko eurent été rendues publiques, ils écrivirent à Twitter pour lui signifier une fois de plus la rupture de leur accord. L'accusation de tromperie envers la FTC suffisait en soi à mettre un terme au processus d'acquisition, quand bien même les inquiétudes de Musk au sujet des bots seraient infondées. « Si elles sont avérées, ces violations portent atteinte à l'activité de Twitter, peut-être au point de la condamner », écrivit Ringler[1].

Spiro s'échina en outre à inclure les allégations de Zatko au procès. Selon lui, Musk devait pouvoir renoncer à l'acquisition au vu des déclarations accablantes du lanceur d'alerte faisant état d'une falsification par Twitter du nombre de ses utilisateurs, auxquels la compagnie se référait par la formule *monetizable daily active users* (« utilisateurs actifs quotidiens monétisables »), ou « mDAUs ».

« Cependant, au cours de la semaine écoulée, de surprenants événements ont révélé que l'adultération des chiffres relatifs aux mDAUs n'était qu'une partie d'une plus vaste collusion parmi les cadres de Twitter visant à tromper le public, les investisseurs et le gouvernement quant aux profonds dysfonctionnements de la compagnie, écrivirent les avocats du milliardaire à la mi-septembre. On a vendu à M. Musk et aux autres investisseurs une compagnie différente du véritable Twitter : une compagnie plus rentable, plus populaire, plus sûre et plus respectueuse des lois en vigueur[2]. »

La chancelière McCormick accepta de faire figurer les déclarations de Zatko au procès, mais l'approche de Musk semblait ne susciter chez elle qu'un grand scepticisme. Durant une réunion concernant le supposé lanceur d'alerte, alors que les avocats de Musk avançaient qu'ils n'auraient jamais eu vent de l'existence de Zatko si celui-ci ne s'était pas exprimé publiquement, McCormick les remit gentiment à leur place.

« Nous ne le saurons jamais, hélas, dit-elle d'un ton léger. Il n'y a pas eu de vérifications approfondies au préalable. »

À mesure que la date du début du procès approchait, McCormick s'inquiétait de plus en plus du tourbillon médiatique qui s'ensuivrait, et des risques potentiels que cela pouvait impliquer pour le tribunal en matière de sécurité. Son staff aménagea un passage secret dans une zone de chargement par laquelle Musk pourrait entrer et sortir sans être vu. Autre source d'inquiétude pour la Court of Chancery : l'apparition de mystérieux graffitis devant le tribunal et dans la ville de Wilmington, qui faisaient référence au procès de façon très sibylline. « *Dievest** », disait un tag du même bleu que l'oiseau de Twitter, sur le mur du parking qu'utilisaient McCormick et plusieurs de ses collègues. « *Twitr paid* »**. Était-ce une message de soutien à l'intention de Musk ? Une intimidation ? Un slogan pro-Twitter ? McCormick menaça de venir au tribunal avec un nettoyeur à haute pression pour effacer elle-même le graffiti, mais le propriétaire du parking s'en occupa avant qu'elle mette sa promesse à exécution.

De son côté, la direction de Twitter se montrait de plus en plus optimiste quant à l'issue de ce procès sur le

* *Dievest* : jeu de mots (probable) portant sur « *divest* » (vendre, céder, désinvestir) et « *die* » (mourir), sans doute à l'impératif.

** *Twitr paid* : « Twitter acheté », « Twitter a payé », entre autres interprétations possibles. (N.d.T.)

point de débuter. Les prétextes de Musk pour échapper à ses obligations ne tiendraient pas face à la loi. Dès le début de la procédure, Savitt s'était préparé au pire, sachant pertinemment que Musk ferait feu de tout bois. Les déclarations de Zatko n'étaient pas à négliger en soi, mais Savitt était d'avis qu'il faudrait bien plus qu'un ancien cadre aigri pour casser l'accord d'achat.

Le moyen le plus sûr pour que Musk ne devienne jamais propriétaire de Twitter était que les actionnaires se prononcent contre cette éventualité. Mais le 13 septembre, le conseil d'administration présenta l'accord aux actionnaires de Twitter qui à une majorité écrasante (98,6 %) votèrent en sa faveur. L'action s'échangeait poussivement à 41 dollars : les 54,20 dollars de Musk étaient bien trop alléchants. Il ne restait plus qu'à sortir victorieux du procès.

24

Un accélérateur de X

Même lorsqu'ils s'efforçaient de convaincre la chancelière McCormick d'inclure les allégations de Zatko, les avocats de Musk reconnaissaient que leurs chances de l'emporter étaient minces. Ils manquaient tout simplement d'éléments incriminants. Zatko avait déjà quitté Twitter lorsque Musk avait fait son offre, et il n'avait pas été directement impliqué dans la supervision de la FTC. Certains membres de l'équipe juridique du milliardaire pensaient même que McCormick, qui ne cessait d'approuver les requêtes de Twitter, avait un a priori négatif à son égard. Entre eux, ils se disaient que Musk ne serait pas jugé équitablement.

Musk décida donc de tâter le terrain auprès du conseil d'administration de Twitter. En passant par Durban, Emanuel, ami de Musk, proposa au conseil de parvenir à un arrangement à l'amiable. Les représentants du milliardaire suggérèrent qu'il serait prêt à racheter Twitter à un prix réduit de 30 %, ce qui porterait la valorisation de la compagnie à 31 milliards de dollars[1]. Le conseil refusa tout net cette offre au rabais.

Musk était censé être entendu par les avocats de Twitter le 29 septembre, dans des bureaux situés près de sa résidence à Austin, mais certains de ses représentants jugèrent préférable d'empêcher Musk de s'exprimer sous serment. Il avait déjà du mal à se retenir de publier des tweets qui auraient compromis sa défense : qui pouvait prévoir ce qui sortirait de sa bouche lors d'un face-à-face ?

Spiro et le conseil d'administration de Twitter discutèrent ensuite d'une nouvelle réduction du prix stipulé par l'accord, cette fois de 10 %. La valorisation du réseau social s'élèverait à environ 39,6 milliards de dollars, à peine plus que les 39,2 milliards de sa capitalisation boursière. De tels pourparlers étaient pour le moins risqués : les actionnaires s'étaient déjà exprimés en faveur de l'offre initiale de Musk, et le fait de passer outre leur vote entraînerait forcément des poursuites judiciaires. L'objectif du conseil d'administration était de s'assurer que l'argent de Musk atterrirait dans les poches des actionnaires, et même s'ils avaient bon espoir de remporter le procès, rien n'était jamais sûr. Une défaite au tribunal se solderait par un gain nul : une petite remise sur le prix initial était un sacrifice acceptable si cela pouvait garantir que Musk paierait.

La perspective de la ristourne de 10 % était loin de réjouir le milliardaire. Depuis le mois d'avril, les taux d'intérêt avaient augmenté, et tout changement de prix entraînerait une renégociation des termes du remboursement de son prêt : ces nouveaux taux représenteraient alors un manque à gagner très conséquent.

Malgré cette tentative de conciliation, les avocats de Musk firent bien comprendre au conseil d'administration de Twitter qu'en cas de refus leur client les accablerait de poursuites judiciaires jusqu'à la fin des temps. « Vous n'avez aucune envie de vous en faire un ennemi », dirent-ils aux intéressés. Musk par ailleurs regimbait à l'idée d'avoir à verser aux cadres de Twitter des indemnités de licenciement de plusieurs millions de dollars (les fameux « parachutes dorés ») : vis-à-vis de tous ceux qui à ses yeux lui avaient nui dans cette affaire, il entendait appliquer la politique de la terre brûlée. Le conseil d'administration prenait ses menaces très au sérieux. Certains de ses membres avaient posté des agents de sécurité devant leur domicile après avoir reçu des messages menaçants, et ils souhaitaient qu'on leur garantisse que Musk ne les poursuivrait pas personnellement en justice. Spiro trouva cette demande aussi indigne que louche. Le fait que le conseil veuille s'assurer une protection juridique complémentaire après cet été douloureux n'était qu'un signe supplémentaire qu'ils cachaient quelque chose.

Le 29 septembre passa sans que Musk fasse sa déposition sous serment. Ses avocats affirmèrent qu'il proposerait une nouvelle date pour s'en acquitter.

Chez Twitter, Roth perdait tout espoir que le projet Saturn voie le jour. Il semblait évident que Musk perdrait le procès, et que le nouveau propriétaire de Twitter jetterait à la poubelle l'ensemble de son travail.

Sullivan lui aussi nourrissait des doutes. Il avait hâte de mettre au point la technologie issue de ses échanges avec Agrawal des mois auparavant, mais la grande vision du projet Saturn avait été remplacée par deux ou trois articles de blog : on ne s'intéressait plus qu'à ce qu'il adviendrait une fois l'acquisition finalisée. Sullivan ne voyait pas l'intérêt d'annoncer sur tous les toits le lancement d'un produit encore inexistant, sans doute destiné à être tué dans l'œuf par le futur propriétaire de la compagnie.

Il fit part de ses inquiétudes à Gadde. Cela faisait des mois que celle-ci se questionnait sur le bien-fondé du projet, et elle ne put qu'abonder dans son sens. Jusqu'à présent, Saturn se résumait à beaucoup de bruit pour rien, et les deux cadres tentèrent de dissuader Agrawal d'aller au bout de sa vision. Même s'il était déterminé à laisser sa marque dans l'histoire de l'entreprise, il était inutile de lancer Saturn sans l'assurance qu'il ne passerait pas aussitôt à la trappe.

Début octobre, Agrawal fit sa déposition, en évitant avec brio les pièges rhétoriques qui lui furent tendus, ce qui convainquit encore plus les avocats de Twitter de la solidité de leur dossier. Plusieurs heures après son témoignage, l'équipe de Musk suggéra que le milliardaire serait peut-être susceptible de racheter Twitter au prix convenu. Peut-être son désir de contrôler Twitter avait-il fini par l'emporter, ou peut-être se sentait-il acculé par les avocats de la compagnie. Il déclara en effet à son équipe que même une victoire au tribunal entraînerait une défaite d'ordre plus général, en ce qu'elle signifierait que Twitter ne lui appartiendrait pas.

« Son achat de la boîte semblait tout à fait inévitable. Il n'y a rien au monde que ce type aime plus que Twitter, dit un avocat qui travaillait pour le camp de Musk. Peut-être qu'il n'a jamais vraiment voulu se retrouver au tribunal, peut-être qu'il ne s'est même jamais imaginé qu'il pourrait l'emporter, et que ce n'était pour lui qu'une tactique pour revoir le prix d'achat à la baisse. »

* * *

Gadde ne savait pas à quoi s'attendre quand le 3 octobre elle traversa le lobby gris et morne du One Market Plaza et prit l'ascenseur pour se rendre au bureau du cabinet Wilson Sonsini, au cœur du quartier de L'Embarcadero, à San Francisco. Elle faisait partie des rares cadres et membres du conseil d'administration de Twitter à ne pas encore avoir fait sa déposition devant l'équipe juridique de Musk.

Malgré la nouvelle proposition du milliardaire de racheter Twitter au prix fort, Gadde n'avait pas la moindre confiance en lui, et elle était déterminée à affronter ses avocats, convaincue qu'elle ne se laisserait pas piéger par l'approche agressive de Spiro. Mais Spiro, justement, était en retard.

Les minutes défilaient et Gadde se perdait en conjectures. Était-ce une tactique pour lui faire perdre patience, et l'amener à dire sous le coup de la colère des choses qu'elle regretterait ? C'était une technique de pur amateur, mais elle s'attendait à présent à tout venant du fameux avocat de Musk.

Au bout d'une demi-heure, Gadde comprit que Spiro ne viendrait pas. Elle s'entretint avec ses avocats sur les raisons de ce retard. Les équipes chargées de la surveillance du spam et des tentatives de manipulation du site étaient sous ses ordres : pour rien au monde les avocats de Musk n'auraient raté cette occasion de la mettre sur le gril au sujet des bots.

L'équipe du milliardaire lui fit savoir qu'elle avait annulé cette entrevue : apparemment, Gadde n'avait pas reçu son message. Dans la soirée, une lettre de Musk confirma la raison de ce lapin : l'accord était de nouveau d'actualité. Musk consentait finalement à racheter Twitter à hauteur des 44 milliards de dollars convenus, le procès partirait aux oubliettes, et il n'aurait pas à faire de déposition sous serment.

Dès le lendemain, ce fut comme s'il n'avait jamais eu ne serait-ce que l'idée de s'asseoir sur l'accord qu'il avait lui-même signé. « L'achat de Twitter est un accélérateur de la création de X, l'omni-appli », tweeta-t-il.

25

« Pas la propriété d'un putain d'abruti »

« J'essaye de m'imaginer ce qu'obtiendrait Twitter en n'acceptant PAS l'offre initiale », écrivit un responsable ingénierie de Twitter sur Slack, à la lumière de ce rebondissement. Il faisait part de ses impressions sur un canal réunissant deux mille personnes du nom de #stonks, où des employés s'échangeaient des bons plans pour gérer leurs stock-options et débattaient des performances financières de la compagnie.

Des réponses aigries inondèrent le canal.

« Une baisse du cours de l'action », répondit un collègue.

« Le fait de ne pas être la propriété d'Elon Musk », fit un autre.

« Pas la propriété d'un putain d'abruti ? » enchaîna un ingénieur.

Malgré leur dégoût, ces employés savaient parfaitement que les 44 milliards de dollars représentaient une surévaluation de leur compagnie. L'annonce de la relance de l'accord fit repartir à la hausse le cours de l'action. Le commerce des actions Twitter fut temporairement suspendu, et quand il reprit, la cote s'éleva à 52 dollars à la fermeture du marché le mardi, soit un gain de plus de 22 %. Comme le dit un employé sur le canal #stonks, l'accord mettrait « du beurre dans les épinards des actionnaires », et c'était tout ce qui importait aux yeux de Wall Street.

Edgett envoya un message laconique au personnel de Twitter pour le remercier de sa patience. « Nous avons reçu une lettre du camp de Musk nous informant qu'il s'était manifesté auprès de la SEC, écrivait-il. Notre intention est de conclure la transaction à 54,20 dollars par action. »

Cet e-mail avait quelque chose de clownesque, du fait de sa redondance. Il était évident que Twitter avait l'intention d'aller jusqu'au bout de l'accord : c'était le refrain que les cadres avaient répété en boucle durant tout l'été. Mais les membres du conseil d'administration et les légions d'avocats de Twitter ne savaient comment prendre ce énième revirement de Musk. Ce n'était pas la première fois qu'il leur coupait l'herbe sous le pied, et ils n'avaient aucune raison de le croire sur parole. Il s'agissait peut-être d'une tactique pour gagner du temps, pour éviter de faire sa déposition ou pour repousser le procès au-delà de la date d'expiration de ses prêts, en avril. Ces déclarations renforçaient le sens du devoir du conseil, tout autant que sa résignation : les administrateurs savaient qu'ils devaient vendre, mais plus personne n'osait espérer que Musk soit à même de diriger la plateforme comme elle le méritait.

Au tribunal, les avocats de Twitter luttaient bec et ongles pour mettre la main sur autant de messages de Musk que possible, dans le but de découvrir ce qui l'avait poussé à tenter d'en finir avec l'accord[1]. Le milliardaire n'avait rien communiqué du 24 au 30 mai, au moment où il cherchait des fonds pour rembourser son prêt sur marge de 6,25 milliards de dollars[2], ni du 1er au 7 juin, lorsqu'il s'était enflammé au sujet du prétendu problème des bots, et avait chargé ses avocats d'informer Twitter qu'il tirerait peut-être un trait sur l'accord d'achat. Savitt n'avait trouvé jusqu'ici aucun élément permettant de prouver que les doléances de Musk n'avaient été qu'un écran de fumée, mais cette possibilité n'était toujours pas à exclure.

Savitt insista par ailleurs sur le fait que, quelles qu'aient été les intentions de Musk, Twitter devait faire le forcing jusqu'à ce que les 44 milliards atterrissent sur les comptes de la compagnie. Et il était favorable à la poursuite du procès dans le Delaware.

Mais les avocats de Musk avaient d'autres plans en tête. Ils déclarèrent à la chancelière McCormick que l'accord serait finalisé le 28 octobre, et que partant, le procès n'avait plus lieu d'être. Le 6 octobre au soir, la chancelière accéda à la requête de Musk, en stipulant que si l'achat n'était pas effectif d'ici la fin du mois, le procès s'ouvrirait en novembre[3].

* * *

La date limite de l'achat de Twitter plongea le camp de Musk dans une frénésie absolue. Après avoir passé l'été à insulter en ligne les plus hauts cadres de la compagnie et à proclamer qu'il se refusait à acheter la plateforme, Musk devait à présent réunir tous les fonds promis par ses amis en avril. Peu importait qu'entretemps certains parmi eux en fussent venus à douter de la valeur de l'investissement : Musk entendait bien collecter son dû.

Dès le début, Morgan Stanley avait présenté la chose comme une occasion sans précédent de soutenir le plus grand entrepreneur de sa génération. Mais la hausse des taux d'intérêt poussait les investisseurs à beaucoup plus de prudence qu'auparavant. Certains financeurs potentiels, tel Reid Hoffman, qui avait envisagé d'engager 2 milliards de dollars grâce à son fonds de capital-risque, se défilèrent carrément.

D'autres durent être amadoués. L'enthousiasme de Dorsey flanchait sérieusement. Alors qu'il avait été l'un des plus fervents partisans de la reprise de Musk en avril, il traînait à présent des pieds pour engager sa part de l'entreprise qui s'élevait à près de 1 milliard de dollars dans le nouveau Twitter. Dorsey avait deux options : soit il se faisait racheter ses actions par Musk à hauteur de 54,20 dollars, comme n'importe quel actionnaire, soit il faisait le pari de garder une petite part du capital de ce que Twitter deviendrait, avec la perspective de s'enrichir encore plus si Musk décidait par la suite de réintroduire l'entreprise en Bourse.

Depuis début mai, les deux milliardaires discutaient de la façon de diriger le réseau social, mais Dorsey semblait de moins en moins convaincu par l'homme qu'il avait jadis qualifié de « seule et unique solution » ayant sa « confiance pleine et entière ». Dorsey était à la tête d'une fortune estimée à 6 milliards de dollars, dont l'essentiel était cependant lié au capital de sa compagnie Block, le nouveau nom de Square, ainsi qu'au bitcoin : il disposait de relativement peu de numéraires à investir, raison pour laquelle il envisageait de revendre ses actions à 54,20 dollars, pour tourner définitivement la page de ce site qu'il avait contribué à créer.

Par peur d'être laissé en plan, Musk proposa à son ami un petit arrangement très personnel. Non seulement il lui promit de ne pas porter préjudice à Twitter, mais il lui jura en outre de lui racheter ses actions au prix de 54,20 dollars si Dorsey décidait à plus ou moins long terme de se retirer[4]. Contrairement aux autres investisseurs, le cofondateur de Twitter bénéficierait ainsi d'une garantie de prix plancher si la valeur de la compagnie déclinait sous Musk. Cet accord ne présentant aucun risque pour Dorsey (si ce n'est celui de s'en remettre à la seule parole de Musk), il accepta. Du point de vue de Musk, c'était un compromis nécessaire pour s'assurer que son milliard contribuerait à l'acquisition de la compagnie. De plus, Musk n'envisageait pas un seul instant que Twitter puisse perdre de sa valeur sous son égide.

Un autre gros partenaire de Twitter était pris de doute : Al-Walid ben Talal al-Saoud, prince saoudien de soixante-sept ans et petit-fils du fondateur de l'Arabie saoudite.

En 2011, sa société Kingdom Holding avait investi 300 millions de dollars dans Twitter, obtenant ainsi 3 % du capital du réseau social valorisé à l'époque à hauteur de 8 milliards de dollars. La compagnie saoudienne avait depuis maintenu cet investissement, et son directeur, Al-Walid, était devenu un fervent utilisateur de la plateforme, où il publiait régulièrement des photos de son palais, de ses entrevues avec les grands de ce monde et de son jet privé.

Kingdom Holding avait toujours sa part dans le capital de Twitter quand Musk sortit du bois, mais on ne savait plus vraiment qui était à la tête de la compagnie d'Al-Walid. En décembre 2017, le milliardaire saoudien avait fait partie des trois cent vingt membres de la famille royale et représentants de l'État arrêtés par les autorités sur ordre du prince héritier Mohammed ben Salmane, cousin d'Al-Walid. Le prince, qui bientôt serait connu sous ses initiales, MBS, enferma parents et bureaucrates au Ritz-Carlton de Riyad durant des mois, leur arrachant des concessions, des versements et des serments d'allégeance à son endroit. Selon le *Wall Street Journal*, MBS demanda une rançon d'au moins 6 milliards de dollars pour son cousin, et Al-Walid lui proposa de devenir l'actionnaire majoritaire de Kingdom Holding contre sa liberté[5]. En janvier 2018, il fut finalement relâché.

En 2022, Al-Walid était pleinement acquis à la cause de MBS. Sur le papier, il demeurait à la tête de Kingdom Holding. L'offre d'achat de Twitter par Musk n'avait pas suscité son enthousiasme. À l'instar des autres actionnaires de longue date, il se souvenait encore avec émoi de l'année 2021, quand la cote de l'action avait dépassé les 70 dollars, et il avait même tweeté qu'il s'opposait à la proposition de Musk, avançant que les 54,20 dollars par action étaient bien loin de « la valeur intrinsèque » de la compagnie.

Cette remarque avait piqué Musk au vif. Il en voulait à l'Arabie saoudite depuis que son fonds souverain avait refusé de financer le rachat de Tesla, et il répétait souvent à ses proches que la tech américaine était sous perfusion monétaire saoudienne, ce qui présentait une menace pour la sécurité nationale. Il avait beau désespérer de trouver de quoi financer son acquisition, il n'avait pas complètement tort. L'État saoudien avait en effet investi des milliards de dollars dans des compagnies de la Silicon Valley. Il répondit au post d'Al-Walid par un tweet lourd de sous-entendus concernant l'assassinat du journaliste Jamal Khashoggi, collaborateur entre autres du *Washington Post*, sur ordre de MBS.

« Intéressant. Juste deux questions, si je peux me permettre, écrivit Musk le 14 avril. Quelle part de Twitter possède le Royaume, directement & indirectement ? Quel est le point de vue du Royaume concernant la liberté d'expression et de la presse ? »

Cependant, en octobre, les deux hommes accordèrent leurs violons. Al-Walid voyait sans doute un avantage à rester proche de l'homme le plus riche au monde, et Musk, quelles que soient ses valeurs, avait besoin de son argent. Kingdom Holding transféra la totalité de sa part du capital estimée à 1,9 milliard de dollars, qui devait lui valoir par la suite de devenir l'un des plus gros partenaires extérieurs du Twitter de Musk.

* * *

Dans la perspective de cet achat quasi certain, Agrawal s'entretint avec plusieurs responsables de Twitter afin de savoir s'ils comptaient travailler pour Musk. Il leur demanda de ne pas prendre en compte la façon dont le milliardaire l'avait traité.

Fidèle à sa formation d'ingénieur, il les encouragea à se renseigner sérieusement sur le futur propriétaire de la compagnie avant de se décider. « Le fait que cela se soit passé comme ça pour moi ne signifie pas qu'il en ira de même pour vous, disait Agrawal. Amassez autant de données que possible pour faire le bon choix. »

Parmi ces données figuraient bien évidemment des calculs très personnels, et bassement pécuniaires. Beaucoup des hauts cadres de Twitter, y compris Agrawal, avaient signé des contrats qui comportaient des clauses spécifiques en cas de changement de contrôle de l'entreprise. En cas d'acquisition ou de changement dans le leadership de Twitter, ils avaient le droit à des bonus de départ considérables incluant l'attribution d'une importante quantité de stock-options, qu'en temps normal ils n'auraient obtenu qu'après plusieurs années d'exercice de leurs fonctions. Ces compensations visaient à la neutralité des principaux responsables de la compagnie : on partait du principe que sans la peur de perdre leur salaire, ils garderaient l'esprit ouvert en cas de potentielle acquisition. Si Musk désirait qu'ils restent, il devrait leur proposer un nouveau contrat. Et au pire ces bonus de départ représentaient un très confortable matelas financier pour ces hauts cadres, dont beaucoup ne savaient pas à quoi s'attendre de la part du milliardaire et craignaient même qu'il les congédie dans tous les cas de figure. Agrawal empocherait son salaire et la somme correspondant à ses stock-options, pour un parachute doré s'élevant en tout à plus de 57 millions de dollars[6]. Segal, lui, toucherait 44 millions, et Gadde dans les 20 millions.

Mais tous celles et ceux qui n'étaient pas aussi haut placés dans la hiérarchie auraient plus de mal à retomber sur leurs pattes. Certains étaient prêts à travailler pour ce propriétaire imprévisible s'il revoyait à la hausse leurs indemnités. D'autres, conscients que leurs supérieurs directs avaient toutes les chances de quitter la compagnie, y virent une chance unique de gravir les échelons. L'annonce de la finalisation très prochaine de l'achat réveilla la crainte des licenciements et des coupes drastiques dans les budgets traditionnellement généreux de Twitter. Les cadres tâchèrent de rassurer les employés en leur rappelant que Musk avait l'obligation de ne pas modifier les traitements et indemnités pendant un an à compter du jour de l'achat, mais ces paroles sonnaient creux. Tout le monde savait parfaitement que Musk n'honorait pas toujours ses engagements.

Les bonus de départ des cadres de l'entreprise, révélés publiquement dans ses déclarations financières, creusèrent un fossé entre la direction et le reste du personnel. Il s'agissait de sommes que l'employé lambda n'aurait pu rêver d'amasser en une vie de travail. Personne n'arrivait à croire qu'Agrawal touche autant après un passage de quelques mois au poste de directeur général. Les responsables de Twitter n'avaient-ils pas pesé de tout leur poids en faveur de l'achat simplement parce qu'ils avaient tout à gagner à perdre leur boulot ? Twitter était censé être une entreprise dont les hauts cadres se souciaient du sort de leurs subalternes. Mais les salariés ne pouvaient à présent plus compter que sur eux-mêmes.

* * *

Les responsables de Twitter durent accepter une série de réunions afin de veiller à un semblant de transition avant le 28 octobre, date fatidique de la finalisation de l'achat. La plupart des acquisitions entraînaient une période de transition de plusieurs mois, très minutieusement orchestrée par les deux parties en présence. Mais cette reprise n'avait rien de commun avec la plupart des acquisitions. À la mi-octobre, Musk et Gracias tinrent une visioconférence avec deux responsables financiers de Twitter : Julianna Hayes, vice-présidente des finances, et Robert Kaiden, chef comptable.

Kaiden et Hayes étaient censés présenter à Musk une vue d'ensemble des finances de la compagnie, mais les avocats de Twitter redoutaient encore un énième revirement du milliardaire : ils leur donnèrent pour consigne de ne révéler aucune information sensible. Les deux responsables ne mirent du reste pas longtemps à comprendre que Musk n'avait pas la moindre connaissance de l'accord d'acquisition qu'il avait pourtant lui-même signé.

Hayes et Kaiden évoquèrent le fait qu'à compter du 1er novembre (après la supposée reprise de Musk), un certain nombre d'employés devraient recevoir leur *vest*, compensation sous forme de parts du capital de l'entreprise qui représentait une grosse portion de leurs indemnisations. Mais parce que Twitter ne serait alors plus cotée en Bourse, ils auraient le droit de toucher en numéraire l'équivalent de 54,20 dollars par action. Cette opération coûterait à elle seule près de 200 millions de dollars.

Musk, décontenancé, demanda pourquoi il lui était impossible d'émettre de nouvelles actions. Kaiden lui dit que cela ne figurait tout simplement pas dans l'accord, au plus grand déplaisir du milliardaire qui se voyait contraint de verser une somme supplémentaire, pas des moindres, et dont de surcroît il n'avait pas même eu connaissance jusqu'ici.

« Pourtant tu as avalisé ce point », releva Gracias.

« Intéressant », répondit Musk.

* * *

Le mercredi 26 octobre, le quartier général de Twitter bourdonnait de nervosité et de méfiance. La deadline de l'achat était toute proche, et les employés ignoraient toujours à quelle sauce ils seraient mangés.

À l'heure du déjeuner, autour d'une table de la cafétéria, un petit groupe de salariés échangeaient des rumeurs sur Musk et ses intentions à l'égard de leur compagnie chérie. Alors qu'ils discutaient ouvertement des premières têtes qui tomberaient à la suite de l'achat, l'une des femmes présentes blêmit. « Ned… », glissa-t-elle tout bas à ses collègues.

L'élégant directeur financier était venu se poster derrière eux pour écouter discrètement leur conversation. Il leur livra un sourire radieux afin de les rassurer. Malgré la sinistrose qui régnait dans tout le bâtiment, Segal paraissait plein d'entrain. Après des mois d'attente et d'angoisse, il était enfin en mesure de superviser tous les points financiers de la transaction.

« Ned, qu'est-ce qui va se passer ? » demanda l'un des employés.

« Je crois qu'on va très bien s'en sortir, répondit Segal. Nous sommes entre de bonnes mains. »

Le groupe s'étonna de l'apparente assurance de Segal. Un bref instant, et sans doute pour la dernière fois ils se surprirent à penser que l'arrivée de Musk ne serait peut-être pas si horrible que ça.

Segal bavarda quelques minutes avec eux, en émaillant ses phrases de plaisanteries. Ils avaient tenu bon durant ces mois d'incertitude et de crainte, en continuant de placer l'entreprise avant toute chose alors que certains collègues avaient préféré jeter l'éponge. Puis il finit par s'excuser. Musk arriverait dans quelques heures. Il devait se préparer.

26

« Let that sink in »

Musk arriva au siège de Twitter le mercredi 26 octobre, dans l'après-midi, afin de faire le tour du propriétaire, et par la même occasion se livrer à une petite mise en scène taillée sur mesure pour le réseau social.

Un large sourire collé aux lèvres, il passa les portes de verre de l'un des halls, les bras chargés d'un lavabo en céramique blanche, et s'avança vers le comptoir désert en poussant un gloussement guttural.

« *You can't help but let that sink in* !* » dit-il, sans s'adresser à personne en particulier.

Plus tard, il tweeta la vidéo de son entrée avec pour légende la même mauvaise blague « Let That Sink In ! », signe d'un changement radical de style à la tête de la gouvernance. Agrawal avait utilisé son compte Twitter de façon très parcimonieuse. Musk, lui, était une partie intégrante du réseau social. Il était accro à la décharge de dopamine que provoquait le partage en masse de ses tweets, et il connaissait par cœur les formules les plus à même de doper ses publications.

* « Impossible de ne pas laisser ce lavabo entrer ! » Jeu de mots intraduisible en français portant sur les deux sens possibles de la phrase « *let that sink in* » « prenez le temps de réfléchir à cela », « je vous laisse réfléchir à cela », et l'absurde « laissez ce lavabo entrer ». (N.d.T).

L'expression « *Let that sink in* » avait été tout particulièrement utilisée sur Twitter par la gauche américaine au cours de la présidence de Trump. Conclure d'un « *let that sink in* » tout tweet concernant la dernière indignité en date de Donald Trump était alors perçu comme un moyen de récolter les retweets.

Musk avait déjà utilisé ce « twitterisme » à des fins humoristiques plus tôt dans l'année. « Je vais me déguiser en lavabo pour Halloween, comme ça ils seront bien obligés de me laisser entrer », tweeta-t-il en juin, pour amasser plus de cent cinquante mille likes.

Dans son T-shirt moulant et son jean noirs, chaîne en argent au cou, Musk semblait vouloir décrocher à tout prix la médaille d'or du tweetos le plus cool. Certains employés saisirent la référence de sa plaisanterie, et y virent la confirmation que l'acquisition de Twitter n'était pour le milliardaire qu'une grosse blague particulièrement onéreuse. D'autres furent saisis de terreur. Musk était enfin entré dans le quartier général de la compagnie. L'acquisition était sur le point d'être finalisée.

La scène eut lieu dans le hall d'une annexe de Twitter construite dans les années 1970, à côté du bâtiment principal Art déco, et que les employés désignaient par son adresse, le « 1 Tenth ». Agrawal avait prévu d'accueillir Musk au 1 Tenth afin que son arrivée ne crée pas trop de remous parmi le personnel. Cet édifice comportait une suite de salles de conférence rutilantes, récemment refaites, avec des hashtags géants, des murs à selfies et des statues d'oiseaux.

Plus tôt dans la journée, Berland avait pris un vol pour San Francisco afin d'accueillir Musk en personne. En route pour le siège, elle écrivit un court e-mail aux employés : « Comme vous ne manquerez pas de l'apprendre, Elon sera dans les bureaux de SF pendant le reste de la semaine pour vous rencontrer, visiter les locaux et s'intéresser de très près au travail exemplaire que vous fournissez. Si vous êtes à SF et que vous le voyez, n'hésitez pas à lui faire coucou ! Pour tous les autres, ce n'est que la première rencontre d'une longue série d'entretiens et de réunions avec Elon qui s'adressera à toutes et tous ce vendredi. » Elle avait déjà échangé plusieurs messages avec Musk, et s'apprêtait à endosser son rôle de responsable qui chuchote à l'oreille du directeur général, comme elle l'avait fait jadis avec Dorsey.

À vrai dire, Musk disposait déjà d'une assistante, Jehn Balajadia, qui venait de The Boring Company, quand bien même le milliardaire décidait lui-même de l'organisation de son emploi du temps. La direction de Twitter n'avait aucun moyen de savoir s'il avait prévu autre chose pour son premier jour au siège de Twitter que de se faire filmer avec un lavabo dans les bras.

Musk suivit Berland dans le bâtiment principal afin de découvrir les lieux. Au fil des ans, un grand nombre de personnalités avaient visité Twitter. En règle générale, les employés s'efforçaient de garder leurs distances, par respect, ne s'approchant brièvement que pour demander de faire un selfie. Mais Musk suscita un ébahissement général sans précédent. Une foule d'employés angoissés le suivaient à la trace, de loin, tel un banc de rémoras dans le sillage d'un requin. Certains tendaient leurs téléphones pour photographier leur futur patron comme s'il s'agissait d'un rock star. Mais personne n'alla le saluer.

Au sein de la direction de l'entreprise, beaucoup pensaient que la présence de Berland rendrait celle de Musk plus acceptable aux yeux des salariés rongés par l'incertitude de leur sort. Mais le personnel présent ne savait tout simplement pas comment se comporter face au milliardaire. Celui-ci se montrait calme et ouvert tandis que Berland le conduisait jusqu'au Perch, la cafétéria du neuvième étage. Musk commanda un café et joua nerveusement avec ses doigts pendant que la directrice marketing essayait d'attirer la foule, sans grand succès.

L'écrasante majorité des personnes présentes préféraient rester à distance, en brandissant leurs téléphones comme des boucliers.

Pour Esther Crawford, le passage de Musk dans les locaux de Twitter était une chance. En 2020, elle avait vendu à Twitter sa start-up de chat vidéo, Squad, et elle se chargeait à présent d'attirer influenceurs et créateurs de contenu sur la plateforme. Là où des applications telles que Snapchat, Instagram et TikTok n'avaient pas ménagé leurs efforts pour rallier des influenceurs, parfois même en les payant pour poster sur leur plateforme, Twitter avait considérablement traîné des pieds. Ses utilisateurs emblématiques étaient des politiciens, des comiques et des journalistes, moins enclins à convaincre leurs fans de débourser le moindre sou et moins aptes à le faire. Crawford, cheffe produit qui s'intéressait à de nouvelles sources de revenu potentielles, s'efforçait d'insuffler une autre dynamique.

En regardant Musk s'approcher du comptoir, elle dit à une collègue qu'elle trouvait bizarre que personne n'aille le voir. « On va lui dire bonjour ?! lança-t-elle à son amie. Ou ça fait trop lèche-bottes ? »

Elles décidèrent de sauter le pas. Crawford se présenta et dressa la liste des produits Twitter qu'elle supervisait. Lorsqu'elle évoqua l'idée de faire payer les utilisateurs, le visage de Musk s'illumina. Il lui confia que ce système de paiement était au cœur de sa vision pour l'entreprise. Avec X.com, il avait établi une feuille de route visant à la facilitation des échanges d'argent en ligne, et avec l'achat de Twitter il espérait l'appliquer enfin.

« Envoyez-moi un mail dès ce soir, dit-il à Crawford. Je veux vous voir demain. »

Après cet échange, un homme aux cheveux blancs et au doux accent de La Nouvelle-Orléans se présenta à Crawford : il s'agissait de Walter Isaacson, auteur de biographies de Léonard de Vinci, Benjamin Franklin et

Henry Kissinger. Dans le monde de la tech, il était plus connu pour son ouvrage de six cent cinquante-six pages sur Steve Jobs, qui l'avait consacré en tant qu'auteur soucieux d'expliciter le fond de la pensée des grands de ce monde, au risque de tomber parfois dans l'hagiographie. Isaacson travaillait à présent sur un tout nouveau projet, la biographie officielle du génie aux commandes de Tesla et SpaceX.

Isaacson demanda à Crawford son numéro de téléphone et son adresse e-mail en lui adressant un grand sourire. « Vous allez devenir importante, je le sens », lui dit-il.

L'intervention de Crawford permit de briser la glace. Des dizaines d'employés s'attroupèrent autour de Musk pour prendre des selfies et lui poser des questions au comptoir de la cafétéria. Son mug à la main, le milliardaire s'entretenait librement de ce qu'il entendait faire de Twitter avec ses futurs salariés, qui l'écoutaient attentivement et tâchaient de faire bonne impression.

« Des fois j'ouvre Twitter et je vois des gens dire des trucs, et ça me rend triste, déclara-t-il. Et je n'ai pas envie d'être triste. Les gens ne devraient pas se sentir tristes en allant sur le site, et ça m'attriste vraiment. »

Tous opinaient de la tête. Une employée trouva le courage de lui poser la question qui taraudait tout le personnel. « Pardon, juste une dernière petite chose, dit-elle. On est tous super contents de vous rencontrer, mais je crois que tout le monde ici se pose la même question : est-ce que vous allez virer 75 % des effectifs ? »

La question souleva une vague de rires nerveux. Tous les employés avaient lu l'article du *Washington Post* datant de la semaine précédente qui avançait que Musk avait déclaré à des investisseurs potentiels qu'il projetait de réduire de trois quarts la main-d'œuvre de la compagnie[1]. Le milliardaire haussa un sourcil et serra un peu plus fort son mug.

« Écoutez, je ne sais pas trop d'où sort ce chiffre parce que, euh, non », répondit Musk en regardant l'employée dans le blanc des yeux. Certains sourirent, apparemment soulagés d'un poids considérable.

« Faites passer la bonne nouvelle ! » fit Berland en hochant positivement la tête.

* * *

Dans le courant de l'après-midi, les lieutenants de Musk (dont Birchall et Gracias) s'établirent dans les salles de conférence. Dans les jours qui suivraient, un petit groupe de conseillers et d'intimes du milliardaire les rejoindraient, parmi lesquels Balajadia et Davis de The Boring Company, les investisseurs David Sacks et Jason Calacanis, Sriram Krishnan, investisseur en capital-risque chez Andreessen Horowitz qui avait jadis travaillé chez Twitter, et même X, le très jeune fils de Musk, entouré de sa nounou et de ses gardes du corps personnels.

Au cours de cet été très stressant sur le plan juridique, les contacts entre les deux parties n'avaient concerné que le procès. Le camp de Musk avait à présent des exigences très spécifiques. Il voulait savoir précisément à quelles tâches était affecté chaque employé, et qui excellait dans son boulot. Il s'agissait de toute évidence de repérages préliminaires à des coupes dans les effectifs, et les cadres de Twitter répugnaient à fournir des informations relatives aux finances ou au personnel, craignant que l'accord d'achat s'effondre à la dernière minute.

Du reste, ces mêmes cadres envisageaient eux aussi une vague de licenciements. L'équipe de transition s'était retranchée dans des bureaux réservés au staff d'Agrawal. On savait qu'ils ne resteraient sans doute pas longtemps en place, mais ils avaient à cœur de mener à bien la transition en tâchant au mieux de protéger leurs équipes des limogeages à venir.

D'autres en revanche souhaitaient partir dès que possible. Roth supplia Gadde de lui accorder un licenciement à l'amiable qui lui permettrait de s'en aller avec ses indemnités lorsque Musk prendrait définitivement la main.

« Je n'aurai pas le droit aux mêmes avantages que toi, et ça m'inquiète », confia Roth à sa supérieure. Musk allait sûrement se débarrasser de lui, et il voulait s'épargner le tsunami de harcèlement en ligne qui selon lui ne manquerait pas de déferler après son limogeage. Gadde refusa, avançant que ce serait injuste envers les autres employés qui, eux, ne bénéficieraient pas d'un tel traitement de faveur.

Kathleen Pacini, l'une des responsables des ressources humaines, repérait discrètement qui voulait partir et qui ne le voulait pas. Elle ne devait laisser aucune trace écrite de ce plan de relève afin qu'aucun membre de l'équipe de Musk ne puisse en prendre connaissance. Mais tous les employés savaient que c'était à elle qu'il faudrait s'adresser dans les temps troublés à venir.

Tout en tenant les hauts cadres de Twitter à l'écart de ses diverses réunions, Musk garda Berland près de lui afin qu'elle l'éclaire sur les salariés les plus susceptibles de l'intéresser. Twitter Blue retint immédiatement son attention : pour un abonnement mensuel de 4,99 dollars, ce modeste produit offrait aux tweetos les plus acharnés des fonctionnalités premium, comme la possibilité de modifier leurs tweets ou de changer l'apparence de l'icône Twitter sur leur téléphone. Aux yeux de Musk, c'était un filon financier qui attendait d'être pleinement exploité. Toute personne qui utilisait la plateforme autant que lui était un abonné en puissance. Berland organisa une rencontre entre Musk et Tony Haile, directeur produit senior chargé de Twitter Blue.

Haile était en proie au stress et à l'exaspération. Il avait préparé une présentation de l'ensemble des nouvelles voies de revenu possibles à l'intention de Musk, comme par exemple un service de newsletter, des initiatives à destination des créateurs de contenu, sans oublier Twitter Blue. On lui avait dit de la soumettre à Sacks, mais l'une de ses subalternes, Crawford, l'avait doublé, s'adressant directement à Musk. Haile se retrouvait dans une position délicate : plutôt que d'étudier la question avec Sacks, il devait désamorcer les attentes engendrées par le pitch de Crawford pour offrir une vue d'ensemble synthétique à Musk en personne.

Berland suggéra également à Musk de rencontrer Gadde, idée qui dans un premier temps lui parut tout à fait saugrenue. Gadde était son ennemie, la capitaine de l'équipe juridique qui l'avait enchaîné à un accord d'achat impossible à briser. Même s'il avait à présent accepté pleinement de reprendre Twitter, Musk restait convaincu que les cadres de l'entreprise étaient des arnaqueurs qui l'avaient roulé dans la farine tout en ternissant son blason étincelant de génie entrepreneurial. Par ailleurs, il semblait avoir conscience d'avoir fait de la vie de Gadde un véritable enfer en la prenant pour cible sur Twitter, et à ce titre il n'arrivait pas à comprendre ce qui aurait pu l'amener à s'entretenir avec lui.

« Elle souhaite vraiment me voir ? » demanda-t-il, incrédule.

Bien sûr, lui répondit Berland. Selon elle, Gadde faisait partie de ces personnes qui adoraient Twitter et qui, plus que tout, tenaient au succès de la plateforme.

Musk accepta, et son assistante fixa un rendez-vous de trente minutes en fin de journée.

Gadde se prépara psychologiquement avant d'entrer dans la salle de conférence. Elle n'avait jamais rencontré Musk en chair et en os. Six mois après que les tweets du milliardaire eurent lâché une meute enragée à ses trousses, elle était toujours sur ses gardes.

Musk, qui aimait travailler tard le soir, avait demandé à Gadde de le retrouver à 18 heures. Mais comme les réunions sur la transition ne cessaient de se rallonger, il dut repousser plusieurs fois son entrevue avec celle qu'il considérait comme son adversaire. À 20 heures, il fut enfin prêt à la recevoir.

Gadde passa devant le bébé de Musk, qui déambulait dans le couloir avec sa nounou, et s'assit à une longue table en bois, sachant pertinemment qu'elle ne disposerait que de très peu de temps pour exposer au futur propriétaire de l'entreprise plus de dix ans d'expérience juridique.

L'homme qui se trouvait face à elle n'avait a priori rien à voir avec le troll qui se cachait derrière le pseudo @ElonMusk. Sa première prise de contact directe avec la compagnie l'avait exténué.

« Je suis crevé, confessa Musk sur le ton de l'excuse. La journée a été longue. »

Sans se perdre en amabilités, Gadde en vint rapidement au fait. Elle lui expliqua que Twitter était confronté à un grand nombre de défis juridiques. La FTC restait très vigilante à l'égard de la politique de confidentialité de la compagnie, à la suite des négociations du mois de mai qui avaient entraîné un contrôle accru. L'Union européenne était sur le point d'appliquer son règlement sur les services numériques (DSA, Digital Services Act), texte législatif historique qui imposait de nouvelles responsabilités de modération à Twitter et à d'autres grandes plateformes en ligne. La restructuration entreprise par Twitter pour se conformer à la nouvelle réglementation européenne n'était pas encore achevée, et Musk devrait y veiller s'il ne voulait pas écoper d'importantes sanctions financières.

Musk semblait l'écouter, mais il était impossible de dire s'il enregistrait bien ce qu'elle lui expliquait. Elle savait qu'il n'était pas du genre à se soucier des lois et des régulations, mais même ainsi sa nonchalance à ce sujet l'ahurissait. Si Twitter ne suivait pas ces nouvelles directives, l'Union européenne pouvait décider tout bonnement de bannir le site de l'Ancien Continent.

Gadde poursuivit en se concentrant sur les problèmes de la compagnie hors des États-Unis. Elle tenait à ce que Musk comprenne que Twitter était un service mondial. Même si les médias nationaux s'intéressaient quasi exclusivement aux problèmes de modération américains, les problèmes qui se posaient à l'étranger, notamment avec des régimes autoritaires, étaient bien plus importants et bien plus pressants, et les relations d'affaires de Musk pouvaient à terme prêter à des conflits d'intérêts. Il dirigeait un constructeur automobile qui dépendait des usines chinoises et des ventes réalisées dans la République populaire : « Que se passerait-il si le gouvernement chinois vous poussait à censurer quoi que ce soit sur la plateforme en menaçant Tesla ? » Elle présenta un scénario similaire en Inde, marché convoité par Tesla alors que Gadde menait une offensive juridique contre son gouvernement.

Musk opina de la tête. « Intéressant, intéressant, dit-il. Je n'ai pas encore vraiment réfléchi à tout cela. »

C'était là une réponse sidérante venant d'un homme qui se voulait le chantre de la liberté d'expression. Ne s'était-il vraiment jamais penché sur les implications possibles entre ses relations d'affaires et les problématiques particulièrement ardues de la modération de contenu à l'échelle mondiale, qui représentaient une si grosse partie du quotidien de Twitter ?

Sentant l'impasse proche, Gadde décida d'en appeler à l'ego de son interlocuteur. Elle voulait que la croissance de la compagnie, à présent au point mort, reparte de plus belle. Peut-être Musk pourrait-il se servir de Starlink pour assurer une connexion à des régions du globe qui n'avaient qu'un accès très limité à Internet (comme en Inde, par exemple) afin d'augmenter le nombre d'utilisateurs ? suggéra-t-elle. Le milliardaire hocha la tête, manifestement peu intéressé.

Au fil de la conversation, Musk déviait de plus en plus sur un sujet en particulier : le bannissement de Trump. Il voulait savoir pourquoi elle avait pris cette décision, et comment ce bannissement avait été appliqué.

Ces questions prirent Gadde par surprise. Les raisons de ce choix avaient été largement exposées durant l'année précédente, dès que Dorsey avait exigé que Twitter les révèle publiquement et en détail. Il en avait été ensuite question lors d'auditions face au Congrès et à la Commission du 6 janvier, qui par subpoenas avaient contraint plusieurs employés à témoigner des risques posés par les tweets de Trump. Si Musk tenait vraiment à connaître le fond de ce problème, une simple recherche Google aurait suffi à assouvir sa curiosité. Mais il insista pour qu'elle lui réexplique tout le processus.

« Nous avons fait preuve d'une grande transparence sur cette décision, lui rappela Gadde. Jack s'est beaucoup impliqué, et il a approuvé toutes nos déclarations. »

Elle déclara que cela n'avait été simple pour personne. Le fait d'exclure un leader mondial de cette plateforme de débat mondial n'était pas quelque chose qu'elle avait pris à la légère. La violence, c'était l'ultime ligne à ne pas dépasser. Si un leader mondial se servait du site pour appeler à des actes répréhensibles, Twitter le traitait comme n'importe quel utilisateur, jusqu'au bannissement.

Musk écarta son explication pour passer à une décision plus récente sur laquelle il faisait une fixation depuis des mois : pourquoi Twitter avait-il exclu Babylon Bee ?

Du point de vue de Gadde, contester des décisions portant sur des contenus individuels (surtout quand ils avaient été largement repris par les médias) était une pure perte de temps. Elle souhaitait avant tout que Musk appréhende ces problématiques dans leur globalité, qu'il prenne conscience du pouvoir et des responsabilités qui seraient les siennes en tant que propriétaire de Twitter, ainsi que des pressions et des écueils qui découlaient de ce statut. Mais le milliardaire paraissait plus intéressé par les guéguerres politico-culturelles américaines.

Gadde traita du projet Saturn, la marotte d'Agrawal, qui pourrait fournir un cadre aux types de contenus qui l'intéressaient. C'était de loin la méthode la plus structurée et la plus sensée pour que Musk atteigne ses objectifs.

L'entrevue dura une petite trentaine de minutes, au bout desquelles Gadde quitta les bureaux de Twitter pour ne plus jamais y revenir.

Tout était à présent clair à ses yeux. Musk n'avait pas acquis Twitter pour devenir le gardien responsable et impartial de l'un des modes de communication interhumaine les plus utilisés au monde. Il n'avait fait qu'acquérir l'objet d'une de ses obsessions personnelles, qu'il entendait à présent modeler selon son bon plaisir. Musk adorait Twitter, et il était convaincu que les gens qui dirigeaient cette plateforme l'avaient dévoyée.

Il s'agissait à présent de les faire payer.

27

« Trick or tweet »

Le jeudi 27 octobre, à 5 h 11 du matin, le téléphone de Taylor sonna. Il trouva dans sa boîte de réception un message de Spiro qui l'informait qu'à « l'approche imminente de la finalisation de l'acquisition », Taylor et les cadres de Twitter devaient dès à présent geler tout paiement destiné aux prestataires et contractuels. Après avoir chargé la compagnie de dettes, Musk voulait déjà réduire ses coûts.

Dans un soupir, Taylor transféra le message à Gadde, Edgett et Savitt. Cette dernière ligne droite avant la vente totale de l'entreprise l'avait épuisé, et il devait encore faire un brin de toilette avant de se rendre à son tout dernier rendez-vous avec le conseil d'administration de Twitter, à 7 heures du matin.

Le message de Spiro fut relayé dans toutes les boîtes de réception de l'état-major de la compagnie. Edgett le transféra à Segal et Kaiden en y ajoutant un commentaire personnel : « Pour votre gouverne. La seconde moitié de cette lettre nous demande de révoquer tout paiement dès la finalisation de l'achat. Discutons ensemble de la meilleure marche à suivre pour que cela se réalise sans qu'il y ait de la casse. »

Une fois de plus, Musk semblait outrepasser ses droits. Tant qu'il ne serait pas pleinement le propriétaire de la compagnie, les employés de Twitter étaient libres d'ignorer ses consignes. De toute évidence, il n'était pas de cet avis.

À 7 heures, Taylor rejoignit une visioconférence avec plusieurs membres du conseil afin de boucler les derniers points de la reprise. À la fin de ces échanges, les administrateurs présenteraient leur lettre de démission : de fait, lorsque la compagnie deviendrait privée, ils n'y joueraient plus le moindre rôle. Les administrateurs absents de cette dernière réunion étaient précisément ceux qui avaient déjà quitté le navire.

Quelques jours plus tôt, Edgett informa Taylor et Pichette que Savitt demandait à Twitter de verser à son cabinet 95 millions de dollars pour son travail. Les cabinets de premier ordre tels que Wachtell ajoutaient parfois à la facture finale ce qu'ils appelaient des *success fees*, d'importants honoraires de résultats qu'ils ne pouvaient réclamer qu'en cas de victoire. En l'occurrence, les honoraires dépassaient de loin la rémunération au demeurant considérable qui se basait sur les heures de travail des avocats. Savitt soulignait le fait qu'en s'assurant que Musk rachèterait bien Twitter au prix convenu de 54,20 dollars par action, Wachtell avait augmenté la valeur de l'entreprise de plusieurs milliards de dollars. En discutant de cette requête avec Edgett, Taylor et Pichette s'accordèrent sur la somme finale de 90 millions de dollars bonus compris, pour quelques mois de travail à peine. Pour le commun des mortels, ce montant était des plus extravagants, mais il ne représentait qu'environ 2 % du prix que Musk était tenu de débourser.

À 7 h 29, alors que le conseil d'administration suivait consciencieusement son ordre du jour, Edgett transféra aux administrateurs un e-mail qui incluait un tableau du paiement proposé.

Lane Fox lui répondit presque instantanément :

Oh
Mon
Dieu

Les retours à la ligne exprimaient bien la surprise de Lane Fox : jamais elle ne se serait imaginé des frais de représentation aussi énormes.

Mais le conseil savait qu'il n'y avait pas une seconde à perdre. S'il ne payait pas Wachtell avant la finalisation de l'achat de Twitter, il semblait peu probable que Musk règle un jour la facture. Et c'était une récompense bien méritée pour ces avocats qui étaient parvenus à rappeler à ses obligations l'homme d'affaires peu scrupuleux.

* * *

Sheen Austin dormait chez lui, dans le sud de la baie de San Francisco, quand son téléphone sonna, un peu après 4 heures, ce jeudi matin. Cela faisait huit ans qu'il travaillait chez Tesla en tant qu'ingénieur infrastructure chargé de l'entretien des serveurs et des services dont dépendait le constructeur automobile, et il était habitué à recevoir des messages professionnels à toute heure du jour et de la nuit. Après tout, il était au service de Tesla (c'est-à-dire de Musk), dont la mission était d'électrifier le parc automobile mondial et d'enrayer le réchauffement climatique. Cet objectif ultime était plus important que lui ou n'importe quel autre employé de la compagnie, raison pour laquelle tous ceux qui y travaillaient obéissaient à la moindre injonction de Musk.

Cependant, la présente requête ne ressemblait en rien à toutes celles qui l'avaient précédée : on demandait à Austin et quelques-uns de ses collègues de se rendre à San Francisco, au quartier général de Twitter, le matin même.

Les employés de Tesla qui reçurent cette notification ne savaient pas trop s'il fallait la prendre au sérieux. Ils étaient au courant de l'achat de Twitter par leur patron, dont les coups d'éclat avaient saturé les médias ces derniers mois, mais ne se sentaient pas directement concernés : eux travaillaient pour Tesla.

Les personnes sollicitées s'échangèrent des messages, chacune demandant aux autres si elles avaient bien reçu le même ordre, et dans des grommellements, quittèrent leur lit pour se préparer à ce trajet inhabituel. Austin traversa la péninsule de San Francisco en direction du nord, pour atteindre les brumes de la ville après avoir roulé une heure durant sur l'autoroute 101.

Né en Inde, Austin, un homme au visage rond, au sourire facile et à la barbe épaisse, vivait à Toronto lorsqu'en 2013 un recruteur de Tesla l'avait contacté pour lui proposer de déménager en Californie afin de travailler chez un constructeur automobile novateur. L'année précédente, Tesla avait lancé sa berline, la Model S. Il s'était empressé d'accepter.

Au début, cet ordre matinal jeta Austin dans la plus grande perplexité. Il était aussi brillant qu'instruit et, à l'instar des plus grands partisans de Tesla, évitait soigneusement de prêter attention aux informations colportées par les médias sur son patron. Ils pensaient que la presse avait une dent contre Musk, et que le raffut qui entourait son personnage médiatique n'était qu'un bruit de fond qui les écartait de leur mission. Les employés de Tesla plaisantaient souvent sur le fait que leurs prochains ordres ou leurs prochaines deadlines leur seraient sans doute communiqués par un tweet du milliardaire. Certains parmi ceux qui avaient reçu la singulière consigne de se rendre au siège de Twitter consultèrent la timeline de Musk et tombèrent sur un tweet publié à 6 h 08 qui débutait par les mots : « Chers annonceurs Twitter ».

Sarah Personette, directrice du service client, avait demandé à Musk de s'exprimer. En tant que cheffe de la régie publicitaire de la compagnie, Personette savait que les plus grosses marques s'inquiétaient de l'achat de Twitter, et attendaient impatiemment qu'on leur garantisse que Musk les protégerait des contenus illicites. Personette informa le milliardaire que les annonceurs, source principale de revenu de l'entreprise, craignaient une baisse de la modération de contenu sous son égide et, partant, le développement des discours de haine et du harcèlement en ligne. Plutôt que de se fendre d'une de ces plaisanteries cavalières dont il avait l'habitude, Musk publia un message adulte et responsable. Twitter ne deviendrait pas une « foire d'empoigne infernale », mais un lieu où « il sera possible de débattre d'un très large éventail d'opinions ».

« C'est pour cela que j'ai acheté Twitter, écrivit-il. Je ne l'ai pas fait par facilité. Je ne l'ai pas fait pour me faire de l'argent. Je l'ai fait pour tenter d'aider l'humanité, que j'adore. Et je le fais en toute humilité, en acceptant que dans la poursuite de cet objectif, et en dépit de tous mes efforts, l'échec représente une issue très probable. »

Austin fut un des premiers à arriver ce matin-là, et fut vite rejoint par une douzaine des meilleurs ingénieurs de Tesla et SpaceX. Parmi eux se trouvaient Ross Nordeen, un jeune ingénieur spécialisé en calcul intensif, et les deux cousins du milliardaire, James Musk, ingénieur Autopilot chez Tesla, et son frère cadet Andrew, qui travaillait chez Neuralink.

Au bout d'une heure sur place, ils durent se rendre à l'évidence : ils n'avaient pas grand-chose à faire. Aucun plan de transition ne leur avait été communiqué, et ils ne savaient même pas si Musk en avait défini un. La plupart traînaient dans les locaux, tandis que certains s'aventuraient dans le bâtiment principal, étonnés par le décor qui faisait la place belle à l'oiseau emblématique de la marque comme par les cafétérias de l'entreprise et les préparatifs de la fête d'Halloween, autant de choses inconcevables dans les bureaux spartiates de Tesla et SpaceX.

Les envahisseurs se firent vite repérer par les tweeps suspicieux : au lieu des badges bleus des employés, ils portaient les passes rouges réservés aux visiteurs, ou les passes verts dévolus aux collaborateurs extérieurs. L'équipe de choc était principalement masculine, et certains portaient des habits estampillés des logos de Tesla ou de SpaceX. Aux yeux des employés de Twitter, il fallait se méfier des gens de Musk, qu'ils ne tardèrent pas à surnommer « les sbires ».

* * *

Aux alentours de 9 heures du matin, Agrawal convoqua son équipe de direction dans l'une des vastes salles de conférence aux murs de verre du sixième étage du quartier général. Des mois de tension et d'inquiétude laissaient enfin place à une certitude, pour sinistre qu'elle soit : Musk était sur le point de finaliser l'acquisition.

Les hauts cadres de Twitter se tassèrent dans la pièce : les assistants d'Agrawal, mais aussi des vice-présidents produit, vente, des finances et des ressources humaines. D'autres encore prirent part à la réunion en visioconférence de New York et d'autres villes du monde entier, en une mosaïque de visages qui s'affichaient à l'écran au fond de la salle.

L'ambiance était maussade : tout le monde savait qu'il s'agissait de la dernière réunion d'Agrawal, assis à côté de Segal, et que beaucoup d'entre eux ne tarderaient pas à être emportés par le tsunami Musk.

Agrawal serait certainement le premier à être débarqué. Depuis des mois, Musk n'avait pas fait mystère du mépris qu'il vouait au directeur général, que ce soit par le biais de tweets acerbes, de messages personnels cassants ou d'appels vidéo explosifs. Agrawal avait pris avec beaucoup de recul la majeure partie des emportements de Musk, suivant les conseils du bataillon d'avocats de Twitter qui lui avaient recommandé de ne pas contre-attaquer face au milliardaire et de ne rien dire de l'accord aux employés, cadres compris, chaque mot qui sortirait de sa bouche pouvant faire l'objet de fuites dans les médias.

Après des mois de silence, Agrawal s'exprima de son ton toujours aussi calme et analytique. « Il se pourrait que l'achat soit effectif dès aujourd'hui », annonça-t-il. La deadline imposée à Musk était fixée au lendemain, vendredi, mais il semblait susceptible d'aller au bout du processus le jour même. Agrawal déclara aux cadres qu'il était fier de tout ce qu'ils avaient fait.

Précisant qu'il n'y avait pas d'ordre du jour, il laissa la parole aux employés. « Qu'est-ce qui va se passer maintenant ? » demanda l'un des cadres. Segal tâcha de l'expliquer, mais conclut qu'en toute honnêteté il était impossible d'avoir la moindre certitude à cet égard : après tout, il avait affaire à l'un des entrepreneurs les plus imprévisibles qui soient.

Il y avait encore beaucoup à faire, mais Agrawal laissa les membres de la direction vider leur sac, partager leurs impressions et poser n'importe quelle question leur passant par la tête. C'était la première fois qu'ils participaient à une réunion de la sorte. Les responsables des ventes voulaient savoir ce qu'ils devaient dire aux annonceurs. Ceux des RH demandèrent quels éléments de langage utiliser auprès du reste du personnel, et quand il leur serait permis de partager des informations sensibles.

L'une des personnes présentes physiquement aborda alors la question qui était sur toutes les lèvres : « Qu'est-ce qui va vous arriver, à vous ? »

Segal répéta ce qu'il avait déjà dit à des employés : « Je n'ai pas encore parlé avec Musk. Je reste ouvert à tout. »

Agrawal opina de la tête avant d'ajouter : « C'est à chacun de faire son propre choix. »

Les cadres avaient une infinité de questions à poser, mais leurs chefs n'avaient que bien peu de réponses à leur fournir. Segal sentait la frustration qui inspirait chacune de leurs phrases, et après tous ces mois à faire face à des questionnements insolubles, il finit par craquer. Tâchant tant bien que mal de garder son sang-froid, il leur avoua qu'il ignorait complètement ce qui les attendait. « Les gens se souviennent toujours de vos réactions face à l'adversité, pas quand tout va bien », dit-il, la voix étranglée par l'émotion. Il insista sur leur responsabilité à eux tous – tant vis-à-vis de la compagnie que d'eux-mêmes – de tout faire pour que l'acquisition prenne effet.

L'émotion manifeste de Segal, habituellement si professionnel, joyeux et efficace, déstabilisa plusieurs cadres. À la fin de la réunion, certains s'embrassèrent tandis que d'autres, plus discrètement, faisaient leurs adieux à leurs supérieurs.

* * *

Le mercredi, Gracias, que Musk avait informellement nommé responsable financier, avait notifié à l'équipe de Twitter qu'il disposait de la totalité de la somme pour finaliser l'achat. Ce fut une excellente nouvelle pour Segal, qui la relaya auprès du conseil d'administration. Le directeur financier encouragea la direction à suivre le mouvement : plus tôt l'affaire serait bouclée, moins de temps cela laisserait à Musk pour se rétracter. Depuis le début, le conseil s'était efforcé de garantir la certitude de l'achat, et le fait d'encaisser l'argent de Musk avant qu'une énième crise sortie de nulle part ne fasse dérailler le processus était le plus sûr moyen de contenter les actionnaires. Bien que personne au sommet de Twitter n'eût la moindre idée de l'origine des fonds engagés par le milliardaire (récemment épaulé par de nouveaux investisseurs dont l'identité demeurait mystérieuse), le conseil d'administration était fin prêt à accepter les 44 milliards sans chercher midi à quatorze heures.

Poussés par l'énergie du désespoir, les membres de l'équipe financière de Twitter plaisantaient sur leurs tentatives pour tracer l'argent de Musk. À la vente d'une part des actions de Tesla, ils avaient tâché de déterminer si Musk avait assez d'argent en poche pour racheter leur compagnie. Les avocats du milliardaire avaient même transmis par erreur une liste exhaustive de toutes les personnes et de toutes les sociétés d'investissement démarchées pour la levée de fonds. Cette bévue avait été immédiatement suivie de menaces juridiques qui ordonnaient aux membres de Twitter d'effacer l'e-mail en question et les informations qu'il contenait.

Bien entendu, il était impossible de savoir où Musk gardait cet argent, ni l'usage qu'il prévoyait d'en faire. Les employés de Twitter se demandaient si Musk avait un coffre secret débordant de cryptomonnaies, ou s'il avait obtenu de nouveaux prêts sur marge garantis sur ses actions SpaceX. Le *Wall Street Journal* devait plus tard rapporter que Musk avait ainsi emprunté 1 milliard de dollars en octobre, pour rembourser la somme (avec intérêts) dès le mois suivant[1].

Du point de vue de Twitter, peu importait la provenance de l'argent de Musk, du moment qu'il payait le prix convenu. Mais vu le nombre de clauses auxquelles Musk avait essayé de se soustraire, rien n'était sûr. La direction s'attendait à tout, même à la possibilité que l'homme le plus riche au monde fasse fi de la deadline en avançant qu'il ne disposait pas de la totalité des fonds nécessaires à l'achat.

Lors d'une transaction normale, l'acheteur faisait preuve de transparence quant à l'origine des fonds. Mais Musk, sans doute pour protéger ses investisseurs, les avait tous réunis sur un seul et même compte afin que Twitter ne puisse en retracer la provenance.

La suite des événements parut justifier la méfiance des cadres du réseau social : Gracias appela Segal, les cadres financiers et les avocats de Twitter pour leur signifier que son chef ne disposait pas de la totalité de la somme convenue. Il lui manquait un peu plus de 400 millions de dollars, et Gracias exigeait des responsables de Twitter qu'ils puisent dans leurs propres caisses pour verser l'appoint à Musk, afin que la vente soit finalisée. Segal n'en revenait pas. Kaiden et une demi-douzaine d'employés non plus.

Gracias savait que Twitter disposait de plus de 2,5 milliards en numéraire. Une partie des fonds levés par Musk n'ayant toujours pas été collectés, le spécialiste du capital-investissement tentait là un coup digne d'un vrai mafieux.

« Il faut que vous nous fassiez le virement », grogna-t-il. Personne ne comprenait ce qui s'était passé depuis le mercredi, quand Gracias leur avait assuré que Musk disposait de la somme. Selon le raisonnement de Gracias, il ne coûtait rien à Twitter de faire ce geste puisque de toute façon le magot de l'entreprise appartiendrait bientôt au milliardaire. Cela ne ferait que simplifier les choses pour tout le monde.

Mais les hauts cadres de Twitter, échaudés par les revirements incessants de Musk, n'avaient aucune confiance en Gracias. Qu'adviendrait-il s'ils consentaient à verser cette somme et que le milliardaire tentait une fois de plus de se dérober à ses obligations ? « Personne ici n'a le pouvoir de prendre cette décision », répondit Segal.

Depuis que Musk était arrivé comme un chien dans un jeu de quilles en avril, la politique de Twitter s'était résumée à toujours lui dire oui. Segal se garda bien de s'opposer à la consigne de Gracias, ce qui aurait donné à Musk une bonne raison de tout remettre en cause à quelques heures de la date butoir. Sa réponse était donc aussi évasive que vraie, en ce qu'elle se bornait à des considérations juridiques liées à la gouvernance qui voulaient que seul le conseil d'administration eût le droit de décider ou non d'un tel transfert de fonds.

« Vous refusez de faire ce putain de virement ?! lança alors Gracias, perdant toute patience. Vous voulez vraiment vous opposer à Elon Musk ? »

– Je veux simplement dire qu'aucune des personnes qui participent à cette visioconférence n'est en mesure de décider de ce virement », répondit Segal. Il était effectivement le plus haut responsable de Twitter présent, et aucun administrateur ne s'était joint à la réunion. S'il existait encore une chance, même infime, que Segal travaille par la suite pour Musk, elle s'évapora à cet instant précis. Du reste, cette entrevue décida Korman, qui y participait également, à demander aux avocats de chez Skadden de réfréner les ardeurs de Gracias.

Lorsque Gracias raccrocha, les responsables financiers discutèrent ensemble de cette exigence que tous considéraient comme totalement incongrue. Musk avait accepté de trouver seul les fonds nécessaires à l'achat, sans l'aide de Twitter, à un prix qu'il avait lui-même fixé, et à bien des égards il était impensable qu'ils se livrent à une sorte de jeu de bonneteau transactionnel uniquement pour l'apaiser. « C'est plutôt dégueulasse, comme façon de faire », dit un des hauts cadres à Hayes, vice-directrice financière. D'autres étaient d'avis que cela pouvait relever de la fraude, voire du crime financier.

Environ une heure plus tard, Gracias rappela pour les avertir qu'il avait trouvé l'appoint, sans préciser comment. Plusieurs cadres de Twitter pensaient qu'il s'était adressé au fonds souverain du Qatar, mais ne purent jamais le confirmer. Le marché était donc en passe d'être conclu.

* * *

Cet emballement de dernière minute ainsi que cette singulière requête ne furent jamais communiqués au personnel de Twitter. Mais dans l'ensemble des bureaux, l'atmosphère était particulièrement tendue. Ce jeudi matin-là, des employés arrivèrent en avance pour observer de loin le milliardaire et assister à ce moment de bascule historique. D'autres avaient de toute façon prévu de se rendre au quartier général afin de participer à la fête d'Halloween organisée de longue date cet après-midi-là. Twitter et ses employés prenaient très au sérieux cette journée festive, renommée dans tous les bureaux à travers le monde « Trick or Tweet »*.

Mais tous les cocktails et toutes les sucreries aromatisés à la citrouille ne parvenaient pas à détendre l'ambiance. Le siège de San Francisco n'était plus qu'une gigantesque ruche bourdonnant de rumeurs, d'analyses personnelles et de ragots.

Certains pourtant s'efforçaient de faire comme si de rien n'était. De l'autre côté de Market Street, face au QG de Twitter, certains employés ouvrirent les portes de NeighborNest, un centre communautaire financé par la compagnie. NeighborNest était un projet qui remontait à avant la pandémie, fruit d'un accord entre Twitter et la Mairie qui accordait un allègement fiscal sur les salaires contre la promesse de ne pas délocaliser le siège de l'entreprise. Plutôt que de s'installer plus au sud dans la péninsule, aux côtés de Google et Facebook, Twitter accepta de rester à Market Street pour contribuer à la revitalisation de ce quartier déclassé. Dans le cadre de ce programme solidaire, le centre communautaire devait proposer des stages d'informatique aux habitants afin qu'ils se mettent au niveau des travailleurs de la tech qui investissaient leur lieu de vie en faisant monter les prix de l'immobilier. Mais le Covid avait poussé les responsables à mettre le projet entre parenthèses.

* Jeu de mots portant sur la formule « *trick or treat* » (« un sort ou une friandise ») par laquelle, aux États-Unis le soir du 31 octobre, les enfants demandent des sucreries à leurs voisins. (N.d.T.)

Ce jeudi-là, le NeighborNest ouvrit enfin ses portes au public. Twitter avait acheté des centaines d'ordinateurs portables et, en collaboration avec des associations locales, avait invité une foule d'immigrés d'Amérique du Sud et d'Amérique centrale à suivre une formation et à repartir avec un ordinateur gratuit. Une jeune mère de trois enfants pleura de joie en recevant le sien, et les employés de Twitter les distribuèrent aussi vite que possible, par peur que Musk ne fasse soudain son apparition pour mettre le holà à toute l'opération. Chacun avait tristement conscience que selon toute probabilité le premier événement de NeighborNest serait aussi le dernier.

La formation informatique achevée, les employés traversèrent la rue en traînant les pieds pour rejoindre la fête d'Halloween au quartier général. La joie d'agir pour les gens du quartier laissa vite place à l'appréhension.

Dans les bureaux réservés aux responsables de l'entreprise, certains cadres envisagèrent d'inviter Musk et ses sbires à les rejoindre afin qu'ils se fassent une idée de l'esprit Twitter. Ils hésitèrent à donner un déguisement à X, le fils cadet du milliardaire, afin qu'il puisse s'amuser comme tous les autres enfants présents. Ne sachant pas trop comment son père pouvait réagir à cette initiative, ils préférèrent s'abstenir. Fin septembre, quand Musk avait finalement accepté d'aller au bout de son achat, Twitter lui avait offert un coffret de bienvenue incluant une veste de baseball et autres goodies estampillés des logos et symboles distinctifs de Twitter d'une valeur totale de 6 397 dollars[2]. Le fait d'offrir également des cadeaux à X aurait pu paraître un peu exagéré.

* * *

Les « sbires » de Musk se présentèrent sans déguisement. Attendant leurs instructions, ils arpentaient les couloirs des locaux sous les regards sinistres des employés de

Twitter. Certains avaient la désagréable sensation d'envahir un espace qui ne leur appartenait pas mais, pour eux, les caprices du chef avaient toujours été des ordres. Lors d'une brève réunion le matin même, Austin et plusieurs autres ingénieurs avaient reçu des consignes très claires du milliardaire.

« Veillez bien à ce que le site ne plante pas, leur avait dit Musk. Veillez bien à ce que personne ne fasse quoi que ce soit. »

Sa paranoïa décuplait d'heure en heure, à mesure qu'approchait l'échéance, comme cela avait toujours été le cas en temps de crise chez SpaceX ou Tesla. Il avait le sentiment que l'ensemble du personnel de Twitter le détestait, et il avait lu plusieurs tweets d'employés qui s'opposaient publiquement à son achat. Musk s'attendait à tout sauf à un accueil chaleureux, au point même d'imaginer un scénario catastrophe où un vengeur anonyme effacerait une partie du code de Twitter ou lancerait une cyberattaque qui ferait planter le site, infligeant au nouveau propriétaire la plus grande des humiliations.

Austin et d'autres salariés de Musk réunirent des cadres de Twitter à même selon eux d'empêcher une quelconque mutinerie. Parmi ceux-ci, on comptait Lea Kissner, responsable de la sécurité informatique, Carrie Fernandez, directrice adjointe ingénierie, et Damien Kieran, responsable de la confidentialité. Ils leur demandèrent de mettre en œuvre un « gel du code » afin d'empêcher toute modification du site et des applications Twitter, ce qui, dans les faits, mettrait la moitié de la compagnie au chômage technique.

Mais les cadres repoussèrent ces exigences. Même si ses hommes avaient investi le quartier général, Musk n'avait toujours pas finalisé son achat. Les employés de Twitter avaient tous reçu pour consigne de ne suivre aucune des consignes de l'équipe du milliardaire, à moins d'avoir le feu vert de Segal ou d'Edgett.

« Elon est peut-être votre patron, dit Kissner, mais ce n'est pas encore le nôtre. »

En outre, Kissner et Kieran avaient d'autres chats à fouetter. L'une de leurs tâches était de soumettre à la FTC les rapports trimestriels sur le respect et l'application des directives imposées dans le cadre du programme de confidentialité des données de la compagnie. Ces rapports détaillés et rébarbatifs dressaient la liste de tout ce que Twitter avait mis en œuvre pour protéger la vie privée de ses utilisateurs. Le prochain rapport devait être rendu deux semaines plus tard, et Kissner et Kieran étaient juridiquement responsables de son contenu : au moindre problème, les deux cadres pouvaient répondre d'accusations au pénal.

Kissner contacta Roth pour lui demander de se rendre au premier étage, où l'équipe du milliardaire était réunie, afin de tempérer autant que possible la paranoïa de Musk. Roth s'exécuta, et ouvrit son ordinateur portable pour montrer au futur propriétaire son compte @elonmusk sur l'interface de modération. Roth lui expliqua qu'il était l'un des rares employés à disposer d'un accès backend aux gros comptes tels que le sien, ce qui parut rassurer Musk.

Roth saisit cette occasion pour lui rappeler que le second tour de l'élection présidentielle brésilienne se tiendrait ce dimanche, et que la compagnie devait être aux aguets devant la moindre tentative de désinformation. Musk acquiesça : « Très risqué. »

* * *

Après son entrevue de la veille au soir avec Musk, Gadde avait décidé de rentrer chez elle et d'éviter tout coup fourré susceptible de l'attendre au quartier général de la compagnie. Elle avait le pressentiment que l'achat serait finalisé ce jour-là, et Segal le lui confirma.

L'essentiel de la paperasse avait été visé et signé par les avocats, mais Twitter n'avait toujours pas reçu l'intégralité de la somme due. Pour une transaction aussi colossale, gérée par les plus grosses banques et les plus gros cabinets d'avocats de la planète, le processus semblait particulièrement chaotique : c'est ce que Gadde dit en substance à ses collaborateurs. La vente de Twitter – l'un des plus gros événements de toute l'histoire de la Silicon Valley – s'était vite réduite à une série complètement aléatoire de virements bancaires.

Assis devant leurs écrans, les banquiers de Twitter chez Goldman Sachs rafraîchissaient sans cesse la page de leur navigateur Internet. Ils étaient connectés à un compte administré par un tiers sur lequel les paiements de Musk seraient gardés en dépôt jusqu'à ce que soit versée la totalité de la somme due, à savoir 44 milliards de dollars, plus les 2,5 milliards de frais de clôture. Gadde passa l'après-midi à les appeler pour savoir si le compte y était.

Par ailleurs, elle se démenait pour régler au plus vite la facture de Savitt et ses collègues de chez Wachtell. Le conseil d'administration avait approuvé le versement de 90 millions le matin même, et il incombait à présent à Gadde de s'assurer que les avocats soient payés avant que Twitter change de propriétaire. À 15 h 50, dix minutes à peine avant la finalisation de l'achat, le virement fut réalisé.

La toute dernière étape du processus relevait de la responsabilité de Gadde. Ayant déjà signé de son nom le certificat d'acquisition qui cédait le contrôle de Twitter à Musk, elle passa le relais à ses avocats qui l'envoyèrent à la Division of Corporations du Delaware, l'agence gouvernementale chargée de superviser les centaines de milliers de compagnies basées dans le minuscule État.

Gadde s'adossa à son siège et se laissa submerger par des vagues successives de soulagement et d'affliction. Après des heures de bips frénétiques, son téléphone se tut enfin, et le bureau de son domicile, avec ses étagères blanches garnies d'ouvrages et ses plantes savamment disposées, s'emplit soudain d'un singulier silence.

Elle venait de vendre Twitter.

* * *

Au moment même où le certificat signé était envoyé, Segal entra dans le bureau d'Agrawal. L'heure était venue.

Le directeur général n'avait pas eu le temps de finir de s'installer dans son bureau : des œuvres d'art qui attendaient d'être accrochées étaient encore posées contre les murs.

Segal tenait d'une main son téléphone, encore connecté à une visioconférence à laquelle participaient Gadde et les avocats extérieurs de Twitter, qui le virent faire signe à Agrawal de le suivre. Mieux valait quitter d'eux-mêmes les locaux que d'attendre que Musk les pousse littéralement vers la sortie. Agrawal répondit d'un hochement de tête solennel et envoya un e-mail expliquant qu'en vertu des clauses de son contrat relatives aux changements de contrôle il se tenait à la disposition de Musk pour parler du futur de la compagnie. Puis il réunit ses affaires et sortit pour la toute dernière fois de son bureau.

Segal, toujours en visio, traversa les locaux de la compagnie en approchant la caméra de son iPhone de son visage. Il ne s'arrêta pas pour prévenir les employés qui ignoraient encore tout de ce qui venait de se passer, même s'il avait confié à certains cadres parmi les plus fidèles qu'il avait l'intention de quitter l'entreprise au plus vite. Il poussa la porte de sécurité et descendit l'escalier, Agrawal sur ses talons. Du huitième étage, ils rejoignirent le parking en évitant les équipes télé qui attendaient dans la rue. La connexion wifi de Segal flancha, son image apparaissant par à-coups, donnant aux autres intervenants l'impression qu'il s'apprêtait littéralement à disparaître. Il adressa un au revoir lapidaire à Agrawal avant de passer derrière son volant et, sans se déconnecter de la visioconférence, il quitta le parking. Agrawal démarra lui aussi et sortit sous les rayons flamboyants de ce soleil d'octobre, comme n'importe quel ingénieur informatique rentrant chez lui après une journée de travail.

28

« L'oiseau est enfin libre »

À l'instar d'autres membres de l'équipe de Segal, Jon Chen, vice-président du développement, ignorait totalement que le directeur financier venait de quitter la compagnie sans tambour ni trompette.

Vétéran de Twitter, il vivait à Los Angeles, et ne s'était rendu qu'une poignée de fois au quartier général de San Francisco durant ces dernières années. Entre la fête d'Halloween et les remous de la reprise, ces bureaux habituellement vides fourmillaient d'employés, les uns venus pour assister à ce moment historique, les autres pour noyer leurs craintes dans l'alcool.

À la demande de Segal, Chen avait pris un aller simple pour l'aéroport international de San Francisco où il avait atterri le matin même sous un ciel inhabituellement dégagé. Il n'avait pas réservé de chambre d'hôtel et ignorait combien de temps il resterait dans cette ville, mais la veille, chez lui, il s'était connecté à une visioconférence pour se retrouver nez à nez avec Gracias, Birchall, Davis et Sacks.

Musk avait chargé ses amis, qui constituaient de fait l'équipe de transition, de trouver les employés de Twitter les plus à même de faire de sa vision une réalité. Il pensait que Twitter était une compagnie hypertrophiée qui comptait beaucoup trop de responsables. Et il était persuadé qu'il existait une poignée d'individus très motivés, hors des hautes sphères douteuses de l'entreprise, qui n'hésiteraient pas une seule seconde à travailler pour lui. La mission première de son équipe de transition était de les localiser.

Chen, ancien banquier d'investissement chez Morgan Stanley, figurait sur la liste qu'ils avaient dressée. Contrairement à bon nombre de ses collègues, il n'était pas éthiquement opposé à l'idée de servir Musk. Cependant, cela ne l'empêchait d'avoir ses doutes. À ses yeux comme à ceux des autres employés de Twitter qui avaient été sélectionnés, ces échanges avec les sbires de Musk ressemblaient à des auditions où il s'agissait tacitement d'en mettre plein la vue à des éléments extérieurs à l'entreprise dans l'espoir de garder son boulot. Chen avait pris part aux discussions financières durant les négociations houleuses avec Musk, et il s'était préparé à affronter l'animosité des amis du milliardaire. Mais durant la visioconférence de ce mercredi, il ne ressentit aucune hostilité de leur part. Ces hommes le mitraillèrent de questions sur la stratégie de Twitter concernant les fusions et acquisitions, et Chen trouva un terrain d'entente avec eux. Gracias et Sacks étaient des investisseurs, et Chen ne manqua pas de faire valoir son expérience de banquier d'investissement. À la fin de cette réunion en distanciel, il ne put réprimer un soupir de soulagement, se disant que ces échanges avaient paru… tout à fait normaux, en définitive.

Plus tard dans la soirée, Segal lui avait confirmé cette impression positive : les sbires de Musk souhaitaient le rencontrer en personne. Le jeudi matin, Chen embarqua pour San Francisco.

* * *

Peu après que Segal et Agrawal eurent fui le bâtiment, Chen reçut l'appel tant attendu et se rendit dans la salle de conférence où Musk tenait audience. Il y reconnut certains des hommes qui l'avaient interrogé la veille : ils se serrèrent la main, et eurent à peu près la même conversation.

Chen sentit qu'il les avait conquis. Davis et Birchall parlaient comme des disciples exposant religieusement les plans de Musk pour transformer Twitter. Saisissant la balle au bond, Chen abonda dans leur sens pour présenter le plus positivement possible ses propres espoirs quant aux futurs choix du nouveau propriétaire. En tant que professionnel de la finance, il ne s'était jamais directement mêlé du produit ou de l'ingénierie de son entreprise, et savait que ses suggestions n'avaient rien de révolutionnaire chez Twitter. La façon dont les membres de l'équipe de transition semblaient boire chacune de ses paroles le poussa à se demander s'ils avaient véritablement réfléchi à la manière dont ils entendaient diriger la compagnie.

« De toute évidence, nous devrions nous investir dans les paiements sur la plateforme », déclara-t-il, et les yeux des sbires s'illuminèrent comme s'il venait de prononcer la formule magique qu'ils attendaient tant.

« Nous pourrions peut-être proposer plus de choses à des communautés modérément appréciées déjà présentes sur le site, proposa-t-il un peu plus tard.

– Lesquelles ? demanda Davis

– Eh bien, les gamers, par exemple, répondit Chen d'un ton détaché. Cette population englobe des communautés hautement monétisables. Ils ont l'habitude de dépenser des sommes non négligeables pour des achats intégrés. Pourquoi ne pas nous concentrer d'emblée sur ce genre de trucs ? » déclara Chen.

Les hommes qui l'écoutaient étaient aux anges.

« Il faut absolument que vous répétiez à Elon ce que vous venez de nous dire », fit Davis.

À la fin de cette conversation un peu longuette, Musk entra subitement dans la pièce pour s'asseoir face à Chen. Il était bien plus imposant dans la vraie vie que ce à quoi il s'était attendu. Au début, Chen eut de nouveau l'impression de passer un entretien d'embauche, mais il ne tarda pas à se convaincre qu'il resterait chez Twitter. Sinon, qu'est-ce qui aurait pu pousser l'homme le plus riche au monde à lui demander son avis ?

Chen lui soumit sa vision d'une « omni-application » – il réussit à garder le cap, malgré les multiples interruptions : des avocats ne cessaient d'aller et venir les bras chargés de documents que Chen, de son siège, ne parvenait à déchiffrer. Il avait cru que Musk déciderait de finaliser son acquisition ce vendredi, juste avant la deadline, mais ce ballet incessant d'avocats, de banquiers et de paperasse lui fit comprendre que l'achat était sur le point d'être consommé.

Quand la vente fut effective, Chen était le seul employé de Twitter présent dans la pièce. Musk se montrait nonchalant, jetant tout juste un coup d'œil aux pages qu'il signait, comme s'il s'agissait de chèques remplis en fin de soirée après un dîner au restaurant. La désinvolture avec laquelle le milliardaire finalisait l'une des transactions les plus monumentales de l'histoire du capitalisme avait quelque chose de presque blessant.

Soudainement quelqu'un ouvrit la porte pour s'exclamer : « La transaction est achevée ! » Une onde de choc électrisante parcourut la salle, arrachant un demi-sourire au tout nouveau propriétaire.

Les banquiers se tapèrent dans les mains et Musk éclata de rire : après quelques signatures et virements, sa conquête intermittente du plus grand forum du monde était enfin bouclée. Assis face à son nouveau patron, Chen était abasourdi.

« Vous voulez que je sorte ? demanda le directeur adjoint à l'ensemble des hommes présents.

– Non, non, non, toi, ça va », répondit Musk. Puis il frappa du poing sur la table en poussant ce qu'on ne saurait qualifier que de cri de guerre : « Fuck Zuck ! »

Chen ne comprit pas pourquoi, dans le feu de la victoire, Musk se sentait obligé de rabaisser une fois de plus Mark Zuckerberg, le fondateur de Facebook. Peut-être que l'achat de Twitter était une façon d'assiéger l'empire numérique de Zuckerberg, ou de revenir au score en se positionnant sur le secteur des réseaux sociaux. Quoi qu'il en fût, Chen jugea préférable de ne pas le lui demander.

L'échange entre Musk et Chen dura encore quelques minutes. Dans l'effervescence qui l'entourait, le cadre de Twitter avait de plus en plus de mal à se concentrer sur ce qui était dit. Il sortit de la salle de conférence comme pris de vertiges, et s'achemina jusqu'au bâtiment principal de la compagnie. Dans le couloir, il passa devant un groupe de banquiers de chez Morgan Stanley qui saluaient la finalisation de l'achat dans des rires et des acclamations frénétiques. Gardant le silence, Chen passa la porte à double battant qui séparait les quartiers de Musk de l'open-space des employés de Twitter.

Ce seuil était la frontière entre deux mondes radicalement différents. Derrière Chen, la joie pure d'une conquête entrepreneuriale. Face à lui, des gens qui pleuraient. Des assistants de direction qui avaient servi Agrawal, Segal, Gadde ou l'un de leurs homologues. Dans le laps de temps que Chen avait passé dans la salle de commandement de Musk, quatre hauts responsables de la compagnie s'étaient fait virer.

* * *

Avant même de mettre un point final à son achat, Musk avait déjà donné des directives concernant sa première décision en tant que propriétaire de Twitter : Agrawal, Gadde, Segal et Sean Edgett, conseiller juridique général de la compagnie, seraient renvoyés « pour motifs personnels ».

Cette nuance juridique insinuait que ces membres de la direction avaient gravement nui à la compagnie, et permettait à Musk de ne pas verser les 120 millions de dollars de bonus de départ qui seraient dus aux quatre hauts cadres lorsque Twitter lui appartiendrait et serait retiré de la Bourse de New York. Dans les contrats des responsables concernés, ces deux derniers points étaient justement les déclencheurs qui les autorisaient à collecter salaires et primes payées en actions.

Musk était bien résolu à ne pas leur en verser un sou. En les limogeant « pour motifs personnels », il tirait à boulets rouges dans leurs parachutes dorés. C'était un camouflet à la face de ceux qui l'avaient contraint à racheter la compagnie, et qu'il entendait ne pas récompenser pour leur dur labeur. Le milliardaire chargea son staff de rédiger des versions préparatoires détaillant les termes de ces licenciements, et les lettres furent envoyées avant la finalisation de l'achat. Il entendait également les faire sortir du bâtiment sous l'escorte d'agents de sécurité, geste symbolique qui s'apparentait à celui d'un seigneur de guerre médiéval plantant la tête de ses ennemis au bout de piques.

Bien que Musk et ses conseillers se soient sûrement félicités de l'habileté de ces débarquements, la majorité des responsables avaient pris soin de protéger leurs arrières. Gadde savait pertinemment que sa conversation de trente minutes avec Musk, pour polie qu'elle eût été, n'avait pas changé l'opinion qu'il se faisait d'elle. Ce jeudi, elle avait décidé de rester chez elle, ne sortant que pour assister à un événement scolaire dans l'école d'un de ses enfants. Agrawal et Segal non plus ne s'étaient fait aucune illusion sur leur sort, ce qui avait motivé leur départ en douce.

Ils avaient en outre écrit des lettres à l'intention de Musk dans lesquelles ils précisaient les clauses de leur contrat leur permettant de se retirer de la sorte. Optimistes en dépit de tout, Agrawal et Segal réaffirmaient dans leurs messages l'amour qu'ils portaient à Twitter, et leur profond désir de continuer à travailler au sein de l'entreprise. Cependant, ils étaient en droit de s'en aller avec la totalité de leurs primes de départ : si Musk voulait les garder, il lui faudrait renégocier les termes de leurs contrats.

Seul Edgett ne comprit pas qu'il courait un danger certain. En tant que bras droit de Gadde, l'avocat avait passé plus de dix ans chez Twitter, se présentant même une fois devant le Congrès américain au sujet de la campagne de désinformation russe sur la plateforme – cela dit il préférait habituellement rester dans l'ombre. Durant ces derniers mois, il n'avait pas ménagé ses efforts sur les volets juridiques de l'acquisition, officiant aussi comme secrétaire du conseil d'administration au cours de ses nombreuses réunions, mais il estimait n'avoir rien fait qui puisse lui valoir de se retrouver dans le collimateur de Musk. Edgett se rendit à son bureau ce jeudi comme s'il s'agissait d'une journée de travail ordinaire.

Dans l'après-midi, alors que la vente était sur le point de se réaliser, il avait rendez-vous avec Marianne Fogarty, directrice de la conformité, au huitième étage du bâtiment. Tandis qu'à quelques dizaines de mètres des employés déguisés commençaient à fêter Halloween, Edgett et Fogarty se retrouvèrent dans une salle de conférence aux murs de verre, dans une zone à laquelle seuls les hauts cadres avaient accès, afin de se pencher sur une enquête interne. Par réflexe, le conseiller juridique général consulta son téléphone, et sous le choc, releva les yeux vers Fogarty, avant de reporter son attention sur son écran, s'efforçant de comprendre l'e-mail qu'il venait tout juste de recevoir.

« Je crois que je viens de me faire virer », dit-il dans un chuchotement.

Kathleen Pacini passa à cet instant précis devant la salle où ils se trouvaient. Edgett s'empressa de lui faire signe de les rejoindre, pour lui annoncer aussitôt son licenciement.

Tous trois se regardèrent, stupéfaits. Musk n'avait même pas attendu un jour pour procéder au premier limogeage.

« Toi aussi, tu t'es fait remercier ? » demanda Edgett à Gadde dans un message, et elle le lui confirma instantanément. Agrawal et Segal aussi s'étaient fait évincer. Tout en regardant Edgett composer ses messages à toute vitesse, Fogarty et Pacini prirent conscience qu'elles étaient soudainement les plus hauts cadres de l'entreprise.

Pacini passa en mode stratégique. Agrawal, un ami proche, l'avait prévenue que les choses pourraient prendre ce tour plus que désagréable, et elle fit le point sur les options qui s'offraient à elle. À présent que la moitié de la direction avait été écartée, des centaines d'employés devraient se rapporter directement à Musk, qui selon elle allait assumer le rôle de directeur général.

Cinq minutes après qu'Edgett eut reçu cet e-mail, on frappa à la porte de la salle de conférence. Des agents de sécurité se tenaient au seuil : l'heure avait sonné. Plus tôt dans la journée, l'équipe de sécurité de la compagnie avait réussi à obtenir du staff de Musk qu'en cas de licenciements, le soin d'escorter leurs anciens collègues jusqu'à la sortie leur reviendrait – ces derniers méritaient de pouvoir partir dans la dignité.

À mesure que la rumeur de ces licenciements faisait tache d'huile, d'autres membres de l'équipe de transition Twitter affluèrent dans la salle de conférence du huitième étage, pour redéfinir certains aspects pratiques : savoir qui se rapporterait à qui, et comment annoncer ce qui venait d'arriver au reste du personnel, de la meilleure façon possible. La transition muskienne s'annonçait d'une brutalité absolue.

Ce furent les médias, finalement, qui se chargèrent en quelques minutes à peine de faire circuler l'information.

Les employés encore présents rafraîchissaient leur fil Twitter toutes les cinq secondes. « Parag et Ned se sont fait éjecter ! » se murmuraient-ils. « Vijaya aussi ! » Aucun e-mail interne n'annonça la concrétisation de la reprise ni les changements à la tête de la direction, et ceux que le manque de communication d'Agrawal avait précédemment peinés se sentirent encore plus abandonnés.

* * *

Musk et ses sbires restèrent à l'écart des festivités d'Halloween, célébrant leur victoire avec les banquiers de Morgan Stanley dans leur salle des opérations. Tous buvaient du bourbon Pappy Van Winkle offert par Michael Grimes en guise de modeste remerciement pour les millions de dollars empochés par la banque à la faveur des frais de clôture[1].

Verre à la main, Musk avait beau sourire, il n'était pas tout à fait satisfait. Il mourait d'envie de poursuivre sur sa lancée. Ces licenciements de hauts responsables étaient un bon début, mais il avait hâte de mettre la main sur le produit.

L'un des griefs de Musk à l'égard de Twitter était que le site obligeait les gens à se connecter pour pouvoir parcourir la timeline des tweets les plus récents. De son point de vue, c'était l'un des aspects qui empêchaient la plateforme d'attirer de nouveaux utilisateurs : personne ne savait vraiment comment fonctionnait le site avant de s'en servir. Musk était d'avis qu'il fallait inciter les gens à essayer, raison pour laquelle il exigea que la page de démarrage ne soit plus une interface d'ouverture de session incolore, mais une page d'« exploration » présentant un assortiment de tendances et de tweets populaires. À n'en pas douter, cela ne pouvait que redynamiser le trafic et l'intérêt du public.

Musk chargea Davis de trouver quelqu'un qui soit capable de mettre son projet à exécution, et le patron de The Boring Company s'empressa d'obéir sans poser de question. Ce choix ne reposait sur aucune recherche, aucune étude ni aucune consultation préalable des ingénieurs et spécialistes produit de l'entreprise : il n'était motivé que par l'instinct viscéral de Musk. S'il avait demandé leur avis à des gens qui travaillaient sur le produit, il aurait appris que la page d'ouverture de session était un dispositif de défense essentiel contre les spammeurs et les bots qui écumaient le site afin d'en piller le contenu : les utilisateurs étaient obligés d'entrer leurs identifiants pour prouver qu'ils avaient bel et bien un compte.

À 22 heures, Davis appela Sullivan. Bien que le chef produit fût l'un des cadres les plus farouchement opposés à Musk, il avait réchappé à la première vague de limogeage. « Ce doit être fait ce soir », lui indiqua Davis en lui présentant la mission.

Sullivan informa Davis que Twitter avait déjà pensé à cette ouverture de la plateforme aux non-inscrits par le passé et avait vite abandonné l'idée du fait de ses nombreuses failles. Davis balaya ses avertissements d'un revers de main : dans le monde de Musk, lorsque ce dernier énonçait un ordre, il était aussitôt appliqué.

Sullivan haussa les épaules et partit à la recherche d'employés encore debout pour faire du désir de Musk une réalité. Il assigna cette tâche à des équipes de Twitter à Londres, qui commençaient à peine leur journée de travail.

Mais ce n'était pas le seul chantier immédiat envisagé par Musk. Quand, la veille, il avait laissé entendre aux employés que les mises à pied n'étaient pas d'actualité, en réalité il prévoyait déjà un plan de coupes drastiques. Il voulait s'y atteler au plus vite, notamment en réduisant les salaires. Il chargea ses cousins James et Andrew de cette mission, et leur demanda de dresser la liste des salariés à garder et de ceux dont il fallait se délester. La sélection serait impitoyable.

Une partie de ce travail de listing incomba à Austin qui, à l'instar des cousins Musk, avait passé en tout et pour tout douze heures de sa vie chez Twitter. Musk n'avait jamais caché l'aversion qu'il nourrissait envers les dirigeants de Twitter, et la plupart de ses sbires avaient compris qu'ils ne feraient pas de vieux os. Cependant, sa volonté de pratiquer au plus vite des coupes de salaires et de personnel parmi les simples salariés était d'une tout autre nature. Cette précipitation pourrait entraîner des conséquences aussi cruelles que dommageables pour l'entreprise.

De surcroît, Musk tenait à ce que les employés de Twitter se voient refuser l'accès aux systèmes internes avant de lancer son plan de restructuration. Des employés de Tesla et de The Boring Company exigèrent de Roth qu'il coupe tout accès à Agent Tools, le système qui régissait l'ensemble des comptes Twitter. Les employés qui utilisaient Agent Tool étaient en mesure de redéfinir les mots de passe, de suspendre des comptes et de modifier les informations des usagers, ou, s'ils décidaient de se dresser contre Musk, de saboter le site en s'attaquant aux plus gros comptes. Roth ne put qu'obéir.

Ce n'est que le soir venu que le nouveau propriétaire leva le pied. En sortant du bureau, il posta sur son compte Twitter : « L'oiseau est enfin libre. »

ACTE 3

29

Revues de code

Le vendredi 28 octobre, Sullivan se réveilla à 4 heures du matin et, les yeux encore gros de sommeil, ralluma son ordinateur portable pour s'assurer que la page d'accueil de Twitter avait bien été modifiée. La page présentait les tweets les plus populaires et les tendances, tout comme l'avait exigé Davis la veille au soir. Il appela celui-ci pour l'informer qu'il avait passé le test de Musk avec succès.

Puis il rédigea sa lettre de démission. Autour de 7 heures du matin, il l'envoya à Spiro et à quelques responsables des ressources humaines encore en place. Puis il rangea son ordinateur dans sa sacoche et se rendit au bureau.

Bien qu'il se sût incapable de travailler pour quelqu'un comme Musk, Sullivan se sentait obligé de partir en y mettant les formes. Avant de quitter Facebook, il avait passé des semaines à rédiger des descriptions détaillées de ses tâches à l'attention de son remplaçant, et il comptait faire de même chez Twitter. En arrivant au quartier général, il s'enquit des personnes qui n'avaient pas été remerciées.

Nick Caldwell, son homologue chargé des équipes d'ingénierie affectées à l'infrastructure de la compagnie, était absent. Son épouse était morte soudainement à la mi-octobre, et il avait pris un congé pour affronter cette épreuve. Les obsèques auraient lieu ce week-end-là et, un peu plus avant dans la journée, il soumit sa démission.

Dalana Brand, directrice des ressources humaines, s'apprêtait aussi à partir. Sarah Personette, directrice du service client, savait que le mépris que Musk vouait aux annonceurs lui rendrait la tâche impossible, et elle avait elle aussi décidé de s'en aller. Tous trois démissionnèrent, ce qui n'empêcherait pas Musk de prétendre que certains d'entre eux avaient été renvoyés pour « motifs personnels » afin de pouvoir leur refuser leurs indemnisations.

Les salariés passaient voir leurs directeurs de service afin de savoir quand commencerait la vague de licenciements, et leur demander s'ils ne feraient pas mieux de démissionner. Aucun de ces supérieurs ne savait quoi répondre : eux s'en iraient, mais personne dans le camp de Musk n'avait accusé bonne réception de leurs lettres de démission, et leur départ n'avait fait l'objet d'aucune déclaration officielle.

Une des collaboratrices de Brand finit par se présenter au bureau de Sullivan. « Il vaudrait peut-être mieux que vous ne veniez plus ici, dit-elle avec un sourire forcé. Ça me ferait de la peine de vous voir raccompagné jusqu'à la sortie. »

De leur côté, les cousins de Musk installèrent leur centre de commandement dans la cafétéria du huitième étage, presque entièrement débarrassée des décorations de la fête d'Halloween de la veille. Avec une poignée d'ingénieurs de chez Tesla, James et Andrew Musk s'attelèrent à écrémer les effectifs des ingénieurs, qui s'élevaient à deux mille cinq cents employés. Sans même prendre la peine de murmurer, ils se demandèrent s'il ne serait pas plus pratique de demander l'aide de leurs collègues de chez Twitter, mais ils abandonnèrent vite cette idée : ils savaient que les tweeps se méfiaient terriblement d'eux, et cette défiance était du reste réciproque. Ils exigèrent néanmoins que les membres du service des RH leur transmettent les évaluations de performance de tous les salariés.

L'équipe de Musk se croyait plus intelligente que les salariés de Twitter, qui de son point de vue avaient contribué au naufrage de la compagnie, malgré un incroyable potentiel. Les charger de déterminer qui il fallait garder pour aller de l'avant relevait pour les sbires du contresens absolu. À tous les coups, ils en auraient profité pour protéger leurs amis ou, pire encore, ils auraient choisi des gens qui s'opposaient à Musk.

Très régulièrement, le milliardaire rappelait à son équipe que les rangs trop garnis de Twitter étaient truffés de personnes payées à ne rien faire. Durant ses réunions avec ses employés, Musk citait comme exemple l'équipe en charge de l'Autopilot chez Tesla. Elle était quinze fois plus réduite que l'équipe d'ingénieurs de Twitter et parvenait cependant à respecter les deadlines qu'il imposait tout en continuant de concevoir des mises à jour pour le logiciel[1]. Or l'Autopilot était une question de vie ou de mort pour les clients de Tesla. Twitter n'était qu'un site Internet en scrolling infini.

Musk demanda à ses cousins de s'intéresser aux dépôts de code de Twitter, la base même de son site, de ses applications et de ses fonctionnalités, et de déterminer quels ingénieurs y contribuaient. Ceux-ci seraient jugés sur le volume de leur participation : ceux qui avaient écrit le plus de lignes de code seraient susceptibles de conserver plus longtemps leurs postes.

« Imprimez cinquante pages de code que vous avez rédigé ces trente derniers jours », ordonna un assistant de la nouvelle direction sur Slack en s'adressant aux ingénieurs de Twitter[2]. On signifia aux salariés qu'ils devaient se préparer à rendre compte de leur travail lors de « revues de code » avec des membres de l'équipe de transition, voire en présence de Musk lui-même. Sur la base de ce qu'ils avaient réalisé, ils seraient jugés sur leur efficacité, leur lisibilité et leur apport aux activités de Twitter.

Cet ordre souleva une vague de panique dans les rangs de l'entreprise. Les ingénieurs qui s'étaient rendus dans les bureaux de San Francisco et de New York pour le premier jour de Musk s'empressèrent de connecter leurs ordinateurs portables aux imprimantes, qui se mirent aussitôt à cracher feuille sur feuille.

Sur Slack comme sur messagerie privée, des employés se plaignirent d'être soumis à pareille exigence. Même si l'on pouvait se targuer d'avoir écrit une grande quantité de lignes de code, le volume n'était pas nécessairement synonyme de qualité. Parfois, les meilleures lignes étaient au contraire les plus courtes et les plus élégantes.

Même certains salariés de Musk étaient sceptiques. Ils jouissaient d'une grande expertise dans le domaine des logiciels liés aux fusées et aux voitures, mais ils ignoraient totalement comment on bâtissait, entretenait ou pilotait un réseau social aussi gigantesque. Cela revenait à demander à un plombier son avis sur le travail d'un électricien.

Ces revues de code mettaient mal à l'aise Austin. Cette mission lui donnait un pouvoir considérable sur la vie professionnelle de salariés d'une compagnie pour laquelle il ne travaillait même pas. Il s'efforça d'échanger autant que possible avec les experts de l'infrastructure de Twitter (certains travaillaient depuis dix ans dans cette entreprise), dans le but de comprendre la technologie backend du réseau social. Il savait qu'il lui faudrait à terme expliquer ce fonctionnement hautement complexe à Musk.

Musk justement ne tarda pas à demander à Austin s'il désirait s'occuper complètement de l'infrastructure de Twitter. L'ingénieur de Tesla répugnait à cette idée, mais il parvint à fournir à son patron une réponse vague. La raison qui l'avait amené à travailler pour lui, c'était sa volonté de faciliter l'accession du grand public aux voitures électriques, pas de contribuer à un réseau social.

En ligne, les tweeps se moquaient des revues de code. L'autodérision faisait partie de la culture de l'entreprise, et ses salariés avaient coutume de gérer les mauvaises passes en publiant des mèmes sur Slack ou des bêtises sur Twitter. Tous redoutaient de perdre leur emploi, quatre de leurs dirigeants venaient de se faire virer sans cérémonie, et pourtant ils arrivaient encore à rire de leurs collègues qui couraient d'une imprimante à l'autre, ou remuaient ciel et terre pour débusquer des ramettes de papier.

Leah Culver, ingénieure qui travaillait sur l'application Twitter destinée aux appareils Apple, tweeta « Joyeux vendredi à tout le monde », accompagné d'une photo d'elle brandissant un paquet de feuilles noircies de lignes de code de Spaces, fonctionnalité qui permettait aux utilisateurs de créer des salons de discussion audio en direct.

Le selfie de Culver – et la bribe de code qu'il exposait – effraya certains directeurs de Twitter, tout particulièrement Damien Kieran, responsable de la sécurité. Cet après-midi même, en prenant connaissance des consignes de Musk, il entra dans une colère noire. Un nouvel ordre remplaça le précédent : « Cessez d'imprimer. »

Conformément à l'accord passé avec la FTC, Twitter devait veiller le plus strictement possible à la confidentialité de ses utilisateurs et de ses données. Chaque feuille recouverte de code représentait un risque potentiel. N'importe quel ingénieur aurait pu franchir les portes de Twitter en emportant sous le bras une partie des secrets de la compagnie ou des informations personnelles de ses usagers. Sans même en avoir conscience, Musk et son équipe venaient de générer des milliers de violations en puissance de l'accord passé entre Twitter et le gouvernement américain, infractions qui pourraient se traduire par des amendes de plusieurs millions de dollars.

Kieran, un Irlandais qui avait jadis été mécanicien moto, avait pour mission de veiller à ce que Twitter respecte les lois et régulations mondiales relatives à la confidentialité des données. Il expliqua le problème à Austin et à plusieurs autres sbires, qui firent remonter les informations. Non seulement les ingénieurs devaient cesser d'imprimer du code, mais ceux qui l'avaient déjà fait devaient absolument détruire leurs pages.

Kieran installa au neuvième étage des broyeurs, qu'il fit surveiller par des hommes de Musk. Avant de rentrer chez eux, les ingénieurs étaient tenus de détruire eux-mêmes les pages de code qu'ils avaient imprimées. Des files d'attente se formèrent devant les machines, sous l'œil acéré des agents de sécurité.

* * *

Roth, qui à la suite du départ de Gadde se retrouvait au sommet de la hiérarchie de la modération de contenu, était convaincu qu'il ne tarderait pas à être remercié, lui aussi. Mais quand, ce jour-là, Musk lui demanda de le retrouver dans l'une des cuisines du quartier général, ce fut au contraire pour lui donner du travail. La première chose qu'il voulait que Roth fasse, c'était de restaurer le compte de Babylon Bee. Le site satirique de droite avait été banni de Twitter en mars après avoir mégenré une représentante du gouvernement.

Roth savait qu'il n'avait aucun intérêt à s'opposer à cet ordre : dans quelques jours à peine auraient lieu l'élection présidentielle brésilienne et l'élection de mi-mandat aux États-Unis, et il tenait à rester assez longtemps entre ces murs pour traquer toute tentative de désinformation sur la plateforme. Cependant, il ne put s'empêcher de sonder le raisonnement de Musk.

« Avez-vous l'intention de changer la politique relative au mégenrage ? » lui demanda Roth.

Musk tergiversa. « Et la grâce présidentielle, alors ? répliqua-t-il à Roth. Ça existe, dans la Constitution. »

Roth insista, tout en douceur : « Et si quelqu'un publie un tweet de la même teneur que celui pardonné à Babylon Bee ? » Si le site satirique bénéficiait d'un blanc-seing pour des contenus transphobes, Musk encourrait la colère de tous ceux qui désiraient poster des messages similaires sans se faire bannir. Ce serait perçu comme une immense injustice.

Musk comprit. Il concéda que les comptes qu'il aimait particulièrement ne devaient pas faire l'objet de traitements de faveur : cela ne cadrait pas avec son projet de développement de la liberté d'expression visant à laisser chaque utilisateur dire ce qu'il avait envie de dire sur Twitter. Musk déclara qu'il faudrait changer de politique.

Roth, qui avait contribué à la création de la règle sur le mégenrage en 2018 et avait voué une grande partie de sa carrière à étudier le harcèlement en ligne des communautés queer, acquiesça aux ordres de Musk. Mais il se permit de le mettre en garde.

« Dans ce cas, votre première décision en matière de politique d'utilisation sera de changer des règles relatives à un affrontement socioculturel extrêmement prégnant aux États-Unis, dit Roth. Beaucoup de gens se diront : "C'est l'acte fondateur de sa présidence : le démantèlement d'une politique visant à protéger des groupes marginalisés." Vous avez déjà fort à faire avec les annonceurs. Je crois qu'un tel choix n'aurait pas les conséquences que vous espérez. »

« Le mégenrage, c'est vraiment pas cool du tout », déclara Musk à Roth. Mais le milliardaire voulait établir une distinction entre les menaces et les appels à la violence d'une part et les commentaires désobligeants d'autre part, qui selon lui devaient entraîner des sanctions moins lourdes.

Roth faisait tout pour que Musk continue de considérer le problème dans sa globalité, et lui proposa d'autres choix. Plutôt que de redonner accès à son compte à

Babylon Bee, pourquoi ne pas réfléchir un peu plus à l'enjeu de la modération de contenu ? Musk voulait-il garder le système de libellés que Twitter avait utilisé par le passé pour signaler le compte de Trump lorsque celui-ci partageait des fausses informations concernant le processus électoral ? Comment le nouveau propriétaire souhaitait-il appréhender les tweets qui ne constituaient pas une menace directe mais enfreignaient tout de même les règles de modération ?

Le milliardaire semblait apprécier d'être ainsi consulté sur des questions générales. Penché en avant, il écoutait attentivement Roth qui lui présentait les diverses options envisageables pour canaliser les échanges sur Twitter.

Les libellés étaient bien plus qu'un simple outil permettant d'indiquer aux utilisateurs qu'un tweet contenait des informations fallacieuses. Quand un tweet écopait d'un libellé, Twitter l'empêchait de devenir viral en désactivant ses retweets et ses « J'aime ». « Nous limitons la diffusion, pas la liberté », déclara Roth, présentant ainsi à Musk la phrase qui avait longtemps servi de devise aux employés chargés de la modération.

Cette solution technique plut énormément à Musk. Encouragé par ce bon accueil, Roth présenta alors les grandes lignes du projet Saturn à son nouveau patron. Le projet d'Agrawal, consistant à autoriser toutes sortes de contenus sur la plateforme tout en limitant leur propagation, cadrait parfaitement avec ce que Musk prétendait vouloir faire pour Twitter. Mais sachant que la simple mention du nom de l'ex-directeur général signerait l'arrêt de mort du projet, Roth lui présenta l'idée sans parler de son auteur.

« Pourquoi ne pas créer des fonctionnalités produit qui rendraient les règles moins punitives, tout en restaurant des comptes ? » proposa Roth. C'était une façon d'aller de l'avant sans démanteler le règlement.

Musk approuva et chargea Roth de s'y mettre immédiatement, donnant ainsi le feu vert à un projet resté tout l'été au point mort du fait des complications de l'achat de l'entreprise. Dans l'immédiat, Babylon Bee demeurerait *persona non grata* sur Twitter.

Cette conversation impressionna grandement le milliardaire. Ce week-end même, en réponse à des utilisateurs de droite qui réclamaient l'éviction de Roth, Musk répondit : « Nous avons tous publié des tweets contestables, moi le premier, mais je tiens à dire très clairement que je soutiens Yoel. J'ai le sentiment que c'est un homme intègre, et chacun a le droit d'avoir ses opinions politiques. »

L'échange fit aussi grande impression sur Roth, qui s'attendait à ce que Musk ne lui témoigne que de la haine. Le nouveau patron de Twitter n'était pas immunisé contre les tentatives de persuasion et il aimait aborder les questions technologiques dans toute leur complexité. Peut-être qu'après tout Roth tenait là un moyen de conserver son poste.

* * *

Les coupes dans les effectifs des ingénieurs ne suffiraient pas à atteindre les objectifs de Musk en matière d'économies. Spiro et lui convoquèrent des cadres des services financier, juridique et des ressources humaines dans une salle de conférence au premier étage du 1 Tenth afin de discuter de licenciements supplémentaires. Pacini rejoignit Musk à la table des négociations, aux côtés de Mary Hansbury, avocate spécialisée dans le droit de l'emploi, et Tracy Hawkins, responsable du parc immobilier et de la politique du retour au présentiel post-Covid.

Musk et Spiro leur dirent que les licenciements devaient être réalisés au plus vite, mais le nouveau patron de Twitter ne semblait pas avoir de plan précis. Il voulait opérer des coupes claires, en remerciant environ la moitié des sept mille cinq cents employés de la compagnie, mais il n'avait pas fixé de chiffres exacts, et ne précisait pas quels services il entendait frapper en particulier. Il souhaitait garder les salariés exceptionnels, mais ne disposait à l'évidence d'aucun critère de sélection.

Musk et son avocat insistèrent sur le fait que ces limogeages devaient être effectifs au plus tard le lundi 31 octobre. Le 1er novembre, beaucoup d'employés devaient recevoir leur vest, et manifestement, le camp de Musk cherchait un moyen de ne pas le leur verser.

Pacini et Hansbury savaient que ces choix faits à la va-vite représentaient la pire façon de s'y prendre. Elles avaient gardé le projet Prism sous le coude, ce plan de licenciements en masse établi par Agrawal en avril qui établissait des objectifs de réduction des coûts très précis et prenait en compte les indemnisations dans le processus de réduction des effectifs. Les responsables des différents services avaient fait des listes de personnes à écarter. La direction des ressources humaines proposa de ressusciter le projet Prism. Des congédiements aussi brutaux que ce que souhaitait Musk ne pouvaient être faits en quelques heures. Outre le fait que cela blesserait l'ensemble des salariés, licenciés ou non, cela contreviendrait aux contrats signés avec les employés et avec les lois du travail de bon nombre de pays où Twitter était implanté.

« J'ai l'habitude des sanctions financières, répondit Musk. Je m'en remettrai.

– Il y a toujours quelqu'un pour lui intenter un procès », renchérit Spiro. Son impétueux client n'allait pas se laisser intimider par des menaces de poursuites. Tout ce qui importait à ses yeux, c'était d'agir vite.

Ce même jour, Spiro réunit également l'ensemble des ex-collaborateurs de Gadde pour leur expliquer comment ils travailleraient sous la férule de Musk. Face à ces avocats salariés, à ces responsables de la politique qui veillaient à ce que Twitter respecte les législations des différents pays où la compagnie employait des salariés, et ces spécialistes de la modération de contenu qui avaient développé les règles d'utilisation du site, Spiro se voulut rassurant : son objectif n'était pas de chambouler ce qui fonctionnait. Mais la consigne était claire : réduction des coûts. Les responsables devaient lui indiquer la meilleure façon de réduire les coûts du juridique, ainsi que le nom des employés dont on pouvait se passer.

Il leur signifia en outre que c'était à présent à lui qu'ils se référeraient, et que chacune de ses décisions serait prise au nom de Musk. « Elon ne souhaite pas s'en mêler directement », leur dit-il afin de leur faire subtilement comprendres qu'il ne tolérerait pas la moindre tentative de court-circuitage. Certains responsables eurent l'impression que Spiro croyait que Gadde n'avait dirigé qu'une simple équipe de juristes, semblable à son cabinet d'avocats, alors qu'elle avait également sous ses ordres des lobbyistes, des experts en politique d'entreprise et des modérateurs de contenu.

Sinéad McSweeney, une des vice-présidentes de la compagnie, intervint alors. À la tête de l'équipe de politique publique mondiale de Twitter dans les bureaux de Dublin, cette blonde aux cheveux courts et au doux accent irlandais veillait depuis une dizaine d'années à ce que la compagnie soit en conformité avec les lois européennes et internationales. Son rôle consistait en grande partie à rappeler à ses collègues américains que Twitter était présent à l'international et, de ce fait, était confronté à des problèmes juridiques très divers. Apparemment, la vision que Spiro se faisait de Twitter se limitait au seul territoire américain.

Elle lui demanda ce qu'il fallait faire dans le domaine de la politique publique de Twitter. « Mon credo, c'est qu'il est inutile d'employer cinquante personnes là où cinq font l'affaire », répondit Spiro.

Selon lui, du fait de la renommée internationale de Musk, la majeure partie du travail de politique publique en interne était à présent superfétatoire. « Il peut se présenter quand il veut devant le Parlement britannique et décrocher un tête-à-tête avec le Premier ministre ou le roi, se rengorgea Spiro. Twitter entre dans de nouvelles sphères. »

L'ensemble des responsables juridiques devaient le tenir informé des décisions les plus importantes afin qu'il ne se retrouve pas au pied du mur. Leur priorité absolue devait être la réduction drastique des coûts, et à ce titre ils devaient mettre un terme immédiat aux contrats les plus onéreux qui les reliaient à des juristes extérieurs.

Il insista sur le fait que ni Musk ni lui ne voulaient tout tournebouler, et que même s'ils n'étaient pas tous les deux toujours d'accord, leur seul désir était que tout fonctionne au mieux. Il acheva la réunion en s'excusant de l'absence de Musk : le nouveau propriétaire devait sûrement se trouver dans son bureau, à planifier d'autres coupes dans les effectifs de Twitter.

Le soir même, Spiro retrouva McSweeney et d'autres membres des équipes de politique publique afin de parler plus en détail des licenciements. « Ce n'est pas la fin du monde », leur dit-il, ajoutant que ces remaniements ouvraient un univers de possibilités aux employés restants.

Puis il se lança dans une curieuse digression sur les opinions politiques de Musk. Bien que toute la droite raffolât de son patron, il ne fallait pas prendre trop au sérieux l'image publique de Musk qui au fond de lui, était un authentique centriste. Musk serait direct et transparent avec eux, mais intraitable sur les coûts, les prévint Spiro. McSweeney devrait tout faire pour réduire son équipe de 25 %, sans quoi le nouveau propriétaire en personne déboulerait pour tailler sauvagement dans les effectifs.

« D'ici à lundi, le nombre de salariés passera sous la barre des huit mille, déclara-t-il. Et le lundi d'après, sous la barre des sept mille. »

« Elon n'est pas un animal », ajouta Spiro. Si les personnes mises à la porte souhaitaient trouver un emploi autre part, le milliardaire appellerait ses amis pour leur trouver un poste.

* * *

Les responsables encore en place comprirent vite le mode opératoire de Musk. Twitter avait été jusque-là guidé (et parfois entravé) par une démarche socratique, alors que Musk régnait en roi. Il tenait à faire chaque choix personnellement, même le plus infime, et ne déléguait son pouvoir qu'à une poignée de fidèles capables de traduire ses exigences parfois vagues en décisions tangibles. Il assignait des projets à des membres de son entourage selon leurs centres d'intérêt. Spiro fut chargé des questions juridiques et politiques, Gracias des finances et des ventes, Davis du budget. Calacanis fut chargé de présider les réunions produit, mais les ingénieurs de Twitter, constatant que Musk n'avait que du mépris pour lui, se mirent vite à le prendre de haut.

Au sein de cette fine équipe, personne n'avait l'habitude de s'opposer au patron. La famille de Musk aussi avait investi les locaux de Twitter. Il semblait se servir de son fils X comme d'un doudou, tenant le petit garçon dans ses bras lorsqu'il se penchait sur des décisions délicates, et le repassant à sa nounou pour qu'elle le fasse sortir de la salle de conférence quand il se mettait à pleurer. La mère du milliardaire, Maye Musk, ancien mannequin à présent âgée de soixante-quinze ans, assistait à certaines réunions, et son assistante, Balajadia, était sans cesse en mouvement, apportant dans les salles de conférence nourriture, Coca Light ou toute autre chose qu'exigeait le techno-roi. Toute cette cour s'assurait que Musk reste concentré sur ses tâches et se sente apprécié, le confortant ainsi dans la croyance qu'il était le centre de l'univers.

Il limitait au maximum ses interactions avec le gros des troupes de Twitter, qui n'avaient vent de ses décisions qu'en bout de chaîne, après un bouche-à-oreille hiérarchique qui souvent déformait ses propos initiaux. Berland avait promis une réunion générale avec Musk ce vendredi, mais elle n'eut pas lieu.

Quand il discutait avec les rares cadres de Twitter qui lui semblaient le mériter, les conversations donnaient souvent lieu à de longues tirades, ou étaient coupées par des appels téléphoniques incongrus. Lors de l'une des toutes premières réunions sur des questions ayant trait au juridique et à la confidentialité des données, peu après l'achat, il interrompit les échanges pour prendre un appel. Avec vantardise, Musk précisa qu'il s'agissait de Shaquille O'Neal, l'ex-superstar du basketball qui avait accepté d'aider le milliardaire à acquérir Twitter en participant à la levée de fonds. Les cadres de l'entreprise, qui n'avaient pas ménagé leurs efforts jusque tard dans la soirée, virent leur patience mise à rude épreuve, tandis que Musk parlait de tout et de rien avec l'une des plus grandes célébrités américaines.

Ses nouveaux employés ne mirent pas longtemps à comprendre que Musk avait horreur des excuses et des explications, et adorait être admiré. Il tirait un plaisir évident à faire des blagues, auxquelles celles et ceux qui l'entouraient étaient tacitement tenus de rire.

Mais ce n'était pas à la portée de tout le monde. Un cadre de Twitter fut convié à une première entrevue avec Musk. Il avait précédemment travaillé chez Google, et en apprenant cela le milliardaire ne put s'empêcher de lui parler de ses relations avec les fondateurs du moteur de recherche et son actuel directeur général. Il lui dit qu'il en voulait à Sundar Pichai, le chef de Google, de ne pas avoir équipé les téléphones Android d'antennes permettant de se connecter à Starlink, le fournisseur d'accès par satellite de SpaceX.

Musk en rajouta même pour être sûr d'impressionner le cadre : il lui raconta que d'après un ami qui y travaillait, Google avait jadis sciemment veillé à ce que sa part du marché des moteurs de recherche ne dépasse pas les 70 %, afin d'échapper aux lois anti-trust.

« Vous l'avez ? fit Musk, sourire en coin. 69 % ? »

Musk regarda autour de lui et s'exclama : « 69 % ! »

* * *

Dans les bureaux de Manhattan, la tension était aussi palpable. Ceux qui se rendirent dans l'immeuble du quartier de Chelsea (principalement des cadres et des responsables des ventes) étaient en contact constant avec leurs homologues de San Francisco, à l'affût de la moindre bribe d'information. On conseilla à un vice-président d'éviter les grosses réunions afin de ne pas donner l'impression que se préparait une mutinerie contre la nouvelle direction.

Musk et la plupart de ses sbires se trouvaient en Californie, mais il fut vite convenu que le nouveau patron se rendrait à New York la semaine suivante pour se pencher sur l'épineux problème des annonceurs. Musk y envoya Gracias en repérage, afin qu'il prenne connaissance des opérations de vente de Twitter et des relations entre la compagnie et les agences de communication de Madison Avenue.

Le vendredi 28 octobre, dans la soirée, Gracias convoqua deux réunions avec des responsables commerciaux. « Je m'appelle Antonio et je connais Elon depuis de nombreuses années, déclara le financier. J'ai siégé à ses réunions de conseils d'administration. Je suis un de ses plus proches collaborateurs, et je lui apporte mon aide dans le processus. »

Ceux qui participèrent à la visioconférence ne savaient pas trop à quoi s'en tenir : Gracias leur parut très arrogant. À un moment, après qu'un directeur des ventes de Tokyo se fut présenté, Gracias lui adressa quelques mots en japonais et l'interrogea sur un restaurant de la capitale nipponne. Avec une suffisance absolue, il déclara qu'il avait vécu et travaillé un moment au Japon.

Gracias insista sur le fait que la publicité était cruciale pour l'entreprise, sans rien avancer qui puisse étayer cette profession de foi. Tous ceux qui l'écoutaient avaient la sensation qu'à l'instar de Musk il ne comprenait absolument rien du modèle économique publicitaire de Twitter. Jean-Philippe Maheu, l'un des directeurs des ventes les plus importants de la compagnie, déclara que 20 % des marques avec lesquelles ils travaillaient représentaient 80 % des revenus de Twitter : il en allait de la survie même de l'entreprise que de veiller au bonheur de ces gros annonceurs.

Après ce bref exposé du B.A.-BA publicitaire, Gracias considéra ses interlocuteurs et leur demanda d'un air impassible : « Alors est-ce que l'un d'entre vous a des idées là-dessus ? Des questions ? »

Après un bref silence empreint de perplexité, on l'interrogea sur le plan de licenciements. Les cadres, pour la plupart convaincus qu'on les licencierait à cause de leurs salaires considérables, tentèrent de convaincre Gracias de l'importance de leurs subalternes : après tout, c'était grâce à eux que des marques dépensaient plusieurs millions de dollars chaque année dans leur réseau social. Gracias quant à lui resta dans le flou, se contentant de leur dire qu'il ne fallait garder que les employés « exceptionnels ».

Une autre cadre l'interrogea sur les projets de Musk concernant la modération de contenu, afin de savoir quoi dire aux annonceurs sur leur nouvelle politique de gestion des contenus haineux et polémiques.

Gracias réfléchit un court instant avant de leur servir la rengaine habituelle de Musk sur la liberté d'expression. Le nouveau patron souhaitait que le règlement de Twitter se calque sur la Constitution des États-Unis. Gracias précisa que les utilisateurs devaient s'attendre à lire des choses qui ne leur plairaient pas, en citant à titre d'exemple le fait que selon les lois fédérales, même les néonazis avaient le droit de se rassembler et de manifester dans des lieux publics.

Certains participants juifs furent abasourdis. Soit, la Constitution garantissait des droits inaliénables, mais Twitter était une compagnie privée, et n'avait donc aucune obligation de mettre sa plateforme à la disposition des néonazis. Sans compter qu'aucune marque ne voudrait se voir associée à des contenus de ce genre.

À la fin de la dernière réunion, Maheu aborda l'investisseur en capital-risque pour repousser le calendrier des licenciements. Congédier des employés avant la vest du 1er novembre aurait des conséquences catastrophiques sur le moral du personnel et creuserait encore plus le fossé entre Musk et ses salariés. « Ne faites pas cela, dit Maheu. C'est le pire message que vous puissiez envoyer. »

Cela ne sembla pas toucher particulièrement Gracias.

30

Seigneurs et paysans

Les employés de Twitter se réveillèrent le samedi matin dans un état de panique absolue. Les responsables dressaient des listes dans des Google Docs qu'ils ne cessaient de se communiquer. Pour chaque salarié qu'ils souhaitaient garder, ils étaient tenus non seulement de décrire l'activité de la personne concernée, mais également d'expliquer en quoi elle était « exceptionnelle », afin que les lieutenants de Musk puissent l'évaluer.

Durant ses réunions avec l'équipe des ressources humaines, Musk se refusait toujours à indiquer un pourcentage précis de travailleurs à congédier. Ses cousins avaient préconisé des coupes drastiques chez les ingénieurs, mais les objectifs imposés par ses sbires aux cadres de l'entreprise changeaient d'heure en heure. À un moment donné, le service des ventes fut sommé d'éliminer un cinquième de ses effectifs, tandis que le service de conformité reçut la consigne de se débarrasser de 27 % de ses membres[1]. L'équipe chargée de la confiance et de la sécurité, qui en plus d'être confrontée à l'élection présidentielle brésilienne se préparait à l'élection américaine de mi-mandat, devait se séparer de 15 % de sa masse salariale. Les ressources humaines devaient être réduites de moitié, mais les coupes furent par la suite revues à la hausse, afin de ne plus garder qu'un quart des employés affectés à ce service.

Pour compliquer encore les choses, les amis de Musk se contredisaient très fréquemment. Chacun laissait entendre qu'il tenait ses consignes du nouveau patron en personne, mais les directives entraient souvent en conflit. Spiro soumettait un chiffre pour les coupes à pratiquer, et Davis en donnait un autre. Musk lui-même changeait constamment d'avis, souvent influencé par le dernier conseiller avec qui il s'était entretenu.

Ce qu'il restait de l'ancienne direction de Twitter décida d'aborder la chose comme une vaste opération de sauvetage. Sur leurs listes, ils multiplièrent les jeux de passe-passe, transférant des salariés dans d'autres équipes qui disposaient de places non pourvues dans le but de sauver les employés dont la présence sur le territoire américain ne tenait qu'à leur visa, ceux dont des proches devaient impérativement continuer à jouir de leurs avantages santé, ainsi que ceux qui, pour quelque raison personnelle que ce soit, devait rester dans le giron de la compagnie. Pacini se fixa pour mission de convaincre Musk de verser la vest du 1er novembre aux employés concernés.

La première phase de son plan consistait à faire comprendre à Musk qu'enfreindre la loi et virer la moitié de la compagnie ne ferait que lui porter préjudice. Les employés des services juridique, financier et des ressources humaines concoctèrent un modèle financier qui comparait les sommes qu'économiserait Musk en procédant immédiatement à ces licenciements en masse et celles que lui coûteraient par la suite les procès intentés par des salariés limogés et les amendes dont il devrait s'acquitter. Ces projections montraient qu'à long terme Musk économiserait de l'argent s'il optait pour des licenciements non abusifs.

Un autre problème de taille résidait dans le simple fait d'indemniser les employés. N'étant plus cotée en Bourse, la compagnie avait transféré son programme de capital-investissement de la Charles Schwab Corporation à Shareworks, une plateforme d'administration des régimes et de comptabilité des entreprises privées, affiliée à Morgan Stanley. Pacini devait encore convaincre Musk d'activer ce transfert avant la date fatidique du 1er novembre.

* * *

Le samedi matin, Crawford, la directrice produit qui avait trouvé le courage d'aborder Musk dans la cafétéria du neuvième étage du quartier général de la compagnie, mangeait un bol de céréales chez elle, à Berkeley, quand elle reçut un appel d'un numéro inconnu.

« Salut, vous êtes occupée, là ? » Il s'agissait de Sriram Krishnan, ancien directeur produit que Twitter avait congédié fin 2019. Depuis son départ de la compagnie, il s'était réinventé investisseur de la tech, podcasteur et associé chez Andreessen Horowitz, l'un des fonds qui avaient misé sur le Twitter de Musk. Il expliqua à Crawford qu'il apportait sa contribution au processus de transition.

« Vous pouvez être ici dans combien de temps ? demanda Krishnan. Elon veut vous voir tout de suite. »

Crawford savait que le bilan de Krishnan en tant qu'employé de Twitter avait été plus que mitigé, mais le temps lui manquait pour se demander pourquoi il conseillait à présent le nouveau propriétaire de la compagnie. Au siège de San Francisco, elle reçut sa feuille de route de Musk en personne, entouré de Krishnan, Calacanis et Sacks dans sa salle de conférence du 1 Tenth : elle dirigerait la refonte du service des abonnements de la compagnie, Twitter Blue.

Les revenus par abonnements étaient le saint Graal de Musk. Selon le projet qu'il avait présenté aux investisseurs, ils atteindraient les 10 milliards de dollars d'ici à 2028, et il était convaincu de pouvoir libérer tout le potentiel de Blue en y apportant une modification considérable[2]. Il déclara à Crawford que n'importe qui pourrait contracter cet abonnement et recevoir le badge de vérification tant convoité, jusque-là réservé aux célébrités, aux politiciens et à diverses personnalités et organisations notables.

Représenté par une coche bleue, ce badge de vérification symbolisait un statut supérieur à celui des autres usagers du réseau social. La compagnie l'attribuait selon son bon vouloir, afin de distinguer des comptes de premier plan d'éventuels imposteurs. Justin Bieber et Barack Obama en avaient un, de même que Musk et plus de quatre cent vingt mille autres utilisateurs.

Cependant, à l'instar de nombreuses autres fonctionnalités de Twitter, ce système de certificat n'était pas sans défaut. Les comptes certifiés pouvaient être illicitement achetés et vendus, et le processus d'attribution était aussi opaque qu'anarchique. Musk lui-même en était venu à prendre en horreur ce qu'il considérait comme un système inégalitaire qui scindait la masse des usagers en deux classes, celle des vérifiés et celle des non-vérifiés. Il se plaignait plus particulièrement de la facilité avec laquelle on distribuait cette accréditation aux journalistes, groupe professionnel qu'il invectivait très souvent sur le réseau social. Il ne parvenait pas à comprendre pourquoi n'importe quel reporter, en particulier ceux qui travaillaient pour des médias récents ou peu connus pouvaient jouir de ce badge du simple fait de leur métier.

« C'est un système de seigneurs et de paysans », déclara-t-il à ceux qui se trouvaient dans la salle de conférence. Il poursuivit en disant qu'aux yeux de l'ancienne direction de Twitter tout journaliste de *Business Insider* ou *Buzzfeed*, deux médias en ligne, méritaient d'avoir son badge de vérification.

« Putain mais c'est qui, ce type-là ?! lança-t-il à propos d'un hypothétique reporter authentifié de *Business Insider* avec un tout petit nombre de followers : il fait que recopier ce que j'ai tweeté, et ça suffit pour qu'il soit validé. Qu'ils aillent se faire foutre, ces gens, quoi ! »

À ses yeux, la vente de badges d'authentification représentait une véritable démocratisation du service. Il pensait également que le fait de faire payer l'authentification contribuerait à éradiquer la gangrène des bots et des spams, qu'il considérait toujours comme l'un des plus gros fléaux de Twitter. Ceux qui s'abonneraient à Twitter Blue associeraient leur compte à des informations bancaires, preuve absolue selon Musk que le compte en question appartenait à une véritable personne.

Crawford trouva que Musk soulevait quelques questions importantes, et elle aussi pensait que le système de vérification en cours était loin d'être parfait. Néanmoins, l'idée que des abonnements puissent se traduire par des milliards de dollars de revenu lui paraissait totalement absurde. Des études en interne et le tout début du déploiement de Blue avaient montré que très peu de personnes (le noyau dur des fanatiques de Twitter) étaient prêtes à payer pour avoir accès à de nouvelles fonctionnalités.

Cela ne l'empêcha pas d'accepter sa nouvelle mission avec le sourire. Crawford aimait relever des défis prétendument impossibles et, à tout le moins, cette tâche lui permettrait de garder un temps son emploi tout en restant proche du centre du pouvoir. Musk lui imposa la date du nouveau lancement de Twitter Blue, le 7 novembre, et elle contacta aussitôt des personnes afin de former son équipe. Elle avait dix jours pour atteindre cet objectif, au risque de se faire virer.

* * *

À midi, les cadres des ressources humaines se réunirent. Pacini les informa que Musk avait accepté de lever le pied sur les licenciements en optant pour la solution la moins onéreuse. Il avait également consenti au transfert sur Shareworks. Mais il avait imposé une exigence.

Rongé par la paranoïa, le milliardaire s'était mis en tête que tous les employés de Twitter n'étaient pas de vrais salariés. Sa conviction profonde que Twitter était incapable de faire le tri entre ses utilisateurs humains et de simples bots avait engendré la crainte d'une gestion catastrophique des effectifs. Au cours de plusieurs réunions, il avait parlé d'« employés fantômes » qui touchaient leur salaire sans rien faire. Avant de procéder au moindre versement, Twitter devait lancer un audit afin de s'assurer que tous ses salariés existaient bel et bien. Lorsque Pacini leur fit part de cet ordre de Musk, plusieurs cadres ne purent s'empêcher d'éclater de rire, frappés par son absurdité.

Afin d'accéder à la curieuse demande de Musk, l'équipe des ressources humaines se tourna vers Kaiden.

Le cercle de Musk le connaissait déjà. Il avait fait la rencontre du milliardaire avant la finalisation de l'accord d'achat et avait participé à la visioconférence durant laquelle Segal avait éconduit Gracias lorsque celui-ci lui avait demandé de participer à l'achat avec l'argent de Twitter. Entouré de plusieurs employés du service financier, Kaiden se mit au travail, contactant des responsables du monde entier pour leur demander confirmation de l'existence de leurs collaborateurs. Son équipe et lui n'avaient que deux jours (avant la date prévue pour le versement de la vest) pour établir l'identité de plus de sept mille salariés à plein temps.

* * *

La paranoïa croissante de Musk ne s'appliquait pas qu'aux activités de l'ancienne direction de l'entreprise. Le 28 octobre au soir, Musk se retira dans la vaste demeure de Sacks, en plein quartier de Pacific Heights, connu à San Francisco sous le surnom de « Billionaire's Row » (« Milliardaireville »)[3]. À quelques pâtés de maisons de là, un déséquilibré adepte des théories conspirationnistes d'extrême droite sur l'élection présidentielle de 2020 entra par effraction dans le domicile de Nancy Pelosi, présidente de la Chambre des représentants des États-Unis, un peu après 2 heures du matin. Elle ne se trouvait pas chez elle, mais son époux, Paul, y était. Cet homme de quatre-vingt-deux ans appela la police et affronta l'individu qui après avoir exigé de voir « Nancy » lui avait fracturé le crâne avec un marteau.

Cette agression fut largement relayée par les médias. La police de San Francisco ne divulgua aucune information sensible durant son enquête, et plusieurs personnalités politiques de droite cherchèrent à exploiter cet événement qui touchait directement la famille de la porte-parole du Parti démocrate. Donald Trump publia sur ses comptes Twitter et Instagram des mèmes reprenant la théorie infondée selon laquelle Paul Pelosi avait entretenu une relation extraconjugale avec son agresseur. D'autres lui emboîtèrent le pas, comme la membre du Congrès conspirationniste Marjorie Taylor Greene et l'ancien consultant politique de Trump Roger Stone. La campagne de désinformation fit florès sur Twitter et 4Chan, forum en ligne populaire, entre autres, parmi les sympathisants d'extrême droite, avant d'être reprise par des sites conspirationnistes décriés.

Musk suivit tout cela de près. Au milieu des efforts déployés pour appliquer son plan de licenciement, il trouva le temps dimanche matin de répondre à un tweet de l'ancienne candidate démocrate à la présidence, Hillary Clinton, qui accusait « le Parti républicain et ses porte-voix » de propager « des théories conspirationnistes haineuses et abjectes ».

« Il existe une infime possibilité pour que cette histoire ne soit que la partie émergée de l'iceberg », écrivit Musk à l'ancienne Première dame, avec un lien vers un article du *Santa Monica Observer* intitulé « La terrible vérité : Paul Pelosi était de nouveau saoul, et s'est disputé avec un prostitué au beau milieu de la nuit ».

On aurait pu croire à première vue que le *Santa Monica Observer* n'était qu'un blog d'information locale. Mais en réalité il s'agissait d'un site très douteux parmi des dizaines d'autres qui étaient apparus les dernières années afin de donner un semblant de vraisemblance à de fausses informations. En 2016, ce site avait avancé qu'Hillary Clinton était morte et avait été remplacée par une doublure. Les captures d'écran de la réponse de Musk ne mirent pas longtemps à proliférer, et les cadres de Twitter s'échangèrent nerveusement des messages personnels. Musk croyait-il vraiment à ces foutaises ?

Le milliardaire supprima son tweet au bout de quelques heures, mais le mal était fait. Les annonceurs, déjà peu rassurés par sa prise de contrôle du réseau social, avaient eu la preuve éclatante que le nouveau propriétaire de Twitter n'avait pas vraiment l'intention de lutter contre la désinformation. Les cadres des ventes firent chauffer leurs téléphones afin de désamorcer la crise en appelant les clients de la compagnie, mais ce fut peine perdue.

31

« Instruisez-moi »

Le jet privé de Musk atterrit à deux heures du matin sur l'aéroport de Teterboro, dans le New Jersey, le jour d'Halloween, le premier lundi suivant l'achat effectif de Twitter. Il avait déjà prévu de se rendre à la plus grosse antenne de la compagnie sur la côte Est, mais les inquiétudes des annonceurs, exacerbées par la réponse qu'il avait adressée à Clinton, précipitèrent son voyage.

Dans les bureaux du quartier de Chelsea, le personnel se prépara à l'arrivée du nouveau chef, résolu à faire la meilleure impression possible. Malheureusement, il n'y avait pas vraiment d'espace ni de jouets pour occuper le jeune fils de Musk, qui avait fait le déplacement avec son père. En l'absence de zone de jeux et de salle de sieste, ils durent improviser : ils vidèrent une réserve de ses chaises et de ses tables, y étendirent des couvertures, firent un lit de fortune avec des coussins estampillés du logo de Twitter, et un employé se chargea d'aller acheter des blocs de construction. Sous l'œil des tweeps de New York, le jeune enfant et sa nounou prirent leurs aises dans cette petite pièce, gardée par deux agents de sécurité imposants qui suivaient partout la progéniture de Musk.

En face de la réserve aménagée, Musk enchaîna une série de réunions avec les dirigeants des agences de communication parmi les plus influentes à la surface du globe. La démission de Personette entérinée, ce fut Maheu qui siégea aux côtés de Musk. Berland s'était personnellement portée garante pour Maheu, et avait évoqué auprès de Musk les liens qui l'unissaient aux plus puissantes entreprises de communication.

Maheu organisa des réunions avec WPP, Publicis Groupe et Horizon Media, dans le seul but de les convaincre que le Twitter de Musk ne deviendrait pas un cloaque de désinformation et de discours haineux. Le vendredi précédent, General Motors avait annoncé la suspension momentanée de ses publicités sur Twitter, et la rumeur voulait que d'autres marques fussent sur le point de faire de même. Le chaos était rédhibitoire pour toute entreprise multinationale qui cherchait à vendre des voitures aux consommateurs, ou à les persuader d'aller voir un film. En outre, en tant que concurrent de Tesla, General Motors voulait avoir des garanties solides sur le fait que ses données publicitaires ne seraient pas communiquées aux autres compagnies de Musk.

Maheu, habile Français qui avait su nouer des liens très solides dans l'industrie publicitaire durant la dizaine d'années qu'il avait passées chez Twitter, savait qu'il devait agir au plus vite pour éviter les désengagements en cascade. Il ne faudrait qu'une poignée de jours pour que d'autres entreprises suivent l'exemple de General Motors comme des moutons, ce qui entraînerait une chute brutale des revenus publicitaires. Il fit tout son possible pour que ces réunions soient le plus policées possible, mais la tâche était véritablement vaine.

Durant ces réunions, Musk comme à son habitude s'entoura de ses proches, au sens le plus large du terme. On y vit ainsi passer son fils X et sa mère, Maye, de passage à New York pour une fête le soir même. Pareil pour Calacanis, ainsi que Michael Tucker, producteur de musique plus connu sous le nom de BloodPop qui avait écrit des chansons pour Justin Bieber, Britney Spears et Lady Gaga. Sans que les raisons de sa présence soient expliquées, il assista à certaines de ces réunions en silence.

Les annonceurs furent très étonnés d'être ainsi présentés au cercle d'intimes du nouveau patron de Twitter.

Musk servit aux annonceurs ce qu'ils désiraient entendre, s'engageant à perpétuer la politique de modération de contenu de l'entreprise. Maheu ne fut pas sans remarquer une curieuse dynamique dans ces échanges. Malgré leurs craintes, les dirigeants d'entreprise de communication ne cherchaient pas à bousculer Musk : bien au contraire, ils semblaient vouloir le charmer. Ils lui posaient des questions convenues et acquiesçaient à ses réponses. Après tout, il était à la tête non seulement de Twitter, mais aussi de Tesla et SpaceX, deux compagnies valorisées à hauteur de plusieurs milliards de dollars et qui ne faisaient quasiment jamais de publicité. À ce titre, c'était un très gros client en puissance, qu'il s'agissait de ne pas froisser.

Au milieu de toutes ces flatteries, Bill Koenigsberg, directeur général d'Horizon Media (une entreprise de communication qui représentait Hershey's et Burger King) posa une question récurrente depuis l'annonce de l'achat de Twitter.

« Mes clients aimeraient savoir si vous avez l'intention de faire revenir Donald Trump sur la plateforme[1]. »

Cette question avait fini par lasser Musk. Au lieu de répéter la réponse convenue qu'il avait l'habitude de donner, il sortit cette fois son iPhone, ouvrit son appli Twitter, et rédigea un tweet : « Si j'avais reçu 1 dollar chaque fois qu'on m'a demandé si Trump allait revenir sur la plateforme, les bureaux de Twitter déborderaient de billets ! » Puis il regarda autour de lui.

« Vous êtes mes conseillers contenu, fit Musk en affichant un large sourire. À votre avis, je publie ce tweet ou pas ? »

Maheu avait l'impression d'être confronté à un élève de CM2 demandant à ses parents s'il pouvait allumer un pétard mammouth dans leur salon. Calacanis dit « oui » en gloussant. La mère de Musk fit de même. Koenigsberg, qui de toute évidence n'avait aucune intention de faire des vagues, donna son assentiment. Le producteur de musique également.

« Non », fit Maheu, le seul à exprimer son désaccord parmi toutes les personnes réunies. Il savait parfaitement que la moindre mention de Trump susciterait inutilement l'attention des médias et du public. Musk jeta un bref regard dans sa direction, et haussa les épaules. Puis il appuya sur le bouton « Tweeter ».

* * *

Durant une bonne partie de la nuit, Kaiden s'acharna à obtenir la confirmation de l'existence de l'ensemble des salariés de Twitter avant la deadline fixée au mardi matin. Il harcela les chefs de service pour les sommer d'entrer en contact avec toutes les personnes qui se trouvaient sous leurs ordres, en répétant à qui mieux mieux que non, ce n'était pas une plaisanterie.

Le lundi matin, le comptable envoya un e-mail à plusieurs managers concernant son « audit des effectifs » toujours en cours.

« Nous devons impérativement savoir avant 8 heures du matin si vous connaissez les employés suivants, écrivit-il. Si ce n'est pas le cas, merci de vous adresser à l'échelon inférieur en posant cette même question à vos collaborateurs les plus proches. » Une liste de personnes non vérifiées était jointe au message. Kaiden savait qu'il lui fallait à tout prix obéir à l'ordre dément de Musk.

* * *

À New York, l'équipe des ventes se préparait à défendre ses postes : Tesla et SpaceX n'avaient quasiment pas recours au marketing, se reposant presque exclusivement sur le bouche-à-oreille et le prosélytisme des fanatiques de Musk. Fort du soutien de ses admirateurs, Musk considérait toute forme de publicité comme relevant du pur gaspillage. « J'ai horreur de la pub », tweeta-t-il sur un coup de tête en octobre 2019.

Mais la publicité était le moteur même de Twitter. Les gains publicitaires représentaient 90 % des revenus, soit environ 5 milliards de dollars par an.

Après ses rendez-vous aux côtés de Maheu, Musk devait être briefé sur les revenus publicitaires de Twitter. Il rejoignit cette autre réunion à 19 heures en compagnie des principaux cadres des ventes (mais sans Maheu) en s'excusant pour son retard de près de trois heures. Les experts présents s'attendaient à ce qu'il se montre hostile, mais le milliardaire leur parut particulièrement à l'écoute, sans doute alarmé par les réserves des annonceurs. Musk leur déclara qu'ils bénéficieraient de tout le temps qu'il leur faudrait pour lui expliquer en détail le modèle économique publicitaire de la plateforme.

« J'avais une soirée de prévue, mais peu importe, dit-il, se référant à une fête d'Halloween à laquelle il s'était pourtant réjoui de participer. Ce dont il est question ici est bien plus important. »

« Ce domaine est complètement nouveau pour moi, poursuivit-il. Instruisez-moi. »

Les directeurs des ventes lui expliquèrent les rudiments de la publicité, et la réunion qui aurait dû durer trente minutes dépassa au total les deux heures. Ils lui présentèrent les plus gros clients de Twitter, les avantages de leur compagnie et ses désavantages techniques comparativement à Facebook et Google, les principaux acteurs en matière d'espaces de publicité en ligne. Musk était affable, mais ses questions étaient inquisitrices. Plus important encore, il écoutait très attentivement ce que chacun avait à lui dire. C'était là un aspect de sa personnalité dont de nombreux participants qui le rencontraient pour la première fois n'avaient pas même envisagé l'existence.

Mais cela ne suffit pas à effacer toutes les inquiétudes. Certains cadres de Twitter se demandaient pourquoi il ne s'était pas intéressé à cet aspect de la compagnie avant d'envisager son achat. Ils se rappelèrent que quand Musk et ses banquiers avaient sollicité de potentiels investisseurs pour soutenir son acquisition, des présentations avaient fuité dans les médias, selon lesquelles le Twitter de Musk générerait 12 milliards de dollars de revenus publicitaires d'ici à 2028, soit plus du double des chiffres actuels. S'il n'apprenait que maintenant ce qui faisait bouillir la marmite de la compagnie, sur quoi reposaient donc ces chiffres si optimistes ?

La réunion achevée, Musk quitta la salle à toute vitesse pour se glisser dans une voiture où sa mère l'attendait déjà. Le lendemain, les médias à sensation publièrent des photos de Musk, vêtu d'une armure en cuir au plastron orné d'un motif à tête de bouc satanique d'une valeur de 7 500 dollars, accompagné de sa mère déguisée en Cruella d'Enfer, sur le tapis rouge d'un gala d'Halloween organisé par l'ancien top model Heidi Klum[2].

Dans les groupes de discussion, certains employés se demandaient si beaucoup de quinquagénaires se rendaient à des soirées costumées avec leur mère.

32
Un cœur bleu

Le 1er novembre au matin, Kaiden avait le sentiment d'avoir accompli sa mission. Il était parvenu à prouver que tous les salariés de Twitter existaient bel et bien, et que la théorie des « employés fantômes » de Musk ne reposait sur rien. Kaiden n'utilisait jamais Slack pour papoter, et l'annonce de ses conclusions fut on ne peut plus professionnelle. « Nous pouvons à présent nous atteler au versement des vests », écrivit-il dans le groupe de discussion de l'entreprise. Ce message récolta des dizaines de pouces levés et d'émojis « mains en prière ».

Musk ne partageait pas cette joie quasi générale. Le versement de ces indemnités lui coûterait 200 millions de dollars, qui atterriraient dans les poches d'un groupe de salariés qui à ses yeux ne les méritaient pas. Au demeurant, s'il avait chargé Kaiden de mener cet audit, ni Musk ni son équipe n'avaient autorisé le directeur de la comptabilité à faire cette annonce officielle. Dès le lendemain, les sbires bloquèrent l'ordinateur portable de Kaiden avant d'ordonner à des agents de sécurité de le raccompagner jusqu'à la sortie des bureaux de San Francisco. Il partit en véritable héros.

Le 1er novembre, Spiro soumit à McSweeney une nouvelle feuille de route. Au lieu des 25 % précédemment imposés, elle devait s'arranger pour virer 50 % des employés. Elle était restée en contact avec Spiro durant tout le week-end, échangeant avec lui des listes de personnes à congédier, et ce changement brutal dans les objectifs ne fut pas sans la perturber.

Quelques jours auparavant, Spiro l'avait rassurée en lui disant qu'il l'aiderait à mener ce processus à terme, mais elle dut travailler avec Sam Teller, ancien directeur de cabinet de Musk, sans trop qu'on sache ce qui lui valait de se retrouver dans un tel guêpier. Teller lui demanda de lui soumettre un rapide topo de l'activité de Twitter dans le domaine des politiques publiques, obligeant McSweeney à lui répéter ce qu'elle avait déjà expliqué à Spiro le vendredi.

McSweeney trouvait l'ampleur des licenciements disproportionnée, et elle s'inquiétait de plus en plus de suivre les instructions de Spiro et Teller, qui n'avaient aucun statut officiel au sein de la compagnie. Le simple fait d'obéir à ces ordres pourrait lui valoir de très sérieux ennuis, d'autant qu'elle s'apprêtait à renvoyer des salariés européens, dont beaucoup étaient protégés par des lois du travail beaucoup plus strictes que celles des États-Unis, qui notamment imposaient un préavis pour toute vague de licenciements en masse. Elle adressa un message à la direction des ressources humaines et au service juridique dans lequel elle faisait part de ses inquiétudes, mais personne ne sembla vouloir s'opposer à Musk.

* * *

Le passage de Musk à New York n'avait apparemment pas suffi à apaiser les annonceurs. Interpublic Group (IPG), une énorme agence de communication qui représentait American Express, Coca-Cola et Mattel, dit à ses clients de suspendre momentanément tout collaboration avec Twitter[1].

Cette nouvelle ne fut pas du goût de Musk, qui s'imagina alors que d'autres forces étaient en jeu. Un peu comme il l'avait fait aux tout débuts de Tesla, quand il avait avancé que des compagnies pétrolières, des spéculateurs boursiers et des médias s'étaient alliés pour précipiter sa chute, Musk se mit en tête que des groupes militants faisaient pression sur les annonceurs. Il se convainquit que ces groupes, parmi lesquels se seraient trouvés Media Matters for America, organisation non gouvernementale de gauche vouée à la surveillance des médias, et l'Anti-Defamation League (ADL), ONG juive de lutte contre l'antisémitisme, conspiraient contre lui, grâce au financement des lobbys qui voulaient l'empêcher de créer une plateforme populaire où régnerait la véritable liberté d'expression.

Ces groupes avaient effectivement fait part de leurs peurs aux annonceurs. « Nous craignons que l'acquisition de Twitter par M. Musk accélère ce que l'ADL a déjà observé à de trop nombreuses reprises : l'éviction de communautés marginalisées du réseau social », déclara Jonathan Greenblatt, président de l'ADL, dans une déclaration rendue publique le jour où l'achat de la société fut finalisé. Mais cela n'avait rien de nouveau : depuis des années déjà, diverses organisations militantes avaient exigé que les entreprises de réseau social assument leurs responsabilités. Il y avait une logique implacable à ce que les agissements de Musk attisent leurs craintes et leur méfiance. Plus tard, Musk devait tenter de faire supprimer tout tweet appelant au boycott publicitaire, en déclarant que cela s'apparentait à du chantage, mais cette règle ne fut jamais adoptée[2].

En apprenant la décision d'IPG, Maheu sut que Twitter serait incapable d'enrayer l'effet domino. Mais très bientôt, ce ne serait plus son problème. Gracias n'avait pas bien pris ses appels à la mansuétude sur les licenciements, et sa réaction négative au sujet du tweet concernant Trump lui avait valu l'inimitié de Musk. Aussi, quand on l'appela pour l'informer qu'il serait escorté jusqu'à la sortie des locaux de New York par des agents de sécurité, il était déjà fin prêt.

Il laissa son ordinateur portable dans son bureau d'où il sortit les mains vides, passant devant ces hommes et ces femmes du service ventes qu'il avait dirigés jusque-là. Maheu fut le premier salarié licencié sur la côte Est.

Berland ne tarda pas à connaître le même sort. À un autre étage que les équipes des ventes, elle ne sut pas tout de suite ce qui était arrivé à Maheu. Mais le même jour, ses échanges avec Musk et ses sbires se firent considérablement moins nombreux qu'auparavant. Elle avait recommandé Maheu à Musk, et l'opposition du Français au tweet malavisé du milliardaire avait terni indirectement son blason.

Dans l'après-midi, elle reçut un appel de Pacini. Berland trouva un coin isolé. Pacini avait encore des sanglots dans la voix.

« Ça me fait mal de te dire ça, mais je dois le faire, dit Pacini. Tu n'es plus une employée de Twitter. »

Il fallut quelques instants à Berland pour reprendre ses esprits. La surprise n'était pas totale, mais ce n'était pas ainsi qu'elle s'était imaginé son licenciement. C'était tellement froid.

« Pour quelles raisons ? demanda-t-elle.

– Je n'en sais rien, répondit Pacini. Un agent de sécurité va bientôt passer pour t'escorter. »

L'agent en question attendait déjà au seuil de la pièce. Berland laissa son ordinateur portable et sortit.

Il y eut moins de personnes pour assister à son départ qu'à celui de Maheu. La directrice du marketing salua de la main son ancienne assistante avant de disparaître dans une cabine d'ascenseur. Elle sortit par une porte dérobée et s'engouffra dans une voiture qui s'éloigna dans le froid morne de Manhattan. Alors que la nouvelle de son licenciement brutal se propageait, Berland publia un tweet d'adieu très bref : un simple émoji cœur bleu.

* * *

Tous les salariés du service produit savaient qu'ils ne disposaient que de quelques jours, sinon quelques heures, pour prouver leur valeur. À l'exception de Twitter Blue, Musk ne semblait pas avoir d'idée bien précise de sa future politique produit, et personne n'osait continuer à travailler sur les projets lancés par l'ancienne direction : Musk avait bien fait comprendre qu'il méprisait la vision d'Agrawal.

Les idées de nouveaux produits se mirent à fuser, les projets étaient lancés et interrompus au gré des ordres et des contre-ordres des lieutenants de Musk qui, tous convaincus d'avoir la solution miracle pour redresser Twitter, jouaient des coudes pour remporter le leadership. Musk étant trop occupé par le plan de licenciement et les revenus publicitaires, certains de ses sbires se crurent autorisés à prendre des décisions à sa place.

Calacanis s'imposa tout particulièrement. Il participait à des réunions avec les équipes produits et politique, et tweetait ensuite ses impressions et ses propositions comme s'il s'exprimait au nom de la compagnie tout entière. À la lecture de ses publications, on devinait qu'il prenait en compte des suggestions de ses followers et les relayait au sommet de la hiérarchie. Mais Musk entendait être seul maître à bord, tout spécialement en ce qui concernait les produits. Après avoir pris connaissance des tweets de Calacanis, il envoya quelqu'un dans la salle des opérations pour lui ordonner d'arrêter de se faire passer pour un décisionnaire.

« Pour clarifier tout à fait les choses, Elon est le directeur général et le chef produit », tweeta Calacanis après s'être fait réprimander.

Mus par l'énergie du désespoir, les salariés faisaient feu de tout bois. Une équipe fut chargée de travailler sur un projet de messagerie personnelle payante, fonctionnalité qui permettrait à des usagers normaux d'adresser des messages privés à des tweetos soi-disant VIP. Dans les propositions qu'on présenta à l'entourage de Musk, des utilisateurs fictifs payaient quelques dollars pour communiquer avec le musicien Post Malone, et Twitter percevait une part de ces paiements.

Un autre projet proposé fut le cryptage des messages privés, afin que l'expéditeur et le destinataire soient les seuls à pouvoir les lire. Des années durant, la compagnie avait débattu de la possibilité de crypter si fortement les messages que les équipes de Twitter elles-mêmes se verraient dans l'incapacité d'y accéder, et a fortiori de les communiquer aux autorités. Gadde tenait à garantir une confidentialité optimale aux usagers, mais elle redoutait que l'instauration de messages cryptés ne facilite les campagnes de harcèlement et l'échange de contenu illicite. Des ingénieurs furent chargés de relancer à toute vitesse ce projet qui reçut le nom de code de « Night Parrot ».

Un soir, un membre de l'équipe de Musk contacta un ingénieur de Twitter spécialisé dans la cybersécurité qui avait été affecté à l'effort de transition : le patron souhaitait le voir. L'expert en sécurité venait de finir une très longue journée de travail et avait tout juste eu le temps de prendre une douche. Il se rhabilla et refit le trajet jusqu'aux bureaux, à travers les rues désertes de San Francisco.

Musk tenait audience dans sa salle de conférence, ses deux gardes du corps au gros accent texan en faction dans la cuisine toute proche. Autour de minuit, il reçut enfin l'ingénieur. Très cordialement, il l'interrogea sur son expérience professionnelle et ce qu'il avait fait pour Twitter au long de ses années de service, comme s'il s'agissait d'un entretien d'embauche. Musk cherchait à savoir s'il pouvait se fier à cet employé.

Et soudainement il étala sa paranoïa au grand jour : « Est-ce que Twitter a lu mes messages personnels ? » Il paraissait convaincu que l'ancienne direction l'avait espionné durant le procès.

L'ingénieur tâcha de lui répondre le mieux possible. La compagnie veillait à ce qu'il soit extrêmement difficile pour un salarié de consulter les messages privés des utilisateurs, mais certains employés avaient l'autorisation de le faire dans des situations bien particulières, comme des cas de harcèlement, ou pour répondre à des subpoenas. À sa connaissance, personne n'avait consulté les messages privés de Musk, mais cela ne relevait pas de l'impossible.

Musk insista, sûr et certain que l'ancienne équipe l'avait fliqué. Qui avait pu avoir accès à ses messages ? Comment pouvait-il déterminer l'identité des intrus ? Très diplomatiquement, l'ingénieur essaya de rediriger la conversation sur la question de la confidentialité au sens large, en disant à Musk que ses inquiétudes étaient une preuve de la nécessité d'instituer un cryptage des messages. La peur au ventre, il avait la sensation que sa promotion ou son licenciement tenaient à chacune des paroles qu'il adressait à Musk. Celui-ci finit par se lasser, et mit un terme au tête-à-tête.

Durant d'autres réunions, Musk envisagea d'ajouter des vidéos soumises à un *paywall* (comme sur le site pour adultes OnlyFans), afin d'introduire le concept d'abonnement premium payant, dont Twitter toucherait une partie. Des employés arguèrent aussitôt que cela encouragerait la diffusion de contenus pornographiques et/ou piratés, ce qui ne ferait que détériorer plus encore leurs relations avec les annonceurs. Les vidéos par paywall et les messages payants ne furent jamais lancés, et le projet de cryptage des messages privés, quoique réduit comme peau de chagrin, fut dévoilé des mois plus tard[3].

Les salariés ne cessaient de s'envoyer des messages les uns aux autres dans le but de rejoindre Night Parrot ou le projet dirigé par Crawford, qui n'était plus qu'un secret de polichinelle depuis que Musk et Calacanis avaient évoqué dans leurs tweets la possibilité de soumettre les badges de vérification à un abonnement payant. Approuvée par le patron en personne, la relance de Twitter Blue paraissait le plus sûr moyen de survivre à la vague de licenciements qui s'annonçait.

Crawford fit circuler une liste de soixante-dix salariés qui dans le monde entier travaillaient sur la question de la vérification payante. Certains membres de son équipe se mirent à ajouter à cette liste des noms d'amis et de collègues dans l'espoir de les sauver du plan de licenciement.

Même Crawford, qui était pourtant en contact direct avec Musk, n'était pas immunisée contre les rumeurs. Après les licenciements de Maheu et Berland, elle se convainquit que son supérieur, Tony Haile, avait connu le même sort qu'eux.

Des bruits couraient selon lesquels il avait été reconduit jusqu'à la sortie par des vigiles, procédé qui révolta Crawford. « Pourquoi ont-ils fait cela ?! s'exclama-t-elle en présence de plusieurs membres de l'équipe Blue. Absolument rien ne les y obligeait. J'ai beau avoir la gagne, j'ai mes limites. Nous avons la mission de sortir ce produit, et on va y arriver ensemble. Mais si on quitte la compagnie, ce sera selon nos propres conditions. »

Cependant, Haile n'avait pas été licencié.

« Salut, je suis toujours là, écrivit-il sur Slack à l'intention de son équipe, un peu plus tard dans la journée. Des rumeurs font état de mon licenciement mais à ma connaissance je travaille toujours ici. » (Haile finit par démissionner plus tard.)

Bien résolus à ne pas attendre que le couperet tombe pour réagir, des salariés se retrouvèrent sur d'autres plateformes que Twitter, qu'ils savaient surveillé par l'équipe de Musk. Ils s'ajoutèrent les uns les autres sur LinkedIn, créèrent des groupes Slack externes et s'échangèrent leurs numéros de téléphone afin de ne pas perdre contact si on leur coupait sans prévenir l'accès à leur boîte e-mail professionnelle. Ils firent également circuler un « Guide du licenciement » où figuraient les lois du travail en vigueur aux États-Unis et divers conseils concernant les demandes de la nouvelle direction et les mesures de surveillance sur leur lieu de travail[4]. Certains adressèrent même des tweets directement à Musk pour lui demander de les virer, eux, et d'épargner en échange des collègues étrangers travaillant sur le territoire américain.

La confusion la plus complète régnait également parmi les salariés des ressources humaines, chargés de l'organisation des coupes drastiques. De leur point de vue, Sacks, Calacanis, Davis et les autres lieutenants de Musk envisageaient ce plan de licenciements comme une compétition, et chacun essayait de paraître le plus impitoyable de tous. Leurs exigences ne cessaient de rallonger la liste des personnes à renvoyer.

Parmi tous les conseillers de Musk, Birchall représentait la seule voix raisonnable. Les équipes RH comprirent qu'il était possible de plaider auprès de lui pour le maintien d'une équipe ou d'un employé : il écoutait toujours attentivement leurs arguments. Le reste de l'entourage de Musk semblait au contraire prendre plaisir à saccager Twitter.

Birchall, Spiro et Teller tâchèrent d'enseigner à leurs nouveaux collègues de Twitter comment il fallait s'adresser à Musk. Avant tout, ne jamais faire semblant de connaître une réponse. Ils leur recommandèrent également de ne jamais lui poser de questions ouvertes. Il fallait présenter à Musk des choix multiples, pas plus de trois dans l'idéal, en lui laissant toute liberté pour faire son choix. Puis on pouvait lui soumettre son point de vue, dans le cadre des choix proposés, afin d'avoir une chance que Musk le prenne en compte.

Pacini suivit à la lettre leurs recommandations. Avec les autres employés affectés à l'organisation du plan de licenciement, elle présenta plusieurs scénarios au nouveau patron. Brian Bjelde, vice-président RH que Musk avait débauché de SpaceX pour l'occasion, leur apporta son soutien en leur expliquant comment la compagnie spatiale avait géré les indemnités de départ de ses employés par le passé, et en se portant garant des solutions soumises à Musk, avec le poids d'un homme qui travaillait pour le milliardaire depuis près de vingt ans.

Le premier scénario représentait des licenciements secs avec calcul des coûts d'indemnités minimaux, l'autre était une version plus généreuse. Mais ces questions n'intéressaient absolument pas Musk, qui dit à Pacini que Bjelde choisirait en son nom ce qui lui paraîtrait le mieux. Le milliardaire restait en outre toujours aussi flou sur le nombre exact d'employés à renvoyer, préférant laisser ces détails à son cercle d'intimes.

En recherchant la moindre bribe d'information sur le plan de restructuration, des salariés de Twitter découvrirent que l'équipe de transition de Musk n'avait pas été aussi discrète qu'elle l'aurait voulu. Le mercredi, ils tombèrent sur un canal Slack du nom de #tundra-ec-comp, dans lequel des employés des ressources humaines discutaient ouvertement des coupes et des indemnités. Ils firent des captures d'écran de ces pages et les diffusèrent le plus largement possible dans des groupes de discussion privés.

« Le calcul des indemnités a été corrigé sur la base d'une liste principale, à 12 h 30 aujourd'hui », écrivait une membre des ressources humaines qui précisait que cette liste était « quasi définitive »[5].

Mais c'est surtout son dernier message qui retint l'attention des salariés : « Sur mon document, le décompte s'élève à 3 738. »

Cela représentait à peu près la moitié des effectifs de Twitter (7 500 employés à temps plein), et c'était la preuve indiscutable qu'énormément de personnes allaient être renvoyées. Les salariés fouineurs continuèrent de creuser. Dans l'après-midi, l'un d'eux découvrit que les calendriers en ligne de certains membres de l'équipe de transition étaient toujours publics, et dans l'agenda de Sacks il tomba même sur une invitation à une discussion autour du projet Tundra, nom de code du plan de « réduction de la main-d'œuvre », à laquelle participeraient entre autres Gracias, Spiro, Birchall et Teller. Les salariés diffusèrent des captures d'écran de l'agenda de Sacks, et l'accès aux calendriers fut soudainement bloqué.

Plus tard dans la même journée, un ingénieur du bureau de San Francisco croisa dans un couloir l'un des transfuges de Tesla, si obnubilé par sa conversion téléphonique qu'il ne remarqua pas l'employé de Twitter qui s'approcha pour l'entendre siffler dans son appareil : « Coupez l'accès à 17 heures. On ne doit se fier à personne parmi eux. »

33

Le « Snap »

Le jeudi 3 novembre au matin, tous les employés savaient à peu près quel serait leur sort, après avoir consulté les calendriers de l'entreprise et les groupes de discussion, mais ils attendaient toujours un message de confirmation de la part de Musk. Au lieu de signifier leur licenciement aux premiers intéressés, ce dernier était occupé à informer les annonceurs de cette grande nouvelle.

Musk se connecta à une visioconférence avec l'*influence council* de Twitter, groupe qui comptait plus de cent annonceurs et cadres d'entreprises telles que General Motors, Mastercard ou Microsoft et avait l'habitude de se réunir afin d'orienter la politique publicitaire de la compagnie[1]. Ce devait justement être le cas début 2023, à l'occasion d'un séjour tous frais payés dans la région viticole de Napa Valley, mais Musk avait annulé l'événement.

« Nous allons procéder à une réduction des effectifs de Twitter dans les tout prochains jours, déclara Musk d'entrée de jeu. Ça ferait un peu bizarre de procéder à cette réduction et, l'instant d'après, genre… partir en goguette à Napa. »

Parmi ceux qui l'écoutaient se trouvaient Linda Yaccarino, cheffe de la communication globale chez NBCUniversal, Roth, l'un des derniers cadres de la sécurité et de la confidentialité encore en place, ainsi que

Robin Wheeler, directrice des ventes qui s'efforçait de cadrer Musk.

Wheeler, soudainement promue à la suite des départs de Maheu et Personette, passait en somme son grand oral face à son nouveau patron. Sous le regard attentif de cadres marketing qui représentaient à eux tous plusieurs milliards de dollars de revenu publicitaire, Wheeler s'ingénia à flatter l'ego de Musk.

« On a le meilleur produit qui soit, avec le plus grand innovateur technologique de tous les temps à la tête de la compagnie, et je suis tellement enthousiaste à l'idée de ce que cela va nous apporter à tous », dit Wheeler. Un peu plus tard, elle déclara que la reprise de Musk avait d'ores et déjà permis d'atteindre le plus grand nombre d'utilisateurs actifs quotidiens, comme l'aurait fait une propriétaire s'émerveillant du nombre de voisins ouvrant leurs fenêtres pour regarder sa maison en proie à un incendie.

Malgré toute leur déférence, les leaders réunis firent part de leurs inquiétudes à Musk, l'interrogeant sur la modération de contenu, ses projets produit, et sa tendance à tweeter tard la nuit. Le milliardaire s'efforça de les rassurer, promettant que la compagnie ne prendrait aucune décision importante avant « au moins une semaine », après les élections américaines de mi-mandat, et fondant une bonne partie de sa rhétorique sur le concept de « liberté d'expression, pas liberté de diffusion », que Roth lui avait présenté une semaine auparavant.

En écoutant l'argumentaire de Musk, Detavio Samuels ne put réprimer son scepticisme. Samuels était directeur général de Revolt, entreprise médiatique fondée par Sean « Diddy » Combs qui se concentrait sur le public noir américain. Il avait consulté des rapports faisant état d'une forte augmentation des insultes racistes sur Twitter depuis l'achat effectif de la compagnie par Musk, dont la présence semblait encourager les trolls à cracher toute leur haine sur la plateforme. Samuels déclara que la contribution de la communauté noire américaine à Twitter était considérable, et que l'approche de Musk en matière de modération de contenu était loin de le rassurer. Afin d'illustrer son propos, il reprit une métaphore du milliardaire.

« En tant qu'homme noir, je n'ai pas envie de me retrouver dans un quartier où les gens murmurent le mot en "n"*, que je l'entende ou non. Je n'ai pas envie de me retrouver dans un quartier où ne serait-ce qu'une personne murmure le mot en "n". Même si je suis le seul à l'entendre, dit Samuels. Dans la continuité de vos consultations, je vous recommande sincèrement de dialoguer avec cette communauté et de faire en sorte que quelles que soient les solutions que vous trouverez, elles permettent à ses membres de se sentir protégés et bienvenus sur cette plateforme. »

Musk acquiesça en répondant que Twitter devait tout faire pour que « les gens se sentent à l'aise », juste avant de sous-entendre que les craintes et les conseils de Samuels étaient sans fondement : « Je ne sais pas si vous êtes au courant, mais Puff est l'un des investisseurs de Twitter, fit-il en se référant au rappeur Sean Combs par son nom de scène. C'est un bon ami à moi, vous savez. On n'arrête pas de s'envoyer des messages. »

Certains cadres de Twitter durent réprimer l'envie impérieuse de plonger la tête dans les mains.

* * *

Le 3 novembre fut une journée anormalement chaude pour Manhattan en cette saison, la température dépassant les 20 °C sur le toit des bureaux de Twitter à New York. Une cinquantaine de salariés y étaient montés pour profiter

* *N-word* : euphémisme pour l'insulte raciste *nigger*, « nègre » (N.d.T.).

du beau temps et de ce qui était sans doute leur dernière occasion de se retrouver tous ensemble. Ils échangèrent leurs numéros de téléphone en discutant de perspectives de postes dans d'autres entreprises. Puis ils posèrent tous pour une photo commémorative. Devant l'objectif, certains ne purent que sourire jaune.

Tous étaient convaincus qu'il s'agirait de leur dernier jour chez Twitter. Plus tôt dans la journée, les salariés s'étaient aperçus que leurs « journées de repos », période mensuelle garantie sans réunion, avaient été supprimées de leurs agendas : le message que Musk leur envoyait était clair[2].

Son équipe de transition avait également ordonné la fermeture du répertoire interne, Birdhouse, qui détaillait les responsabilités de chaque salarié et la hiérarchie de l'entreprise. Sans cet outil, il était impossible de voir qui était encore employé par Twitter, et partant, d'en déduire qui avait été viré.

À 17 heures, certains tweeps de San Francisco crurent avoir survécu une journée de plus à la vague de licenciement. Mais partout ailleurs dans le monde, de nombreux salariés (dont certains restèrent en ligne longtemps après la fin de leur journée de travail) ne baissaient pas leur garde.

« Est-ce que les noces pourpres ont déjà commencé ?👀 » plaisanta un membre de l'équipe marketing de Londres sur un canal Slack, faisant référence à un épisode de la série *Game of Thrones* au terme duquel plusieurs personnages principaux sont massacrés par surprise[3].

« Impossible de consulter l'organigramme sur birdhouse, écrivit un autre salarié à 17 h 04. Ils ont modifié un truc ? »

« À l'instant, non ? »

« Répertoire inaccessible aussi, n'arrête pas de bugger. »

Treize minutes plus tard, ils reçurent l'e-mail qu'ils attendaient tous :

Update concernant nos effectifs :
Dans notre effort pour relancer Twitter sur des voies plus saines, nous nous apprêtons à entamer un douloureux processus de réduction de nos effectifs à l'échelle internationale ce vendredi. Nous comprenons que cela impactera un certain nombre de personnes ayant positivement contribué à Twitter, mais cette décision est néanmoins nécessaire au succès et à la pérennisation de la compagnie.
Afin d'assurer la sécurité de chaque employé ainsi que celle des systèmes de Twitter et des données des utilisateurs, nos bureaux resteront momentanément fermés et tout accès par badge sera suspendu. Si vous vous trouvez en ce moment même au bureau, ou si vous êtes en route vers un bureau, merci de rentrer chez vous.
Nous comprenons qu'il s'agit là d'une étape très délicate, que vous soyez impacté ou non. Merci de continuer à respecter les directives Twitter qui vous interdisent de parler d'informations confidentielles sur les réseaux sociaux, avec la presse ou ailleurs.

L'e-mail, signé d'un « Twitter » impersonnel et pas par Musk lui-même, expliquait que ceux qui seraient épargnés recevraient une confirmation dans leur boîte e-mail professionnelle. Ceux qui seraient remerciés se verraient mis au courant par le biais d'une notification dans leur boîte personnelle avant 9 heures du matin, le lendemain.

Si Musk ne s'était pas préoccupé de l'ampleur précise des coupes dans les effectifs, il avait insisté pour avoir le dernier mot sur le message qui fut envoyé aux salariés. Pacini en avait rédigé trois versions préparatoires. La première était du Twitter pur jus : la direction s'excusait pour le dégraissage, et souhaitait bonne continuation aux employés. La deuxième était une sorte de juste milieu qui annonçait la nouvelle par des platitudes concises. La troisième et dernière version était brusque et froide : c'est celle-ci que choisit Musk.

Lorsque l'e-mail arriva dans leur boîte de réception, certains salariés se trouvaient réunis au Lodge, la zone commune lambrissée du quartier général de Twitter, qui comptait deux petites cabanes en bois où se rendaient à l'occasion les employés pour se détendre ou participer à des visioconférences. On y servait aussi bien de la bière que du café, et les écrans alignés au mur diffusaient souvent des événements sportifs. Des agents de sécurité ne tardèrent pas à venir déloger les personnes attablées ou assises dans les cabanes. Ils les informèrent que les bureaux fermaient.

Les salariés de Twitter allèrent attendre leur sort au rez-de-chaussée, dans une halle gastronomique du nom de Market, où l'on pouvait faire ses courses ou commander un repas à emporter. Elle comportait en outre un petit bar, tout au fond. Les employés y affluèrent, au grand dam de la seule barmaid derrière le comptoir qui ignorait tout du carnage qui s'annonçait. Certains employés des autres compagnies de Musk se rendirent également au bar, se regroupant dans un coin.

Tout le monde gardait son téléphone à la main pour consulter les canaux Slack tout en buvant. Contrairement à ce que disait le message de Musk, beaucoup d'employés ne se virent même pas notifier leur licenciement par e-mail. Cette vague était sans précédent dans l'histoire de Twitter, et les ingénieurs n'avaient tout simplement pas eu le temps de concevoir un système permettant d'adresser les messages adéquats aux personnes concernées et de couper simultanément tout accès au réseau interne, ce qui valut aux salariés de ne plus pouvoir consulter ni leur ordinateur de travail ni leur compte e-mail professionnel.

Certains furent bannis de Slack, tandis que d'autres pouvaient encore intervenir sur les canaux alors que l'accès à leurs e-mails leur était interdit. Les salariés qui restèrent en place exprimèrent leur tristesse et leur frustration en publiant des émojis cœur bleu sur Slack, ou en partageant des mèmes. L'un d'eux posta une image tirée du film *Avengers : Infinity War*, dans lequel Thanos, le principal antagoniste, acquiert le pouvoir d'éliminer la moitié des êtres vivants dans tout l'univers d'un simple claquement de doigts. Les tweeps ne mirent pas longtemps à se référer à ces coupes drastiques dans leurs effectifs par le surnom de « Snap », le claquement de doigts.

Sur Slack, on racontait comment on avait été viré, on déclarait prudemment avoir échappé à la vague, et on utilisait de plus en plus l'émoji salut militaire, dont la main droite en visière et l'expression stoïque symbolisa rapidement la solidarité et le sens du devoir des tweeps qui malgré le chaos généré par Musk, continuaient d'œuvrer à leur poste malgré le départ de leurs collègues.

« Impossible de me connecter à mes mails. Mon Mac refuse de s'allumer, tweeta un salarié basé à Londres en publiant des photos de son écran d'ordinateur et de la page d'accueil de sa boîte e-mail. Mais vraiment touché que ça arrive à 3 heures du matin. Merci pour la gentille attention, les gars. »

Les licenciements se propagèrent dans le monde entier comme un feu de brousse. Ils touchèrent New York, la côte Est, puis des employés londoniens et dublinois reçurent des e-mails leur signifiant que leur poste avait été « identifié comme potentiellement impacté ou redondant ». En Californie et à Seattle, certains reçurent l'avis de leur licenciement autour de 23 heures. À Tokyo, les salariés passèrent l'essentiel de leur journée de vendredi à travailler avant de recevoir leur notification.

Les employés réunis au Market avaient toujours les yeux rivés sur leurs téléphones. Quand l'un d'eux recevait son avis, il s'écriait à l'intention de toutes les personnes présentes qu'il était viré.

« Je viens de recevoir mon message ! », criait l'un.

« C'était sympa de travailler avec vous tous », disait un autre.

À mesure que la soirée avançait et que les e-mails de licenciement tombaient, les salariés et ex-collaborateurs passèrent lentement du Market au Beer Hall, un bar obscur qui au fil des ans avait accueilli un grand nombre de pots de départ, où ils burent jusque très tard. Certains employés ne reçurent le message que lorsqu'ils rentrèrent chez eux en titubant, tandis que d'autres durent attendre le lendemain matin.

Même ceux qui travaillaient sur les projets de prédilection de Musk n'étaient pas assurés de conserver leur poste. Jeudi soir, à 21 heures passées, Crawford convoqua une réunion afin de faire le point des avancées sur le projet Blue.

« Je sais bien qu'on traverse un moment complètement cinglé, avec des blocages d'accès et une vague de licenciements qui n'en finit pas », écrivit-elle dans un groupe Slack réunissant ses collaborateurs, avant de publier un émoji cœur brisé et un lien vers la visioconférence[4].

La réunion avait déjà commencé quand deux employés la quittèrent brutalement : l'accès à leur ordinateur et à leurs e-mails leur étant soudainement interdit. Comprenant ce qui venait de leur arriver, ils informèrent leurs collègues du projet Blue qu'ils venaient de se faire virer. À chaque nouvelle annonce de licenciement durant la réunion, les mines devenaient un peu plus maussades, mais Crawford s'accrocha pour aller jusqu'au bout.

34

Les retombées

Le vendredi 4 novembre, les salariés toujours en poste ouvrirent Slack, tels des survivants émergeant de leur abri antiatomique après une catastrophe nucléaire.

Les responsables d'équipe s'efforcèrent d'évaluer l'étendue des dégâts. Certains ignoraient qui était encore sous leurs ordres, et durent demander sur Slack à leurs subalternes de se manifester par des émojis. Ella Irwin, l'une des cadres de la sécurité et de la confidentialité, informa son équipe qu'elle était toujours en poste, et publia un lien vers un document en demandant à des centaines de personnes de le remplir pour signifier qu'ils faisaient encore partie de l'entreprise.

En sachant qui était encore en place et en déduisant ainsi qui avait été viré, les employés prirent peu à peu conscience de l'importance du dégraissage. Le service consacré à l'infrastructure, surnommé « Redbird » en interne, perdit à peu près 80 % de ses ingénieurs[1]. Des dizaines de managers produit furent poussés vers la sortie, tandis que les équipes travaillant sur les droits de l'homme, les usagers handicapés et le marketing furent réduites à la portion congrue[2]. Le service de conformité, chargé de veiller au respect des lois et règles internationales, s'attendait à perdre un peu plus d'un quart de ses employés, mais se vit finalement amputé de la moitié de ses effectifs.

Les équipes chargées de l'intégrité civique et de la modération de contenu furent aussi victimes de coupes claires, alors que Twitter était aux prises avec une séquence électorale chargée. Les résultats de l'élection présidentielle au Brésil étaient toujours contestés en ligne, et dans moins d'une semaine ce serait les élections américaines de mi-mandat. Musk et ses amis avaient décidé de réduire considérablement les équipes chargées de libeller les tweets contenant de fausses informations politiques. Ils congédièrent certains des salariés parmi les seuls qui maîtrisaient les outils de détection des tweets fallacieux liés aux élections.

Des employés épargnés furent victimes du syndrome du survivant, se demandant pourquoi ils avaient réchappé à ces coupes absurdes alors que les têtes de leurs amis et collègues étaient tombées. Cela n'avait aucun sens. Certaines équipes passèrent de plusieurs centaines de salariés à une petite poignée de collaborateurs. D'autres ne perdirent pas un de leurs membres. Certains, connus pour leurs résultats médiocres, ne reçurent pas de notifications, tandis que des ingénieurs considérés comme essentiels se retrouvaient dans l'incapacité de se connecter, sans la moindre explication. Des femmes enceintes et des employés en congé parental perdirent leur boulot, à l'instar de tweeps détenteurs de visas de travail.

D'anciens employés se retrouvèrent sur des groupes de discussion cryptés et des canaux privés sur Slack pour s'apitoyer sur leur sort et envisager des poursuites judiciaires contre Musk.

Le samedi matin, Dorsey, qui ne s'était plus vraiment exprimé sur la reprise depuis son tweet d'avril où il avait qualifié Musk de « seule et unique solution » qui bénéficiait de sa « confiance pleine et entière », se sentit obligé d'intervenir. Depuis qu'il avait fait état de son soutien au milliardaire, il n'avait publié que quelques tweets, principalement au sujet du bitcoin. Mais même lui ne pouvait rester sans rien dire face à tous les émojis salut militaire, les tweets d'adieu et le tollé général qui monopolisaient sa timeline. « Je conçois que beaucoup m'en veuillent, tweeta-t-il. J'assume ma part de responsabilité dans la situation actuelle : j'ai fait grandir trop vite la compagnie. Je m'en excuse. J'exprime ma reconnaissance et mon amour envers tous celles et ceux qui ont un jour travaillé chez Twitter. Je n'attends pas de réciprocité dans l'immédiat... ni jamais... et je comprends. ❤ »

Pour la première fois, Dorsey admettait que la croissance qu'il avait encouragée en tant que directeur général avait lancé la compagnie sur une voie impossible à tenir, conclusion à laquelle avaient abouti longtemps avant lui les cadres et les administrateurs de Twitter. En revanche, il n'expliqua pas pourquoi le conseil d'administration et lui-même avaient permis à Musk de sacrifier toutes ces personnes à qui il exprimait son « amour », en échange de 44 milliards de dollars.

Dorsey publia ce tweet après qu'une vingtaine de salariés du bureau d'Accra, capitale du Ghana, eurent reçu un e-mail les informant qu'ils étaient licenciés, et recevraient à titre d'indemnisation l'équivalent d'un mois de salaire[3]. La majorité d'entre eux avaient été embauchés l'année précédente, en avril 2021, quand Twitter avait ouvert cet avant-poste africain.

La façon dont ces employés étaient traités fut publiquement relayée, et Lara Cohen, vice-présidente des partenariats qui était elle aussi, remerciée, essaya d'attirer l'attention de Dorsey sur ce point en le citant dans l'un de ses tweets. Dorsey lui adressa un message privé dans lequel il lui demandait ce qu'elle attendait de lui au juste.

« Vous pourriez peut-être user de votre influence pour améliorer le sort de ces gens, lui répondit-elle. Ils méritent mieux que ça. Nous nous sommes engagés envers eux. »

Dorsey ne parut pas particulièrement touché. « Je tâcherai de les embaucher, ça va de soi », rétorqua-t-il.

35

Vérifié ou non

Pour Esther Crawford, Twitter Blue représentait une occasion en or. Dans le privé, elle confiait à celles et ceux qui travaillaient avec elle sur ce projet que faire payer des badges de vérification à des usagers lambda n'avait que peu de chances de se solder par un véritable succès commercial. Mais dans le même temps, c'était pour elle le moment ou jamais d'impressionner Musk et de gagner en influence. Les fans et les lieutenants du milliardaire ne cessaient de répéter que l'entreprise Twitter se définissait par son sureffectif et sa paresse.

« Nous tenons là notre chance de montrer ce que Twitter a de mieux à offrir », disait-elle à son équipe. Et accessoirement, leur chance de se mettre dans les petits papiers de Musk. S'ils parvenaient à accomplir cette tâche imposée, ils gagneraient sa confiance et seraient ensuite en mesure de négocier avec lui des points importants tels que des augmentations de salaire, des promotions et de nouveaux produits.

Même si elle se concentrait sur ces points positifs, Crawford ne perdait pas de vue le fait qu'un lancement de produit sur mesure en moins de deux semaines au milieu d'un tsunami de licenciements relevait de la gageure la plus abjecte. Durant une réunion, elle présenta à son équipe des mugs personnalisés qui n'auraient pas dépareillé dans un magasin de déco à destination des travailleurs de la tech : sur la porcelaine, on pouvait lire « Le hasard a fait de nous des collègues, les trucs de dingue qu'ont a vécus ensemble ont fait de nous des tweeps ».

Selon la personne à qui l'on posait la question, Crawford passait tantôt pour une fidèle de Musk, tantôt pour une parfaite carriériste. Elle n'était bien évidemment pas la seule dans ce cas. Les fanboys de Musk étaient partout, et certains occupèrent le devant de la scène après l'achat de Twitter pour saluer l'avènement du milliardaire et critiquer leurs collègues qui avaient perdu leur boulot. Après le « Snap », l'instinct de survie prit le dessus à peu près partout chez Twitter. Une ingénieure, qui ne pouvait se permettre de perdre les avantages santé liés à son contrat, critiquait en privé Musk et ses idées, tout en chantant les louanges du milliardaire sur les canaux publics de Slack, déclarant par exemple : « Elon est le Steve Jobs qu'il nous faut. » D'autres pensaient que le grand bouleversement muskien leur vaudrait la promotion ou le changement de poste que la bureaucratie de Twitter leur avait jusque-là refusé.

La plupart des salariés dont Crawford s'était entourée considéraient le projet Blue au mieux comme parfaitement inutile, au pire comme une initiative qui saperait sérieusement la confiance des utilisateurs dans la plateforme. Ce système de badges de vérification payants était la porte ouverte aux usurpations d'identité, et minerait le principe même de badge d'authentification. Crawford partageait leurs inquiétudes. Mais c'était là la volonté de Musk. Aucun raisonnement, aucune leçon tirée du passé de Twitter ne pouvait le dissuader d'aller jusqu'au bout de son idée.

* * *

Avant l'avènement des badges d'authentification, les usurpations d'identité étaient monnaie courante sur Twitter, comme le prouve par exemple le cas du tout premier compte @ElonMusk. Les fondateurs de la compagnie en étaient bien conscients, mais le blocage de profils qui se faisaient passer pour des célébrités avait toujours été secondaire à leurs yeux, bien trop occupés qu'ils étaient à lutter contre les bugs et les plantages du site. En juin 2009, néanmoins, la situation était devenue intenable.

Tony La Russa, manager de l'équipe de baseball des Cardinals de Saint Louis, avait fini par s'agacer du compte parodique qui plaisantait sur diverses incartades et catastrophes de l'équipe (y compris la mort d'un de ses joueurs) et intenté un procès à Twitter en sa qualité d'hébergeur de contenu. Selon ses avocats, les faux tweets, « désobligeants et dégradants », nuisaient à son image[1]. Twitter neutralisa l'imposteur et soumit sa solution au problème : les comptes vérifiés.

La compagnie estampilla alors les comptes d'athlètes, de politiciens, de musiciens et de responsables officiels du badge de vérification. Avec l'introduction du badge bleu, Twitter devint le premier réseau social à vérifier l'identité de ses utilisateurs, l'une de ses plus grandes contributions à la culture d'Internet. D'autres plateformes l'imitèrent (Google+ en 2011, Facebook en 2012, Instagram en 2014) en créant des insignes très convoités sur les réseaux sociaux, qui établissaient de fait un système de classes sur le net.

Si beaucoup voyaient dans ce badge un symbole de reconnaissance et de célébrité, il s'agissait également d'un repère d'utilité publique. En désignant clairement les véritables comptes de marques telles que McDonald's et Coca-Cola, il rendait la plateforme bien plus attractive aux yeux des annonceurs. De même, l'authentification de comptes d'instances gouvernementales ou de services publics d'urgence était un réel plus pour tous les utilisateurs, qu'il s'agisse de vérifier les horaires d'un train ou d'obtenir des informations sur une catastrophe naturelle en cours.

* * *

Le projet Blue Verified de Musk allait détruire ce système. Si l'abonnement payant du milliardaire permettait à n'importe qui d'être authentifié, alors plus personne ne le serait au sens où on l'entendait jusqu'alors. L'utilité du badge s'évaporerait. Ainsi que le résuma plus tard l'un des collaborateurs de Blue Verified : « Il était tellement évident qu'on courait à la catastrophe que le boulot de l'équipe s'est vite résumé à tout faire pour que ce soit la catastrophe la plus sûre possible. »

Crawford et ses collègues s'échinèrent à développer des garde-fous pour protéger la fonction première du processus de vérification. Le 31 octobre, ils présentèrent deux hypothèses de travail à Musk et son équipe. Dans la première, il y aurait deux badges : ceux qui disposaient déjà de badges d'authentification les garderaient, leur couleur désignant leur importance, et ceux qui l'achèteraient via Blue Verified obtiendrait des badges transparents. Afin d'illustrer cette différence, l'équipe avait réalisé deux faux tweets. Le premier, publié par le compte authentifié @JoeBiden, incitait les citoyens à aller voter. L'autre, issu du compte Blue Verified @JoeB1den, qui avait remplacé le « i » par un « 1 », déclarait « la guerre nucléaire à la Russie ». La seule chose qui distinguait les deux comptes, à part ce discret changement d'épellation, était le badge transparent du faux Joe Biden.

Dans l'autre version proposée par l'équipe Blue, les deux comptes présentaient des badges identiques. Mais en plus de ce badge, les comptes officiels tels que @JoeBiden se verraient adjoindre un libellé statuant sur leur importance. Dans le cas de Biden, son vrai compte portait la mention « Membre officiel du gouvernement des États-Unis ».

Certains amis de Musk ne virent cependant pas d'un bon œil ces procédés visant à distinguer les deux catégories de porteurs de badges. La première version donnerait l'impression aux abonnés d'être des « citoyens de seconde zone », ainsi que l'écrivit Sacks dans un e-mail le soir même, ajoutant que cela « dissuaderait de l'achat du badge ». Il semblait plutôt pencher en faveur du second choix, mais conseillait de limiter les libellés aux seuls représentants du gouvernement.

Le message de Sacks fut le point de départ d'une discussion via e-mails. Crawford défendit la question de l'esthétique des badges, cruciale pour les travaux à venir de l'équipe, et bientôt les interventions de plusieurs ingénieurs, de Krishnan et de l'assistante personnelle de Musk vinrent grossir le fil des mails. Sachant que leur patron lisait leurs échanges, chacun se sentait dans l'obligation d'ajouter son grain de sel.

« Il y a trop de cuisiniers dans la cuisine, là, finit-il par écrire. À long terme, on pourra introduire de nouveaux niveaux avec d'autres fonctionnalités, mais l'objectif dans l'immédiat est de maximiser aussi vite que possible le nombre d'utilisateurs vérifiés afin d'améliorer l'expérience usager pour tout le monde (vérifié ou non) sur Twitter. »

* * *

L'obsession de Musk vis-à-vis de Blue dépassait la simple question du design. Il se perdait aussi en tergiversations quant au prix du futur badge. De leur côté, les annonceurs se défilaient les uns après les autres, et les revenus de Twitter étaient en chute libre. Sacks pesait de tout son poids pour que l'abonnement passe de 4,99 dollars par mois à 20 dollars par mois. Un prix inférieur aurait selon lui nui à l'image de Blue, qu'il envisageait comme un produit de luxe. Dans ses e-mails, il comparait Blue à un sac à main haute couture.

« Chanel pourrait se faire une fortune en vendant un sac à 99 dollars, mais ça ne pourrait être qu'une opération ponctuelle, expliquait-il. Une "offre promotionnelle", ce n'est peut-être pas ça qu'on veut. Une marque de luxe peut toujours s'essayer au bas de gamme, mais il est très dur de retourner au haut de gamme quand on a flingué la marque. »

Calacanis n'était pas du tout d'accord. « L'abonnement devrait être de 99 dollars par an », déclara-t-il. Durant une réunion, il se lança dans un laïus pour expliquer que les usagers seraient plus enclins à débourser 100 dollars par an si on abaissait le prix à 99 dollars, comme s'il venait tout juste de regarder une vidéo YouTube expliquant les principes fondamentaux de la psychologie du consommateur.

Musk semblait plutôt pencher en faveur de Calacanis que de Sacks, non sans un bémol : il avait horreur du chiffre 9. Celui-ci n'apparaissait nulle part sur le site officiel de Tesla, et Musk avait le plus grand mépris pour les tentatives de manipulation des clients.

« C'est débile. On ne fait pas ce genre de choses, ça n'a aucun sens, réprimanda-t-il.

– D'accord, on n'a qu'à dire 100 dollars, mais 99 ce serait bien mieux », concéda Calacanis.

Musk demanda également conseil à son biographe. « Walter, tu en penses quoi ?! » lança le milliardaire pendant une réunion au sujet du prix.

« L'abonnement devrait être accessible à tous, répondit Isaacson, qui n'était plus cantonné au rôle de simple observateur. Il faut vraiment fixer un prix bas, parce que ça parlera à tout le monde. »

Pour tous ceux qui travaillaient sur le projet Blue Verified, ces débats étaient plus que déstabilisants. Musk, censément leader de génie qui avait bâti des compagnies d'une valeur de plusieurs milliards de dollars, se reposait entièrement sur son tout premier cercle de conseillers qui n'avaient quasiment pas la moindre expérience dans le domaine des réseaux sociaux. Bien sûr, tous utilisaient Twitter, mais ces hommes riches n'étaient pas du tout représentatifs des centaines de millions de personnes qui dans le monde entier se connectaient chaque jour à la plateforme. Ils faisaient des choix uniquement au doigt mouillé, en se fondant sur leur petite expérience personnelle dans leur atmosphère filtrée, et Musk gobait tout ce qu'ils pouvaient lui raconter.

Il avait quasiment accepté le prix de 100 dollars annuels pour Blue quand, à l'occasion d'une énième réunion à ce sujet, son assistante Jehn Balajadia se sentit obligée d'intervenir.

« De plus en plus de gens n'ont même plus de quoi faire le plein, en ce moment », dit-elle pour illustrer l'inflation galopante. Il était difficile de s'imaginer ces mêmes personnes débourser 100 dollars rubis sur l'ongle pour un signe honorifique circonscrit à un réseau social.

« Mais c'est comme pour les iPhone, tout le monde en a, répliqua Musk. Si on peut s'acheter un iPhone, on peut carrément s'offrir cet abonnement. »

Il réfléchit un instant avant de reprendre : « Vous savez un peu ce que les gens dépensent quand ils vont dans un Starbucks ? C'est genre quoi, quelque chose comme 8 dollars, non ? » Avant que quiconque ait le temps de soulever la moindre objection, il sortit son téléphone pour graver sa décision dans le marbre.

« Le système seigneurs/paysans actuellement en cours sur Twitter sur qui porte le badge bleu et qui ne le porte pas est nul à chier, tweeta-t-il le 1er novembre. Le pouvoir au peuple ! Blue pour 8 dollars/mois. »

* * *

Crawford se rapprochait de plus en plus de Musk, nourrissant ce lien privilégié par de fréquents messages personnels, et les membres de son cercle rapproché commencèrent à s'ouvrir à elle. Dans le chaos des tout premiers jours de novembre, Balajadia prit le temps d'un tête-à-tête avec Crawford afin de lui expliquer la meilleure façon d'appréhender Musk. Elle était l'une des rares femmes qui avaient la confiance pleine et entière de Musk, et même si sur le papier elle était coordinatrice des opérations pour The Boring Company, elle était dans les faits son aide de camp. Elle gérait son agenda, l'accompagnait à beaucoup d'événements publics, et installait elle-même l'ordinateur de Musk lorsque celui-ci devait s'acquitter de tâches impossibles à réaliser sur son iPhone. À l'occasion, Balajadia intervenait aussi en tant que représentante de The Boring Company, et en 2018 elle soumit une démonstration de faisabilité au conseil municipal de Culver City portant sur la construction d'un tunnel de dix kilomètres entre le QG de SpaceX, à Hawthorne (Californie), et le quartier de West Los Angeles[2]. Le tunnel ne fut jamais construit, mais Balajadia continua à vouer sa vie à Musk.

« Je vois bien que vous n'avez rien d'une figurante, alors laissez-moi vous dire une ou deux choses, déclara-t-elle à Crawford. Elon est unique au monde. Notre boulot consiste à le protéger et à faire en sorte que ce qu'il veut qu'il se passe ait lieu. Nous devons protéger sa mission. »

Ces paroles ne furent pas sans rappeler à Crawford celles qu'elle avait entendues durant son enfance au sein d'une secte chrétienne dans l'Oklahoma. Le prophète de Balajadia, c'était Musk. Elle passait beaucoup de temps loin de son enfant en bas âge pour suivre le milliardaire dans ses déplacements, mais « la mission » justifiait tous les sacrifices.

Crawford trouva ses propres techniques de communication avec Musk. Afin de s'assurer son approbation, elle évitait à tout prix de le contrarier. Peut-être essayait-elle d'être à la hauteur du personnage biblique à qui elle devait son prénom, Esther, en protégeant son peuple d'un roi et de son conseiller qui avaient décrété leur extermination. Elle découvrit assez rapidement qu'elle pouvait se permettre de s'opposer à lui, mais seulement seule à seul, quand il était de bonne humeur et ouvert à l'opinion de la personne qu'il avait face à lui. En tête à tête, Musk pouvait se montrer charmant, sincèrement engagé dans la conversation et à l'écoute des remarques avisées de son interlocuteur. Mais quand il se retrouvait au sein d'un groupe, avec des gens extérieurs à son cercle intime ou des personnes en qui il n'avait aucune confiance, son ego prenait des proportions inimaginables. En aucun cas il ne devait paraître inférieur ou mal informé. C'était là une observation connue de tous celles et ceux qui survivaient dans son orbite.

Durant une réunion, quelques jours après la finalisation de l'acquisition de Twitter, Musk se trouvait dans sa salle de conférence du premier étage, parcourant Twitter tandis que son équipe de transition discutait d'idées produit. Après avoir lu un tweet concernant le FBI et Hillary Clinton – obsession constante de la droite –, il annonça aux personnes présentes qu'il venait de rédiger un tweet à propos de Clinton, espérant susciter quelques rires. Crawford se leva de son siège. « Ce n'est pas le moment ! » s'exclama-t-elle avec emphase. Ils avaient des sujets plus pressants à traiter, et elle ne voulait pas que cela les distraie. Peut-être plus tard, suggéra-t-elle en éclatant de rire. Sa jovialité et sa théâtralité firent mouche. « Vous êtes ma conseillère tweet maintenant ? » demanda-t-il en haussant un sourcil. Le message en question ne fut jamais publié.

En plus large comité cependant, Crawford passait pour l'une des plus ferventes supportrices de Musk. Au milieu du chaos et de la dureté des premiers jours de la reprise, elle ne cessa de se montrer optimiste, donnant l'impression qu'elle s'était totalement ralliée au nouveau patron. La nuit du 1er novembre, après de longues heures passées à travailler au sein de l'équipe Blue, elle décida de tweeter une blague avec l'aide d'un collaborateur. Elle avait amené un masque pour les yeux et un sac de couchage pour ses siestes au bureau, et après qu'un des designers produit du nom d'Evan Jones l'eut photographiée réellement en train de dormir, elle lui demanda de prendre un autre cliché et de le publier. Il grimpa sur un canapé afin d'avoir un meilleur angle, puis tweeta la photo, que Crawford retweeta en y ajoutant son propre message : « Quand votre équipe travaille 24h/24 des fois il faut bien #DormirOùOnTravaille. »

L'image fut relayée aux quatre coins d'Internet. Pour les détracteurs de Musk, elle symbolisait la culture délétère de la gagne qui prédominait dans la tech, et normalisait l'idée de travailler à des heures indues pour plaire au chef suprême. Pour les supporters de Musk en revanche, la photo illustrait l'impact d'un innovateur hors du commun sur une compagnie qui ne survivrait qu'au prix d'une révolution interne. En réalité, ce n'était qu'une blague habile visant à la seule glorification de Crawford elle-même. Jones et elle suscitèrent une tempête de critiques sur Twitter, et l'ingénieur voulut supprimer son tweet. Mais Crawford exigea qu'il n'en fasse rien : c'était son petit moment de gloire à elle.

* * *

Cette mise en scène ne reposait cependant pas sur rien. L'équipe Blue planchait jusqu'à très tard sur les exigences de Musk et de son équipe de transition, et mit au point un roulement qui permettait de transmettre le projet à d'autres employés à l'étranger en fonction des fuseaux horaires, afin qu'il y ait toujours quelqu'un en train de travailler dessus.

Crawford tenta de parler à Musk du risque de burn-out généralisé. Certains membres de l'équipe Blue avaient pris l'habitude de surveiller leur pouls inhabituellement rapide grâce à leur Apple Watch et de partager leurs « scores » avec des collègues afin de leur donner un aperçu de ce qu'ils vivaient au quotidien. « Je n'ai pas envie que l'équipe se tue à la tâche », déclara Crawford à son patron.

« Eh bien poussez-les juste un peu avant le point de rupture », rétorqua Musk en riant. Ceux qui assistèrent à l'échange savaient qu'il s'agissait d'une plaisanterie, mais ne purent s'empêcher de se demander quelle part de vérité elle recélait : comme tout le monde, ils avaient entendu certaines histoires qui couraient au sujet de Tesla et SpaceX.

Étant donné le très bref délai dont ils disposaient, les membres de l'équipe Blue savaient qu'ils avaient toutes les chances de lancer un produit tout juste viable, et qu'ils en seraient réduits à croiser les doigts pour qu'aucun gros bug ni aucun vrai problème ne surviennent. Ils redoutaient parfois d'aller trop vite en besogne et d'enfreindre certaines règles sans même s'en rendre compte. Durant une réunion, Crawford souleva un éventuel écueil. Les avocats de la compagnie les avaient prévenus qu'en vertu de certaines lois de protection du consommateur en vigueur à l'étranger, la compagnie pourrait se voir dans l'obligation de rembourser les abonnés suspendus par Twitter pour avoir violé le règlement.

« Je m'en tape, lui répondit Musk. Rien à foutre. Est-ce que je vous donne l'impression d'avoir peur des batailles juridiques ? En avant toutes. Finissez-moi ça. »

La seule chose qui semblait pousser Musk à un semblant de sens des responsabilités était sa peur d'une humiliation publique sur Twitter. Au milieu d'une autre réunion, il déclara que la députée Alexandria Ocasio-Cortez, tweetos influente et idole de la gauche progressiste, l'incendierait si la relance de Blue ne se passait pas au mieux. Calacanis renchérit, en avançant que selon lui Ocasio-Cortez se présenterait un jour comme candidate à l'élection présidentielle.

Les ingénieurs de Tesla et SpaceX disaient souvent pour plaisanter que les seules lois auxquelles ils obéissaient étaient celles de la physique, et les exigences de Musk. Chez Twitter, l'équipe Blue sut vite à quoi s'en tenir. Durant cette même réunion, Musk voulut relire les présentations de Twitter Blue qui seraient utilisées en ligne et sur l'App Store d'Apple. « "Propulsez-vous en tête des réponses, des mentions, des recherches, et des sujets" », lut-il à haute voix. « Enlevez la virgule avant "et". Je trouve que ça gêne la lecture. »

Fan de l'*Oxford comma**, Crawford essaya de la défendre. « J'ai un avis tout à fait opposé sur les virgules, dit-elle en souriant. Certaines des personnes présentes remuèrent sur leur siège.

– Quel dommage, c'est moi qui décide », rétorqua Musk.

* * *

Le développement de Twitter Blue se doubla d'une crainte croissante de possibles usurpations d'identité. Que se passerait-il si un faux compte vérifié de caserne de pompiers locale annonçait une urgence ? Ou si le faux compte d'un politicien ou d'une autorité électorale induisait les citoyens en erreur sur un vote à venir ?

* Virgule placée avant le dernier membre d'une énumération, pratique commune en anglais mais contraire aux règles typographiques françaises. (N.d.T.)

L'élimination des interférences en période électorale était extrêmement importante pour les employés de Twitter. Le Brésil, l'un des plus gros marchés de Twitter hors des États-Unis, avait élu son nouveau président le week-end qui avait suivi la prise de contrôle de la compagnie par Musk. Jair Bolsonaro, le sortant d'extrême droite, dut céder sa place à Luiz Inácio Lula da Silva, mais déclara qu'il s'opposerait aux résultats. Tandis que Musk démantelait l'équipe chargée de la confiance et de la sécurité de Twitter, des hashtags en portugais mettant en question la fiabilité des suffrages caracolèrent en tête des tendances de la plateforme. Les salariés encore en place qui étaient liés aux problématiques d'éthique civique tâchèrent de déterminer de quelle façon Bolsonaro, avec qui Musk prétendait s'entretenir à l'occasion, pourrait propager de fausses informations par le biais de faux comptes vérifiés.

Des usagers et des employés exprimèrent également leurs craintes quant aux élections américaines de mi-mandat qui auraient lieu le 8 novembre, craintes partagées par le FBI. Une semaine avant le jour du suffrage, un agent du groupe de travail sur les influences étrangères contacta Twitter afin de mieux comprendre ce que Musk entendait faire de Twitter Blue.

On exposa le problème au nouveau patron durant une réunion, le 3 novembre, et on l'informa que le FBI aimerait savoir si des changements seraient apportés aux comptes vérifiés des autorités gouvernementales, à l'échelle nationale comme à l'échelle fédérale. L'agence de renseignement demandait en outre si les comptes frauduleux qui se faisaient passer pour des responsables gouvernementaux seraient en mesure d'obtenir des badges d'authentification.

« De manière générale, ils s'inquiètent de tout changement susceptible de faciliter la désinformation électorale », résuma Crawford.

La réponse de Musk fut tout sauf rassurante. « On peut lancer Blue, mais on attendra la fin des élections pour changer le classement », répondit-il. Il prévoyait en effet de favoriser les abonnés Blue dans le système algorithmique, en leur donnant une plus grande visibilité sur la plateforme.

Musk déclara également qu'il donnerait un « badge officiel » à toute entité gouvernementale « d'importance » afin d'indiquer qu'il s'agissait d'un compte authentifié, sans pour autant préciser ce qu'il entendait par « d'importance ».

Les salariés savaient qu'il était impossible de passer au crible les milliers de comptes vérifiés susceptibles de traiter des élections américaines et de déterminer ceux qui méritaient un badge « officiel », cinq jours à peine avant le vote.

* * *

Le 4 novembre au soir, alors que la vague de licenciements ravageait la compagnie, Crawford et son équipe soumirent leurs ultimes modifications en vue du lancement de Twitter Blue via l'App Store d'Apple. Dans un premier temps, l'abonnement ne serait disponible que sur des appareils Apple, en partie parce que le temps leur avait manqué pour peaufiner l'application Android, mais aussi parce que Musk entendait profiter des systèmes d'authentification et de paiements d'Apple. Tout utilisateur d'appareil Apple et tout client de l'entreprise à la pomme était associé à un identifiant personnel, ce qui selon Musk allégerait le travail de vérification de Twitter.

Le milliardaire appela Crawford pour la féliciter personnellement. Ce fut pour elle un grand moment de reconnaissance. La directrice produit avait prouvé à Musk que les équipes de Twitter savaient faire le job. Mais toutes ses félicitations ne suffisaient pas à soulager la tristesse de Crawford qui vit plusieurs de ses collaborateurs ayant travaillé sur le projet se faire renvoyer.

En outre, la volonté de Musk de lancer l'abonnement dès le 7 novembre était loin de la rassurer. Malgré les mises en garde du FBI, le nouveau patron de Twitter ne semblait pas voir où était le problème.

Ce vendredi-là, sur un canal Slack ouvert à toute la compagnie, un salarié critiqua ouvertement ce choix dans la date. « Pourquoi activer les abonnements un jour avant les élections, au risque que des groupes malveillants détournent cette nouvelle fonctionnalité pour interférer dans ces élections ? » demanda-t-il.

Au cours d'une conversation privée, Crawford tenta une dernière fois de convaincre son patron. « Vous voulez vraiment qu'on vous tienne responsable des résultats des élections ? » lui dit-elle.

– C'est pour quand, au fait ? demanda Musk.

– Dans deux jours », répondit Crawford, stupéfaite qu'il ait oublié la date de l'événement à propos duquel son équipe et elle n'avaient cessé de le mettre en garde depuis le tout début du projet.

Musk observa un silence pour digérer l'information. « Oh, ça m'était complètement sorti de la tête, finit-il par déclarer. D'accord, très bien. On peut attendre. Attendons encore un peu, hein ? »

Le lancement fut reporté au 9 novembre.

36

Élections

Le 4 novembre, le vendredi qui suivit le « Snap », Musk était de méchante humeur. Il avait l'habitude d'être sous les feux des projecteurs, mais le chaos généré par sa reprise de Twitter l'avait hissé à un niveau d'exposition bien supérieur à ce qu'il avait connu jusqu'alors. Musk était devenu le personnage principal de la plateforme, chacune de ses décisions était analysée et vilipendée par les usagers. Twitter avait une valeur bien inférieure à celles de Tesla et SpaceX, mais c'était un pôle culturel et médiatique, et l'un des sujets de discussion préférés de ses utilisateurs était Twitter même.

Musk répondit aux critiques comme il l'avait toujours fait : en tweetant lui aussi. Emporté par son agitation intérieure, il publia 105 tweets durant ce week-end. Agacé par l'avalanche d'accusations dont il était la cible, il changea la description de son profil : de « Chef Twit », il devint « Opérateur du bureau des plaintes de Twitter ».

Au début de son flot de tweets, il se concentra sur les annonceurs. Après avoir passé une semaine à tenter de les rassurer, Musk accusa des « groupes militants faisant pression sur les annonceurs » d'être responsables de la « chute brutale de revenus » de la compagnie, et il généralisa son propos en pointant du doigt les militants au sens le plus large du terme, qui selon lui n'avaient pour but que d'annihiler la liberté d'expression. Puis il passa carrément aux menaces, promettant le vendredi soir de lancer une « campagne thermonucléaire » où il citerait nommément tous les annonceurs qui osaient ne plus dépenser un sou sur la plateforme.

Tout au long du week-end, il publia des plaisanteries sur le thème de la masturbation qui visaient Mastodon, un autre réseau social vers lequel des utilisateurs menaçaient de migrer à cause de Musk. Il envoya des piques à l'humoriste Kathy Griffin, qui avait transformé son compte en parodie du sien afin de tester les limites de la « liberté d'expression », et s'était fait bannir par le milliardaire. Et pour couronner le tout, Musk répondit à un tweet qui citait un raciste nationaliste blanc. Musk s'exprimait toujours sans filtre, mais ce week-end marqua un nouveau jalon.

Le lundi matin, les employés tombèrent sur un tweet particulièrement ahurissant de leur patron.

« À tous les électeurs non partisans, avait écrit Musk le dimanche 6 novembre, deux jours avant les élections de mi-mandat. La cohabitation efface les excès des deux partis, c'est pourquoi je recommande d'élire un congrès républicain, le président étant démocrate. »

Ce tweet était le énième indice de sa bascule à droite. En juin, Musk avait prédit un « tsunami rouge »* pour les élections de mi-mandat, et en août il avait été l'invité spécial du chef de l'opposition républicaine à la Chambre des représentants, Kevin McCarthy, à une convention dans le Wyoming, durant laquelle il s'entendit comme larrons en foire avec des politiciens qui quelques années auparavant auraient été les cibles de sa colère à cause de leurs liens avec l'industrie pétrolière et leur déni du réchauffement climatique[1]. Il s'était trouvé un nouveau nid politique, et invitait ses supporters à l'y rejoindre.

* Traditionnellement aux États-Unis, la couleur rouge est associée au Parti républicain, la bleue au Parti démocrate. (N.d.T.)

Les précédents chefs de Twitter n'avaient pas ménagé leurs efforts pour donner l'impression que la plateforme était d'une parfaite impartialité politique. À titre personnel, Dorsey avait contribué à financer les campagnes présidentielles de candidats tels que Tulsi Gabbard et Bernie Sanders, mais il ne s'était jamais servi de son compte pour conseiller aux citoyens de voter en faveur de tel parti ou de tel candidat. Comme beaucoup d'autres compagnies, Twitter s'était doté d'une commission d'action politique, supprimée en 2020 lorsque l'entreprise décida d'interdire toute publicité politique, en avançant que l'influence devait être acquise, et non achetée.

* * *

Le lundi 7 novembre, les juristes qui avaient survécu aux licenciements se connectèrent à 8 h 30 pour un briefing en visioconférence conduit par Spiro. Sur la mosaïque qui s'emplissait peu à peu des visages des participants, Spiro apparu soudain, vêtu d'un T-shirt moulant sur lequel on pouvait lire « ARMY ».

À en juger par les mines renfermées qui s'affichaient sur son écran, il devina que les quarante membres des équipes juridique et de politique publique se méfiaient de lui. Ils attendaient de lui des garanties. Il s'efforça donc de leur parler dans un langage qu'ils seraient à même de comprendre. Il les informa que la vague de licenciements était passée et qu'un nouveau chapitre s'ouvrait à présent pour Twitter. Les coupes dans le budget se poursuivraient, mais la compagnie réduirait ses coûts en annulant des contrats, pas en congédiant d'autres salariés.

« Écoutez, je sais que c'est dur, mais il faut vraiment s'accrocher, dit Spiro. N'oubliez surtout pas qu'Elon est le type qui fabrique des voitures électriques et lance des fusées dans l'espace. » Sa foi dans les superpouvoirs de son patron paraissait sans limites. Il leur promit qu'un avenir radieux les attendait.

« Ça va nous rapporter tellement d'argent, à tous ! », continua-t-il alors que certains visages grimaçaient déjà. Les juristes lui demandèrent qui serait leur supérieur. Durant les jours qui avaient suivi l'achat, l'avocat de Musk avait passé beaucoup de temps au quartier général de la compagnie, s'imposant dans les décisions juridiques et relatives à la politique de l'entreprise, et certains observateurs se demandaient si Spiro n'avait pas pour objectif de diriger tout bonnement le service juridique.

« Vous vous dirigerez vous-mêmes, répondit-il. Chaque équipe dispose d'un chef et je ne crois pas aux délimitations hiérarchiques. Aucune règle ne nous impose de nommer un directeur juridique. On n'est plus dans ce monde-là. » En outre, il expliqua qu'il n'aurait pas été très utile d'engager quelqu'un qui avait toutes les chances de se faire renvoyer dans les trois semaines, à la première contrariété du patron.

Les juristes de Twitter tâchaient de ne rien laisser paraître de leurs sentiments, mais s'échangeaient des messages privés pendant que Spiro poursuivait son laïus. Certains avancèrent que le refus de Musk de nommer des cadres était tout à fait cohérent : dans ses choix de licenciements, le milliardaire avait clairement exprimé le mépris qu'il vouait aux chefs de service, comme s'il tenait à prendre toutes les décisions lui-même. L'un des juristes exposa le plus succinctement possible l'opinion qu'il se faisait du bras droit juridique de Musk : « Ce mec est vraiment un sale con. »

Ils insistèrent auprès de Spiro pour savoir quel serait leur rôle au sein de la compagnie, et comment Musk entendait la diriger. Spiro leur répondit que le patron en personne répondrait à ces questions en temps voulu. « Mais ne vous réjouissez pas trop. Si vous vous étiez retrouvés face à Elon, ç'aurait bardé pour au moins la moitié d'entre vous », ajouta-t-il.

Les juristes devraient à présent travailler sans attendre les consignes de qui que ce soit. « N'ayez pas peur de lui poser des questions, déclara Spiro. Personne ne se fera virer, même s'il vaudrait mieux réfléchir à deux fois avant de l'interroger en présence de cinquante autres personnes. » Spiro savait bien que le plus sûr moyen de convaincre Musk était de le prendre entre quatre yeux.

Au fil des questions et des réponses, il se fit de plus en plus bravache. On l'interrogea sur l'extrême soudaineté des licenciements, et on lui demanda si des lois du travail avaient été enfreintes dans le processus. D'autres voulaient également savoir comment Musk envisageait de se conformer aux nouvelles règles mondiales sur les compagnies de réseaux sociaux qui entreraient très prochainement en application.

« Je vais vous dire : ça fait très longtemps que je connais Elon, déclara Spiro en fixant des yeux sa webcam. Elon est prêt à prendre énormément de risques juridiques. » Certains des participants plongèrent la tête dans les mains, effondrés de voir un avocat aguerri tenir de tels propos. « Il envoie des fusées dans l'espace, poursuivit Spiro. Si ce qu'on a à redouter de pire, c'est une requête de la FTC, on peut dormir sur nos deux oreilles. »

Enfin, faisant écho à la volonté de Musk de sanctionner tout salarié à l'origine de fuites dans la presse, Spiro prévint : « Les gens qui travaillent pour des compagnies ne sont pas censés parler aux médias. Ceux qui le font et qui me prennent pour un imbécile, je voudrais qu'ils sachent que je suis au courant, que j'observe tout ça et que j'y mettrai le holà au moment que je choisirai. » La visioconférence s'acheva peu après cet avertissement.

* * *

Plus elle travaillait sous la supervision de Musk, plus l'équipe Blue prenait conscience que ses décisions étaient fondées sur sa seule intuition. Le succès qu'il avait connu en bâtissant deux compagnies révolutionnaires l'avait convaincu (et ses alliés avec lui) d'être le dieu des décisions produit. Personne n'était plus ou mieux qualifié que lui, et il ne se privait jamais de le rappeler.

Malgré les responsabilités qui le liaient à ses autres compagnies, Musk semblait toujours disponible, au mieux en présentiel, au pire par messagerie ou e-mail, et il tenait à décider de tout, y compris sur les sujets les plus accessoires. Après la première tournée de licenciements qui avait éliminé un très grand nombre de cadres et de responsables, Musk se retrouva avec plus de cent personnes directement sous ses ordres.

L'intensité du rythme de travail (les journées de dix-huit heures, les messages au beau milieu de la nuit, les changements d'avis brutaux) ne tarda pas à les user. Même Crawford commençait à tirer la langue. Elle marchait sur un fil, en équilibre constant entre la nécessité de contenter Musk et celle de limiter les dégâts qu'il pouvait infliger à la plateforme et, comme elle le fit remarquer dans certains de ses rapports, la situation devenait intenable. Après une réunion au cours de laquelle Musk exigea que l'équipe Blue retire une fois de plus toute désignation officielle des comptes vérifiés, Crawford confia à une collaboratrice : « Je n'ai aucune envie que l'effet Dunning-Kruger interfère avec nos décisions à ce sujet. »

À l'instar d'autres employés, elle comprenait que l'expertise de Musk dans d'autres domaines ne l'aidait absolument pas à comprendre le fonctionnement de Twitter. Au cœur de SpaceX, il y avait un problème relevant des sciences physiques. Tesla représentait un défi industriel. Mais Twitter posait des questions d'ordres social et psychologique. Au-delà du défi technique qui consistait simplement à faire tourner l'un des sites les plus fréquentés au monde sans qu'il plante, l'essence même de la compagnie consistait à entrer en empathie avec d'autres êtres humains pour comprendre ce qui les faisait revenir sur la plateforme, ce qui les poussait à partager leurs réflexions sans filtre, à cliquer, à s'impliquer et à lire tout ce qui atterrissait sur leur timeline. Et il apparaissait clairement que Musk avait les plus grandes difficultés à comprendre comment l'écrasante majorité des usagers se servait de la plateforme.

« Survaloriser sa propre expérience, c'est dans la nature humaine, déclara un membre de l'équipe Blue après avoir quitté l'entreprise. Mais du fait de son pouvoir et de sa richesse, rien n'empêche jamais Elon de prendre une mauvaise décision sur la base de son expérience personnelle, par définition limitée. »

* * *

Tandis que les employés survivants s'escrimaient à préparer la plateforme aux élections de mi-mandat, Musk se concentra sur sa priorité du moment : les coupes dans le budget.

« En ce qui concerne la réduction des effectifs de Twitter, nous n'avons malheureusement pas d'autre choix étant donné que la compagnie perd 4 millions de dollars par jour », tweeta-t-il quelques jours auparavant. Ce que son tweet omettait d'évoquer, c'étaient les 13 milliards de dollars de dette qu'il faisait peser sur la compagnie, une véritable bombe à retardement qui selon lui ne manquerait pas d'exploser si l'économie mondiale poursuivait sa chute. Il avait chargé Davis de trouver d'autres moyens de réduire les dépenses de Twitter, et son thuriféraire avait immédiatement convoqué des réunions avec les membres de l'équipe responsable de la planification financière.

Au cours de l'une d'elles, Davis, dont la mine maladive indiquait bien qu'il avait pris l'habitude de dormir au bureau afin de suivre le rythme frénétique imposé par Musk, demanda à un financier où il pouvait commencer à écrémer. L'employé ne cacha pas sa surprise.

« Vous voulez parler des équipes ? » demanda-t-il, quelques jours à peine après avoir vu la moitié de la main-d'œuvre prendre la porte.

Davis éclata de rire. « C'est déjà fait, ça ! répondit-il. À présent il va falloir tailler dans le budget, à hauteur de 500 millions de dollars. »

C'était un chiffre absolument ahurissant. En 2021, les frais généraux et administratifs de la compagnie (qui englobaient les loyers des bureaux dans le monde entier, les avantages des salariés, la nourriture et les fournitures) s'élevaient à 580 millions de dollars[2]. Et Davis et Musk entendaient à présent amputer la compagnie d'une somme équivalant ce budget. Le coût des centres de données, les repas des salariés, les dépenses liées aux logiciels… rien n'était tabou.

* * *

Mardi en fin de journée, Musk entra dans sa salle de conférence du premier étage du 1 Tenth alors que les premiers résultats des élections de mi-mandat commençaient à fuiter. Ils semblaient suggérer que « le tsunami rouge » prédit par le chef de Tesla ne serait qu'une vaguelette, mais Musk semblait bien plus se soucier du présent rendez-vous avec les directeurs financiers de Twitter qui devaient lui soumettre leur analyse des dépenses, prévisions de vente et économies potentielles de la compagnie. Une trentaine de personnes étaient réunies autour de la table en chêne pour se présenter à leur nouveau patron et lui expliquer ce qu'elles faisaient. Quand l'un des salariés se présenta comme chef des prévisions revenus, Musk l'interrompit.

« Justement, je voulais vous demander : quel est votre pronostic pour l'économie globale en 2023 ? fit le milliardaire. Parce que j'ai parlé aujourd'hui à Ari Emanuel, qui m'a dit que l'économie allait sérieusement dévisser. »

À la mention de ce nom, plusieurs sourcils se haussèrent. Musk prenait donc en compte les conseils d'un magnat d'Hollywood. Le chef des prévisions revenus tâcha d'expliquer de son mieux que Twitter avait vu ses revenus baisser à cause de la guerre en Ukraine, de la pandémie et des manifestations anti-racistes à la suite du meurtre de George Floyd par un policier, et souligna le fait que des événements à l'échelle internationale avaient un impact certain sur la façon dont les annonceurs engageaient leurs fonds. Musk hocha la tête tout au long de l'explication, puis demanda comment Twitter avait traversé la grande récession de 2008. Un des participants intervint pour préciser que la compagnie ne générait aucun revenu à ses tout débuts, et Musk se lança alors dans un long laïus sur Tesla, que cette crise financière avait failli faire définitivement sombrer.

« Ça m'a traumatisé », confia-t-il aux employés réunis, avant de répéter qu'il avait la conviction que l'économie mondiale était au bord du gouffre.

Puis il exprima sa ferme volonté de soutenir personnellement sa toute nouvelle acquisition : « Cela n'a pas été rendu public pour le moment, mais j'ai encore vendu une partie de mes actions Tesla afin de réinjecter des liquidités dans Twitter », déclara-t-il. Dans des documents qu'il avait communiqués à la SEC plus tôt dans la journée, Musk révélait qu'il avait vendu 19,5 millions d'actions Tesla, d'une valeur avoisinant les 4 milliards de dollars[3].

Durant la majeure partie de ces deux heures de réunion, Musk écouta attentivement les employés qui lui expliquèrent tout ce qu'il y avait à savoir sur les frais de Twitter. Il se montra plutôt raisonnable envers ces salariés, dont beaucoup interagissaient directement avec lui pour la première fois. Ils n'eurent pas l'impression d'avoir face à eux un désaxé incendiaire, mais quelqu'un d'assez apte à assumer ses fonctions de directeur général. Ils savaient en outre qu'il n'entendait pas diriger l'entreprise comme l'avaient fait ses prédécesseurs. Il voulait vraiment dégraisser la compagnie, et s'était déjà demandé à voix haute pourquoi les salariés de Twitter avaient été aussi choyés jusqu'à présent.

Lorsqu'un responsable aborda les baux locatifs de Twitter à l'échelle internationale, Musk fronça les sourcils et remua sur son siège. La compagnie avait des bureaux un peu partout, de San Francisco à Singapour en passant par Londres, et certains baux, très longs, avaient été signés à un prix bloqué. Musk n'en croyait pas ses oreilles.

« Je me fous de ce qui est écrit sur ces contrats, déclara-t-il.

– Mais certains de ces baux nous engagent pour les trente ans à venir, objecta un autre directeur financier. Nous ne pouvons plus négocier. Nous avons signé. »

– On peut tout renégocier, répondit Musk. Nous renégocierons, sans quoi les loyers tomberont à 0 dollar. »

Ces mots devinrent paroles d'évangile, dûment relayées par Davis. Les employés responsables des relations non seulement avec les sociétés de gestion de bureaux, mais également avec les fournisseurs de logiciels, les fournisseurs de services cloud et même les fournisseurs d'avantages salariés, revinrent vers leurs partenaires pour leur demander une très grosse remise. Le contrat signé par l'ancienne direction n'avait plus la moindre importance. Un nouveau patron se trouvait à la tête de l'entreprise, et ils ne pouvaient rien y faire.

Là encore, cela avait tout d'une manœuvre mafieuse. Pour un grand nombre de ces fournisseurs tiers, Twitter, en tant que grosse marque à la visibilité internationale, était un client exceptionnel. C'était particulièrement vrai pour les propriétaires de bureaux dans des grandes villes telles que San Francisco et New York, où les loyers de ce type de biens avaient considérablement baissé durant la pandémie. La tendance du distanciel aidant, la demande d'espace de bureaux avait chuté, et Musk et ses sbires n'étaient pas sans le savoir. Si les propriétaires refusaient de revoir les loyers à la baisse, Twitter cesserait tout bonnement de les leur verser. Musk savait que sa compagnie était trop grosse pour être expulsée de ses quartiers généraux, et pour les locaux plus modestes, comme ceux de Boulder et Seattle, c'était le meilleur moyen de résilier le bail.

À mesure que la réunion empiétait sur la soirée, certains participants craignirent de ne pas pouvoir se rendre à temps à leur bureau de vote. À la faveur d'un de ces coq-à-l'âne dont il avait le secret, Musk leur confia qu'il voterait républicain afin que le pays se retrouve au centre de l'échiquier politique. Il avait déjà fait part de ses intentions de vote sur Twitter, mais les salariés présents s'étonnèrent que leur directeur général prenne position sur des questions politiques en pleine séance de travail.

Les registres de vote indiqueraient par la suite que Musk n'alla même pas voter.

37

Attaque de zombies

Le 9 novembre, Crawford arriva au quartier général de bonne heure. Son heure de gloire avait sonné : la nouvelle version de Twitter Blue était fin prête. Elle fut la première de son équipe à s'installer dans une salle de conférence du neuvième étage, alors que le soleil se levait sur le centre-ville.

Cependant, sans même mettre un pied au bureau, Musk avait déjà gâché sa joie. Il n'avait cessé de tergiverser sur la question de savoir s'il fallait créer d'autres badges afin de déterminer l'identité d'une personne ou d'une organisation en plus de la coche bleue d'authentification, fonctionnalité que Crawford tenait à sauvegarder. L'une des personnes les plus influentes à ce titre sur les réflexions de Musk n'était autre qu'Isaacson, son biographe officiel, déterminé à le convaincre de ne retenir que les badges des abonnements Blue.

« J'en ai parlé à Walter, informa Musk au cours d'une réunion. Et Walter soulignait que la force de Twitter est d'offrir un espace démocratique où les leaders mondiaux et les gens normaux se retrouvent sur un pied d'égalité. Il a dit qu'il fallait éviter d'instituer un système de classes, et ouais, je suis d'accord. Walter est un type très intelligent. »

Malgré cela, Crawford et son équipe étaient parvenus à convaincre Musk d'accorder des badges « officiel » à certains comptes de très, très haut rang. Elle les déploya le jour des élections. Ainsi qu'elle l'expliqua dans un tweet, les badges gris et transparents qui figureraient sous le nom de certains utilisateurs permettraient de « faire la distinction entre les abonnés @TwitterBlue aux coches bleues et les comptes authentifiés comme officiels ». En gros, les badges « officiel » remplaceraient les anciennes coches de vérification, et indiqueraient aux usagers que le compte ainsi estampillé était bien celui d'une célébrité, d'une marque ou d'un politicien.

Mais le mercredi matin, Musk changea complètement d'avis. Il détestait à présent ce badge que tout le monde tournait en ridicule sur la plateforme. Le compte anonyme d'un fan de la rappeuse Nicki Minaj du nom de @ NipTuckReload, qui ne comptabilisait que cinq mille followers, avait tweeté que ces badges étaient « moches ». Le milliardaire avait fait une capture d'écran du tweet qu'il avait communiqué par e-mail à Crawford et son équipe, qui à leur tour s'étaient empressés de plancher sur un nouveau visuel avant que Musk commette l'irréparable.

En vain : à 8 h 38, Musk avait déjà tweeté qu'il jetait l'idée à la poubelle, et qu'il n'y aurait plus jamais de badge « officiel ».

« N.B. : dans les mois à venir, Twitter proposera beaucoup d'idées idiotes, publia-t-il six minutes plus tard. Nous garderons ce qui marche et changerons ce qui ne marche pas. »

* * *

Ce matin-là, Kieran appela McSweeney à Dublin. Le cadre de la sécurité et de la confidentialité avait travaillé sans compter ses heures avec Kissner, plus haute responsable de la sécurité de Twitter, et Fogarty, directrice de la conformité, pour finaliser un audit qu'ils devaient soumettre à la FTC. Cette agence veillait de près aux pratiques de la compagnie en matière de confidentialité et exigeait de recevoir des bilans trimestriels sur leurs progrès à ce sujet.

En tant que juriste du groupe, Kieran avait la charge de signer ces audits et de certifier la véracité de leur contenu. En octobre, un ancien cadre de la sécurité d'Uber avait été reconnu coupable d'avoir menti à la FTC dans le cadre d'une requête de l'agence et, bien que le verdict ne soit pas encore tombé, il pourrait se voir condamner à plusieurs années de réclusion[1]. Ce procès avait été très suivi par les cadres de la Silicon Valley, et Kieran savait parfaitement qu'il pouvait se retrouver dans une position comparable si les audits de Twitter présentaient des erreurs.

Or, dans le chaos des licenciements en masse voulus par Musk, de telles erreurs étaient inévitables. Twitter se devait de stipuler quels salariés étaient responsables des différents programmes de confidentialité, et beaucoup de ces responsables avaient été victimes de la purge. L'équipe chargée de finaliser le rapport, en sous-effectif, peinait à la tâche. Kieran, Kissner et Fogarty avaient discuté de la possibilité de ne pas apposer leurs noms au document, et avaient demandé conseil à un avocat.

Les conclusions de celui-ci étaient loin d'être réjouissantes : selon lui, Kieran et les autres cadres feraient mieux de démissionner plutôt que de signer un audit dans lequel ils n'avaient pas entièrement confiance.

Durant son échange avec McSweeney, Kieran resta sur ses gardes. Il lui dit qu'il s'était entretenu avec un avocat des obligations de Twitter vis-à-vis de la FTC, et lui demanda si elle souhaitait connaître son avis. Il refusa de le révéler à McSweeney, mais lui laissa entendre que la situation était on ne peut plus précaire.

En tant que cadre chargée de soumettre des déclarations similaires sur la confidentialité des données à des agences de régulation européennes, McSweeney tenait évidemment à être mise au parfum. Elle accepta de convoquer une réunion avec d'autres collaborateurs, basés à Dublin, afin que tous prennent connaissance de ce que l'avocat avait dit à Kieran, et décident ensuite de la meilleure marche à suivre.

* * *

Pour le lancement de Blue, Musk rejoignit l'équipe dans sa salle de commande, passant en coup de vent le seuil de la porte de verre pour venir s'asseoir au milieu des autres. Les ingénieurs et les designers se turent et se redressèrent.

« Il y a tout un tas de gens qui crèvent d'envie de me voir au tapis », déclara Musk. Il avait décidé de lancer le produit discrètement, par peur qu'une annonce officielle ne conduise à une surcharge des systèmes de Twitter.

Cela n'entachait en rien la certitude qu'il avait qu'un grand nombre de particuliers et d'organisations, qui appelaient le badge de vérification de leurs vœux ou souhaitaient simplement soutenir ses initiatives, s'empresseraient de s'abonner. « Il vaut mieux que la confusion règne un peu pour ce lancement en douceur, histoire que le système ne plante pas », dit-il aux employés. Il redoutait également un raz-de-marée d'imposteurs, d'escrocs et de plaisantins aussi impressionnant que les « attaques de zombies » de *World War Z*, le film d'horreur de 2013 avec Brad Pitt dans le rôle principal. En milieu de matinée, les médias remarquèrent l'apparition de la nouvelle fonctionnalité Blue, et publièrent des articles sur le lancement de cette nouvelle version[2].

Durant plus de six heures, Musk resta dans la salle de conférence, à l'affût du moindre accroc. Il s'agissait là de son va-tout pour Twitter, qui selon lui libérerait la compagnie de sa dépendance quasi absolue aux publicités. Il tenait à être présent pour veiller au bon déroulement de l'opération, comme pour le décollage d'une fusée SpaceX ou la livraison d'un nouveau modèle de véhicule Tesla.

Crawford et d'autres personnes présentes, comme Jonah Grant, ingénieur senior qui s'était fait happer par le projet, étaient hors d'eux. Musk avait éliminé leur badge officiel le matin même, en avançant qu'une « lutte sans merci contre l'usurpation d'identité » rendrait cette mesure inutile, sans expliquer pour autant quelles décisions il entendait prendre à ce titre. Il venait de licencier un nombre astronomique de salariés chargés de la confiance et de la sécurité, et la directrice produit demanda comment les modérateurs encore en poste étaient censés trouver des solutions pour bloquer les faux comptes. Elle exposa un scénario dans lequel un abonné Blue se faisait passer pour un représentant de l'État à l'échelle locale, avec un faible nombre de followers. Comment un modérateur pourrait-il faire la différence entre le vrai et le faux compte ?

« Nous devons prendre la pleine mesure de ce qui se passe avant d'agir, répondit Musk. Je veux observer le mieux possible et réagir avec souplesse, pas réagir par peur de quelque chose qui a autant de chances de survenir que de ne jamais arriver. »

C'était une réponse totalement lunaire. Ceux qui avaient déjà travaillé chez Twitter savaient qu'il était quasiment impossible de débusquer en temps réel la totalité des abus dont la plateforme était le théâtre, même avec des techniques automatisées et des milliers d'employés et de modérateurs extérieurs, dont beaucoup avaient été éliminés par l'équipe de Musk. Il s'agissait d'un réseau social utilisé par des millions de personnes dans le monde entier. On pouvait repérer et bannir relativement vite une personne se faisant passer pour le corps de sapeurs-pompiers de la ville de New York, mais qu'en serait-il s'il s'agissait d'un commissariat de village en Inde ? Ou un politicien ukrainien en pleine guerre ? Ou une ambassade américaine au Moyen-Orient ?

Crawford et Grant rivalisaient de diplomatie pour attirer l'attention de Musk sur ces potentiels dangers. Plutôt que de lui dire carrément qu'ils fonçaient droit dans le mur, elle présentait ces idées comme de simples cas hypothétiques, sans jamais s'opposer frontalement à son patron. « Je crois qu'il sera aussi très intéressant de voir si des éléments financés par des États étrangers s'engouffreront dans la brèche, dit-elle. Parce que parmi eux… »

Musk l'interrompit. « Ce que nous faisons ici, en associant la vérification à une carte de crédit et un téléphone, c'est la pire chose possible pour un élément subversif, déclara-t-il en remuant les mains comme un chef d'orchestre. Pas parce qu'ils ne disposent pas d'assez d'argent, mais parce qu'ils n'ont ni les téléphones ni les cartes de crédit. Voilà leur problème. On ne peut tout simplement pas produire un million de téléphones et de cartes de crédit par jour. »

Personne ne pipa mot, mais beaucoup se demandèrent ce qu'il était en train de raconter.

« Les gouvernements sont très mauvais en exécution, poursuivit Musk. C'est précisément ce que nous combattons ici. »

Musk prononça ces mots avec tant d'assurance que personne n'osa le contredire. Mais pour ceux qui travaillaient déjà dans la tech en 2016, à l'époque où la Russie s'était ingérée dans l'élection présidentielle américaine, sa réponse n'avait ni queue ni tête. Le programme Twitter Blue n'empêcherait aucun propagandiste financé par un État d'ouvrir des comptes non vérifiés, ce qui ne nécessitait ni carte de crédit ni numéro de téléphone. Et qui pouvait avoir la certitude qu'aucun élément subversif n'était en mesure de se procurer un numéro de téléphone et une carte de crédit américains pour s'acheter l'un des badges de vérification de Musk ? En 2016, la Russie, par le truchement de son Agence de recherche Internet et avec des cartes de crédit, avait acheté pour

200 000 dollars d'espace publicitaire sur Facebook afin de semer la zizanie aux États-Unis[3].

Musk exprima de nouveau sa conviction plus tard durant la réunion. Il ne tenait pas en haute estime les capacités de piratage du Kremlin pour la simple raison qu'il n'était pas parvenu à perturber Starlink, le service d'accès à Internet par satellite développé par SpaceX que l'armée ukrainienne utilisait dans la guerre contre les Russes. « Au risque que l'avenir me donne tort, je dois dire que jusqu'à maintenant ses tentatives de piratage de Starlink n'ont pas été très impressionnantes », déclara-t-il, révélant l'air de rien des secrets militaires à un groupe de simples civils.

Quand Musk quitta la salle quelques minutes plus tard pour s'entretenir avec son assistante, ceux qui avaient gardé le silence durant toute la réunion parurent reprendre soudain vie. Il ne restait plus que quelques heures avant le lancement de Twitter Blue, et ils en étaient encore à faire part de leurs inquiétudes quant à des dangers physiques bien réels. Les participants redoutaient notamment ce qui pourrait se passer à l'étranger si des agences gouvernementales ou des représentants de l'État perdaient leur authentification. « Toutes ces personnes qui dans le monde entier ne peuvent se fier qu'à un simple badge pour s'assurer qu'elles n'ont pas affaire à un usurpateur, fit Crawford, toutes ces personnes seront de fait prises en otages. »

Christian Dowell, un juriste qui supervisait le lancement, envisagea alors la possibilité que des comptes vérifiés puissent faire intervenir des forces spéciales chez des gens. « Il pourrait y avoir des morts », dit-il.

* * *

Quand Musk réintégra la salle, les conversations se turent. Les membres de l'équipe qui supervisaient le lancement pianotaient sur leurs ordinateurs, tandis que Musk gardait les yeux rivés à son téléphone. Personne ne s'était attendu à ce qu'il reste aussi longtemps parmi eux, et pourtant il était bien là, apparemment sans aucune autre obligation ni aucun rendez-vous. Il grignotait parfois pour passer le temps, avalant la moitié d'un donut en une seule bouchée, ou disait à haute voix la première chose qui lui venait à l'esprit.

« Quand je consulte maintenant mon Twitter, les pires conneries viennent des anciens authentifiés », déclara-t-il en espérant faire réagir quelqu'un.

Grant vit là une ouverture. « Qu'est-ce que vous entendez par "pires", demanda-t-il.

– Ben… les réponses les plus ennuyeuses, quoi. Le genre de réponses que je n'ai pas envie de voir, répliqua Musk, peinant à étayer son opinion. Ça ne vient pas des nouveaux comptes, mais des trous de balle d'avant. »

Musk attendait depuis longtemps de s'en prendre aux journalistes, célébrités et médias qu'il trouvait inutiles et agaçants. « Putain, qu'est-ce que je peux les détester, les anciens certifiés… », lâcha-t-il. Grant le regardait avec des yeux ronds.

Yoshimasa Niwa, employé depuis douze ans chez Twitter et maître absolu de l'application version Apple, essaya de faire comprendre à Musk le mal qu'il ferait à la plateforme en vendant les fameuses coches. Niwa avait vu un compte lambda se servir d'un programme d'intelligence artificielle pour créer une fausse photo d'une région inondée par une récente tempête au Japon, son pays natal.

« L'utilisateur du compte appelait à évacuer la zone, expliqua Niwa à Musk. Et moi-même je suis tombé dans le panneau. Imaginez la même manipulation, mais avec un badge certifié.

– Le plus probable, c'est qu'on suspendrait ce compte, répondit Musk. Et on garderait les 8 dollars. Ça paraît peu, mais les gens ont horreur de perdre 8 dollars. Alors nous verrons bien. »

Niwa le regarda en opinant de la tête, malgré son évidente contrariété. Le temps que Twitter suspende un compte de cette espèce, le mal serait déjà fait.

« Nous devons être aventureux, et nous le serons », poursuivit Musk.

Quelques minutes plus tard, il fit de ses mains une paire de pistolets. « On va tout dégommer », déclara-t-il.

Un ingénieur logiciel appela de Toronto pour interroger son patron au sujet des badges officiels. « Quel genre d'incidents justifierait à vos yeux de renouer avec ce signe distinctif, ou d'adopter n'importe quelle autre forme de différenciation entre les comptes ? » demanda-t-il.

Musk croisa les doigts et réfléchit quelques secondes. Puis il répondit en bafouillant : « S'il y a un décès ou de graves blessures ou un truc du genre, euh, enfin vous voyez, quoi. Quelque chose qui dépasse le niveau du désagrément ou de la simple confusion, ça suffirait à justifier la réinstauration. Attendons juste d'essuyer la première vague de tentatives de détournement de la fonctionnalité, et voyons ce qui se passe après. Il y aura d'abord une première offensive, comme dans *World War Z*, où des forces extérieures nous mettront à l'épreuve. Nous ne voulons pas répondre à cela. Nous voulons d'abord enrayer la vague de zombies. Si on peut l'arrêter. Je crois que nous y arriverons, et nous verrons ensuite comment les choses se résoudront. À mon avis, nous devrons faire le gros dos un moment. »

Sa réponse était tout à fait incompréhensible, mais les salariés avaient abandonné l'idée de pouvoir un jour discuter sérieusement avec Musk. Il aurait été absurde d'exiger des modérateurs de n'intervenir que lorsqu'ils tombaient sur des tweets qui dépassaient « le niveau du désagrément ou de la simple confusion », ou de leur dire d'attendre que quelqu'un soit grièvement blessé ou trouve la mort.

* * *

La hâte qu'avait Musk de sortir au plus vite ce produit l'amena à décider que les comptes qui s'abonneraient au nouveau Twitter Blue ne feraient l'objet d'aucune procédure de contrôle. Si l'usager était en mesure de fournir les numéros d'une carte de crédit, cela suffisait pour qu'il reçoive la coche, ainsi que d'autres avantages.

Et c'est précisément ce qui se passa. Un utilisateur se fit passer pour la compagnie de jeux vidéo Nintendo, acheta une coche, puis publia une photo de Mario, l'adorable plombier de la franchise du même nom, en train de faire un doigt d'honneur. Un autre compte Blue certifié se fit passer pour la marque de jouets American Girl et tweeta que l'une de ses poupées, Felicity, « possédait des esclaves ». Il y eut des fausses annonces Tesla, de faux aveux d'homicide d'un faux O. J. Simpson, et un tweet d'un faux sénateur Ted Cruz déclarant qu'il adorait manger des bébés. La belle-mère et agente de Kyrie Irving, meneur des Brooklyn Nets, contacta l'équipe partenariat de Twitter pour exiger la suppression d'un tweet émanant du compte d'un faux journaliste de la chaîne sportive ESPN qui annonçait que la superstar du basket avait été limogée de son équipe.

Dans la salle des opérations Blue, Musk consulta ces faux comptes, dont certains lui parurent hilarants. Il hurla de rire en voyant le tweet Mario, qui resta en ligne pendant plus de deux heures avant que le compte soit supprimé pour usurpation d'identité.

Grant montra à Musk un tweet qui commençait à devenir viral : « Il m'a fallu moins de vingt-cinq minutes pour créer cette fausse identité Apple anonyme à l'aide d'un VPN et une adresse e-mail jetable, y associer une carte bancaire masquée (avec l'adresse du QG de Twitter) pour obtenir un compte certifié au nom d'une célébrité, avait écrit @JackMLawrence. Imaginez ce qu'une personne ou un groupe mal intentionnés pourraient faire à ma place… »

Musk haussa les épaules : manifestement, c'était à ses yeux un faux problème. « Vingt-cinq minutes, c'est long, commenta-t-il. Merci pour les 8 dollars, mec. »

Les membres de l'équipe Blue étaient déconcertés. Musk n'avait cessé de répéter qu'on tenterait de le décrédibiliser par une vague d'usurpations d'identité en masse. Comment pouvait-il à présent rire de la chose ? Les faux tweets, pour comiques qu'ils fussent, nuisaient non seulement aux personnes et aux organisations réelles, mais aussi à Twitter. Pourtant, Musk semblait prendre plaisir à tout ce tohu-bohu.

En fin de journée, Calacanis rejoignit Musk et l'équipe Blue pour superviser les dernières heures du lancement. Les deux hommes comparèrent le nouveau système de certification à l'ouverture d'un country club au grand public ou à la suppression du cordon VIP dans un club huppé, ce qui les amena à parler de tous les lieux d'exception où ils s'étaient rendus ensemble. Devant un groupe d'ingénieurs assez peu intéressés, Calacanis évoqua le campement de l'ancien directeur général de Google, Eric Schmidt, au festival Burning Man, tandis que Musk mentionna leur récente soirée chez l'actrice Bella Thorne.

Le milliardaire avait le sentiment que le lancement s'était relativement bien passé. Il l'avait dirigé tel un général menant ses troupes à l'assaut d'une plage ennemie, remportant soixante dix huit mille abonnements au service Blue. Il y avait eu quelques ratés, mais c'était à ses yeux des pertes acceptables. Il quitta la salle des opérations à 18 heures, le cœur léger, en bavardant avec Crawford, à qui il demanda pourquoi il y avait si peu de salariés dans les bureaux.

« C'est juste que, pour moi, ça fait bizarre de voir des bureaux vides en plein jour », dit-il à sa directrice produit.

* * *

La nuit venue, cependant, tout changea. L'allégresse de la journée n'était plus qu'un lointain souvenir. Musk avait appris que certains cadres encore en place envisageaient de démissionner simultanément en signe de protestation contre sa façon de diriger l'entreprise. Et puis il y avait la question de l'audit qu'il fallait communiquer à la FTC le lendemain matin : le rapport ne ressemblait à rien, et on ne savait plus quels collaborateurs supervisaient encore la politique de confidentialité de la compagnie.

Sur Slack, un employé mit en garde ses collègues, leur disant qu'il leur faudrait certifier eux-mêmes que leurs projets étaient conformes aux règles de la FTC, ce qui ferait reposer la responsabilité légale non plus sur leurs supérieurs, mais sur eux-mêmes. « Elon a prouvé que la seule chose qui lui importait, c'était d'éponger les pertes qu'avait occasionnées sa tentative ratée de se soustraire à l'accord d'achat de Twitter », écrivit le même salarié[4].

De surcroît, Musk était de plus en plus obnubilé par les frais de fonctionnement de Twitter et par la crise économique mondiale qui, il en était certain, ne manquerait pas d'éclater dans l'année à venir. Pour la première fois depuis qu'il avait repris les rênes de la compagnie, il décida d'adresser un e-mail à l'ensemble de ses employés. « Il est impossible d'édulcorer ce que j'ai à vous dire », écrivit-il avant de les encourager à se préparer à la « mauvaise passe » qui les attendait[5].

« La route qui s'étend devant nous sera difficile, elle requerra énormément de travail », poursuivait Musk, évoquant un « tableau économique désastreux ». Les salariés, qui pendant des années avaient été autorisés à travailler de chez eux, devraient à présent passer au moins quarante heures par semaine dans les bureaux. C'était là un changement radical. Dorsey leur avait promis qu'ils ne seraient jamais plus contraints de travailler dans les murs de l'entreprise, et certains employés en avaient profité pour faire le tour du monde.

Chez Tesla et SpaceX, on avait l'habitude de ses e-mails tardifs, mais pour les salariés de Twitter la surprise fut d'autant plus désagréable que c'était la première fois que Musk s'adressait à eux tous[6].

Le milliardaire envoya un autre e-mail, plus tard encore : « Durant les jours qui vont suivre, la première des priorités est de trouver et suspendre tout bot/troll/spam certifié », écrivit-il. De toute évidence, cela ne l'amusait plus du tout.

* * *

Lorsque la journée du jeudi commença, Kissner, Kieran et Fogarty avaient déjà démissionné. C'était là le signe que ce qu'il restait de l'ancienne direction n'avait pas la moindre confiance en Musk, et c'était particulièrement inquiétant quand on considérait les responsabilités professionnelles du trio. Twitter était sur le point d'essuyer les foudres de la FTC, et les trois cadres avaient préféré partir plutôt que d'être réduits en cendres.

Kieran n'eut même pas le temps d'échanger avec McSweeney et ses collègues comme ils en étaient convenus, et l'annonce de ces démissions plongea l'Irlandaise dans l'effroi. Très vite, elle écoperait de leurs responsabilités.

Spiro intervint pour limiter la casse. La FTC avait déjà contacté Twitter au sujet de ces démissions, et pour savoir comment s'organiserait à présent le suivi de sa politique de confidentialité. Dans un e-mail adressé à Musk ce jeudi-là, Spiro expliquait que les salariés redoutaient à tort d'assumer une quelconque responsabilité pénale si

Twitter ne suivait pas les directives de l'accord passé avec la FTC. « Ce n'est tout simplement pas comme ça que ça marche. C'est à la compagnie qu'on a imposé cette obligation. C'est elle qui en porte la charge. C'est la responsabilité de la compagnie qui est engagée », écrivit-il, en mettant en copie de l'e-mail l'ensemble des effectifs de Twitter.

Quand il arriva dans les bureaux, Musk était d'humeur massacrante. Son e-mail n'avait pas suscité les réactions enthousiastes qu'il avait escomptées, et il faisait les cent pas dans son bureau, se demandant à voix haute pourquoi il y avait aussi peu de paires de fesses dans tous ces fauteuils. Les usurpations d'identité avaient continué de se multiplier durant la nuit et les médias du monde entier mettaient un point d'honneur à traiter de chacune d'elles. Musk avait beau être déjà au courant de ce problème, la pression médiatique commençait à lui saper le moral. Signe révélateur de son agacement, il passa ses nerfs en tweetant.

« J'adore que les gens se plaignent de Twitter… sur Twitter », publia-t-il en ajoutant deux émojis riant aux larmes.

Un peu après midi, Musk décida de mobiliser l'ensemble des employés de l'entreprise. Il convoqua une réunion générale, ne laissant aux salariés qu'une petite vingtaine de minutes pour se connecter et voir Musk livrer son analyse de la situation en tant que patron et propriétaire. Pendant près d'une heure, le milliardaire dressa un tableau déprimant de l'avenir de la compagnie, pour se présenter en sauveur dont le seul et unique but était de la sortir de l'impasse[7].

« Nous devons impérativement faire entrer plus d'argent que nous n'en dépensons, déclara-t-il. Si nous échouons et que le bilan est négatif, alors une faillite n'est pas à exclure[8]. »

Il dit aux salariés de se préparer à « un ou deux ans de sérieuse récession », répétant ce mot de « récession » pas moins de douze fois, et leur confia qu'à son sens l'entreprise était encore « en sureffectif ».

« Vous avez dû apprendre que j'avais vendu un bon paquet d'actions Tesla. Si je l'ai fait, c'est pour sauver Twitter. Pas parce que je n'ai pas confiance en Tesla. Je pense que la valeur de Tesla crèvera tous les plafonds dans un avenir plus ou moins proche. J'ai vendu ces actions pour Twitter. Pour que Twitter reste en vie. »

Les salariés sortirent épuisés de cette réunion. Ils s'étaient raidis à la mention de « sureffectif », qu'ils avaient interprétée comme le signe avant-coureur d'une nouvelle vague de licenciements. L'autoglorification constante de Musk les faisait grincer des dents. C'était lui qui avait chargé la compagnie d'une dette phénoménale. Tout était de sa faute.

* * *

Tandis que Musk faisait la leçon à ses employés, le nombre d'usurpations d'identités certifiées ne cessait de croître. Le matin, un faux compte Blue au nom d'Eli Lilly and Company, la multinationale pharmaceutique, avait tweeté : « Nous sommes plus que ravis d'annoncer que l'insuline est à présent disponible gratuitement. » Ce message, qui fut retweeté plus de trois mille fois et resta en place pendant près de six heures, obligea la véritable compagnie à déclarer publiquement que ce message était un faux, et qu'elle était en train de prendre les mesures adéquates contre ce genre d'usurpation et de désinformation[9]. Le cours de l'action Eli Lilly chuta de 5 % ce jour-là.

Les leaders des plus grosses entreprises de communication contactèrent l'équipe des ventes chez Twitter pour les prévenir qu'ils mettraient un terme à leurs campagnes sur la plateforme si rien n'était fait contre ces faux comptes. Des cadres de Nike menacèrent même de ne plus jamais travailler avec Twitter si le problème Blue n'était pas vite résolu.

Et comme si tout cela ne suffisait pas, il y eut une ingérence dans le processus électoral. Musk avait eu beau repousser le lancement de Blue au lendemain du jour des suffrages, certaines élections de mi-mandat étaient toujours en cours, y compris en Arizona, où les scores s'annonçaient très serrés. La bataille électorale y opposait la démocrate Katie Hobbs, secrétaire d'État de l'Arizona, et Kari Lake, une républicaine conspirationniste soutenue par Trump, qui avait bruyamment salué l'achat de Twitter par Musk et avait même promis de lui dérouler le tapis rouge s'il délocalisait la compagnie dans son État. Lake avait un retard d'à peine 0,5 % sur son adversaire quand un compte certifié se faisant passer pour le sien tweeta : « C'est la mort dans l'âme que je m'incline face à mon opposante, @katiehobbs[10]. » Le compte en question avait beau être un faux, il suscita des milliers d'« engagements* », preuve que les sottises de Musk n'épargnaient personne, pas même ses alliés politiques.

Il avait eu beau menacer de révéler les noms des annonceurs qui se retireraient de Twitter, Musk redouta très sérieusement de voir partir les plus gros clients de sa compagnie. Cette possible perte de centaines de millions de dollars de revenu compromettrait sérieusement ses affaires : il serait alors nettement plus compliqué de procéder à de nouvelles levées de fonds, d'augmenter ou de liquider la dette existante, et même, tout simplement, de rester solvable. Il bouda un moment en silence, et aux alentours de 17 heures se tourna vers un ingénieur.

* Dans le jargon des réseaux sociaux, le terme d'« engagement » désigne l'ensemble des participations des utilisateurs : de likes, retweets, partages, etc.

« Désactivez Blue, ordonna-t-il. Désactivez Blue ! »

Celles et ceux qui étaient déjà rentrés chez eux ou qui s'étaient déconnectés reçurent l'ordre de retourner dans les bureaux de San Francisco ou de rallumer leur ordinateur. Vingt-quatre heures après le lancement de ce machin qu'ils avaient été sommés de mettre sur pied au pas de charge, on leur ordonnait de tout annuler et de tout remballer. Ceux qui croisèrent Musk ne purent que remarquer sa tension et sa fébrilité : manifestement, les échanges qu'il avait eus avec d'autres hommes d'affaires l'avaient ébranlé. « C'était la première fois qu'il semblait s'être fait humilier par quelqu'un », devait remarquer par la suite l'un des salariés présents.

Les ingénieurs s'escrimèrent donc à suspendre Blue, et rétablirent le système des badges « officiels » afin de rassurer les annonceurs.

Dans les semaines qui suivirent, les sautes d'humeur et les épisodes dépressifs de Musk devinrent monnaie courante. Les menaces des annonceurs l'avaient profondément marqué, révélant un trait particulièrement humain de sa personnalité : on pouvait soumettre Musk par la peur.

* * *

Les jours suivants, certains membres de l'équipe financière reçurent de bien curieuses demandes d'agrément pour une nouvelle campagne publicitaire. Il arrivait parfois qu'un annonceur impose ainsi une grosse campagne du jour au lendemain, mais ce qui sortait de l'ordinaire en l'occurrence était l'identité de la compagnie cliente : SpaceX.

« Salut à tous, je suis en train de monter une campagne de dernière minute pour SpaceX (pour Elon) », écrivit un membre de l'équipe ventes dans le message qu'il adressa à celle des finances, avec un lien vers une série de contrats. Ces documents statuaient que les pubs pour SpaceX occuperaient la page « Explorer », en vertu d'un pack promotionnel qui coûtait plusieurs centaines de milliers de dollars par jour. « C'est urgentissime et ça vient directement d'Elon », précisa le même salarié dans un autre message.

L'incrédulité la plus profonde frappa l'équipe financière. Ses membres savaient que Twitter perdait des sommes considérables en publicité au gré des controverses suscitées par Musk lui-même. Et voilà que le nouveau propriétaire de la compagnie faisait acheter de la pub par l'une de ses entreprises au profit de l'autre, dans le but évident de réparer le joujou qu'il était le premier à abîmer.

* * *

Le départ de Kissner, Kieran et Fogarty fit souffler un vent de panique à tous les niveaux hiérarchiques de Twitter : simples employés et responsables se demandaient s'il ne valait pas mieux tirer sa révérence, à l'instar de leurs trois ex-collègues. Pacini et Roth donnèrent leur démission. Robin Wheeler, vice-présidente qui était à présent l'une des responsables ventes les plus haut placées, fit de même. Ces défections l'avaient prise de court, surtout celle de Kieran, qui avait participé avec elle à plusieurs réunions le matin même de son départ, sans jamais laisser entendre son intention.

Après avoir veillé sur la plateforme durant la période électorale, Roth se sentait prêt à quitter la compagnie. Même s'il était parvenu à dissuader Musk de réintégrer Babylon Bee, il avait le sentiment qu'à moins d'une veille de chaque instant il était impossible de maintenir le nouveau patron sur le droit chemin. Il suffisait qu'un de ses confidents lui glisse deux mots à l'oreille pour que le milliardaire s'embarque dans une nouvelle aventure inepte, défaisant joyeusement le plan raisonnable que Roth, avec force cajoleries, aurait réussi à lui faire accepter.

Les fiascos de Blue et de l'audit adressé à la FTC pesaient aussi lourdement dans la balance. Musk avait fait la sourde oreille quand on avait voulu lui parler des écueils évidents de Blue, et Roth était certain qu'à plus ou moins court terme on lui demanderait d'enfreindre la loi au nom du patron.

À 12 h 29, Roth adressa son e-mail de démission aux ressources humaines. Puis il prit sa voiture et rentra chez lui, dans la région d'East Bay. Dans la poignée d'heures qui suivirent, il reçut des messages de Musk, Spiro, Krishnan et d'autres membres du cercle de Musk, qui tous le suppliaient de revenir sur sa décision.

Musk l'appela même et, pendant une demi-heure, ils débattirent de son choix. Mais Roth demeura ferme. Il expliqua les raisons de son départ en tâchant de rester aimable : plus que tout, il craignait les représailles de Musk si celui-ci s'emportait. « J'aime autant Twitter que vous », déclara Roth. Musk accepta finalement sa démission, et le remplaça plus tard par Ella Irwin, cadre de l'équipe confiance et sécurité qui avait démissionné dans les tout premiers jours de l'achat.

Cependant, contrairement à d'autres responsables, Wheeler ne demandait qu'à être convaincue de la nécessité de rester à son poste. Elle reçut un appel de Birchall qui lui demanda d'avoir confiance en Musk, et lui promit le poste de directrice des ventes. En l'espace de quelques heures à peine, elle réalisa un virage à cent quatre-vingts degrés, convoquant presque aussitôt une visioconférence avec les sbires de Musk afin qu'ils convainquent les autres cadres des ventes de rester.

Durant un échange, l'une des cadres en question estima avoir eu sa dose de fausses promesses. Entre les licenciements et les démissions, des équipes entières chargées de la sécurité et de l'intégrité de la marque avaient été sacrifiées, et certaines avaient même été tout bonnement rayées de l'organigramme. « Est-ce que vous avez seulement un plan ? Est-ce que vous comptez remplacer tous ces gens ? » demanda-t-elle.

Spiro parut stupéfait. Bien sûr qu'il avait un plan. SpaceX et Tesla résolvaient des problèmes autrement compliqués, déclara-t-il à tous les intervenants, qu'est-ce qui pourrait empêcher l'équipe de Musk d'automatiser la modération de contenu ? Gracias intervint alors pour demander à tout le monde d'arrêter de taper sur Musk. « On ne pourrait pas faire preuve d'un peu plus d'empathie envers Elon, là ?! lança-t-il, jouant la carte de la victime au nom de l'homme le plus riche au monde. Il fait tout ce qu'il peut pour redresser la compagnie, et personne ne lui fait confiance. »

Musk devait tenter de convaincre cette cadre en l'appelant directement, et Birchall fit de même un peu plus tard. L'homme à tout faire du milliardaire reconnut que l'arrivée de l'équipe de Musk n'avait pas été des plus délicates, et il tenta d'expliquer que le manque de compréhension et de tact du nouveau patron venait du fait qu'il appartenait au « spectre » (au mois de mai, Musk avait participé à un épisode du *Saturday Night Live* où il avait dit souffrir du syndrome d'Asperger).

« Il n'arrive pas à se représenter les interprétations qu'on peut se faire de ses actes », dit Birchall. Peut-être la cadre pourrait-elle mettre un petit retour par écrit et l'envoyer à Musk ? « Le langage qu'il comprend et qu'il adore, c'est le feedback direct », déclara Birchall.

Et il révéla en outre un secret : les sbires de Musk envisageaient la possibilité d'imposer un engagement de fidélité ou un ultimatum aux salariés, afin de s'assurer qu'ils resteraient chez Twitter. La cadre n'en revenait pas. « C'est l'une des pires choses que vous pourriez faire », commenta-t-elle, en soulignant le fait qu'un bon nombre d'employés hésitaient encore dans leur choix, et n'attendaient que des raisons d'espérer. « Si vous leur imposez un ultimatum sans rien leur offrir, ils partiront sans hésiter », prophétisa-t-elle.

Toutes ces négociations lui donnèrent l'impression qu'on essayait de la retenir au sein d'une secte, et non d'une entreprise. Avant de soumettre officiellement sa démission, elle suivit le conseil de Birchall et écrivit un feedback qu'elle envoya directement à Musk. Son e-mail ne reçut aucune réponse.

Ce soir-là, Spiro contacta McSweeney en visio. Il l'informa qu'elle récupérerait une partie des tâches de Kieran et Kissner, ainsi que celles de Roth. « J'ai confiance en votre sagesse, dit-il à McSweeney. Je souhaite que vous jouiez un plus grand rôle dans la compagnie. »

L'avocat de Musk avait beau présenter cela comme une promotion, McSweeney savait qu'il n'en était rien. Roth avait dirigé une énorme équipe et assumé des responsabilités considérables, comme par exemple d'épineuses décisions sur la modération de contenu en pleine période électorale. Elle avait déjà bien assez de pain sur la planche, enchaînant de plus en plus fréquemment les journées de douze heures depuis la prise de pouvoir de Musk. Il était physiquement impossible de faire en plus le boulot de Roth. Et elle n'avait aucune envie de devenir la femme de paille de la compagnie si les choses tournaient mal avec la FTC. Elle répondit pourtant à Spiro qu'elle apporterait toute l'aide qu'elle pourrait.

38

Virée pour du shitpost

Les départs soudains de ces cadres confortèrent plus encore Musk dans la conviction qu'il avait depuis son rachat : il ne fallait se fier à aucun membre de l'ancienne direction.

Il avait lâché ses avocats sur les cadres restants, dans l'espoir qu'ils trouvent de bonnes raisons de leur refuser leurs parachutes dorés, ou tout du moins qu'ils leur mettent la pression. Dès les premiers jours de l'acquisition, Spiro et son cabinet, Quinn Emanuel, avaient adressé des courriers aux cadres restants leur demandant de conserver tous leurs documents et de se préparer à des entretiens avec des avocats dans le cadre d'une enquête interne.

Ces courriers étaient particulièrement menaçants : même s'ils n'accusaient de rien les destinataires, ils semblaient vouloir les pousser à se transformer en délateurs. « Nous pensons que vous disposez d'informations sensibles étant donné la part que vous avez prise dans les divers objets de l'enquête », disait l'une des lettres. Cette enquête engloberait les anciens rapports financiers de la compagnie, les moyens et techniques mis en place pour estimer et éliminer les faux comptes, les problèmes de sécurité soulevés par Zatko, l'allocation des ressources de l'entreprise, et les réactions liées à la récente acquisition.

Ceux qui reçurent ces lettres ou participèrent aux entretiens avec les avocats de Quinn Emanuel avaient des avis très différents sur le but recherché par Musk. Certains croyaient qu'il désirait se venger de toutes les personnes impliquées dans le procès que Twitter lui avait intenté, et se servait de cette enquête pour identifier les responsables. D'autres pensaient qu'il cherchait un moyen de mettre à nouveau en question l'accord d'achat pour revoir le prix à la baisse en arguant que l'ancienne direction avait tenté de le duper. Mais la plupart des cadres considéraient que Musk cherchait essentiellement à justifier les licenciements « pour motif personnel » d'Agrawal, Segal, Gadde et d'autres encore, afin de ne pas verser les millions de dollars d'indemnisation qu'il leur devait.

Ses sbires fouinèrent partout. Ils s'intéressaient plus particulièrement aux dépenses de la compagnie avant la reprise, raison pour laquelle Davis et les autres se concentraient surtout sur Segal. Le directeur financier avait approuvé d'énormes budgets sur des décisions contestables, comme la location de la suite du Chase Center de San Francisco pour assister aux matches des Warriors. Quand Musk eut connaissance de cette extravagance, il entra dans une colère terrible envers Segal pour ces dépenses inutiles. Ses larbins exigèrent de l'ancienne assistante de Segal un rapport détaillé des budgets approuvés par le directeur financier.

Mais sur cette affaire, les avocats de Musk ne brillèrent pas par leur sérieux. Nick Caldwell, le chef de l'ingénierie qui avait donné sa démission alors qu'il organisait les funérailles de son épouse, reçut ultérieurement un e-mail lui signifiant qu'il avait en fait été viré, entre autres raisons pour avoir approuvé les budgets fastueux du OneTeam de janvier 2020. Seul problème : il avait rejoint la compagnie six mois après cet événement.

* * *

L'échec de Blue et la vague de démissions poussèrent Musk à douter de son acquisition. Le 11 novembre, il eut ce désagréable entretien avec le data scientist qui le fustigea pour son tweet concernant Paul Pelosi. Puis il avait pris son jet pour passer le week-end à Austin, en proie à ses ruminations[1].

La paranoïa de Musk prit alors des proportions inédites. Sous la direction de Christopher Stanley, ingénieur en sécurité informatique venu de SpaceX, une équipe se pencha sur un tableur créé peu après l'acquisition qui dressait la liste des salariés les plus qualifiés et les plus anciens dans la maison afin de déterminer qui échapperait aux licenciements.

Cependant, Stanley dévoya la fonction de cette liste pour repérer les employés qui par leurs connaissances et leur expérience étaient en mesure de saboter le site et les applications de Twitter. Depuis le début, l'une des plus grandes craintes de Musk était qu'un salarié rebelle le tourne en ridicule en faisant planter la plateforme.

Plusieurs employés de Twitter tentèrent de raisonner Stanley à propos de cette curieuse enquête interne qui ciblait les plus grands talents de la compagnie. Si Musk avait si peur d'éventuels saboteurs, inciter ces ennemis à quitter l'entreprise était sans doute la meilleure marche à suivre. Dans l'état actuel des choses, l'alternative pour tout salarié mécontent qui avait réchappé aux licenciements était soit de partir sans indemnisation soit de rester et de souffrir : Musk avait tout intérêt à leur ménager une porte de sortie moins désagréable. Ou alors le milliardaire pouvait essayer de convaincre et charmer ses nouveaux employés, plutôt que de les terroriser. Stanley parut sensible à ces arguments, mais refusa de les transmettre à son patron.

Si certains tweeps vivaient une vraie tragédie, d'autres furent ravis de se soumettre à Musk. Luke Simon, directeur de l'ingénierie logicielle, n'avait pas hésité à exprimer son mécontentement envers Musk avant l'achat mais, dès la finalisation de l'acquisition, il vit dans la restructuration une occasion à saisir, et n'hésita pas à faire un selfie, pouce levé, en compagnie du milliardaire, le jour où celui-ci débarqua dans les bureaux[2]. Il dressa des listes de personnes à licencier et multiplia les heures supplémentaires afin de faire la meilleure impression possible. Sur un canal Slack où échangeaient d'autres cadres, il écrivit le samedi 12 novembre qu'il s'inquiétait des tire-au-flanc silencieux qui, épargnés par le Snap, continuaient de recevoir leur salaire sans faire grand-chose.

Tout comme Simon, certains superviseurs étaient sur le point de ramener dans le giron de l'entreprise des employés qu'ils avaient congédiés une semaine auparavant, temps qu'il leur avait fallu pour prendre conscience que certaines tâches vitales ne pouvaient être réalisées par personne d'autre. Simon avait quatre anciens employés à réembaucher pour des opérations de sécurité de marque concernant des annonceurs, mais c'était loin de le réjouir.

« Les ingénieurs que je vais rappeler sont médiocres, paresseux, pas motivés et probablement opposés au Twitter d'Elon, écrivit Simon. Ce n'est pas pour rien qu'ils ont pris la porte. »

« On doit donc garder ces personnes juste le temps que le transfert de connaissances se fasse », poursuivit-il.

Moins d'une minute après, un salarié furieux fit une capture d'écran du message Slack et le diffusa sur le canal #social-watercooler.

« @lsimon et si vous faisiez part de vos impressions à vos collègues ? » écrivit un ingénieur qui contribua au partage de l'image, ajoutant Simon à la conversation. Il y eut un grand nombre de réactions négatives envers Simon, qui ne répondit pas, et finit même par verrouiller son compte Twitter quand la capture d'écran atteignit la plateforme publique.

Musk ne s'inquiéta nullement de ce tollé, mais la fuite de ces messages ne lui plut pas du tout : elle ne fit que confirmer la conviction qu'il avait que les tweeps lui en voulaient à mort. Dimanche soir, il instaura un gel du code, redoutant que d'obscurs salariés essayent de nuire à la plateforme. Ce gel empêchait l'ensemble des employés, Musk compris, d'apporter la moindre modification sur le site et ses applications.

* * *

Le lendemain de sa confrontation avec le data scientist dont il est question au début de cet ouvrage, Musk tweeta que le site tournait très lentement dans certains pays. Il suggéra que ce problème était dû aux choix de l'ancienne direction, qui selon lui avait mal conçu les applications.

« Au fait, je tiens à m'excuser pour la super lenteur de Twitter dans plein de pays. L'appli tourne à >1 000 RPCs mal batchés pour une simple timeline perso ! » écrivit-il samedi. Le tweet était assez jargonnant pour passer au-dessus de la tête de l'utilisateur lambda, mais pour les ingénieurs de Twitter il ne rimait absolument à rien. Sur le canal #social-watercooler, ils montrèrent que Musk avait mal amalgamé plusieurs termes techniques, et se moquèrent de son flagrant manque d'expertise avec des émojis.

L'un d'eux décida même de le réprimander publiquement. « J'ai passé ≈ 6 ans à travailler sur Android pour Twitter et je suis en mesure de dire que ce qui est dit est faux », tweeta Eric Frohnhoefer ce dimanche après-midi en citant le message originel de Musk.

Frohnhoefer, ingénieur logiciel qui vivait à San Diego, était un fervent partisan de l'ancien credo de Twitter, « communiquer sans peur pour instaurer la confiance », dans lequel s'inscrivait parfaitement sa remarque. Après avoir publié son tweet, il sortit de chez lui pour aller dans un Starbucks, l'esprit déjà occupé à tout autre chose[3].

Mais durant son trajet, un collègue lui dit par messagerie que son tweet avait reçu une réponse. Plusieurs, même.

Au début, Musk paraissait ouvert à ce retour d'expérience : il lui demandait de le corriger. Mais le milliardaire finit par prendre très mal de se faire taper sur les doigts en public, et il se lança dans une de ces attaques dont il avait le secret.

« Twitter est super lent sur Android. Vous avez fait quoi pour régler ça ? » écrivit-il. L'ingénieur lui répondit, et la partie de ping-pong dura un moment.

Le lundi matin, Musk y mit un terme définitif. « Il a été viré », tweeta-t-il, avant d'effacer le message. Plus tard dans la journée, Frohnhoefer informa la tweetosphère que son ordinateur professionnel avait été bloqué et qu'il avait été licencié. Musk déclara par la suite à ses employés qu'il aurait accepté d'être corrigé en privé, mais que Frohnhoefer était allé trop loin en le critiquant publiquement.

« Critiquez en privé, félicitez en public », dit-il, sans se rendre compte que ses tweets sur la lenteur de Twitter critiquaient clairement les salariés de l'entreprise. Dans une réunion, un cadre en ingénierie demanda aux participants de ne plus publier de tweets sur le sujet du nouveau patron.

En plus de Frohnhoefer, d'autres membres de la compagnie furent congédiés ce jour-là, dont Sasha Salomon, ingénieure logiciels de Portland. Elle était très active sur Twitter, où elle parlait de sa vie quotidienne, de possibilités de nouvel emploi et de son bouledogue, Bosworth. Solomon vivait une bonne partie de sa vie sur le réseau social, et dès les prémices de l'acquisition de la compagnie par Musk, elle y était allée de ses commentaires. En avril, quand Musk exprima clairement ses intentions, elle tweeta : « Il a intérêt à pas racheter aussi mon café préféré. » Et à la suite du Snap, elle mâcha de moins en moins ses mots à son sujet.

Dans la bataille en ligne qui opposa Musk et Frohnhoefer, elle intervint en répondant à l'un des tweets du patron. « En plus d'avoir viré l'essentiel de l'infra, vous faites des remarques désobligeantes sur nos batches… mais genre vous savez au moins comment marche graphql ? » tweeta Solomon, se référant à ce langage de programmation qui était l'une de ses spécialisations. Tout comme ceux de Frohnhoefer, son tweet fut largement relayé. Et tout comme Frohnhoefer, son accès à son ordinateur fut bloqué et elle fut licenciée. « Lol j'ai été virée pour du shitpost, écrivit-elle. Je l'ai déjà dit mais je le redis quand même : va te faire mettre, elon. »

Ce message attira plus de trois mille cinq cents retweets et vingt-huit mille « J'aime », et lorsqu'il finit par atterrir sur la timeline de Musk, celui-ci déterra définitivement la hache de guerre. Quand son cousin James passa le voir dans l'après-midi pour lui parler d'une tout autre question, Musk le chargea d'une tâche urgente : « Trouve tous les gens qui me parlent comme ça et vire-les. » Son cousin eut le plus grand mal à lui toucher deux mots de ce qui l'amenait dans son bureau, et repartit pour exécuter les ordres du patron.

Grand et châtain, James était toujours animé d'une énergie presque enfantine. Il restait discret pendant les réunions, évitant les faisceaux des projecteurs braqués sur son cousin, et ne ménageait pas sa peine pour que les désirs de Musk se transforment en réalités. Quand celui-ci lui confiait une mission, James s'y attelait de tout son être, mettant à contribution divers employés de Twitter.

Afin de traquer les opposants, James et ses collaborateurs se servirent de Slack comme d'un outil de surveillance. Ils obtinrent de leurs homologues chez Twitter le statut et les pouvoirs d'administrateur, et firent des recherches sur les mots-clefs *Elon* et *Musk* afin de voir ce que les salariés disaient de lui sur les canaux. Spiro demanda également à un cadre si l'équipe de sécurité avait la capacité de monitorer ce qui se disait sur Blind, le forum anonyme de l'entreprise, et s'il existait un moyen de démasquer les éventuels contestataires et agitateurs.

Dans un cas très précis, les lieutenants de Musk exigèrent qu'un salarié soit licencié pour un de ses tweets. Mais l'utilisateur en question avait un compte privé, ce qui signifiait qu'en principe seuls ses followers étaient en mesure de lire ce qu'il publiait. Le cadre des ressources humaines chargé du licenciement freina des quatre fers, et demanda comment l'équipe de Musk avait eu connaissance de ce tweet privé. Des cadres des RH issus de SpaceX furent finalement chargés de reprendre la main.

Les craintes des salariés quant à la surveillance de Musk et la portée de celle-ci redoublèrent à cette occasion. Certains redoutaient que ses sbires consultent leurs messages privés sur Twitter dans le but d'y dénicher le moindre faux pas. Cette violation de la confidentialité ne concernait habituellement que des cas très rares, quand les cadres de Twitter apportaient leur concours à une enquête criminelle, et on n'y avait recours que lorsque les autres méthodes de recherche n'avaient pas permis de collecter d'éléments probants. Sous le règne de Musk en revanche, certains de ses sbires bénéficiaient du « God Mode »*, qui leur donnait accès à l'activité et aux données, publiques ou privées, de n'importe quel utilisateur.

Le licenciement de Frohnhoefer et de Solomon suscita l'effroi chez leurs collègues, dont certains cessèrent d'écrire sur Slack, à présent convaincus que leur activité en ligne était surveillée de très près. Mais ces licenciements iniques en enhardirent d'autres, qui en bons tweeps ne se privèrent pas d'exprimer leur mécontentement par du shitpost.

* « Mode Dieu » : dans le jargon des jeux vidéo, mode acquis par le biais de codes de triche, conférant au joueur invincibilité et omnipotence. (N.d.T.)

« Les sévices continueront jusqu'à ce que le moral s'améliore », écrivit l'un des ingénieurs qui travaillaient sur la fonctionnalité « recherche ».

« Alors c'est comme dans *Candyman*, c'est ça ? plaisanta un autre, se référant au film d'horreur de 1992. On dit Elon trois fois et on se fait désactiver ? » C'était exactement ce que le cousin et les sbires de Musk étaient en train de faire.

Mardi, en fin d'après-midi, le nombre de licenciements pour désaccord s'élevait à une trentaine. Certaines personnes concernées avaient exprimé leur détestation de Musk dans des tweets publics, et ce depuis des mois. D'autres avaient discuté du nouveau patron avec des collègues sur Slack. Une poignée de salariés ignoraient totalement pourquoi ils s'étaient fait virer. L'un d'eux, un des meilleurs ingénieurs de la compagnie, où il officiait depuis déjà douze ans, avait simplement écrit sur la messagerie interne qu'il valait mieux se faire virer que de démissionner, parce qu'un licenciement garantissait de toucher des indemnisations. « Ne démissionnez pas, faites-vous virer, écrivit Yao Yue. Sérieux. »

Tous ceux qui furent catalogués comme « contestataires » reçurent le même e-mail qui leur signifiait une « violation des règles de la compagnie », sans spécifier lesquelles.

Ce fut le cas de Kiko Smith, architecte informatique qui supervisait l'infrastructure des centres de données de Twitter. Durant ses vingt ans d'expérience, elle avait tout vu et tout connu. Elle avait travaillé pour Enron Energy Services, l'une des branches du géant de l'énergie Enron, qui s'effondra en 2001. Smith était une femme de tête, connue pour le soutien qu'elle apportait aux ingénieures, ayant elle-même bâti sa carrière dans des secteurs dominés par les hommes[4]. Lorsque Musk avait fait main basse sur Twitter, elle avait espéré que cette nouvelle direction permettrait d'opérer les changements nécessaires à l'amélioration de l'infrastructure de la compagnie, et elle avait fait profil bas, sans jamais prendre part aux railleries auxquelles se laissaient aller ses cadets et cadettes sur Slack. Cela ne l'empêcha pas de se faire virer sans la moindre explication.

Quelques jours plus tard, James Musk contacta directement Smith. Plusieurs de ses collègues étaient intervenus en sa faveur, en expliquant que ses connaissances et son savoir-faire étaient vitaux pour la compagnie. Il lui avoua qu'il ignorait totalement pourquoi elle avait été congédiée. « Nous sommes vraiment navrés, dit-il. Nous ne savons pas du tout pourquoi vous vous êtes retrouvée sur cette liste, et nous vous serions infiniment reconnaissants si vous acceptiez de revenir. »

Confrontée à un tel niveau d'absurdité, Smith ne put s'empêcher d'éclater de rire. Mais elle accepta sans hésiter une seconde : son mari était atteint d'un cancer, et ils avaient un besoin vital des avantages santé de Twitter.

« J'aimerais m'excuser pour le licenciement de ces génies, tweeta Elon Musk quelques jours après cette vague de congédiements. Leur immense talent sera sans nul doute mis à profit autre part. »

* * *

L'approche brutale de Musk selon laquelle on était soit pour lui, soit contre lui cristallisa les tensions. Dans les bureaux de New York, quelqu'un placarda une capture d'écran imprimée de la dispute de Frohnhoefer et Musk dans l'une des mini-cuisines, sans qu'on sache vraiment s'il s'agissait d'un hommage à la bravoure de l'ingénieur ou d'un avertissement, comme une tête tranchée au bout d'une pique à l'entrée d'un château fort.

À San Francisco, les récents événements élevèrent l'inimitié des salariés envers leur patron à des niveaux stratosphériques. Au cours de réunions avec des transfuges de Tesla et SpaceX, il fit part de son désir de renvoyer 80 % des effectifs restants de la compagnie d'ici à la fin de la semaine. Musk et certains de ses plus proches collaborateurs ne cessaient de citer en exemple Telegram, le service de messagerie qui comptabilisait 800 millions d'utilisateurs actifs, et seulement trente employés clefs[5]. Ils se demandaient ce qui empêchait une telle rationalisation chez Twitter.

Certains membres de son cercle, comme Sheen Austin, l'ingénieur de Tesla qui, dans les faits, était à présent responsable de l'infrastructure de Twitter, ainsi que les cousins de Musk, Andrew et James, considéraient cet objectif de suppression de 80 % de la masse salariale comme complètement cinglé. Ils avaient déjà considérablement dégraissé les effectifs, et même si, comme Musk, ils étaient convaincus que la compagnie était gangrénée par des mécréants qui traînaient les pieds en encaissant leur salaire, ils savaient aussi pertinemment que leur vie deviendrait un véritable enfer s'ils réalisaient le vœu du patron, d'autant que les fêtes de fin d'année approchaient, période cruciale pour les annonceurs, sans parler de l'imminente Coupe du monde de football au Qatar.

Ils présentèrent donc à Musk une idée qui avait déjà été formulée par des salariés de Twitter. Musk pourrait peut-être offrir des indemnités spéciales à celles et ceux qui préféraient s'en aller. De nombreuses entreprises avaient opté pour cette politique afin de réduire leur masse salariale, proposant plusieurs mois de salaire et de couverture maladie pour encourager le départ de celles et ceux qui rechignaient à travailler. Twitter pourrait ainsi se débarrasser de son poids mort et avoir la certitude que les employés restants seraient à leur poste par choix. Les conseillers de Musk proposèrent des indemnisations équivalant à trois mois de salaire.

Le milliardaire s'y opposa dans un premier temps, arguant que cela revenait à récompenser des personnes qui le détestaient, mais il finit par changer d'avis. C'était la seule façon de s'assurer de la loyauté des salariés. En quittant les bureaux de Twitter ce mardi soir, les sbires à l'origine de cette solution avaient le sentiment d'avoir convaincu Musk.

Celui-ci prit son jet privé pour se rendre dans le Delaware, où il devait témoigner le lendemain dans le cadre d'un procès d'actionnaires de Tesla. Avant même d'atterrir, à 3 heures du matin, il envoya un e-mail intitulé « Une bifurcation sur la route » à l'ensemble des salariés de la compagnie, avec un lien vers un Google Form à remplir.

Afin de bâtir un Twitter 2.0 innovant et de nous imposer dans un monde de plus en plus compétitif, nous allons devoir nous montrer extrêmement hardcore. Cela impliquera de longues heures de travail à très haute intensité. Des performances exceptionnelles seront le seul critère de sélection.
Twitter s'axera également plus sur l'ingénierie. Le design et la gestion produit seront toujours importants, sous ma supervision, mais les meilleurs codeurs constitueront la majorité de nos effectifs, et seront les plus influents. Par essence, Twitter est une compagnie de logiciels et de serveurs, aussi je pense que c'est assez logique.
Si vous êtes certains de vouloir faire partie du nouveau Twitter, merci de cliquer oui sur le lien ci-dessous :
formes. gle
Tous ceux qui n'auront pas cliqué avant 17 heures (heure de l'Est) recevront trois mois de salaire en guise d'indemnités de départ.
Quelle que soit votre décision, merci pour votre participation au succès de Twitter.

Elon

Dans son e-mail, Musk s'éloignait cependant sensiblement des recommandations de ses fidèles conseillers. Plutôt que de sommer ceux qui désiraient partir de lever la main, il demandait à ceux qui voulaient rester de se manifester. Musk exigeait d'eux un serment de loyauté.

* * *

Les salariés se réveillèrent le lendemain matin en état de choc. Si Musk avait l'intention de remotiver ses troupes, il fallait se rendre à l'évidence : c'était un échec total. Certains employés, en pause ou en congés, ne lurent l'e-mail qu'après l'ultimatum. D'autres ne cliquèrent même pas sur le lien, pensant qu'il s'agissait d'une arnaque. « À la suite de l'e-mail d'Elon hier soir, nous sommes en train de mettre sur pied une FAQ pour vous tous, écrivit sur Slack l'un des employés des RH. Entretemps, nous tenons à vous confirmer que le lien joint au message n'est pas une tentative d'hameçonnage[6]. »

Le document FAQ listant les éventuelles questions des employés et les réponses de la direction précisait que les salariés devaient se préparer à « travailler principalement dans un bureau », très tôt le matin jusqu'à tard le soir, y compris les week-ends. Entre la carotte et le bâton, Musk avait choisi. Et en guise de bâton, il avait décidé de brandir une batte hérissée de clous rouillés.

Jeudi matin, Musk attendait toujours la réaction escomptée. À 10 heures, heure de San Francisco, certains salariés hésitants furent conviés à des réunions où se succédaient chaotiquement Musk, ses conseillers et des cadres de Tesla ou SpaceX, en d'ultimes tentatives pour les convaincre de rester.

Durant une réunion de l'équipe financement, Birchall et Bret Johnsen, responsable financier historique de SpaceX, expliquèrent aux employés qu'ils auraient un impact considérable sur la société. « Nous allons enfin nous battre pour la démocratie et la liberté d'expression aux États-Unis, déclara Johnsen. Nous allons sauver la démocratie. »

Certains participants durent vite désactiver leurs webcams pour éclater de rire à l'insu de Johnsen. Ils n'arrivaient même pas à comprendre comment il pouvait utiliser le pronom « nous » : il n'était pas employé par Twitter, et on ne savait même pas s'il utilisait la plateforme. Quand quelqu'un lui demanda s'il avait l'intention de devenir leur directeur financier, il répondit qu'il avait déjà un boulot.

À l'approche de la deadline des 17 heures, Musk se greffa sur une réunion avec les ingénieurs infrastructure dans le but de les persuader de rester. Pour ce faire, il n'hésita pas à se glorifier des succès qu'il avait remportés par le passé.

« Gagner, ça me connaît », dit-il en faisant référence aux réussites de Tesla et de SpaceX[7]. Sous sa tutelle, les ingénieurs qui avaient contribué à bâtir ces compagnies s'étaient considérablement enrichis.

« Si vous voulez gagner, vous devriez rester près de moi », fit Musk.

Il continua à parler, dépassant la limite qu'il avait lui-même fixée à 17 heures. Plusieurs ingénieurs en avaient assez vu et assez entendu : ils se déconnectèrent sans même attendre la fin de l'argumentaire. Vingt-cinq minutes plus tard, Musk répondit à la gravité de la situation qu'il avait lui-même engendrée par le seul recours qui lui restait : l'humour.

« Comment se faire une petite fortune dans les réseaux sociaux ? tweeta-t-il. En commençant avec une grosse fortune. »

Les salariés fraîchement remerciés se mirent à annoncer leur départ, et Twitter fleurit d'émojis salut militaire et de messages d'adieux. #RIPTwitter devint une tendance mondiale, les utilisateurs partageant leurs meilleurs souvenirs, leurs tweets préférés et les témoignages en mémoire de ce qu'avait été la plateforme. Alors même que Twitter leur semblait à l'article de la mort, les tweetos avaient à cœur de saluer son trépas par la nostalgie et l'humour noir.

Il fallut plusieurs jours à la DRH pour déterminer qui était parti. L'équipe chargée de cette tâche dressa une liste de l'ensemble des salariés et la compara, une entrée après l'autre, à la nouvelle liste d'employés « hardcore » établie par Elon et ses sbires. Ils durent contacter personnellement des dizaines de collaborateurs afin de s'assurer qu'ils souhaitaient vraiment quitter la compagnie. Des semaines plus tard, il restait encore dans la liste des salariés que Twitter tenait absolument à garder à cause de leurs compétences très spécifiques, mais dont le statut demeurait incertain.

Alors que Musk poursuivait sa chasse aux éventuels saboteurs, sa « bifurcation sur la route » offrit un vaste champ d'action à tout salarié susceptible de vouloir nuire à la compagnie : en effet les employés qui décidèrent de partir continuèrent à avoir accès aux systèmes internes durant des semaines, jusqu'à ce que Twitter confirme leur départ et révoque leurs accréditations.

À la fin de l'opération, 31 % des effectifs (soit plus de mille cent personnes) prirent la tangente, optant sciemment pour l'indemnisation ou s'abstenant simplement de répondre à l'e-mail. On était loin des 80 % souhaités par Musk, mais celui-ci parut satisfait. Initialement, l'idée d'encourager les moins motivés à s'en aller ne lui avait pas plu, mais il était ravi que ceux qui restaient lui prêtent un tel serment d'allégeance. Dans un rare moment de grâce, il autorisa l'équipe des ressources humaines à verser les indemnisations de licenciement et accepta les démissions de certains employés qui avaient tardé dans leur choix, sans essayer de les priver de leur dû.

Pour ceux qui restaient, ce serment revêtait beaucoup de significations. Il y avait ceux qui croyaient sincèrement en Musk et sa vision, ou voyaient dans ce grand écrémage des plus hauts postes des chances professionnelles qu'il fallait à tout prix saisir. D'autres avaient été obligés de rester, à cause des avantages santé, de leur visa de travail, ou de l'état de leurs finances qui ne leur permettaient pas de rechercher un nouveau boulot sans l'assurance d'un salaire régulier.

Passé la limite des 17 heures, ce jeudi-là, les employés encore en place furent informés par e-mail que les bureaux de Twitter fermeraient le lendemain. Mais une fois de plus, Musk revint sur sa décision. Peu après 1 heure du matin, le vendredi, il exigea que « toute personne codant du logiciel se présente au neuvième étage à 14 heures aujourd'hui ». Certains employés travaillant à l'autre bout du pays, pensant que Musk mettait leur motivation à l'épreuve, s'empressèrent d'acheter un billet d'avion pour San Francisco.

Une partie des lieutenants de Musk passèrent la journée à tenter de convaincre les personnes qu'ils voulaient voir revenir dans le giron de l'entreprise. James Musk, Stanley et d'autres se répartirent les noms de la liste des salariés clefs qui venaient d'être remerciés, ou qui avaient été licenciés lors de la purge des contestataires. Durant l'un de ces appels, Stanley demanda à un opposant de Musk s'il croyait en leur patron.

« Il faut que je sache : lui êtes-vous fidèle ? » demanda-t-il.

* * *

McSweeney fut l'une des employés qui ignorèrent le message de Musk en roulant des yeux au plafond. Elle était certaine que les lois irlandaises la dispensaient de prêter un tel serment de loyauté, et lui permettraient de continuer à travailler en vertu du contrat de travail qu'elle avait signé. Mais elle ne tarda pas à recevoir un e-mail des RH qui avalisait sa démission, et elle n'eut plus accès à son ordinateur. Ses avocats s'empressèrent de signaler à la compagnie qu'elle n'avait pas démissionné, point de départ de longs mois de négociations sur le statut de McSweeney.

Enfin libéré de Roth et de la majeure partie des anciens cadres, Musk commença le vendredi à remodeler la plateforme selon ses seuls désirs. En octobre, il avait promis la création d'un conseil de modération de contenu chargé de superviser les décisions les plus importantes, y compris les réintégrations de comptes bannis. Mais après l'annonce de sa « campagne thermonucléaire » contre les annonceurs félons, qui avait fait chuter les revenus de la publicité à 20 % des objectifs, Musk ne voyait plus l'intérêt de faire plaisir à qui que ce soit[8].

Ce matin-là, il ressuscita les comptes de Babylon Bee et de Jordan Peterson, commentateur canadien d'extrême droite exclu de Twitter pour avoir enfreint les règles relatives au mégenrage.

« La nouvelle politique de Twitter, c'est la liberté d'expression, pas la liberté de diffusion », tweeta Musk, suggérant ainsi que les tweets négatifs ou haineux seraient autorisés, mais pas promus par l'algorithme. Sur les réseaux sociaux, ce concept n'avait rien de révolutionnaire, et Twitter n'avait pas attendu cette déclaration pour l'appliquer, mais cela n'empêcha pas Musk d'en revendiquer la paternité.

L'achat de Twitter par Musk et sa nouvelle politique incitèrent d'autres disparus à revenir sur la plateforme. Parmi eux, on compta Andrew Anglin, fondateur du site Internet néonazi The Daily Stormer, banni en 2013 pour violation des règles relatives aux comportements haineux[9]. Andrew Tate, ancien kickboxer misogyne et personnalité d'Internet qui fut par la suite accusé de viol et de trafic d'êtres humains, fit également son grand retour, de même que Kanye West, qui avait été exclu en octobre pour avoir tweeté qu'il partirait en « death con 3 contre LES JUIFS* »[10]. (Musk devait suspendre à nouveau West pour avoir publié la photo d'une croix gammée, et le réintégrer par la suite.)

Cette vague de réhabilitations poussa Musk à envisager le retour du banni le plus célèbre de Twitter. Dès l'instant où il avait rendu public son vœu d'achat, on n'avait pas manqué de l'interroger sur le compte @realDonaldTrump.

Musk dit autour de lui que si Trump avait l'intention de se présenter à la prochaine élection présidentielle américaine, il était naturel qu'il réintègre Twitter. Ne pas l'accueillir sur la plateforme constituerait une ingérence électorale, dans le sens où cette décision empêcherait les futurs votants de prendre connaissance de ses messages et de ses déclarations. « Et puis imaginez tout le cinéma et les engagements que susciterait le retour de Trump ! » ajouta-t-il à l'intention de ses lieutenants.

Sans consulter personne, dans la soirée du vendredi 18 novembre, il publia un sondage qui demandait aux usagers de Twitter s'il devait « rétablir le compte de l'ancien président Trump ». En vingt-quatre heures, plus de 15 millions de comptes votèrent, 51,8 % d'entre eux se prononçant en faveur du retour de Trump. « Le peuple a parlé », tweeta alors Musk.

Néanmoins, le fait de restaurer le compte de Trump n'était pas l'affaire de quelques clics. En tant que compte le plus suivi (88 millions de followers en janvier 2021,

* Dans ce tweet Kanye West confond les termes « DEF- » et « *death* » (« la mort »). L'expression DEFCON, contraction de *defense readiness condition*, est un terme employé dans l'armée américaine qui désigne une procédure de préparation des forces militaires en vue d'un engagement.

date de son bannissement), @realDonaldTrump était une anomalie. Pour le restaurer, les systèmes de Twitter devaient reconstruire toutes ses connexions, recréer les centaines de millions de liens entre followers, de tweets et d'engagements qui existaient auparavant. Le site ralentit sensiblement tandis que les systèmes tâchaient de recomposer cette architecture complexe tout en gérant l'afflux de trafic provoqué par tous celles et ceux qui se connectaient pour voir si @realDonaldTrump était vraiment de retour. Twitter faillit même connaître un crash de ses systèmes.

Et il y avait un autre problème d'importance : Musk ignorait totalement si Trump désirait revenir. Après avoir été exclu de Twitter et de Facebook en janvier 2021, Trump avait rejoint Truth Social, la plateforme dont il était copropriétaire et qui était dirigée par des alliés politiques, en déclarant qu'il ne reviendrait plus sur Twitter[11].

Musk chargea Irwin, directrice de la modération de contenu qui avait remplacé Roth, d'engager la discussion avec le staff de Trump. Malgré ses vingt ans d'expérience durant lesquels elle avait notamment géré les problèmes des violences et des risques pour des banques, un site de rencontre sur Internet et Amazon, Irwin ignorait complètement par où commencer.

Musk finit par trouver le numéro de Stephen Miller, ancien conseiller d'extrême droite du président sur l'immigration, qui selon le milliardaire pourrait servir de pont entre Twitter et l'équipe de Trump. Dans les semaines qui suivirent, le staff de Trump indiqua que son patron pourrait envisager de revenir sur la plateforme, et Irwin et son équipe se penchèrent sur tout ce que cela impliquerait. Afin d'anticiper son retour, Twitter résolut un problème de connexion au compte de l'ancien président en remplaçant son ancienne adresse e-mail officielle par une autre, glanée sur son compte personnel.

En dépit de toutes les déclarations de Musk sur l'égalité de traitement de tous les usagers, les petits soins prodigués à Trump étaient sans précédent. Le propriétaire de la plateforme savait pertinemment l'attention que susciterait le rétablissement de cet utilisateur. Cependant, Trump et son staff hésitaient encore à traiter avec Musk, et même lorsqu'il eut de nouveau accès au site l'ancien président attendit plusieurs mois avant de publier son premier tweet. Trump avait appris à vivre sans Twitter.

39

Budgétisation base zéro

Musk sentait les murs se refermer sur lui. Les annonceurs, qui avaient jadis représenté plus de 90 % des revenus de Twitter, n'avaient manifestement aucune intention de revenir sur la plateforme, même pas pour la période cruciale des fêtes de fin d'année. Dès les prémices de la reprise, ils s'étaient inquiétés de la politique de modération de contenu que Musk entendait instaurer, et ses décisions n'avaient fait qu'exacerber leurs craintes. Lorsqu'il apparut clairement que Twitter n'atteindrait pas ses objectifs publicitaires, les commerciaux habitués à signer des contrats de plusieurs millions de dollars avec les plus grosses compagnies du pays, telles que Disney et Netflix, reçurent la consigne de revoir le profil de leurs clients potentiels à la baisse, en demandant à des organisations telles que l'Association dentaire du New Jersey si elles étaient intéressées par des publicités sur Twitter.

À la fin du dernier trimestre de l'année 2022, les revenus de Twitter sur les trois derniers mois étaient tout juste supérieurs à 1 milliard de dollars, soit 35 % de moins qu'à la même période l'année précédente[1]. Pire encore, rien ne semblait indiquer une quelconque amélioration, ce qui constituait un obstacle certain pour les banques ayant octroyé les prêts de financement de l'achat de Twitter, et qui auraient préféré restructurer la dette pour la liquider.

Les 13 milliards d'obligations de remboursement de prêt étaient un véritable boulet accroché à la cheville de la compagnie. Son patron avait beau mettre en garde contre la possibilité d'une faillite, cette périlleuse situation était uniquement de son fait. La compagnie n'avait pas une telle dette avant qu'il l'achète, et à lui seul le paiement des intérêts représenterait plus de 1,5 milliard par an[2]. Chaque jour qui passait, Twitter devait 3 millions de dollars de plus, et la date convenue pour le premier versement des intérêts, fin décembre, approchait à grande vitesse[3].

Musk et Birchall envisagèrent la possibilité d'utiliser de nouvelles actions Tesla pour garantir de nouveaux prêts sur marge afin de rembourser l'effroyable dette de Twitter, et de repartir à la recherche de nouveaux investisseurs extérieurs[4]. Cependant, le cours de l'action Tesla ne cessant de chuter (les investisseurs avaient en effet le sentiment que Musk accordait trop de son temps à Twitter) et le réseau social se trouvant dans le marasme, ces deux solutions auraient été compliquées à appliquer. Pour Musk, la seule façon de s'en sortir était de procéder à des coupes drastiques dans les frais de la compagnie. Et il avait sous la main l'homme le mieux indiqué pour cette tâche.

* * *

Steve Davis était sans doute l'une des rares personnes au monde dont la loyauté envers Musk était indiscutable. Il se dégageait de lui une énergie nerveuse qui semblait devoir être perpétuellement dépensée, que ce soit dans le travail, ou dans quelque autre activité. Après avoir déménagé à Washington afin d'y ouvrir les bureaux de SpaceX, en 2011, il avait créé plusieurs bars à yaourts glacés, ainsi que l'un des premiers bars de la capitale états-unienne à accepter le bitcoin.

« Tous les six à neuf mois, j'aime bien essayer quelque chose de nouveau, et beaucoup de ces choses se soldent par des échecs », expliqua Davis lors d'une interview télévisée. À peu près à la même époque, il décrocha en outre un doctorat en économie à la George Mason University.

Quand son patron l'appela à sa rescousse durant les premiers jours de la transition, Davis n'hésita pas une seconde, même si son épouse, Nicole Hollander, et lui venaient d'avoir leur premier enfant. La petite famille emménagea dans une salle de conférence afin de ne pas occasionner de frais d'hôtel[5]. Hollander, gestionnaire d'actifs immobiliers, fut chargée de gérer le parc de bureaux de Twitter à travers le monde, et on la voyait parfois bercer son bébé en pleine réunion, ou en train de laver ses bodies dans l'évier d'une des cuisines du quartier général. Un jour, des membres du personnel la virent faire la lessive de la famille, devant même laver les sous-vêtements de Davis, qui n'en avait plus dans sa valise.

Davis était de ce point de vue un vrai cas d'école : il se dévouait entièrement à la résolution de ce qui pouvait contrarier Musk, comme les loyers de Twitter. Avec ses cinquante antennes réparties sur plus de trente villes dans le monde entier, la compagnie consacrait chaque année 130 millions de dollars à ses locaux, chiffre qui rendait fou le milliardaire, et par extension Davis[6]. Dans des réunions comme dans des e-mails, Davis comparait souvent Twitter à SpaceX, dont les effectifs étaient cinq fois supérieurs, mais qui ne versait que 26 millions de dollars de loyers annuels.

Pour ceux qui s'occupaient de ces questions chez Twitter, il était absurde de comparer ainsi les deux compagnies. SpaceX avait des bureaux dans des lieux très peu chers, comme ses zones de lancement qui se trouvaient au beau milieu du Texas rural, ou ses usines installées dans des zones industrielles. Les bureaux de Twitter se trouvaient dans des métropoles ou des pôles universitaires, bien plus onéreux, afin d'attirer les talents qui y vivaient.

Mais Davis restait obnubilé par cette question, et il finit par trouver une solution pour le moins originale. « On va arrêter de payer les propriétaires, déclara-t-il à des cadres de Twitter. On arrête de verser les loyers, tout simplement[7]. »

* * *

Pour les tweeps qui avaient survécu à tous les remaniements, Davis était considéré comme l'élément le plus instable de l'équipe de transition. Spiro et Birchall exécutaient les ordres de Musk, mais on pouvait leur parler, voire les raisonner. Avec Davis, c'était différent : si un ordre provenait de la bouche même de Musk, il avait la valeur de parole divine et laissait très peu de marge à l'interprétation. Les employés de Twitter disaient pour plaisanter que Musk était à la tête d'une secte, et que Davis faisait figure de bras droit chargé du suicide en masse des adeptes. Sa foi aveugle inquiétait jusqu'aux autres membres de la garde rapprochée de Musk.

Un jour de mi-novembre, le dévot traversa les bureaux, le regard hagard, comme s'il n'avait pas dormi depuis deux jours. Il s'approcha de deux ingénieurs et interrompit leur conversation. « Vous habitez San Francisco ? » leur demanda-t-il. L'un répondit que non. L'autre dit que oui. À sa demande il lui dit le montant de son loyer.

« Vous seriez prêts à vivre dans les bureaux pour la moitié de ce prix ? » rétorqua alors Davis. Les ingénieurs échangèrent un regard, ne sachant pas trop quoi répondre, avant de secouer la tête. Davis leur dit que Twitter versait des millions de dollars de loyer chaque mois. « Et je veux transformer une partie de ces locaux en logements. »

Pensant qu'il plaisantait, les deux employés se prêtèrent au jeu. Le premier vivait à New York et venait souvent à San Francisco pour travailler. « Si je peux voyager en business class, je serai peut-être prêt à dormir dans une chambre d'hôtel au sein même des bureaux », dit-il.

« Vous savez où je vis ? » demanda alors Davis. Il leur dit qu'il habitait dans le quartier général avec son épouse et son bébé.

Espérant que les autres employés seraient aussi dévoués à la cause que sa famille et lui-même, Davis développa le concept de « Twitter Hotel ». Plus tard dans le mois, Irwin, nouvelle directrice de la confiance et de la sécurité qui résidait à Seattle, croisa Davis à l'occasion d'un de ses passages à San Francisco. Tel un gamin surexcité voulant à tout prix lui montrer ses jouets, il lui fit faire le tour du Twitter Hotel. Ils prirent l'ascenseur du neuvième au septième étage, où Davis et sa femme avaient déjà chargé des employés de démonter et de déplacer les bureaux. Ils avaient en outre interdit l'accès à cet étage au reste du personnel. Davis montra à Irwin une salle de conférence avec un matelas gonflable et une console de jeu posée par terre, ainsi que des espaces communs où avaient été installés des rideaux occultants. Il ouvrit une autre porte sur une pièce qui ressemblait un peu plus à une chambre, avec un véritable lit, mais sans salle de bains attenante. À ceux qui doutaient de sa démarche, Davis disait que c'était là que dormait Musk. Eux aussi pouvaient accéder au privilège de partager une salle de bains avec le milliardaire, et de contribuer à la plus grande gloire de Twitter.

Aux yeux de Davis, il n'y avait là que du positif. Au Twitter Hotel, les employés hardcore développeraient leur esprit d'entreprise, et leur dévouement à la compagnie. Qui sait, ils auraient peut-être même la chance de croiser leur leader.

Quand Davis lui proposa de dormir sur place, Irwin déclina. Par la suite, il fit installer une mini-salle de sport pour son épouse au septième étage. La compagnie requit des salariés de passage de dormir dans les locaux, et beaucoup s'y plièrent parce qu'ils craignaient que leurs frais d'hôtel ne leur soient pas remboursés. Le Twitter Hotel ne permettrait d'économiser qu'une poignée de millions de dollars par an, mais c'était moins une mesure de réduction des frais qu'un test à destination des salariés. Pour travailler chez Twitter, il fallait être hardcore.

* * *

Davis et Musk poursuivirent leur politique drastique. Aux yeux de nombreux employés, ils semblaient s'intéresser de moins en moins à l'optimisation des coûts, et de plus en plus à la somme des souffrances qu'ils pouvaient infliger au personnel. Mû par la même méfiance envers l'ancienne direction que Musk, Davis renégocia les contrats qui les liaient à des sociétés de gestion immobilière, aux fournisseurs d'accès Internet et aux services de restauration. Il partait du principe que les cadres qui l'avaient précédé étaient des abrutis qui s'étaient fait rouler par tout le monde.

La restauration fut le premier secteur à pâtir des coupes. Avant Musk, Twitter offrait des repas complets à ses salariés. Inscrite dans la tradition de prodigalité de la Silicon Valley, cette pratique était commune parmi les entreprises de la tech. Les employés qui venaient prendre leur petit déjeuner au bureau arrivaient plus tôt que s'ils l'avaient préparé chez eux, et ils restaient déjeuner pour ne pas perdre de précieuses minutes à se restaurer à l'extérieur. Certaines compagnies offraient même le dîner, ce qui amenait les salariés à travailler tard.

Musk était d'une tout autre école. Son mépris des repas gratuits était accentué par le fait que trop peu de personnes à son goût venaient travailler dans les murs. Le 13 novembre, il se lamenta que « presque personne » ne venait travailler dans les bureaux. « Le coût estimé par repas servi ces 12 derniers mois est > 400 $ », tweeta-t-il.

C'était un chiffre hallucinant qui soulignait bien la supposée incompétence de l'ancienne direction, mais on ne savait pas trop d'où Musk tirait cette estimation, ni comment elle avait été calculée. « C'est un mensonge », tweeta en réponse Tracy Hawkins, vice-présidente chargée de l'immobilier et de la transformation du travail, qui avait très récemment quitté Twitter. « Je m'occupais de ce programme il y a encore une semaine, avant que je démissionne parce que je refuse de travailler pour @elonmusk. Pour le petit déjeuner et le déjeuner, nous dépensions entre 20 et 25 $ par jour et par personne. Le taux d'occupation des bureaux était compris entre 20 et 50 %. »

Quel que fût le véritable coût des repas, Musk s'était convaincu qu'il fallait les supprimer, mais il ne s'arrêta pas là. Davis et lui mirent un terme à leur contrat avec une société de nettoyage qui faisait travailler une trentaine d'agents d'entretien dans les bureaux de San Francisco, Los Angeles et New York[8].

À San Francisco, Musk concentra tous les effectifs sur deux étages, créant ainsi un sauna des plus répugnants. Dans les couloirs se mêlaient la puanteur des aisselles en manque de déodorant et le fumet des boîtes de pizza et de plats chinois à emporter qui formaient des tas, dans lesquels il n'était pas rare de trouver les cadeaux de peu de valeur que les fans de Musk lui faisaient parvenir au quartier général. Mike Lindell, magnat de l'oreiller qui après avoir nié les résultats de la dernière élection présidentielle était devenu l'un des conseillers de Trump, était justement l'un de ces fans. Il envoyait régulièrement des exemplaires de son livre *What Are the Odds ? From*

*Crack Addict to CEO**, ainsi que des oreillers MyPillows, dont certains employés se servaient pour leur sieste.

Plus les poubelles débordaient et plus les moquettes et les toilettes s'encrassaient, plus les salariés grinçaient des dents. Les sanitaires posaient particulièrement problème : Musk ayant tassé tous les effectifs sur deux étages, elles étaient constamment occupées. À New York, leur puanteur empestait une partie des bureaux, et des employés se plaignaient des blattes qui entraient et sortaient des siphons[9]. À San Francisco, certains préféraient courir jusqu'aux cafés et restaurants du quartier pour se soulager, et d'autres emportaient leur rouleau de papier hygiénique sur leur lieu de travail. Dans des toilettes de la compagnie, quelqu'un accrocha un cintre métallique à une barre de maintien en guise de dérouleur, touchant cadeau à l'ensemble du personnel.

* * *

Musk apposa son empreinte sur les bureaux de bien d'autres façons. Pour lui comme pour ses sbires, c'était une forme de récompense qui dépassait toute considération d'ordre financier. Ils se voyaient en légion romaine victorieuse qui venait d'abattre les fortifications de ce qu'ils considéraient comme le bastion gauchiste de la ville la plus à gauche de tous les États-Unis. Twitter et ses employés représentaient le butin, et ils comptaient bien en profiter.

Le 22 novembre, Musk tweeta une vidéo montrant des étagères pleines de vêtements estampillés Twitter qu'il venait de découvrir en arpentant les bureaux de San Francisco. « Il y a un placard rempli de T-shirts #woke », dit-il avant de braquer son téléphone sur un T-shirt gris où il était écrit en blanc « #StayWoke ».

* « Une question de chance ? D'accro au crack à pdg ». (N.d.T.)

À ses yeux, « le virus wokiste » avait contaminé des lieux entiers, dont Twitter. « La conquête de Wokerosi est totale », tweeta Sacks en partageant la vidéo de Musk.

Pour les employés de Twitter, passés comme présents, et tout particulièrement les salariés noirs, le message de Musk était très préoccupant. Ces T-shirts avaient été créés après les manifestations de Ferguson par les Blackbirds, un groupe d'employés noirs, et avaient été popularisés par Dorsey qui en portait fièrement lors d'événements publics afin d'attirer l'attention sur les violences policières qui ciblaient de façon disproportionnée les Afro-Américains[10].

Musk coupa le financement des groupes d'employés tels que les Blackbirds, et ordonna également des changements à la portée plus symbolique, mais non moins inquiétante, telle que la suppression d'une fresque Black Lives Matter réalisée dans les bureaux de San Francisco dans la foulée des manifestations en hommage à George Floyd.

L'équipe de Musk redécora l'endroit à son goût. Près de la salle de conférence du neuvième étage qu'il occupait très souvent quand il était dans les murs, ils conçurent une « Galerie de mèmes » composée des blagues plus ou moins potaches de Musk sur Internet. D'autres changements décoratifs semblaient spécifiquement destinés à flatter son ego. Avant l'acquisition, la cafétéria du huitième étage était parée d'images de tweets parmi les plus populaires. L'une d'elles fut remplacée par la reproduction d'un tweet de Musk remontant au mois d'avril 2022 dans lequel, par plaisanterie, il déclarait qu'il rachèterait la compagnie Coca-Cola et remettrait de la cocaïne dans son produit phare, publication qui lui avait valu 5 millions de « J'aime ». Près de la zone commune, quelqu'un avait affiché un collage des grands moments de la liberté d'expression de l'histoire américaine. Il y avait des photos de la Constitution des États-Unis, de l'*Areopagitica*, de

John Milton, du Mouvement pour la liberté d'expression à Berkeley dans les années 1960, et de Musk entrant dans le quartier général de Twitter un lavabo dans les bras.

Spiro, lui aussi, réfléchissait à la façon dont il pourrait laisser une trace dans l'entreprise. L'avocat avait annoncé à ses collègues qu'il ne projetait pas de diriger Twitter, mais en son for intérieur il envisageait cette possibilité. Il imagina même un plan pour exporter à l'international la vision muskienne de la liberté d'expression. Il convaincrait des pays autoritaires d'adopter Starlink, leur proposant un accès à Internet via SpaceX. Puis il imposerait ses conditions : s'ils désiraient profiter de cette connexion satellitaire, il leur faudrait également accepter Twitter. S'inspirant des plans de Musk pour introduire des abonnements payants sur le réseau social, Spiro voulait faciliter les transactions en ligne pour les pays qui limitaient le plus la liberté d'expression afin de les rendre accros à la plateforme. Au nom de Twitter, il s'acquitta déjà de toute la paperasse en préparation de ces paiements.

Mais certains de ces confrères chez Quinn Emanuel commençaient à s'inquiéter pour Spiro. La préparation du procès Twitter avorté avait laissé des marques, et depuis, Spiro ne s'était pas arrêté ne serait-ce que pour souffler un coup. Il avait de nombreuses affaires à traiter, et était à présent lié à Twitter par d'importantes responsabilités. Ses collègues en venaient à se demander s'il arrivait à trouver le temps de dormir, et trouvaient que le confident de Musk, en travaillant à ce rythme inhumain, courait droit à la catastrophe.

* * *

Deux jours avant Thanksgiving, Musk voulut connaître la stratégie de relance du projet Blue. Il réunit l'équipe concernée dans sa salle de conférence préférée, et ceux qui avaient déjà pris l'avion pour passer cette fête en famille se connectèrent à la réunion qui se transforma vite en monologue sans filtre de deux heures. Pour une raison inconnue, Musk était vêtu d'un smoking.

« J'ai passé cette putain de journée à réfléchir là-dessus, déclara-t-il. Toute la putain de journée. Ma vision produit est vraiment bonne, putain ! »

Alors que la discussion devait porter sur un énième lancement de Blue et sur les moyens de se prémunir contre une vague d'usurpations d'identité similaire à celle qui avait submergé le système la première fois, il ne fut question que de ce qui lui passait par la tête. Musk parla du SR-71 Blackbird, l'un de ses avions furtifs préférés qui avait évité les missiles soviétiques durant la guerre froide, en soulignant que l'agilité était précisément la qualité dont l'ensemble des employés devaient faire preuve. « Le plus important, c'est la vitesse, la vitesse, la vitesse », dit-il. (X Æ A-12, le fils de Musk, devait en partie son prénom au Lockheed A-12, précurseur du SR-71.)

Il leur expliqua ensuite qu'il était important d'agir vite parce que l'économie était sur le point de s'effondrer, ainsi qu'il le répétait depuis un certain temps. Le domaine publicitaire prenait l'eau de toutes parts et Blue était leur planche de salut. « J'étais à l'instant au téléphone avec Disney, dit-il. S'ils ont dû changer aussi vite de directeur général, c'est parce qu'ils vont connaître de sérieux problèmes financiers l'année prochaine. Disney. Même Disney, bordel ! »

« En 2023, ça sera Faillite Land », poursuivit-il.

Tout comme sa peur d'une crise économique mondiale l'avait poussé à tenter de se défausser de l'accord d'achat, ce discours à propos de « Faillite Land » augurait de ses décisions à venir. Fin novembre et courant décembre, il répéta à ses associés qu'il ne paierait plus aucun loyer nulle part. Il déclara même à un employé du service financier qu'il faudrait lui passer sur le corps pour qu'un propriétaire reçoive un chèque de la compagnie[11].

Durant les deux mois qui suivirent, Twitter ne versa pas les 6,8 millions de dollars de loyer de son quartier général à San Francisco, pour les mois de décembre et janvier, et cessa les paiements pour ses bureaux de New York, Seattle et d'autres villes, ce qui lui valut une pléthore de procès[12]. À Londres, le Crown Estate, qui gère le portefeuille des actifs de la Couronne britannique et possédait le bâtiment occupé par Twitter, intenta contre la compagnie une action en justice[13].

Malgré toutes ces poursuites judiciaires, Twitter demeura dans certains locaux que Musk jugeait vitaux pour l'entreprise, comme les bureaux de San Francisco et de New York, où, on l'a dit, les employés qui restaient furent concentrés sur quelques étages à peine. Dans d'autres villes, comme Boulder et Seattle, la compagnie se contentait de recevoir l'avis d'expulsion et laissait les employés concernés se débrouiller. Dans certains cas, on ne leur donnait que quarante-huit heures pour récupérer leurs effets personnels dans les locaux. À Singapour, les salariés furent expulsés par les gérants de l'immeuble[14].

Davis et Hollander supervisèrent certaines de ces expulsions, qui représentaient à leurs yeux un moyen de plus de renflouer les caisses de Musk. Avec l'aide d'une entreprise de vente aux enchères en ligne dirigée par le mari d'une salariée, ils proposèrent divers objets à la vente, dont une statue d'oiseau Twitter à 30 000 dollars et une machine à expresso d'une valeur de 25 000 dollars autrefois utilisée par les baristas du Perch, la cafétéria du QG, ainsi que des chaises de bureau, des réfrigérateurs industriels et des projecteurs[15]. L'homme le plus riche au monde essayait de grappiller quelques dollars grâce à un vide-grenier d'entreprise.

* * *

Le lundi 28 novembre, Musk apprit à son réveil que l'App Store d'Apple avait rejeté la dernière mise à jour de l'application Twitter. Sans même essayer d'en savoir plus sur leurs raisons, il se lança dans un assaut frontal avec son arme de prédilection. « Apple a presque totalement cessé toute publicité sur Twitter. Est-ce qu'on déteste la liberté d'expression en Amérique ? » tweeta-t-il à 9 h 45. Une heure plus tard, il retweeta ; « Apple a aussi menacé de retirer Twitter de son App Store, sans nous expliquer pourquoi. »

Jusqu'alors, Apple, qui dépensait généralement plus de 100 millions de dollars par an en publicité sur la plateforme, avait été un partenaire privilégié du Twitter de Musk. Plus tôt dans le mois, alors que l'équipe Blue se démenait pour relancer le service d'abonnement et développer une nouvelle application, Musk avait appelé ses contacts chez la marque à la pomme, amenant Apple à accélérer son processus de test des applications, d'ordinaire très rigoureux. C'était la première fois que les ingénieurs de Twitter jouissaient d'un tel traitement de faveur. Certains membres de l'équipe Blue entendirent des rumeurs selon lesquelles Apple se frottait les mains à l'idée du nouveau produit Twitter : l'entreprise touchait en effet 30 % sur chaque achat effectué via une de ses applications.

Mais cette belle relation d'affaires commençait à s'étioler. Apple s'inquiétait de la direction que prenait la modération de contenu sous Musk, et avait à l'instar d'autres marques réduit ses dépenses publicitaires sur Twitter. Les rumeurs concernant le projet encore flou d'un paywall pour des vidéos de créateurs de contenu interdit aux mineurs, sur le modèle d'OnlyFans, n'avait rien de rassurant non plus. L'App Store d'Apple excluait toute appli contenant « du matériel sexuellement explicite ou pornographique[16] » : si Twitter avait toujours mordu sur la ligne, en autorisant la nudité et la pornographie entre adultes consentants, la compagnie s'était efforcée de cacher ce genre de contenu derrière des notifications de mise en garde, tout en l'excluant des recommandations algorithmiques. Et surtout elle n'avait jamais essayé d'en tirer profit.

Les inquiétudes d'Apple donnèrent lieu à des recherches plus poussées qu'à l'accoutumée, et ses testeurs d'applications ne mirent pas longtemps à trouver images et vidéos pornographiques. Apple en informa Twitter, qui dans le chaos du début de règne de Musk ne put traiter ce problème. L'App Store finit par rejeter l'un des mises à jour de Twitter sur la base de ses découvertes, et exigea que la compagnie remédie à cet état de fait.

Musk interpréta ce rejet de l'App Store et la diminution constante des dépenses publicitaires comme une déclaration de guerre des fabricants de produits électroniques. « Saviez-vous qu'Apple imposait une taxe de 30 % sur tout ce que vous pouvez acheter via l'App Store ? » tweeta-t-il ce matin-là, se mêlant à un débat qui faisait rage depuis un certain temps dans la Silicon Valley entre les développeurs d'applications et Apple.

Au cours d'une réunion le même jour, Musk tomba dans le conspirationnisme en sous-entendant que Phil Schiller et Tim Cook, respectivement vice-président marketing et directeur général d'Apple, avaient pactisé avec les vendeurs à découvert, qui souvent misaient sur l'échec de ses compagnies. Les participants ne surent pas trop s'il plaisantait. Après tout, Twitter était une compagnie privée. Musk suggéra aussi que si Apple décidait d'exclure Twitter de l'App Store, il demanderait à ses followers de manifester au pied du quartier général d'Apple, à Cupertino.

Mais Apple ne recherchait pas la confrontation. La compagnie et son directeur général n'avaient aucune envie de se disputer au vu et au su de tous avec l'imprévisible entrepreneur qui avait jadis essayé de convaincre

Apple de racheter Tesla. Afin de trouver un terrain d'entente par peur de ses réactions, la marque à la pomme invita Musk sur son campus.

Le mercredi de la même semaine, Musk fit son entrée dans Apple Park, et dans le somptueux bâtiment dessiné par l'architecte Norman Foster qui n'était pas sans évoquer un vaisseau spatial, avant d'être conduit dans une salle de conférence où l'attendait Cook pour un tête-à-tête[17]. Le directeur général d'Apple lui expliqua que son entreprise, comme d'autres annonceurs, redoutait que Twitter laisse libre cours à la haine et à la désinformation, ce que Musk réfuta en bloc. À l'issue de la conversation, Cook déclara que sa compagnie continuerait de faire sa promotion sur le réseau social, et qu'il ne serait pas question d'exclure Twitter de l'App Store tant que la plateforme se conformerait à ses règles d'utilisation. Puis, en gage de réconciliation, il lui fit une proposition inédite : Apple ne percevrait que 15 % sur les abonnements Twitter Blue, au lieu des 30 % habituels. Satisfait, Musk suivit Cook dehors jusqu'à un étang artificiel au beau milieu du campus.

Mais cette victoire fut de courte durée. Ce même jour, la FTC adressa une longue liste d'exigences à Twitter, insistant pour que la compagnie les renseigne sur son programme de confidentialité, dont tous les responsables avaient été licenciés. L'agence gouvernementale demandait à connaître les responsabilités précises de Musk au sein de Twitter, ainsi qu'une copie de tous les e-mails, tous les messages Slack et tous les mémos mentionnant le milliardaire. La FTC semblait soupçonner Musk de vouloir faire péricliter le programme de confidentialité et, contrairement à ce que Spiro avait pu raconter, entendait le cas échéant faire peser la responsabilité légale de ces manquements sur un membre de la compagnie : son propriétaire. L'organisme laissa à Twitter deux semaines pour lui répondre.

* * *

Le vendredi 2 décembre, Musk se prépara à ce qui à ses yeux serait un jour historique pour son Twitter. Des jours durant, il n'avait cessé de critiquer les cadres qui l'avaient précédé à la tête de cette entreprise : à l'instar d'un grand nombre de ses fans de droite, Musk souscrivait à la théorie qui voulait que Twitter eût sciemment censuré les conservateurs et promu les démocrates.

Afin de le prouver, Musk avait passé un accord avec Matt Taibbi, ancien journaliste à *Rolling Stone*. Il lui donnerait un accès illimité aux fichiers et échanges internes de Twitter, et le laisserait fouiner à sa guise jusqu'à ce qu'il débusque les preuves de cette politique partisane qui gangrénait la compagnie et sa plateforme. Musk ne posa qu'une condition : Taibbi devrait publier le fruit de ses découvertes sur Twitter avant d'écrire quoi que ce soit sur Substack, plateforme de newsletters indépendante où il était très suivi. Afin d'être sûr que son opinion soit corroborée, Musk avait sciemment choisi Taibbi, qui depuis quelques années avait pris un virage réactionnaire : à ce titre, il était impensable qu'il prenne la défense de l'ancienne direction de Twitter.

Lorsque Musk leur demanda de fournir un accès illimité à Taibbi, les employés chargés de la sécurité furent stupéfaits. Taibbi n'étant pas un salarié de Twitter, le fait de le laisser consulter des informations relatives aux utilisateurs pourrait constituer une infraction grave aux obligations de la plateforme vis-à-vis de la FTC et du règlement général européen sur la protection des données. Mais ils n'osèrent pas émettre la moindre objection.

Le premier épisode des Twitter Files, portant sur le blocage partiel et momentané du compte du *New York Post* à cause de l'article concernant l'ordinateur portable d'Hunter Biden, bénéficia d'un appui publicitaire de poids, quoique peu surprenant. « Ça va être génial », tweeta Musk avant sa publication, avec un émoji pop-corn.

« C'est l'histoire frankensteinienne d'une machine qui échappe au contrôle de son créateur », écrivit Taibbi dans un long thread qui incluait plusieurs captures d'écran d'e-mails internes et de messages Slack de Gadde, Roth et d'autres cadres de Twitter. Taibbi semblait rédiger en direct, observant de longues pauses entre chaque tweet, en effaçant un à l'occasion. Néanmoins, ce thread parfois rébarbatif fut rapidement relayé, affichant plus de cent quarante-cinq mille retweets.

Malgré tous les efforts qu'il avait fournis pour débusquer quelque complot visant à assurer la victoire électorale de Biden, les messages de Taibbi semblaient donner raison à la thèse opposée : ils montraient des employés de Twitter qui tentaient désespérément de comprendre ce qui avait motivé le blocage de l'article du *New York Post*, et rejetaient unanimement cette décision.

« C'est une décision récente reposant sur des faits encore flous », avertissait Roth dans l'un de ses messages.

« Je soutiens la conclusion selon laquelle nous devons réunir plus de faits afin de pouvoir juger si les données ont été acquises illégalement », disait Jim Baker, conseiller juridique adjoint qui travaillait sous l'égide d'Edgett et Gadde.

Le samedi 3 décembre, les employés de Twitter prirent conscience que le thread de Taibbi n'était que le tout début des Twitter Files. L'équipe de sécurité avait reçu l'ordre de permettre à une autre journaliste de droite, Bari Weiss, d'accéder aux données internes des systèmes de Twitter, ce qui soulevait encore plus de problèmes juridiques.

Baker, l'un des juristes les plus expérimentés encore en place, s'ingéra dans ce capharnaüm. Afin de s'assurer que les journalistes ne consultent pas par inadvertance des données que Twitter était légalement tenu de protéger, il insista pour contrôler les informations avant qu'elles leur soient transmises. Tout au long du week-end, à mesure que les demandes de Taibbi et Weiss devenaient de plus en plus vastes et vagues, Baker se montra plus circonspect.

Exaspérée, Weiss demanda qui contrôlait la communication des données. Elle déclara par la suite qu'en apprenant qu'il s'agissait de Baker, elle en était restée coite. Avant de s'empresser d'alerter Musk.

Par le passé, Musk avait accusé Gadde et Baker, ancien conseiller juridique du FBI, d'être les architectes du régime de censure de Twitter. Le milliardaire voyait d'un mauvais œil ses liens avec le gouvernement américain, et pensait qu'il s'agissait d'un agent du *Deep State**. Après toutes les vagues de licenciement visant ceux qui refusaient son joug, Musk croyait que Baker avait quitté l'entreprise depuis longtemps.

Mais c'était son propre avocat, Spiro, qui avait tenu à garder Baker. Celui-ci avait survécu aux premiers mois de la prise de pouvoir de Musk en faisant profil bas dans les bureaux de Twitter à Washington. Musk attendait impatiemment le deuxième épisode des Twitter Files lorsqu'il apprit que Baker, toujours en place, faisait de la rétention d'information.

Fou de rage, le milliardaire exigea que Baker se rende à San Francisco par le premier vol. De son côté, Birchall ordonna aux ressources humaines de préparer une rupture conventionnelle afin que Musk puisse se débarrasser au plus vite de l'élément récalcitrant. Birchall déclara que des membres des équipes juridiques et de relations gouvernementales de SpaceX menaient une enquête interne

* L'expression « État profond » fait partie du jargon de la thèse conspirationniste selon laquelle un pays serait dirigé par un groupe occulte implanté au plus haut sommet de l'État. (N.d.T.)

sur la conduite de Baker, dont les conclusions détermineraient si le juriste avait droit à des indemnisations.

Dès son arrivée à San Francisco, il rejoignit Musk pour leur entrevue. « Vous êtes viré ! », lui lança le milliardaire. Mais Baker soutint mordicus qu'il n'avait rien fait de mal, et expliqua en détail pourquoi il était nécessaire d'examiner les données avant de les communiquer aux journalistes mandatés par Musk. En vérité, il ne faisait que protéger le propriétaire de Twitter, en le prémunissant contre des mesures coercitives.

Se sentant écouté, Baker crut avoir sauvé son poste. Mais à la fin de l'entrevue, il fut escorté jusqu'à la sortie. Peu de temps après, Spiro quitta lui aussi Twitter. Certains employés étaient d'avis que cette passe d'armes avec Baker avait été la goutte qui avait fait déborder le vase. Mais en vérité, Spiro doutait que Musk lui accorde une marge d'action suffisante pour appliquer son grand projet de liberté d'expression sur Twitter, et le soupçonnait de projeter de nouvelles vagues de licenciement alors que Spiro avait assuré aux tweeps que cette mauvaise passe était derrière eux. Spiro avait eu beau se positionner à la tête des opérations juridiques et politiques de la compagnie, il confia à ses collaborateurs les plus proches qu'il avait toujours envisagé son passage chez Twitter comme une mission ponctuelle. Il se recentra sur son rôle d'avocat de Musk, et se prépara pour le prochain procès d'actionnaires de Tesla.

* * *

Le samedi 10 décembre, l'agacement de Musk était à son comble. Twitter continuait de perdre des sommes considérables, et il décida de s'occuper lui-même du budget. Il convoqua des employés dans sa salle de conférence favorite, et exigea que les cadres financiers et les directeurs d'équipe du monde entier participent à la réunion en visioconférence.

Il ouvrit un tableur qui recensait la totalité des frais de Twitter et en commença la lecture, une ligne après l'autre, demandant aux employés responsables des dépenses citées de les justifier. Quand Musk considérait qu'elles étaient nécessaires, on n'y touchait pas. Dans le cas contraire, le budget de l'équipe concernée tombait automatiquement à zéro.

Avec acharnement, Musk aborda le moindre détail des dépenses. Il découvrit ainsi que Twitter payait quinze mille licences pour un seul et même logiciel, alors que la compagnie n'avait jamais embauché simultanément plus de huit mille salariés. À présent que les effectifs étaient réduits à deux mille âmes, ces frais paraissaient d'autant plus absurdes. Il ordonna que quelqu'un renégocie le contrat avec le fournisseur.

Twitter dépensait aussi 20 millions de dollars de frais d'enregistrement de domaine, ce qui lui permettait de garder le contrôle de twitter.com et d'autres sites de la compagnie. « Quelqu'un pourrait m'expliquer pourquoi c'est aussi cher ? » demanda Musk.

Rebecca Falk, une avocate qui supervisait la conformité et la limitation des risques, lui répondit : ces paiements étaient liés à la sécurité de la plateforme. Twitter déboursait cette somme considérable pour éviter qu'on lui vole ses domaines, et pour que ceux-ci ne soient pas compromis.

« Tesla ne dépense pas autant », rétorqua Musk.

Falk ne put que lui répéter la même réponse : « C'est important. C'est pour des raisons de sécurité. »

Musk, qui bouillonnait intérieurement, insista pour qu'elle entre dans les détails techniques, mais Falk, assez peu versée dans les finesses de l'enregistrement de domaines, semblait bien incapable d'accéder à sa demande. Certains des cadres qui s'étaient trouvés dans la même situation qu'elle avaient gagné du temps, promettant à Musk de se pencher sur leurs comptes pour revenir au plus vite vers lui. Mais Falk, elle, souligna avec insistance que Twitter devait continuer de payer ses frais de domaine.

« Plus ça va et plus ce qui sort de votre bouche paraît idiot », lui asséna Musk en guise de conclusion.

Un salarié en visio intervint alors pour changer de sujet de discussion, et le milliardaire reporta son attention sur le tableur des dépenses. Certains cadres eurent de la peine pour Falk. D'autres, dont le budget était beaucoup moins important, trouvaient que Musk dévoilait enfin au grand jour les excès tolérés depuis trop longtemps, que ce soit sous Dorsey ou Agrawal. Ils se demandaient comment on pouvait engager de telles sommes sans savoir précisément à quoi elles servaient.

La réunion se transforma en véritable champ de bataille, chacun luttant pour préserver son fief, protégeant son bout de terrain en suggérant des coupes dans d'autres équipes que la sienne. Dans son analyse exhaustive, Musk débusqua d'autres dépenses plus que fantaisistes. La compagnie consacrait des centaines de millions de dollars à Amazon Web Services, le service cloud du groupe de commerce en ligne, mais elle était liée par un contrat similaire à Google pour l'utilisation de Google Cloud. Certaines antennes comptaient pas moins de deux cents bureaux pour seulement soixante salariés.

Alors que Musk se penchait sur les dépenses relatives à l'infrastructure web, un cadre déclara qu'il devait s'entretenir avec Falk afin de mettre au point une solution. « Elle ne travaille plus pour la compagnie », répondit Musk, sous-entendant qu'elle aussi avait été congédiée. (En vérité, Falk resta encore un an chez Twitter avant de partir, en novembre 2023.)

Cette discussion, qui dura six heures, fut un véritable signal d'alarme pour Musk. Il avait cru que Davis avait déjà éliminé toute dépense inutile, mais il venait de faire la démonstration que Twitter continuait de dépenser des dizaines de millions de dollars pour rien. Et à ses yeux, personne ne voulait assumer ses responsabilités. Musk en conclut qu'il lui fallait mettre encore plus la main à la pâte.

40

« I'm rich, bitch ! »

Le 18 novembre, peu après sa démission, Roth publia une tribune dans le *New York Times* où il exposait une stratégie d'opposition à Musk. Selon lui, le milliardaire était totalement irresponsable et défendait une vision de la liberté d'expression biaisée et intenable. Ses changements d'humeur, « brusques et inquiétants », guidaient son existence.

Musk avait fini par accepter Roth, il avait demandé à ses followers d'accorder leur confiance à cet homme qu'ils considéraient comme un maître censeur, et Roth désirait à présent se distancier totalement de lui. L'article prit Musk par surprise et le rendit fou de rage. Il ne supportait pas d'être critiqué publiquement, encore moins dans les pages d'un grand quotidien qu'il détestait. Musk cessa de suivre Roth aussitôt après la publication de sa diatribe.

En succédant à Roth, Irwin se fixa comme mission d'éradiquer toute trace de contenu pédopornographique sur la plateforme. Entre fin novembre et début décembre, Musk et elle tweetèrent à ce sujet, que Musk qualifia de « priorité n° 1 ».

Le 9 décembre, Twitter annonça que ces efforts portaient leurs fruits. Durant le premier mois du règne de Musk, près de trois cent mille comptes furent suspendus pour enfreinte aux règles sur la pédopornographie, soit 57 % de plus qu'auparavant[1]. Musk déclara que l'ancienne direction de Twitter avait sciemment laissé pourrir la situation.

« C'est un crime qu'ils aient refusé d'agir contre la pédopornographie pendant toutes ces années ! » s'emporta Musk. Face à ces accusations, Dorsey, contrairement à ses habitudes sur Twitter, réagit en répondant : « C'est faux. »

Le lendemain, Musk découvrit sur sa timeline que des ennemis de Roth s'étaient mis à éplucher les vieux tweets de celui-ci, et plus largement, l'ensemble de son activité en ligne. Et l'un d'eux avait déterré sa thèse de doctorat.

Roth y abordait la question de l'utilisation par des mineurs de Grindr, une application de rencontres gay, et avançait que l'application devait trouver des moyens de garantir leur sécurité plutôt que de les bannir, ou de les ignorer totalement. « Plutôt que de tenter simplement de les exonérer de toute responsabilité juridique ou, pire encore, d'évincer tous les adolescents, les prestataires de service devraient se concentrer sur la création de stratégies de sécurité prenant en compte la très grande variété d'usage de plateformes telles que Grindr, et assumer pleinement leur rôle en permettant aux jeunes adultes queers d'entrer en contact les uns avec les autres sans courir de danger », écrivit Roth, appelant à plus de mesures de protection des jeunes gens en ligne.

Musk, à l'affût du premier prétexte pour rendre à Roth la monnaie de sa pièce, présenta sa thèse comme la preuve que l'ancien cadre de Twitter voulait encourager les relations sexuelles entre adolescents mineurs et adultes. « On dirait que Yoel défend l'utilisation de services Internet destinés aux majeurs par des enfants dans sa thèse de doctorat », tweeta Musk.

Aussitôt, une vague d'utilisateurs fondit sur le compte de Roth pour l'accuser de pédophilie. Puis vinrent les menaces de mort. On trouva sur Internet ses coordonnées personnelles, et son téléphone se mit à sonner sans discontinuer. L'adresse de la maison où il habitait avec son mari fut révélée en ligne. Le *Daily Mail* ne tarda pas à couvrir cette histoire de harcèlement dans un article, en précisant l'adresse de Roth[2].

Roth n'avait jamais rien connu de semblable, pas même lorsqu'il avait été la cible de la présidence Trump. À l'époque, Twitter avait mis un agent de sécurité en faction devant chez lui. Mais, à présent sans travail, Roth ne pouvait plus compter sur les ressources d'une grande entreprise. Il envisagea d'acheter un pistolet pour se défendre si quelqu'un entrait chez lui par effraction, mais l'idée de posséder une arme à feu le dérangeait trop.

Au milieu des e-mails menaçants, Roth tomba sur un message de Del Harvey, la première employée chargée de la confiance et de la sécurité avec qui il avait œuvré pour que la compagnie bannisse Trump. Roth et Gadde s'étaient à peine parlé depuis son licenciement, et leurs relations n'étaient pas au beau fixe. Mais Harvey avait demandé à Gadde de l'aider, et elle avait trouvé un lieu où Roth et son mari pourraient séjourner le temps que les choses se tassent. Roth fut déçu que Gadde ne l'ait pas contacté directement, mais il accepta sans hésiter.

Plusieurs semaines après, quand la vague de harcèlement s'apaisa, les deux conjoints rentrèrent chez eux pour faire leurs cartons. Ne se sentant plus en sécurité chez eux, ils vendirent leur maison à perte, précisant aux acheteurs que leur propriété avait été visée par les fanatiques de Trump.

* * *

Spiro ayant quitté Twitter, Musk dut se trouver de nouveaux lieutenants. Pour combler le vide que laissait Spiro, il appela à la rescousse plusieurs employés de SpaceX, parmi lesquels Chris Cardaci, vice-président du service juridique, et Tim Hughes, vice-président des affaires internationales et gouvernementales. Cardaci prit la tête de l'équipe juridique de Twitter, Hughes, celui du service conformité. Durant une réunion avec les juristes de Twitter, Davis déclara que Hughes était la recrue idéale pour ce poste parce qu'en travaillant sur Starlink il avait déjà eu affaire à la FTC.

« Nous devons être irréprochables sur la conformité », déclara Davis. Allant à l'encontre de sa politique de coupes sauvages dans le budget, il accepta que Twitter engage du personnel pour traiter des questions liées à la FTC. L'agence de régulation surveillait en effet plus que jamais la compagnie. Les questions qu'elle lui avait adressées indiquaient clairement que si Twitter manquait à ses engagements, elle tiendrait Musk pour seul responsable sur le plan juridique. Spiro avait écarté ces questions en arguant que le milliardaire n'avait pas peur de ces menaces, mais l'heure était venue de redresser la barre. Twitter avait dépassé de plusieurs semaines la date limite fixée par l'agence, et n'avait toujours rien de solide à lui présenter.

« La compagnie ne dispose pas de ressources illimitées, et elle œuvre activement à fournir des réponses », répétaient les responsables de Twitter dans une lettre confidentielle adressée à la FTC en décembre, en réponse aux relances de l'agence. Mais il fallait bien se rendre à l'évidence : Twitter n'avait d'autre choix que d'admettre que Musk était la seule personne en charge.

« M. Musk a assumé les responsabilités de directeur général, président, trésorier et secrétaire général, écrivit l'entreprise. M. Musk dispose du pouvoir général de supervision des affaires de la compagnie, avec un droit de regard sur la conception, la création et la mise en œuvre du programme général de confidentialité et de sécurité des informations. »

* * *

Après avoir racheté Twitter en octobre, Musk avait presque aussitôt fait une allusion à Babylon Bee. « La comédie est à présent légale sur Twitter », avait-il tweeté moins de vingt-quatre heures après avoir signé.

Musk avait toujours eu à cœur d'être perçu comme quelqu'un de drôle, et le 11 décembre, en proie à une agitation prononcée, après avoir passé la journée à rabaisser les salariés de Twitter, il partit pour le Chase Center de San Francisco, stade des Golden State Warriors, histoire de décompresser un peu. Mais plutôt que d'assister à un match de basket, il fut reçu sur scène par l'humoriste Dave Chappelle, durant le spectacle qu'il jouait à guichets fermés.

« Mesdames et messieurs, faites du bruit pour l'homme le plus riche au monde », annonça Chappelle quand Musk s'avança, micro à la main[3].

La représentation touchait à sa fin, et l'invité surprise aurait dû être le clou du spectacle. Musk leva les bras et salua le public. Mais la première vague d'applaudissements laissa très vite la place à une cascade de huées. Musk regardait le comique, comme s'il attendait de lui quelque conseil sur la marche à suivre.

« Des acclamations et des huées, je vois », commenta sobrement Chappelle face aux dix-huit mille personnes réunies. « Elon… continua-t-il.

– Salut Dave.

– Encore de la controverse, mon pote, dit Chappelle.

– Tu t'y attendais pas, hein ? rétorqua le milliardaire.

– Apparemment il y a dans le public plusieurs personnes que tu as virées », fit l'humoriste, soulevant quelques rires dans l'assistance. Mais les huées se firent de nouveau entendre alors que Chappelle allumait une cigarette et se moquait des spectateurs qui avaient acheté les places les moins chères. Musk bafouillait, le micro tendu mollement vers sa bouche. Tous deux finirent par quitter la scène, avant de revenir pour un rappel avec Chris Rock et l'entourage de Chappelle, et ils essayèrent une dernière fois de redorer le blason de Musk. Chappelle passa le micro au milliardaire qui fut encouragé à prononcer l'une des répliques phares de l'humoriste. « *I'm rich, bitch !* »* hurla Musk. Et de nouveau, il se fit huer[4].

Musk dormit à peine cette nuit-là. À 4 heures du matin, il publia des tweets sur la lutte contre « le virus wokiste » et le Covid, mais cet incident face au public de Chappelle l'obsédait. S'il n'était pas rare qu'il essuie des insultes sur Twitter, il trouvait généralement un moyen de se protéger de cette négativité. Mais au Chase Center, les insultes avaient été proférées dans la vraie vie, et constituaient un feedback sans filtre de l'hostilité croissante du public envers son acquisition de Twitter, ses opinions politiques, et plus généralement ses excès en ligne. Dans une de ses réponses à un tweetos, il mit cet incident sur le compte de « gauchistes déchaînés »[5]. « Techniquement, ç'a été 90 % d'acclamations pour 10 % de huées (sauf pendant les silences), il n'empêche, ça fait beaucoup de huées, et c'est une première pour moi dans la vraie vie (très fréquent sur Twitter). »

Des hordes d'utilisateurs tournèrent en ridicule ce tweet et son ego fragile, et Musk finit par l'effacer. Manifestement, la comédie était légale aussi bien sur Twitter que dans la vraie vie.

* * *

En plus de leur contrecoup sur sa réputation, les tweets de Musk au sujet de Roth eurent un impact financier. Ses publications de plus en plus débridées hurlaient aux investisseurs de Tesla qu'il ne consacrait pas assez de temps au constructeur automobile, et les actionnaires

* *Je suis riche, salope !* (N.d.T.)

étaient de plus en plus inquiets. Pour eux, Tesla et Musk étaient indissociables et, sans le milliardaire à la barre, la compagnie risquait de sombrer. À la fermeture des marchés le lundi, le cours de l'action Tesla avait baissé de plus de 6 %[6].

Il perdit encore 4 % le lendemain, privant brièvement Musk de son statut d'homme le plus riche du monde.

En interne, Birchall enjoignait aux employés de faire preuve d'empathie envers Musk « Elon n'est pas un tyran », leur dit-il au cours d'une réunion. Selon lui, bien que son comportement pût donner l'impression inverse, ses décisions étaient guidées par sa conviction que Twitter était le meilleur réseau social qui fût. Roth avait mis en doute l'attachement de Musk à la notion de sécurité des usagers, mais il avait fait des voitures Tesla les véhicules les plus sûrs du monde*. « Il se réveille tous les jours pour tenter de faire progresser l'humanité », insista Birchall.

Le tollé monopolisait la timeline et l'esprit de Musk. Ceux qui eurent affaire à lui durant cette période le soupçonnèrent d'avoir arrêté les antidépresseurs (il avait reconnu qu'il en consommait), ou de prendre d'autres substances. Durant ses brefs instants de temps libre, les employés le voyaient dans la salle de conférence du neuvième étage, assis à la table avec un Coca Light, scrollant encore et toujours sur son téléphone. Le staff de Musk finit par remplacer les vitres transparentes par du verre dépoli afin de le protéger des regards soucieux.

* * *

L'une des seules personnes qui semblaient avoir une influence positive sur Musk à l'époque n'était autre que

* En vérité, on considère souvent que la voiture la plus sûre du monde est la Volvo XC90.

son fils X Æ A-12. À un âge où les autres enfants allaient à la crèche, lui passait son temps dans les bureaux de Twitter. Musk et la mère de l'enfant, Boucher, déclaraient à qui voulait les entendre qu'il était « l'élu », une sorte de messie destiné à être formé par son père. Musk était l'architecte d'un techno-futur parfait, et X hériterait de son empire réunissant Tesla, SpaceX et Twitter. « X grandit dans le monde des affaires afin d'en savoir encore plus que son père », dit un jour Grimes à un cadre de Twitter.

Musk était fou de son fils, et il racontait à ses lieutenants que l'enfant, qui très souvent refusait de s'endormir avant qu'il lui souhaite bonne nuit, était en train d'absorber tout ce qu'il y avait à savoir sur la direction d'entreprise. Mais pour certains membres de Twitter, tout cela ressemblait plutôt à une éducation expérimentale très peu salutaire. À l'exception de Musk, sa nounou et ses gardes du corps, X semblait n'avoir aucune relation sociale, notamment avec des enfants de son âge. Musk le faisait assister à certaines réunions durant lesquelles le jeune garçon s'exprimait, parfois en jurant comme son père le faisait, et les salariés présents se demandaient pourquoi ils devaient élever la voix pour couvrir celle d'un enfant.

Musk avait toujours eu un rapport très compliqué à la paternité, et même s'il avait au moins onze enfants, il avait le plus grand mal à les élever. Quand ils étaient plus petits, ses aînés (jumeaux et triplés) avaient passé quelque temps dans les bureaux de ses entreprises, un peu comme X, et il s'était déjà montré capable de travailler en leur présence. Mais maintenant qu'ils avaient grandi, certains s'étaient lassés du manque d'attention de leur père. Ils avaient pris leurs distances, surtout Vivian, que Musk considérait comme une néomarxiste dont la scolarité progressiste avait totalement lavé le cerveau[7]. Musk disait à ses intimes qu'aucun de ses enfants adolescents ne voulait le voir, et ces confidents ne pouvaient s'empêcher de se demander si le temps qu'il passait avec X n'avait pour but d'éviter ce genre de détérioration dans leur relation.

* * *

Durant la semaine du 11 décembre, Musk envoya X Æ A-12 en jet privé rejoindre sa mère à Los Angeles. À l'aéroport, la voiture dans laquelle il monta fut suivie par un individu qui croyait que le milliardaire se trouvait à bord. À une station-service, les gardes du corps de l'enfant abordèrent le désaxé en le filmant, et Musk publia plus tard la vidéo sur Twitter. Il déclara que sa famille et lui étaient en danger, à cause d'un compte Twitter qui faisait état de chaque déplacement de son jet privé.

Lorsqu'il avait racheté la plateforme, Musk avait cité @ElonJet à titre d'exemple de compte qu'il ne bannirait pas. « Mon engagement pour la liberté d'expression va jusqu'au refus de supprimer le compte qui suit mon avion, alors que cela représente un risque direct pour ma sécurité personnelle », écrivit-il au bout de deux semaines à la tête de la compagnie. Dans les coulisses, cependant, ce compte revenait régulièrement dans les discussions : Irwin, directrice de la confiance et de la sécurité, militait pour sa suppression. Musk avait préféré ne pas suivre son conseil, mais cet incident avec son fils le fit changer d'avis du jour au lendemain.

Twitter bannit donc @ElonJet le 14 décembre, Musk inventant à la va-vite une nouvelle règle en vertu de laquelle tout compte publiant « en direct des informations relatives à l'emplacement » de quiconque serait aussitôt suspendu. Les termes choisis étaient malheureusement très flous. Depuis les débuts du réseau social, les utilisateurs n'avaient cessé de publier des informations sur eux-mêmes et sur d'autres personnes lors d'événements sportifs, de manifestations, ou plus simplement dans la vie de tous les jours. Si un usager publiait une photo de Tom Cruise passant les portes d'un McDonald's en précisant son emplacement, serait-il banni ?

En plus de @ElonJet, la compagnie suspendit des comptes partageant des liens vers des sites où étaient exposées des informations de vol publiques, à l'image du compte Twitter de Mastodon, un réseau social concurrent qui fit savoir que le compte @ElonJet se trouvait sur leur plateforme, ainsi qu'une demi-douzaine de journalistes du *New York Times*, du *Washington Post* et de la chaîne CNN qui avaient traité de ces suspensions*.

« Ils ont publié mon emplacement exact en temps réel, càd des coordonnées d'homicide, en violation directe (et évidente) avec les termes du règlement de Twitter », tweeta Musk par la suite, convaincu de l'existence d'un complot.

Les associés de Musk, dont Calacanis et Sacks, essayèrent de le dissuader d'aller plus loin. Musk avait complètement déraillé, reliant tout un tas d'événements sans rapport les uns avec les autres pour former une vaste conspiration. Son humeur était plus massacrante que jamais, et il confia à plusieurs de ses proches qu'il avait peut-être fait une erreur en rachetant Twitter. Le fardeau financier que cela représentait et tout ce temps investi au détriment de ses autres compagnies, principalement Tesla et SpaceX, devenaient de plus en plus difficiles à assumer. « Il est arrivé convaincu qu'il allait sauver l'humanité tout entière, devait déclarer un cadre de Twitter. Et puis tout à coup, il se rendait compte que les gens le considéraient comme un démon, pas comme un héros. C'est très dur à avaler. »

La nuit où se produisirent les bannissements, Musk ne put s'empêcher de rester connecté à Twitter. Quand Katie Notopoulos, reportrice chez *Buzzfeed News*, ouvrit un

* Ryan, coauteur du présent ouvrage, fit partie des journalistes bannis.

Space pour discuter des suppressions, quelques-uns des journalistes bannis, comme Drew Harwell, du *Washington Post,* et Matt Binder, de *Mashable*, parvinrent à se joindre à elle grâce à un bug de Twitter Spaces, service qui ne reposait pas sur la même base de données que le reste de la plateforme, et tous tentèrent d'expliquer la susceptibilité et l'hypocrisie du patron de Twitter. Musk en personne rejoignit la discussion et tenta poussivement de se défendre. « Révéler des informations en temps réel sur le lieu où se trouve une personne est plus que déplacé », commença-t-il avant de s'en prendre à ses ennemis de toujours.

« Il n'y aura aucune distinction à l'avenir entre les journalistes – soi-disant journalistes – et les gens normaux, déclara Musk. Tout le monde sera traité de la même façon. Ce n'est pas parce que vous êtes journalistes que vous êtes au-dessus des autres. Vous êtes, vous êtes juste – vous êtes juste des Tw – des citoyens[8]. »

Alors que les journalistes en question lui demandaient d'expliquer ce qu'il entendait par là, Musk éleva la voix avant de quitter brutalement la conférence audio. Il ordonna presque aussitôt aux ingénieurs de Twitter de fermer tous les Spaces, et tweeta plus tard que la compagnie était en train de résoudre « un problème technique ». En définitive, il existait bel et bien des limites à la liberté d'expression.

41

Perte de confiance

La Coupe du monde masculine de football de 2022 était pour le Qatar l'occasion ou jamais de briller internationalement. Le dimanche 18 décembre, l'émirat se retrouva au centre du monde lorsqu'une pléthore de stars du foot, dont Lionel Messi et Kylian Mbappé, se retrouvèrent sur la pelouse d'un stade doré en forme d'œuf pour l'un des matches les plus importants de leurs carrières respectives.

Musk était également présent, dans une luxueuse tribune, aux côtés d'autres personnages très influents. Mais il n'était pas là par plaisir. Musk détestait le sport. Dans sa jeunesse, il s'était surtout intéressé à la lecture, à l'informatique et aux jeux vidéo. Mais l'acquisition de Twitter lui imposait de faire acte de présence : les sports attiraient un nombre considérable d'usagers sur la plateforme où se mêlaient rumeurs de rachats de joueurs de la NBA, informations sur les jeux Olympiques et conversations autour du Super Bowl. Les événements sportifs internationaux étaient une manne pour la compagnie, dont l'équipe commerciale vendaient des packs publicitaires spéciaux et très lucratifs.

Et de tous les événements sportifs, la Coupe du monde masculine de foot était de loin le plus suivi sur Twitter. La compétition, qui a lieu tous les quatre ans et déroule des dizaines de matches durant un mois, avait systématiquement battu des records de trafic. En 2010, à l'occasion de la première Coupe du monde bénéficiant d'une présence importante sur Twitter[1], la compagnie prévint ses utilisateurs que le site serait susceptible de planter, ce qui ne manqua pas d'arriver lorsque l'équipe néerlandaise battit le Brésil en quart de finale à Port Elizabeth, en Afrique du Sud[2]. Quatre ans plus tard, le Brésil accueillit le championnat qui généra quelque 672 millions de tweets, à l'époque le plus grand nombre de publications concernant un événement[3]. Au fil des ans, Twitter gagna en maturité et se dota d'une meilleure infrastructure, ce qui lui permit de beaucoup mieux gérer ces énormes pics d'affluence, mais à la suite des licenciements en masse de Musk, les salariés restants craignirent que la compagnie ne dispose pas des effectifs ou de l'expérience nécessaires pour faire face à un gros plantage. Certains ingénieurs comparaient Twitter à une voiture de course : elle roulait à toute vitesse et sans accrocs, mais si le moteur ou la transmission lâchaient, rien ne permettait de dire qu'il y aurait assez de mécaniciens compétents pour s'en occuper.

Malgré ce risque, les soixante-trois matches de novembre à décembre n'entraînèrent aucun raté de taille, et quand Musk atterrit au Qatar, le 18 décembre, Twitter avait su gérer le trafic à merveille. Après plus de quinze heures de vol[4], Musk entra dans le stade peu avant le coup d'envoi de la finale pour échanger des poignées de main, saluer des fans et se faire photographier aux côtés de personnalités telles que Recep Tayyip Erdoğan, le président autoritaire de la Turquie, Nusret Gökçe, cuisinier et boucher plus connu sur Internet sous le surnom de Salt Bae, et un présentateur télé russe qui s'illustrait par ses talents de propagandiste[5]. Puis Musk s'assit entre Jared Kushner, beau-fils et proche conseiller de Donald Trump, et Mansour Ben Ibrahim Al-Mahmoud, directeur général de la Qatar Investment Authority.

Musk était venu pour honorer la promesse qu'il avait faite à ses soutiens qataris, et dans l'espoir de trouver de nouveaux investisseurs afin d'alléger son fardeau financier. Tout autour de lui, d'autres célébrités internationales assistèrent au match, comme la star du football anglais David Beckham, et Lakshmi Mittal, magnat indien de l'acier. Les prospections pour de nouvelles levées de fonds avaient été tenues secrètes, sous l'égide de Birchall et Pablo Mendoza, associé à Vy Capital, un fonds de capital-risque basé à Dubaï venu à la rescousse du milliardaire. « Ces dernières semaines, nous avons reçu de nombreuses propositions d'investissement, écrivit Birchall dans un e-mail destiné aux investisseurs de Twitter. Par conséquent, nous sommes ravis d'annoncer une offre d'actions au prix initial selon les mêmes termes, avant clôture de fin d'exercice[6]. »

L'annonce était audacieuse, pour ne pas dire déraisonnable dans la mesure où une levée de fonds de 3 milliards de dollars était visée[7]. Musk avait passé un mois et demi à saboter les revenus publicitaires de la compagnie et à licencier ses employés, ce qui en plus des troubles financiers à l'échelle internationale avait amené certaines banques ayant avancé les 13 milliards de financement par emprunts à tenter de revendre la dette à prix cassés. Analystes et critiques s'accordaient à dire qu'il était ridicule de s'imaginer que qui que ce soit puisse acheter des parts du nouveau Twitter à hauteur de 54,20 dollars. D'autant que Musk ne semblait pas vouloir s'assagir.

Après la victoire de l'Argentine aux tirs au but, Twitter annonça une nouvelle mesure qui fit grand bruit parmi ses usagers. « Nous supprimerons les comptes créés dans le seul objectif de promouvoir d'autres réseaux sociaux ainsi que les contenus incluant liens et noms d'utilisateurs des plateformes suivantes : Facebook, Instagram, Mastodon, Truth Social, Tribe, Nostr et Post ». C'était là une exigence de Musk, qui voulait ainsi préserver le trafic sur Twitter et empêcher les usagers d'aller voir ailleurs. Il fut vivement critiqué par Dorsey, qui avait appelé à télécharger et utiliser Nostr, un nouveau réseau social décentralisé.

Cette mesure fut très mal accueillie, à peu près partout sur Twitter, tous bords politiques confondus. Elle allait à l'encontre des usages des réseaux sociaux, ainsi que de la notion même de liberté d'expression, et entrait en contradiction absolue avec la valeur compétitive promue par toute la Silicon Valley, selon laquelle les compagnies devaient l'emporter par la qualité de leurs produits, et non en contraignant les gens à les utiliser.

Parmi ceux qui critiquèrent alors Musk, on comptait le lanceur d'alerte Edward Snowden, Aaron Levie, directeur général de Box, et Balaji Srinivasan, crypto-entrepreneur et ancien associé chez Andreessen Horowitz. Mais le plus remonté de tous était sans doute Paul Graham, fondateur de l'incubateur de start-up YCombinator, qui avait pourtant tweeté un mois auparavant : « C'est incroyable le nombre de gens qui n'ont jamais dirigé la moindre compagnie et pensent qu'ils seraient plus capables de diriger une entreprise de la tech que quelqu'un qui est à la tête de Tesla et SpaceX. » La nouvelle mesure de Twitter lui fit instantanément revoir sa position, et il tweeta un lien vers son compte Mastodon, en qualifiant la décision de Musk de « goutte d'eau qui fait déborder le vase ». Il fut presque instantanément banni.

« Je crois toujours qu'Elon est un type intelligent, écrivit plus tard Graham sur un forum populaire parmi les fondateurs de start-up. Son travail sur les voitures électriques et les fusées parle de lui-même. Et je ne pense pas qu'il soit le super-méchant pour lequel beaucoup essayent de le faire passer. Il est excentrique, soit, mais ce n'est pas un scoop. Et à mon avis, il n'a toujours pas compris que les techniques qui fonctionnent pour les voitures et les fusées ne sont pas applicables aux réseaux sociaux.

Ces deux éléments suffisent à expliquer son comportement[8]. »

Au bout de quelques heures à peine, Musk tweeta qu'il modifierait la mesure, de façon que seuls les comptes dont « le but premier » était de faire la promotion de sites concurrents soient supprimés. Puis il ajouta : « À l'avenir, les grands changements dans la politique seront soumis à l'approbation générale. Toutes mes excuses. Ça ne se reproduira plus. »

Après quoi il soumit un sondage qui se voulait être un référendum sur son leadership.

« Dois-je quitter mes fonctions de chef de Twitter ? tweeta-t-il à 1 h 20 du matin à Doha. Je me soumettrai aux résultats de ce sondage. » Il passa une bonne partie du reste de la nuit à tweeter jusqu'à ce que son avion décolle à destination d'Austin, avec une escale à Londres.

Ses tentatives de levée de fonds ayant échoué, Musk quitta le Moyen-Orient les mains vides. Cette défaite financière et la débâcle de sa mesure lui valurent d'être encore plus maussade qu'à son arrivée au Qatar. Mais il était loin de s'attendre aux résultats du sondage, qui prit fin alors qu'il était encore en plein vol.

* * *

Quand son jet atterrit à Londres, 57,5 % des 17,5 millions de comptes votants s'étaient exprimé en faveur de sa démission. Ce fut un véritable choc pour lui. Aux yeux de cet homme qui avait passé une bonne partie de son enfance et de son adolescence à lire des histoires de science-fiction et de super-héros, c'était comme si Gotham avait voté en faveur de l'exil de Batman. Dépouillé de la confiance en soi qui semblait ne jamais le quitter, Musk était d'autant plus déprimé que le cours de l'action Tesla était en chute libre. À son retour aux États-Unis le 20 décembre, la cote n'avait jamais été aussi basse en deux ans, après avoir perdu 66 % de sa valeur depuis le début de l'année[9]. Musk passa la journée à Austin, dans l'usine de Tesla, essayant de redresser la situation en prouvant au marché qu'il n'était pas un patron absentéiste. Mais la valeur de l'action continua de chuter durant les jours qui suivirent.

De retour à San Francisco, il laissa un bon nombre d'e-mails et de messages sans réponse, et certains de ses collaborateurs proches qui échangèrent alors avec lui le crurent en proie à une crise maniaco-dépressive. Son comportement marqua le début d'une période à laquelle Marc Andreessen, cofondateur d'Andreessen Horowitz, l'un des investisseurs de Twitter, devait se référer par le terme d'« épisode ». Andreessen était si inquiet qu'il demanda au staff du milliardaire, qui passait le plus clair de son temps seul enfermé dans sa salle de conférence, si celui-ci avait encore toute sa tête.

Au cours d'une conversation avec un confident, Musk, la gorge nouée, avoua qu'il doutait de sa capacité à diriger la compagnie. Il tenait à être apprécié, et le fait de constater que des millions de personnes, y compris certains de ses amis et supporters, pouvaient se retourner contre lui en un clin d'œil l'avait enfoncé plus profondément dans la dépression. « Je ne m'en remettrai jamais », dit-il.

Les salariés de Twitter gardèrent un œil sur le fil de Musk, à l'affût du moindre développement. « Je quitterai mes fonctions de directeur général dès que j'aurai trouvé quelqu'un d'assez idiot pour accepter ce boulot ! écrivit-il. Après quoi, je me contenterai de diriger les équipes logiciels & serveurs. »

Certains ingénieurs ayant pris part au sondage en votant en faveur de la démission de Musk se mirent à espérer que cette décision entraînerait un ralentissement du rythme effréné auquel toute la compagnie était soumise. Mais ce fugace soulagement se changea vite en peur panique lorsqu'ils prirent conscience que les données du sondage n'étaient pas cryptées, et que par conséquent, toute personne ayant accès aux systèmes internes de Twitter pouvait identifier les votants, ainsi que la teneur de leur suffrage. Redoutant de se faire licencier à cause de leur réponse, les ingénieurs s'empressèrent de dissimuler ces données.

Cet « épisode » ouvrit les yeux à un certain nombre de salariés de Twitter. Tesla et SpaceX étaient des compagnies construites à l'image de Musk, avec des personnes et des processus expressément sélectionnés pour répondre à ses attentes et ses consignes sans cesse changeantes. En outre, il ne consacrait jamais plusieurs jours d'affilée à l'une de ces compagnies, préférant passer de l'une à l'autre pour s'occuper de ce qui requérait son attention immédiate, qu'il s'agisse de la conception d'un propulseur ou d'un problème de fabrication dans une usine. Chez Twitter en revanche, son comportement était obsessionnel : il passait des jours entiers à se taper la tête contre les murs pour tenter de résoudre un problème commercial qu'il avait lui-même engendré.

Musk semblait vouloir sincèrement abandonner son poste de directeur général. Quelques jours après le sondage, il invita un candidat potentiel à passer un entretien dans les bureaux de Twitter, en l'espèce, Emil Michael, cadre opérationnel agressif, bras droit de Travis Kalanick chez Uber avant son licenciement en 2007. Depuis, Michael jouait aux investisseurs, mais il n'était pas opposé à un grand retour dans le coupe-gorge qu'était la Silicon Valley. Cette entrevue n'aboutit cependant pas à une proposition professionnelle.

* * *

Sheen Austin, chef de l'infrastructure chez Tesla, savait que ceux qui disaient non à Musk ne restaient généralement pas longtemps dans son orbite. Austin savait aussi qu'il avait signé son propre arrêt de mort en décidant de rester chez Twitter. Il avait vu d'autres employés, comme Nelson Abramson, vice-président chargé de l'infrastructure, perdre son boulot pour d'infimes manquements. Austin avait tenté d'apprendre à Abramson comment communiquer avec Musk et ses sous-fifres, mais cela n'avait servi à rien. Il s'était fait renvoyer plus tôt ce mois-ci après s'être opposé à Davis au sujet des coupes du budget.

Le fatalisme rongeait Austin chaque matin quand il se levait pour s'acquitter de ses tâches, qui se résumaient maintenant à tout faire pour que l'un des sites les plus fréquentés au monde ne s'effondre pas, tandis que de son côté, son nouveau propriétaire faisait tout pour le détruire.

Maintenir Twitter en ligne n'était pas une mince affaire. Sans parler du travail que cela nécessitait, la compagnie dépensait plus de 1 milliard de dollars par an en serveurs et en clouds, ce qui constituait l'une de ses plus grosses sources de dépenses. L'essentiel de cette somme était dévolu aux trois centres de données sis à Atlanta, Portland et Sacramento, les cerveaux de Twitter : c'était là qu'étaient stockés tous les profils, tous les tweets, tous les « J'aime » et tant d'autres données encore, sur des racks de serveurs qui occupaient une superficie équivalant à plusieurs terrains de football.

Sacramento, ou SMF selon le code aéroportuaire local, était le plus gros centre de données de la compagnie. Situé dans le nord de la capitale californienne, il appartenait à la Nippon Telegraph and Telephone (NTT), compagnie de télécom basée à Tokyo qui louait cet espace à Twitter depuis plus de dix ans. En juin, une canicule avait entraîné une coupure de courant dans l'ensemble du site, ce qui avait poussé certains cadres à s'interroger sur la présence de la compagnie à Sacramento. Quand Musk commença à ordonner des coupes drastiques tous azimuts, la décision fut toute trouvée : il fallait se débarrasser de SMF.

Austin savait que c'était la solution la plus sage. Mais il savait également qu'on ne pouvait fermer l'un des trois principaux centres de données du jour au lendemain. Il ne suffisait pas d'appuyer sur un interrupteur : les données devaient être transférées en toute sécurité afin que rien ne se perde. Il faudrait emballer et transporter le plus précautionneusement possible les serveurs. Les ingénieurs devraient rediriger le trafic pour éviter toute interruption du service. Pour bien faire les choses, il faudrait des semaines, voire des mois. Il s'efforça de le faire comprendre à son patron, qui finit par accepter que la transition ne s'achève pas avant le début du mois de janvier.

Le 23 décembre, l'un des assistants d'Austin envoya un e-mail informant les employés de Twitter que SMF serait définitivement fermé, et que la capacité du centre de données d'Atlanta serait réduite le mois suivant[10]. Aucune raison ne fut donnée, mais il était clair aux yeux de tous que le but était une fois de plus de réduire les coûts. Austin était désemparé. Il comprenait bien qu'il fallait fermer Sacramento, mais rediriger le trafic vers Atlanta et Portland pouvait déstabiliser le système et occasionner des plantages importants. Les centres de données étaient régis par la notion de redondance : si l'un d'eux cessait de fonctionner, les autres suppléaient à ses fonctions, et le site restait en ligne.

Cette nuit-là, le jet privé de Musk quitta la piste de l'aéroport international d'Oakland avec à son bord le milliardaire, Davis, Andrew et James Musk, ainsi que leurs familles. Austin, qui avait passé la semaine à préparer la transition des données prévue après les vacances de fin d'année, était sur le point de fêter l'anniversaire de deux de ses enfants lorsqu'il reçut un appel surprise de James Musk.

Avec des rires en fond sonore, il l'informa que le jet avait changé de destination. Musk n'avait cessé de parler de SMF et du temps requis pour la transition, ce qui avait amené son cousin à lui proposer de commencer dès maintenant, ensemble, à démonter les serveurs. L'idée avait emballé Musk et, plus ou moins à hauteur de Las Vegas, il avait ordonné au pilote de prendre un nouveau cap. La fermeture de SMF débuterait le soir même.

Rares furent les employés de Twitter qui surent ce qui se tramait. Austin, après avoir tenté en vain de persuader son patron d'attendre, informa quelques ingénieurs qu'il y avait « un problème », sans expliquer ce que Musk s'apprêtait à faire. Celui-ci, ses cousins et Davis atterrirent après minuit, la veille de Noël, et entrèrent dans le centre de données, tandis qu'Austin se connectait de chez lui afin de superviser les systèmes de Twitter, à l'affût du moindre dégât. Musk se servit d'un canif pour débrancher un serveur à l'instant précis où plantaient plusieurs Agent Tools, outils servant à monitorer le harcèlement, les propos haineux et les activités illégales. Cela suffit à convaincre le milliardaire de cesser ses enfantillages.

Mais cela ne l'empêcha de déclarer en ligne que tout se passait au mieux. « Et pourtant ça marche, tweeta-t-il mystérieusement à propos de l'incartade, même après que j'ai déconnecté l'un des racks les plus sensibles. »

En coulisse, Austin suppliait Musk et Davis de ne plus rien faire. Le site entier courait le risque de s'effondrer, et il faudrait alors plusieurs jours à l'équipe infrastructure pour diagnostiquer l'étendue des dégâts et remettre la plateforme sur pied. En outre, il était possible que des données utilisateurs aient été endommagées ou perdues, ce qui pourrait constituer une violation de l'accord de Twitter avec la FTC. En évoquant ainsi le courroux divin, Austin ne cherchait qu'à gagner du temps pour rediriger le trafic de SMF vers les autres centres de données.

Cela eut l'effet escompté. Musk ne débrancha plus rien, et l'essentiel du trafic de SMF fut bloqué en moins de douze heures, les ingénieurs chargés de l'infrastructure se démenant pour que rien ne bouge. Comme par miracle, le site resta en ligne, et des camions ne tardèrent pas à se garer devant le centre de données, prêts à transporter les précieux serveurs équipés d'AirTag traçant le trajet de la marchandise. Musk ne s'éternisa pas sur place : il repartit dans les toutes premières heures de cette Saint-Sylvestre, après avoir une fois de plus tiré dans les jambes de ses propres employés.

La semaine suivante, dans le monde entier, des utilisateurs connurent des pannes, tandis que d'autres se trouvaient dans l'incapacité d'ouvrir Twitter sur leurs ordinateurs. D'autres encore ne visualisaient plus les réponses à leurs tweets ou tombaient sur des messages d'erreur lorsqu'ils faisaient défiler leurs timelines[11]. Les prédictions d'Austin se réalisaient. Quelques jours plus tard, Twitter cessa d'être accessible à beaucoup d'usagers en Australie et en Nouvelle-Zélande et, dans les mois qui suivirent, le site subit une demi-douzaine de grosses avaries[12]. Il fallut plus de quatre mois à des employés exclusivement affectés à cette tâche pour installer les serveurs de Sacramento dans le centre de données d'Atlanta.

Mais Austin se moquait bien que les faits lui donnent raison. Les circonstances de la fermeture de SMF brisèrent l'image qu'il se faisait de Musk. Il avait peut-être bâti des compagnies d'une valeur de plusieurs milliards de dollars, il n'en demeurait pas moins qu'il se servait des gens en les usant jusqu'à la moelle, et profitait de leur dévouement pour les faire crever à la tâche. Austin croyait avoir gagné la confiance et le respect de Musk, mais il prenait à présent conscience qu'à ses yeux il n'était qu'un vulgaire pion parmi d'autres.

Le jour du Nouvel An, Austin et Kiko Smith, l'architecte limogée par erreur, prirent un vol pour Portland afin d'y superviser le transfert des serveurs en provenance de Sacramento. Le lendemain matin, alors qu'ils partageaient un petit déjeuner dans la salle à manger d'un hôtel Embassy Suites, Austin se lamenta auprès de sa collègue.

« Je ne peux pas tolérer ça, dit-il en parlant des oukases de Musk. Et contraindre ensuite d'autres gens à y obéir. Moi-même, je n'ai aucune envie d'y obéir. Comment pourrais-je imposer ça à autrui ? »

Austin supervisa encore quelques semaines le processus de fermeture de SMF, puis il démissionna, non seulement de Twitter, mais également de Tesla. Il ne faisait plus partie des croyants.

* * *

Crawford elle aussi croyait de moins en moins en Musk. Alors que son achat de Twitter avait suscité chez elle un optimisme sincère, qui l'avait amenée à vanter ses talents de visionnaire capable de convaincre ses employés de déplacer des montagnes, les deux premiers mois de son règne avaient suffi à battre en brèche ce portrait idyllique. Le lancement de Blue s'était soldé par un échec retentissant, les revenus ne cessaient de se tarir et le moral des troupes était au plus bas. Se tenant précautionneusement à distance, elle avait vu Musk traverser son « épisode », et à la fin du mois elle tenta de le remettre dans le droit chemin.

Elle prépara une présentation en ayant bien conscience qu'elle devrait lui annoncer toutes ces mauvaises nouvelles de la façon la plus positive possible. Elle le retrouva dans sa salle de conférence de prédilection et lui soumit les chiffres des revenus, en chute libre depuis sa prise de pouvoir.

« Certains de vos tweets sont responsables du départ d'annonceurs, et du fait que certains ont suspendu leur collaboration, lui dit-elle en lui montrant une courbe où les dates de publication de certains de ses tweets les plus controversés coïncidaient clairement avec des chutes de revenus publicitaires. Mais la bonne nouvelle, c'est qu'il ne tient qu'à vous d'inverser la tendance ! »

Crawford pensait que ces chiffres indiscutables le motiveraient pour changer d'attitude. Mais au lieu de ça, il se mit à argumenter. « C'est dû à des facteurs macroéconomiques », rétorqua-t-il en ressortant son argumentaire chéri sur la hausse des taux d'intérêt et la récession mondiale qui se profilait. Musk se convainquait lui-même qu'il n'était pas le cœur du problème.

« Il y a encore trop de gens dans cette compagnie », ajouta-t-il, suggérant que la faillite leur pendait toujours au nez. Et il répéta cette phrase chaque fois que Crawford lui présentait de nouvelles données prouvant l'impact négatif qu'il avait sur la publicité.

La directrice produit sentait bien que tout cela ne rimait à rien. Elle savait pertinemment que les revenus publicitaires d'autres compagnies du même secteur, comme ceux de Meta, société mère de Facebook, n'étaient pas aussi impactés, et que les problèmes principaux de Twitter n'avaient que peu à voir avec la macroéconomie.

Lorsqu'elle se leva de son siège, Musk la traita avec condescendance.

« Ne vous faites pas de souci, Esther. Je vois bien que ça vous tient très à cœur. »

Peu de temps après, il cessa de lui adresser des messages et de la convier aux réunions produit.

42

Pilule rouge

Les coupes dans le budget se poursuivirent durant tout le mois de janvier. Aux États-Unis, de nouvelles vagues de licenciements fauchèrent les ingénieurs du département produit et de l'équipe confiance et sécurité, tandis qu'en Australie l'ensemble des tweeps survivants étaient congédiés.

Début janvier, un homme se résolut à clarifier sa situation personnelle. Il s'agissait d'un concepteur qui avait donné sa démission deux mois auparavant. Sans que personne sache pourquoi, il avait encore accès à sa boîte e-mail professionnelle ainsi qu'à Slack, et continuait de recevoir son salaire. Il avait contacté à ce sujet les ressources humaines de Twitter, mais Musk avait licencié tant d'employés de ce service que l'ex-salarié ne savait même pas si ses messages atteignaient leurs destinataires. Faute de mieux, il s'adressa aux personnes censément responsables de ce genre de choses sur Slack.

« En gros, je suis le mec à l'agrafeuse d'*Office Space* », écrivit-il en référence à la comédie grinçante sortie en 1999 dont l'un des personnages se voit muter dans un bureau en sous-sol où tout le monde oublie son existence. Un membre des ressources humaines de Twitter finit par prendre connaissance de la situation et licencia le salarié en bonne et due forme.

Davis continuait également à tailler dans les avantages des employés, notamment le planning familial et l'aide aux FIV. Des employées qui avaient fait congeler leurs ovocytes durent alors faire des pieds et de mains pour pouvoir payer un service dont leur employeur s'était jadis engagé à couvrir les frais. Cette mesure frappa par sa méchanceté gratuite et son manque de cohérence : Musk ne s'était-il pas plaint de la chute du taux de naissances dans le monde ?

Fin décembre, le propriétaire de Twitter semblait s'être sorti de sa mauvaise passe, même s'il continuait de tweeter à une cadence délirante, signe d'un esprit qui bouillonnait, enfermé dans sa bulle. Alors qu'il s'était toujours considéré comme un centriste aux tendances libertariennes, il tweeta dans les toutes premières heures du 5 janvier que « Kevin McCarthy devrait être nommé speaker », plaidant pour que le titre de directeur de la Chambre des représentants des États-Unis revienne à l'élu républicain de Californie qui avait défendu la thèse trumpienne (et totalement fallacieuse) d'une fraude électorale massive en 2020.

Musk mit également la pression sur ce qu'il restait de l'équipe chargée de la modération de contenu à la suite de l'élection présidentielle brésilienne, s'opposant à ses propres salariés lorsque ceux-ci supprimaient des tweets mettant en cause la défaite de Bolsonaro. Après la nomination de Lula au mois d'octobre, les supporters de Bolsonaro avancèrent qu'on leur avait volé la victoire, comme en écho aux fanatiques de Trump après sa défaite de 2020. Les modérateurs de Twitter savaient qu'il leur fallait agir sous peine de courir le risque d'un équivalent brésilien des émeutes du Capitole : ils n'avaient donc pas hésité à supprimer tous les tweets qui enfreignaient les règles de la plateforme.

Quand Musk le découvrit, il leur somma d'arrêter. Irrité par un juge brésilien qui ne cessait d'adresser à

Twitter de demandes de suppression, il déclara que seuls les tweets appelant explicitement à la violence ou visés par des décisions du gouvernement brésilien devaient être effacés. Le 8 janvier, des milliers de sympathisants de Bolsonaro envahirent les plus hautes instances de l'État brésilien dans le but de le réinstituer en tant que président.

Musk assumait de plus en plus ses opinions conservatrices. Il répondait fréquemment à des comptes et des personnalités de droite, tels que @CatTurd2, troll alter ego d'un supporter de Trump vivant en Floride, et Jack Posobiec, un militant promoteur de la théorie conspirationniste du Pizzagate : Musk proposa même de se pencher personnellement sur leurs doléances concernant Twitter. Il fit visiter les bureaux de l'entreprise à Dave Rubin, un podcasteur conservateur, l'autorisant à passer deux jours au quartier général de la compagnie, période que celui-ci mit à profit pour demander à bon nombre d'employés pourquoi la portée de son compte avait été restreinte[1].

Les prises de position du nouveau patron étaient de plus en plus discutées, notamment le 25 janvier lors d'une visioconférence Tesla au cours de laquelle on lui demanda si ses opinions politiques ne risquaient pas de nuire au constructeur automobile en faisant fuir certains clients. Musk retourna alors complètement l'argument en présentant ses tweets comme une source de bénéfices. Il comptait 127 millions de followers, chiffre qui suggérait qu'il était « raisonnablement populaire »[2].

« Twitter est en réalité un outil hors du commun pour stimuler la demande », déclara Musk aux analystes et aux investisseurs[3].

Le lendemain, Musk s'envola pour Washington afin d'y retrouver McCarthy à l'occasion de l'anniversaire du politicien, et discuter avec lui de Twitter. Il rencontra également Jim Jordan, représentant de l'Ohio et sbire de Trump, ainsi que James Comer, représentant du Kentucky, qui avait déclaré qu'il avait l'intention de profiter de sa place à la Commission de surveillance de la Chambre des représentants pour lancer une enquête visant le président Biden. Ce point intéressait tout particulièrement Musk, dont les compagnies étaient visées par diverses enquêtes gouvernementales, et qui se demandait si Biden projetait de se servir d'agences fédérales comme d'armes de destruction massive contre Twitter[4].

Sous le coup notamment de l'enquête de la FTC, Musk croyait être dans le collimateur de la Maison-Blanche, et se calquait sur la ligne de ceux qui lui semblaient le plus à même de protéger ses intérêts. Mais il désirait également échapper à la lutte l'opposant à l'agence de régulation, qui l'avait astreint à une déposition en février. Son staff écrivit à Lina Khan, présidente de la FTC, pour solliciter une entrevue informelle avec Musk à l'occasion de son passage à Washington[5], proposition qu'elle repoussa tout de go en lui signifiant dans une lettre qu'il ferait mieux de se concentrer sur les questions des enquêteurs et d'y répondre le mieux possible.

« Je recommande à Twitter de hiérarchiser ses obligations juridiques afin de fournir les informations requises, écrivit-elle. Dès que Twitter se sera pleinement conformé aux demandes de la FTC, je serai ravie de convenir d'un rendez-vous avec M. Musk. »

En février, Comer tint une audience à la Chambre des représentants visant à étudier les supposés liens entre les plus grosses entreprises de la tech et le gouvernement. Roth, Gadde et d'autres hauts cadres durent répondre à des questions portant sur ce que les législateurs conservateurs considéraient comme des actes de censure visant la droite, et Musk fut encensé par les républicains, dont Marjorie Taylor Greene, élue de la Géorgie supportrice de la mouvance QAnon, dont le compte Twitter avait été suspendu début 2022 pour diffusion de fausses informations sur le vaccin anti-Covid[6]. « Dieu merci, Elon Musk a racheté Twitter », avait-elle déclaré.

* * *

L'extrême droite avait toutes les raisons de se réjouir de la prise de contrôle de Musk. Elle voyait en lui un leader qui assouplirait les règles d'utilisation de Twitter, responsables du bannissement de grandes figures du mouvement. Les comptes de Greene avaient été rétablis fin novembre (grâce à l'intervention de McCarthy, qui avait usé de son influence au sommet de la compagnie[7]), marquant le début de ce que Musk qualifierait d'« amnistie générale » des comptes supprimés.

La liste des individus réintégrés faisait figure de véritable *Who's Who* de l'extrême droite américaine. Ali Alexander, organisateur du mouvement Stop the Steal niant la validité de la dernière élection présidentielle, banni à la suite des événements du 6 janvier, fut réintégré à la plateforme[8], à l'instar de Ron Watkins, qu'on pensait être le créateur de QAnon[9], ou encore de Nick Fuentes, incel suprémaciste blanc dont l'idéologie haineuse l'amena à diriger un groupe de racistes du nom de Groypers. Fuentes ne resta cependant pas longtemps sur Twitter : la nuit même de son retour, il se connecta à un Space où il s'écria qu'il aimait Hitler et qu'il allait partir « en guerre contre les Juifs[10] ». Il ne tarda pas à être de nouveau exclu de la plateforme[11].

L'impact de Musk ne se limitait pas à cette vague d'amnisties. « Les gens de droite devraient voir plus de trucs "de gauche" et les gens de gauche devraient voir plus de truc "de droite" », tweeta-t-il le 16 janvier.

Dans les faits cependant, on assista à une nette amplification des voix de droite. Musk avait eu beau reprendre à son compte l'idée de « liberté d'expression, pas liberté de diffusion », les algorithmes de recommandation de

Twitter favorisaient les comptes et les publications des conservateurs sur les timelines des usagers. Celles et ceux qui ouvraient un nouveau compte se faisaient automatiquement recommander des personnalités de droite telles que le gouverneur républicain de Floride, Ron DeSantis, le sénateur texan Ted Cruz ou Posobiec.

Les groupes militants qui étudiaient les plateformes en ligne, comme le Center for Countering Digital Hate et l'Anti-Defamation League, observèrent un triplement des injures envers les Afro-Américains, et une augmentation de plus de 60 % des propos antisémites depuis l'acquisition du site par Musk[12]. Les comptes affiliés à des groupes terroristes tels que l'État islamique (EI) déferlèrent aussi à la faveur de sa prise de pouvoir[13].

À la mi-janvier, les algorithmes de recommandation mirent en avant la vidéo d'un homme poignardant à mort une femme dans une chambre, sous l'étiquette « Vous aimerez peut-être » dans l'onglet « Pour vous ». La promotion de ce tweet, qui attira plus de un million deux cent mille vues, sept mille cinq cents retweets et près de vingt-deux mille « J'aime », était le résultat de la priorisation des engagements décidée par Musk, alliée à la suppression des garde-fous du site.

Twitter grouillait par ailleurs de contenus pédocriminels. Pour toute compagnie de réseau social, c'était là un problème très complexe. Le simple fait de visionner de tels matériaux étant interdit par la loi, les entreprises ne pouvaient demander à leurs employés d'écumer leur plateforme en quête de ces contenus. Elles se reposaient donc en grande partie sur des bases de données de hashes, type de signatures numériques créées pour correspondre à des images illégales déjà identifiées comme telles par les forces de l'ordre. En recherchant ces hashes, les compagnies de la tech étaient en mesure de supprimer du contenu reconnu illégal sans même avoir à le visionner.

Twitter utilisait les mêmes techniques mais, sans qu'on sache pourquoi, du matériau identifié continuait de passer à travers les mailles du filet. Dans le chaos des licenciements et des réductions de budget, la compagnie semblait avoir perdu une partie de sa capacité de détection et de suppression de ces contenus. L'un des contrats auxquels Twitter avait mis fin l'avait jadis associé à Thorn, une compagnie de la tech à l'origine d'une base de données de hashes ciblant les vidéos pédopornographiques.

Les failles dans le système de contrôle de Twitter laissèrent passer la vidéo atroce du viol d'un petit garçon. Une enquête du *New York Times* révéla qu'elle avait été visionnée plus de cent vingt mille fois. Comble de l'infamie, l'algorithme de recommandation conseillait d'autres comptes ayant publié des images pédocriminelles[14].

* * *

Tandis que le Twitter de Musk favorisait les voix conservatrices et d'extrême droite, le milliardaire cultivait ses liens amicaux avec un élu républicain bien particulier. Durant l'audience du 8 février, le représentant de l'Ohio, Jim Jordan, déclara sans ambages que selon lui Musk avait sauvé la compagnie. Musk quant à lui voyait en Jordan un allié de poids, capable de le défendre face aux législateurs démocrates et aux agences de régulation.

La FTC était bien sûr l'organisation qui faisait peser la plus lourde menace. Début février, l'agence avait déjà fait parvenir douze lettres enjoignant à la compagnie de lui fournir les informations demandées[15], et avait entendu plusieurs anciens cadres de Twitter, dont Kissner, ex-responsable de la sécurité informatique, et Kieran, ex-responsable de la confidentialité[16].

Musk se sentait harcelé par le gouvernement. Il autorisa l'un des principaux conseillers juridiques de Twitter, Christian Dowell, à communiquer les requêtes de la FTC ainsi que d'autres documents au bureau de Jordan, afin que celui-ci dispose de munitions supplémentaires pour son sous-comité de la Chambre des représentants tâché de s'intéresser à « la militarisation du gouvernement fédéral ». Plus tard, Musk invita plusieurs membres du staff de Jim Jordan à visiter les installations de SpaceX au Texas.

Il trouva également une oreille compatissante en la personne de Christine Wilson, l'unique républicaine en poste à la FTC. En février, il obtint un rendez-vous avec elle et lui avoua qu'il avait le sentiment d'être persécuté par le gouvernement. Jim Kohm, l'un des principaux responsables de la division « application » de la commission, assista également à l'entrevue. Wilson convint que l'agence avait outrepassé ses prérogatives en s'attaquant à lui personnellement, mais dut admettre qu'elle ne pouvait rien y faire. Peu avant cette rencontre avec Musk, Wilson avait posé sa démission. Il ne bénéficierait pas de sa protection, et les plaintes de Musk ne parurent pas effrayer Kohm le moins du monde : les relances de son équipe continuèrent d'être adressées à Twitter.

Cependant, Musk parvint à obtenir de l'agence un report de la date de sa déposition. Il n'avait pas le moindre désir de témoigner sous serment face à des représentants de la FTC.

* * *

En plus de toutes ces menaces extérieures, Musk fit une nouvelle fixation sur les problèmes internes de la plateforme. Plus que des pannes résultant de la fermeture de SMF et des interventions déraisonnables sur les outils et services du site, Musk s'inquiétait de la chute des engagements sur ses tweets.

Les ingénieurs ne pouvaient que constater cette baisse, sans parvenir à l'expliquer. De nombreux changements avaient été apportés à l'algorithme, et plus généralement au produit depuis la prise de contrôle de Musk, et n'importe lequel de ces innombrables facteurs pouvait être à l'origine du phénomène. Le propriétaire de Twitter fit brièvement basculer son compte en mode privé, empêchant ainsi les non-followers de visualiser ses tweets, afin de voir si cela permettrait de rectifier ce souci d'engagement. « Il y a quelque chose qui cloche profondément », tweeta le milliardaire le 1er février[17]. Il passa une grosse partie de la nuit dans les bureaux, essayant de trouver une solution à ce qu'il considérait comme un problème de premier ordre.

Pour les ingénieurs chargés de répondre aux questions de Musk sur ses propres tweets, il y avait quelque chose d'essentiellement absurde dans cette démarche. D'un côté, ils avaient affaire à la personne la plus riche au monde, s'inquiétant de la perte de vitesse de ses publications qui, malgré ce prétendu déclin, continuaient d'attirer des millions de vues. Mais d'un autre côté, ils étaient sensibles à l'attention que portait Musk à la plateforme, redoutant que son problème ne touche bientôt l'ensemble des usagers. Les tests ne montrèrent cependant pas de déclin significatif sur d'autres comptes.

Le mardi 7 février, la colère de Musk atteignit son paroxysme. Il convoqua une autre réunion sur le même sujet, au cours de laquelle il qualifia la situation de « grotesque », tandis que Davis comparait les statistiques de plusieurs de ses anciens tweets avec celles des plus récents, dans le seul but d'apporter de l'eau à son moulin. « Que quelqu'un me dise ce qui se passe », ordonna Musk, de plus en plus en colère.

Les employés présents, ne sachant quoi lui répondre, se cachèrent derrière Yang Tang, ingénieur en apprentissage artificiel qui avait quasiment dix ans d'expérience chez Twitter. Tang, expert en intelligence artificielle qui pilotait les fils personnalisés du réseau social, ignorait comment il fallait parler à Musk. Celles et ceux qui avaient survécu aux coups de sang du milliardaire savaient qu'il fallait toujours attendre son tour pour s'exprimer, et ne jamais lui exposer des hypothèses de travail. Ils avaient également appris à réaliser des présentations faciles à lire sur un téléphone : Musk n'utilisait que rarement, voire jamais d'ordinateur. Mais personne n'eut la présence d'esprit de prévenir Tang.

L'ingénieur se leva et lança sa présentation à partir de son ordinateur portable. Plutôt que de dire qu'il ignorait les causes du problème, il soumit d'autres tendances : les « J'aime » étaient, de façon générale, en perte de vitesse sur la plateforme.

« Je ne parle pas des "J'aime", le coupa Musk. Je parle du nombre de vues. »

Tang poursuivit en évoquant des facteurs extérieurs. Il y avait une baisse des recherches « Musk » sur Google, qu'il mit en relation directe avec les données des engagements sur Twitter. Peut-être que tout simplement les gens s'intéressaient moins au nouveau propriétaire de Twitter depuis la finalisation de l'achat. Peut-être que cela n'avait rien à voir avec l'algorithme de Twitter.

C'en fut trop pour Musk. « Vous êtes viré ! Vous êtes viré !! » hurla-t-il à l'ingénieur.

Tang referma son ordinateur et sortit de la pièce. Un silence de mort s'abattit sur ses désormais ex-collègues, qui évitaient soigneusement de poser le regard sur leur patron, de peur qu'il les interroge à leur tour.

Un responsable senior finit par déclarer que l'équipe allait de nouveau se pencher sur le problème, et lui présenterait ses conclusions dans les vingt-quatre heures.

Le samedi, le mystère demeurait cependant entier, et les salariés durent passer une bonne partie de la nuit avec Musk à chercher des réponses. L'un d'eux décida d'appeler un collègue qui avait récemment quitté la compagnie, un ex-ingénieur en chef qui était resté près de dix ans chez Twitter et qui semblait être la seule personne capable de régler ce problème. On mit le téléphone en haut-parleur afin que Musk s'adresse à l'ingénieur qui, bien que pris au dépourvu par cette requête, soumit quelques solutions, pris de pitié pour ses anciens collaborateurs. Musk, impressionné, lui proposa de passer au bureau le soir même et de consacrer une demi-journée à la résolution de ce problème.

« Je saurai me montrer très généreux », dit le milliardaire. Mais l'ingénieur en chef savait comment Musk avait traité ses ex-collègues depuis son départ. Il déclina la proposition et raccrocha.

* * *

Le lendemain, déprimé, Musk se trouvait dans une suite de l'énorme stade de Glendale, dans l'Arizona, pour la finale du Super Bowl qui opposait les Eagles de Philadelphie et les Chiefs de Kansas City. Il avait beau bénéficier d'une des meilleures places, en tant qu'invité de Rupert Murdoch, le magnat des médias dont le réseau de télévision Fox couvrait l'événement, le propriétaire de Twitter ne parvenait pas à détacher son regard de son téléphone. Durant la première période du match, il avait twitté « Allez les @Eagles !!! »[18], modeste mot de soutien à l'équipe de Philadelphie, où Musk avait passé une petite partie de sa vie, du temps où il étudiait à l'université de Pennsylvanie.

Une quarantaine de minutes après ce tweet, Joe Biden publia le sien à partir du compte présidentiel américain @POTUS. « En tant que président, je n'ai pas de favoris, écrivit-il en incluant une vidéo de la Première dame portant un maillot de Philadelphie. Mais en tant qu'époux de Jill Biden, volez, les Aigles, volez. »

Le tweet du président fit le tour de la plateforme. Le compte @POTUS ne disposait que d'un quart des followers de Musk, mais ce message ne mit pas longtemps à surpasser celui de Musk, comptabilisant 29 millions de vues, contre 8,4 millions pour le milliardaire.

Sans prêter la moindre attention au match trépidant qui se déroulait sous ses yeux, celui-ci ne cessait de comparer les scores des deux tweets. De colère, il décida finalement d'effacer le sien, et envoya un e-mail aux ingénieurs produit de son réseau social, exigeant d'eux qu'ils trouvent immédiatement la cause de son problème d'engagement, avant de convoquer une réunion spéciale dans les bureaux de Twitter, dans la nuit. Musk quitta le stade avant la fin du match et se trouvait déjà à bord de son jet privé, direction San Francisco, lorsqu'un lâcher de confettis rouges et blancs salua la victoire des Chiefs.

Des dizaines de personnes affluèrent au quartier général dans la nuit du dimanche, répondant à l'alerte générale sonnée par Musk. Dans sa salle de conférence, il ne perdit pas de temps et s'adressa directement aux ingénieurs.

« J'ignore si c'est de l'incompétence ou du sabotage », déclara-t-il, un peu plus calme qu'auparavant.

Dirigée par James Musk, une équipe de quatre-vingts employés passa la nuit à étudier toutes les raisons possibles de la baisse drastique des engagements sur les tweets de Musk[19]. Une théorie voulait que Musk eût été bloqué ou masqué par tant d'usagers au cours de ces derniers mois que beaucoup moins de personnes consultaient ses messages, et que l'algorithme pénalisait leur distribution.

Mais le lundi, plusieurs ingénieurs trouvèrent la racine du problème. Les tweets de Musk n'étaient pas présentés à ses followers au rythme prévu par l'algorithme de Twitter. Par voie de conséquence, un système portant le nom de « tweets hors du réseau », qui recommandait des publications de comptes non suivis par les utilisateurs afin de susciter de nouvelles relations, ne proposait pas les tweets de Musk à ceux qui ne le suivaient pas, ce qui ne faisait qu'exacerber la baisse des engagements. Les ingénieurs observèrent que ce phénomène n'affectait qu'une poignée de très gros comptes.

Même s'ils avaient trouvé les raisons du problème, il n'existait aucune façon élégante de le résoudre, et ils durent goupiller une solution pour apaiser Musk. Dans l'algorithme de recommandation, ils ajoutèrent des lignes de code débutant par « author_is_elon », « l'auteur est Elon », afin que le système encourage encore plus la propagation de ses publications sur les timelines des autres usagers. Les tweets de Musk auraient la priorité sur tout autre message de la plateforme.

Le lundi après-midi, certains utilisateurs en appuyant sur l'onglet « Pour vous » furent confrontés à une longue suite de tweets de Musk, sans le moindre message issu d'un autre compte. Le milliardaire tenait enfin la chambre d'écho médiatique de ses rêves.

Sensible à la gêne suscitée, Musk tenta de désamorcer la situation par l'humour. Il publia un mème où l'on voyait une femme, étiquetée « Les tweets d'Elon », nourrir de force une autre femme, étiquetée « Twitter ». Il était 21 h 35, et les ingénieurs s'escrimaient encore à atténuer les effets de leur nouveau code.

* * *

La méfiance de Musk envers ses propres employés ne cessait de croître. Afin de les contraindre encore plus à travailler en présentiel, il ordonna à Davis et à d'autres de contrôler les passages de badges des salariés. Ceux qui ne pointaient pas suffisamment se retrouveraient sur une liste de licenciements potentiels dans le cadre d'un « plan d'optimisation des performances ». En réponse à ces mesures, certains employés prirent l'habitude de ne se rendre au bureau que pour passer leur badge, avant de rentrer aussitôt chez eux.

Le jeudi 23 février, Slack fut mis hors service pour ce qu'on présenta au personnel comme une « simple opération de maintenance ». Après les licenciements de contestataires en novembre, les discussions sur beaucoup de canaux s'étaient réduites comme peau de chagrin, et rares étaient ceux qui osaient dire quoi que ce soit qui puisse être interprété comme une critique à l'égard de Musk ou de sa façon de diriger l'entreprise. Slack n'en restait pas mois la principale plateforme de communication en interne, grâce à laquelle les salariés pouvaient entrer rapidement en contact les uns avec les autres, aborder conjointement les problèmes rencontrés sur le réseau social, ou coordonner le déploiement de nouvelles fonctionnalités. Sans cet outil, le rythme du travail s'essouffla, et la méfiance des salariés s'exacerba. Twitter n'avait pas encore réglé sa facture Slack, mais un porte-parole de la société prestataire avait déclaré que le service était toujours pleinement accessible par le personnel de Twitter[20].

Quelques jours auparavant, Davis avait chargé une poignée de responsables de dresser une liste de leurs meilleurs éléments dans la perspective d'une distribution de primes d'actionnariat. Début février, trois des meilleurs ingénieurs de la compagnie avaient été licenciés par Musk après avoir demandé une hausse des compensations pour leurs équipes et pour eux-mêmes, par peur que le moral en berne et les longues heures de travail ne finissent de miner le personnel. Peut-être que la nouvelle consigne de Davis était une main tendue de la direction. Peut-être prenaient-ils enfin conscience qu'il fallait impérativement convaincre les meilleurs éléments de rester.

Mais le samedi, la véritable raison de cette demande apparut au grand jour. Musk déclencha une énième vague de licenciements, évinçant des centaines de salariés. Un responsable ingénierie qui dirigeait une équipe de vingt personnes, dont quatre désignés comme « très performants », se rendit compte que les seuls collègues encore en poste n'étaient autres que ces quatre ingénieurs. La « prime » que Davis avait fait miroiter n'était rien de plus que le privilège de ne pas perdre son boulot.

Crawford elle aussi se vit refuser l'accès à son compte e-mail pro et à son ordinateur ce samedi-là. Elle avait fait son temps sous les ordres de Musk. Elle faisait partie d'un groupe d'employés particulièrement bien payés qui avaient rejoint le giron de Twitter à la suite de l'achat de leur propre compagnie par le réseau social. En vertu de leurs contrats spéciaux, ces fondateurs avaient droit à d'importantes sommes en stock-options à long terme, dont la totalité devait leur être versée s'ils étaient remerciés avant échéance. Mais Musk considérait que ces clauses pouvaient être remises en question, et ces compensations n'étaient à ses yeux que des coûts qu'il s'agissait de supprimer. Crawford, qui selon certains n'avait fait qu'encourager les méthodes de Musk, ne tweeta rien sur son licenciement.

43

Soutiens@

En plus des requêtes de la FTC, Musk se vit confronté aux pressions d'agences de régulation étrangères. En mars, l'Union européenne, sur le point d'appliquer son Digital Services Act, s'inquiéta du nombre de modérateurs humains employés par Twitter, insuffisant au regard de ses nouvelles directives, qui exigeaient des plateformes un cadre de modération solide afin de lutter contre les contenus illégaux[1]. Bien qu'ayant l'habitude de mépriser ce genre d'agences, Musk prit le temps de contacter le commissaire européen Thierry Breton, sans doute par peur des pénalités encourues qui pourraient s'élever jusqu'à 6 % des revenus mondiaux annuels de la compagnie en cas de manquement.

Twitter avait été sommé de verser 0,1 % de ses recettes brutes en Turquie par son Conseil de la concurrence parce que celui-ci n'avait pas été consulté sur l'achat de la compagnie par Musk[2]. Même si ce montant représentait une faible somme, il avait valeur d'avertissement : la Turquie surveillait de près les activités de Twitter. Quelques mois auparavant, suite à un effroyable tremblement de terre, le gouvernement turc avait bloqué l'accès à la plateforme afin de limiter la panique générale, signe que la vision que Musk se faisait de « la liberté d'expression » n'était pas tout à fait la bienvenue dans des pays soumis à un régime autoritaire[3]. SpaceX tentant de lancer son service Starlink en Turquie, Musk s'était abstenu de la moindre remarque au sujet du président Recep Tayyip Erdoğan et de son gouvernement à l'occasion du blocage de la plateforme à l'échelle nationale[4].

Mais c'est en Inde que les engagements de Musk furent le plus mis à l'épreuve. L'ancienne direction de Twitter avait fait l'objet de pressions considérables de la part du gouvernement de Narendra Modi, qui exigeait la suppression de comptes de dissidents et de critiques[5]. En 2021, quand la compagnie avait libellé un tweet d'un politicien partisan de Modi comme relevant de la désinformation, les forces de l'ordre avaient même investi les bureaux de Twitter à New Delhi et Gurgaon. Musk quant à lui céda aux exigences de Modi, et bloqua plus de cent vingt comptes appartenant à des journalistes, à des militants, à des politiciens et même à un poète[6]. En Inde, quand ils cherchaient l'un de ces comptes sur le réseau, les usagers se retrouvaient confrontés à un message leur signifiant que le compte était « suspendu en Inde suite à une décision de justice ».

C'était un exemple des choix difficiles à faire évoqués par Gadde lors de son ultime confrontation avec Musk, et le choix de ce dernier témoignait bien des profondes contradictions de celui qui s'était autoproclamé « absolutiste de la liberté d'expression ».

* * *

Le 7 avril, un mardi pluvieux à San Francisco, Musk retrouva ses investisseurs et ses soutiens dans une luxueuse salle de réception du Palace Hotel afin de les rassurer. Ses premiers mois à la tête de Twitter avaient été bien tourmentés, mais sur la scène de la conférence Tech, Media & Telecom organisée par Morgan Stanley, Musk rivalisa de charme. Portant une chemise blanche au col déboutonné sous une veste bleue, il se penchait en avant dans un petit fauteuil de cuir blanc pour répondre aux questions bienveillantes de Michael Grimes, banquier de Morgan Stanley chargé du dossier Twitter.

« Si j'ai fait l'acquisition de Twitter ce n'est pas parce que je croyais qu'il s'agissait d'une mine d'or, et le fait est que ç'a été pénible et difficile, avec en prime toutes ces critiques constantes, déclara Musk tandis que Grimes opinait du chef. C'est loin d'être la chose la plus sympa au monde. Mais si on n'étaye pas solidement la liberté d'expression, je crains pour l'avenir de notre civilisation. Nous avons besoin de ça. C'est pour ça que j'ai racheté Twitter[7]. »

Grimes, qui faisait plus figure de pom-pom girl que d'intervieweur, ne releva pas les contradictions dans les propos de Musk et l'encouragea à se présenter comme le grand sauveur d'une compagnie qui avait procédé à 3 milliards de dollars de coupes dans ses dépenses pour pouvoir rembourser une dette partielle de 1,5 milliard de dollars et compenser la baisse de 50 % des revenus publicitaires. « Twitter aurait fait faillite en quatre mois », dit Musk. Il qualifia le déclin des revenus publicitaires de phénomène « cyclique » et « politique », et reprocha aux annonceurs de croire tout ce que les médias pouvaient raconter sur lui.

Sous l'œil complaisant de Grimes, Musk partit en envolée lyrique sur son projet d'omni-application, « X », qui permettrait des paiements entre usagers via leurs comptes. Twitter pouvait devenir « la plus grosse institution financière au monde », déclara Musk tout en se gardant d'entrer dans les détails, avant de dire que la compagnie posait « un problème plus facile à régler que ceux de Tesla, et de loin ».

Trois semaines plus tard, les employés de Twitter reçurent un e-mail concernant un nouveau régime de rémunération par actions[8]. Musk avançait que la compagnie était une « start-up inversée », et que les licenciements et réductions budgétaires s'inscrivaient dans une restructuration rapide visant à éviter la faillite. Twitter pourrait un jour valoir 250 milliards de dollars, mais dans l'immédiat, les parts des employés seraient définies sur la base d'une valeur de 20 milliards de dollars. À aucun moment il n'expliquait comment il avait abouti à cette estimation, 24 milliards de dollars en deçà du prix qu'il avait dû débourser cinq mois auparavant pour acquérir Twitter.

* * *

Malgré le départ de Crawford et d'une grande partie des salariés qui avaient participé au lancement de Blue, Musk ne démordait pas de son idée produit. Morgan Stanley et lui avaient assuré aux investisseurs que la compagnie pourrait tirer 10 milliards de dollars de revenu de ses abonnements dans les cinq ans à venir, mais lors de sa conversation publique avec Grimes en mars le sujet fut à peine effleuré.

Dès février, il était clair que les abonnements n'étaient pas la panacée que Musk avait fait miroiter. *The Information*, publication de la tech, découvrit que moins de trois cent mille comptes dans le monde avaient souscrit à Blue, ce qui équivalait à environ 28 millions de dollars annuels[9]. Pour une compagnie qui avait enregistré 5 milliards de dollars de revenus en 2021, une telle somme représentait une simple erreur d'arrondi. Pourtant Musk continuait d'ordonner des améliorations de Blue, avec pour objectif la suppression des coches de certification des comptes de célébrités, journalistes et autres avant le 1er avril[10].

« Seuls les comptes certifiés figureront dans les recommandations “Pour vous” », écrivit Musk le 27 mars, en précisant qu'il s'agissait de « la seule méthode réaliste pour endiguer les vagues offensives des bots utilisant l'intelligence artificielle ».

En coulisse cependant, les ingénieurs de Twitter suaient sang et eau pour lui faire changer d'avis. À sa demande, les équipes qui supervisaient les timelines avaient mis au point une expérience dans laquelle la page « Pour vous » ne présentait que des abonnés Blue. En faisant porter le test sur moins de 1 % des usagers du site, les ingénieurs avaient observé que l'un des principaux paramètres de mesure des engagements (les « secondes actives par utilisateur ») chutaient brutalement. Le faible nombre d'abonnés ne suffisait tout simplement pas à fournir la quantité de contenu nécessaire pour que les usagers restent sur la plateforme. D'autant que le contenu qu'ils proposaient n'était pas particulièrement attirant pour l'utilisateur lambda. Face aux chiffres, Musk céda.

« Oublié de préciser que les comptes que vous suivez directement figureront aussi sur la page "Pour vous", étant donné que vous avez explicitement demandé à les voir », tweeta-t-il moins de vingt-quatre heures après sa première annonce.

Durant la même période, Musk exigea que Twitter rende public son algorithme de recommandation, dans un souci de transparence quant à la méthode de sélection des tweets mis en avant sur la page « Pour vous ». Pris de panique, les ingénieurs s'empressèrent de retirer les lignes de code susceptibles d'attirer le feu des critiques. Mais ils oublièrent le bout de code « author_is_elon », qui suscita une vague de moqueries générale lorsque l'algorithme fut publié.

À l'approche du 1er avril, plusieurs célébrités, agacées par les constantes modifications de la plateforme, exprimèrent leur opposition à la monétisation de la certification. « Bon je crois qu'on peut dire au revoir à ma ☑ bleue parce que ceux qui me connaissent savent que je paierai pas », tweeta la superstar de la NBA Lebron James le 31 mars.

« Ça fait quinze ans que je fais don de mon ⏱ & des mes traits d'esprit pour que dalle, publia l'acteur William Shatner. Et maintenant on me dit que je vais devoir payer un truc qu'on m'a donné gratuitement ? »

Pour beaucoup d'employés de Twitter, la remarque de Shatner résumait parfaitement cette situation ubuesque. Depuis des années, des célébrités avaient nourri gratuitement la plateforme de leurs réflexions et de leurs commentaires, entraînant les engagements du commun des mortels curieux de savoir ce que leurs sportifs ou artistes préférés avaient à raconter. Twitter en avait tiré des profits considérables, associant des publicités à ce type de contenus. Pourquoi ces créateurs de contenu devraient-ils à présent payer ? Et n'était-il pas dans l'intérêt de Twitter de prouver aux utilisateurs que les tweets de @WilliamShatner étaient bel et bien écrits par le vrai Shatner, certifié comme tel ?

Trois semaines plus tard, les coches furent supprimées en masse, non sans un soupçon de ridicule : Musk paierait de sa poche les abonnements de célébrités telles que James et Shatner afin qu'ils continuent d'être certifiés. Le processus fut si chaotique que les utilisateurs ne tardèrent pas à associer une toute nouvelle signification à ces coches. S'il s'était agi auparavant d'un « système de seigneurs et de paysans », comme l'avait dit Musk, la dichotomie avait changé de nature : à présent, on était soit avec Musk, soit contre lui.

* * *

Début avril, Twitter étiqueta le compte de la National Public Radio (NPR) « média affilié à un État ». Sous l'ancienne direction, ce libellé était associé à des comptes tels que Russia Today (@RT) ou Xinhua News Agency (@XHNews), qui appartenaient à des médias sujets aux fortes pressions politiques mais aussi financières et logistiques de leurs gouvernements respectifs. Cette désignation ne s'appliquait pas aux organisations de service public comme la BBC, au Royaume-Uni, ou la NPR, qui bien que financées par des États, jouissaient d'une indépendance éditoriale totale.

Sans consulter personne, Musk imposa cette décision, qu'il expliqua à Bobby Allyn, un journaliste de la NPR spécialisé dans les nouvelles technologies, au cours d'un échange par e-mail. « Si vous croyez vraiment que le gouvernement n'a aucune influence sur les entités qu'il finance c'est que vous marinez depuis trop longtemps dans la stout », écrivit Musk à Allyn, qui à plusieurs reprises lui avait indiqué que la participation de l'État représentait moins de 1 % du budget de la NPR, part qui servait essentiellement à financer de petites stations de radio dans les coins les plus reculés du pays.

Le 12 avril, la NPR, lassée des frasques de Musk, annonça qu'elle ne publierait plus rien sur Twitter, poussant le milliardaire à reprendre un slogan de la droite britannique. « Coupons les financements pour @NPR », tweeta-t-il. En privé, Musk continuait de troller Allyn. « Arrêtez de mentir au public », lui écrivit-il cet après-midi-là. Quelques jours plus tard, il retira tous les libellés « média affilié à un État », aussi bien pour la NPR que pour des médias tels que RT[11]. « J'ai demandé conseil à Walter Isaacson et il m'a recommandé de l'enlever pour l'ensemble des médias, ce que nous avons fait », révéla-t-il à Allyn.

Musk supprima les limitations qui empêchaient les comptes des médias russes et chinois d'être promus par l'algorithme de Twitter. L'ancienne direction avait mis en place ces mesures afin de restreindre la propagande des comptes affiliés à un État, mais Musk avait une tout autre opinion sur le sujet : « Toute information relève de la propagande, dans une plus ou moins grande mesure. Que le peuple décide par lui-même. »

Musk était beaucoup moins réservé quant au soutien qu'il apportait à Tucker Carlson, présentateur de Fox News et démagogue de droite dont les sujets sur les « invasions » d'immigrés qui menaçaient la société blanche trouvaient un écho retentissant chez une certaine catégorie d'Américains. Musk regardait rarement la télévision, mais il réagissait de plus en plus souvent aux extraits de l'émission de Carlson publiés sur Twitter, notamment ceux d'une édition du mois de mars où la couverture médiatique des émeutes du 6 janvier était présentée comme un tissu de mensonges, et ceux qui avaient pris d'assaut le Capitole comme des badauds, et non des insurgés.

Le respect que Musk témoignait à Carlson l'amena tout naturellement à lui donner une longue interview diffusée le 17 avril, au cours de laquelle il admit qu'il avait très mal choisi son timing pour son offre d'achat de Twitter, et se disait convaincu qu'il aurait dû payer la moitié du prix. Une fois de plus, il dépeignait l'ancienne direction de Twitter comme une bande de cadres corrompus, en soulignant qu'il avait réduit les effectifs à 20 % de ce qu'ils représentaient jadis parce que son but n'était pas de « diriger une sorte d'organisation militante de luxe », et en déclarant même, sans le moindre début de preuve, que les agences de renseignement américaines avaient un accès illimité aux messages directs des utilisateurs[12]. Durant toute l'émission, Carlson ne fit que brosser Musk dans le sens du poil, et tous deux échangèrent un grand nombre d'éclats de rire.

Ce devait être l'une des toutes dernières interviews menées par Carlson sur cette chaîne. Une semaine plus tard en effet, Fox News licencia son présentateur vedette à la suite d'un procès intenté par Dominion Voting Systems, compagnie de matériel et de logiciels de vote électronique, qui accusait Carlson et son employeur de diffamation et propagation de fausses informations sur l'élection présidentielle de 2020[13]. L'affaire fut résolue à l'amiable le lendemain de l'interview de Musk, Fox acceptant de verser 780 millions de dollars à Dominion, mais la discovery qui s'était étalée sur des mois avait représenté une source d'embarras non négligeable pour la chaîne et son réseau[14].

Musk s'empressa de profiter de ce débauchage. Avec ses lieutenants chez Twitter, il forma le projet d'accueillir l'émission de Carlson sur Twitter, dans un mouvement plus général du site vers les contenus vidéo. Musk présenta la chose à ses collaborateurs comme une façon parmi d'autres d'attirer l'attention sur la plateforme, et potentiellement de gagner de nouveaux abonnés, et il discuta de l'idée avec le principal intéressé.

Le lundi 8 mai, Carlson retrouva Lachlan Murdoch, président exécutif de Fox Corporation, afin de parler des modalités de son départ[15]. Son contrat, valable jusqu'en 2025, lui vaudrait de toucher 20 millions de dollars annuels sans rien avoir à faire, mais une clause de non-concurrence lui interdisait de lancer une nouvelle émission sur un média concurrent[16]. Ses conversations avec Musk avaient pourtant suffi à piquer son intérêt, et il décida de jouer le tout pour le tout, arguant que la clause de non-concurrence était inapplicable. Le lendemain, Carlson annonça dans une vidéo surproduite qu'il présenterait une nouvelle version de son émission sur Twitter. « Mais pour l'heure, nous sommes simplement très heureux d'être ici », déclarait-il.

Dans la semaine qui suivit cette annonce, Musk fit un pas de plus sur sa droite. Depuis quelques mois, il était obsédé par George Soros, le financier milliardaire. Survivant de l'Holocauste âgé de quatre-vingt-douze ans, Soros était la cible fréquente des théories conspirationnistes antisémites à cause des initiatives populaires et des politiciens financés par sa fondation. Musk lui en voulait particulièrement de soutenir des candidats au poste de procureur qui s'étaient prononcés en faveur d'une grande réforme de la justice pénale, ce qui du point de vue de la droite américaine équivalait à de la mollesse et de la permissivité. Aux yeux de Musk, Soros participait activement au complot wokiste qui détruisait des villes telles que San Francisco.

« Soros me rappelle Magnéto », tweeta Musk le 15 mai, comparant le financier au super-méchant ennemi des X-Men. Dans l'univers Marvel, Magnéto avait lui aussi survécu à l'Holocauste, et avait ensuite tenté d'unifier tous les mutants afin d'annihiler la race humaine.

« Son but est de saper les fondations mêmes de la civilisation, poursuivit Musk dans son fil. Soros déteste l'humanité. »

Ses remarques lui valurent la réprobation immédiate de simples citoyens et d'organisation telles que l'Anti-Defamation League, et renforcèrent encore plus la frilosité des annonceurs. Mais Musk n'avait pas le moindre remords.

« Beaucoup de théories du complot se sont révélées être vraies », allégua Musk au cours d'une interview avec David Faber, le lendemain, sur CNBC[17].

Faber attaqua à fleuret moucheté en lui demandant si ses opinions politiques étaient susceptibles de dissuader les gens d'acheter ses Tesla, ou de priver Twitter de toute publicité : « Est-ce que vos tweets lèsent la compagnie ? »

Musk observa treize secondes de réflexion, dardant son regard de droite à gauche en remettant de l'ordre dans ses pensées.

« Ça me rappelle une scène de *Princess Bride*, quand il se bat contre l'assassin de son père. Il lui dit : “Offrez-moi de l'argent. Offrez-moi le pouvoir. Je m'en moque.”

– Ainsi, vous vous moquez de tout cela. Vous voulez simplement exprimer ce que vous avez à dire ?

– Je dirai ce que j'ai envie de dire et si cela me fait perdre de l'argent, alors ainsi soit-il. »

* * *

Le 3 juin, dans son appartement new-yorkais à plus de vingt étages au-dessus du macadam de Manhattan, Linda Yaccarino se préparait mentalement au poste qu'elle occuperait deux jours plus tard. Elle tweeta pour marquer le coup. « La vue aujourd'hui », écrivit-elle avec une photo des gratte-ciel de la Grosse Pomme, sous un ciel dégagé de fin de printemps. « Bientôt : vue sur la Baie ! »

Trois semaines auparavant, Musk avait nommé Yaccarino, soixante ans, forte de son expérience au sein de chaînes de télévision, nouvelle directrice générale de Twitter. Ambitieuse et énergique, l'ancienne directrice publicitaire de NBCUniversal qui devait son surnom de « marteau de velours » à ses qualités de négociatrice, avait attendu toute sa vie une occasion comme celle-ci. Elle était liée à Twitter : elle siégeait à l'*influence council* de la compagnie, et avait participé à une audioconférence avec Musk au tout début de sa prise de pouvoir, durant laquelle il avait tâché de rassurer les marques. Quand elle fut nommée à la tête du service publicité de NBCUniversal en novembre, elle se mit à courtiser Musk dans le but de décrocher le plus haut poste de Twitter : elle le contacta pour la première fois en février afin d'envisager un éventuel contrat entre sa compagnie et celle de Musk, et profita de l'occasion pour tâcher de savoir s'il cherchait réellement quelqu'un pour le remplacer[18].

Ils firent connaissance en chair et en os en avril, à l'occasion d'une conférence à Miami. Ils formèrent un bien curieux duo, lui dans le rôle de conférencier, elle dans celui de modératrice. Le milliardaire, mal rasé, disait ce qui lui passait par la tête, tandis que la directrice de la publicité, tirée à quatre épingles dans son tailleur jaune clair et ses chaussures assorties, abordait point par point les sujets qu'elle avait sélectionnés à seule fin de valoriser l'interviewé[19]. Ce fut le tout premier défi de Yaccarino : présenter Musk sous le meilleur jour possible face à un parterre de responsables marketing et de leaders du secteur publicitaire. Et elle le releva haut la main.

« Je crois que nous venons d'entendre des choses très importantes et très profondes, conclut Yaccarino après quarante-cinq minutes de questions-réponses. La liberté d'expression, ce n'est pas la liberté de diffusion. Et si la liberté d'expression est bien le socle de notre pays, je crois que personne ici ne saurait le nier. »

Musk vit en Yaccarino une alliée politique. Originaire de Long Island, elle était une supportrice de Trump, qui l'avait nommée à la tête de son conseil présidentiel aux sports, à la forme et à la nutrition. Elle était fermement convaincue que « le wokisme » était en train de détruire les États-Unis. Et plus important encore du point de vue de Musk, elle avait tout du faire-valoir servile, du lieutenant loyal qui se soumettrait à ses ordres et ressusciterait les revenus publicitaires de Twitter grâce à sa longue expérience et à son répertoire bien fourni.

Les limites du pouvoir de Yaccarino apparurent clairement avant même l'annonce officielle de sa nomination. Le 11 mai, Musk tweeta sans la nommer qu'il venait d'« engager une nouvelle directrice générale » qui commencerait « à travailler dans ≈ 6 semaines ». Ce tweet prit de court Yaccarino, qui n'avait pas encore informé NBCUniversal de son prochain départ. Elle était en pleine préparation des *upfronts*, événements durant lesquels les plus gros médias américains vendent leur temps d'antenne aux annonceurs[20]. La direction s'empressa de la dessaisir de cette mission, et lui montra gentiment la porte. NBCUniversal lui fit en outre signer un accord de non-concurrence qui lui interdirait de signer des contrats publicitaires durant ses premières semaines à la tête de Twitter[21]. Le lendemain, Musk annonça officiellement sa nomination.

Yaccarino fit d'emblée figure de représentante du milliardaire. Les commentaires de ce dernier sur Soros lui valurent une volée de bois vert de la part des tweetos, et elle fut également ridiculisée à cause de l'interview de Musk sur la chaîne CNBC. Une chose était claire : bien qu'elle ait été engagée pour veiller sur l'homme-enfant qui s'était offert Twitter, elle n'aurait que très peu de prise sur ses caprices.

* * *

Le jeudi 1er juin, cinq jours avant la date fixée pour la prise de fonction de Yaccarino, Musk précipita sa compagnie dans une énième crise. Le mois précédent, Twitter avait vendu un pack publicitaire au *Daily Wire*, un média conservateur cofondé par le podcaster de droite Ben Shapiro, visant à la promotion d'un documentaire transphobe intitulé *What Is a Woman ?* (« Qu'est-ce qu'une femme ? »). Cette campagne, d'une valeur de plusieurs centaines de milliers de dollars, devait coïncider avec le mois des fiertés, en juin, et aurait une page assignée qui figurerait dans les suggestions de l'ensemble des usagers pendant dix heures consécutives[22].

Le pack était déjà vendu lorsque l'équipe chargée de la sécurité de marque de Twitter, après visionnage du film, s'opposa à sa diffusion. Le documentaire enfreignait les règles portant sur les discours haineux, notamment sur le mégenrage. La compagnie annula donc la campagne de promotion, avant d'en avertir Musk. En outre, Twitter signifia au *Daily Wire* que s'il décidait de publier la vidéo sur leur page, hors de toute promotion, sa portée serait également restreinte. C'était l'application la plus stricte de l'antienne « liberté d'expression, pas liberté de diffusion ».

Cependant, face aux protestations de Jeremy Boreing, directeur général du *Daily Wire*, qui menaçait de publier quand même la vidéo, Musk opéra un virage à cent quatre-vingts degrés. Face à la levée de boucliers des comptes de droite qui ternissaient son blason de héros de la liberté d'expression, il déclara que la décision était le fruit d'une « erreur de plusieurs personnes au sein de Twitter » et que la publication de la vidéo serait « bien évidemment autorisée ».

« Qu'on soit pour ou contre l'usage des pronoms d'une personne, le fait de ne pas les respecter constitue au pire une impolitesse, pas une infraction », tweeta Musk.

Les messages de Musk furent un véritable camouflet pour Irwin. Cela faisait maintenant des mois qu'elle défendait bec et ongles la vision et les décisions du milliardaire quant à la sécurité des usagers. Ils avaient eu beau décider d'un commun accord du sort de la vidéo du *Daily Wire*, Musk avait capitulé dès les premiers signes de désapprobation de ses fans, et les avaient désignés publiquement, elle et son équipe, comme les seuls coupables. Elle donna sa démission le jour même.

Le *Daily Wire* publia la vidéo jeudi soir, tandis que Musk, ne pouvant plus se reposer sur sa directrice de la confiance et de la sécurité, œuvra personnellement à la levée des restrictions de diffusion du documentaire[23]. Le lendemain, il republia la vidéo sur son propre compte, attirant des millions de curieux, et propulsant le titre du film en tête des tendances. Tandis que le propriétaire de Twitter fêtait sa très large diffusion, A. J. Brown, responsable de la sécurité de marque, ainsi que plusieurs collaborateurs d'Irwin démissionnèrent également en signe de protestation. Les choix de Musk les aliénaient tous et laissaient Yaccarino sans personne aux commandes de la modération de contenu, dans une entreprise dont les revenus publicitaires avaient déjà chuté de 60 % aux États-Unis[24].

44
Linda

Yaccarino balaya d'un revers de main les critiques qui la présentaient comme un simple pion de Musk et qui n'étaient pour elle que les énièmes manifestations du sexisme qu'elle avait dû affronter tout au long de sa carrière.

« En tant que personne qui a l'habitude de porter des talons de dix centimètres, je serai extrêmement claire : je ne suis pas du genre à vaciller », tweeta-t-elle en mai en réponse à celles et ceux qui la considéraient comme la femme de paille de Musk. Cette image de décideuse agressive ne correspondait pas vraiment au profil des employés de Twitter, qui à la suite des licenciements en masse étaient pour la plupart de jeunes ingénieurs de genre masculin. Ceux-ci s'efforcèrent néanmoins de lui laisser le bénéfice du doute. Une copie de ce tweet fut accrochée au mur d'une des cafétérias de San Francisco, mais par un pur hasard, l'image ne comportait ni retweet ni « J'aime », ce qui semblait véhiculer l'idée d'une très forte impopularité.

Yaccarino se fixa comme mission de se faire apprécier. Dès son premier jour dans la compagnie, le jeudi 9 juin, elle organisa une happy hour avec les salariés, à qui elle demanda de lui présenter les principaux problèmes de Twitter. Cette ouverture et cette disponibilité firent grande impression sur les employés, qui depuis le début du règne de Musk vivaient dans la peur et le mutisme.

Dans un e-mail qu'elle adressa le jour même aux collaborateurs, elle exprima clairement l'admiration qu'elle avait pour Musk. « Que ce soit l'exploration spatiale ou les véhicules électriques, Elon savait que ces industries avaient besoin de se réinventer, et c'est précisément ce qu'il a fait. Plus récemment, il est devenu évident que le forum planétaire avait lui aussi grand besoin de se transformer, écrivit-elle. Alors restons droits dans nos bottes (à talons de dix centimètres ou à semelles plates !) et construisons ensemble le Twitter 2.0. »

Ce matin-là, un réfugié syrien avait poignardé plusieurs enfants à Annecy. Une vidéo ignoble des agressions avait très vite été publiée et relayée aux quatre coins de Twitter. Les rares employés encore en poste dans l'équipe chargée de la confiance et de la sécurité avaient aussitôt tenté de la supprimer. Par le passé, quand des images violentes devenaient virales sur Twitter, la compagnie avait recours à un outil de recoupement des données pour détecter tous les tweets qui les contenaient, et les supprimer d'un coup. Mais ce jour-là, les employés découvrirent que cet outil ne fonctionnait pas. Après enquête, ils comprirent qu'il faisait partie des bouts de code effacés quelques mois auparavant. Ayant ciblé par erreur une image d'un lancement de fusée SpaceX, Musk avait ordonné que l'outil soit supprimé du code.

Ce n'était pas le seul problème que Yaccarino devait affronter. Son arrivée s'accompagna du retour de plusieurs employés de Tesla et SpaceX à leur maison mère. Musk avait dédaigné les ventes et les ressources humaines au profit du produit et de l'ingénierie. Pour les tâches qui ne lui plaisaient pas, il se contentait de déléguer son pouvoir décisionnel à des personnes de confiance.

Mais Yaccarino tenait à ce que Twitter garde une structure d'entreprise un tant soit peu traditionnelle. Et cette volonté entra directement en conflit avec Davis, qui continuait encore et toujours à serrer les cordons de la bourse. Davis avait coutume de méditer longuement sur les rapports de dépenses mensuelles, avant d'appeler des responsables au hasard pour les assaillir de questions sur les salariés qui travaillaient sous leurs ordres. « Qu'est-ce que cette personne fait ? demandait Davis. Est-ce qu'elle travaille bien ? »

Durant les premiers jours de Yaccarino chez Twitter, plusieurs employés vinrent la voir pour lui faire comprendre que le micromanagement de Davis dépassait les limites du supportable. Les licenciements continuels démoralisaient le personnel, et le peu d'économies qui découlait des décisions du sbire de Musk ne justifiait pas tout le stress engendré. « Laissez-moi quelques mois », leur répondit Yaccarino.

Trimestre après trimestre se succédaient les dates de vest où les salariés pouvaient prétendre à leur bonus depuis que Musk avait retiré la compagnie du marché boursier. À l'approche de chaque échéance, tout Twitter retenait son souffle, attendant de voir qui déciderait d'empocher l'argent et de partir. Et sans surprise, chaque trimestre voyait de nouvelles défections. La compagnie était si squelettique qu'elle menaçait à chaque instant de s'écrouler. Une fois, la dernière personne chargée d'approuver les dépenses partit en vacances. Durant ses deux semaines de congés, pas une note de frais ne fut traitée.

Quelques semaines à peine après l'arrivée de Yaccarino, Davis (qui paraissait jusqu'alors briguer le poste de directeur général) disparut complètement des bureaux de Twitter. Certains employés l'aperçurent une toute dernière fois fin juin, quand Hollander, son épouse, et lui-même partirent pour Boulder, dans le Colorado, où la compagnie était sur le point de se faire expulser de ses locaux. Le couple fut chargé de récupérer tous les objets de valeur avant que l'administrateur de biens fasse changer les serrures. Hollander arriva sur place avec plusieurs camions de déménagement qu'elle chargea de tout ce dont, selon elle, Musk ne voulait pas se séparer, comme les serveurs et quelques télés à écran plat. Elle emporta même un siège massant en se disant que son patron en aurait sûrement besoin.

Une fois les camions pleins à ras bord, Hollander improvisa un vide-grenier à l'attention des salariés, afin qu'ils puissent acheter leurs propres bureaux ou divers objets d'intérieur. Elle acceptait les paiements sur son compte Venmo personnel.

Les employés de Twitter nourrissaient quelque espoir que Yaccarino contrebalancerait la brutalité des décisions de Davis. Les absences de plus en plus fréquentes et prolongées de celui-ci prouvaient que Yaccarino jouissait d'une influence certaine sur Musk, qu'elle avait manifestement convaincu d'écarter l'un de ses sbires les plus fidèles. Malheureusement, tous ces espoirs furent vite déçus.

Pris d'une bouffée paranoïaque, Musk se convainquit qu'une attaque était lancée contre Twitter par des individus qui cherchaient à voler les données de la plateforme. « Plusieurs centaines d'organisations (peut-être plus) ont tenté d'extraire extrêmement agressivement des données de Twitter, au point que cela a affecté la navigation des utilisateurs », tweeta Musk le 30 juin.

Il voulut dès lors s'assurer de la sécurité absolue de chaque tweet, comme si tout ce qui était publié sur le site lui appartenait. Il ordonna aux ingénieurs d'interdire la consultation des tweets à toute personne non connectée, ce qui rendit impossible tout partage de lien vers des tweets populaires et toute inclusion de tweets dans des articles journalistiques. Musk voulait obliger tout le monde à ouvrir un compte Twitter, mais cette décision allait à l'encontre d'un des usages les plus essentiels de la plateforme : le partage de l'information en temps réel.

Et Musk ne s'arrêta pas là. Il était obsédé par la popularité d'OpenAI, l'entreprise d'intelligence artificielle qu'il avait cofondée puis abandonnée. Les modèles d'intelligence artificielle tels qu'en concevait OpenAI avaient besoin de très grandes quantités de données d'apprentissage pour créer des chatbots plus vrais que nature, et Musk était certain que des compagnies d'intelligence artificielle récoltaient des données sur Twitter pour entraîner leurs modèles.

C'est cette certitude, et sa peur toujours présente que des agents extérieurs cherchent à voler des données de la plateforme qui le poussèrent à imposer des limites très strictes au nombre de tweets consultables par chaque compte. Les comptes certifiés seraient limités à six mille publications par jour, les comptes non vérifiés à six cents, et les comptes non vérifiés récemment créés à trois cents.

Tout Twitter fut vent debout contre cette décision. Un usager ne pouvait même pas rester quelques minutes sur le même tweet sans recevoir un message l'informant que la limite avait été dépassée et qu'il ne pourrait plus se connecter à Twitter avant le lendemain[1]. En à peine deux heures, Musk fut bien obligé d'admettre qu'il s'était fourré dans un beau bourbier. Il releva les limites à huit mille publications pour les certifiés, huit cents pour les non vérifiés, quatre cents pour les nouveaux non vérifiés.

La formule « *rate limit exceeded* », « limite dépassée », s'imposa dans les tendances Twitter, reprise par les utilisateurs qui se plaignaient de cette restriction drastique. Beaucoup commencèrent à se faire passer des codes d'invitation pour Bluesky, le réseau social concurrent dirigé par Graber, et à indiquer à leurs amis sur quelles plateformes les retrouver.

Dans la nuit du samedi 1er juillet, Musk releva les limites à dix mille, mille et cinq cents. Mais le mal était fait, et l'un de ses vieux ennemis y vit l'occasion ou jamais de s'en prendre à lui.

Le 5 juillet, Meta, le groupe de Mark Zuckerberg, lança son tout nouveau service : une copie de Twitter du nom de Threads. Un grand nombre de start-up s'étaient fixé pour but de cannibaliser Twitter, mais l'écrasante majorité partait de zéro : elles devaient créer de toutes pièces leurs applis, puis s'efforcer de convaincre les accros à Twitter de changer de produit. Zuckerberg associa Threads à Instagram, permettant ainsi aux utilisateurs d'Instagram d'être mis en relation directe avec leurs amis sur Threads. C'était là un avantage considérable sur les autres concurrents de Twitter, où les usagers devaient passer un certain temps à recréer leur réseau personnel.

« À mon avis, il faudrait qu'il existe une appli de conversation publique à + de 1 milliard d'utilisateurs, écrivit Zuckerberg sur Threads ce même jour. Twitter a tout pour y parvenir, mais n'y est toujours pas arrivé. Nous espérons réussir. »

En l'espace de quelques heures, dix millions de personnes s'inscrivirent sur Threads. Jamais aucun concurrent n'avait représenté une telle menace pour le Twitter de Musk.

« Il est infiniment préférable d'être pris à parti par des inconnus sur Twitter que de cacher sa souffrance derrière le bonheur de façade d'Instagram », tweeta Musk cette nuit-là. De toute évidence, il avait été piqué au vif.

Quand la rumeur du lancement de Threads s'était mise à enfler, Musk avait tweeté sur le ton de la plaisanterie qu'il désirait affronter Zuckerberg dans une cage de MMA, et que le vainqueur serait couronné roi des réseaux sociaux à formats courts. De son côté, Zuckerberg semblait plus que déterminé à infliger une correction à Musk, dans un octogone comme sur l'App Store. Le lendemain de la boutade de Musk, le fondateur de Facebook envoya un message à Dana White, président de l'Ultimate Fighting Championship.

« Il veut vraiment se battre ? » demanda Zuckerberg. Durant la pandémie, il s'était mis au jiu-jitsu brésilien, et s'était de plus en plus passionné pour cet art martial.

Des combats entre amis dans son garage, il passa au stade supérieur, engageant des professeurs particuliers et s'efforçant d'appliquer à sa vie professionnelle les leçons de cette discipline, qui exigeait stratégie et puissance.

White était abasourdi. « Ça fait depuis quelque chose comme deux ans que je parle avec Zuckerberg, dit-il au cours d'une interview, à la même période. Et y a jamais de vanne, genre jamais on blague, jamais on se marre. » Zuckerberg était « grave sérieux constamment ».

Sachant Zuckerberg bien décidé à en découdre, White appela Musk pour savoir s'il était vraiment motivé. Musk avait treize ans et une trentaine de kilos de plus que Zuckerberg, sans compter que sa condition physique était déplorable. À la suite de la publication de photos très peu flatteuses où on le voyait torse nu sur le yacht d'Ari Emanuel, un an auparavant, Musk avait eu recours à des médicaments diététiques pour perdre du poids, en s'abstenant de toute activité physique régulière. Il était en outre victime de douleurs chroniques au cou et à l'épaule depuis son dernier combat improvisé, qui l'avait opposé à un sumotori à l'occasion de sa fête d'anniversaire en 2013, et qui lui avait valu une hernie discale[2].

Mais l'ego de Musk lui interdisait de se défiler. Il répondit à White qu'il était tout à fait partant. Les milliardaires commencèrent à s'entraîner en vue du combat, et White se chargea de chercher une salle.

Musk bataillait également sur un tout autre front. Le 13 juillet, Spiro demanda à un tribunal fédéral de soulager Twitter de ses engagements à l'égard de la FTC, en arguant que l'agence harcelait Musk. L'enquête avait « pris un tour aberrant et partial », avançait-il. Le juge finit par rejeter la demande, mais celle-ci eut l'effet escompté : les relances de la FTC s'espacèrent considérablement.

* * *

Incapable de se concentrer très longtemps sur un sujet, Musk se lança dans un nouveau projet personnel. Le samedi 22 juillet, le milliardaire annonça qu'il allait renommer la compagnie. « Et bientôt il nous faudra dire adieu à la marque twitter, et progressivement, à tous ces oiseaux », tweeta-t-il. Le branding de Twitter et son volatile omniprésent agaçaient Musk au plus haut point, et il se sentait fin prêt à couler la compagnie dans le moule de cette « omni-appli » dont il parlait depuis déjà fort longtemps.

La compagnie prendrait le nom de X, qui faisait écho à sa deuxième start-up, X.com. Depuis qu'il avait racheté Twitter, Musk avait déclaré à plusieurs reprises que X serait bientôt de retour. La holding dont il s'était servi pour acquérir le réseau social s'appelait X Holdings, et il rêvait souvent publiquement de transformer la plateforme en omni-application du nom de X, grâce à laquelle les utilisateurs pourraient communiquer, effectuer des transactions financières entre eux, et même se faire livrer des repas.

Dans la plus pure veine muskienne, cette décision prit tout le monde de court, la deadline relevant de l'impossible. Dès le dimanche, ses sbires se mirent à saccager le quartier général de San Francisco, démontant et détruisant tout symbole aviaire qu'ils croisaient. Ils décrochèrent un oiseau bleu de trois mètres d'un mur de la cafétéria, pour projeter un « X » à la place. Quelqu'un essaya d'arracher un autre logo du comptoir du poste de sécurité et, n'y parvenant pas, laissa derrière lui un oiseau mutilé[3]. Les salles de conférence, qui portaient toutes des noms d'oiseaux, furent rebaptisées avec des mots comprenant un « X », comme « eXposure » ou « eXult ». La salle de prédilection de Musk fut renommée « s3Xy »[4].

Musk ordonna que sa marque soit également apposée à la plateforme. L'oiseau bleu disparut du site et de l'application, remplacés par un « X » blanc. Dimanche, tard dans la nuit, Musk tweeta la photo d'un « X » blanc géant projeté sur la façade du bâtiment de San Francisco. « Notre quartier général ce soir », écrivit-il avec fierté. Ce fut l'un des derniers « tweets » officiels de Musk : il fit bientôt remplacer le bouton « tweeter » par un bouton « poster ».

Les marketeurs ne purent que hocher la tête, consternés. Tant de marques avaient rêvé de devenir des verbes à part entière, et si peu y étaient parvenues. « Tweet », « tweeter », « tweeting », « tweetos » et bien d'autres déclinaisons s'étaient imposés dans le monde entier. Et chez les plus anciens utilisateurs la disparition de l'oiseau bleu laissa un profond vide. Pour certains ex-employés en revanche, le changement de nom fut un vrai soulagement. Impuissants, ils avaient vu Musk détruire cette plateforme qu'ils adoraient au point d'y avoir consacré l'essentiel de leur vie professionnelle, ils l'avaient vu parader en secouant le cadavre du réseau social tel un trophée. Il était temps de tourner la page. Les tweeps avaient connu Twitter. Ils laissaient X à Musk.

Même Dorsey y alla de son commentaire. Le fait de changer de nom n'était pas « essentiel », écrivit-il sur la plateforme le dimanche soir : « Mais on peut aussi bien arguer que la reconsidération est la meilleure voie à suivre. la marque twitter est chargée d'histoire, mais tout ce qui importe c'est son utilité, pas son nom. »

Lundi matin, des ouvriers en veste fluorescente montèrent à bord d'une nacelle orange et s'élevèrent au-dessus du trottoir de Market Street pour arracher le « @twitter » qui signalait la présence du quartier général de San Francisco. Musk se moquait de ne pas avoir la permission des propriétaires pour modifier le bâtiment, ni celle de la Mairie pour faire des travaux. Les hommes avaient retiré les six premiers caractères lorsque la police leur intima l'ordre d'arrêter.

Mais il en fallait bien plus pour décourager Musk. Il ordonna qu'on érige un « X » géant en métal sur le toit de l'immeuble, et qu'on l'équipe de lumières stroboscopiques. Le vendredi 28 juillet, son souhait devint réalité. À la nuit tombée, le symbole éclaira le ciel noir d'une lueur aveuglante. Les plaintes des voisins ne tardèrent pas à affluer, et le lundi matin les ouvriers remontaient sur le toit pour démonter la structure.

Pendant ce temps, Musk tergiversait quant à la date de sa confrontation avec Zuckerberg. Prenant prétexte de sa blessure au cou, il avança qu'il lui faudrait sans doute se faire opérer avant d'affronter le fondateur de Facebook dans un octogone.

Zuckerberg quant à lui continuait de le relancer. Musk avait beau être plus lourd et plus grand, Zuckerberg était sûr de battre le propriétaire de Twitter, et il savait que le monde entier prendrait un grand plaisir à le voir lui asséner des coups de poing en pleine figure. Les deux milliardaires se provoquaient par messagerie, directement, sans plus passer par l'intermédiaire de White.

Si Musk jouait les fiers-à-bras en public, en privé il semblait essayer de se dérober par tous les moyens. Après avoir évoqué la possibilité d'une opération suivie de plusieurs mois de convalescence, il adressa ce message à Zuckerberg en août : « Ça te dit un petit match amical chez toi la semaine prochaine[5] ? »

Zuckerberg comprit aussitôt la manœuvre : Musk cherchait à se mesurer à lui sans témoin, pour se vanter ensuite sur Twitter de l'avoir battu. Un coup typique venant de lui.

« Si tu tiens toujours à ce vrai combat de MMA, tu ferais mieux de t'entraîner de ton côté et de m'avertir quand tu seras prêt, répondit Zuckerberg. Je n'ai aucune envie de continuer à faire du battage autour de quelque chose qui n'arrivera jamais, alors soit tu te décides à m'affronter et on fait ça vite, soit on passe à autre chose. »

Musk insista pour venir se battre chez Zuckerberg. « Je ne me suis pas beaucoup entraîné ces derniers temps, texta-t-il le dimanche 13 août. De mon point de vue ça semble très peu vraisemblable, vu notre différence de taille, mais peut-être que tu es le nouveau Bruce Lee et que d'une façon ou d'une autre tu remporteras la victoire. »

Il continua à provoquer Zuckerberg, et le lundi 14, menaça carrément de venir frapper à sa porte. Zuckerberg lui répondit qu'il ne l'attendrait pas chez lui à seule fin de céder à son caprice. Sur le réseau social, les fans de Musk accusèrent le patron de Meta d'éviter la confrontation, mais Musk ne mit jamais sa menace à exécution. La seule personne à se trouver ce jour-là sur le pas de la porte de Zuckerberg à Palo Alto était l'agent de sécurité qu'il y avait posté.

* * *

Yaccarino devait quant à elle affronter la longue liste de personnes que Musk avait irritées, pendant que de son côté, il continuait à susciter les controverses sur la plateforme. Les banquiers de X, les annonceurs, les régulateurs et les utilisateurs étaient tous mécontents, et jouaient des coudes pour s'entretenir avec la nouvelle directrice générale. Elle organisa une « tournée de l'écoute », qui consista surtout à supplier les uns et les autres de lui laisser une toute petite chance.

Elle rencontra Thierry Breton, le commissaire européen qui s'intéressait de près à la capacité de X à contrôler les fausses informations et les discours de haine. Elle eut plusieurs séances de travail avec les banquiers qui avaient prêté à Musk l'argent nécessaire à l'achat de Twitter, et qui voyaient mal comment il pourrait les rembourser s'il continuait à faire chuter la valeur de X. Les banquiers la harcelaient tout particulièrement sur les perspectives financières de la compagnie, exigeant sans cesse de plus amples renseignements sur la façon dont Yaccarino comptait soulager X de sa dépendance à la publicité. Yaccarino, qui avait rejoint l'entreprise précisément pour faire revenir les annonceurs, était bien incapable de leur donner une réponse franche. Le plan abonnements de Musk n'avait pas généré assez de revenu, et son projet consistant à faire de l'application une banque en ligne ne se réaliserait qu'en plusieurs années : il fallait attendre que les autorités gouvernementales délivrent à X les autorisations de transfert d'argent idoines, et ce processus était très lent. Mais Yaccarino ne se laissait pas démonter, et expliquait aux banquiers que le marché publicitaire était capricieux mais cyclique, et que les marques ne tarderaient pas à venir frapper à leur porte.

Les banquiers l'assaillirent également de questions sur la modération de contenu et la façon dont Musk comptait fidéliser les utilisateurs et grossir leurs rangs. Elle leur répondit qu'anciennement la compagnie se contentait d'un suivi des connexions et des déconnexions. La stratégie de Musk consistait à tout faire pour que les usagers restent aussi longtemps que possible sur la plateforme. Elle évoqua « l'interface multidimensionnelle » de X, avançant que bientôt la compagnie proposerait un éventail de contenus si vaste et si riche que les utilisateurs passeraient des heures entières à lire des tweets, à regarder des vidéos et à réaliser des paiements.

Il fallut ensuite apaiser le public de X, notamment les organisations qui avaient critiqué le laisser-aller de la modération et fait pression sur les annonceurs pour qu'ils abandonnent la plateforme dès la prise de contrôle de Musk. Parmi ces groupes on comptait l'Anti-Defamation League et l'American Jewish Committee, qui combattaient principalement l'antisémitisme. Ted Deutch, directeur général de l'AJC, fit le trajet Miami/New York pour une rencontre très cordiale avec Yaccarino.

Les relations avec Jonathan Greenblatt, directeur de l'ADL, étaient en revanche plus complexes. Musk avait noué le dialogue avec lui avant même la finalisation de son achat, quand Greenblatt avait publiquement critiqué son approche de la modération de contenu. Les deux hommes étaient restés en assez bons termes malgré la reprise effective de Twitter par Musk et les appels au boycott que Greenblatt adressait aux annonceurs.

En chargeant Yaccarino de régler le problème des revenus publicitaires, Musk l'encouragea aussi à rencontrer Greenblatt. Elle invita ce dernier à lui faire part de ses inquiétudes à la faveur d'un tête-à-tête, et ils convinrent d'une visioconférence le 29 août pour discuter courtoisement mais franchement de la montée de l'antisémitisme, sur X et dans le monde réel. Greenblatt ne s'était pas privé d'admonester l'ancienne direction de Twitter à ce sujet, qui constituait véritablement le talon d'Achille de la compagnie. Trop souvent, la rhétorique de la haine sur la plateforme se traduisant dans le monde réel par des actes de violence. Greenblatt réitéra ses mises en garde : dans sa quête d'une liberté d'expression illimitée, Musk ne pouvait ignorer le problème des discours haineux.

Yaccarino reçut le message cinq sur cinq, et l'assura qu'elle ne tolérerait pas le moindre propos antisémite. À la fin de la réunion, l'un des membres du staff de Yaccarino encouragea Greenblatt à publier un post à ce sujet, afin de prouver que X était ouvert à toutes les critiques.

Greenblatt s'exécuta, en remerciant Yaccarino pour cet échange constructif. « @ADL restera vigilant et saluera @ElonMusk et @lindayaX si les choses s'améliorent… en se réservant le droit de continuer à les critiquer tant que ce ne sera pas le cas », posta-t-il.

Tout ce que la plateforme pouvait compter de posteurs enragés, paranoïaques et perpétuellement mécontents fondit sur ce message. Pour eux, l'ADL était l'ennemi, l'allié de forces obscures à l'œuvre derrière le Parti démocrate qui ne reculerait jamais devant rien pour censurer le réseau social de Musk. Ils attirèrent l'attention de leur idole sur ce rendez-vous, présumant qu'il n'en avait pas connaissance, et pointant du doigt Yaccarino qui osait s'entretenir avec ses adversaires.

Quand arriva le week-end, Nick Fuentes, streamer et suprémaciste blanc, poussa ses followers à faire campagne pour le bannissement de l'ADL. Le hashtag #BanTheADL s'imposa très vite dans les tendances[6]. Selon l'organisation elle-même, des hommes masqués manifestèrent devant une synagogue de Floride en scandant les mots « Bannissez l'ADL ».

Musk ne put résister à l'appel de ses adeptes. « Depuis l'acquisition, l'@ADL n'a cessé de vouloir assassiner la plateforme en nous accusant elle et moi d'antisémitisme, posta Musk le lundi 4 septembre. Nos revenus publicitaires aux États-Unis ont chuté de 60 %, principalement à cause des pressions exercées par @ADL sur les annonceurs (selon leurs propres aveux), ils ont donc presque réussi à tuer X/Twitter ! »

L'appui de Musk décupla l'exposition médiatique de la campagne en ligne anti-ADL. Ses supporters se manifestèrent en masse, accusant l'organisation de vouloir étouffer Musk. Greenblatt envoya des messages à Musk et à Yaccarino, leur demandant à quoi tout cela rimait. Après tout, Musk avait lui-même contribué à ce rendez-vous, et c'était le staff de Yaccarino qui avait insisté pour que Greenblatt l'évoque sur le réseau social. Pourquoi Musk avait-il déterré la hache de guerre ?

Le milliardaire ne lui répondit pas. Yaccarino s'en chargea, en évitant d'exprimer la moindre critique quant à l'attitude de son patron. Et Musk continuait de jeter de l'huile sur le feu. « Si ça continue, nous n'aurons d'autre choix que d'intenter un procès pour diffamation contre, ironie du sort, l'"Anti-Defamation" League », posta-t-il.

Il n'y eut pas de poursuite judiciaire, mais Yaccarino se retrouva en très fâcheuse posture. Sans pouvoir s'opposer à Musk, elle devait persuader les annonceurs de ne rien croire de ce qu'ils voyaient sur le réseau social : Musk qui attisait une campagne de harcèlement à l'endroit d'une importante organisation juive.

* * *

Le 27 septembre, Yaccarino s'envola pour la Californie du Sud où elle devait participer à la conférence CODE, un sommet sur la technologie particulièrement huppé qui avait lieu à l'hôtel Ritz-Carlton de la ville côtière de Dana Point. Des années auparavant, Musk s'y était lui-même exprimé, à l'instar d'autres grands noms de la tech, comme Tim Cook, d'Apple, et Travis Kalanick, d'Uber. Pour Yaccarino, il s'agissait un peu du bal des débutantes auprès des technologues.

Malgré son appréhension, elle avait accepté l'invitation, à condition d'être interviewée par Julia Boorstin, une correspondante de CNBC que Yaccarino avait considérée comme sa protégée lorsqu'elle travaillait chez CNBCUniversal. Boorstin, ravie de mener l'une des premières grosses interviews de la nouvelle directrice générale, avait la ferme intention de lui poser les questions qui fâchent, tandis que de son côté Yaccarino s'attendait à un échange tout en ronds de jambe.

Les problèmes commencèrent avant même qu'elle quitte l'aéroport. En tant que cheffe d'une compagnie de Musk, elle se faisait un point d'honneur de ne se déplacer qu'en Tesla. Mais à la suite d'une erreur de la société de location, aucune Tesla n'était disponible. Yaccarino campa sur ses position, exigeant qu'on lui trouvent un Model Y blanc pour la conduire au Ritz-Carlton.

Elle passa le plus clair de la journée tapie dans les loges, à se préparer pour l'interview. Mais dans la matinée, on l'informa que la conférence recevrait juste avant elle un invité de dernière minute : Yoel Roth, le responsable de la modération de contenu que Musk avait indirectement chassé de chez lui.

Yaccarino fut passablement ébranlée. Elle eut l'impression que les journalistes de la tech que Musk détestait ouvertement lui plantaient un poignard dans le dos. Dans les coulisses, elle s'entretint avec Boorstin, se demandant si elle ne ferait pas mieux de quitter dès à présent la conférence. Cela avait tout d'une attaque concertée contre elle, et elle hésitait entre la riposte et la fuite.

Roth monta sur la scène en compagnie de Kara Swisher, jadis grande admiratrice de Musk, et à présent l'une de ses critiques le plus acerbes. Swisher insista pour que Roth s'adresse directement à Yaccarino, en lui donnant le meilleur conseil qu'il pourrait trouver. « Si ce n'est pour vous, alors pour votre famille, pour vos amis, pour tous ceux que vous aimez, il faut vous inquiéter, répondit Roth. Vous devriez vous inquiéter. Je regrette de ne pas m'être plus inquiété. »

Dans les coulisses, Boorstin était bouleversée. « Je suis désolée », ne cessait-elle de répéter à Yaccarino. Swisher l'avait prise de court en invitant Roth. Yaccarino aussi était particulièrement chamboulée, et face à Boorstin qui essayait de la convaincre de ne pas annuler l'interview, elle lui dit que ce serait la fin de sa courte carrière chez Twitter.

Quinze minutes plus tard, les deux anciennes collègues prirent place dans les fauteuils de cuir noir de la scène. Boorstin ne montrait plus le moindre signe de l'émotion extrême qui l'avait submergée un instant auparavant, mais Yaccarino avait plus de peine à s'en remettre. Quand Boorstin lui dit qu'elle la laisserait répondre à Roth, Yaccarino l'interrompit.

« Ça me fait sourire, déclara-t-elle les lèvres pincées. C'est cocasse. » Elle darda son regard sur le public comme pour le jauger. « Ensemble, nous restons fortes », dit-elle en s'adressant directement à Boorstin, comme s'il s'agissait d'une alliée et non d'une journaliste avec une liste de questions posée sur les genoux.

Yaccarino se montra incapable d'oublier les critiques de Roth à l'égard de la compagnie, et plus particulièrement encore la mise en garde qu'il lui avait adressée. Alors que Boorstin s'escrimait à dévier la conversation vers d'autres sujets, Yaccarino revenait sans cesse aux paroles de Roth pour tenter de les réfuter. Elle eut le plus grand mal à se rappeler les chiffres clefs de X. À un moment donné, elle tendit son téléphone en direction du public, et certains observateurs à la vue particulièrement perçante remarquèrent l'absence d'icône X sur son écran.

Boorstin posa les mêmes questions élémentaires auxquelles Yaccarino avait déjà répondu un bon nombre de fois. D'un ton doux, elle lui demanda ce qu'elle avait à répondre à ceux qui la considéraient comme un simple prête-nom derrière lequel Musk continuait de diriger la compagnie, notamment sur les décisions produit.

« Qui refuserait d'avoir Elon Musk à ses côtés pour s'occuper d'un produit ? » lança Yaccarino, excédée, en tournant le regard vers la foule. Des éclats de rire résonnèrent dans la salle lorsque certains membres du public levèrent la main.

Yaccarino avait un autre engagement à Los Angeles à 18 heures, mais elle ne parvenait pas à quitter le champ de bataille qu'était devenue la scène de la conférence CODE. Durant le reste de cette singulière interview, elle répéta à plusieurs reprises qu'elle devait partir, sans même faire mine de se lever de son fauteuil. Sa colère se lut sur son visage lorsque Boorstin aborda la menace de procès proférée par Musk à l'encontre de l'ADL.

« Tout le monde a le droit d'exprimer son opinion. Tout le monde. Y compris Elon, y compris vous, Julia », rétorqua-t-elle. Elle se leva enfin, passa devant Boorstin en la frôlant et quitta la scène.

Alors que le public discutait de sa piètre performance, Yaccarino prit ses affaires et accourut jusqu'à la Tesla qui l'attendait. Alors que le chauffeur s'apprêtait à démarrer, Boorstin fit son apparition, se précipitant vers la voiture dans un cliquetis de talons.

45

« Dites-le à la Terre entière »

Le samedi 18 novembre, à 7 h 03, Musk se tenait debout, les mains jointes comme en une prière, le menton posé sur le bout de ses doigts, dans le centre de contrôle de lancement SpaceX à Boca Chica Village[1]. Jadis petite commune assoupie de l'extrême sud du Texas, Boca Chica avait connu en quelques années une transformation radicale, due à l'implantation de la principale base de lancement de SpaceX. Dans le sillage de Musk et de sa compagnie, des centaines de scientifiques et d'ingénieurs s'étaient implantés dans la région, en partie pour assister à des moments tels que celui-ci.

Alors que le soleil se levait sur le golfe du Mexique, le chef de SpaceX contempla les gigantesques panaches de fumée blanche qui dans un grondement cataclysmique s'échappaient des trente-trois réacteurs de *Starship*, la fusée qui selon les promesses de Musk conduirait un jour l'être humain sur Mars[2]. Pour ce deuxième lancement test, SpaceX espérait prouver qu'ils étaient en mesure de la placer sur orbite. À la fin du compte à rebours, la fusée de cent vingt mètres traversa le ciel bleu du Texas, atteignant au terme de son vol de huit minutes une altitude supérieure à cent quarante kilomètres, pour finalement exploser[3]. Dans la salle de contrôle, les ingénieurs étaient déchaînés. Le test était un succès : *Starship* était capable de s'arracher à l'attraction terrestre et de se séparer de ses boosters. C'était un pas de plus vers Mars.

Musk fêta l'événement en famille dans le centre SpaceX, mais quelque chose continuait de lui trotter dans la tête. À peine une heure et demie après le lancement, Musk sortit son téléphone pour ouvrir son appli X. Il répondit à un fan qui avait posté que les annonceurs se moquaient éperdument des anciens problèmes de la compagnie, et qu'ils ne s'étaient mis à détester la plateforme qu'après son achat par le milliardaire, pour des raisons « politiques ». « Les pouvoirs [en] place ont horreur de ce qui passe sur cette plateforme, parce que ça restreint le contrôle qu'ils ont sur le narratif », écrivit l'utilisateur.

« Exactement », commenta Musk.

Même après ce succès éclatant de SpaceX qui marquait un jalon dans sa conquête de l'espace, Musk était toujours aussi obnubilé par X, ruminant une énième controverse qu'il avait lui-même suscitée trois jours auparavant. Comme c'était la règle depuis un certain temps, tout avait commencé par un simple post.

* * *

Le mercredi 15 novembre, à bord de son jet Gulfstream en partance d'Austin, Musk volait en direction de la baie de San Francisco lorsqu'il avait publié ce qu'il croyait être un post tout à fait inoffensif. Depuis des jours, il ne décolérait pas contre l'Anti-Defamation League, qui continuait de reprocher à X d'avoir laissé libre cours aux discours antisémites à la suite de l'attaque du Hamas contre Israël, le 7 octobre. Assis bien confortablement dans son avion, Musk lut le tweet d'un compte Blue anonyme qui comptait moins de six mille followers.

« Les communautés juives ont fait preuve à l'encontre des Blancs de la même haine dialectique qu'elles prétendent vouloir censurer quand elle est dirigée contre eux, avait écrit @breakinbaht. Je ne peux que me contrefoutre que les populations juives occidentales aient enfin abouti à la désagréable prise de conscience que ces hordes de minorités visibles à l'origine de la vague qui est en train de submerger leur pays ne les portent pas vraiment dans leurs cœurs. »

Tout en lisant, Musk opinait de la tête. Il composa sa réponse sur son iPhone :

« C'est la vérité vraie. »

Le compte anonyme que Musk louangeait ainsi fondait son raisonnement sur la « théorie du grand remplacement », concept dément d'extrême droite qui voulait que les Juifs et l'élite internationale encouragent l'immigration de masse de personnes non blanches dans les pays occidentaux afin de faire disparaître la population blanche. Certaines versions de cette théorie conspirationniste raciste avaient été reprises entre autres par VDARE, publication suprémaciste très populaire, et Tucker Carlson. Et à présent, elle bénéficiait de l'appui de l'homme le plus riche au monde, qui se fendit même d'un deuxième post.

« L'ADL s'en prend injustement à la majeure partie de l'Occident, alors que la majeure partie de l'Occident soutient le peuple juif et Israël, écrivit-il. Simplement parce que selon leurs propres doctrines, ils ne peuvent critiquer les groupes minoritaires qui forment la plus grande menace dirigée contre eux. »

Ses commentaires furent salués par toute l'extrême droite. Alex Jones, fondateur d'InfoWars, présenta le message de Musk comme « la vérité nue ». Fuentes, le suprémaciste que Twitter avait réintégré avant qu'il rende hommage à Hitler, vit dans la prise de position de Musk le signe que cette théorie minoritaire était en train de gagner le grand public.

« On a là l'homme le plus riche au monde, l'un des plus gros utilisateurs de Twitter avec ses cent soixante millions de followers, qui établit un lien entre l'influence juive et le racisme antiblanc », jubila Jones durant son émission en direct[4].

Mais Musk et X essuyèrent également un important tir de barrage. Dès le lendemain, Media Matters, organisation progressiste de surveillance des médias, publia un rapport montrant que des publicités pour de grandes marques telles qu'Apple ou IBM apparaissaient à côté de tweets publiés par des comptes qui faisaient l'apologie d'Adolf Hitler et du nazisme[5]. Pour les marques qui malgré toutes les controverses de l'année passée étaient restées fidèles à X, ces tweets de Musk marquèrent un point de non-retour. Il ne fallut pas attendre le vendredi pour qu'Apple, IBM, Disney et plus d'une centaine d'autres grandes marques suspendent leur présence publicitaire sur X[6]. Cette désaffectation entraînerait 75 millions de dollars de perte pour la compagnie à la fin du dernier trimestre, censé être le plus lucratif grâce aux fêtes de fin d'année[7].

Les revenus publicitaires de X essuyaient un énième revers, et Yaccarino se vit contrainte de défendre l'indéfendable. Elle aussi avait été consternée par le tweet antisémite et raciste de Musk mais, ne pouvant critiquer son patron, elle dut rediriger sa colère vers une autre cible. Le lundi suivant, au cours d'une réunion avec l'équipe commerciale, deux jours après le lancement de la fusée SpaceX, elle s'en prit à Media Matters et à son rapport, déclarant que l'organisation avait manipulé les fils Twitter afin que des publicités apparaissent à côté de contenus racistes. Tombant dans le plus pur conspirationnisme, et sans la moindre preuve, elle avança également que Media Matters avait sciemment publié son rapport juste avant le mariage de sa fille. « Je suis sûre et certaine que ce n'est pas une coïncidence », asséna-t-elle dans le but de rallier ses troupes à sa cause.

« Je sais que vous savez tout de ce qui s'est passé et de ce qu'a fait une organisation militante très mal intentionnée pour nuire à notre compagnie, déclara-t-elle de façon très décousue. Et il y a des moments dans la vie où on doit faire des choix sur la base de nos valeurs. Et quand des individus nuisibles dépassent la ligne jaune, votre intégrité, vos valeurs et, en l'occurrence, la vérité, c'est tout ce qui compte. »

Pour beaucoup d'employés participant à la visioconférence, qui avaient vu impuissants leur propre patron casser leur outil de travail, ce fut un moment extrêmement gênant. Plus tard dans la journée, X intenta un procès à Media Matters devant un tribunal fédéral du Texas, arguant que l'organisation avait voulu nuire à ses relations commerciales avec les annonceurs. Le procureur général du Texas, un allié de Musk, annonça l'ouverture d'une enquête visant Media Matters pour « activités potentiellement frauduleuses[8] ».

Ce procès fut loin de redorer le blason de Musk et X aux yeux des annonceurs, toujours plus nombreux à se désengager de la plateforme, ce qui n'était pas sans affecter l'expérience des utilisateurs, qui virent de plus en plus de publicités pour des jouets intimes, des jeux vidéo pour smartphone et des camgirls, à mesure que le répertoire d'annonceurs de Twitter s'amenuisait.

Acculé, Musk s'envola pour Israël le lundi 27 novembre, afin d'y rencontrer le Premier ministre, Benyamin Netanyahou[9]. Portant un gilet pare-balles beaucoup trop petit sous sa veste, il traversa en compagnie de Netanyahou Kfar Azza, un kibboutz attaqué par le Hamas lors de l'attaque du 7 octobre, dans le cadre de cette tournée d'excuses qui inclurait une conversation retransmise en ligne avec le Premier ministre conspué par une partie de sa population. Musk rencontra également le président israélien, Isaac Herzog, et des familles d'otages. L'un des pères présents donna à Musk une plaque d'identité militaire afin qu'il la porte en souvenir de son fils kidnappé et de tous les autres disparus.

« Je pense que nous devons lutter ensemble, parce que les plateformes que vous dirigez, malheureusement, sont un vaste réservoir de haine, de haine envers les Juifs, d'antisémitisme », dit le président au milliardaire durant une entrevue à huis clos.

Musk passa treize heures en Israël, se pliant aux séances photo requises, avant de repartir pour les États-Unis. Il atterrit à Austin dans les toutes premières heures du mardi, et il lui fallut moins de cinq heures pour susciter une énième controverse[10]. Au réveil, il tweeta un mème suggérant que la théorie conspirationniste du Pizzagate était « vraie ». Quelques heures plus tard, il effaça son message[11].

* * *

Un fugace instant de paix précéda le moment où Musk apparut devant une foule de gens d'affaires fortunés, réunie à l'occasion du DealBook Summit du *New York Times*, le 29 novembre. Un peu moins d'une heure auparavant, il avait atterri à l'aéroport Teterboro, dans le New Jersey, en compagnie de son fils X et de la nounou de celui-ci. Une demi-douzaine de gardes du corps les avaient fait monter à bord des Tesla qui les conduisirent jusqu'à Manhattan. Lorsqu'il entra par une porte dérobée dans l'auditorium où se pressaient les participants, avec ses bottes noires brillantes et sa peau lainée marron, Musk était complètement à l'ouest. Son court passage en Israël l'avait exténué, et c'est le regard fixe et vide qu'il écouta Yaccarino, venue l'accueillir dans les coulisses, lui présenter un topo exhaustif de la conférence.

Elle lui dit que Jonathan Greenblatt, le président de l'ADL, était également présent, façon délicate de recommander à Musk de bien se tenir. Celui-ci acquiesça. Bob Iger, le directeur général de Disney, avait déclaré un peu plus tôt sur la scène que le fait de s'associer à Musk et X n'était « pas forcément dans l'intérêt de [leur] groupe ». Le milliardaire avait bien entendu Yaccarino, sans pour autant réagir. Certains membres du service commercial espéraient que Musk discute avec Iger de la parenthèse publicitaire de Disney sur la plateforme, mais ils n'avaient pas réussi à les mettre en contact avant la conférence.

Apparemment d'excellente humeur, Musk s'avança sur la scène du DealBook, suivant Andrew Ross Sorkin, journaliste au *Times* qui allait l'interviewer. Sorkin veilla à se le mettre dans la poche d'entrée de jeu, en racontant que lorsqu'il avait fait sa connaissance, quinze ans auparavant, il avait eu l'impression d'avoir affaire au « nouveau Steve Jobs ». Musk poussa un éclat de rire sincère en s'installant confortablement sur son siège.

Sorkin lui posa la question qui brûlait toutes les lèvres : « Qu'est-ce qui vous a pris d'envoyer ce tweet ? »

« Vous savez, c'est vraiment une marque de faiblesse de vouloir être constamment apprécié, une vraie marque de faiblesse, dit Musk, passant d'un large sourire à un air agacé. Faiblesse que je n'ai pas.

– Mais vous n'avez pas envie qu'on vous fasse confiance, au moins ? lui demanda Sorkin. C'est une chose de ne pas chercher à plaire à tout prix, mais si des gouvernements vous donnent de l'argent pour fabriquer des fusées, ou si vous tenez vraiment à construire une plateforme financière sur X au profit de ses utilisateurs, il faut quand même qu'on vous considère comme quelqu'un de décent et de bon, non ?

– Oui, enfin, je crois que c'est ce que je suis, mais je ne vais pas faire des claquettes pour prouver aux gens que c'est le cas », rétorqua Musk d'un ton acide, avant de lui donner très bizarrement du « Jonathan », pour se faire immédiatement corriger par l'intervieweur.

Le milliardaire éclata d'un rire dément, passant de l'agressivité à l'amabilité puis de nouveau à l'agressivité en l'espace de quelques secondes.

Sorkin ne se laissa pourtant pas démonter et poursuivit, bille en tête.

« Certains prétendent que vous êtes antisémite. D'authentiques antisémites vous adulent. J'aimerais savoir l'impression que ça vous a fait quand tout est arrivé. »

Musk lui soumit un vague semblant de réponse, accusant les médias de ne pas avoir relayé sa mise au point concernant le tweet incriminé, tout en admettant qu'il aurait peut-être mieux fait de ne pas répondre à cette personne, et de ne pas tendre ainsi « un pistolet chargé à ceux qui [le] détestent ». Il se qualifia de « philosémite » et désigna la plaque d'identité militaire qu'on lui avait donnée en Israël et qu'il portait au cou.

« Mais certains ont vu là une espèce de tournée des excuses, en quelque sorte. Cela a été dit sur Internet. Il y a eu toutes ces critiques. Il y a eu le départ des annonceurs. Nous nous sommes entretenus avec Bob Iger aujourd'hui… »

Musk ne lui laissa pas le temps de finir sa question. Sans le moindre calcul apparent, ni la moindre réflexion, il pencha la tête en arrière, fronça les sourcils, et dit la première chose qui lui traversa l'esprit :

« J'espère qu'ils arrêteront.

– Vous espérez ?…

– Qu'ils arrêteront de faire de la publicité.

– Vous ne voulez pas qu'ils fassent de la publicité ?

– Non.

– Comment ça ?

– Si qui que ce soit essaye de me faire chanter avec de la pub, de me faire chanter avec de l'argent… Allez vous faire foutre.

– Mais…

– Allez. Vous. Faire. Foutre. C'est clair ? Je l'espère. Salut, Bob ! Si tu es dans le public. »

Ce coup d'éclat suscita quelques éclats de rire stupéfaits, mais la plupart des personnes présentes, y compris Yaccarino, en restèrent bouche bée. Sorkin, incrédule, se gratta le nez avant de tenter de reprendre les rênes de l'échange. Aucun entrepreneur avant Musk n'avait fait de telles déclarations publiques. C'était du jamais-vu, et cela ne manquerait pas de faire du buzz, et Sorkin semblait convaincu que Musk trottinait gaiement à deux doigts du gouffre. L'absence d'autocensure dont Musk faisait généralement preuve à des heures indues sur Twitter s'étalait à présent au vu et au su de tout un auditorium et sur des milliers d'écrans d'ordinateurs ou de téléphones.

Dans les bureaux de X à Los Angeles, une poignée de commerciaux s'étaient réunis pour assister ensemble à l'interview. Musk ne s'était quasiment pas adressé à ses employés depuis que son post sur « la vérité vraie » avait creusé encore plus le manque à gagner de l'entreprise, et ils espéraient qu'il présenterait des excuses, ou du moins des éléments de langage qu'ils pourraient reprendre lors de leurs échanges avec leurs clients, lorsqu'ils tenteraient de les convaincre de lancer de nouvelles campagnes publicitaires sur la plateforme. Mais Musk ne fit que rajouter une pelletée de terre au fond du trou.

Une employé responsable de la satisfaction client qui s'occupait en partie du compte Disney regardait l'interview avec le reste du groupe. Elle avait rejoint très récemment X, très enthousiasmée par les perspectives qu'offrait son nouveau poste, sous la direction d'un leader qui avait révolutionné des industries entières et promettait à présent de faire de même avec les médias en ligne. Mais en voyant Musk répéter son insulte et s'adresser directement à Bob Iger, patron de Disney, elle s'effondra intérieurement.

« C'est bon, lâcha-t-elle en se levant lentement pour retourner à son bureau. Mon boulot est foutu. Foutu. »

Elle n'assista pas à la suite de la conversation.

Sur la scène du DealBook Summit, les choses ne s'arrangèrent pas pour Musk. Tout en poursuivant son échange particulièrement tendu avec Sorkin, il foudroyait le public du regard en ourdissant son prochain esclandre. Il déclara que les marques qui renâclaient à faire de la publicité sur la plateforme devaient être tenues responsable de la mort du réseau social, et non lui. Si Twitter devait tomber, le peuple saurait que la faute en incombait aux annonceurs.

« Dites-le à la Terre entière !

– Mais eux diront : Elon, c'est vous qui avez tué la compagnie en disant ces choses, ces choses complètement déplacées. Et ils diront qu'ils ne se sentaient plus à l'aise sur la plateforme, n'est-ce pas ?

– Et nous verrons ce que la Terre répondra à ça. »

À ses yeux, il était évident que tout le monde attribuerait la chute de X aux annonceurs qui avaient conspiré contre lui. Mais devant l'absence de réaction du public, Musk se lança dans l'impro. Il déclara que Tesla avait remporté tous ses succès sans la moindre publicité, suggérant que la publicité n'avait sans doute pas la moindre espèce d'importance. Sorkin haussa un sourcil.

« En ce moment, Tesla vend deux fois plus de véhicules électriques que le reste des fabricants de voitures électriques aux États-Unis. Tesla a plus fait pour l'environnement que toutes les autres compagnies réunies. Il serait donc juste de dire qu'en tant que leader de la compagnie j'ai plus fait pour l'environnement que tout le reste de l'humanité.

– Et qu'est-ce que ça suscite en vous ?

– Qu'est-ce que ça suscite en moi ?

– Je vous demande ce que ça suscite en vous, personnellement, parce que là, on est en train de parler de pouvoir et d'influence ?

– Ce que je dis c'est que ce qui est important pour moi, c'est la réalité du bien, pas la perception qu'on en a. Et ce que je vois un peu partout, ce sont des gens qui se soucient de paraître bons alors qu'ils font le mal. Qu'ils aillent se faire foutre. »

Épilogue

Le 3 mars 2024, Elon Musk alla petit-déjeuner chez un ami, à Palm Beach, en Floride. À la table étaient assis plusieurs riches donateurs du Parti républicain, et tous parlaient de l'élection présidentielle de novembre. Dans une trépidation générale, chacun essayait d'être le plus bruyant, le plus tranché dans ses opinions et le plus péremptoire quant aux besoins profonds de l'Amérique.

Donald Trump fit enfin son apparition. Musk et lui échangèrent une chaleureuse poignée de main. Musk avait été reçu à la Maison-Blanche sous la présidence de Trump et avait brièvement siégé dans deux conseils consultatifs présidentiels avant de mettre fin à sa collaboration en 2017, suite à la décision de son administration de se retirer de l'accord de Paris sur le climat. Les deux hommes s'étaient échangé depuis quelques répliques assassines, mais ils avaient besoin l'un de l'autre. Trump avait besoin d'une nouvelle injection financière pour prolonger sa campagne jusqu'en novembre, et Musk voyait dans le candidat du Parti républicain la seule chance d'échapper à un nouveau mandat de Joe Biden. En outre, il ne perdait pas espoir de le voir un jour revenir sur X.

L'une des premières choses qu'il avait faites en novembre 2022 en acquérant Twitter avait été de tenter de persuader Trump de réintégrer la plateforme. Ces efforts avaient fini par payer le 24 août 2023, le jour où Trump se rendit à la police d'Atlanta sous le chef d'accusation de conspiration criminelle visant à l'annulation de l' élection présidentielle de 2020. Dans l'après-midi, Trump avait posté sa photographie d'identité judiciaire sur X, avec la légende « NE CAPITULEZ JAMAIS ! » Musk paraissait être au courant de la mise en scène, car il avait échangé sur la plateforme des messages évocateurs avec des comptes de droite dans les jours précédant l'arrestation de Trump.

Mais depuis, Trump avait su résister à la tentation de poster à nouveau. Il possédait sa propre plateforme, Truth Social, et il était tenu par un contrat d'exclusivité d'y publier ses opinions avant de les partager sur les autres sites du même type. Excepté Trump et ses lieutenants, il n'y avait que très peu de personnages éminents sur Truth Social, et Trump semblait bien conscient que son appli s'effondrerait s'il l'abandonnait au profit de celle de Musk. Quelques semaines après leur rencontre, Trump introduisit sa compagnie en Bourse.

L'impasse dans laquelle se retrouvaient les deux hommes se résumait à une chose : le désir de domination. Musk voulait que Trump vienne jouer dans son giron, tandis que Trump préférait rester dans son bac à sable rien qu'à lui. En outre, Musk semblait ne pas avoir encore compris que depuis longtemps déjà, il occupait sur la plateforme la place qui avait jadis été celle de Trump. Il répondait à des comptes haineux qui ne parlaient que de crimes commis par des noirs sur des blancs, raillait les « clandestins » et relayait des théories conspirationnistes selon lesquelles les démocrates exacerbaient la crise migratoire à la frontière méridionale des États-Unis afin de pouvoir importer de nouveaux électeurs. Certaines opinions de Musk n'auraient pas dépareillé dans un meeting de campagne de Trump.

Pour ce genre d'hommes, les réseaux sociaux n'étaient qu'un joujou qu'il s'agissait de remodeler à leur image. Lorsque Twitter l'avait exclu, Trump avait créé un clone de la plateforme, dépouillée des fact-checkers qui remettaient en question ses déclarations et des gauchistes indignés qui dénonçaient ses pulsions autoritaristes. De son côté, Musk avait dévasté Twitter, taillant et taillant encore jusqu'à ce que la plateforme devienne X, où tous ses amis et tous ses thuriféraires avaient des coches bleues, où ses commentateurs politiques préférés étaient systématiquement mis en avant, et où ses propres posts étaient les plus aimés, les plus vus et les plus discutés. Quatre mois après sa prise de contrôle, @ElonMusk était le compte le plus suivi du site, avec plus de cent trente-trois millions de followers.

Mais après tout c'était peut-être l'inévitable destinée de Twitter. Ses fondateurs avaient créé une plateforme bien trop puissante pour que les personnes les plus riches au monde résistent à l'envie de la posséder, de la contrôler. Jack Dorsey lui-même avait rivalisé de ruse pour revenir à la tête de Twitter. Et il avait fallu qu'un investisseur activiste tente de lui subtiliser la compagnie pour qu'il arrive à la conclusion que forum conversationnel et capitalisme n'auraient jamais dû être associés de la sorte.

Si Twitter radicalisa Musk, c'est son démantèlement qui radicalisa Dorsey. Après avoir encouragé le milliardaire à acheter la compagnie et décidé de garder un part de son capital, Dorsey perdit les pédales. Il passa sans cesse des excuses au ressentiment, du ressentiment à l'arrogance pour revenir aux excuses, tantôt critiquant les décisions de Musk, tantôt les défendant.

Quand l'achat fut finalisé, Dorsey cessa presque totalement de tweeter. Son absence sur la plateforme se voulait symbolique. Lorsque plus de dix ans auparavant il avait été évincé du poste de directeur général tout en continuant à siéger au conseil d'administration, il avait gardé le silence durant les réunions en signe de protestation.

Quand il s'exprimait au sujet de l'achat de Twitter (ou sur quelque autre sujet), c'était toujours sur Nostr, un réseau social qui résistait à la centralisation. À l'occasion, il postait également sur Bluesky, qu'il avait imaginé avec Agrawal. En septembre 2023, il supprima son compte Bluesky après avoir essuyé les critiques de certains de ses utilisateurs et, l'année suivante, il quitta son conseil d'administration. Le fait de fonder un réseau social pour ensuite s'en éloigner était devenu pour lui une habitude.

Sur Nostr, Dorsey relaya un article du blog d'un diététicien qui signait chacune de ses interventions par un slogan associé au mouvement conspirationniste QAnon. Il posta des vidéos de campagne de Robert F. Kennedy Junior, célèbre opposant aux vaccins qui se présenta à l'élection présidentielle. Et il partageait des vidéos conspirationnistes qui qualifiaient les victimes des attentats du 11-Septembre d'« acteurs de crise ». Le directeur général de Twitter qu'il avait été n'aurait pas hésité à libeller voire supprimer le genre de tweets qu'il publiait à présent. Ses rares interventions sur Twitter ne visaient qu'à promouvoir le bitcoin ou Kennedy.

* * *

Au fil du temps, l'idée même de Twitter se fissura, à l'instar des esprits qui avaient tenté de diriger la plateforme. Twitter n'était plus le seul endroit où le monde entier se retrouvait pour parler des guerres en cours, des actualités ou des querelles de célébrités. Twitter devint plutôt une fonctionnalité que l'on retrouvait sur quasiment tous les réseaux sociaux. Sur Instagram, les tweets étaient des threads. Sur Substack, c'étaient des notes, tandis que sur Mastodon, la plateforme open source qui avait suscité la jalousie de Musk, c'étaient des toots. Sur Bluesky, au grand dam de Graber, la communauté appelait les publications des skeets, mot qui évoquait les tweets, mais qui signifiait également « éjaculation » en argot. Il n'était plus nécessaire de faire partie de Twitter pour « prendre part à la conversation ».

La dilution du pouvoir de Twitter ne semblait pas déranger Musk. Tous ses amis et tous ses fans étaient certifiés, et les réponses flagorneuses dont ils gratifiaient chacun de ses posts étaient propulsées au sommet de ses mentions. Musk était le héros bien-aimé de sa propre plateforme. Après avoir ajouté une fonctionnalité d'appel audio et vidéo sur X, Musk déclara qu'il se débarrasserait bientôt de son numéro de téléphone, afin que seuls ceux qui étaient sur X puissent le joindre.

Un an après avoir fait son entrée au quartier général de Twitter un lavabo dans les bras, Musk gratifia ce qu'il lui restait d'employés de nouvelles stock-options, sur la base d'une valorisation de X s'élevant à 19 milliards de dollars. En février 2024, Fidelity, géant de l'investissement, estima la valeur de X (qui n'avait toujours pas fini de rembourser ses prêts) à 11,8 milliards de dollars, soit 73 % de moins que son prix d'achat de 44 milliards de dollars.

Alors que nous écrivons ces lignes, Musk est toujours milliardaire, bien que ses poches soient un peu moins fournies. En avril 2022 (le mois où il décida d'acheter Twitter) sa fortune personnelle avoisinait les 270 milliards de dollars. Deux ans plus tard, il en avait 80 de moins, perdant son titre d'homme le plus riche au monde, principalement à cause de la ruine de X et de la chute de la valeur des actions Tesla, du fait des doutes croissants sur son implication dans le fabricant automobile.

Musk dut se présenter à nouveau devant le tribunal de Kathaleen McCormick. Un actionnaire de Tesla lui avait intenté un procès en 2023, au motif que ses 55,8 milliards de dollars d'indemnités étaient excessifs, et constituait en une véritable escroquerie à l'égard de ses investisseurs. « La présente décision a l'audace d'"aller là où aucun homme n'est jamais allé"*, ou tout du moins là où aucun tribunal du Delaware n'est jamais allé », écrivit McCormick en janvier 2024, en signifiant l'annulation du salaire de Musk. Elle déclara en outre qu'il avait exercé une domination quasi absolue sur Tesla, fixant lui-même ses rétributions qui recevaient l'accord systématique de ses amis siégeant au conseil d'administration, comme Antonio Gracias.

Indigné par cette décision, Musk laissa éclater sa colère. Ses supporters tweetèrent que McCormick était un laquais de Biden, et que c'était pour des raisons éminemment politiques qu'elle avait décidé de punir leur héros. Le milliardaire relocalisa Neuralink dans le Nevada et SpaceX dans le Texas, loin de la juridiction du Delaware, et encouragea d'autres compagnies à faire de même.

Certains anciens employés de Twitter restèrent un long moment au chômage, incapables de se remettre au travail après le stress et l'anxiété dont ils avaient été victimes lors de l'achat de leur entreprise. À l'heure où nous écrivons ces lignes, Vijaya Gadde et Ned Segal luttent encore au tribunal contre Musk pour obtenir leurs indemnités de départ. Mais la majorité des salariés de Twitter (à l'exception de celles et ceux qui choisirent de rester chez X pour garder leur visa de travail, leurs avantages santé, ou simplement par loyauté envers Musk) s'éparpillèrent aux quatre coins de la Silicon Valley, trouvant des postes chez Google, Facebook, OpenAI et d'autres entreprises de la tech. Les rares qui rejoignirent OpenAI se retrouvèrent de nouveau sous les ordres de Bret Taylor. L'ancien président du conseil d'administration de Twitter avait été nommé au poste équivalent chez OpenAI à la suite d'un désastreux soulèvement qui avait démis le

* « *To boldly go where no man has gone before* », référence à la première série télévisée *Star Trek*. (N.d.T.)

directeur général, Sam Altman, pour finalement le faire revenir à son poste.

Taylor se trouvait de nouveau dans le collimateur de Musk. En mars 2024, ce dernier intenta un procès à OpenAI, au motif que la compagnie avait enfreint sa charte fondatrice qui imposait la création d'une intelligence artificielle visant au bien-être de l'humanité. Parallèlement, grâce aux ressources et aux ingénieurs de X, Musk s'empressa de créer sa propre compagnie d'intelligence artificielle, xAI, en présentant sa nouvelle marque comme l'équivalent « anti-woke » d'OpenAI, sans que personne sache vraiment ce qu'il entendait par là.

Parag Agrawal disparut de la scène publique. Après qu'il eut passé les portes du quartier général de San Francisco pour la dernière fois, il ne publia jamais plus de tweet. Il se joignit au procès des anciens cadres dirigeants contre Musk. En 2023, il renoua avec sa passion pour l'intelligence artificielle et monta en toute discrétion une start-up spécialisée dans cette technologie, en engageant plusieurs ex-employés de Twitter pour l'aider. Tandis que Dorsey quittait Bluesky froissé, Agrawal resta en contact avec Graber et l'aida par ses conseils à continuer de bâtir ce réseau social décentralisé dont Dorsey et lui avaient eu l'idée. Après des heures penché au-dessus de son ordinateur à travailler sur sa nouvelle compagnie, il prit l'habitude pour se détendre de faire de longues promenades dans les réserves naturelles marécageuses qui bordent la baie à Palo Alto. Son idée révolutionnaire pour résoudre les problèmes de modération de contenu des réseaux sociaux sombra définitivement, comme un caillou dans les flots.

Toutes ces défections laissèrent les coudées franches à Musk pour mener sa petite guerre personnelle sur le terrain de la liberté d'expression. Il mettait toujours un point d'honneur à défendre les discours mettant en cause le vécu des personnes trans, finançant les procès intentés par des individus licenciés de leur entreprise pour avoir posté des messages transphobes sur X. Musk réintégra d'autres comptes suspendus, y compris celui d'Alex Jones et de plusieurs nationalistes blancs. Quand ils étaient de retour, il interagissait parfois avec eux, offrant à certains des personnages parmi les plus abjects de la plateforme non seulement « la liberté d'expression », mais aussi un coup de pouce sur la diffusion de leurs messages. Dans le même temps, X continuait de suspendre les comptes de journalistes et à traîner devant les tribunaux les personnes qui cherchaient à révéler au grand public les monceaux de haine et de désinformation qui s'étaient accumulés depuis l'acquisition de Musk.

Il avait atteint un niveau de réussite inégalé en révolutionnant l'industrie des véhicules électriques et en faisant en sorte que l'espèce humaine puisse se propager au-delà des limites de la planète Terre. S'il existait quelqu'un qui disposait des moyens et de la volonté pour transformer une plateforme Internet mondiale en sanctuaire de la liberté d'expression, ce ne pouvait être bien évidemment que lui.

Mais cette mission, Musk avait été le seul à se la fixer. Il avait débarqué avec son offre à 44 milliards de dollars, bien au-dessus de la véritable valeur de Twitter, pour contrôler ce réseau social où il mesurait sa propre valeur personnelle à l'aune des « J'aime » et des réponses à ses tweets. Cet homme allergique à la critique s'était offert le plus vaste public au monde, en espérant ne récolter que des louanges. Dans le fond, la chose n'était pas rare : à travers le monde, de nombreux utilisateurs des réseaux sociaux recherchaient l'approbation de tout un chacun. Musk avait réussi à devenir le personnage principal de Twitter, mais il avait du mal à supporter le regard acéré de millions d'utilisateurs qui, eux, appréciaient la combativité inhérente à cette plateforme.

Musk avait peut-être réussi à se convaincre qu'il avait acheté Twitter pour protéger ce forum de discussion mondiale ou pour bâtir sur ces fondations l'application la plus importante qui ait jamais existé. Mais la vérité était beaucoup plus simple. En dépit de toutes ses éventuelles dénégations, le fait est qu'il l'avait acheté rien que pour lui, et pendant un bref instant il avait possédé la chose qu'il convoitait le plus au monde. Twitter lui avait appartenu… et Twitter avait disparu.

Remerciements

Si cette partie du livre avait été un thread, ç'aurait été une suite sans fin de tweets citant toutes les personnes qui nous ont aidés pendant que nous couvrions cette histoire échevelée. C'est un vrai soulagement de ne pas avoir à tweeter tout cela.

Tout d'abord, nous tenons à exprimer notre plus profonde gratitude à la centaine de gens qui nous ont parlé de leur expérience chez Twitter et sous les ordres d'Elon Musk. Sans la patience, la confiance et le dévouement dont ils ont fait preuve pour nous raconter leur histoire, ce livre n'aurait jamais vu le jour. Le fait de s'entretenir avec un journaliste peut s'avérer très perturbant et ne semble présenter qu'un nombre très limité de bons côtés. À toutes ces personnes qui ont accepté de le faire, parfois sous la menace directe d'un homme à la fortune et au pouvoir apparemment illimités, et qui ont su veiller à ce que nous comprenions bien tout : merci infiniment.

C'est le *New York Times* qui nous a réunis et qui nous a donné les moyens d'investiguer en profondeur l'industrie de la tech. Portés par ses valeurs d'indépendance et de sérieux journalistique, nous avons été en mesure de raconter l'histoire de la reprise de Twitter par Musk dès le tout premier jour. C'est en travaillant ensemble que nous avons découvert une matière beaucoup trop riche pour un simple article.

Au *New York Times*, nos rédacteurs en chef Pui-Wing Tam, Jim Kerstetter et Ellen Pollock ont su nous guider dans notre couverture de l'accord d'achat, et nous pousser à nous concentrer plus particulièrement sur la bizarrerie de la transaction. Nous avons pu compter sur l'aide journalistique de nos incroyables collègues Mike Isaac, Lauren Hirsch, Tiffany Hsu, Kellen Browning, David McCabe, Adam Satariano et Ben Mullin, ainsi que sur le soutien de talentueux collaborateurs du service technologique, ainsi que des brillantes équipes chargées des corrections et des recherches du journal. Cade Metz, un exemple en matière de narration élégante et d'esprit collaboratif, nous a prodigué des conseils inestimables sur nos articles et les toutes premières versions de ce livre. Kashmir Hill et Tripp Mickle ont eux aussi consacré une part de leur temps précieux à la relecture de notre manuscrit, tandis que Sheera Frenkel, Cecilia Kang et Kevin Roose nous ont accompagnés dans notre découverte du monde de l'édition. Nous remercions aussi tout particulièrement Dai Wakabayashi pour sa précieuse tutelle, sa fermeté spirituelle et ses retours cuisants.

Couvrir Tesla, SpaceX, Twitter et plus généralement le monde de Musk peut s'avérer éprouvant. Un journaliste, seul, ne saurait y suffire. Nous tenons donc à saluer les reporters et les rédacteurs en chef qui n'ont jamais relâché leur vigilance à l'égard de Musk et de ses compagnies, Dana Hull, Lora Kolodny, Jack Ewing, Kirsten Grind, Emily Glazer, Tim Higgins, Linette Lopez, Russ Mitchell, Caroline O'Donovan, Faiz Siddiqui, Will Oremus, Elizabeth Dwoskin, Joseph Menn, Drew Harwell, Donie O'Sullivan, Erin Woo, Becky Peterson, Zoë Schiffer, Kurt Wagner, Marisa Taylor, Rachael Levy, Kali Hays, Edward Niedermeyer, Will Evans, Alan Ohnsman et tant d'autres encore. Dans notre domaine professionnel où règne la compétition, nous tenons à adresser des remerciements appuyés à Bobby Allyn et Julia Black pour nous avoir fourni des éléments qui nous ont permis de faire avancer notre travail.

Il y a dix ans de cela, nous ne nous imaginions pas réussir un jour en tant que journalistes, encore moins publier un livre. Nous sommes redevables à tant de personnes de nous avoir permis d'exprimer nos talents tout en nous enseignant notre métier. Pour Ryan, ces rédacteurs en chef et mentors incluent Ann Grimes, Clay Lambert, Gerry Shih, Felicity Barringer,

Bob Ivry, Kerry Dolan, Luisa Kroll, Bruce Upbin, Mat Honan, John Paczkowski et Ben Smith. Pour Kate, c'est par Jana Clark que tout a commencé. Puis il y a eu Alan Scherstuhl et Erin Sherbert, qui lui ont appris à couvrir un sujet ; A.J. Daulerio, Henry Pickavet, Kelly Bourdet et Andrew Couts, qui ont versé de l'huile sur le feu ; sans oublier bien entendu Dell Cameron, son tout premier binôme journalistique.

Adam Eaglin a su voir le potentiel de ce livre longtemps avant nous, et faire preuve d'une férocité et d'un sérieux de reporter à chaque réunion, à chaque version du manuscrit et sur chaque détail. Avec Beniamino Ambrosi et leur équipe à la Cheney Agency, il est en grande partie responsable de notre réussite. Anakwa Dwamena a apporté une attention hors du commun au fact-checking tout en nous confortant dans notre démarche.

Notre éditeur, William Heyward, n'a pas ménagé sa peine durant tout le processus, et son savoir-faire et ses conseils, qui s'opposaient parfois à notre première intuition, ont été cruciaux. C'est à lui que nous devons le titre du livre, et tant d'autres choses encore. Natalie Coleman a été notre guide au milieu de cette folie, et nous sommes infiniment reconnaissants à toute l'équipe de Penguin Press, Ann Godoff, Scott Moyers, Gail Brussel, Jessie Stratton Zhou, Joy Simpkins, Chelsea Cohen, Aly D'Amato et Darren Haggar, ainsi qu'à Helen Conford, de Penguin Random House UK.

Kate remercie Gillian Altman, qui nous a offert un endroit paisible pour écrire nos premières lignes (atroces), ainsi que beaucoup d'autres par la suite. Merci pour ton cœur débordant de passion et ton soutien indéfectible au long de ces dix dernières années : Kate serait perdue sans toi. Laura Jaye Cramer et Michael Belt ont été la bouée de secours de Kate à travers cette tempête, et d'autres encore. Sam Rogers et Emily Straley, merci pour les nourritures, physiques comme spirituelles. Amour et gratitude infinis à Hanna, Lucas et, bien sûr, Mama : merci pour l'amour des mots, les piles de livres et tous tes enseignements dans l'art de l'argumentation et l'art de ne pas lâcher pied. Tout cela a été très utile à Kate dans son métier de journaliste.

Ryan remercie Stephanie M. Lee, Ken Bensinger, Jeremy Sasson, Sivan Sasson, Lucas Manfield, Spencer Vuksic, ainsi que Rima Abouziab et la Lutefisk Lodge, qui ont chaleureusement ouvert les portes de leurs maisons à l'occasion de voyages professionnels ou de séjours d'écriture. Rebecca Ellis et Arya Shirazi ont mis à contribution leurs regards perçants pour des relectures approfondies, et Albert Samaha a su trouver des mots de soutien plus que nécessaires. Merci aussi à Jonathan Swan, Aaron Greenspan et Jack Sweeney pour votre aide sur le matériau.

La mère de Ryan, Hang, a été un véritable pilier. Sans elle, Nolan Mac, Lê Khanh « Liz » Nguyen et Kim Mac, à qui ce livre est dédié, rien n'aurait été écrit. Ryan vous aime plus que vous ne pouvez l'imaginer.

Notes de fin

Introduction

1 Ryan Mac et Craig Silverman, « “Mark Changed the Rules” : How Facebook Went Easy on Alex Jones and Other Right-Wing Figures », *BuzzFeed News*, 21 février 2021, buzzfeednews.com/article/ryanmac/mark-zuckerberg-joel-kaplan-facebook-alex-jones

Acte 1

1. De retour sur twttr

1 « Tech's Best Young Entrepreneurs », *Businessweek*, 11 juillet 2014.

2 Nick Bilton, *Hatching Twitter*, Sceptre Books, 2014.

3 *Ibid.*

4 Jack Dorsey, « Twttr Sketch », Flickr, 24 mars 2006, flickr.com/photos/jackdorsey/182613360/in/photostream

5 Bilton, *Hatching Twitter*.

6 *Ibid.*

7 Claire Cain Miller, « Why Twitter's CEO Demoted Himself », *New York Times*, 30 octobre 2010 ; nytimes.com/2010/10/31/technology/31ev.html

8 Twitter, Inc. SEC « Form S-1 », 3 octobre 2013, sec.gov/Archives/edgar/data/1418091/000119312513390321/d564001ds1.htm

2. #StayWoke

1 Vijaya Gadde, « Twitter Executive : “Here’s how we’re trying to stop abuse while preserving free speech” », *The Washington Post*, 16 avril 2015, washingtonpost.com/posteverything/wp/2015/04/16/twitter-executive-heres-how-were-trying-to-stop-abuse-while-preserving-free-speech

2 Vindu Goel, « Twitter Revenue up 61 %, but user growth lags », *New York Times*, 28 juillet 2015, nytimes.com/2015/07/29/technology/twitter-quarterly-earnings.html

3 Interview de Donald J. Trump : « I doubt I’d be here if it weren’t for social media… because there is a fake media out there », Fox News, 22 octobre 2017, facebook.com/watch/?v=10156176791126336

3. « Là, c’est vraiment moi »

1 Rob Copeland, « Elon Musk’s inner circle rocked by fight over his $230 billion fortune », *The Wall Street Journal*, 16 juillet 2022, wsj.com/articles/elon-musk-fortune-fight-jared-birchall-igor-kurganov-11657308426

2 Ryan Mac, « I went to Elon Musk’s “pedo guy” trial, but i wasn’t ready to become a part of it », *BuzzFeed News*, 30 janvier 2020, buzzfeednews.com/article/ryanmac/elon-musk-cant-lose

3 Walter Isaacson, *Elon Musk*, Simon & Schuster, 2023.

4 *Ibid.*

5 Max Chafkin, *The Contrarian*, Penguin Books, 2021.

6 « Please ignore prior tweets, as that was someone pretending to be me☺ This is actually me » (Twitter, 4 juin 2010, 11 h 31, twitter.com/elonmusk/status/15434727182)<

7 David Gelles, James B. Stewart, Jessica Silver-Greenberg et Kate Kelly. « Elon Musk details “excruciating” personal toll of Tesla turmoil », *New York Times*, 17 août 2018, nytimes.com/2018/08/16/business/elon-musk-interview-tesla.html

8 *Ibid.*

4. OneTeam

1 Brian Hiatt, « Twitter CEO Jack Dorsey : The *Rolling Stone* interview », *Rolling Stone*, 23 janvier 2019, rollingstone.com/culture/culture-features/twitter-ceo-jack-dorsey-rolling-stone-interview-782298

5. Invasion

1 Michael J. de la Merced et Kate Conger, « Hedge fund may push for ouster of Jack Dorsey as Twitter's CEO », *New York Times*, 29 février 2020, nytimes.com/2020/02/29/business/dealbook/elliott-twitter-jack-dorsey.html.

6. Vacances polynésiennes

1 Ryan Mac, « Elon Musk told workers they're more likely to die in a car crash than from coronavirus », *BuzzFeed News*, 13 mars 2020, buzzfeednews.com/article/ryanmac/elon-musk-spacex-employees-car-crash-coronavirus

2 Brian Fung, « Twitter says it labeled 300,000 tweets around the election », CNN, 12 novembre 2020, cnn.com/2020/11/12/tech/twitter-election-labels-misinformation/index.html

3 Andrew Restuccia et Siobhan Hughes, « Trump's tweet about Pence seen as critical moment during riot », *The Wall Street Journal*, 21 juillet 2022, wsj.com/livecoverage/jan-6-hearing-today-trump/card/trump-s-tweet-about-pence-seen-as-critical-moment-during-riot-fmPxoFkeoTKxi0NqPLCL

4 Nitasha Tiku, Tony Romm et Craig Timberg, « Twitter bans Trump's account, citing risk of further violence », *The Washington Post*, 8 janvier 2021, washingtonpost.com/technology/2021/01/08/twitter-trump-dorsey

7. Plan de ressources humaines

1 Lauren Feiner, « Twitter shares soar after company announces plan to double revenue by end of 2023 », CNBC, 25 février 2021, cnbc.com/2021/02/25/twitter-sets-goals-to-double-revenue-reach-315-million-users-by-end-of-2023.html

8. Parag

1 Twitter, Inc. SEC « EX-10.1 », 29 novembre 2021, sec.gov/Archives/edgar/data/1418091/000119312521342255/d401229dex101.htm.

9. Bluesky

1 Wendy Hanamura, « Our social media is broken. Is decentralization the Fix ? », Internet Archive Blogs, 30 janvier 2020, blog.archive.org/2020/01/30/our-social-media-is-broken-is-decentralization-the-fix.

10. Twitter en danger

1 Will Oremus et Elizabeth Dwoskin, « Twitter's new CEO announces major reorganization of the social networking company », *The Washington Post*, 3 décembre 2021, washingtonpost.com/technology/2021/12/03/twitter-agrawal-restructuring.

11. La folie dépensière de Musk

1 Tesla, Inc. SEC « Form 10-K », 7 février 2022, sec.gov/ixviewer/ix.html?doc=/Archives/edgar/data/0001318605/000156459022016871/tsla-10ka_20211231.htm.

2 Walter Isaacson, *Elon Musk*, Simon and Schuster, 2023.

3 Mike Isaac et Lauren Hirsch. « Elon Musk becomes Twitter's largest shareholder », *New York Times*, 4 avril 2022. nytimes.com/2022/04/04/technology/elon-musk-twitter.html.

4 *Twitter, Inc. v. Elon R. Musk*, 2022-0613-KSJM (Court of Chancery du Delaware 2022).

5 *Ibid.*

6 BerghAnon, « The Elon Musk rejection a few weeks back », Reddit, 22 avril 2022. reddit.com/r/berghain/comments/u9ahbv/the_elon_musk_rejection_a_few_weeks_back.

7 Walter Isaacson, *Elon Musk*, ouvr. cité.

8 *Twitter, Inc. v. Elon R. Musk.*

9 Twitter, Inc. SEC « EX-10.1 », 4 avril 2022, sec.gov/Archives/edgar/data/1418091/000119312522095651/d342257dex101.htm

12. Une offre

1 Naomi Nix, Nitasha Tiku, Will Oremus et Faiz Siddiqui, « Elon Musk's Twitter bid frustrates employees. That's a risk for him », *The Washington Post*, 15 avril 2022.

2 Elizabeth Dwoskin, « Elon Musk to address Twitter staff after internal outcry », *The Washington Post*, 7 avril 2022, washingtonpost.com/technology/2022/04/07/musk-twitter-employee-outcry.

3 Walter Isaacson, *Elon Musk*, ouvr. cité.

4 *Twitter, Inc. v. Elon R. Musk*, 2022-0613-KSJM (Court of Chancery du Delaware 2022).

5 Elon Musk (@elonmusk), « Convert Twitter SF HQ to homeless shelter since no one shows up anyway », Twitter, 10 avril 2022. polititweet.org/tweet?account=44196397&tweet=1512966135423066116. (Ce tweet a été effacé.)

6 Walter Isaacson, *Elon Musk*, ouvr. cité.

13. Pilule empoisonnée

1 Elon Musk (@elonmusk). « 🤭 » Twitter, 11 avril 2022, polititweet.org/tweet?account=44196397&tweet=1513373170333487104.

2 Walter Isaacson, *Elon Musk*, ouvr. cité.

Acte 2

14. « Mener le bétail »

1 *Twitter, Inc. v. Elon R. Musk*, 2022-0613-KSJM (Delaware Court of Chancery 2022).

2 Joseph Bernstein, « Elon Musk has the world's strangest social calendar », *New York Times*, 11 octobre 2022. nytimes.com/2022/10/11/style/elon-musk-social-calendar.html.

3 David Yaffe-Bellany et Erin Griffith, « The super connector who built Sam Bankman-Fried's celebrity world », *New York Times*, 23 juin 2023, nytimes.com/2023/06/23/technology/sam-bankman-fried-celebrity-friends.html.

4 Mike Isaac, Lauren Hirsch et Anupreeta Das, « Inside Elon Musk's big plans for Twitter », *New York Times*, 6 mai 2022, nytimes.com/2022/05/06/technology/elon-musk-twitter-pitch-deck.html.

5 Lauren Hirsch et Kate Conger, « Twitter counters a Musk takeover with a time-tested barrier », *New York Times*, 15 avril 2022, nytimes.com/2022/04/15/business/twitter-poison-pill-elon-musk.html.

6 Walter Isaacson, *Elon Musk*, ouvr. cité.

7 Twitter, Inc. « Schedule 14A. » sec.gov. SEC. 12 avril 2022, sec.gov/Archives/edgar/data/1418091/000114036122014049/ny20001921x3_def14a.htm.

8 ElonJet (@ElonJet), web.archive.org/web/20220428031935/twitter.com/elonjet.

15. Le baroud d'honneur de Parag

1 Twitter, Inc. n.d. « DEFM14A. » sec.gov. SEC, sec.gov/Archives/edgar/data/1418091/000119312522202163/d283119ddefm14a.htm.

2 Lauren Hirsch, « Elon Musk details his plan to pay for a $46.5 billion takeover of Twitter », *New York Times*, 21 avril 2022, nytimes.com/2022/04/21/business/elon-musk-twitter-funding.html.

16. « Dites oui »

1 Emily Chang (@emilychangtv), « $TWTR stock halted, news pending… », Twitter, 25 avril 2022, 11 h 44, twitter.com/emilychangtv/status/1518662186675044353?lang=en

2 Mike Isaac et Adam Satariano, « Twitter reports growth in revenue and users as Elon Musk prepares to take over », *New York Times*, 28 avril 2022, nytimes.com/2022/04/28/technology/twitter-first-quarter-earnings-elon-musk.html.

17. Golden, Golden

1 Kanishka Singh, « U.S. judge blocks Twitter's bid to reveal government surveillance requests », Twitter, 18 avril 2020, 23 h 27, reuters.com/article/us-usa-twitter-lawsuit/us-judge-blocks-twitters-bid-to-reveal-government-surveillance-requests-idUSKBN2200CS.

2 Lauren Hirsch, « Elon Musk details his plan to pay for a $46.5 billion takeover of Twitter », *New York Times*, 21 avril 2022, nytimes.com/2022/04/21/business/elon-musk-twitter-funding.html.

3 *Twitter, Inc. v. Elon R. Musk*, 2022-0613-KSJM (Delaware Court of Chancery 2022).

4 Becky Peterson, « How Antonio Gracias became the most hardcore of Elon Musk's loyalists », *The Information*, 14 août 2023, theinformation.com/articles/how-antonio-gracias-became-the-most-hardcore-of-elon-musks-loyalists?rc=620356.

18. 💩

1 *Twitter, Inc. v. Elon R. Musk*, 2022-0613-KSJM (Delaware Court of Chancery 2022).

2 Walter Isaacson, *Elon Musk*, ouvr. cité.

3 nytimes.com/2022/05/12/technology/twitter-elon-musk.html.

4 Tesla, Inc. 2022. « 10-K. » sec.gov. SEC. 2022, sec.gov/Archives/edgar/data/1318605/000095017022000796/tsla-20211231.htm.

5 Walter Isaacson, *Elon Musk*, ouvr. cité.

6 Twitter, Inc. 2022. « Schedule 14A. » sec.gov. SEC. 2022, sec.gov/Archives/edgar/data/1418091/000114036122014049/ny20001921x3_def14a.htm.

7 Walter Isaacson, *Elon Musk*, ouvr. cité.

8 Greg Roumeliotis et Sheila Dang, « Musk says $44 Billion Twitter deal on hold over fake account data », *Reuters*, 16 mai 2022, reuters.com/technology/musk-says-44-billion-twitter-deal-hold-2022-05-13.

19. Des bots et des chevaux

1 ElonJet (@elonjet), Twitter, web.archive.org/web/20220530091209/twitter.com/elonjet.

2 Walter Isaacson, *Elon Musk*, ouvr. cité.

3 *Ibid.*

4 Mike Isaac, « Elon Musk tells Twitter's employees he wants the service to "contribute to a better, long-lasting civilization" », *New York Times*, 16 juin 2022 ; nytimes.com/2022/06/16/technology/elon-musk-twitter-employees-meeting.html

5 Rich McHugh, « A SpaceX flight attendant said Elon Musk exposed himself and propositioned her for sex, documents show. The company paid $250,000 for her silence », *Business Insider*, 19 mai 2022, businessinsider.com/spacex-paid-250000-to-a-flight-attendant-who-accused-elon-musk-of-sexual-misconduct-2022-5.

6 Noam Scheiber et Ryan Mac, « SpaceX employees say they were fired for speaking up about Elon Musk », *New York Times*, 17 novembre 2022, nytimes.com/2022/11/17/business/spacex-workers-elon-musk.html.

7 Ryan Mac, « SpaceX said to fire employees involved in letter rebuking Elon Musk », *New York Times*, 17 juin 2022, nytimes.com/2022/06/17/technology/spacex-employees-fired-musk-letter.html.

8 Noam Scheiber et Ryan Mac, « SpaceX employees say », art. cité.

9 Twitter, Inc. 2022. « Schedule 14A. » sec.gov. SEC. 2022, sec.gov/Archives/edgar/data/1418091/000114036122014049/ny20001921x3_def14a.htm.

20. Sun Valley

1 *Twitter, Inc. v. Elon R. Musk*, 2022-0613-KSJM (Delaware Court of Chancery 2022), documentcloud.org/documents/22084453-twittermuskcomplaint.

2 Julia Black, « Elon Musk had twins last year with one of his top executives », *Business Insider*, 6 juillet 2022, businessinsider.com/elon-musk-shivon-zilis-secret-twins-neuralink-tesla.

3 Twitter, Inc. 2022. « Schedule 14A. » sec.gov. SEC. 2022, sec.gov/Archives/edgar/data/1418091/000114036122014049/ny20001921x3_def14a.htm.

4 *Twitter, Inc. v. Elon R. Musk.*

5 Karan Deep Singh et Kate Conger, « Twitter, challenging orders to remove content, sues India's government », *New York Times*, 5 juillet 2022, nytimes.com/2022/07/05/business/twitter-india-lawsuit.html.

6 Twitter, Inc., « Schedule 14A » 2022.

7 Sujeet Indap, « The rock star litigator who hopes to bring Elon Musk to heel », *Financial Times*, 15 juillet 2022, archive.is/3d5ZU.

8 Jennifer Maas, « Elon Musk makes long-awaited arrival at Sun Valley conference », *Variety*, 8 juillet 2022, variety.com/2022/tv/news/elon-musk-sun-valley-twitter-1235311152.

21. La Court of Chancery

1 Twitter, Inc. 2022. « Schedule 14A. » sec.gov. SEC. 2022, sec.gov/Archives/edgar/data/1418091/000119312522202163/d283119ddefm14a.htm#toc283119_14.

2 Kate Conger et Lauren Hirsch, « Twitter sues Musk after he tries backing out of $44 billion deal », *New York Times*, 12 juillet 2022, nytimes.com/2022/07/12/technology/twitter-lawsuit-musk-acquisition.html.

3 *Twitter, Inc. v. Elon R. Musk*, 2022-0613-KSJM (Delaware Court of Chancery 2022), documentcloud.org/documents/22084453-twittermuskcomplaint.

23. Mudge

1 Skadden Arps, « Exhibit Q. » sec.gov. SEC. August 29, 2022, sec.gov/Archives/edgar/data/1418091/000110465922095765/tm2224790d1_ex99-q.htm.

2 *Twitter, Inc. v. Elon R. Musk*, 2022-0613-KSJM (Delaware Court of Chancery 2022), documentcloud.org/documents/22416599-public-version-of-amended-musk-counterclaims-twitter-v-musk.

24. Un accélérateur de X

1 Kate Conger et Michael S. Schmidt, « Elon Musk offered to buy Twitter at a lower price in recent talks », *New York Times*, 6 octobre 2022, nytimes.com/2022/10/05/technology/elon-musk-twitter-discount.html.

25. « Pas la propriété d'un putain d'abruti »

1 *Twitter, Inc. v. Elon R. Musk*, 2022-0613-KSJM (Delaware Court of Chancery 2022), documentcloud.org/documents/23119236-letter-decision-resolving-plaintiffs-seventh-discovery-motion-twitter-v-musk.

2 Twitter, Inc. 2022. « Schedule 14A. » sec.gov. SEC. 2022, sec.gov/Archives/edgar/data/1418091/000114036122014049/ny20001921x3_def14a.htm.

3 *Twitter, Inc. v. Elon R. Musk*, 2022-0613-KSJM (Delaware Court of Chancery 2022), documentcloud.org/documents/23126733-letter-decision-granting-stay.

4 Walter Isaacson, *Elon Musk*, ouvr. cité.

5 Margherita Stancati, Benoît Faucon et Summer Said, « The price of freedom for Saudi Arabia's richest man : $6 billion », *The Wall Street Journal*, 21 février 2024.

6 « Schedule 14A. » Sec.gov. SEC. 2022, sec.gov/Archives/edgar/data/1418091/000119312522202163/d283119ddefm14a.htm#toc.

26. « Let that sink in »

1 Elisabeth Dwoskin, Faiz Siddiqui, Gerrit De Vynck et Jeremy B. Merrill, « Documents detail plans to gut Twitter's workforce. » *The Washington Post*, 22 octobre 2022, washington post.com/technology/2022/10/20/musk-twitter-acquisition-staff-cuts.

27. « Trick or tweet »

1 Micah Maidenberg et Tim Higgins, « Elon Musk Borrowed $1 billion from SpaceX in same Month of Twitter acquisition », *The Wall Street Journal*, 5 septembre 2023, wsj.com/business/elon-musk-spacex-loan-269a2168.

2 Canary, LLC dba Canary Marketing v. Twitter, Inc., CGC-23-603842 (CA Superior Court, comté de San Francisco 2023).

28. « L'oiseau est enfin libre »

1 Walter Isaacson, *Elon Musk*, ouvr. cité.

Acte 3

29. Revues de code

1 *Ibid.*

2 Zoë Schiffer, Casey Newton et Alex Heath, « Inside Elon's 'extremely hardcore' Twitter », *The Verge*, 17 janvier 2023, theverge.com/23551060/elon-musk-twitter-takeover-layoffs-workplace-salute-emoji

30. Seigneurs et paysans

1 Jay Peters, « Twitter cut 15 percent of its trust and safety staff but says it won't impact moderation », *The Verge*, 5 novembre 2022, theverge.com/2022/11/4/23441404/twitter-trust-safety-staff-layoffs-content-moderation

2 Mike Isaac et Ryan Mac, « Elon Musk, under financial pressure, pushes to make money from Twitter », *The New York Times*, 3 novembre 2022, www.nytimes.com/2022/11/03/technology/elon-musk-twitter-money-finances.html

3 Walter Isaacson, *Elon Musk*, ouvr. cité.

31. « Instruisez-moi »

1 Kurt Wagner, Sarah Frier et Brad Stone, « Elon Musk's Twitter is a shakespearean psychodrama set in Silicon Valley », Bloomberg.com, 14 décembre 2022, bloomberg.com/news/features/2022-12-14/elon-musk-twitter-ownership-full-of-firings-ad-cuts-chaos

2 Sam Silverman, « Elon Musk wears $7.500 costume to Heidi Klum's Halloween party, brings mom Maye as date », *Entrepreneur*, 1er novembre 2022, entrepreneur.com/business-news/elon-musk-parties-in-75k-halloween-costume-with-mom-maye/438282

32. Un cœur bleu

1 Kate Conger Tiffany Hsu et Ryan Mac, « Elon Musk's Twitter faces Exodus of advertisers and executives », *The New York Times*, 1er novembre 2022, nytimes.com/2022/11/01/technology/elon-musk-twitter-advertisers.html.

2 Walter Isaacson, *Elon Musk*, ouvr. cité.

3 Mike Isaac et Ryan Mac, « Elon Musk, under financial pressure, pushes to make money from Twitter », *The New York Times*, 3 novembre 2022, nytimes.com/2022/11/03/technology/elon-musk-twitter-money-finances.html

4 « A layoff guide for tweeps », 2 novembre 2022, collectiveaction. tech/2022/a-layoff-guide-for-tweeps

5 Kate Conger, Mike Isaac, Ryan Macet et Tiffany Hsu, « Two Weeks of chaos : inside Elon Musk's takeover of Twitter », *The New York Times*, 11 novembre 2022, nytimes.com/2022/11/11/technology/elon-musk-twitter-takeover.html

33. Le « Snap »

1 Lara O'Reilly et Lindsay Rittenhouse, « In closed-door meeting, Elon Musk tells 100 Top ad execs that he will improve brand safety on Twitter and that he will personally oversee its new video product », *Business Insider*, 23 novembre 2022, businessinsider.com/elon-musk-meets-to-reassure-twitter-advertisers-on-brand-safety-video-2022-11

2 Kate Conger et Ryan Mac, « Elon Musk begins layoffs at Twitter », *The New York Times*, 4 novembre 2022, nytimes.com/2022/11/03/technology/twitter-layoffs-elon-musk.html

3 *Ibid.*

4 Kate Conger, Ryan Mac et Mike Isaac, « Confusion and Frustration Reign as Elon Musk cuts half of Twitter's staff », *The New York Times*, 4 novembre 2022, nytimes.com/2022/11/04/technology/elon-musk-twitter-layoffs.html

34. Les retombées

1 Kate Conger, Mike Isaac, Ryan Macet et Tiffany Hsu, « Two weeks of Chaos », art. cité.

2 Kate Conger, Ryan Mac et Mike Isaac, « Confusion and frustration », art. cité.

3 Nkechi Ogbonna, « Twitter lays off staff at its only Africa office in Ghana », BBC News, 9 novembre 2022, bbc.com/news/world-africa-63569525

35. Vérifié ou pas

1 Chris Matyszczyk, « Tony La Russa sues Twitter over alleged fake tweets », CNET, 4 juin 2009, cnet.com/culture/tony-la-russa-sues-twitter-over-alleged-fake-tweets

2 Marshall, Aarian, « Elon Musk now wants to dig another tunnel under LA », *Wired*, 23 janvier 2018, wired.com/story/elon-musk-boring-company-culver-city

36. Élections

1 Emily Brooks, « Elon Musk featured at Kevin McCarthy's GOP retreat in Wyoming », *The Hill*, 17 août 2022, thehill.com/blogs/blog-briefing-room/news/3605110-elon-musk-featured-at-kevin-mccarthys-gop-retreat-in-wyoming

2 « Twtr-20211231 », n.d. Securities and Exchange Commission, sec.gov/Archives/edgar/data/1418091/000141809122000029/twtr-20211231.htm

3 Lora Kolodny, « Elon Musk sells at least $3.95 billion Worth of Tesla shares after Twitter deal », CNBC, 8 novembre 2022, cnbc.com/2022/11/08/elon-musk-sells-at-least-3point95-billion-worth-of-tesla-shares.html

37. Attaque de zombies

1 Cade Metz, « Former Uber security chief found guilty of hiding hack from authorities », *The New York Times*, 5 octobre 2022, nytimes.com/2022/10/05/technology/uber-security-chief-joe-sullivan-verdict.html

2 Jay Peters, « Elon Musk's Twitter Blue with verification is now live », *The Verge*, 9 novembre 2022, theverge.com/2022/11/9/23448317/elon-musk-twitter-blue-verification-live-ios

3 Miles Parks, « Fact check : Russian interference went far beyond 'Facebook Ads' Kushner described », NPR, 24 avril 2019, npr.org/2019/04/24/716374421/fact-check-russian-interference-went-far-beyond-facebook-ads-kushner-described

4 Kate Conger, Ryan Mac et Mike Isaac, « "Economic picture ahead is dire", Elon Musk tells Twitter employees », *The New York Times*, 10 novembre 2022, nytimes.com/2022/11/10/technology/elon-musk-twitter-employees.html

5 Kurt Wagner, « Musk's first email to Twitter staff ends remote work », Bloomberg.com, 10 novembre 2022, bloomberg.com/news/articles/2022-11-10/musk-s-first-email-to-twitter-staff-ends-remote-work

6 SamTabahriti, « Read the email Elon Musk sent to Tesla employees about returning to the Office before saying headcount will increase », *Business Insider*, 5 juin 2022, businessinsider.com/read-elon-musk-email-tesla-employees-return-office-2022-6

7 Kate Conger, Ryan Mac et Mike Isaac, « "Economic picture ahead is dire" », art. cité.

8 Alex Heath, « Inside Elon Musk's first meeting with Twitter employees », *The Verge*, 11 novembre 2022, theverge.com/2022/11/10/23452196/elon-musk-twitter-employee-meeting-q-and-a

9 Drew Harwell, « The fake Eli Lilly free-insulin tweet has now been online for six hours. 3,000 retweets. The (actual) company responded three hours ago. But, hey, at least there's a "community Note" now. And all this for a crisp $8. Enjoy it, @elonmusk ! », Twitter, 11 novembre 2022, twitter.com/drewharwell/status/1590870708824920064

10 Bill McCarthy, « An impostor account using a paid-for Blue verification checkmark to impersonate Kari Lake, the Republican candidate for governor in Arizona, posted a fake concession last night. The post has been up for more than 12 hours », Twitter, 11 novembre 2022, twitter.com/billdmccarthy/status/1591066507152609281

38. Virée pour du shitpost

1 Walter Isaacson, *Elon Musk*, ouvr. cité.

2 Ron Brynaert, « On October 26, Luke Simon posted this picture with @elonmusk on Twitter, but now he locked his account », Twitter, 15 novembre 2022, twitter.com/ronbryn/status/1591582973346074624

3 Casey Newton, « Elon's paranoid purge », *Platformer*, 16 novembre 2022, platformer. news/elons-paranoid-purge

4 « Kiko Smith : I am a wife, a mother, an architect and a proud member of our techwomen sisterhood », TechWomen, 8 mars 2017, techwomen.org/techwomen-delegation/

kiko-smith-i-am-a-wife-a-mother-an-architect-and-a-proud-member-of-our-techwomen-sisterhood

5 Manish Singh, « Telegram raises $210 million through bond sales », TechCrunch, 18 juillet 2023, techcrunch.com/2023/07/18/telegram-raises-210-million-through-bond-sales

6 Ryan Mac, Mike Isaac et David McCabe, « Resignations roil Twitter as Elon Musk tries persuading some workers to stay », *The New York Times*, 17 novembre 2022, nytimes.com/2022/11/17/technology/twitter-elon-musk-ftc.html

7 *Ibid.*

8 Ryan Mac, Mike Isaac et Kate Conger, « Twitter keeps missing its advertising targets as woes mount », *The New York Times*, 2 décembre 2022, nytimes.com/2022/12/02/technology/twitter-advertising-targets-missed.html

9 Nikki McCann Ramirez, « Elon brings one of America's most prominent nazis back to Twitter », *Rolling Stone*, 2 décembre 2022, rollingstone.com/politics/politics-news/elon-musk-twitter-reinstates-neo-nazi-andrew-anglin-account-1234640390

10 David K. Li et Colin Sheeley, « Ye locked out of Twitter after backlash for antisemitic posts », NBC News, 10 octobre 2022, nbcnews.com/news/us-news/ye-locked-twitter-violation-platform-policy-rcna51505

11 Brooke Singman, « Trump Joins TRUTH Social : "I'M BACK ! #COVFEFE." », Fox News, 28 avril 2022. foxnews.com/politics/trump-joins-truth-social-im-back-covfefe

39. Budgétisation base zéro

1 Erin Woo, « Musk's Twitter saw revenue drop 35 % in Q4, sharply below projections », *The Information*, 18 janvier 2023, theinformation.com/articles/musks-twitter-saw-revenue-drop-35-in-q4-sharply-below-projections

2 Ryan Mac, « Elon Musk says Twitter's finances are improving after big cuts », *The New York Times*, 7 mars

2023 ; nytimes.com/2023/03/07/business/elon-musk-twitter-finances.html

3 Berber Jin et Alexander Saeedy, « WSJ News Exclusive : Elon Musk explores raising up to $3 Billion to help pay off Twitter debt », *The Wall Street Journal*, 25 janvier 2023, wsj.com/articles/elon-musk-explores-raising-up-to-3-billion-to-pay-off-twitter-debt-11674669412

4 Davide Scigliuzzo, Sonali Basak et Paula Seligson, « Elon Musk's bankers consider Tesla margin loans to cut risky Twitter debt », Bloomberg.com, 8 décembre 2022, bloomberg.com/news/articles/2022-12-08/musk-bankers-mull-tesla-margin-loans-to-cut-risky-twitter-debt

5 Becky Peterson et Erin Woo, « Musk may have found a hardcore leader for Twitter », *The Information*, 23 décembre 2022, theinformation.com/articles/musk-may-have-found-a-hardcore-leader-for-twitter

6 *Arnold Wolfram, Eric Froese, Tracy Hawkins, Joseph Killian, Laura Chan Pytlarz et Andrew Schlaikjer, Plaintiffs, v. X Corp. f/k/a Twitter, Inc., X Holdings Corp. f/k/a X Holdings I, Inc. et Elon Musk*, 16 mai 2023. United States District Court for the District of Delaware, dockets.justia.com/docket/delaware/dedce/1:2023cv00528/82425

7 *Ibid.*

8 Michael Sainato, « "It's a nightmare" : Twitter's New York City janitors protest over sudden layoffs », *The Guardian*, 12 janvier 2023, theguardian.com/technology/2023/jan/12/twitter-janitors-new-york-city-protest-layoffs-elon-musk

9 Kali Hays, « A malodorous Musk : Twitter employees beg for toilet paper and report a wafting Stench on Slack as Elon Musk cuts back on office facilities staff », *Business Insider*, 5 janvier 2023, businessinsider.com/elon-musk-twitter-layoffs-employees-beg-toilet-paper-slack-2023-1

10 Mark Sullivan, « What's Jack Dorsey's #StayWoke T-Shirt mean ? », 1er juin 2016, fastcompany.com/4009077/whats-jack-dorseys-staywoke-t-shirt-mean

11 *Arnold v. X Corp*, arrêt cité.

12 Roland Li, « Twitter sued by landlord at S.F. HQ after alleged $6.8 Million in missed rent payments », *San Francisco Chronicle*, 24 janvier 2024, sfchronicle.com/tech/article/twitter-sued-by-landlord-at-s-f-hq-after-alleged-17737102.php

13 Andre Rhoden-Paul, « Twitter sued by Crown estate over alleged unpaid rent at UK HQ », BBC.com, 23 janvier 2023, bbc.com/news/uk-64381582

14 Casey Newton, « I'm told Twitter employees were just walked out of its Singapore office — its Asia-Pacific headquarters — over nonpayment of rent… », Twitter, 11 janvier 2023, twitter.com/CaseyNewton/status/1613303513240702976

15 Barbara Ortutay, « Twitter auctions off Blue Bird memorabilia, pricey furniture », AP News, 18 janvier 2023, apnews.com/article/elon-musk-twitter-inc-technology-san-francisco-business-204237cbfdc7a2bb11d3457f6de6c19e

16 Apple.com, Developpeur. « App review guidelines », developer.apple.com/app-store/review/guidelines

17 Walter Isaacson, *Elon Musk*, ouvr. cité.

40. « I'm rich, bitch ! »

1 Safety (@Safety), « We've been improving our detection and enforcement methods and expanding our partnerships », Twitter, 9 décembre 2022, twitter.com/safety/status/1601439984292360193

2 James Gordon, « Ex-Twitter censor Yoel Roth and his boyfriend are forced to FLEE their $1.1m home after his thesis – which supports letting children use gay hook-up app Grindr – is shared by Elon Musk », *Daily Mail* online, 13 décembre 2022, dailymail.co.uk/news/article-11531441/Ex-Twitter-censor-Yoel-Roth-boyfriend-forced-FLEE-t-1-1m-home-Elon-Musk-shared-thesis.html

3 Matt Novak, « Elon Musk gets viciously booed by stadium crowd at Dave Chappelle show », *Gizmodo*, 12 décembre 2022, gizmodo.com/elon-musk-booed-stadium-crowd-dave-chappelle-sf-boo-1849881192

4 Matt Novak, « Elon Musk gets booed by the crowd at Dave Chappelle's San Francisco show (part 3 of 4) », youtube.com, 12 décembre 2022, youtube.com/watch?v=u1cl8U0UCMQ

5 Lovelyti, « Elon Musk was drowned out by boos when he joined Dave Chappelle onstage at a gig in San Francisco », Twitter, 13 décembre 2022, twitter.com/lovelyti/status/1602681687946809348

6 Meghan Bobrowsky, « Tesla investors voice concern over Elon Musk's focus on Twitter », *The Wall Street Journal*, 13 décembre 2022, wsj.com/articles/tesla-investors-voice-concern-over-elon-musks-focus-on-twitter-11670948786

7 « Elon Musk : "Aren't you entertained ?" », *Financial Times*, 7 octobre 2022,
ft.com/content/5ef14997-982e-4f03-8548-b5d67202623a

8 ElectricTonde, « Elon Musk on Twitter spaces @Katienotopoulos' Dec 16, 2022 with banned journalists », youtube.com, 17 décembre 2022, youtube.com/watch?v=SZgC6wvBsZ4

41. Perte de confiance

1 Helen Popkin, « Twitter down again ? Blame Justin Bieber ! », NBC News, 15 juin 2010, nbcnews.com/id/wbna37711973

2 Helen Popkin, « Did World Cup fans crash Twitter… again ? », NBC News, 2 juillet 2010, nbcnews.com/id/wbna38060788

3 « Insights into the #WorldCup conversation on Twitter », Twitter Blog, 14 juillet 2014, blog.twitter.com/en_us/a/2014/insights-into-the-worldcup-conversation-on-twitter

4 elonmusksjet, Instagram, 18 décembre 2022, instagram.com/p/CmT1fxLLfXj

5 Dalton Bennett, Samuel Oakford, Gerrit De Vynck et Monique Woo, « From Jared Kushner to Salt Bae : here's who Elon Musk was seen with at the World Cup », *The Washington Post*, 21 décembre 2022, washingtonpost.

com/investigations/2022/12/20/elon-musk-spotted-world-cup-final

6 Liz Hoffman et Reed Albergotti. « Elon Musk's team is seeking new investors for Twitter », semafor.com, 16 décembre 2022, semafor.com/article/12/16/2022/elon-musks-team-is-seeking-new-investors-for-twitter

7 Berber Jin et Alexander Saeedy, « Elon Musk explores raising up to $3 Billion to help pay off Twitter debt », *The Wall Street Journal*, 25 janvier 2023, wsj.com/articles/elon-musk-explores-raising-up-to-3-billion-to-pay-off-twitter-debt-11674669412

8 Paul Graham, « Paul Graham is leaving Twitter for now », ycombinator.com, 18 décembre 2022, news.ycombinator.com/item?id=34041985

9 O'Kane Sean, « Musk Lashes Out at Unhappy Investor as Tesla Shares Retreat », Bloomberg.com, 20 décembre 2022, bloomberg.com/news/articles/2022-12-20/tesla-tsla-share-retreat-prompts-criticism-of-musk-by-longtime-investors

10 Zoë Schiffer, « NEW : Twitter is shutting down its data center in Sacramento and downsizing another in Atlanta by early Jan, likely as a cost saving measure… », Twitter, 23 décembre 2022, twitter.com/ZoeSchiffer/status/1606408842417512455

11 Kate Conger, « Twitter users report widespread service interruptions », *The New York Times*, 29 décembre 2022, nytimes.com/2022/12/28/technology/twitter-outages.html

12 Ryan Mac, Mike Isaac et Kate Conger, « "Sometimes things break" : Twitter outages are on the rise », *The New York Times*, 28 février 2023, nytimes.com/2023/02/28/technology/twitter-outages-elon-musk.html

42. Pilule rouge

1 Dave Rubin, « Spent last two days at Twitter in SF talking to engineers, product managers and yes, @elonmusk… », Twitter, 26 janvier 2023, twitter.com/RubinReport/status/1618667912377810945

2 Faiz Siddiqui et Jeremy B. Merrill, « Elon Musk reinvents Twitter for the benefit of a power user : himself », *The Washington Post,* 16 février 2023, washingtonpost.com/technology/2023/02/16/elon-musk-twitter

3 Jack Ewing, « Tesla's profit jumped 12 % in fourth quarter », *The New York Times*, 25 janvier 2023, nytimes.com/2023/01/25/business/tesla-earnings-fourth-quarter-2022.html

4 Elon Musk, « Will be interesting to see how the Biden administration reacts to this. They may try to weaponize federal agencies against Twitter », Twitter, 18 janvier 2023, twitter.com/elonmusk/status/1615775765702004737

5 David McCabe et Kate Conger, « Elon Musk tried to meet with F.T.C. chair about Twitter but was rebuffed », *The New York Times*, 30 mars 2023, nytimes.com/2023/03/30/technology/elon-musk-ftc-chair.html

6 Davey Alba, « Twitter permanently suspends Marjorie Taylor Greene's account », *The New York Times*, 2 janvier 2022, nytimes.com/2022/01/02/technology/marjorie-taylor-greene-twitter.html

7 Jonathan Swan et Catie Edmondson, « How Kevin McCarthy forged an ironclad bond with Marjorie Taylor Greene », *The New York Times*, 23 janvier 2023, nytimes.com/2023/01/23/us/politics/kevin-mccarthy-marjorie-taylor-greene.html

8 Mikael Thalen, « Ali Alexander Returns to Twitter, boasts he could have destroyed the Capitol on Jan. 6 if he wanted to », *Daily Dot*, 10 janvier 2023, dailydot.com/debug/ali-alexander-twitter-capitol-riot

9 Will Sommer, « Alleged QAnon creator Ron Watkins has returned from Twitter, after receiving a lifetime ban in the pre-Elon era », Twitter, 10 janvier 2023, twitter.com/willsommer/status/1612834340118872064

10 Gabe Hoff, « Fascist Jew hater Nick Fuentes… claimed he is "going to war with the Jews" », Twitter, 25 janvier 2023, twitter.com/GabeHoff/status/1618121530311049218

11 Kanishka Singh, « Twitter suspends account of white supremacist Nick Fuentes a day after restoration », Reuters, 25 janvier 2023, reuters.com/world/us/twitter-suspends-account-white-supremacist-nick-fuentes-day-after-restoration-2023-01-25

12 Sheera Frenkel et Kate Conger, « Hate speech's rise on Twitter is unprecedented, researchers find », *The New York Times*, 2 décembre 2022, nytimes.com/2022/12/02/technology/twitter-hate-speech.html

13 Moustafa Ayad, « Islamic State supporters on Twitter : how is "new" Twitter handling an old problem ? », GNET, 18 novembre 2022, gnet-research.org/2022/11/18/islamic-state-supporters-on-twitter-how-is-new-twitter-handling-an-old-problem

14 Michael H. Keller et Kate Conger, « Musk pledged to cleanse Twitter of child abuse content. It's been rough going », *The New York Times*, 6 février 2023, nytimes.com/2023/02/06/technology/twitter-child-sex-abuse.html

15 Ryan Tracy, « FTC Twitter investigation sought Elon Musk's internal communications, journalist names », *The Wall Street Journal*, 7 mars 2023, wsj.com/articles/twitter-investigation-ftc-musk-documents-db6b179e

16 Kate Conger, Ryan Mac et David McCabe, « F.T.C. intensifies investigation of Twitter's privacy practices », *The New York Times*, 8 mars 2023, nytimes.com/2023/03/07/technology/ftc-twitter-investigation-privacy.html

17 Elon Musk, « And then was at Twitter HQ past midnight. Very long day », Twitter, 26 janvier 2023, twitter.com/elonmusk/status/1618537494517272576

18 James Dator, « Why did Elon Musk delete his "Go Eagles" tweet right after Philly lost the Super Bowl ? », *SBNation*, 14 février 2023, sbnation.com/2023/2/14/23599418/elon-musk-delete-go-eagles-tweet-super-bowl

19 Casey Newton et Zoë Schiffer, « Yes, Elon Musk created a special system for showing you all his tweets first », *Platformer*, 15 février 2023, platformer. news/yes-elon-musk-created-a-special-system

20 Erin Woo, « Twitter lays off at least 50 in relentless cost cuts », *The Information*, 25 février 2023, theinformation.com/articles/twitter-lays-off-at-least-50-in-relentless-cost-cuts

43. Soutiens@

1 « EU tells Elon Musk to hire more staff to moderate Twitter », *The Financial Times*, 7 mars 2023, ft.com/content/20141fb1-d8f7-4c9e-a0d0-ded1ac8c7947

2 « Turkish competition board says fines Elon Musk over Twitter takeover », Reuters, 6 mars 2023, reuters.com/technology/turkish-competition-board-says-fines-elon-musk-over-twitter-takeover-2023-03-06

3 Adam Satariano, « Twitter was blocked in Turkey, Internet-monitoring group says », *The New York Times*, 8 février 2023, nytimes.com/2023/02/08/world/europe/turkey-earthquake-twitter-blocked.html

4 Tim Fernholz, « How Turkey is using starlink to win a Tesla factory », Quartz, 18 septembre 2023, qz.com/turkey-erdogan-elon-musk-starlink-spacex-tesla-1850849958

5 Kim Lyons, « Police in India raid Twitter offices in probe of tweets with "Manipulated Media" label », f, 24 mai 2021, theverge.com/2021/5/24/22451271/police-india-raid-twitter-tweets-government-manipulated-media

6 Samriddhi Sakunia, « Twitter blocked 122 accounts in India at the Government's request », Rest of World, 24 mars 2023, restofworld.org/2023/twitter-blocked-access-punjab-amritpal-singh-sandhu

7 Gail Alfar, « Elon Musk's talk at Morgan Stanley TMT 2023 on Twitter, X.com, Tesla and Starship », What's up Tesla, 13 mars 2023, whatsuptesla.com/2023/03/12/x-4

8 Kate Conger et Ryan Mac, « Elon Musk values Twitter at $20 billion », *The New York Times*, 26 mars 2023. nytimes.com/2023/03/26/technology/elon-musk-twitter-value.html

9 Erin Woo, « Musk's Twitter has just 180,000 u.s. subscribers, two months after Launch », *The Information*, 6 février 2023, theinformation.com/articles/musks-twitter-has-just-180-000-u-s-subscribers-two-months-after-launch

10 Caitlin O'Kane, « Twitter is officially ending its old verification process on April 1. To get a blue check mark, you'll have to pay », cbsnews.com, 24 mars 2023, cbsnews.com/news/twitter-blue-check-verification-ending-new-subscription-april-1-elon-musk

11 Mary Yang, « Twitter removes all labels about Government ties from NPR and other outlets », NPR, 21 avril 2023, npr.org/2023/04/21/1171236695/twitter-strips-state-affiliated-government-funded-labels-from-npr-rt-china

12 Olafimihan Oshin, « Elon Musk claims the US Government had 'full access' to private Twitter DMs », *The Hill*, 16 avril 2023, thehill.com/homenews/3953995-elon-musk-claims-the-us-government-had-full-access-to-private-twitter-dms

13 Jeremy W., Peters, Katie Robertson et Michael M. Grynbaum, « Tucker Carlson, a source of repeated controversies, is out at Fox News », *The New York Times*, 24 avril 2023, nytimes.com/2023/04/24/business/media/tucker-carlson-fox-news-dismissal.html

14 Jeremy W. Peters et Katie Robertson, « Fox will pay $787.5 million to settle defamation suit », *The New York Times*, 18 avril 2023, nytimes.com/2023/04/18/business/media/fox-dominion-defamation-settle.html

15 Jeremy W. Peters et Benjamin Mullin, « Carlson, still under contract at Fox, says he will start new show on Twitter », *The New York Times*, 9 mai 2023, nytimes.com/2023/05/09/business/media/tucker-carlson-twitter-show.html

16 Andrew Ross Sorkin, Ravi Mattu, Sarah Kessler, Michael J. De La Merced, Lauren Hirsch et Ephrat Livni, « The calculus behind firing Tucker Carlson », *The New York Times*, 25 avril 2023, nytimes.com/2023/04/25/business/dealbook/the-calculus-behind-firing-tucker-carlson.html

17 Mike Calia, « Elon Musk : “I’ll say what I want, and if the consequence of that is losing money, so be it” », CNBC, 16 mai 2023, cnbc.com/2023/05/16/elon-musk-defends-inflammatory-tweets-ill-say-what-i-want.html.

18 Tiffany Hsu, Sapna Maheshwari, Benjamin Mullin et Ryan Mac, « Elon Musk appoints Linda Yaccarino Twitter’s new chief », *The New York Times*, 12 mai 2023, nytimes.com/2023/05/12/technology/yaccarino-twitter-ceo-musk.html

19 « Linda Yaccarino interviews Elon Musk—April 18, 2023 », youtube.com, 20 avril 2023, youtube.com/watch?v=ypZNWjPpOuI

20 Benjamin Mullin, « NBCUniversal’s new leader, a Hollywood outsider, steps into the spotlight », *The New York Times*, 22 mai 2023, nytimes.com/2023/05/22/business/media/mike-cavanagh-nbcuniversal.html

21 Ryan Mac, Tiffany Hsu et Benjamin Mullin, « Twitter’s new chief eases into the hot seat », *The New York Times*, 29 juin 2023, nytimes.com/2023/06/29/technology/twitter-ceo-linda-yaccarino.html

22 Jeremy Boreing, « Twitter canceled a deal with @realdailywire to premierec », Twitter, 1er juin, 2023, twitter.com/JeremyDBoreing/status/1664255321630552065

23 Matt Binder, « Right-wing Musk fans win Twitter CEO’s loyalty. Staff loses », Mashable, 2 juin 2023, mashable.com/article/elon-musk-the-daily-wire-twitter-resignations-explained

24 Ryan Mac et Tiffany Hsu, « Twitter’s U.S. ad sales plunge 59 % as woes continue », *The New York Times*, 5 juin 2023. nytimes.com/2023/06/05/technology/twitter-ad-sales-musk.html

44. Linda

1 Eduardo Medina et Ryan Mac, « Musk says Twitter is limiting number of posts users can read », *The New York Times*, 1er juillet 2023, nytimes.com/2023/07/01/business/twitter-rate-limit-elon-musk.html

2 Ariel Zilber, « Elon Musk blew out disc in neck after fighting 350-pound sumo wrestler », New York Post, 14 septembre 2023, nypost.com/2023/09/14/elon-musk-blew-out-disc-in-neck-after-fighting-350-pound-sumo-wrestler

3 Ryan Mac, « Another bird update : Some bird logos are not coming off », Twitter, 24 juillet 2023, twitter.com/RMac18/status/1683599649318535168

4 Ryan Mac et Tiffany Hsu, « From Twitter to X : Elon Musk begins erasing an iconic Internet brand », *The New York Times*, 24 juillet 2023, nytimes.com/2023/07/24/technology/twitter-x-elon-musk.html

5 Elon Musk, « This is the full message : If you still want to do a real MMA fight », Twitter, 13 août 2023, twitter.com/elonmusk/status/1690747345674137600?s=20/Pic.Twitter.Com/Uzbkoikfoc

6 Graig Graziosi, « White nationalist Nick Fuentes appears to admit he skirted Twitter ban », *The Independent*, 12 septembre 2023, independent.co.uk/news/world/americas/nick-fuentes-white-nationalist-twitter-ban-b2410119.html

45. « Dites-le à la Terre entière »

1 Kenneth Chang, « SpaceX Starship launch : Highlights from the 2nd flight of Elon Musk's Moon and Mars rocket », *The New York Times*, 19 novembre 2023, nytimes.com/live/2023/11/18/science/spacex-starship-launch-elon-musk ; Kimbal Musk, « Focused », Twitter, 18 novembre 2023, https://twitter.com/kimbal/status/1725890951804276896 ; « Congratulations bro. I can't think of a more deserving person ever… », Twitter, 13 décembre 2021. twitter.com/kimbal/status/1470415129799905280

2 Elon Musk, « Magnificent Machine with a 1 000 ft plume. Pic. Twitter. Com/Wsyxjqjr3v », Twitter, 18 novembre 2023, twitter.com/elonmusk/status/1725926972423852296

3 Kenneth Chang, « SpaceX Starship launch », art. cité.

4 Alex Kaplan, « Far-right figures and white nationalists celebrate Elon Musk's antisemitic post : "What

We Were Saying in Charlottesville" », Media Matters for America, 16 novembre 2023, mediamatters.org/elon-musk/far-right-figures-and-white-nationalists-celebrate-elon-musks-antisemitic-post-what-we

5 Eric Hananoki, « As Musk endorses antisemitic conspiracy theory, X has been placing ads for Apple, Bravo, IBM, Oracle, and Xfinity next to pro-nazi content », Media Matters for America, 16 novembre 2023, mediamatters.org/twitter/musk-endorses-antisemitic-conspiracy-theory-x-has-been-placing-ads-apple-bravo-ibm-oracle

6 Ryan Mac, Brooks Barnes et Tiffany Hsu, « Advertisers Flee X as Outcry over Musk's endorsement of antisemitic post grows », *The New York Times*, 17 novembre 2023,

nytimes.com/2023/11/17/technology/elon-musk-twitter-x-advertisers.html

7 Ryan Mac et Kate Conger, « X may lose up to $75 million in revenue as more advertisers pull out », *The New York Times*, 24 novembre 2023, nytimes.com/2023/11/24/business/x-elon-musk-advertisers.html

8 Kate Conger et Ryan Mac, « X sues media matters over research on ads next to antisemitic posts », *The New York Times*, 21 novembre 2023, nytimes.com/2023/11/20/technology/x-sues-media-matters-antisemitic-posts.html

9 Michelle Toh, Lauren Izso et Alex Stambaugh, « Elon Musk visits Israel's destroyed kibbutz and meets Netanyahu in wake of antisemitic post », CNN Business, 27 novembre 2023, cnn.com/2023/11/27/tech/elon-musk-isaac-herzog-israel-meeting-intl-hnk/index.html

10 ElonJet (@Elonjet.net), « Landed in Austin, Texas, US », Bluesky Social, 28 novembre 2023, bsky. app/profile/elonjet.net/post/3kfaifcseto2c

11 Shayan Sardarizadeh, « Elon Musk has now deleted the tweet that promoted the pizzagate conspiracy theory. Pic. Twitter. Com/Jfwcny7rlr », Twitter, 28 novembre 2023, twitter.com/Shayan86/status/1729595410220499250

Table

Acte 1

Acte 2

Acte 3

Les Éditions Points s'engagent pour la protection de l'environnement et une production française responsable

Ce livre a été imprimé en France, sur un papier certifié issu de forêts gérées durablement, chez un imprimeur labellisé Imprim'Vert, marque créée en partenariat avec l'Agence de l'eau, l'ADEME (Agence de l'environnement et de la maîtrise de l'énergie) et l'UNIIC (Union nationale des industries de l'impression et de la communication).

La marque Imprim'Vert apporte trois garanties essentielles :

- La suppression totale de l'utilisation de produits toxiques
- La sécurisation des stockages de produits et de déchets dangereux
- La collecte et le traitement de produits dangereux

RÉALISATION : NORD COMPO À VILLENEUVE-D'ASCQ
IMPRESSION : CPI FRANCE
DÉPÔT LÉGAL : OCTOBRE 2025. N° 158987 (3061384)
IMPRIMÉ EN FRANCE